BESTSELLER

Nadie sabe quién es **Elena Ferrante**, y sus editores procuran mantener un silencio absoluto sobre su identidad. Alguien ha llegado a sospechar que sea un hombre; otros dicen que nació en Nápoles para trasladarse luego a Grecia y finalmente a Turín.

La mayoría de los críticos la saludan como la nueva Elsa Morante, una voz extraordinaria que ha dado un vuelco a la narrativa de los últimos años con la tetralogía napolitana Dos amigas, compuesta por *La amiga estupenda*, *Un mal nombre*, *Las deudas del cuerpo* y *La niña perdida*. Es también autora de *Crónicas del desamor*, *La frantumaglia*, *La hija oscura*, *Los días del abandono*, *El amor molesto* y el cuento infantil *La muñeca olvidada*.

Para más información, visita la página web de la autora: www.elenaferrante.com

ELENA FERRANTE

Crónicas del desamor

DEBOLS!LLO

El papel utilizado para la impresión de este libro ha sido fabricado a partir de madera
procedente de bosques y plantaciones gestionadas con los más altos estándares ambientales,
garantizando una explotación de los recursos sostenible con el medio ambiente y beneficiosa para las personas.

Penguin
Random House
Grupo Editorial

Crónicas del desamor

Títulos originales: *L'amore molesto* / *I giorni dell'abbandono* / *La figlia oscura*

Tercera edición en España: noviembre de 2016
Primera edición en Debolsillo en México: mayo, 2022

D. R. © 1999, 2002, 2006, Edizioni e/o

D. R. © 2011, de la presente edición en castellano para todo el mundo:
Penguin Random House Grupo Editorial, S. A. U.
Travessera de Gràcia, 47-49. 08021 Barcelona

D. R. © 2022, derechos de edición mundiales en lengua castellana:
Penguin Random House Grupo Editorial, S. A. de C. V.
Blvd. Miguel de Cervantes Saavedra núm. 301, 1er piso,
colonia Granada, alcaldía Miguel Hidalgo, C. P. 11520,
Ciudad de México

penguinlibros.com

D. R. © 1996, Juana Bignozzi, por la traducción de *El amor molesto*
D. R. © 2004, Publicaciones y Ediciones Salamandra, S. A., por la traducción de
Los días del abandono. Traducción de Nieves López Burell
D. R. © 2011, Edgardo Dobry, por el prólogo y la traducción de *La hija oscura*
Diseño de portada: Penguin Random House
Fotografía de la portada: © Arcangel Images

ISBN: 978-607-381-336-5

Impreso en México – *Printed in Mexico*

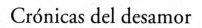

Crónicas del desamor

El enigma Ferrante

Admiración, estupor e incredulidad se sumaron cuando, en 1991, apareció *L'amore molesto*. ¿Quién era esa mujer —si es que era una mujer— que firmaba con el seudónimo Elena Ferrante, que mostraba en la solapa del libro una silueta anónima y como únicos datos «vivió mucho tiempo en Nápoles, actualmente reside en Grecia»?

Ya en esa primera novela su voz era firme, nítida, completa, una voz de cuya cerrada trama participan la atmósfera oprimente del policial negro americano, la gesticulación patética y cómica de los grandes personajes de Samuel Beckett, la angustiosa pregunta por la propia identidad de Virginia Woolf, y la confusa y a la vez decisiva acechanza de los fantasmas propia de Henry James. Una novela, *L'amore molesto*, de la que era difícil definir el género: una mujer de unos cuarenta y cinco años que, ante la repentina y misteriosa muerte de su madre, emprende la reconstrucción de los hechos. Pero para saber cómo y por qué la madre murió ahogada, con un sujetador de lencería fina por única vestimenta (ella, que había sido toda su vida una humilde costurera de Nápoles), Delia, su hija, debe revivir toda la vida de la madre —y su propia infancia—, la sordidez, la violencia, las mentiras, los deseos sofocados, las risas de angustia, los engaños acaso solo imaginados, pero castigados como si fueran ciertos, la arqueología de la propia culpa. *L'amore molesto* era una investigación, en todas las direcciones y sentidos: se trataba de dirimir las circunstancias de una muerte, y a la vez se averiguaba la forma de narrar una vida, de encontrar un sentido al laberinto de un destino familiar y de una inflexión femenina de la historia contemporánea: el juego de espejos entre la madre napolitana, sometida a los golpes de un machismo ancestral, y la hija emancipada en Roma, volviendo vertiginosamente hacia ese origen del que siempre quiso apartarse.

Muchos pensaron entonces que aquello debía de ser un golpe de inspiración, que no podía repetirse. Pero, a la vez, era difícil pensar que ese torbellino narrativo, esas doscientas cincuenta páginas trepidantes sin una sola línea de desaliento, fueran producto de la casualidad. La novela no solo impactaba por su atmósfera de asfixia física y moral; era además un excepcional montaje de técnica narrativa, nacido de una escritura que sabía usar las herramientas más eficaces en cada ocasión, en cada pasaje. La novela ganó varios premios de primer nivel en Italia, entre ellos el Oplonti y el Elsa Morante. Nadie acudió a recibirlos. Las traducciones y las ediciones se sucedieron en cascada. La identidad de la autora —mejor dicho, su ausencia de identidad— siguió intacta.

Once años más tarde llegó *Los días del abandono* (2002), menos hermética aunque igualmente oscura y contundente; una peripecia de desamor, soledad y desesperación sin una sola gota de sentimentalismo, sin una página innecesaria: la admiración y el estupor del público y la crítica volvieron a repetirse, reforzados. El único dato añadido a la biografía en solapa, decía que la autora ya no vivía en Grecia, sino en Turín, ciudad en la que se desarrolla esta novela. En Internet empezaron a surgir toda clase de conjeturas acerca de quién era realmente Elena Ferrante. Ninguna de ellas, sin embargo, resultó irrefutable. La identidad de la autora sigue siendo hoy un misterio, a pesar de que desde entonces aparecieron dos libros más: un volumen de artículos y escritos diversos titulado *La frantumaglia* (2003) y una tercera novela, que aparece por primera vez en castellano en el presente volumen, *La hija oscura* (2006).

Los títulos de Ferrante siempre van más allá de lo obvio: *Los días del abandono*, por ejemplo, menciona el durísimo período que atraviesa Olga después de que Mario, su marido durante quince años, la deja de un día para otro, con sus dos hijos de siete y diez años, para largarse con una jovencita. *La hija oscura* se refiere a Elena, la niña a la que Leda —narradora y protagonista de la novela— observa con incontenible curiosidad durante unas vacaciones solitarias en una playa del sur de Italia. Pero el «abandono» del primer título alude también a la degradación en caída libre a la que Olga se somete, por angustia, por rabia, por desorientación: un abandono de sí misma, casi una separación de sí misma, que la hará atravesar infiernos inesperados cuando su ordenada y serena vida familiar ya parecía fijada para siempre en el espacio y el tiempo. En cierto modo, el viaje inmóvil de la Olga de *Los días del abandono* es una reelaboración del viaje en busca de sus raíces de Delia en *El amor molesto*. Del mismo modo que la propia Leda de *La hija oscura* es ella misma una «hija oscura», cuya madre napolitana —con todo el peso que ese origen y esa educación comporta para una mujer— está muy presente en la memoria de la narradora. Y están además sus propias hijas, figuras borrosas pero exigentes, que se mueven como dos manchas inquietantes en el trasfondo del relato.

Podría pensarse que estos segundos —o sucesivos— significados de los títulos son un mero juego interpretativo. Sin embargo, estas novelas encuentran buena parte de su fuerza en lo no dicho, en lo insinuado y callado, en lo olvidado o quizá escondido que vuelve y ya no puede ignorarse. Por eso provocan a quien lee, porque no permiten tomar distancia, y no podemos disfrutar de ellas como de una ficción más o menos ingeniosa y bien construida que se mira desde un afuera. El lector de Ferrante está en vilo, sorprendido, conmovido, a veces tentado por la risa y en otras ocasiones seriamente disgustado con el comportamiento de sus protagonistas.

En efecto, uno de los ejercicios más difíciles a los que Ferrante se somete como narradora —y de los que sale ostentosamente victoriosa— es el de enfrentarnos a protagonistas que no son de una pieza, que no se conocen del todo a sí mismas, que no están hechas y cerradas para siempre; a veces incluso tenemos sospechas sobre su estabilidad mental —la emocional la van perdiendo por completo a lo largo del relato— y, por tanto, no sabemos si lo que cuentan es enteramente cierto.

En *El amor molesto*, Delia reconstruye minuciosamente los golpes de su padre a su madre, la manera sumisa en que su madre los aceptaba sin defenderse, como si fuera culpable de algo; pero después sabremos que quizá fue la propia Delia la que la acusó falsamente, frente a su padre, de tener un amante. En *Los días del abandono*, ¿llega Olga de verdad a atacar en pleno centro de Turín a su ex marido Mario y a Carla, su amante, cuando se los encuentra por casualidad en una tórrida tarde de agosto o el hecho solo es el producto de su enfebrecida fantasía? ¿Y cómo solidarizarnos con la narradora de *La hija oscura* cuando, sin motivo aparente, esconde en su apartamento la muñeca que la pequeña Elena ha olvidado en la playa, provocando durante días y días el desconsuelo de la niña y la desesperación de Nina, su madre, a quien sin embargo Leda pretende defender del círculo hostil, férreo y amenazador que la familia de su marido traza a su alrededor, casi como un secuestro vitalicio?

Ferrante nos muestra, para nuestro desasosiego, nuevos modelos de representación de la figura femenina en la novela. Tomemos a Ana

Karenina, referencia explícita de *Los días del abandono*, personaje con el que Olga se identifica (reproduce en su diario las preguntas que Ana se hace justo antes de ir hacia la muerte voluntaria: «¿Dónde estoy? ¿Qué estoy haciendo? ¿Por qué?»). Puesto que Ferrante es una escritora que no da pistas gratuitas, algo hace pensar que, mas allá del derrumbamiento de Ana Karenina, la mención a esta novela tiene —como dijimos para los títulos— otros sentidos. *Ana Karenina* forma parte de la serie de novelas de adulterio, junto con otra de las cumbres del siglo XIX, *Madame Bovary*. Emma y Ana son víctimas del prejuicio de una sociedad burguesa que considera el adulterio —solo el femenino, claro— un pecado imperdonable. Pero para una mujer de finales del siglo XX lo escandaloso es casi lo contrario: Olga, abandonada por su marido, está obligada a buscarse un amante y renuncia a ello. La única aventura que tiene a lo largo de *Los días del abandono* es el encuentro sexual con su vecino Carraco, por rabia y por despecho hacia su marido. Es una de las escenas de sexo más cómicas, patéticas, angustiosas e inteligentes que haya dado la narrativa europea en muchos años: se diría casi que es una aventura *a la italiana*, en el sentido cinematográfico, tragicómico, grotesco. Lo mismo puede decirse de la tarde que Olga pasa encerrada en su casa —la cerradura no funciona, el teléfono móvil ha sido destrozado en un ataque de ira y la línea de teléfono fija no devuelve más que ruido y voces lejanas— con su hijo enfermo y su perro agonizante: cómica y angustiosa a partes iguales —a partes que se necesitan entre sí para crear su poderoso efecto—. Olga está tan lejos de Ana Karenina como de *La mujer rota* que leía en su adolescencia. Treinta y cinco años separan el libro de Simone de Beauvoir del de Ferrante: Delia, Olga, Leda tienen toda la libertad y están obligadas a ser felices, a dar un sentido a su vida profesional, sexual, familiar. Pero carecen de modelos y la desorientación amenaza con volverse el raíl de sus destinos.

Lo escandaloso hoy ya no son las infidelidades, las aventuras, las fantasías. Lo inquietante es la revelación de que la felicidad es un estado que puede interrumpirse, que no hay buenos sentimientos sin cara oscura, que hasta los vínculos familiares —principalmente los vínculos familiares— están tejidos de identidad y diferencia, de dulzura fundida en hostilidad. Por ejemplo, las hijas de Leda en *La hija oscura*, llenas de celos y envidias por quién tiene mejor cabello o unos pechos más bonitos: recelos entre hermanas que, obviamente, recaen sobre la madre, por haberlas hecho así y no de otra manera. Reclamo injusto por improcedente, dado que una madre no delibera —al menos por ahora— cuál de sus hijas será la más hermosa o mejor preparada para la vida. Pero en eso consiste precisamente el vínculo tal como se formula en las novelas de Ferrante: como la culpa improcedente y condenatoria, una culpa imposible de remunerar y que, por eso mismo, nunca acaba de pagarse. La culpa de la inestabilidad y la infelicidad en una sociedad en la que la angustia se ha vuelto el verdadero escándalo, aquello que —como el adulterio en las grandes novelas del XIX— no debe ser mostrado, pues despierta en los demás fantasmas inquietantes.

La filiación es uno de los ejes de las ficciones de Ferrante. Las protagonistas de *El amor molesto*, *Los días del abandono* y *La hija oscura* tienen en común el provenir del sur de Italia, de Nápoles, y el haberse marchado, en edad universitaria, a grandes ciudades del país, Roma, Turín y Florencia respectivamente. Piensan, todas ellas, obsesivamente en sus madres, a las que siguen unidas por un vínculo que se ha vuelto parte de su propio ser y del que no pueden desprenderse. Delia es dibujante de tebeos; Leda es profesora universitaria de literatura inglesa; Olga se ha dedicado a criar a sus hijos y cuidar a su marido —él no quería que ella trabajase—, pero es una mujer culta, que incluso ha publicado un libro y, durante sus «días del abandono», toma apuntes para una novela. Las tres son mujeres de hoy que llevan consigo ese mundo ancestral, católico (en el peor sentido del término), hecho de chismes y bisbiseos, de prejuicios y crueldades, de violencia sorda pero también de una fuerte, verdadera y sólida cultura popular que ya no existe en el ámbito europeo y cosmopolita del norte de la península. Sin embargo, sería un error considerar que el drama de los personajes femeninos de Ferrante consiste en el desgarro entre esos dos ámbitos: su angustia proviene, más bien, de la conmistión de la que están hechas y de la que, por tanto, no podrán deshacerse. De eso que la autora llama, utilizando precisamente un término del dialecto napolitano, la *frantumaglia*.

En las novelas de Ferrante —de modo muy visible en *El amor molesto*— la dicotomía dialecto/italiano adquiere un sentido fuerte, no solo en la construcción del imaginario del país —lo soez, lo obsceno e insultante se expresa en el dialecto, que sale de las vísceras; lo conveniente, sereno y razonable se dice en italiano, que habla desde la razón—, sino también en el de las mujeres protagonistas. *La frantumaglia*[1] es el título que Ferrante eligió para reunir textos de diversa índole —cartas en su mayoría, varias de ellas destinadas a atajar las demandas de entrevistas, todas referidas a sus novelas y a su posición como escritora—. Cartas que, dicho sea de paso, alimentaron nuevamente las conjeturas acerca de quién se esconde detrás del seudónimo Elena Ferrante. En una de esas cartas Ferrante contesta a dos periodistas que le envían un cuestionario:

Ustedes me preguntan acerca del dolor en mis dos libros.[2] Hasta formulan una hipótesis. Dicen que el sufrimiento de Delia en *El amor*

1. Elena Ferrante, *La frantumaglia*, Roma, Edizioni e/o, 2003.
2. El texto es anterior a la publicación de *Los días del abandono*.

molesto y de Olga en *Los días del abandono* derivaría de la necesidad de ajustar cuentas, aun siendo mujeres de hoy, con sus propios orígenes, con modelos femeninos arcaicos, con mitos de matriz mediterránea todavía activos dentro de ellas. Puede ser, tendría que pensarlo, pero para ello no puedo partir del léxico que ustedes proponen: «origen» es un término demasiado cargado; y la adjetivación que ustedes usan («arcaico», «mediterráneo») tiene un eco que me desconcierta. Prefiero, si me lo permiten, pensar en una palabra de dolor que me viene de la infancia y que me ha acompañado en la escritura de ambos libros.

Mi madre me ha dejado un término de su dialecto que usaba para decir cómo se sentía cuando era arrastrada en direcciones opuestas por impresiones contradictorias que la herían. Decía que tenía adentro una *frantumaglia*. La *frantumaglia* la deprimía. […] Era la palabra para un malestar que no podía definirse de otro modo, que se refería a una multitud de cosas heterogéneas en la cabeza, detritos en el agua limosa del cerebro. La *frantumaglia* era misteriosa, causaba actos misteriosos, era el origen de todos los sufrimientos no atribuibles a una única razón evidente. […]

La *frantumaglia* es un pasaje inestable, una masa aérea o acuática de escorias infinitas que se muestra al yo, brutalmente, como su verdadera y única interioridad. La *frantumaglia* es el depósito del tiempo sin el orden de una historia, de un relato. La *frantumaglia* es el efecto del sentido de pérdida, cuando se tiene la certeza de que todo aquello que nos parece estable, duradero, un anclaje para nuestra vida, va a sumarse de pronto a ese paisaje de detritos que nos parece entrever.

Esta *frantumaglia* —el verbo italiano *frantumare* significa «triturar», «moler», «hacer trizas»— está íntimamente relacionada con todas las mujeres que habitan las casas de Ferrante, porque sus personajes no son la materialización de una idea, no encarnan fácilmente una hipótesis. Al revés, son auténticos personajes redondos, con el espesor y la sensibilidad, el brillo y la oscuridad de los (contados) grandes personajes de ficción de nuestro tiempo.

Ahora, por primera vez en España y en Europa, las mujeres de Ferrante van a convivir en estas *Crónicas del desamor* para que su dolor austero, su locura honda y discreta a la vez, tenga por fin el orden de una historia, de un relato, ese orden que recompone la *frantumaglia*, para dejarnos solos pero enteros frente a lo que aún nos queda por vivir.

EDGARDO DOBRY

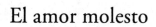

El amor molesto

A mi madre

1

Mi madre se ahogó la noche del 23 de mayo, día de mi cumpleaños, en el trecho de mar frente a la localidad que llaman Spaccavento, a pocos kilómetros de Minturno. Justamente en esa zona, a finales de los años cincuenta, cuando mi padre todavía vivía con nosotras, en verano alquilábamos un cuarto en una casa de campesinos y pasábamos el mes de julio durmiendo cinco en unos pocos metros cuadrados mareados de calor. Todas las mañanas las chicas tomábamos un huevo fresco, cortábamos hacia el mar entre cañas altas por caminos de tierra y arena e íbamos a bañarnos. La noche que murió mi madre la propietaria de aquella casa, que se llamaba Rosa y ya tenía más de setenta años, oyó llamar a la puerta pero no abrió por miedo a los ladrones y asesinos.

Mi madre había tomado el tren para Roma dos días antes, el 21 de mayo, pero nunca llegó. En la última época venía a pasar unos días conmigo por lo menos una vez al mes. No estaba contenta de tenerla en casa. Se despertaba al alba y, según su costumbre, limpiaba de arriba abajo la cocina y la sala de estar. Trataba de volver a dormirme, pero no lo lograba: rígida entre las sábanas, tenía la impresión de que con su ajetreo transformaba mi cuerpo en el de una niña con arrugas. Cuando llegaba con el café, me acurrucaba a un lado para que no me rozara al sentarse en el borde de la cama. Su sociabilidad me fastidiaba: salía a hacer la compra y se familiarizaba con los comerciantes con los que yo, en diez años, no había cambiado más de dos palabras; iba a pasear por la ciudad con sus conocidos ocasionales; se hacía amiga de mis amigos, a los que les contaba las historias de su vida, siempre las mismas. Con ella yo solo sabía ser contenida y poco sincera.

Se volvía a Nápoles a mi primera muestra de impaciencia. Recogía sus cosas, daba un último repaso a la casa y prometía volver pronto. Yo andaba por las habitaciones reacomodando según mi gusto todo lo que ella había acomodado según el suyo. Volvía a poner el salero en el compartimiento donde lo tenía desde hacía años, devolvía el detergente al lugar que siempre me había parecido conveniente, deshacía su orden en mis cajones, devolvía el caos al cuarto donde trabajaba. También el olor de su presencia —un perfume que dejaba en la casa una sensación de inquietud—, al cabo de poco tiempo pasaba, como en verano el olor de una lluvia de breve duración.

A menudo sucedía que perdía el tren. En general, llegaba con el siguiente o directamente un día después, pero yo no lograba acostumbrarme y me volvía a preocupar. Le telefoneaba ansiosa. Cuando finalmente oía su voz, le reprochaba con cierta dureza: «¿Cómo es que no has cogido el tren, por qué no me has avisado?». Ella se justificaba sin demasiado interés, preguntándose divertida qué me imaginaba que podía sucederle a su edad. «Todo», le contestaba. Siempre imaginaba una trama de acechanzas tejida a propósito para hacerla desaparecer del mundo. Cuando era pequeña pasaba el tiempo de sus ausencias esperándola en la cocina, tras los cristales de la ventana. Anhelaba que reapareciera al fondo de la calle, como una figura en una esfera de cristal. Respiraba contra el cristal, empañándolo, para no ver la calle sin ella. Si tardaba, la ansiedad se hacía tan incontenible que se desbordaba en estremecimientos de mi cuerpo. Entonces escapaba a un desván sin ventanas y sin luz eléctrica, justo al lado del cuarto de ella y de mi padre. Cerraba la puerta y me quedaba en la oscuridad, llorando en silencio. Ese cuartito era un antídoto eficaz. Me inspiraba un terror que frenaba el ansia por la suerte de mi madre. En la oscuridad intensa, asfixiada por el DDT, era agredida por formas coloreadas que durante unos pocos segundos me lamían las pupilas y me dejaban sin aliento. «Cuando vuelvas, te mataré», pensaba, como si hubiera sido ella la que me hubiese encerrado allí. Luego, apenas sentía su voz en el corredor, me escurría fuera, deprisa, para ir a dar vueltas a su alrededor con indiferencia. Volví a acordarme de ese cuartito cuando me di cuenta de que había partido como de costumbre, pero nunca había llegado.

Por la noche recibí la primera llamada. Mi madre me dijo con tono tranquilo que no podía contarme nada: con ella estaba un hombre que se lo impedía. Luego se puso a reír y colgó. En un primer momento, prevaleció en mí el estupor. Pensé que quería bromear y me resigné a esperar una segunda llamada. En realidad, dejé pasar las horas en conjeturas, sentada inútilmente al lado del teléfono. Solo después de medianoche me dirigí a un amigo policía; fue muy amable: me dijo que no me inquietara, que él se ocuparía. Pero pasó la noche sin que se tuvieran noticias de mi madre. Lo único cierto era su partida: la viuda De Riso, una mujer sola de su misma edad, con quien desde hacía quince años alternaba períodos de buena vecindad con otros de enemistad, me dijo por teléfono que la había acompañado a la estación. Mientras hacía cola para sacar el billete, la viuda le había comprado una botella de agua mineral y una revista. El tren estaba lleno, pero de todos modos mi madre había encontrado un lugar al lado de la ventanilla en un compartimiento atestado de militares con permiso. Se habían despedido, recomendándose mutuamente tener cuidado. ¿Cómo iba vestida? Como de costumbre, con ropa que tenía desde hacía años: falda y chaqueta azul, un bolso de piel negra, zapatos viejos de medio tacón, una maleta gastada.

A las siete de la mañana mi madre llamó de nuevo. Aunque yo la acosé a preguntas («¿Dónde estás?» «¿Desde dónde llamas?» «¿Con quién estás?»), se limitó a soltarme en voz muy alta, desgranándolas con gusto, una serie de expresiones obscenas en dialecto. Luego colgó. Esas obscenidades me causaron una desordenada regresión. Volví a llamar a mi amigo y lo asombré con una confusa mezcla de italiano y de expresiones dialectales. Quería saber si mi madre estaba especialmente deprimida últimamente. Lo ignoraba. Admití que ya no estaba como antes, tranquila, pacíficamente divertida. Reía sin motivo, hablaba demasiado; pero las personas ancianas a menudo hacen eso. También mi amigo estuvo de acuerdo: era muy común que los viejos, con los primeros calores, hicieran cosas raras; no había que preocuparse. Yo, en cambio, seguí preocupándome, y recorrí de punta a punta la ciudad buscando sobre todo en aquellos lugares por donde sabía que le gustaba pasear.

La tercera llamada llegó a las diez de la noche. Mi madre habló confusamente de un hombre que la seguía para llevársela envuelta en una alfombra. Me pidió que corriera a ayudarla. Le supliqué que me dijera dónde estaba. Cambió de tono, y me contestó que era mejor que no. «Enciérrate, no abras a nadie», me pidió. Aquel hombre también quería hacerme daño a mí. Luego agregó: «Ve a dormir. Ahora voy a bañarme». No supe nada más.

Al día siguiente dos chicos vieron su cuerpo flotando a pocos metros de la orilla. Llevaba solo el sujetador. No se encontró la maleta. No se encontró el traje chaqueta azul. Tampoco se encontraron la ropa interior, las medias, los zapatos ni el bolso con los documentos. Pero tenía en el dedo el anillo de compromiso y la alianza. En las orejas llevaba unos pendientes que mi padre le había regalado medio siglo antes.

Vi el cuerpo, y frente a aquel objeto lívido sentí que tal vez debía aferrarme a él para no terminar quién sabe dónde. No había sido violada. Presentaba solo algunas esquimosis, debidas a las olas, por otra parte suaves, que la habían empujado durante toda la noche contra algunos escollos a flor de agua. Me pareció que alrededor de los ojos tenía restos de un maquillaje que debía de haber sido muy marcado. Observé largamente, con desagrado, sus piernas oliváceas, extraordinariamente jóvenes para una mujer de sesenta y tres años. Con el mismo desagrado me di cuenta de que el sujetador estaba lejos de ser uno de aquellos gastados que acostumbraba a usar. Las copas eran de un encaje finamente trabajado y dejaban ver los pezones. Estaban unidas entre sí por tres V bordadas, marca de una tienda napolitana de costosa lencería femenina, la de las hermanas Vossi. Cuando me lo devolvieron, junto con sus pendientes y sus anillos, lo olfateé largamente. Tenía el olor penetrante de la tela nueva.

2

Durante el entierro me sorprendí pensando que, finalmente, ya no tenía la obligación de preocuparme por ella. Después advertí un flujo tibio y me sentí mojada entre las piernas.

Estaba a la cabeza del cortejo de parientes, amigos y conocidos. Mis dos hermanas se apretaban a mis lados. Sostenía a una del brazo porque temía que se desvaneciera. La otra se aferraba a mí como si los ojos, demasiado hinchados, le impidieran ver. Aquel flujo involuntario del cuerpo me espantó como la amenaza de un castigo. No había logrado verter una lágrima: no habían aflorado o tal vez no había querido que afloraran. Además, había sido la única en desperdiciar algunas palabras para justificar a mi padre, que no había mandado flores ni asistido al entierro. Mis hermanas no me habían ocultado su desaprobación y parecían empeñadas en demostrar públicamente que tenían lágrimas suficientes para llorar también las que ni yo ni mi padre vertíamos. Me sentía acusada. Cuando, durante un trecho, flanqueó el cortejo un hombre de color que llevaba al hombro ciertas pinturas montadas en un bastidor, la primera de las cuales (visible sobre su espalda) representaba toscamente a una gitana poco vestida, esperé que ni ellas ni los parientes se dieran cuenta. El autor de aquellos cuadros era mi padre. Tal vez en aquel momento estaba trabajando en sus telas. Seguía haciendo copia tras copia de aquella gitana odiosa, vendida por las calles y las ferias de provincia durante años, obedeciendo, como siempre, por algunas liras, al encargo de feos cuadritos de vacaciones pequeñoburguesas. La ironía de las líneas que enlazan tanto los encuentros como las separaciones y los viejos rencores, había enviado al entierro de mi madre, no a él, sino su pintura elemental, detestada por nosotras, sus hijas, más de lo que detestábamos a su autor.

Me sentía cansada de todo. Desde que había llegado a la ciudad no había parado. Durante días había acompañado a mi tío Filippo, el hermano de mi madre, a través del caos de los despachos, entre pequeños mediadores capaces de agilizar el procedimiento burocrático de los expedientes o comprobando por nosotros mismos, después de largas colas en las ventanillas, la buena disposición de los empleados para superar obstáculos insalvables a cambio de sustanciosas propinas. A veces mi tío había logrado obtener algún efecto ostentando la manga vacía de la chaqueta. Había perdido el brazo derecho en edad avanzada, a los cincuenta y seis años, trabajando en el torno en un taller de la periferia, y desde entonces usaba aquella invalidez para pedir favores, o para augurar a quien se los negaba su misma desgracia. Pero los mejores resultados los había obtenido desembolsando mucho dinero extra. De ese modo nos habíamos procurado los documentos necesarios, las autorizaciones de no sé cuántas autoridades competentes verdaderas o inventadas, un entierro de primera clase y, lo más difícil, un lugar en el cementerio.

Mientras tanto, el cuerpo muerto de Amalia, mi madre, descuartizado por la autopsia, se había vuelto cada vez más pesado a fuerza de arrastrarlo con nombre y apellido, fecha de nacimiento y fecha de defunción, delante de empleados a veces descorteses y a veces insinuantes. Sentía la urgencia de desembarazarme de él y, sin embargo, aún no suficientemente agotada, había querido llevar el ataúd a hombros. Me lo concedieron con renuencia: las mujeres no llevan ataúdes a hombros. Fue una pésima idea. Como los que transportaban el cajón conmigo (un primo y mis dos cuñados) eran más altos, durante todo el recorrido temí que la madera se me clavase entre la clavícula y el cuello junto con el cuerpo que contenía. Cuando depositamos el ataúd en el coche y este se puso en marcha, habían bastado algunos pasos y un alivio culpable para que la tensión se precipitase en aquel borbotón secreto del vientre.

El líquido caliente que salía de mí sin que yo lo quisiese me dio la impresión de una señal convenida entre extraños dentro de mi cuerpo. El cortejo fúnebre avanzaba hacia la plaza Carlo III. La fachada amarillenta del asilo me parecía contener con dificultad la presión del barrio Incis que pesaba sobre ella. Los caminos de la memoria topográfica me parecieron inestables como una bebida efervescente que, si se agita, se desborda en espuma. Sentía la ciudad disuelta por el calor, bajo una luz gris y polvorienta, y repasaba mentalmente el relato de la infancia y de la adolescencia, que me empujaba a vagar por la Escuela de Veterinaria hasta el Jardín Botánico, o por las piedras, siempre húmedas, cubiertas por verdura marchita del mercado de San Antonio Abad. Tenía la impresión de que mi madre se estaba llevando también los lugares, incluso los nombres de las calles. Miraba mi imagen y la de mis hermanas en el cristal, entre las coronas de flores, como una foto tomada con poca luz, inútil en el futuro para la memoria. Me anclaba con la suela de los zapatos al adoquinado de la plaza, aislaba el olor de las flores acomodadas en el coche, que llegaba ya viciado. En cierto momento temí que la sangre empezase a correrme a lo largo de los tobillos y traté de alejarme de mis hermanas. Fue imposible. Debía esperar que el cortejo doblase la plaza, subiera por la calle Don Bosco y se disolviese finalmente en un atasco de coches y gente. Tíos, tíos abuelos, cuñados y primos empezaron a abrazarnos por turno: gente vagamente conocida, cambiada por los años, frecuentada solo durante la infancia, tal vez nunca vista. Las pocas personas que recordaba nítidamente no habían asistido. O tal vez estaban allí, pero no las reconocía porque desde la época de la infancia me habían quedado de ellas solo detalles: un ojo bizco, una pierna coja, el tinte levantino de una piel. En compensación, personas de las que ignoraba hasta el nombre me llevaron aparte recordándome viejas ofensas recibidas de mi padre. Jovenzuelos desconocidos pero muy afectuosos, hábiles en la conversación de circunstancias, me preguntaron cómo estaba, cómo me iba, qué trabajo hacía. Respondí: bien, me va bien, dibujo tebeos, y ellos ¿cómo estaban? Muchas mujeres arrugadas, completamente de negro salvo en la palidez de sus rostros, alabaron la extraordinaria belleza y bondad de Amalia. Algunos me estrecharon con tal fuerza y vertieron lágrimas tan copiosas, que vacilé entre una impresión de ahogo y una insoportable sensación de humedad que se extendía desde sus sudores y sus lágrimas hasta la ingle, a la altura de los muslos. Me sentí contenta por primera vez con el traje negro que me había puesto. Estaba a punto de marcharme cuando el tío Filippo hizo una de las suyas. En su cabeza de setentón que a menudo confundía pasado y presente, algún detalle debió de derribar unas barreras ya poco sólidas. Empezó a maldecir en dialecto en voz muy alta, ante el estupor de todos, agitando frenéticamente el único brazo que tenía.

«¿Has visto a Caserta?», preguntó dirigiéndose a mí y a mis hermanas, con el aliento cortado. Y repitió varias veces ese nombre conocido, un sonido amenazador de la infancia que me produjo una sensación de malestar. Luego agregó, morado: «Sin recato. En el entierro de Amalia. Si hubiera estado tu padre lo mataba».

No quería oír hablar de Caserta, puros estremecimientos infantiles. Fingí que no pasaba nada y traté de calmarlo, pero ni siquiera me oyó. Más bien me estrechó agitado, con su único brazo, como si quisiese consolarme por la afrenta de aquel nombre. Entonces me separé torpemente, prometí a mis hermanas que llegaría al cementerio a tiempo para la sepultura y volví a la plaza. Busqué con paso rápido un bar. Pregunté por el lavabo y entré en la trastienda, en un cuchitril hediondo con la taza asquerosa y un lavamanos amarillento.

El flujo de sangre era copioso. Tuve una sensación de náusea y un leve mareo. En la penumbra vi a mi madre con las piernas abiertas que desenganchaba un imperdible, se sacaba del sexo, como si estuvieran pegados, unos paños de lino ensangrentados, se volvía sin sorpresa y me decía con calma: «Sal, ¿qué haces aquí?». Estallé en llanto, por primera vez después de muchos años. Lloré golpeando con una mano casi a intervalos fijos en el lavamanos, como para imponer un ritmo a las lágrimas. Cuando me di cuenta, paré, me limpié lo mejor que pude con un kleenex y salí en busca de una farmacia.

Fue entonces cuando lo vi por primera vez.

—¿Puedo serle útil? —me preguntó cuando choqué con él: pocos segundos, el tiempo de sentir contra la cara la tela de su camisa, ver el capuchón azul de la estilográfica que sobresalía del bolsillo de la chaqueta, y mientras tanto registrar el tono incierto de la voz, un olor agradable, la piel caída del cuello, una masa tupida de cabellos blancos en perfecto orden.

—¿Sabe dónde hay una farmacia? —pregunté sin siquiera mirarlo, empeñada como estaba en una rápida separación que quería evitar el contacto.

—En la avenida Garibaldi —me respondió mientras restablecía un mínimo de distancia entre la masa compacta de su cuerpo huesudo y yo. Estaba como pegado, con su camisa blanca y la chaqueta oscura, a la fachada del Albergue de los Pobres. Lo vi pálido, bien afeitado, sin asombro en la mirada, no me gustó. Le di las gracias casi en un murmullo y me fui en la dirección que me había indicado.

Él me siguió con la voz, que pasó de cortés a un silbido apremiante y cada vez más atrevido. Me alcanzó un borbotón de obscenidades en dialecto, un mórbido reguero de sonidos que envolvió en un batido de semen, saliva, heces, orina, dentro de orificios de todo tipo a mí, a mis hermanas y a mi madre.

Me volví de golpe, tanto más estupefacta por cuanto los insultos carecían de motivo. Pero el hombre ya no estaba. Tal vez había cruzado la calle y se había perdido entre los coches, tal vez había doblado la esquina hacia San Antonio Abad. Lentamente dejé que los latidos del corazón se regularizasen y se evaporase una desagradable pulsión homicida. Entré en la farmacia, compré un paquete de tampones y volví al bar.

3

Llegué al cementerio en taxi, apenas a tiempo para ver bajar el ataúd a un hueco de piedra gris, que luego llenaron de tierra. Mis hermanas se fueron inmediatamente después de la ceremonia, en coche, con sus maridos y sus hijos. No veían la hora de volver a casa y olvidar. Nos abrazamos y prometimos vernos pronto, pero sabíamos que no sería así. Intercambiaríamos a lo sumo alguna llamada para medir cada tanto la creciente tasa de alejamiento recíproco. Hacía años que vivíamos las tres en ciudades distintas, cada una con su vida y un pasado en común que no nos gustaba. Las pocas veces que nos veíamos preferíamos callar todo lo que teníamos que decirnos.

Al quedarme sola, pensé que el tío Filippo me invitaría a su casa, donde me había alojado los días precedentes. Pero no lo hizo. Aquella mañana le había anunciado que tenía que ir a casa de mi madre, llevarme los pocos objetos de valor sentimental, cancelar los contratos de alquiler, luz, gas y teléfono; y él probablemente pensó que era inútil que me invitara. Se alejó sin saludarme, encorvado, arrastrando los pies, desgastado por la arteriosclerosis y por ese imprevisto ahogo de viejos rencores que le hacían vomitar insultos fantasiosos.

Así fui olvidada en la calle. La multitud de parientes se había retirado hacia las periferias de las que habían venido. Mi madre había sido enterrada por sepultureros maleducados en el fondo de un sótano maloliente de ceras y flores marchitas. Me dolían los riñones y tenía calambres en el vientre. Me decidí de mala gana; me arrastré a lo largo de las paredes ardientes del Jardín Botánico hasta la plaza Cavour, en un ambiente que se hacía aún más pesado por la contaminación de los automóviles y por el zumbido de sonidos dialectales que descifraba a regañadientes.

Era la lengua de mi madre, que por cierto había tratado inútilmente de olvidar junto con tantas otras cosas suyas. Cuando nos veíamos en mi casa, o yo venía a Nápoles en visitas rapidísimas de medio día, ella se esforzaba por usar un italiano desmañado y yo me deslizaba con fastidio, solo para ayudarla, en el dialecto. No un dialecto alegre o nostálgico, sino un dialecto sin naturalidad, usado con impericia, pronunciado a duras penas como una lengua extranjera mal conocida. En los sonidos, que articulaba con disgusto, se hallaba el eco de las disputas violentas entre Amalia y mi padre, entre mi padre y los padres de ella, entre ella y los padres de mi padre. Me impacientaba. Pronto volvía a mi italiano, y ella se acomodaba en su dialecto. Ahora que estaba muerta y que habría podido borrarlo para siempre junto con la memoria que transmitía, sentirlo en los oídos me causaba ansiedad. Lo usé para comprar una pizza rellena de *ricotta*. Comí con gusto después de varios días de casi ayuno, de pie, paseando por jardines destruidos con enfermizos laureles y escudriñando con la mirada entre los numerosos corrillos de ancianos. El agobiante vaivén de gente y coches cerca de los jardines me decidió a subir a la casa de mi madre.

El piso de Amalia estaba situado en la tercera planta de un viejo edificio apuntalado con tubos Innocenti. La casa pertenecía a esas construcciones del centro histórico semidesiertas de noche y habitadas de día por empleados que renuevan patentes, consiguen partidas de nacimiento o certificados de residencia, interrogan a ordenadores en busca de reservas o billetes para aviones, trenes y barcos, establecen pólizas de seguros contra robos, incendios, enfermedades, muerte, y compilan trabajosas declaraciones de renta. Los inquilinos comunes eran pocos, pero cuando mi padre, hacía más de veinte años —en el momento en que Amalia le había dicho que quería separarse de él y sus hijas la habíamos apoyado con firmeza en esa decisión— nos había echado a las cuatro de casa, afortunadamente habíamos encontrado allí un pequeño piso en alquiler. El edificio nunca me había gustado. Me inquietaba como una cárcel, un tribunal o un hospital. Mi madre, en cambio, estaba contenta: lo encontraba imponente. En realidad, era feo y sucio desde el gran portal, que era regularmente forzado cada vez que el administrador hacía reparar la cerradura. Las hojas eran polvorientas, ennegrecidas por la contaminación, con grandes pomos de latón que nunca se habían lustrado desde comienzos de siglo. En el largo y cavernoso pasaje, que desembocaba en un patio interior, durante el día siempre había alguien estacionado: estudiantes, transeúntes en espera del autobús que paraba tres metros más allá, vendedores de encendedores, de pañuelos de papel, de mazorcas o castañas asadas, turistas acalorados o que se protegían de la lluvia, hombres torvos de todas las razas en perenne contemplación de los escaparates que se extendían a lo largo de las dos paredes. Generalmente, estos últimos engañaban la espera no sé de qué mirando las fotos artísticas de un fotógrafo ya entrado en años que tenía el estudio en el edificio: parejas vestidas de novios, muchachas sonrientes y luminosas, jovencitos de uniforme con aire descarado. Años antes también se había expuesto durante un par de días una foto tamaño carnet de Amalia. Conminé al fotógrafo a que la retirara, antes de que mi padre pasase por allí, se encolerizase y destrozase el escaparate.

Crucé el patio interior con la mirada baja y subí la breve escalinata que daba a la puerta vidriada de la escalera B. El portero no estaba y me alegré. Entré en el ascensor deprisa. Era el único lugar de aquel caserón que me gustaba. En general no me agradaban aquellos sarcófagos de metal que subían veloces y caían a plomo apenas se tocaba el botón, abriendo un agujero en el estómago. Pero este tenía paredes de madera, puertas de vidrio con arabescos grises en los bordes, picaportes de latón trabajados, dos bancos elegantes frente a frente, un espejo y una iluminación suave; y arrancaba con un concierto de crujidos regulado por una reposada lentitud. Una máquina de fichas de los años cincuenta, panzuda y con el pico arqueado dirigido al techo, pronta a tragar las fichas, emitía un sollozo metálico en cada piso. Desde hacía tiempo la cabina funcionaba con solo apretar un botón, así que había quedado inútilmente fijada en la pared de la derecha. Pero, aunque estropeara la calma vejez de aquel espacio, la máquina, en su abstinente vacuidad, no me disgustaba.

Me senté en un banco e hice lo que hacía de joven cada vez que necesitaba calmarme: en vez de apretar el botón con el número tres, me dejé llevar hasta el quinto piso. Aquel lugar había estado vacío y oscuro desde que, muchos años antes, el abogado que tenía el despacho allí se había ido llevándose hasta la bombilla que iluminaba el rellano. Cuando el ascensor se detuvo, dejé que la respiración se deslizase por el vientre y luego volviese lentamente hasta la garganta. Como siempre, después de algunos segundos, también se apagó la luz del ascensor. Pensé estirar la mano hacia el picaporte de uno de los batientes: bastaba tirar y la luz volvería. Pero no me moví, y seguí enviando la respiración al fondo del cuerpo. Únicamente se oía la carcoma que devoraba la madera del ascensor.

Solo pocos meses antes (¿cinco, seis?), en un impulso imprevisto le había revelado a mi madre, en el curso de una de mis visitas rápidas, que de adolescente me refugiaba en aquel lugar secreto, y la había llevado hasta allí arriba. Tal vez quería tratar de establecer entre nosotras una intimidad que nunca había existido, o tal vez quería confusamente hacerle saber que siempre había sido desdichada. Pero ella solo pareció muy divertida por el hecho de que me hubiese quedado suspendida en el vacío, en un ascensor desvencijado.

«¿Nunca tuviste un hombre en todos estos años?», le pregunté a quemarropa. Quería decir: ¿nunca tuviste un amante, después de haber dejado a mi padre? Era una pregunta muy anómala dentro de las preguntas posibles entre nosotras desde que era niña. Pero su cuerpo, sentado a pocos centímetros del mío en el banco de madera, no manifestó el menor desasosiego. Ni su voz, que fue segura y nítida: no. Ni una sola señal que pudiese inducirme a pensar que mentía. Por eso no tuve ninguna duda. Mentía.

«Tienes un amante», le dije gélidamente.

La reacción fue exagerada en comparación con su comportamiento siempre tan contenido. Se levantó el vestido hasta la cintura descubriendo unas bragas rosa altas y ensanchadas. Rió desganadamente y dijo algo confuso sobre la carne floja y el vientre caído, repitiendo: «Toca aquí», y tratando de agarrarme una mano para llevarla al vientre blanco e hinchado.

Me alejé y apoyé la mano en el corazón para calmar los latidos, muy rápidos. Ella soltó la falda de su vestido, que, sin embargo, le había dejado las piernas descubiertas, amarillas a la luz del ascensor. Estaba arrepentida de haberla llevado arriba, a mi refugio. Sobre todo deseaba que se cubriese. «Sal», le dije. Lo hizo; nunca me decía que no. Había bastado un solo paso tras cruzar las puertas abiertas para que desapareciera en la oscuridad. Al sentirme sola en la cabina experimenté cierto sereno placer. Con un gesto irreflexivo cerré las puertas. A los pocos segundos, la luz del ascensor se apagó.

«Delia», murmuró mi madre, pero sin inquietud. Nunca se inquietaba en mi presencia, y también en esa ocasión me había parecido que, por una vieja costumbre, en vez de buscar consuelo quería consolarme.

Me había quedado un momento saboreando mi nombre como un eco de la memoria, una abstracción que suena sin sonido en la cabeza. Me había parecido la voz, desde hacía tiempo inmaterial, de cuando ella me buscaba por la casa y no me encontraba.

Ahora estaba allí, e intentaba borrar deprisa la evocación de ese eco. Pero me quedó la impresión de no estar sola. Me espiaban, no aquella Amalia de unos meses antes que estaba muerta, sino yo misma que había salido al rellano para verme allí sentada. Cuando esto sucedía me detestaba. Sentí un poco de vergüenza al descubrirme muda en la cabina obsoleta, suspendida en el vacío y la oscuridad, oculta como en un nido sobre la rama de un árbol, con la larga cola de los cables de acero que pendía cansadamente del cuerpo del ascensor. Estiré la mano hacia la puerta y tanteé un poco antes de encontrar el picaporte. La oscuridad se retiró tras los cristales con arabescos.

Lo sabía desde siempre. Había una línea que no lograba cruzar cuando pensaba en Amalia. Tal vez estaba allí para lograr cruzarla. Pero me asusté, apreté el botón con el número tres y el ascensor se sacudió ruidosamente. Chirriando, empezó a bajar hacia el piso de mi madre.

4

Pedí la llave a la vecina, la viuda De Riso. Me la dio, pero se negó decididamente a entrar conmigo. Era gorda y recelosa, con un gran lunar en la mejilla derecha habitado por dos largos pelos grises, y los cabellos en dos bandas recogidos sobre la nuca con un enredo de trenzas. Vestía de negro, tal vez habitualmente, tal vez porque todavía llevaba el vestido del entierro. Se quedó en el umbral de la puerta de su casa para verme buscar la llave correcta. Pero la puerta no estaba cerrada con cuidado. Contrariamente a su costumbre, Amalia había usado una sola de las dos cerraduras, la que tenía dos vueltas. No había empleado la otra, que tenía cinco.

—¿Cómo es posible? —le pregunté a la vecina, abriendo la puerta.

La De Riso vaciló.

—Tenía la cabeza un poco ida —dijo, pero debió de considerar poco adecuada la expresión, porque agregó—: Estaba contenta.

Volvió a dudar; se veía que de buena gana hubiese chismorreado, pero temía al fantasma de mi madre que aleteaba por el hueco de la escalera, en el piso, y con seguridad también en su casa. Volví a invitarla a entrar con la esperanza de que me hiciese compañía con su charla. Lo rechazó resueltamente con un estremecimiento y se le pusieron los ojos rojos.

—¿Por qué estaba contenta? —pregunté.

Vaciló de nuevo y luego se decidió.

—Desde hacía algún tiempo venía a verla un señor alto, de muy buen aspecto…

La miré con hostilidad. Decidí que no quería que continuara.

—Era su hermano —dije.

La viuda De Riso entornó los ojos, ofendida; ella y mi madre eran amigas desde hacía mucho tiempo y conocía muy bien al tío Filippo. No era alto, ni de buen aspecto.

—Su hermano —señaló con falsa condescendencia.

—¿No? —pregunté despechada por aquel tono. Ella me saludó fríamente, y cerró la puerta.

Cuando se entra en la casa de una persona muerta recientemente, es difícil creerla desierta. Las casas no conservan fantasmas, pero mantienen los efectos de los últimos gestos de vida. Lo primero que oí fue el chorro de agua que llegaba desde la cocina, y durante una fracción de segundo, con una brusca torsión de lo verdadero y lo falso, pensé que mi madre no estaba muerta, que su muerte había sido solo el objeto de una larga y angustiosa fantasía iniciada quién sabe cuándo. Tenía la seguridad de que estaba en casa, viva, de pie delante del fregadero, lavando los platos y murmurando para sí misma. Pero los postigos estaban cerrados y el piso a oscuras. Encendí la luz y vi el viejo grifo de latón que vertía agua copiosamente en el fregadero vacío.

Lo cerré. Mi madre pertenecía a una cultura, ya desaparecida, que no concebía el desperdicio. No tiraba el pan viejo; usaba hasta la cáscara del queso, cocinándola en la sopa para que le diera sabor; casi nunca compraba carne, sino que le pedía al carnicero huesos de desecho para hacer caldo y los chupaba como si contuvieran sustancias milagrosas. Nunca habría dejado el grifo abierto. Usaba el agua con una parsimonia que se había transformado en un reflejo del gesto, del oído, de la voz. Si yo de niña dejaba que cayera hacia el fondo del fregadero aunque fuera un silencioso hilo de agua como una aguja de hacer punto, un segundo después me gritaba sin reproche: «Delia, el grifo». Me sentí inquieta: había desperdiciado más agua con esa distracción de las últimas horas de vida, que en toda su existencia. La vi flotar con la cara hacia arriba, suspendida en el centro de la cocina, sobre el fondo de los azulejos azules.

Cambié de ambiente enseguida. Di vueltas por el dormitorio recogiendo en una bolsa de plástico las pocas cosas que había querido: el álbum de fotos de la familia, un brazalete, su viejo vestido de invierno, que se remontaba a los años cincuenta y que también a mí me gustaba. El resto eran cosas que no hubieran aceptado ni los ropavejeros. Los pocos muebles eran viejos y feos, su cama se componía de una tela metálica y el colchón; las sábanas y las mantas estaban remendadas con un cuidado que, por su edad, no merecían. Me impresionó, en cambio, que el cajón donde acostumbraba a guardar la ropa interior estuviese vacío. Busqué la bolsa de ropa sucia y miré dentro. Solo había una camisa de hombre de buena calidad.

La examiné. Era una camisa azul, de talla mediana, comprada recientemente y elegida por un hombre joven o con gustos juveniles. El cuello estaba sucio, pero el olor de la tela no era desagradable: el sudor se había mezclado con una buena marca de desodorante. La doblé con cuidado y la puse en la bolsa de plástico junto con otras cosas. No era una prenda del estilo del tío Filippo.

Fui al baño. No había cepillo ni dentífrico. De la puerta colgaba su vieja bata azul. El papel higiénico se estaba terminando. Al lado de la taza había una bolsa de basura medio llena. Dentro no había residuos; en cambio, despedía aquel hedor de cuerpo fatigado que conserva la ropa sucia o hecha de tejido viejo, penetrado en cada fibra por los humores de décadas. Empecé a sacar, una prenda tras otra, con una leve repugnancia, toda la ropa interior de mi madre: viejas bragas blancas y rosa, con muchos remiendos y elásticos anticuados que sobresalían aquí y allá de la tela descosida, como las vías en los intervalos entre un túnel y otro; sujetadores deformados y gastados; camisetas agujereadas; elásticos para sostener las medias, de los que se usaban hace cuarenta años y que ella conservaba inútilmente; panties en estado penoso; enaguas pasadas de moda y fuera del comercio desde hacía tiempo, desteñidas y con las puntillas amarillentas.

Amalia, que siempre se había vestido con andrajos por pobreza pero también por la costumbre de no resultar atractiva, adquirida muchos años antes para calmar los celos de mi padre, parecía que de improviso había decidido desembarazarse de todo su guardarropa. Me volvió a la mente la única prenda que llevaba cuando la habían rescatado: el refinado sujetador nuevo y flamante, con las tres V que unían las copas. La imagen de sus senos encerrados en aquel encaje aumentó la inquietud que sentía. Dejé la ropa tirada por el suelo, sin fuerza para volver a tocarla, cerré la puerta y me apoyé contra ella.

Pero fue inútil: todo el cuarto de baño me pasó por encima y volvió a recomponerse delante de mí, en el corredor. Amalia estaba sentada en la taza y me miraba con atención mientras me depilaba. Me cubría las piernas con una capa de cera hirviendo para luego, gimiendo, despegármela decididamente de la piel. Ella, mientras tanto, me contaba que de joven se había cortado el vello negro de las piernas con las tijeras. Pero los pelos de las piernas habían vuelto a crecer enseguida, duros como las púas de un alambre espinoso. También en el mar, antes de ponerse el bañador, se recortaba con las tijeras los pelos del pubis.

Le puse mi cera a pesar de su resistencia. La extendí con cuidado por las piernas, por la parte interna de los muslos flacos y duros, por la ingle, reprochándole mientras tanto, con inmerecida dureza, su enagua remendada. Luego le quité la capa mientras me miraba sin pestañear. Lo hice sin cuidado, como si quisiese someterla a una prueba de dolor, y me dejó hacer sin chistar como si hubiese aceptado la prueba. Pero la piel no resistió. Primero se puso rojo fuego, y luego de pronto violácea, mostrando una red de capilares rotos. «No es nada, luego pasa», le dije mientras yo lamentaba débilmente haberla reducido a eso.

Pero me lamentaba más intensamente en aquel momento, mientras con un esfuerzo de voluntad trataba de alejar el cuarto de baño que estaba al otro lado de la puerta contra la que apoyaba los hombros. Para hacerlo me separé de la puerta, dejé palidecer por el corredor la imagen de sus piernas lívidas y fui a buscar mi bolso a la cocina. Cuando volví al baño, elegí con cuidado entre las bragas que yacían por el suelo la que me pareció menos estropeada. Me lavé y me cambié el tampón. Dejé mi braga en el suelo, entre las de Amalia. Al pasar delante del espejo, sin querer me sonreí para tranquilizarme.

Pasé no sé cuánto tiempo junto a la ventana de la cocina, escuchando el vocerío de la calle, el tráfico de las motocicletas, el roce de los pies por el adoquinado. La calle exhalaba un olor de agua estancada que subía por los tubos Innocenti. Estaba cansadísima, pero no quería tumbarme en la cama de Amalia ni pedir ayuda al tío Filippo, ni telefonear a mi padre ni llamar a la De Riso. Sentía pena por ese mundo de viejos desamparados, confusos entre imágenes de sí mismos que se remontaban a épocas antiguas, a veces de acuerdo y a veces en disputa con sombras de cosas y personas del tiempo pasado. Sin embargo, me era difícil mantenerme al margen. Me sentía tentada de enlazar voz con voz, cosa con cosa, hecho con hecho. Ya oía volver a Amalia, que quería observar cómo me cubría de crema, cómo me maquillaba y desmaquillaba. Ya empezaba a imaginarme con fastidio su vejez secreta, en la que jugaba con su cuerpo todo el día, como tal vez habría hecho de joven si mi padre no hubiese leído en esos juegos un deseo de gustar a otros, una preparación para la infidelidad.

5

Dormí apenas un par de horas, sin sueño. Cuando abrí los ojos, el cuarto estaba oscuro y por la ventana abierta entraba solo la claridad nebulosa de las farolas, que se difundía por un ángulo del techo. Amalia estaba allí como una mariposa nocturna, joven, tal vez de veinte años, envuelta en una bata verde, con el vientre hinchado por un embarazo avanzado. Aunque tenía la cara serena, se arrastraba sobre la espalda torciendo el cuerpo convulsamente en un espasmo doloroso. Cerré los ojos para darle tiempo a separarse del techo y volver a la muerte; luego los volví a abrir y miré el reloj. Eran las dos y diez. Me dormí de nuevo, pero solo unos minutos. Luego pasé a un sopor denso de imágenes, con las que sin querer empecé a hablarme sobre mi madre.

Amalia, en mi duermevela, era una mujer morena y peluda. Los cabellos, aunque ya era vieja y estaban aplastados por la sal del agua, le brillaban como la piel de una pantera y eran tupidos, crecían uno al lado del otro sin abrirse con el viento. Olían al jabón de la colada, pero no aquel jabón seco que tenía una escalera grabada en la superficie. Olían a jabón líquido, el de color marrón que se compraba en un sótano del que recordaba el picor del polvo en la nariz y en la garganta.

Aquel jabón lo vendía un hombre gordo y lampiño. Lo recogía

con una paleta y lo ponía en un papel amarillo y grueso, añadiéndole un aliento de sudor y de DDT. Yo corría jadeando a llevárselo a Amalia, sosteniendo el cucurucho y soplando por encima de las mejillas infladas para sacarme los olores del sótano y de ese hombre; corro de la misma manera ahora, con la mejilla sobre la almohada en la que ha dormido mi madre, aunque haya pasado tanto tiempo. Y ella, al verme llegar, ya se suelta los cabellos, que se deshacen como si se los hubiese esculpido en volutas sobre la frente y el ébano del peinado cambiase su estructura molecular bajo sus manos.

Los cabellos eran largos. Amalia nunca terminaba de soltárselos, y para lavarlos no había bastante jabón, se necesitaba todo el contenedor del hombre que lo vendía en el sótano, en el fondo de los escalones blancos de ceniza o de lejía. Sospechaba que a veces mi madre, escapando a mi vigilancia, los iba a sumergir directamente en el bidón, con el consentimiento del hombre de la tienda. Luego se volvía alegremente hacia mí con la cara mojada, el agua corriéndole por la nuca desde el grifo de casa, las pestañas y las pupilas negras, las cejas trazadas con lápiz, apenas grisáceas por la espuma que, formando un arco sobre la frente, se rompía en gotas de agua y jabón. Las gotas le chorreaban por la nariz, hacia la boca, hasta que ella las capturaba con la lengua roja, y me parecía que decía: «Buenas».

No sabía cómo hacía para estar al mismo tiempo en dos lugares diferentes, para entrar toda en el bidón del jabón, allí en el subsuelo, con la enagua azul, los hilos de los tirantes que desde la espalda le caían por los brazos; y mientras tanto abandonarse al agua de nuestra cocina, que seguía revistiendo de una pátina líquida los mechones de sus cabellos. Ciertamente la había soñado así con los ojos abiertos, como hacía entonces por enésima vez, y por enésima vez experimentaba un doloroso embarazo.

El hombre gordo no se contentaba con mirar. En verano arrastraba el bidón al aire libre. Iba con el torso desnudo, quemado por el sol, y llevaba un pañuelo blanco alrededor de la frente. Rebuscaba en el recipiente con un largo palo y enroscaba sudando la masa brillante de los cabellos de Amalia. Mientras tanto, una apisonadora crepitaba un poco más allá y avanzaba lentamente con su gran cilindro de piedra gris. Lo guiaba otro hombre, fornido y musculoso, también con el torso desnudo, las axilas con el pelo rizado por el sudor. Llevaba unos pantalones cortos desabotonados de manera que mostraba, sentado, a la altura del vientre, una medrosa cavidad y, bien acomodado en el asiento de la máquina, controlaba cómo del bidón inclinado se vertía el alquitrán denso y brillante de los cabellos de Amalia que, al estirarse sobre el pedregullo, levantaba vapores y ondulaba el aire. Los cabellos de mi madre eran peces y se disipaban en pelos y pelusas lujuriosos que se intensificaban en los lugares prohibidos del cuerpo. Prohibidos para mí; no me permitía tocarla. Escondía la cara dándose la vuelta debajo de la cortina de la cabellera y ofrecía la nuca al sol para secarla.

Cuando sonó el teléfono, levantó la cabeza de golpe, tanto que los cabellos mojados del suelo volaron por el aire, lamieron el techo y volvieron a caer sobre la espalda con un chasquido que me despertó del todo. Encendí la luz. No me acordaba de dónde estaba el aparato, que entretanto seguía sonando. Lo encontré en el corredor, un viejo teléfono de los años sesenta que conocía bien, colgado de la pared. A mi «Hola» respondió una voz masculina, que me llamó Amalia.

—No soy Amalia —le dije—, ¿quién es?

Tuve la impresión de que el hombre del teléfono reprimió con dificultad una carcajada. Repitió:

—No soy Amalia —en falsete, y luego continuó en cerrado dialecto—: Déjame en el último piso la bolsa con la ropa sucia. Me la has prometido. Y escucha con atención: encontrarás la maleta con tus cosas. Te la he dejado allí.

—Amalia ha muerto —dije en tono tranquilo—. ¿Quién eres?

—Caserta —dijo el hombre.

El apellido sonó como suena el nombre del ogro en las fábulas.

—Yo me llamo Delia —respondí—. ¿Quién hay en el último piso? ¿Qué tiene suyo?

—Yo nada. Tú tienes algo mío —dijo el hombre de nuevo en falsete, desfigurando melindrosamente mi italiano.

—Ven aquí —le dije de manera persuasiva—, hablamos y te llevas lo que te sirva.

Se hizo un largo silencio. Esperé la respuesta, pero no llegó. El hombre no había colgado; simplemente había abandonado el auricular y se había ido.

Fui a la cocina y bebí un vaso de agua, un agua espesa, de pésimo sabor. Luego volví al teléfono y marqué el número del tío Filippo. Contestó después de que sonara cinco veces y, sin que lograra decir hola, me lanzó por el teléfono insultos de todo tipo.

—Soy Delia —dije con dureza. Noté que le costaba identificarme. Cuando se acordó de mí, empezó a farfullar excusas llamándome «hija mía» y preguntándome repetidamente si estaba bien, dónde me encontraba, qué había pasado.

—Me ha llamado Caserta —dije. Luego, antes de que reanudase el rosario de los insultos le ordené—: Calma.

6

Después volví al baño. Empujé con el pie mi braga sucia detrás del bidet, recogí la ropa interior de Amalia que había esparcido por el suelo y la volví a poner en la bolsa de basura. Luego salí al rellano. Ya no estaba deprimida ni inquieta. Cerré cuidadosamente la puerta de la casa con ambas llaves y llamé el ascensor.

Una vez dentro, apreté el botón del número cinco. En el último piso, dejé abierta las puertas del ascensor de manera que el espacio oscuro resultase al menos parcialmente iluminado. Descubrí que el hombre había mentido: la maleta de mi madre no estaba. Pensé volver abajo, pero cambié de idea. Coloqué la bolsa de basura en el rectángulo de luz que dejaba el ascensor y luego cerré las puertas. En la oscuridad, me acomodé en el ángulo del rellano, desde donde podía ver bien a cualquiera que saliese del ascensor o subiera por la escalera. Me senté en el suelo.

Desde hacía décadas Caserta era para mí una ciudad de la prisa, un lugar de la inquietud donde todo es más veloz que en otros lugares. No la ciudad real con un parque del siglo XVIII, rico en agua y cascadas, al que había ido de pequeña el lunes después de Pascua, entre multitud de excursionistas, confundida en el clan inacabable de parientes, a comer salami de Secondigliano y huevos duros dentro de una masa grasa y pimentada. De esa ciudad y de ese parque el con-

junto de letras conservaba solo el agua que cae veloz y el placer aterrorizado de perderme entre los gritos cada vez más lejanos que me
llamaban. En cambio, lo que mis emociones menos verbalizables re-
gistraban con el nombre de Caserta ocultaba sobre todo la náusea del
corro, el vértigo y la falta de aire. A veces ese lugar, que pertenecía a
la memoria menos fiable, estaba hecho de una escalinata débilmente
iluminada y de una baranda de hierro forjado. Otras veces era una
mancha de luz cortada por barras y cubierta por un tupido retículo, que observaba agazapada bajo tierra, en compañía de un niño llamado Antonio que me sujetaba fuerte de la mano. Los sonidos que la
acompañaban, como la banda sonora de una película, eran pura confusión, un trompetazo imprevisto, como cosas primero en orden que
de pronto se arruinaban. El olor era el de la hora de la comida o de la
cena, cuando de cada puerta, por el hueco de la escalera, se mezclaban los perfumes de las cocinas más variadas, aunque estropeadas por
un tufo de moho y telarañas. Caserta era un lugar donde no debía ir,
un bar con un cartel, una mujer morena, palmeras, leones, camellos.
Tenía el sabor de los confites en las bomboneras, pero estaba prohibido entrar. Si las niñas lo hacían no volvían a salir de allí. Tampoco
mi madre debía entrar, pues mi padre la mataría. Caserta era un
hombre, una silueta de tela oscura. La silueta giraba colgada de un
hilo, primero una vuelta hacia aquí, luego una hacia allá. No era líci-
to hablar de él. A menudo Amalia era perseguida por la casa, alcan-
zada, golpeada en el rostro primero con el dorso de la mano, luego
con la palma, solo porque había dicho: «Caserta».

Esto, en mis recuerdos menos fechables. En los más nítidos era la
misma Amalia la que hablaba en secreto de él, de ese hombre-ciudad
hecho de cascadas y setos y estatuas de piedra y pinturas de palmeras
con camellos. A mí, que jugaba debajo de la mesa con mis hermanas,
no me hablaba de él. No hablaba a las otras, a las mujeres que junto

con ella cosían guantes a domicilio. Tenía en alguna parte del cerebro ecos de frases. Me había quedado una en la mente, muy nítida. Ni siquiera eran palabras, ya no lo eran; eran sonidos compactos materializados en imágenes. Ese Caserta, decía mi madre en un susurro, la había empujado a un rincón y había tratado de besarla. Yo, al escucharla, veía la boca abierta de ese hombre, con dientes blanquísimos y una lengua larga y roja. La lengua asaeteaba más allá de los labios y luego volvía a entrar a una velocidad que me hipnotizaba. En los años de la adolescencia cerraba los ojos a propósito para reproducir a gusto esa escena en mi interior, y contemplarla mezclando la atracción y la repulsión. Pero lo hacía sintiéndome culpable, como si hiciese algo prohibido. Ya entonces sabía que en esa imagen de la fantasía había un secreto que no se podía desvelar, no porque una parte de mí no supiese cómo lograrlo, sino porque, si lo hubiera hecho, la otra parte se habría negado a nombrarlo y me habría expulsado de sí.

Por teléfono, poco antes, el tío Filippo me había dicho algunas cosas que ya conocía confusamente: él hablaba y yo lo sabía. Se podía resumir así: Caserta era un hombre indigno. De muchacho había sido amigo de él y de mi padre. Con mi padre, en la posguerra, habían logrado hacer buenos negocios; parecía un joven límpido, sincero. Pero había puesto los ojos en mi madre. Y no solo en ella: ya estaba casado, tenía un hijo, pero molestaba a todas las mujeres del barrio. Cuando sucedió lo que había agotado la paciencia, mi tío y mi padre le dieron una lección. Y Caserta, con su mujer y su hijo, se fueron a otra parte. Concluyó en un dialecto amenazador:

—No quería quitársela de la cabeza. Entonces hicimos que se le pasaran para siempre las ganas.

Silencio. Había visto sangre entre gritos e insultos. Fantasmas sobre fantasmas. Antonio, el niño que me daba la mano, se había precipitado abajo, al fondo más oscuro del subsuelo. Durante un instante había sentido la violencia doméstica de mi infancia y mi adolescencia, que volvía a mis ojos y oídos como si chorreara a lo largo de un hilo que me unía a ella. Pero por primera vez me di cuenta de que entonces, después de tantos años, eso era lo que quería.

—Voy —propuso el tío Filippo.

—¿Qué quieres que haga con un viejo de setenta años?

Quedó confundido. Antes de colgar le juré que lo llamaría si volvía a aparecer Caserta.

En aquel momento estaba en el rellano esperando. Pasó por lo menos una hora. Del hueco de la escalera llegaba el resplandor de las luces de los otros pisos, que, una vez acostumbrada a la oscuridad, me permitía controlar todo el espacio. Nada sucedió. Hacia las cuatro de la mañana el ascensor tuvo un brusco sobresalto y el indicador pasó del verde al rojo. La cabina bajó.

De un salto fui hasta la barandilla: lo vi oscilar pasado el cuarto piso y detenerse en el tercero. Las puertas se abrieron y se cerraron. Luego, de nuevo silencio. También desapareció el eco de las vibraciones que emitían los cables de acero.

Esperé un poco, tal vez cinco minutos; luego bajé con cautela al piso de abajo. Allí había una luz amarillenta; las tres puertas que daban al rellano pertenecían a las oficinas de una compañía de seguros. Bajé otro tramo y di vueltas alrededor de la cabina cerrada y oscura. Quería mirar dentro, pero no lo hice debido a la sorpresa: la puerta de la casa de mi madre estaba abierta de par en par y las luces encendidas. En el umbral estaba la maleta de Amalia y al lado su bolso de piel negra. Instintivamente quise precipitarme hacia esos objetos, pero a mi espalda oí el golpe de las puertas acristaladas del ascensor. La luz iluminó la cabina y me mostró a un hombre anciano, cuidado, atractivo a su manera, con el rostro oscuro y descarnado bajo la masa de cabellos blancos. Estaba sentado en uno de los bancos de madera, tan inmóvil que parecía la ampliación de una vieja foto. Me observó durante un segundo con una mirada amistosa, levemente melancólica. Luego la cabina empezó a subir con estruendo.

No tuve dudas. El hombre era el mismo que me había desgranado su rosario de obscenidades durante el entierro de Amalia. Pero dudé en seguirlo por la escalera; pensé que debía hacerlo, pero me sentí clavada al suelo como una estatua. Miré los cables del ascensor hasta que se detuvo con el ruido de las puertas que se abrían y se cerraban deprisa. Algunos segundos después la cabina osciló de nuevo delante de mí. Antes de desaparecer hacia la planta baja el hombre me mostró sonriendo la bolsa de basura en la que estaba la ropa interior de mi madre.

7

No solo era fuerte, flaca, veloz y decidida, sino que me gustaba estar segura de serlo. Pero en aquella circunstancia no sé qué sucedió. Tal vez fue el cansancio, tal vez la emoción de encontrar abierta de par en par aquella puerta que había cerrado cuidadosamente. Tal vez quedé deslumbrada por la casa con las luces encendidas, por la maleta o el bolso de mi madre como una maravillosa evidencia en el umbral. O tal vez fue otra cosa. Fue la repulsión que sentí al percibir que la imagen de aquel hombre anciano detrás de los cristales con arabescos del ascensor por un instante me había parecido de una perturbadora belleza. Así que, en vez de seguirlo, permanecía inmóvil esforzándome por retener los detalles, aun después de que el ascensor hubiera desaparecido por el hueco de la escalera.

Cuando me di cuenta, me sentí sin energías, deprimida por la sensación de haberme humillado frente a aquella parte de mí que vigilaba cualquier posible desfallecimiento de la otra. Fui a la ventana a tiempo para ver al hombre que se alejaba por la calle a la luz de las farolas, erguido, con paso reflexivo, pero no desganado, con la bolsa que sostenía a la derecha con el brazo bien tenso y separado del costado, y cuyo fondo de plástico negro rozaba el adoquinado. Volví a la puerta y quise correr escaleras abajo. Pero me di cuenta de que la vecina, la señora De Riso, había aparecido en la franja vertical de luz cautamente abierta entre la puerta y el marco.

Llevaba un largo camisón de algodón rosa y me miraba con hostilidad, con el rostro cortado por la cadena que debía impedir la entrada a los malintencionados. Seguramente estaba allí desde hacía tiempo observando por la mirilla y escuchando.

—¿Qué pasa? —me preguntó con tono provocativo—. No has parado en toda la noche.

Estaba por contestarle también provocativamente, pero recordé que había aludido a un hombre con el que mi madre se encontraba y logré pensar a tiempo que debía contenerme si quería saber más de él. En aquel momento me veía obligada a desear que la alusión chismosa de la tarde, que me había fastidiado, se convirtiese en una charla detallada, conversación, resarcimiento para aquella vieja solitaria que no sabía cómo hacer que pasaran las noches.

—Nada —dije, tratando de normalizar mi respiración—, no logro dormir.

Ella farfulló algo sobre los muertos a los que les resulta difícil irse.

—La primera noche nunca dejan dormir —dijo.

—¿Oyó ruidos? ¿La molesté? —pregunté con falsa cortesía.

—Duermo poco y mal a partir de cierta hora. Y además echaste la llave; no has hecho más que abrir y cerrar la puerta.

—Es verdad —le contesté—, estoy un poco nerviosa. Soñé que aquel hombre del que me habló estaba aquí en el rellano.

La vieja comprendió que había cambiado el registro y estaba dispuesta a escuchar sus chismorreos, pero quiso asegurarse de que no iba a volver a rechazarla.

—¿Qué hombre? —preguntó.

—Ese que usted me dijo… que venía aquí, a visitar a mi madre. Me dormí pensando en él…

—Era un hombre de bien, que ponía de buen humor a Amalia. Le traía hojaldres, flores… Cuando venía los oía reír y hablar continuamente. Sobre todo se reía ella, con una risa muy fuerte que se oía desde el rellano.

—¿Qué se decían?

—No lo sé, no escuchaba. Me ocupo de mis cosas.

Hice un gesto de impaciencia.

—¿Pero Amalia nunca hablaba de él?

—Sí —admitió la viuda De Riso—, una vez que los vi salir juntos de la casa. Me dijo que era alguien al que conocía desde hacía más de cincuenta años, que era casi como un pariente. Y si es así tú también debes de conocerlo. Era alto, flaco, con el pelo blanco. Tu madre lo trataba casi como si fuese un hermano. Con confianza.

—¿Cómo se llamaba?

—No lo sé. Nunca me lo dijo. Amalia hacía lo que le parecía. Un día me contaba sus cosas, aunque yo no quisiera oírlas, y al día siguiente ni me saludaba. Sé lo de los hojaldres porque no los comían todos y me los daba a mí. También me regalaba las flores, porque el perfume le daba dolor de cabeza. En los últimos meses siempre le dolía la cabeza. Pero invitarme y presentármelo, nunca.

—Tal vez temía ponerla en una situación molesta.

—No; quería ir a su aire. Yo lo comprendí y me hice a un lado. Pero quiero decirte que no se podía confiar en tu madre.

—¿En qué sentido?

—No se comportaba como es debido. A ese señor lo vi solo aquella vez. Era un viejo atractivo, bien vestido, y cuando me crucé con él inclinó ligeramente la cabeza. Ella, en cambio, se volvió hacia el otro lado y me soltó una palabrota.

—Tal vez entendió mal.

—Entendí muy bien. Le había dado por decir palabrotas feísimas en voz alta, hasta cuando estaba sola. Y luego se echaba a reír. La oía desde aquí, desde mi cocina.

—Mi madre nunca dijo palabrotas.

—Las decía, las decía… Llegada una edad es necesaria cierta compostura.

—Es verdad —dije.

Y volví a recordar la maleta y el bolso en el umbral de la puerta de casa. Los percibí como objetos que, por el recorrido que debían de haber hecho, habían perdido la dignidad de ser cosas de Amalia. Quería tratar de devolvérsela. Pero la vieja, alentada por mi tono deferente, quitó la cadena de la puerta y salió al umbral.

—Total —dijo—, a esta hora ya no duermo.

Temí que quisiese entrar en casa y me apresuré a retirarme hacia el piso de mi madre.

—Yo, en cambio, trataré de dormir un poco —dije.

La viuda De Riso palideció y enseguida renunció a seguirme. Volvió a poner la cadena de la puerta con despecho.

—También Amalia quería entrar siempre en mi casa y nunca me invitaba a entrar en la suya —farfulló. Luego me dio con la puerta en las narices.

8

Me senté en el suelo y empecé por la maleta. La abrí, pero no encontré nada que pudiese reconocer como perteneciente a mi madre. Todo era nuevo y flamante: un par de zapatillas rosa, una bata de raso color arena, dos vestidos nunca usados, uno de un rojo herrumbre demasiado estrecho para ella y demasiado juvenil, otro más recatado, azul, pero con seguridad corto, cinco bragas de buena calidad, un neceser de piel marrón lleno de perfumes, desodorantes, cremas, maquillajes, cremas de limpieza; ella que nunca en su vida se había maquillado.

Cogí el bolso. Lo primero que saqué fue una braga blanca de encaje. Me convencí enseguida, por las tres V visibles sobre el lado derecho y por el fino diseño, de que hacían juego con el sujetador que Amalia llevaba cuando se ahogó. La examiné con cuidado: tenía un pequeño desgarrón en el lado izquierdo, como si se la hubiese puesto, a pesar de que eran visiblemente de una talla más pequeña de la necesaria. Sentí que se me contraía el estómago y contuve el aliento. Luego seguí hurgando en el bolso, antes que nada en busca de las llaves de la casa. Naturalmente no las encontré. Encontré, en cambio, sus gafas de presbicia, unas fichas para el teléfono y la billetera. En la billetera había doscientas veinte mil liras (una suma importante para ella, que vivía con el poco dinero que le pasábamos mensualmente las tres hermanas), el recibo de la luz, su documento de identidad en una funda de plástico, y una vieja foto mía y de mis hermanas en compañía de nuestro padre. La foto estaba estropeada. Aquellas imágenes nuestras de hacía tanto tiempo habían amarilleado, atravesadas por resquebrajaduras como en ciertas tablas de altar las figuras de los demonios alados que los fieles han rayado con objetos punzantes.

Dejé la foto en el suelo y me puse en pie luchando con una náusea creciente. Busqué por la casa la guía telefónica y, cuando la encontré, busqué Caserta. No quería llamarlo, quería la dirección. Cuando descubrí que había tres hojas llenas de Caserta, me di cuenta de que no sabía su nombre; nadie, en el curso de mi infancia, lo había llamado nunca de otra manera que Caserta. Entonces tiré la guía telefónica a un rincón y fui al baño. Allí ya no pude contener los conatos de vómito y durante algunos segundos tuve miedo de que todo el cuerpo se revelase contra mí, con una furia autodestructiva que de niña siempre había temido y tratado de dominar al crecer. Luego me calmé. Me enjuagué la boca y me lavé con cuidado la cara. Al verla pálida y descompuesta en el espejo inclinado sobre el lavabo, de pronto decidí maquillarme.

Era una reacción insólita. No me maquillaba a menudo ni de buena gana. Lo había hecho de joven, pero desde hacía un tiempo había dejado de hacerlo; no me parecía que el maquillaje mejorara mi aspecto. Pero en aquella ocasión me pareció que lo necesitaba. Tomé el neceser de la maleta de mi madre, volví al baño, lo abrí, saqué un frasco lleno de crema hidratante que conservaba en la superficie la impronta tímida del dedo de Amalia. Borré esa huella con la mía y la usé en abundancia. Me pasé la crema por la cara con ímpetu, estirándome las mejillas. Luego recurrí a los polvos y me cubrí puntillosamente el rostro.

«Eres un fantasma», dije a la mujer del espejo. Tenía la cara de una persona de unos cuarenta años; cerraba primero un ojo, luego el otro, y sobre cada uno pasaba un lápiz negro. Era descarnada, afilada, con pómulos pronunciados, milagrosamente sin arrugas. Llevaba el pelo cortísimo para lucir lo mínimo posible el color ala de cuervo, que por otra parte, y por suerte, iba finalmente volviéndose gris y se preparaba a desaparecer para siempre. Me puse rímel.

«No me parezco a ti», le susurré mientras me ponía un poco de base. Y para no ser desmentida traté de no mirarla. Así, por el espejo, vi el bidet. Me volví para ver qué le faltaba a aquel objeto de un modelo viejo, con monumentales grifos incrustados, y al descubrirlo me dio la risa: Caserta se había llevado también la braga ensangrentada que había dejado en el suelo.

9

El café estaba casi listo cuando llegué a casa del tío Filippo. Con un solo brazo misteriosamente lograba hacerlo todo. Tenía una máquina anticuada de las que se usaban antes de que el oroley se instalase en todas las casas. Era un cilindro de metal con un pico que, desmontado, se dividía en cuatro partes: un recipiente para hervir el agua, un depósito, la tapa correspondiente llena de agujeros y una cafetera. Cuando me hizo entrar en la cocina, el agua caliente ya se filtraba en la cafetera y por el piso se extendía un olor intenso a café.

«Qué bien estás», me dijo, pero no creo que aludiese al maquillaje. Nunca me había parecido en condiciones de distinguir entre una mujer maquillada y una no maquillada. Solo queda decir que aquella mañana tenía un semblante especialmente bueno. En efecto, mientras sorbía el café caliente agregó: «De las tres eres la que más se parece a Amalia».

Esbocé una sonrisa. No quería alarmarlo contándole lo que me había sucedido durante la noche. Y menos aún quería ponerme a discutir mi parecido con Amalia. Eran las siete de la mañana y estaba cansada. Media hora antes había atravesado la calle Foria, semidesierta, hecha de sonidos todavía tan leves que era posible sentir cantar a los pájaros. Había un aire fresco, de apariencia limpia, y una luz

brumosa indecisa entre el buen y el mal tiempo. Pero ya por la calle
Duomo los sonidos de la ciudad se habían intensificado, y también
las voces de las mujeres en las casas; y el aire se había vuelto más gris
y más pesado. Con una gran bolsa de plástico, en la que había metido los contenidos de la maleta y del bolso de mi madre, había caído
en su casa sorprendiéndolo con los pantalones caídos y desabrocha-
dos, la camiseta sobre el torso huesudo, el muñón al aire. Había
abierto las ventanas y enseguida se arregló. Entonces me empezó a
acosar ofreciéndome alimentos. ¿Quería pan fresco, quería leche y
algo para mojar, quería bizcochos?

No me hice de rogar y empecé a comer de todo. Hacía seis años
que era viudo, vivía solo como todos los viejos sin hijos, dormía
poco. Estaba contento de tenerme allí, a pesar de la hora tan tempra-
na, y yo también estaba contenta de encontrarme allí. Deseaba unos
pocos minutos de tregua, el equipaje que había dejado en su casa en
los últimos días, cambiarme de ropa. Pensaba ir enseguida a la tienda de las hermanas Vossi. Pero el tío Filippo estaba ávido de compañía y de charla. Amenazó con muertes horribles a Caserta. Le augu-
ró que ya debía de haber muerto de mala manera en el curso de la
noche. Se lamentó de no haberlo matado en el pasado. Y luego, a través de nexos difícilmente identificables, empezó a saltar de una historia de familia a otra en un dialecto muy cerrado. No se detuvo ni
para tomar aliento.

Después de algunas tentativas renuncié a interrumpirlo. Farfu-
llaba, se enfurecía, le brillaban los ojos, sorbía. Cuando la charla llegó a Amalia, en pocos minutos pasó de una patética apología de la
hermana a una crítica despiadada por el hecho de haber abandonado
a mi padre. Además se olvidó de hablar de ella en pasado, y empezó a
reprocharle como si todavía estuviese viva y presente o a punto de entrar en el cuarto. Amalia —se puso a gritar— nunca piensa en las

consecuencias; siempre fue así, hubiera debido sentarse y reflexionar, y esperar; en cambio, se despertó una mañana y se fue de casa con sus tres hijas. No debió hacerlo, según el tío Filippo. Enseguida me di cuenta de que quería relacionar aquella separación de hacía veintitrés años con la decisión de ahogarse tomada por su hermana.

Algo insensato. Me molesté, pero lo dejé hablar, más todavía porque de vez en cuando se interrumpía y, cambiando el tono hostil en afectuoso, corría a la alacena a buscar otros tarros: caramelos de menta, bizcochos pasados, una mermelada de moras llena de machas blancas de moho pero que, según él, todavía estaba buena.

Mientras yo rechazaba primero sus ofrecimientos y luego, resignada picaba, él volvía al ataque confundiendo fechas y hechos. Fue en 1946 o en 1947, se esforzaba por recordar. Luego cambiaba de idea y llegaba a la conclusión: después de la guerra. Después de la guerra había sido Caserta el que se dio cuenta de que se podía usar el talento de mi padre para vivir un poco mejor. Sin Caserta, había que admitirlo honestamente, mi padre habría seguido pintando casi gratis montañas, lunas, palmeras y camellos en las tiendas del barrio. En cambio Caserta, que era pillo, negro como un sarraceno pero con ojos de diablo prepotente, empezó a ir de arriba abajo con los marineros norteamericanos. No para vender mujeres u otras mercancías. Caserta se trabajaba sobre todo a los marineros embargados por la nostalgia. Y en lugar de mostrarles fotos de señoritas en venta, les daba vueltas y vueltas alentándolos a sacar de la cartera la foto de las mujeres que habían dejado en su país. Una vez que los había transformado en niños abandonados y ansiosos, se ponía de acuerdo en el precio y llevaba la foto a mi padre para que hiciera de ella un retrato al óleo.

Hasta yo recordaba esas imágenes. Mi padre había seguido haciéndolas durante años, aun sin Caserta. Parecía que los marineros, a fuerza de suspiros, habían dejado sobre el papel aún menos que la apariencia de sus mujeres. Eran fotos de madres, de hermanas y novias, todas rubias, todas sonrientes, todas fotografiadas con permanente, sin un cabello fuera de lugar, con alhajas en el cuello y en las orejas. Parecían disecadas. Y además, como en la foto nuestra que guardaba Amalia, como en cada foto corroída por la ausencia, la pátina de la impresión se había gastado y la imagen a menudo estaba doblada en las puntas y atravesada por hendiduras blancas que cortaban rostros, ropas, collares, peinados. Eran rostros desfallecientes aun en la fantasía de quien los custodiaba con deseo y sentimiento de culpa. Mi padre las recibía de las manos de Caserta y las fijaba en el caballete con una chincheta. Luego, en un abrir y cerrar de ojos, aparecía en la tela una mujer que parecía de verdad, una mamá-hermana-mujer que era la que suspiraba en vez de hacer suspirar. Las resquebrajaduras desaparecían, el blanco y negro se transformaba en color, se encarnaba. Y el maquillaje de aquel soporte de la memoria se realizaba con suficiente pericia como para contentar a hombres desamparados y desolados. Caserta pasaba a retirar la mercadería, dejaba algo de dinero y se iba.

Así —contaba mi tío— en poco tiempo había cambiado la vida. Con las mujeres de los marineros norteamericanos comíamos todos los días. También él, porque entonces estaba sin trabajo. Mi madre le pasaba un poco de dinero, pero con la aprobación de mi padre. O tal vez a escondidas. En una palabra, después de años de privaciones todo iba mejor. Si Amalia hubiese estado más atenta a las consecuencias, si no se hubiese metido en medio, quién sabe dónde habríamos terminado. Muy lejos, según mi tío.

Pensé en ese dinero y en mi madre tal como aparecía, también ella, en las fotos del álbum de familia: dieciocho años, el vientre ya arqueado por mi presencia dentro de ella, de pie, al aire libre, en un balcón; en el fondo se veía siempre una parte de su Singer. Debía de haber dejado de pedalear en la máquina de coser solo para que la fotografiaran; luego, después de aquel instante, estaba segura de que había vuelto a trabajar encorvada, sin ninguna foto que la fijase en esa miseria de la fatiga común, carente de sonrisa, sin ojos chispeantes, sin cabellos dispuestos para aparecer más bella. Creo que el tío Filippo nunca había pensado en la contribución del trabajo de Amalia. Ni yo tampoco. Negué con la cabeza, descontenta conmigo misma; odiaba hablar del pasado. Por eso, mientras había vivido con Amalia, había visto a mi padre no más de diez veces en total, obligada por ella. Y desde que estaba en Roma dos veces solo, o tres. Vivía todavía en la casa donde yo había nacido, dos cuartos y una cocina. Pasaba todo el día sentado, pintando feas vistas del golfo o marejadas sin gracia para ferias de la zona. Siempre se había ganado la vida así, sacando cuatro centavos de los mediadores como aquel Caserta, y nunca me había gustado verlo encadenado a la repetición de los mismos gestos, de los mismos colores, de las mismas formas, de los mismos olores que conocía desde la infancia. Sobre todo no soportaba que me expusiese sus confusas razones mientras cubría a Amalia de insultos, sin reconocerle ningún mérito.

No, ya nada del pasado me gustaba. Había cortado de golpe con todos los parientes para evitar que, en cada encuentro, lamentasen en su dialecto la suerte negra de mi madre y profirieran amenazadoras vulgaridades sobre mi padre. Había quedado solo él, el tío Filippo. Lo había seguido viendo a través de los años, pero no por mi decisión sino porque caía de improviso en casa y se peleaba con su hermana, con vehemencia, en voz muy alta, y luego hacían las paces. Amalia, dominada desde joven por su marido y por Caserta, estaba muy apegada a su único y alborotador hermano. De alguna manera se sentía contenta de que él continuara frecuentando a mi padre y viniese a decirle cómo estaba, qué hacía y en qué trabajaba. Yo, en cambio, aunque sentía una simpatía muy antigua por su cuerpo consumido y por su agresividad de camorrista fanfarrón, al que si quería podía tumbar de un puñetazo, hubiese preferido que también él se desvaneciese como había sucedido con tantos tíos y tíos abuelos. Me costaba trabajo aceptar que le diese la razón a mi padre y no a ella. Era su hermano, la había visto cien veces hinchada por las bofetadas, los golpes, las patadas; y, sin embargo, no había movido un dedo para ayudarla. Hacía cincuenta años que seguía reafirmando su solidaridad con su cuñado, sin ceder. Solo desde hacía algunos años lograba escucharlo sin agitarme. Pero cuando era joven no tapaba que tomara aquel partido. Al cabo de un rato me tapaba los oídos para no oír. Tal vez no toleraba que la parte más secreta de mí se sirviese de su solidaridad para fortalecer una hipótesis cultivada también secretamente: que mi madre llevase inscrita en el cuerpo una culpabilidad natural, independiente de su voluntad y de lo que realmente hacía, lista para aparecer cuando fuera necesario en cada gesto, en cada suspiro.

—¿Esta camisa es tuya? —le pregunté para cambiar de tema, mientras sacaba de una de las bolsas de plástico la camisa azul que había encontrado en casa de Amalia. Así lo dejé con la palabra en la boca y durante un instante quedó desorientado, con los ojos como platos y los labios entreabiertos. Luego, enojado, examinó largamente la prenda. Pero sin gafas veía poco o nada; lo hizo para calmarse después del enfurecimiento y darse tono.

—No —dijo—, nunca he tenido una camisa así.

Le conté que la había encontrado en casa de Amalia entre la ropa sucia, y fue un error.

—¿De quién es? —me preguntó agitándose de nuevo, como si yo no estuviese precisamente intentando que me lo dijera él.

Traté de explicarle que lo ignoraba, pero fue inútil. Me tendió la camisa como si estuviese infectada y volvió a atacar de manera implacable a su hermana.

—Siempre fue así —volvió a enfurecerse en dialecto—. ¿Te acuerdas de la historia de la fruta que le llegaba a casa gratis cada día? Ella estaba en las nubes: no sabía cómo ni cuándo. ¿Y el libro de poesías con dedicatoria? ¿Y las flores? ¿Y los hojaldres todos los días a las ocho en punto? ¿Y te acuerdas del vestido? ¿Es posible que no te acuerdes de nada? ¿Quién le compró aquel vestido precisamente de su talla? Ella decía que no sabía nada. Pero se lo puso para salir, a escondidas, sin decírselo a tu padre. Explícame por qué lo hizo.

Me di cuenta de que seguía imaginándola delicadamente ambigua, como sabía ser Amalia hasta cuando mi padre la había agarrado del cuello y le habían quedado las marcas violáceas de los dedos en su piel. Nos decía a nosotras, sus hijas: «Es así. No sabe qué hace y yo no sé qué decirle». Pero nosotras, en cambio, pensábamos que nuestro padre, por todo lo que le hacía, merecía, tras salir de casa una mañana, morir quemado o atropellado o ahogado. Lo pensábamos y lo odiábamos, porque era el resorte de esos pensamientos. Sobre eso no teníamos dudas, y yo no lo había olvidado.

No había olvidado nada, pero no quería recordar. Si era necesario hubiera podido contármelo todo, con cada pormenor; pero ¿para qué hacerlo? Me contaba solo lo que servía, según el caso, decidiendo cada vez de acuerdo con la necesidad. En aquel momento, por ejemplo, veía los melocotones aplastados en el suelo, las rosas golpeadas diez, veinte veces en la mesa de la cocina con los pétalos rojos por el aire y luego esparcidos alrededor y los tallos espinosos todavía encerrados en el papel de plata, los dulces lanzados por la ventana, el vestido quemado en la cocina. Sentía el olor nauseabundo que emana la tela cuando, por distracción, se deja encima de ella la plancha caliente, y tenía miedo.

—No, no se acuerdan y no saben nada —dijo mi tío como si representase allí, en aquel momento, también a mis dos hermanas.

Y quiso obligarme a recordar: ¿sabía que mi padre no empezó a pegarle hasta que quiso dejar a Caserta y los retratos para los norteamericanos y ella se opuso? No era algo sobre lo que Amalia debiera opinar. Pero tenía el vicio de opinar sobre todo, sin ton ni son. Mi padre había inventado una gitana que bailaba desnuda. Se la había mostrado a uno que era jefe de una red de vendedores ambulantes que recorrían las calles de la ciudad y de la provincia vendiendo escenas campestres y marejadas. Este, que se hacía llamar Migliaro y arrastraba siempre detrás a un hijo con los dientes torcidos, la había considerado adecuada para las consultas de médicos y dentistas. Le había dicho que por aquella gitana estaba dispuesto a darle un porcentaje mucho más alto del que le pasaba Caserta. Pero Amalia se opuso; no quería que dejase a Caserta, no quería que hiciese las gitanas, ni quería que se las mostrase a Migliaro.

—No se acuerdan y no saben —repitió el tío Filippo con rencor por cómo había pasado aquella época que le había parecido hermosa y que se había esfumado sin dar los frutos que prometía.

Entonces le pregunté qué le había sucedido a Caserta después de la ruptura con mi padre. Le pasaron por los ojos muchas posibles respuestas furibundas. Luego decidió renunciar a las más violentas, y afirmó con orgullo que Caserta había recibido lo que merecía.

—Se lo dijiste todo a tu padre. Tu padre me llamó y fuimos a matarlo. Si hubiese intentado reaccionar, lo habríamos matado de verdad.

Todo. Yo. No me gustó aquella referencia y no quise saber de qué «tú» hablaba. Borré cualquier sonido que hiciese las veces de mi nombre como si no fuese posible en modo alguno aludir a mí. Me miró interrogativamente y, al verme impasible, negó de nuevo con la cabeza con desaprobación.

—No recuerdas nada —volvió a repetir desconsolado.

Y empezó a hablarme de Caserta. Después se había asustado y había comprendido. Había vendido un bar-pastelería medio en quiebra que era de su padre y se había ido del barrio con su mujer y su hijo. Poco después llegó la noticia de que traficaba con medicamentos robados. Luego se dijo que había invertido en una tipografía el dinero ganado en aquel tráfico. Algo extraño, porque no era tipógrafo. La hipótesis del tío Filippo era que imprimía carátulas para discos piratas. Pero en cierto momento un incendio destruyó la tipografía y Caserta estuvo un tiempo en el hospital a causa de las quemaduras sufridas en las piernas. Desde entonces no se había sabido más de él. Algunos pensaban que había logrado una buena posición con el dinero del seguro y que se había ido a vivir a otra ciudad. Otros decían que después de aquellas quemaduras había ido de médico en médico y que nunca se había curado; no por el daño en las piernas, sino porque tenía las rótulas fuera de lugar. Había sido siempre un hombre raro; se decía que al envejecer se había vuelto cada vez más extraño. Eso era todo. El tío Filippo no sabía nada más de Caserta.

Le pregunté cuál era su nombre; había buscado en la guía, pero había demasiados Caserta.

—Será mejor que no lo busques —me dijo, de nuevo gruñón.

—No busco a Caserta —mentí—. Quiero ver a Antonio, su hijo. De niños jugábamos juntos.

—No es verdad. Quieres ver a Caserta.

—Le preguntaré a mi padre —se me ocurrió contestarle.

Me miró asombrado, como si fuese Amalia.

—Lo haces a propósito —barboteó. Y añadió en voz baja—: Nicola. Se llamaba Nicola. Pero es inútil que busques en la guía: Caserta es un apodo. El verdadero apellido lo tengo en la cabeza, pero no lo recuerdo.

Pareció concentrarse de veras, para contentarme, pero luego renunció deprimido:

—Basta, vuelve a Roma. Si de verdad tienes intención de ver a tu padre, al menos no le hables de esta camisa. Aún hoy, por una cosa así, mataría a tu madre.

—Ya no puede hacerle nada —le recordé. Pero me preguntó como si no me hubiese oído:

—¿Quieres un poco más de café?

10

Renuncié a cambiarme. Conservé mi vestido oscuro lleno de polvo y arrugado. Con dificultad logré encontrar tiempo para reemplazar el tampón. El tío Filippo no me dejó un minuto sin sus cortesías y sus desahogos rabiosos. Cuando dije que tenía que ir a la tienda de las hermanas Vossi para comprarme lencería, se turbó, y se calló durante unos segundos. Luego se ofreció a acompañarme hasta el autobús.

El día estaba cada vez más cargado, sin aire, y el autobús llegó lleno. El tío Filippo evaluó el gentío y decidió subir también él para protegerme —dijo— de los carteristas y la canalla. Por una feliz circunstancia quedó un lugar libre en la plataforma; le dije que se sentara, pero se negó enérgicamente. Me senté y empezó un viaje agotador, a través de una ciudad sin colores, ahogada por los atascos. En el autobús había un fuerte olor a amoníaco y flotaba una pelusa que había entrado por las ventanillas abiertas quién sabe cuándo. Producía picor en la nariz. Mi tío logró reñir primero con uno que no se había apartado con bastante rapidez cuando, para alcanzar el lugar que había quedado libre, le pidió paso, y luego con un joven que fumaba a pesar de la prohibición. Ambos lo trataron con un amenazador desprecio que no tenía en cuenta en absoluto sus setenta años y el brazo mutilado. Lo oí imprecar y amenazar, mientras era empujado por el gentío lejos de mí, hacia el centro del vehículo.

Empecé a sudar. Estaba sentada, apretada entre dos señoras ancianas que miraban delante de ellas con una rigidez no natural. Una llevaba el bolso bien apretado bajo la axila; la otra lo oprimía contra el estómago, la mano sobre el cierre, el pulgar en un anillo enganchado al extremo de la cremallera. Los pasajeros de pie se inclinaban sobre nosotros y nos respiraban encima. Las mujeres se sofocaban entre los cuerpos masculinos, resoplando por aquella cercanía ocasional, fastidiosa aunque en apariencia no culpable. Los hombres, entre la gente, se servían de las mujeres para jugar en silencio con ellos mismos. Uno miraba a una muchacha morena con ojos irónicos para ver si bajaba la mirada. Otro pescaba un poco de puntilla entre un botón y otro de una camiseta o arponeaba un tirante con la mirada. Otros engañaban el tiempo en los coches espiando por la ventanilla para captar porciones de piernas desnudas, el juego de los músculos mientras los pies apretaban el freno o el embrague, un gesto distraído para rascarse la parte interna del muslo. Un hombre pequeño y flaco, apretado por los que tenía a sus espaldas, buscaba contactos breves con mis rodillas y a ratos me respiraba en el pelo.

Me volví hacia la ventanilla más cercana en busca de aire. Cuando de niña hacía ese mismo recorrido en tranvía, con mi madre, el coche subía por la colina con una especie de penoso rebuzno, entre viejos edificios grises, hasta que aparecía un trozo de mar sobre el que me imaginaba que navegaba el tranvía. Los cristales de las ventanillas vibraban en los marcos de madera. Vibraba también el pavimento y comunicaba al cuerpo un agradable temblor que yo dejaba extenderse a los dientes, aflojando apenas las mandíbulas para sentir cómo temblaba una hilera contra la otra.

La ida en tranvía y la vuelta en funicular era un viaje que me gustaba: las mismas máquinas lentas, sin frenesí, solo ella y yo. En lo alto oscilaban, sostenidos del pasamanos por lazos de cuero, algunos asideros macizos. Al agarrarse, el peso del cuerpo bajaban del bloque metálico por encima de la empuñadura escritos y dibujos coloreados, letras e imágenes diferentes en cada sacudida. Los asideros publicitaban, en colores, zapatos y diferentes productos de las tiendas de la ciudad. Si el coche no estaba lleno, Amalia dejaba en el asiento algunos de sus paquetes envueltos en papel de embalar y me tomaba en sus brazos para que jugara con los asideros.

Pero si el tranvía estaba lleno, cualquier placer quedaba interrumpido. Entonces me obsesionaba con proteger a mi madre del contacto con los hombres, como había visto que hacía siempre mi padre en aquella circunstancia. Me ponía como un escudo a sus espaldas y quedaba crucificada en las piernas de ella, la frente contra sus nalgas, los brazos estirados, uno aferrado al apoyo de fundición del asiento de la derecha y el otro al de la izquierda.

Era un esfuerzo inútil, el cuerpo de Amalia no se dejaba contener. Las caderas se le dilataban por el corredor hacia las caderas de los hombres que tenía al lado; las piernas, el vientre se dilataban hacia la rodilla o la espalda del que estaba sentado delante. O a veces sucedía lo contrario. Eran los hombres los que se pegaban a ella como las moscas a los papeles pegajosos y amarillentos que colgaban en las carnicerías o perpendiculares en los mostradores de las charcuterías, atestados de insectos muertos. Resultaba difícil mantenerlos alejados con patadas o codazos. Me acariciaban la nuca alegremente y le decían a mi madre:

—Están aplastando a esta hermosa niña.

Alguno quería levantarme en brazos, pero yo lo rechazaba. Mi madre reía y decía:

—Ven aquí.

Resistía con fervor. Sentía que, si cedía, se la llevarían y yo me quedaría sola con mi padre furibundo.

Él la protegía de los otros hombres con una violencia que nunca sabía si solo aplastaría a los rivales o si también se volvería contra él y lo mataría. Era un hombre insatisfecho. Tal vez no había sido así siempre, sino que había llegado a serlo cuando dejó de vagar por el barrio para decorar mostradores de tiendas o carros de mano a cambio de comida, y había terminado pintando, en telas aún sin fijar a los bastidores, pastorcillas, marinas, naturalezas muertas, paisajes exóticos y ejércitos de gitanas. Se imaginaba quién sabe qué destino y se enfurecía porque la vida no cambiaba, porque Amalia no creía que cambiaría, porque la gente no lo apreciaba como debía. Repetía continuamente, para convencerse y convencerla, que mi madre había tenido mucha suerte al casarse con él. Ella, tan negra, no se sabía de qué sangre venía. Él, en cambio, que era blanco y rubio, sentía en la sangre quién sabe qué. Aunque clavado hasta la náusea a los mismos colores, los mismos temas, las mismas campiñas y los mismos mares, fantaseaba sin freno sobre sus capacidades. Las hijas nos avergonzábamos de él y creíamos que podía hacernos daño, como amenazaba hacérselo a cualquiera que rozase a nuestra madre. En el tranvía, cuando estaba también él, teníamos miedo. Vigilaba sobre todo a los hombres pequeños y oscuros, con rizos y labios gruesos. Atribuía a aquel tipo antropológico la tendencia a mancillar el cuerpo de Amalia; pero tal vez pensaba que era mi madre la que se sentía atraída por aquellos cuerpos nerviosos, cuadrados, fuertes. Una vez se convenció de que un hombre entre el gentío la había tocado. La abofeteó ante los ojos de todos, ante nuestros ojos. Yo quedé dolorosamente impresionada. Estaba segura de que iba a matar al hombre y no comprendía por qué, en cambio, la emprendió a bofetadas con ella. Aún hoy no sé por qué lo hizo. Tal vez para castigarla por haber sentido sobre la tela del vestido, sobre la piel, el calor del cuerpo de aquel otro.

11

Detenida en el caos de la calle Salvator Rosa, descubrí que ya no sentía la menor simpatía por la ciudad de Amalia, por la lengua en que me hablaba, por las calles que recorrí de niña, por la gente. Cuando, en un determinado momento, apareció un trozo de mar (el mismo que de niña me entusiasmaba), me pareció papel de seda violáceo pegado en una pared desconchada. Supe que estaba perdiendo a mi madre definitivamente y que eso era exactamente lo que quería.

Las hermanas Vossi tenían la tienda en la plaza Vanvitelli. De joven me había detenido a menudo delante de sus escaparates, que eran sobrios, con gruesos cristales encerrados en marcos de caoba. La entrada tenía una vieja puerta con medio cristal y en la bóveda estaban grabadas las tres V y la fecha de fundación: 1948. Detrás del cristal, que era opaco, no sabía qué había; nunca había sentido la necesidad de ir a verlo ni había tenido el dinero para hacerlo. Me había detenido a menudo en el exterior, sobre todo porque me gustaba el escaparate de la esquina, donde la ropa de mujer estaba negligentemente colocada debajo de una pintura que no era capaz de fechar, seguramente obra de un experto. Dos mujeres, cuyos perfiles casi se superponían por lo cerca que estaban y entregadas a los mismos movimientos, corrían con la boca abierta, de derecha a izquierda de la mesa. No se podía saber si seguían a alguien o si las seguían. La imagen parecía aserrada de un escenario mucho más amplio, porque no se veía la pierna izquierda de las mujeres y sus brazos extendidos estaban cortados en las muñecas. También le gustaba a mi padre, que siempre se reía de todo lo que se había pintado en el curso de los siglos. Se inventaba atribuciones insensatas fingiéndose un experto, como si no supiésemos todas que no había ido a escuela alguna, que de arte sabía poco o nada, que solo era capaz de hacer noche y día sus gitanas. Cuando estaba en vena y dispuesto a fanfarronear más que de costumbre con nosotras, sus hijas, incluso se lo atribuía.

Hacía por lo menos veinte años que no había tenido ocasión de subir a la colina, lugar que recordaba diferente del resto de la ciudad, fresco y ordenado, a pocos pasos de San Martino. Me molesté enseguida. La plaza me pareció cambiada, con sus ralos plátanos enclenques, devorada por las chapas de los coches, dominada por un columpio de travesaños de hierro barnizados de amarillo. Recordaba en el centro de la plaza de otra época palmeras que me habían parecido altísimas. Había una enana, enferma, asediada por las vallas grises de las obras en curso. Para colmo no identifiqué la tienda a la primera ojeada. Seguida de cerca por mi tío, que continuaba peleando en su interior con las figuras del autobús, aunque el episodio se hubiera producido una hora antes, di vueltas en círculo por aquel espacio polvoriento, aullante, bombardeado por los martillos neumáticos y los cláxones, bajo nubes de un cielo que parecía querer llover y no lo lograba. Finalmente me detuve ante maniquíes de mujeres calvas con braga y sujetador, dispuestas estudiadamente en posturas audaces, a veces vulgares. Entre espejos, metales dorados y materiales de colores eléctricos, me costó reconocer las tres V en la bóveda, lo único que había permanecido igual. El cuadro que me gustaba tampoco estaba.

Miré el reloj: eran las diez y cuarto. El vaivén era tal que toda la plaza —casas, columnatas de un gris violáceo, nubes de sonidos y polvo— parecía un tiovivo. El tío Filippo echó una mirada a los escaparates y enseguida miró hacia otro lado con embarazo: demasiadas piernas abiertas, demasiados senos procaces, que le provocaban malos pensamientos. Dijo que me esperaba en la esquina y que me apresurara. Pensé que yo no le había pedido que me siguiera hasta allí y entré.

Siempre me había imaginado que el interior de la tienda Vossi estaría en penumbra y que habría tres amables ancianas con vestidos largos, varios hilos de perla y cabellos recogidos en un moño sujeto con horquillas de otra época. En cambio, me encontré con un ambiente iluminado ostentosamente, clientes ruidosos, otros maniquíes con batas de raso, tops multicolores, calzones de seda, mostradores grandes y pequeños que sobrecargaban el ambiente de productos, dependientas jovencísimas, con un maquillaje espeso, todas con un uniforme color pistacho muy ajustado y las tres V bordadas en el pecho.

—¿Esta es la tienda de las hermanas Vossi? —le pregunté a una de ellas, la de aspecto más amable, tal vez incómoda con su uniforme.

—Sí. ¿Qué desea?

—¿Podría hablar con una de las señoras Vossi?

La muchacha me miró perpleja.

—Ya no están.

—¿Han muerto?

—No, no creo. Se han jubilado.

—¿Han traspasado el negocio?

—Eran ancianas, lo vendieron todo. Ahora hay una nueva dirección, pero la marca es la misma. ¿Es una antigua cliente?

—Mi madre —dije. Y empecé a sacar lentamente de la bolsa de plástico que había llevado con la ropa interior la bata, los dos vestidos y las cinco bragas que encontré en la maleta de Amalia, y lo puse todo sobre el mostrador—. Creo que lo compró todo aquí.

La muchacha echó una mirada competente.

—Sí, la ropa es nuestra —dijo con aire interrogativo. Percibí que, basándose en la edad que yo aparentaba, intentaba calcular la de mi madre.

—Cumple sesenta y tres años en julio. —Luego se me ocurrió mentir—: No eran para ella. Eran regalos para mí, por mi cumpleaños. Cumplí cuarenta y cinco años el pasado 23 de mayo.

—Aparenta como mínimo quince menos —dijo la muchacha, esforzándose en ejercer su oficio.

—Son unas prendas muy bonitas, y me gustan —dije con tono cautivador—. Pero este vestido me aprieta un poco y las bragas me van estrechas.

—¿Quiere cambiarlos? Necesitaría el tíquet.

—No tengo el tíquet. Pero los compró aquí. ¿No se acuerda de mi madre?

—No creo. Viene tanta gente…

Eché una mirada a la gente a la que había aludido la dependienta: mujeres que gritaban en dialecto, reían ruidosamente, cubiertas de joyas valiosísimas, salían de los probadores en braga y sujetador o en sucintos bañadores de piel de leopardo, dorados, plateados, lucían carnes abundantes, rayadas por las estrías y perforadas por la celulitis, se contemplaban el pubis y las nalgas, se levantaban los senos con las manos en copa, ignoraban a las dependientas y se dirigían en aquella postura a una especie de gorila bien vestido que ya estaba bronceado, colocado allí especialmente para canalizar su flujo de dinero y amenazar con los ojos a las vendedoras poco eficientes.

No era la clientela que me había imaginado. Parecían mujeres cuyos hombres se habían enriquecido de golpe y fácilmente, lanzándolas a un lujo provisional del que se veían obligadas a gozar con una subcultura de subsuelo húmedo y atiborrado, de tebeos semipornos, de obscenidades usadas como estribillo. Eran mujeres limitadas a una ciudad-asilo, primero corrompidas por la miseria, después por el dinero, sin solución de continuidad. Al verlas y oírlas me di cuenta de que me resultaban intolerables. Se comportaban con aquel hombre como mi padre imaginaba que se comportaban las mujeres, como se había imaginado que se comportaba su mujer en cuanto él le daba la espalda, como tal vez también Amalia había fantaseado durante toda su vida que se comportaba: una señora de mundo que se inclina sin verse obligada a apoyar dos dedos en el centro del escote, cruza las piernas sin preocuparse por la falda, ríe desvergonzadamente, se cubre de objetos preciosos y se desborda con todo el cuerpo en continuas e indiscriminadas ofertas sexuales, compitiendo de tú a tú con los hombres en el ámbito de lo obsceno.

Hice una incontrolada mueca colérica.

—Es alta como yo, con algunas canas —dije—. Pero el peinado es anticuado; ya nadie se peina así. Vino en compañía de un hombre de alrededor de setenta años, pero atractivo, flaco, cabellos muy abundantes y todos blancos. Una hermosa pareja… Debería recordarles, han comprado todo esto.

La vendedora negó con la cabeza; no se acordaba.

—Viene tanta gente… —dijo. Luego lanzó una mirada al gorila, preocupada por el tiempo que estaba perdiendo, y me sugirió—: Pruébesela. A mí me parece que es su talla. Si el vestido le tira…

—Quisiera hablar con ese señor… —aventuré.

La dependienta me empujó hacia un probador, azorada por aquella petición apenas esbozada.

—Si la braga no le va bien, llévese otra… le haremos un descuento —propuso. Y me encontré en un cuchitril de espejos rectangulares.

Suspiré, me quité cansinamente el vestido del entierro. Cada vez aguantaba menos la cháchara frenética de las clientas, que allí dentro, en vez de atenuarse, parecía amplificada. Después de un momento de incertidumbre, me quité la braga de mi madre que me había puesto la noche antes y me puse la de encaje que había encontrado en su bolso. Era exactamente de mi talla. Pasé perpleja el dedo a lo largo del desgarrón en el costado que Amalia probablemente había causado al ponérsela y luego me deslicé por la cabeza el vestido color herrumbre. Me llegaba a cinco centímetros por encima de las rodillas y tenía un escote demasiado amplio. Pero no me tiraba en absoluto, más bien se movía sobre mi delgadez tensa y musculosa, suavizándola. Salí del probador estirando el vestido de un lado, me miré una pantorrilla y dije en voz alta:

—¿Ve?, el vestido me tira de un lado... Y además es demasiado corto.

Pero al lado de la joven dependienta estaba el hombre, un tipo de unos cuarenta años con bigotes negros, por lo menos veinte centímetros más alto que yo, ancho de hombros y de tórax. Era ampuloso en sus facciones y en su cuerpo, amenazador; solo la mirada no era antipática, sino vivaz, familiar. Dijo, en un italiano de televisión, pero sin amabilidad, sin siquiera la sombra de la consentida complicidad que mostraba con las otras clientas, incluso tratándome de usted con visible dificultad:

—Le queda muy bien, no le tira en absoluto. El modelo es así.

—Justamente es el modelo lo que no me convence. Lo eligió mi madre sin mí y...

—Eligió muy bien. Conserve su vestido y disfrútelo.

Lo miré durante un segundo en silencio. Sentí que quería hacer algo contra él o contra mí. Eché una mirada a las otras clientas. Me tiré el vestido de los costados y me volví hacia uno de los espejos.

—Mire la braga —le indiqué en el espejo—, me va estrecha.

El hombre no cambió de expresión ni de tono.

—Mire, no sé qué decirle, ni siquiera tiene el tíquet —dijo.

Me vi en el espejo con las piernas flacas y desnudas: tiré hacia

81

abajo el vestido, con disgusto. Recogí el vestido viejo y las bragas, lo puse todo en la bolsa y busqué en el fondo la funda de plástico con el documento de identidad de Amalia.

—Debería recordar a mi madre —intenté de nuevo, sacando el documento y poniéndoselo bajo los ojos.

El hombre echó un vistazo y pareció perder la paciencia. Pasó al dialecto.

—Querida señora, aquí no podemos perder tiempo —dijo, y me devolvió el documento.

—Solo le estoy pidiendo…

—La mercancía vendida no se cambia.

—Solo le estoy pidiendo…

Me dio un leve golpe en el hombro.

—¿Quieres bromear? ¿Has venido a bromear?

—No se atreva a tocarme…

—No, realmente quieres bromear… Vete, llévate tus cosas y tu documento de identidad. ¿Quién te envía? ¿Qué quieres? Dile al que te envía que venga a buscarlo personalmente. ¡Ya veremos! Mejor aún, esta es mi tarjeta: Polledro Antonio, nombre, dirección y número de teléfono. Me encontrará aquí o en casa. ¿De acuerdo?

Era un tono que conocía muy bien. Inmediatamente después empezaría a empujarme más fuerte y luego a golpearme sin la menor consideración, fuese mujer u hombre. Le arranqué el documento de la mano con calculado desprecio y, para comprender qué lo había puesto tan nervioso, miré la foto tamaño carnet de mi madre. Los largos cabellos barrocamente dispuestos sobre la frente y alrededor del rostro habían sido cuidadosamente raspados. El blanco que aparecía alrededor de la cabeza había sido cambiado con un lápiz en un gris nebuloso. Con el mismo lápiz alguien había endurecido levemente las líneas del rostro. La mujer de la foto no era Amalia: era yo.

12

Salí a la calle arrastrando mi bolsa. Me di cuenta de que todavía tenía en la mano el documento de identidad, lo volví a poner en la funda de plástico y dejé dentro mecánicamente la tarjeta de Polledro. Metí todo en mi bolso y miré alrededor trastornada, pero contenta de que el tío Filippo se hubiese quedado de veras esperándome en la esquina.

Me arrepentí enseguida. Abrió mucho los ojos y la boca mostrándome los pocos dientes largos y amarillos de nicotina. Estaba estupefacto, pero la estupefacción se transformó rápidamente en contrariedad. No logré entender por qué de inmediato. Luego me di cuenta de que la causa era el vestido que llevaba puesto. Me esforcé por sonreírle, seguramente para calmarlo, pero también para alejar la impresión de haber perdido el dominio de mi cara, de tener una que era la adaptación de la de Amalia.

—¿Me queda mal? —le pregunté.

—No —dijo enojado, mintiendo claramente.

—¿Entonces?

—Enterramos a tu madre ayer —me reprochó en voz demasiado alta.

Pensé revelarle, por despecho, que el vestido era de Amalia, pero alcancé a prever que el despecho caería sobre mí; con seguridad volvería a desatarse en injurias contra su hermana.

—Estaba demasiado deprimida y quise hacerme un regalo —le dije.

—Vosotras las mujeres os deprimís con demasiada facilidad —farfulló olvidándose enseguida, con esa «demasiada facilidad», de lo que acababa de recordarme: que habíamos enterrado hacía poco a mi madre y tenía una buena razón para estar deprimida.

Además no estaba deprimida en absoluto. Me sentía, en cambio, como si me hubiera abandonado en un lugar y ya no estuviera en condiciones de volver a encontrarme; o sea, anhelante, con movimientos demasiado rápidos y escasamente coordinados, con la prisa de quien husmea por todas partes y no tiene tiempo que perder. Pensé que una manzanilla me haría bien y llevé al tío Filippo al primer bar que encontramos en la calle Scarlatti, mientras él empezaba a hablar de la mujer, que justamente estaba siempre triste: dura, gran trabajadora, atenta, ordenada, pero triste. El lugar, cerrado, me dio la impresión de un tapón de algodón en la boca. El olor intenso del café y las voces demasiado altas de los clientes y los camareros me empujaron hacia la salida, mientras mi tío ya chillaba con la mano en el bolsillo interior de la chaqueta: «Pago yo». Me senté a una mesa en la acera, entre chirridos de frenos, olor a lluvia inminente y a gasolina, autobuses llenos a rebosar que avanzaban al paso de un hombre y gente que pasaba deprisa chocando contra la mesa. «Pago yo», repitió el tío Filippo más débilmente, aunque ni siquiera habíamos pedido y dudaba de que alguna vez apareciera un camarero. Luego se acomodó bien en la silla y empezó a pavonearse:

—Siempre he tenido un carácter enérgico. ¿Sin dinero? Sin dinero. ¿Sin brazo? Sin brazo. ¿Sin mujer? Sin mujer. Lo esencial es la boca y las piernas: para hablar cuando te parece y para ir a donde te parece. ¿Tengo razón o no?

—Sí.

—También tu madre era así. Somos una raza que no se envilece. Cuando era pequeña, se lastimaba continuamente, pero no lloraba; nuestra madre nos había enseñado a soplar sobre la herida y a repetir: enseguida se me pasa. También cuando trabajaba, y se pinchaba con la aguja, le había quedado esa costumbre de decir: enseguida se me pasa. Una vez la aguja de la Singer le agujereó la uña del índice, salió por el otro lado, volvió a salir y entró de nuevo, tres o cuatro veces. Bueno, detuvo el pedal, luego lo movió apenas para sacar la aguja, se vendó el dedo y siguió trabajando. Nunca la vi triste.

Eso fue todo lo que oí. Me parecía que la nuca se me hundía en el escaparate a mi espalda. También la pared roja de la Upim, enfrente, parecía de un color fresco, recién exprimido. Dejé que los ruidos de la calle Scarlatti se hicieran tan fuertes como para taparle la voz. Vi los labios que se movían, de perfil, sin sonido; me parecieron de goma, movidos desde dentro por dos dedos. Tenía setenta años y ningún motivo para estar satisfecho de sí mismo, pero se esforzaba por estarlo y tal vez lo estaba de veras cuando iniciaba aquella charla sin descanso que los movimientos imperceptibles de los labios articulaban velozmente. Durante un instante pensé con horror en los hombres y las mujeres como organismos vivos, y me imaginé un trabajo de buril que nos puliera como siluetas de marfil, reduciéndonos sin agujeros ni excrecencias, todos idénticos y privados de identidad, sin ningún juego de rasgos somáticos, sin ninguna calibración de las pequeñas diferencias.

Aquel dedo herido de mi madre, agujereado por la aguja cuando no tenía ni diez años, lo conocía más que a mis propios dedos gracias a ese detalle. Era violeta, y en la lúnula la uña parecía hundirse. Había deseado mucho lamerlo y chuparlo, más que sus pezones. Tal vez me lo había dejado hacer cuando era muy pequeña, sin negarse. En la yema había una cicatriz blanca: la herida se había infectado y se la habían abierto. Yo sentía alrededor el olor de su vieja Singer, con esa forma de animal elegante medio perro, medio gato, el olor de la correa de cuero agrietada que transmitía el movimiento del pedal desde la rueda grande a la pequeña, la aguja que subía y bajaba del hocico, el hilo que corría por las narices y las orejas, el carrete que giraba sobre el perno clavado en la grupa. Sentía el sabor del aceite que servía para engrasarla, la pasta negra de la grasa mezclada con polvo que rascaba con la uña y me comía a escondidas. Pensaba agujerearme yo también la uña, para hacerle comprender que era arriesgado negarme lo que yo no tenía.

Eran demasiadas las historias de sus infinitas y minúsculas diversidades que la hacían inalcanzable, y que todas juntas la convertían en un ser deseado, en el mundo exterior, al menos tanto como la deseaba yo. Hubo una época en que me había imaginado que le arrancaba aquel dedo excepcional de un mordisco, porque no lograba encontrar el valor suficiente para ofrecer el mío a la boca de la Singer. Lo que no me había sido concedido de ella quería borrárselo del cuerpo. Así nada más se perdería o dispersaría lejos de mí, porque finalmente ya todo se había perdido.

Ahora que estaba muerta, alguien le había raspado los cabellos y le había deformado el rostro para reducirla a mi cuerpo. Sucedía después de que, durante años, por odio, por miedo, hubiera deseado perder todas sus raíces, hasta las más profundas: sus gestos, las inflexiones de su voz, el modo de agarrar un vaso o beber de una taza, cómo se ponía una falda, cómo un vestido, el orden de los objetos en la cocina, en los cajones, las modalidades de los lavados más íntimos, los gustos alimentarios, las repulsiones, los entusiasmos, y luego la lengua, la ciudad, los ritmos de la respiración. Todo rehecho, para convertirme en yo y separarme de ella.

Por otro lado, no había querido o no había logrado arraigar a alguien en mí. Después de un tiempo, también había perdido la posibilidad de tener hijos. Ningún ser humano se separaría de mí con la angustia con la que yo me había separado de mi madre solo porque no había logrado adherirme a ella definitivamente. No habría nadie más y nadie menos entre yo y otro hecho de mí. Seguiría siendo yo, hasta el fin, infeliz, descontenta de lo que había arrastrado furtivamente fuera del cuerpo de Amalia. Poco, demasiado poco, el botín que había logrado arrebatarle arrancándolo a su sangre, a su vientre y a la medida de su aliento, para esconderlo en el cuerpo, en la materia iracunda del cerebro. Insuficiente. ¡Qué maquillaje ingenuo y atolondrado había sido tratar de definir como «yo» esta fuga obligada de un cuerpo de mujer, aunque me hubiese llevado de él menos que nada! No era ningún yo. Y estaba perpleja: no sabía si lo que iba descubriendo y contándome, desde que ella no existía y no podía rebatirlo, me producía más horror o más placer.

13

Tal vez me recobré por la lluvia en la cara. O porque el tío Filippo, de pie a mi lado, me sacudía por un brazo con la única mano que tenía. El hecho es que sentí como una sacudida eléctrica y me di cuenta de que me había adormecido. «Llueve», farfullé mientras mi tío seguía sacudiéndome furiosamente. Chillaba apopléjico, pero yo no lograba entender qué decía. Me sentía débil y espantada, no lograba ponerme en pie. La gente llegaba corriendo en busca de cobijo. Los hombres gritaban o lanzaban risotadas y corrían chocando peligrosamente con la mesita. Temí que me tiraran. Alguien hizo volar un metro más allá la silla que hasta hacía poco había ocupado el tío Filippo. «Qué hermosa estación», dijo, y entró en el bar.

Traté de ponerme en pie creyendo que mi tío quería levantarme. Pero él me soltó el brazo, se tambaleó entre la gente y corrió a lanzar sorprendentes insultos desde el bordillo de la acera, señalando con el brazo extendido hacia el otro lado de la calle, por encima de los coches y los autobuses sobre los que tamborileaba la lluvia.

Me levanté, arrastrando detrás la bolsa y el bolso. Quería ver a quién se enfrentaba, pero el tráfico creaba un muro compacto de planchas y la lluvia caía cada vez más densa. Entonces me deslicé a lo largo de las paredes del edificio para evitar mojarme y encontrar mientras tanto un espacio entre los autobuses y los coches atascados. Cuando lo logré, vi a Caserta contra la mancha roja de la Upim. Caminaba casi doblado en dos, pero rápido, volviéndose continuamente hacia atrás como si temiese que lo siguieran. Chocaba contra los transeúntes, pero no parecía darse cuenta ni disminuía la marcha; encorvado, bamboleando los brazos, en cada choque giraba sobre sí mismo sin detenerse, como si fuese una silueta sujeta a un perno que, gracias a un mecanismo secreto, corría veloz a lo largo del adoquinado. Desde lejos parecía que cantara y bailara, pero tal vez solo imprecaba y gesticulaba.

Apreté el paso para no perderlo de vista, pero, como todos los transeúntes se habían amontonado en los portales, en los vestíbulos de las tiendas, según las cornisas o balcones, para moverme más rápidamente pronto me vi obligada a abandonar cualquier tentativa de protegerme y salir al descubierto, bajo la lluvia. Vi que Caserta saltaba para evitar las plantas y floreros expuestos en la acera por un florista. No lo logró, tropezó y fue a dar contra el tronco de un árbol. Se detuvo un momento, como si estuviese pegado a la corteza, luego se separó del árbol y volvió a correr. Me imaginé que había visto a mi tío y había empezado a escapar. Tal vez los dos viejos estaban reproduciendo, como si se tratara de un juego, una escena ya vivida de jóvenes: uno perseguía, el otro escapaba. Pensé que se pelearían en el adoquinado mojado, rodando hacia un lado y hacia el otro. No sabía bien cómo habría reaccionado yo, qué habría hecho.

En la esquina de Scarlatti con Luca Giordano me di cuenta de que lo había perdido. Busqué con la mirada al tío Filippo, pero tampoco lo vi. Entonces crucé la calle Scarlatti, que se había convertido en un largo signo de interrogación formado por vehículos detenidos, hasta la plaza Vanvitelli, y empecé a subir por la otra acera corriendo, hasta la primera calle. Tronaba sin relámpagos visibles; los truenos eran como secas laceraciones de un tejido. Vi a Caserta al final de la calle Merliani, azotado por la lluvia bajo el metal azul y rojo de un gran cartel, contra la pared blanca de la Floridiana. Corrí tras él, pero un jovencito salió bruscamente de un portón, me cogió de un brazo riendo y me dijo en dialecto: «¿Adónde vas con tanta prisa? ¡Ven a secarte!». El tirón fue tan fuerte que sentí dolor en la clavícula y resbalé con la pierna izquierda. Si no me caí fue porque choqué contra un cubo de basura. Recuperé el equilibrio y me solté con fuerza, gritando, para mi asombro, insultos dialectales. Cuando llegué al cerco del parque, Caserta estaba casi en el extremo de la calle, a pocos metros de la estación del funicular en obras.

Me detuve con el corazón en la garganta. En aquel momento también él avanzaba sin correr a lo largo de la hilera de plátanos, entre los coches aparcados a la derecha. Caminaba, siempre doblado en dos, fatigosamente, con una resistencia en las piernas inimaginable en un hombre de su edad. Cuando pareció que no podía más, se apoyó jadeante contra la valla de una obra. Vi cómo retorcía el cuerpo, en una posición en la que parecía que le saliese de la cabeza blanca el tubo Innocenti donde estaba colgado el cartel «Trabajos de demolición y reconstrucción de la estación de plaza Vanvitelli-Funicular de Chiaia». Estaba segura de que ya no tendría fuerzas para moverse de allí, cuando algo volvió a alarmarlo. Entonces golpeó con el hombro la pared del parque, como si quisiera hundirla y escapar a través de la brecha. Miré a la izquierda para ver qué lo asustaba de aquella manera; esperaba que fuese mi tío. No era él. Bajo la lluvia, proveniente de la calle Bernini, corría, en cambio, Polledro, el hombre de la tienda Vossi. Le gritaba algo, haciéndole señas para que se detuviese, o bien señalándolo amenazadoramente con la mano abierta.

Caserta saltó de un pie al otro mirando alrededor en busca de una vía de escape. Pareció decidido a retroceder, por la calle Cimarosa, pero me vio. Entonces dejó de agitarse, se acomodó los cabellos blanquísimos y, de improviso, pareció decidido a enfrentarse tanto a Polledro como a mí. Fue rozando con la espalda a lo largo de la valla de la obra, luego contra un coche detenido. Yo también volví a correr, justo para ver a Polledro moverse como si patinase por el gris metálico del adoquinado, una figura maciza y sin embargo ágil contra el columpio de barras de hierro amarillo colocado a la salida de la plaza Vanvitelli. En aquel momento reapareció mi tío. Surgió de una freiduría donde debía de haberse protegido. Me había visto llegar y corría a mi encuentro arrogante, con pasitos veloces bajo la lluvia. El hombre de las Vossi se lo encontró delante inesperadamente, y fue inevitable que terminara encima de él. Después del choque se abrazaron tratando de ayudarse el uno al otro a mantenerse de pie, de ese modo giraron juntos tratando de buscar un punto de equilibrio. Caserta aprovechó para hundirse en la luz blanca de la calle Sanfelice, bajo una lluvia chispeante, entre la multitud que trataba de protegerse en la entrada del funicular.

Reuní las pocas energías que me quedaban y corrí detrás, en un ambiente denso de vapores, lodoso por la lluvia, gris por la cal. El funicular estaba a punto de partir y los pasajeros se empujaban unos a otros para validar el billete. Caserta ya había pasado y estaba bajando los escalones, pero se detenía a menudo, estiraba el cuello para mirar a su espalda y luego acercaba de improviso el rostro congestionado a la persona que caminaba a su lado para susurrarle algo. O tal vez se hablaba a sí mismo, pero con una voz que se esforzaba por mantener baja, agitando la mano derecha arriba y abajo con tres dedos bien extendidos y el pulgar y el índice juntos. Durante unos segundos esperaba inútilmente una respuesta. Por fin seguía bajando.

Saqué el billete y me precipité yo también hacia los dos vagones, amarillos y luminosos. No logré ver en cuál de los dos había entrado. Bajé hasta la mitad del segundo vagón sin lograr encontrarlo y luego me decidí a entrar buscando un paso entre la multitud de pasajeros. El aire era pesado y mezclaba el olor del sudor con el de la tela mojada. Miré alrededor en busca de Caserta. En lugar de ello, vi a Polledro bajando los escalones de dos en dos, seguido de mi tío, que le gritaba no sé qué. Apenas tuvieron tiempo de entrar en el primer vagón y enseguida se cerraron las puertas. Pocos segundos después aparecieron contra el cristal rectangular del lado que daba a mi vagón: el hombre de la tienda Vossi miraba alrededor furibundo, y mi tío le tiraba de un brazo. El funicular se puso en marcha.

14

Eran vagones nuevos, muy diferentes de los que funcionaban cuando era niña. De aquellos conservaban la forma de paralele- pípedo que parecía haber sido proyectado hacia atrás en toda la es- tructura por un violento choque frontal. Pero cuando el funicular empezó a caer en el pozo oblicuo que tenía delante, volví a encontrar los crujidos, las vibraciones y las sacudidas. Sin embargo, los vagones se deslizaban por la pendiente colgados de los cables de acero a una velocidad que tenía poco que ver con la reposada lentitud salpicada de sacudidas y ruidos sordos con la que se deslizaban en otra época. De sonda circunspecta bajo la piel de la colina, el vehículo me pareció transformado en una inyección en la vena, brutal. Y, con fastidio, sentí que palidecía la memoria de los viajes agradables con Amalia, cuando ya había dejado de coser guantes y me llevaba con ella a en- tregar a las clientas acomodadas del Vomero los trajes que cosía para ellas. Se había vuelto bella y cuidada para parecer tan señora como aquellas para las que trabajaba. Yo, en cambio, era flaca y sucia, o al menos así me sentía. Me sentaba a su lado en el asiento de madera y tenía sobre las rodillas, bien acomodado para que no se arrugase, el vestido en el que estaba trabajando o acababa de terminar, envuelto en papel de embalar sujeto en las puntas con alfileres. Tenía el pa- quete apoyado en las piernas y en el vientre, como una custodia en la que estaba encerrado el olor y el calor de mi madre. Lo sentía en cada milímetro de la piel que rozaba el papel. Y aquel contacto me producía entonces una melancólica languidez, marcada por las sacudidas del vagón.

Ahora, en cambio, tenía la impresión de perder altura como una Alicia envejecida en la persecución del conejo blanco. Por eso reaccioné separándome de la puerta y esforzándome por llegar al centro del vagón. Estaba en la parte alta, en el segundo compartimiento. Traté de abrirme camino, pero los pasajeros me observaban fastidiados, como si tuviese algo repugnante en mi aspecto, y me rechazaban con hostilidad. Avanzaba con dificultad, luego renuncié a moverme y busqué con la mirada a Caserta. Lo distinguí al fondo, en el último compartimiento, en una plataforma amplia. Estaba detrás de una muchacha de unos veinte años, muy modesta. Lo veía de perfil al igual que a la muchacha. Parecía un caballero tranquilo con una digna vejez, tratando de leer el periódico, gris por la lluvia. Lo sostenía con la mano izquierda, doblado en cuatro, y con la derecha se agarraba al pasamanos de metal brillante. Muy pronto me di cuenta de que secundaba las oscilaciones del vagón y se acercaba cada vez más al cuerpo de la joven. A veces tenía la espalda arqueada, las piernas un poco abiertas, el vientre apoyado en las nalgas de ella. Nada justificaba aquel contacto. A pesar del gentío, tenía a su espalda bastante espacio para colocarse a la debida distancia. Pero, aunque la muchacha se volvió con rabia mal contenida y luego se movió un poco hacia delante para escapar, el viejo no desistió. Esperó algunos segundos antes de recuperar los centímetros perdidos, y pegó de nuevo la tela de los pantalones azules a los tejanos de ella. Recibió un tímido codazo en las costillas, pero continuó impasible fingiendo leer, e incluso empujó con más decisión el vientre contra ella.

Me volví en busca de mi tío. Lo vi en el otro vagón, vigilante, con la boca abierta. Polledro, a su lado, entre la multitud, golpeaba el cristal. Tal vez trataba de atraer la atención de Caserta. O la mía. Ya no estaba mal dispuesto como le había visto en la tienda. Parecía un muchacho humillado y anhelante, obligado a asistir detrás de una ventana a un espectáculo que lo hacía sufrir. Desvié la mirada de él a Caserta, desorientada. Me pareció que tenía la misma boca, de plástico rojo, rígida por la tensión. Pero no logré fijar esa impresión. El funicular se detuvo oscilando, vi que la muchacha se dirigía hacia la salida casi corriendo. Como si estuviese pegado a ella, Caserta la siguió con la espalda arqueada y las piernas abiertas, entre el estupor y alguna risa nerviosa de sus compañeros de viaje. La joven saltó fuera del vagón. El viejo dudó un instante, se recompuso y alzó la mirada. Creí que lo hacía atraído por los golpes, en aquel momento frenéticos, de Polledro. En cambio, como si siempre hubiese sabido el punto preciso en el que me encontraba, me identificó enseguida entre la multitud, que lo señalaba con rumores de desaprobación, y me dirigió una mirada alegremente amistosa para darme a entender que la pantomima a la que se dedicaba me concernía. Luego se deslizó con brusquedad fuera del vagón, a la manera de un actor rebelde que ha decidido no seguir el libreto.

Me di cuenta de que también Polledro trataba de bajar. A mi vez traté de llegar a la puerta, pero estaba lejos de la salida y me veía rechazada por el flujo de los que salían. El funicular volvió a ponerse en marcha. Miré hacia arriba y me di cuenta de que tampoco el hombre de la tienda Vossi lo había logrado. Pero el tío Filippo sí.

15

En el rostro de los viejos es difícil descubrir las facciones que tuvieron de jóvenes. A veces ni logramos pensar que tuvieron una juventud. Mientras el funicular continuaba su descenso, me di cuenta de que poco antes, con el movimiento de la mirada de Polledro a Caserta y viceversa, había imaginado un tercer hombre que no era Caserta y mucho menos Polledro. Se trataba de un hombre joven, de tez aceitunada, cabellos negros, con un abrigo de pelo de camello. Aquel ectoplasma, enseguida deshecho, era el resultado de un deslizamiento de los rasgos corporales, como si mi mirada hubiese causado una confusión accidental entre los pómulos de Caserta y los del gorila de la tienda Vossi, entre la boca de uno y la del otro. Me reproché haber hecho demasiadas cosas que no debía hacer: me había puesto a correr, me había abandonado a la zozobra, me había excedido en mi frenesí. Traté de calmarme. Pocos minutos después apareció la estación de Chiaia, un búnker de cemento, suavemente iluminado. Me preparé para bajar, pero todavía no me sentía tranquila. Amalia, dentro de mi cabeza, miraba también aquella caprichosa composición corporal que había conseguido poco antes. Estaba allí firme, exigente, en un ángulo de la vieja estación de hacía cuarenta años. La vi mejor en ese segundo plano, como si yo estuviese trabajando en un puzzle todavía no identificable en los detalles: solo los cabellos sueltos, un perfil oscuro delante de tres siluetas de madera coloreada que tal vez estaban allí desde hacía poco menos de medio siglo para publicitar vestidos. Mientras tanto salí del vagón, casi empujada hacia la escalera por los pasajeros impacientes. Me sentía helada a pesar del aire sofocante, de invernadero o de catacumba. Entonces Amalia había aparecido definitivamente del todo, joven y ondulante, en el vestíbulo de una estación que, como ella, ya no existía. Me detuve para darle tiempo a embelesarse mirando las siluetas: tal vez una pareja elegante que llevaba un perro lobo con la correa. Sí. Eran de cartón y madera, de dos metros de altura, con menos de un centímetro de espesor, con varas sosteniéndoles la espalda. Recurrí a detalles elegidos al azar para colorearlos y vestirlos. Me pareció que el hombre llevaba chaqueta y pantalones príncipe de Gales, abrigo de pelo de camello, una mano enguantada que estrechaba otro guante, un sombrero de fieltro bien encajado. La mujer tal vez llevaba un traje chaqueta oscuro con un chal de tela azul cubierta por una redecilla delicadamente coloreada; tenía en la cabeza un sombrero con plumas, y ojos profundos detrás del velo. El perro lobo estaba echado sobre las patas traseras, con las orejas vigilantes, apretado contra las piernas del amo. Los tres tenían aspecto sano y alegre en el vestíbulo de la estación, que en aquella época era gris y polvorienta, dividida en dos por una reja negra. A pocos pasos de ellos caían desde lo alto grandes haces de luz entre los escalones, que hacían brillar el verde (¿o el rojo?) del funicular cuando se deslizaba lentamente fuera del túnel en la colina.

Empecé a bajar por la escalera hacia las barras de la verja automática. El resto sucedió en un tiempo brevísimo, pero extraordinariamente dilatado. Polledro me tomó de una mano, torpemente, apenas debajo de la muñeca. Estuve segura de que era él aun antes de volverme. Oí que me pedía que me detuviera. No lo hice. Me dijo que nos conocíamos bien, que él era el hijo de Nicola Polledro. Luego agregó, por si aquella información no era suficiente para retenerme: «El hijo de Caserta».

Me detuve. Dejé que también Amalia se detuviera frente a aquella silueta con la boca semicerrada, los dientes blancos levemente manchados por el lápiz de labios, insegura entre un comentario irónico o una frase de asombro. La pareja de madera y cartón se dejó admirar con indiferencia, en el fondo de la escalinata, a la izquierda. Yo, que me sentí presente al lado de ella aunque no lograba verme, creí que aquellos señores eran las imágenes de los dueños del funicular. Gente venida de lejos: eran tan anormales, tan fuera de lugar, tan diferentes en su mágica variedad, que parecían de otra nación. Hace cuarenta años, los debía de considerar una posibilidad de fuga, la prueba de que existían otros lugares adonde podíamos ir, Amalia y yo, cuando quisiéramos. Pensé con seguridad que también mi madre, atenta, estaba estudiando la manera de escapar conmigo. Pero luego tuve la sospecha de que se detenía allí por otras razones: tal vez solo para estudiar los vestidos de la mujer y su manera de colocar el cuerpo. Probablemente quería reproducirlos en los vestidos que cosía. O aprender a vestirse ella misma de aquel modo, y de aquel modo permanecer desenvuelta en espera del funicular. Sentí con sufrimiento, después de muchas décadas, que allí, en aquel ángulo de esa estación, yo no había logrado pensar sus pensamientos desde dentro de ella, desde el interior de su respiración. En aquel tiempo su voz solo podía decirme: haz esto, haz aquello, pero ya no podía ser parte de la cavidad que concebía esos sonidos y establecía cuáles debían sonar en el mundo exterior y cuáles seguir siendo sonidos sin sonido. Y me desagradó.

La voz de Polledro llegó como un empujón contra aquel dolor. El vestíbulo de hacía cuarenta años se sacudió. Las siluetas resultaron ser de polvo coloreado y se disolvieron. Después de muchos años, trajes y posturas de aquel tipo habían desaparecido del mundo. La pareja había sido retirada junto con el perro como si, después de haber esperado inútilmente, se hubiera hartado y hubiese decidido volver al castillo de quién sabe dónde. Me costó mantener a Amalia detenida ante la nada. Además, un instante antes de que Polledro dejase de hablar, me di cuenta de que me había confundido, que el traje chaqueta oscuro de la mujer de cartón y su chal no habían sido suyos, sino de mi madre. Era Amalia la que se vestía de aquella manera elegante, hacía tanto tiempo, como para una cita que le interesaba. Entonces, con la boca semicerrada, los dientes apenas manchados por el lápiz de labios, miraba no la figura sino a él, al hombre con el abrigo de pelo de camello. Y el hombre le hablaba, y ella le contestaba, y él volvía a hablar, pero yo no comprendía qué se decían.

Polledro se dirigía a mí en tono cautivador para obligarme a prestarle atención. Tenía la cara de su padre de joven, con rasgos bien alimentados, y me estaba ayudando sin querer a recordar que Caserta se encontraba con mi madre en el espacio destruido de la estación de Chiaia. Negué con la cabeza y Polledro debió de pensar que no le creía. Pero era en mí misma en quien no confiaba. Volvió a repetir: «Soy yo, Antonio, el hijo de Caserta». Me estaba dando cuenta de que aquellas figuras de madera y cartón conservaban en realidad solo una impresión de tierras extranjeras y de promesas no mantenidas. Brillaban como zapatos lustrados con Brill, pero sin detalles. Podían haber sido siluetas publicitarias de dos hombres, o de dos mujeres, indiferentemente; podía no haber existido perro alguno; podían haber tenido un prado bajo los pies o un adoquinado; y ni recordaba de qué hacían propaganda. Ya no lo sabía. Los detalles que había desenterrado —en ese momento no estaba segura— no pertenecían a ellos: eran solo el resultado de un ensamblaje desordenado de trajes y gestos. Solo era nítido aquel hermoso rostro joven, aceitunado, con cabellos negros, un despojo de los rasgos de Polledro hijo sobre una sombra que había sido Polledro padre. Caserta hablaba con gentileza a Amalia, mientras sujetaba de la mano a su hijo Antonio, que era de mi edad; y mi madre me sujetaba a mí seguramente sin darse cuenta de mi mano en la suya. Reconocía la boca de Caserta, que se movía con rapidez, y le veía la lengua, roja, con el frenillo que la trababa impidiéndole deslizarse hacia Amalia más de lo que ya intentaba hacerlo. Me di cuenta de que, en mi cabeza, el hombre de cartón del funicular llevaba la ropa de Caserta y su compañera llevaba la de mi madre. El sombrero con plumas y velo había viajado largamente, proveniente de no se sabía qué fiesta de boda, antes de posarse allí. Ignoraba el destino del chal, pero sabía que durante años había permanecido alrededor del cuello y a lo largo de un hombro de mi madre. En cuanto al traje chaqueta —cosido, descosido, regirado—, era el mismo que Amalia se ponía para tomar el tren e ir a verme a Roma para celebrar mi cumpleaños. Cuántas cosas atraviesan el tiempo separándose azarosamente de los cuerpos y las voces de las personas. Mi madre conocía el arte de hacer durar los vestidos eternamente.

Dije por fin a Polledro, sorprendiéndolo con un tono sociable que no esperaba, después de tanta muda resistencia:

—Me acuerdo muy bien. Eres Antonio. ¿Cómo es posible que no te reconociera enseguida? Tienes los mismos ojos de entonces.

Le sonreí para demostrarle que no le era hostil, pero también para saber si sentía hostilidad hacia mí. Me miró perplejo. Lo vi inclinarse para besarme en una mejilla, pero luego renunció como si algo de mí le repeliese.

—¿Qué pasa? —le pregunté al hombre de Vossi, que, disipada la tensión del primer acercamiento, me miraba con leve ironía—. ¿Ya no te gusta mi vestido?

Después de un instante de vacilación, Polledro se decidió. Rió y me dijo:

—¡Vaya pinta! ¿Te has visto? Ven, no puedes ir así.

16

Me empujó hacia la salida y luego, corriendo, hacia la parada de los taxis. Bajo el techo del metro se amontonaba la gente sorprendida por la lluvia. El cielo estaba negro y el viento soplaba fuerte, empujando oblicuamente una cortina de agua fina y densa. Polledro me hizo subir a un taxi que apestaba a tabaco. Hablaba en tono desenvuelto y seguro, sin dejarme hacerlo a mí, como si estuviese convencido de que yo debía sentir mucho interés por lo que estaba diciendo. Pero yo escuchaba poco y mal, no lograba concentrarme. Tenía la impresión de que se estaba expresando sin un objetivo preciso, con una soltura frenéticamente exhibida que solo le servía para contener la ansiedad. No quería que me la contagiase.

Con cierta solemnidad se excusó en nombre de su padre. Dijo que no sabía qué hacer: la vejez le había estropeado el cerebro definitivamente. Me aseguró que el viejo no era peligroso, y mucho menos malvado. Era incontrolable, eso sí; tenía un cuerpo sano y resistente, andaba siempre por la calle, era imposible mantenerlo sujeto. Cuando lograba sacarle bastante dinero, desaparecía durante meses. Y de pronto empezó a enumerarme las cajeras que había tenido que despedir porque el padre las había corrompido o engatusado.

Mientras Polledro hablaba advertí el olor: no el olor verdadero, dominado por el de sudor y tabaco que prevalecía en el taxi, sino un olor inventado a partir del de la tienda de dulces y especias donde a menudo habíamos jugado juntos. La tienda pertenecía a su abuelo y se encontraba a pocas casas del edificio donde vivíamos mis padres y yo. El cartel era de madera, azul, y a los costados del rótulo «Ultramarinos» había una palmera y una mujer negra con labios muy rojos. Aquel cartel lo había pintado mi padre a los veinte años. También había pintado el mostrador de la tienda, con un tono que se llamaba tierra de Siena quemada y que le había servido para hacer el desierto. En el desierto había puesto muchas palmeras, dos camellos, un hombre con sahariana y botas, cascadas de café, bailarinas africanas, un cielo azul ultramar y una luna en cuarto creciente. Costaba muy poco llegar frente a aquel paisaje. Los niños vivíamos en la calle, sin vigilancia; me alejaba del patio de casa, doblaba la esquina, empujaba la puerta, que era de madera, pero con medio cristal en la parte superior y una barra de metal en diagonal, y enseguida sonaba una campanilla. Entonces entraba y la puerta se cerraba a mi espalda. El borde estaba forrado de tela, o tal vez cubierto de goma, para impedir que golpeara con estruendo. El aire olía a canela y a crema. En el umbral había dos sacos con los bordes enrollados, llenos de café. Arriba, en el mármol del mostrador, algunos recipientes de cristal trabajado, con dibujos en relieve, mostraban confites blancos, azules y rosa, caramelos blandos de leche, algunas perlitas multicolores de azúcar que se deshacían en la boca y derramaban en la lengua un líquido dulce, regaliz en barritas negras, en tiras planas o enrolladas, en forma de pescado o de barca. Mientras el taxi combatía con el viento, la lluvia, las calles inundadas, el tráfico, no lograba encajar la repulsión por la lengua roja de Caserta con los juegos inquietantes con el niño Antonio, con la violencia y la sangre que había derivado de ellos, con aquel olor lánguido que Polledro había conservado en el aliento.

Ahora trataba de justificar a su padre. A veces —me estaba diciendo— fastidiaba un poco a la gente, pero bastaba con tener paciencia; sin paciencia vivir en esa ciudad se hacía difícil. Y más aún, ya que el viejo no hacía demasiado daño. El mayor daño no se lo hacía al prójimo, sino a la tienda Vossi cuando molestaba a los clientes. Se le enrojecían los ojos y, si lo hubiese tenido entre las manos, habría tardado poco en olvidarse de que era su padre. Me preguntó si me había molestado. ¿Era posible que no se hubiese dado cuenta de que yo era la hija de Amalia? A él le bastaron pocos minutos, el tiempo de reunir las ideas; no podía imaginar cuánto le había alegrado volver a verme. Corrió detrás de mí, pero yo había desaparecido. En cambio había visto a su padre, y aquello le había hecho perder los estribos. No, no podía comprenderlo. Estaba arriesgando el presente y el porvenir de la tienda Vossi. ¿Le creería si me decía que no tenía un segundo de tregua? Pero su padre no se daba cuenta de la inversión económica y emocional que había hecho en aquella empresa. No, no se daba cuenta. Lo atormentaba con continuas peticiones de dinero, lo amenazaba noche y día por teléfono y molestaba a los clientes a propósito. Por otra parte, no debía pensar que era siempre como lo había visto en el funicular. Llegado el caso el viejo sabía tener buenas maneras, un verdadero señor, de modo que las mujeres lo escuchaban. Luego, si cambiaba de actitud, llegaban los problemas. Perdía dinero por culpa de su padre, pero ¿qué podía hacer? ¿Matarlo?

Le decía desganadamente: sí, claro, no, bueno. Estaba incómoda. Tenía el vestido empapado. Me había visto en el espejo retrovisor del taxi y me había dado cuenta de que la lluvia había corrido mi maquillaje. Estaba helada. Hubiera preferido volver a casa de mi tío, saber qué le había pasado, tranquilizarme, tomar un baño caliente y echarme. Pero aquel cuerpo macizo a mi lado, hinchado de comida, de bebida, de preocupaciones y de rencor, que llevaba sepultado dentro de él a un niño que olía a clavo de especia, milflores y nuez moscada con el que secretamente había jugado de pequeña, me intrigaba más que las palabras que estaba pronunciando. Descartaba que pudiese contarme algo que yo misma no me hubiese narrado ya. No lo esperaba. Pero verle aquellas manos enormes, anchas y gruesas, y recordar las que había tenido de niño, y sentir que eran las mismas, aunque no conservasen ninguna señal de entonces, me frenaba incluso para preguntarle adónde íbamos. Junto a él me sentía miniaturizada, con una mirada y una estatura que hacía tiempo no me pertenecían. Rodeaba el desierto pintado a lo largo del mostrador del bar-ultramarinos, apartaba una cortina negra y entraba en otro ambiente, donde no llegaban las palabras de Polledro. Allí estaba su abuelo, el padre de Caserta, color bronce, calvo pero con el cráneo oscuro, con el blanco de los ojos rojo, la cara larga, pocos dientes en la boca. A su alrededor se agolpaban máquinas misteriosas. Con una, de forma alargada, celeste, atravesada por una barra brillante, elaboraba helados. Con otra montaba crema amarilla en una tina dentro de la cual giraba un brazo mecánico. Al fondo había un horno eléctrico con tres compartimientos, con mirillas oscuras cuando estaba apagado y botones negros. Y detrás de un mostrador de mármol, el abuelo de Antonio, encogido, mudo, apretaba con habilidad un embudo de tela con una boquilla dentada de la que salía crema. La crema se estiraba sobre las masas y alrededor de los pasteles dejando una hermosa marca ondulada. Trabajaba ignorándome. Me sentía agradablemente invisible. Mojaba un dedo en la tina de crema, me comía una pasta, tomaba una fruta confitada, me llevaba algunos confites plateados. Él no pestañaba. Hasta que aparecía Antonio, que me hacía señas y abría, a espaldas del abuelo, la puertecita del sótano. De allí, de aquel lugar de arañas y moho, a menudo aparecían, cien veces seguidas y en pocos segundos, Caserta con abrigo de pelo de camello y Amalia con el traje chaqueta oscuro, a veces con sombrero y velo, a veces sin él. Yo los veía y trataba de cerrar los ojos.

—Mi padre solo ha estado bien en este último año —dijo Polledro con el tono de quien se dispone a exagerar para ganarse un poco de la benevolencia del que escucha—. Amalia fue con él de una gentileza, de una comprensión, que nunca hubiese esperado.

Era verdad —siguió, cambiando de tono— que el viejo le había quitado muchísimo dinero para vestirse como un figurín y lucirse con mi madre. Pero Polledro no se lamentaba de aquel dinero. Su padre le había armado muchas otras. Y temía que pronto se metiera en problemas más graves. No, había sido una verdadera desgracia: Amalia no debería haber hecho lo que hizo. Ahogarse. ¿Por qué? Qué lástima, qué lástima. Su muerte había sido una terrible desgracia.

En aquel momento Polledro parecía hundido por la memoria de mi madre y empezó a disculparse por no haber ido al entierro, por no haberme dado el pésame.

—Era una mujer excepcional —repitió varias veces, aunque es probable que nunca se hubieran hablado. Y luego me preguntó—: ¿Sabías que mi padre y ella se veían?

Le contesté que sí, mirando por la ventanilla hacia fuera. Se veían. Y me vi en la cama de mi madre, mientras me observaba estupefacta la vagina con un espejito. Verse: Amalia me había mirado, insegura, y luego había vuelto a cerrar sin prisa la puerta del dormitorio.

Ahora el taxi seguía la carretera de la costa gris y abarrotada; un tráfico denso y veloz, golpeado por la lluvia y el viento. El mar levantaba altas olas. De niña raramente había visto una marejada tan imponente en el golfo. Era similar a las ingenuas exageraciones pictóricas de mi padre. Las olas se alzaban oscuras, con la cresta blanca, saltaban sin trabajo la barrera de los escollos y a veces llegaban a salpicar el adoquinado. El espectáculo había reunido a grupos de curiosos que, bajo una selva de paraguas, gritaban señalando las crestas más altas en el momento en que se lanzaban en mil salpicaduras más allá de la escollera.

—Sí, lo sabía —repetí con mayor convicción.

Calló un instante, asombrado. Luego continuó divagando sobre la vida: una fea existencia, el matrimonio destrozado, tres hijos a los que no veía desde hacía un año, una vida dura. Solo ahora empezaba a levantar cabeza. Y lo estaba logrando. ¿Yo? ¿Me había casado? ¿Tenía hijos? ¿Por qué? ¿Prefería vivir libre e independiente? Dichosa yo. Me arreglaría un poco y comeríamos juntos. Debía ver a algunos amigos suyos; pero, si no me molestaba, lo podía acompañar. Tenía el tiempo justo, pero con los negocios era así. Si tenía paciencia, luego podíamos hablar un poco.

—¿Te parece bien? —se acordó finalmente de preguntarme.

Le sonreí olvidando la cara que tenía, y bajé del taxi tras él, cegada por el agua y el viento, y obligada a un paso rápido por su mano que me apretaba un brazo. Empujó una puerta y me lanzó delante de él como un rehén, sin soltar la presa. Me encontré en el vestíbulo de un hotel de una suntuosidad descuidada, de polvorienta y apolillada opulencia. A pesar de la madera preciosa y los terciopelos rojos, el lugar me pareció miserable: luces demasiado bajas para un día tan plomizo, un zumbido intenso de voces con entonaciones dialectales, un vaivén de platos y cubiertos proveniente de una gran sala a mi izquierda, las idas y venidas de camareros que se intercambiaban recíprocas groserías, un olor pesado de cocina.

—¿Está Moffa? —preguntó Polledro en dialecto a alguien de la recepción.

Le respondió con un gesto molesto que quería decir: ¡y tanto!; está aquí desde hace rato. Polledro me dejó y fue apresuradamente a la entrada del salón donde se celebraba un banquete. El hombre de la recepción aprovechó para echarme una mirada de disgusto. Me vi en un gran espejo vertical encerrado en un marco dorado. Llevaba el liviano vestido pegado. Me veía más flaca y a la vez más musculosa. El pelo estaba tan pegado al cráneo que daba la impresión de estar pintado. La cara parecía descompuesta por una mala enfermedad de la piel, lívida de rímel alrededor de los ojos y descamada o con manchas en los pómulos y las mejillas. Llevaba colgada con cansancio en una mano la bolsa de plástico en la que había metido todas las cosas que encontré en la maleta de mi madre.

Polledro volvió de mal humor. Comprendí que había llegado tarde por culpa de su padre y tal vez por la mía.

—¿Qué hago ahora? —le dijo al recepcionista.

—Siéntate, come y, cuando la comida haya terminado, le hablas.

—¿No me puedes encontrar un lugar en su mesa?

—¿Eres tonto? —dijo el hombre.

Y explicó irónicamente, con el aire de quien repite cosas sabidas para gente de poco alcance, que en la mesa de Moffa estaban los profesores, el rector, el alcalde, el asesor de cultura y sus consortes. Era impensable un lugar en aquella mesa.

Miré a mi amigo de la infancia: también él estaba bañado por la lluvia y desarreglado. Vi que me miraba con embarazo. Estaba agitado, le aparecían y desaparecían en el rostro los rasgos del niño que recordaba. Me dio pena y no me sentí contenta por él. Me alejé hacia el comedor para permitirle discutir con el hombre de la recepción sin sentirse obligado a tener en cuenta mi presencia.

Me apoyé contra la vidriera que daba al comedor, atenta para no ser empujada por los camareros que entraban y salían. Las voces altas y el tintineo de los cubiertos me parecieron de un volumen insoportable. Se celebraba una especie de comida inaugural, o tal vez de cierre. Quién sabe de qué congreso o encuentro. Había por lo menos doscientas personas. Me impresionó la disparidad evidente entre los comensales. Algunos iban bien arreglados, conjuntados, incómodos, a veces irónicos, a veces aquiescentes, en general sobriamente elegantes. Otros estaban congestionados, se excitaban con la comida y las charlas, habían cargado el cuerpo de todo aquello que podía señalar la posibilidad de gastar derrochando dinero a borbotones. Sobre todo eran las mujeres las que sintetizaban las diferencias entre sus hombres. Delgadeces encerradas en trajes de fina confección, alimentadas con mucha parsimonia e iluminadas de manera difusa por sonrisas corteses, se sentaban al lado de cuerpos desbordantes, apretados en vestidos tan costosos como chillones, coloreados y brillantes de oro y joyas, iracundamente mudas o charlatanas y sonrientes.

Desde donde me encontraba era difícil entender qué ventajas, qué complicidad, qué ingenuidad había llevado a gente tan visiblemente distinta a la misma mesa. Por otra parte, no me interesaba saberlo. Me asombró solo que la sala pareciera uno de los lugares donde, de niña, me imaginaba que escapaba mi madre apenas salía de casa. Si en aquel momento hubiera entrado Amalia con su traje chaqueta azul de hacía décadas, el chal delicadamente coloreado y el sombrero con velo, del brazo de Caserta con su abrigo de pelo de camello, seguramente habría cruzado de manera vistosa las piernas y hecho centellear los ojos a derecha e izquierda con alegría. Eran fiestas de comida y risas como aquellas que la hacían irse cuando dejaba la casa sin mí y yo estaba segura de que nunca volvería. Me inventaba que estaba cargada de oro y plata, que comía sin contención. Tenía la seguridad de que también ella, apenas estaba fuera de casa, sacaba de la boca una lengua larga y roja. Yo lloraba en el desván, junto al dormitorio.

—Ahora te da la llave —me dijo Polledro hablando detrás de mí, sin la amabilidad de antes, más bien groseramente—. Te arreglas un poco y luego nos encontramos en esa mesa.

Lo vi cruzar la sala, rozar una larga mesa, saludar de manera deferente a un hombre anciano que hablaba en voz muy alta a una señora cuidada, arreglada, de cabellos azulados y peinado anticuado. El saludo fue ignorado. Polledro miró furioso para otro lado y fue a sentarse, dándome la espalda, a una mesa donde un hombre gordo, con bigotes negrísimos, y una mujer muy pintada, con un vestido estrecho que al sentarse se le había subido muy por encima de las rodillas, devoraban comida en silencio, a disgusto.

No me gustó que me hablara de aquel modo. Era un tono de voz que transmitía órdenes y no admitía réplica. Pensé en cruzar el salón y decirle a mi ex compañero de juegos que me iba. Pero me detuvo la conciencia de mi aspecto y aquella fórmula: compañero de juegos. ¿Qué juegos? Habían sido juegos que jugué con él solo para ver si sabía jugarlos como me imaginaba que lo hacía secretamente Amalia. Mi madre pedaleaba todo el día en la Singer como un ciclista en fuga. En casa vivía humilde y esquiva, y escondía sus cabellos, sus chales de colores, sus vestidos. Pero yo sospechaba, igual que mi padre, que fuera de casa se reía de otra manera, respiraba de otra manera, orquestaba los movimientos del cuerpo de manera que dejaba a todos con la boca abierta. Doblaba la esquina y entraba en la tienda del abuelo de Antonio. Se deslizaba alrededor del mostrador, comía dulces y confites plateados, zigzagueaba sin ensuciarse entre mostradores y fuentes. Luego llegaba Caserta, abría la puertecita de hierro y bajaban juntos al fondo del sótano. Allí mi madre se soltaba los larguísimos cabellos negros y aquel movimiento brusco llenaba de chispas el aire oscuro que olía a tierra y moho. Luego se tendían ambos en el suelo boca abajo y se arrastraban riendo burlonamente. El sótano era como un corredor largo pero de escasa altura. Se podía avan-

110

zar solo a gatas, entre restos de madera o de hierro, cajas y cajas llenas de viejas botellas para la conserva de tomate, alientos de murciélago o chillidos de ratón. Caserta y mi madre se deslizaban mirando los ventanales blancos de luz que se abrían a intervalos fijos a su izquierda. Eran respiraderos cruzados por nueve barras y protegidos con un retículo para impedir que pasaran los ratones. Desde el exterior los niños miraban la oscuridad y las manchas de luz, grabándose la marca del retículo en la nariz y en la frente. Ellos, en cambio, desde el interior, los vigilaban para estar seguros de no ser vistos. Bien ocultos en las zonas más oscuras, se tocaban mutuamente entre las piernas. Yo, entretanto, me distraía para no llorar y, ya que el abuelo de Antonio no intentaba prohibírmelo sino que esperaba vengarse de Amalia haciéndome morir de indigestión, me llenaba de caramelos blandos, de regaliz, de crema rascada del fondo de la tina donde la elaboraba.

—Habitación doscientos ocho, en el segundo piso —me dijo un empleado. Tomé la llave y renuncié al ascensor. Me fui a paso lento por una amplia escalera, a lo largo de la cual corría una alfombra roja fijada con barras doradas.

17

La habitación 208 era escuálida como la de un hotel de tercera clase. Se encontraba en el fondo de un corredor sin salida y mal iluminado. Estaba al lado de un trastero descuidadamente abierto y lleno de escobas, carros, aspiradoras, ropa blanca sucia. Las paredes tenían un color amarillento y encima de la cama de matrimonio había una Virgen de Pompeya con una rama seca de olivo entre el clavo y el triángulo de metal que sostenía la imagen enmarcada. Los sanitarios, que dadas las pretensiones del hotel deberían haber tenido un precinto, estaban sucios como si los hubieran usado hacía poco. No habían vaciado la papelera. Entre la cama de matrimonio y la pared había un estrecho pasillo que permitía llegar a la ventana. La abrí con la esperanza de que diese al mar; naturalmente, se asomaba a un patio interior. Me di cuenta de que había dejado de llover.

En primer lugar intenté telefonear. Me senté en la cama, evitando mirarme en el espejo que tenía enfrente. Dejé que el teléfono sonara largamente, pero el tío Filippo no contestó. Entonces hurgué en la bolsa de plástico donde había metido la ropa que mi madre tenía en su maleta, saqué la bata de raso color arena y el vestido azul, muy corto. El vestido que había metido descuidadamente en la bolsa estaba todo arrugado. Lo puse sobre la cama y lo planché con las manos. Luego cogí la bata y fui al baño.

Me desvestí y me quité el tampax: la menstruación parecía haber terminado bruscamente. Envolví el tampón en papel higiénico y lo tiré a la papelera. Miré la alfombra de la ducha: tenía repugnantes pelos cortos y negros diseminados por los bordes de la porcelana. Dejé correr mucha agua antes de meterme bajo el chorro. Me di cuenta con satisfacción de que lograba dominar la necesidad de apresurarme. Estaba separada de mí misma: la mujer que quería ser arrojada fuera, con los ojos desorbitados, era observada desapasionadamente por la mujer bajo el agua. Me enjabonaba cuidadosamente y lo hacía de manera que cada gesto perteneciese a un mundo exterior y sin plazos. No seguía a nadie y nadie me seguía. No me esperaban y no esperaba visitas. Mis hermanas se habían ido para siempre. Mi padre se sentaba en su vieja casa delante del caballete y pintaba gitanas. Mi madre, que desde hacía años existía solo como una carga fastidiosa, a veces como una obsesión, había muerto. Mientras me frotaba la cara con fuerza, en especial alrededor de los ojos, me di cuenta, con una ternura inesperada, de que, en cambio, tenía a Amalia bajo la piel, como un líquido caliente que me había sido inyectado quién sabe cuándo.

Me restregué bien el pelo mojado hasta dejarlo casi seco y comprobé en el espejo que no me hubiese quedado rímel entre las pestañas. Vi a mi madre tal como figuraba en su documento de identidad y le sonreí. Luego me puse la bata de raso y, por primera vez en mi vida, a pesar de aquel detestable color arena, tuve la impresión de ser bella. Sentí, al parecer sin motivo, el mismo agradable estupor de cuando encontraba en lugares impensables los regalos que Amalia había ocultado fingiendo que había olvidado por descuido fechas y festividades. Me mantenía en vilo hasta que el regalo aparecía de improviso en rincones de la vida cotidiana que nada tenían que ver con la excepcionalidad del regalo. Al vernos felices era más feliz que nosotras.

Comprendí de pronto que el contenido de la maleta no estaba destinado a ella, sino a mí. La mentira que le había contado a la dependienta de la tienda Vossi era, en efecto, la verdad. También el vestido azul que me esperaba sobre la cama con seguridad era de mi talla. Me di cuenta de golpe, como si fuese la bata que llevaba sobre la piel la que me lo contaba. Metí las manos en los bolsillos, segura de que encontraría una notita de felicitación. Y allí estaba, preparada a propósito para sorprenderme. Abrí el sobre y leí en la grafía elemental de Amalia, con aquellas letras adornadas que ya nadie sabe hacer: «Feliz cumpleaños, Delia. Tu madre». Inmediatamente después me di cuenta de que tenía los dedos levemente sucios de arena. Volví a meter la mano en el bolsillo y descubrí que en el fondo había una leve capa de arena. Mi madre se había puesto aquella bata antes de ahogarse.

18

No me di cuenta de que la puerta se abría. En cambio, oí que alguien la estaba cerrando con llave. Polledro se quitó la chaqueta y la arrojó sobre una silla.

—No me darán una lira —dijo en dialecto.

Lo miré perpleja. No entendía de qué hablaba; tal vez de un préstamo bancario, de dinero a interés, tal vez de una comisión. Parecía un marido cansado que creía poder contarme sus problemas como si yo fuera su mujer. Sin la chaqueta, se le podía ver la camisa tirante en la cintura de los pantalones, el tórax con las tetillas anchas y pesadas. Me dispuse a decirle que saliera de la habitación.

—Y quieren el dinero que me anticiparon —siguió monologando desde el baño, y la voz me llegó a través de la puerta abierta junto con el ruido de la orina en la taza—. Mi padre fue a pedirle dinero a Moffa sin avisarme. A su edad quiere recuperar la antigua pastelería de la calle Gianturco y hacer no sé qué. Contó los embustes de siempre. Y ahora Moffa ya no confía en mí. Dice que no sé mantener a raya al viejo. Me quitarán el negocio.

—¿No íbamos a comer juntos? —pregunté.

Pasó por delante de mí como si no me hubiera oído. Fue a la ventana y bajó la persiana. Quedó solo la débil luz que salía de la puerta abierta del baño.

—Te lo has tomado con demasiada tranquilidad —me reprochó por fin—. Lo que significa que te saltarás la comida; a las cuatro vuelve a abrir la tienda, y no tengo mucho tiempo.

Miré mecánicamente las agujas fosforescentes del reloj: eran las tres menos diez.

—Deja que me vista —dije.

—Estás bien así —contestó—. Pero tendrás que devolvérmelo todo: vestidos, bata y bragas.

Empecé a sentir que me latía el corazón. Soportaba mal su dialecto y la hostilidad que emanaba. Además, ya no le veía la expresión de la cara, lo que me impedía comprender hasta qué punto escenificaba su elemental modelo de virilidad, y hasta qué punto, en cambio, el modelo materializaba intenciones reales de violencia. Veía solo la silueta oscura que se estaba desanudando la corbata.

—Esa ropa es mía —objeté pronunciando con cuidado las palabras—. Me la regaló mi madre para mi cumpleaños.

—Es ropa que sacó mi padre de la tienda. Por eso me la devolverás —contestó con un leve quiebro infantil en la voz.

Descarté la posibilidad de que mintiese. Me imaginé a Caserta eligiendo aquella ropa para mí: colores, talla, modelos… Hice un gesto de repugnancia.

—Me quedo solo el vestido y te dejo todo lo demás —decidí.

En consecuencia, alargué la mano hacia la cama para coger el vestido y escabullirme hacia el baño, pero el gesto cortó el aire con excesiva velocidad y alcanzó la pared con la Virgen de Pompeya y la rama seca de olivo. Debía moverme más lentamente. Impuse al brazo un movimiento contenido para evitar que toda la habitación se animase y cada cosa empezase a desplazarse presa de la ansiedad. Odiaba los momentos en que dominaba el frenesí.

Polledro notó mi vacilación y me aferró la muñeca. No reaccioné, sobre todo queriendo evitar que, para arrancar de raíz un indicio mío de resistencia, me atrajese hacia él con fuerza. Sabía que solo podía dominar la impresión de violencia amenazadora si la velocidad de los movimientos me parecía elegida por mí.

Me besó sin abrazarme, pero seguía apretándome con fuerza la muñeca. Primero apoyó los labios sobre los míos y luego trató de abrírmelos con la lengua. Lo hizo de tal manera que me tranquilicé: sí, solo estaba comportándose como pensaba que debía comportarse un hombre en aquellas circunstancias, pero sin agresividad real y tal vez sin convicción. Probablemente había bajado la persiana para aprovechar la oscuridad, cambiar la mirada a escondidas y relajar los músculos del rostro.

Despegué los labios. Cuarenta años antes me había imaginado con fascinado horror que Antonio niño tenía la misma lengua que Caserta, pero nunca había tenido la prueba. De pequeño, Antonio no se había interesado por los besos; prefería explorarme la entrada de la vagina con los dedos sucios y, mientras tanto, tirarme de la mano hacia sus pantalones cortos. Luego, con el tiempo, había descubierto que la de Caserta era una lengua producto de la fantasía. Ninguno de los besos que me habían dado me había parecido como los que imaginaba para Amalia. También de adulto Antonio me iba confirmando que no estaba a la altura de aquellas fantasías. No me besó con mucha convicción. Apenas se dio cuenta de que aceptaba abrir la boca, me empujó con demasiada impetuosidad la lengua entre los dientes, y enseguida, mientras me seguía apretando la muñeca, pasó mi mano por encima de sus pantalones. Sentí que no debía haber abierto los labios.

—¿Por qué la oscuridad? —le pregunté en voz baja, con la boca contra la suya.

Quería oírlo hablar para estar definitivamente segura de que no pretendía hacerme daño. Pero no me contestó. Jadeó, me besó en una mejilla, me lamió el cuello. Mientras, no dejaba de apretarse fuerte mi mano contra la tela de los pantalones. Lo hacía con insistencia, para que comprendiese que no debía quedarme inerte, con la palma abierta. Le apreté el sexo; entonces me soltó la muñeca y me abrazó con fuerza. Murmuró algo que no comprendí y se inclinó apenas para buscarme los pezones, empujándome hacia atrás el busto, probando el tejido de raso y mojándome la bata con saliva.

Supe entonces que nada nuevo sucedería. Estaba empezando un rito bien conocido al que de joven me había sometido a menudo, esperando que, al cambiar de hombre con frecuencia, mi cuerpo inventase en un momento respuestas adecuadas. Y la respuesta había sido siempre la misma, idéntica a la que en aquel momento se estaba articulando. Polledro me había abierto la bata para chuparme los pechos, y yo empezaba a sentir un placer leve, no localizado, como si se deslizara agua caliente por mi cuerpo aterido. Mientras tanto su mano, procurando no interferir con la mía, que le apretaba el miembro debajo de la tela, me acariciaba el sexo con un ardor excesivo, excitado por haber descubierto que no llevaba bragas. Pero yo no sentía más que aquel placer difuso, agradable y, sin embargo, nada urgente.

Estaba segura desde hacía tiempo de que nunca superaría ese umbral. Solo debía esperar que él eyaculase. Por otra parte, como siempre, no sentía el menor impulso de ayudarlo; más bien me resistía a moverme. Intuía que esperaba que le desabrochase los pantalones, que le sacase el pene, que no me limitase a apretarlo. Sentía que agitaba la pelvis tratando de transmitirme trepidantes instrucciones. No lograba responder. Temía que mi respiración, ya lenta, se detendría del todo. Además, estaba paralizada por una turbación creciente debida a los copiosos líquidos que yo vertía.

Sucedía lo mismo cuando de joven trataba de masturbarme. El

placer se difundía tibiamente, sin crescendo, y la piel muy pronto empezaba a mojarse. Por más que me acariciara, solo lograba que los humores del cuerpo se desbordasen: la boca, en vez de secarse, se llenaba de una saliva que me parecía gélida; el sudor corría por la frente, la nariz, las mejillas; las axilas se convertían en charcos; ni un centímetro de piel quedaba seco; el sexo se volvía tan líquido, que los dedos resbalaban por encima sin sentir fricción, y ya no sabía si de verdad me estaba tocando o solo imaginaba hacerlo. La tensión del organismo no lograba subir; quedaba agotada e insatisfecha.

Polledro, por el momento, no se daba cuenta de todo eso. Me empujó hacia la cama, donde, para evitar que cayésemos encima con la velocidad inducida por su peso, primero me senté con cautela y luego me estiré sumisa. Vi su sombra que se demoraba unos segundos indecisa. Luego se quitó los zapatos, los pantalones, los calzoncillos. Subió a la cama de rodillas y se puso a caballo sobre mí, apoyándose levemente en mi vientre, sin pesarme.

—¿Y bien? —murmuró.

—Ven —le dije, pero permanecí inmóvil.

Gimió, con el busto bien erguido; esperaba que finalmente su sexo, ancho y grueso en la penumbra, mezclase sus deseos con los que atribuía al mío. Como nada sucedió, después de respirar largamente estiró una mano y volvió a hurgarme entre las piernas. Debía de creer que así me induciría finalmente a reaccionar, por pasión, por piedad materna; la modalidad de la reacción no le parecía importante, solo estaba buscando el aliciente para estimularme. Pero mi condescendencia pasiva empezó a desorientarlo. Pensé, como siempre en aquellas circunstancias, que debería haber fingido un frenesí quejumbroso e incontrolado, o rechazarlo. Pero no me animé a hacer ni lo uno ni lo otro; temía que tuviera que salir corriendo a vomitar por las ondas sísmicas que se derivarían de ello. Bastaba espe-

119

rar. Además, ya no sentía sus dedos; tal vez se había retirado con disgusto, tal vez todavía me estaba tocando y yo había perdido toda la sensibilidad.

Desilusionado, Polledro me agarró la mano y la puso alrededor de su sexo. En aquel momento comprendí que nunca entraría en mi vagina si no estaba convencido de que lo deseaba. Además, me di cuenta de que su erección empezaba a ceder como un neón defectuoso. También él se dio cuenta porque se desplazó hacia delante para encontrarse con el vientre próximo a mi boca. Sentí hacia él una vaga simpatía, como si de verdad fuese el Antonio niño que había conocido; y quería decírselo, pero no me salió la voz; se estaba frotando lentamente contra mis labios y tuve miedo de que un leve e imperceptible movimiento de la boca resultase tan incontrolado como para desgarrarle el sexo.

—¿Por qué fuiste a la tienda? —dijo entonces despechado, deslizándose de nuevo hacia atrás a lo largo de mi cuerpo bañado en sudor—. No fui yo el que te buscó.

—Ni siquiera sabía que estabas allí —le contesté.

—¿Y toda esa historia? El vestido, las bragas… ¿Qué querías?

—No fui a verte —le dije sin agresividad—. Quería encontrar a tu padre. Quería saber qué le había sucedido a mi madre antes de ahogarse.

Me di cuenta de que no lo creía y que de nuevo estaba intentando acariciarme. Negué con la cabeza para hacerle comprender: basta. Se derrumbó encima de mí, pero solo un momento. Se retiró enseguida con un movimiento de repulsión al notarme empapada.

—No estás bien —dijo inseguro.

—Estoy bien. Pero si estuviese enferma sería muy tarde para curarme.

Polledro se tumbó a mi lado resignado. Vi en la penumbra que se secaba con la sábana los dedos, la cara, las piernas; luego encendió la luz de la mesita de noche.

—Pareces un fantasma —me dijo mirándome sin ironía, y, con una parte de la camisa que le había quedado puesta, empezó a secarme la cara.

—No es culpa tuya —lo tranquilicé, y le rogué que volviese a apagar la luz.

No quería que me viera y no quería verlo. Así, desalentado y desolado, se parecía demasiado a Caserta tal como me lo había imaginado o lo había visto de veras cuarenta años antes. La impresión fue tan intensa que hasta pensé en contarle enseguida, en la oscuridad, todo lo que se agolpaba en torno a aquel rostro suyo tan diferente del rostro hinchado y camorrista que me había mostrado durante toda la mañana. Al hablar, quería borrarme, tanto a mí como a él, en aquella cama, tan diferentes de los niños de otra época. Solo teníamos en común la violencia de la que habíamos sido testigos.

Cuando mi padre supo que Amalia y Caserta se veían secretamente en el sótano —pensé contarle muy despacio—, no perdió el tiempo. Primero persiguió a Amalia por el pasillo, luego por las escaleras, luego por la calle. Sentí el olor de los colores al óleo, cuando pasó delante de mí, y me pareció que él mismo tenía muchos colores.

Mi madre escapó por debajo del puente del tren, resbaló en un charco cenagoso, él la alcanzó y ella recibió golpes, bofetadas y una patada en el costado. Una vez que la hubo castigado a gusto, la volvió a llevar a casa sangrando. Apenas ella intentaba hablar, volvía a golpearla. La miré largamente, zurrada, sucia, y ella me miró también largamente, mientras mi padre contaba lo sucedido al tío Filippo. Amalia tenía una mirada atónita: me miraba y no comprendía. Entonces, despechada, me fui a espiar a los otros dos.

Mi padre y el tío Filippo se habían apartado y los podía observar desde la ventana: eran soldaditos de plomo que tomaban graves decisiones en el patio. O militares, de los que se recortan y pegan en los álbumes de cromos, uno al lado del otro para poder cuchichear. Mi padre se había calzado las botas y puesto una sahariana. El tío Filippo llevaba un uniforme verde oliva, o tal vez blanco, o negro. Y no solo eso: llevaba una pistola.

O continuó de paisano, aunque en la penumbra de la habitación 208 una voz todavía decía: «La matará, tiene una pistola». Tal vez eran aquellos sonidos los que me hacían ver a mi padre con botas, al tío Filippo de uniforme, los dos con los brazos colgando del busto y la pistola en la mano derecha. Juntos seguían a Caserta, joven, negro con el abrigo de pelo de camello, subiendo por las escaleras de su casa. Detrás de ellos, a distancia para no ser de nuevo golpeada, o porque estaba cansada y no lograba correr, iba Amalia con su traje chaqueta azul y el sombrero con plumas, diciendo en voz baja, cada vez más sorprendida: «No lo matéis, no ha hecho nada».

Caserta vivía en el último piso, pero la primera vez lo alcanzaron en el segundo. Allí los tres hombres se detuvieron como para un conciliábulo. En efecto, produjeron al unísono un vocerío de insultos en dialecto, una larga lista de palabras que terminaban en consonante, como si la vocal final se precipitara en un abismo y el resto de la palabra se quejara sordamente de disgusto.

Agotada la lista, lanzaron a Caserta escaleras abajo y rodó hasta el primer piso. Se levantó en el fondo de los escalones y volvió a correr hacia arriba: no sé si por ir audazmente al encuentro de los vengadores o por intentar alcanzar su casa y su familia en el cuarto piso. El hecho es que logró pasar y, con una mano que corría ligera por la baranda pero luego se aferraba a ella cuando el cuerpo se doblaba sin que las piernas dejaran de subir los escalones de tres en tres, se había encaminado por la escalera hasta la puerta de su casa, bajo una lluvia

de patadas que no le acertaban y de escupitajos que a veces lo golpeaban como meteoros.

Mi padre fue el primero en alcanzarlo, y lo derribó. Le había levantado la cabeza por los pelos y se la golpeó contra la baranda. Los
ruidos sordos se habían prolongado en un eco interminable. Finalmente lo dejó desfallecido, ensangrentado en el suelo, sobre todo por
consejo de su cuñado, que tal vez tenía la pistola, pero era más sensato. Filippo retenía a mi padre de un brazo y tiraba de él comedida-
mente; lo hacía porque, de otra manera, mi padre hubiese dejado a
Caserta muerto en el suelo. También la mujer de Caserta tiraba de mi
padre; estaba colgada de su otro brazo. De Amalia solo había quedado la voz, que decía: «No lo matéis, no ha hecho nada». Antonio, que
había sido mi compañero de juegos, lloraba, pero con la cabeza hacia
abajo, suspendido en el hueco de la escalera como si volase.

Sentí que Polledro respiraba a mi lado en silencio y tuve piedad
del niño que había sido.

—Me voy —le dije.

Me levanté y me puse enseguida el vestido azul para evitar su mirada sobre mi sombra. Sentí que el vestido me caía perfectamente.
Entonces busqué en la bolsa de plástico una braga blanca y me la puse
haciéndola deslizarse por debajo del vestido. Luego encendí la luz.
Polledro tenía una mirada ausente. Lo vi, y ya no pude pensar que
había sido Antonio, que se parecía a Caserta. Su cuerpo pesado yacía
en la cama, desnudo. Era el de un extraño, sin nexos evidentes con
mi vida pasada y presente, si excluía la impronta húmeda que le había dejado a su lado. Pero le agradecí igualmente la dosis mínima de
humillación y dolor que me había infligido. Rodeé la cama, me senté en el borde a su lado y lo masturbé. Me dejó hacer con los ojos cerrados. Eyaculó sin un gemido, como si no estuviese sintiendo placer
alguno.

123

19

El mar se había convertido en una pasta violácea. Los sonidos de la marejada y los de la ciudad producían una mezcla furibunda. Crucé la calle esquivando coches y charcos. Más o menos indemne, me detuve a mirar las fachadas de los grandes hoteles alineados junto al flujo feroz de los coches. Todas las aberturas de aquellos edificios estaban despectivamente cerradas contra el ruido del tráfico y el mar.

Fui en autobús hasta la plaza Plebiscito. Después de un peregrinaje por cabinas devastadas y bares con aparatos estropeados, encontré por fin un teléfono y marqué el número del tío Filippo. No tuve respuesta. Caminé por la calle Toledo cuando las tiendas levantaban las persianas metálicas y el flujo de los transeúntes era más intenso. La gente se agrupaba solo en los cruces de las calles, erguidos y negros bajo regueros de cielo oscuro. A la altura de la plaza Dante compré un poco de chocolate, pero lo hice solo para aspirar el olor a licor de la tienda. En efecto, no tenía ganas de nada; iba tan distraída que me olvidaba de llevarme a la boca el chocolate y lo dejaba derretirse entre los dedos. Prestaba poca atención a las miradas insistentes de los hombres.

Hacía calor y en Port' Alba ya no corría el aire ni había luz. En la tienda debajo de la casa de mi madre, me sentí atraída por unas cerezas hinchadas y brillantes. Compré medio kilo, me metí sin ganas en el ascensor y fui a llamar a la puerta de la viuda De Riso.

La mujer me abrió con su acostumbrado talante circunspecto. Le mostré las cerezas, le dije que las había comprado para ella. Abrió mucho los ojos. Sacó la cadena de la puerta y me pidió que entrara, visiblemente contenta por aquel regalo de inesperada sociabilidad.

—No —dije—, venga usted a mi casa. Espero una llamada. —Luego agregué algo sobre los fantasmas: le aseguré que no tenía dudas de que al cabo de unas horas serían menos autónomos—. En poco tiempo empiezan a hacer y a decir solo lo que les ordenan hacer. Si queremos que se callen, al final se callan.

El verbo «callar» impuso a la señora De Riso una especie de contención lingüística. Para aceptar la invitación buscó un italiano a la altura del mío; después cerró con llave la puerta de su casa mientras yo abría la puerta de la de mi madre.

En el piso nos ahogábamos. Me apresuré a abrir las ventanas de par en par y puse las cerezas en un recipiente de plástico. Dejé correr el agua, mientras la anciana, después de una mirada panorámica muy recelosa, fue a sentarse casi mecánicamente a la mesa de la cocina. Para justificarse, me dijo que mi madre siempre le pedía que se sentara allí.

Le puse delante las cerezas. Esperó a que la invitase a servirse y, cuando lo hizo, se llevó una a la boca con un gesto infantil que me gustó: la agarró por el rabillo y la abandonó en la boca, dando vueltas al fruto entre la lengua y el paladar sin morderlo, con el rabillo verde bailando a lo largo de los labios pálidos; luego agarró de nuevo el rabillo con los dedos y lo separó con un ligero plop.

—Qué buena —dijo y, más relajada, empezó a halagar el vestido que yo llevaba. Después subrayó—: Ya le había dicho que este azul te quedaría mejor que el otro.

Me miré el vestido y luego a ella para estar segura de que hablaba precisamente de aquel. No tenía duda, continuó: me quedaba muy bien. Cuando Amalia le mostró los regalos para mi cumpleaños, ella enseguida se dio cuenta de que aquel vestido era adecuado para mí. También mi madre parecía convencida. La viuda De Riso me contó que estaba muy eufórica. Allí en la cocina, delante de aquella misma mesa, apoyaba unas veces la lencería, otras los vestidos, y repetía: «Le quedarán bien». Estaba muy satisfecha de cómo había obtenido aquella ropa.

—¿Cómo? —pregunté.

—Por su amigo —dijo la viuda De Riso.

Le había propuesto un intercambio: quería toda la lencería vieja a cambio de aquellas cosas nuevas. El cambio no le costaba casi nada. Era propietario de una tienda de gran lujo en el Vomero. Amalia, que lo conocía desde joven y sabía que estaba dotado para los negocios, sospechaba que a partir de aquellas viejas bragas y aquella ropa interior remendada tal vez creara una nueva moda. Pero la viuda De Riso sabía bastante del mundo. Le había dicho que, de buen aspecto o no, viejo o joven, rico o pobre, con los hombres convenía estar siempre alerta. Mi madre estaba demasiado contenta para escucharla.

Al percibir el tono intencionadamente equívoco de la señora De Riso, me dieron ganas de reír, pero me contuve. Vi a Caserta y a Amalia que, partiendo de los trapos más antiguos de ella, proyectaban juntos en aquella casa, noche tras noche, un relanzamiento de la ropa íntima para señora de los años cincuenta. Me inventé un Caserta persuasivo, una Amalia sugestionada, viejos y solos, los dos sin una lira, en aquella cocina escuálida, a pocos metros del oído receptivo de la viuda, igualmente vieja, igualmente sola. La escena me pareció plausible. Pero dije:

—Tal vez no era un verdadero cambio. Tal vez su amigo quería hacerle un favor y listo. ¿No le parece?

La viuda comió otra cereza. No sabía dónde poner los huesos; los escupía en la palma de la mano y los dejaba allí.

—Puede ser —admitió, pero poco convencida—. Él era un hombre de muy buen aspecto. Venía casi todas las noches y a veces iban a cenar fuera, otras veces al cine o a pasear. Cuando los oía en el rellano, él charlaba sin parar y tu madre siempre reía.

—No tiene nada de malo. Es hermoso reír.

La vieja vaciló, masticando las cerezas.

—Tu padre me hizo sospechar —dijo.

—¿Mi padre?

Mi padre. Rechacé la impresión de que estuviese allí, en la cocina, quién sabe desde cuándo. De Riso me explicó que había ido a escondidas a pedirle que le avisase si veía que Amalia hacía cosas imprudentes. No era la primera vez que aparecía de improviso con peticiones de aquel tipo. Pero en aquella ocasión había sido particularmente insistente.

Me pregunté cuál era, para mi padre, la diferencia entre lo que era imprudente y lo que no lo era. La viuda De Riso pareció darse cuenta y a su manera trató de explicármelo. Imprudente era exponerse a los riesgos de la existencia con ligereza. Mi padre se preocupaba por su mujer, aunque estaban separados desde hacía veintitrés años. El pobre hombre seguía queriéndola. Había estado tan amable, tan… La señora De Riso buscó con cuidado la palabra adecuada. Dijo: «desolado».

Lo sabía. Como de costumbre, había tratado de hacer un buen papel con la viuda. Había estado afectuoso, se había mostrado preocupado. Pero en realidad —pensé— no había una barrera urbana entre ellos que pudiera impedirle escuchar el eco de la risa de Amalia. Mi padre no soportaba que riese. Consideraba las carcajadas de ella de una sonoridad de circunstancias, visiblemente falsa. Cada vez que había algún extraño en casa (por ejemplo, las figuras que aparecían de vez en cuando para encargarle niños, gitanas o Vesubios con pinos), le recomendaba: «No te rías». Aquella risa le parecía azúcar esparcido a propósito para humillarlo. En realidad Amalia solo trataba de dar sonido a las mujeres de aspecto feliz fotografiadas o dibujadas en los anuncios o en las revistas de los años cuarenta: boca ancha pintada, todos los dientes brillantes, mirada vivaz. Así se imaginaba que era, y mostraba la risa adecuada. Debía de resultarle difícil elegir la risa, las voces, los gestos que su marido pudiese tolerar. Nunca se sabía qué estaba bien y qué no. Alguien que pasa por la calle y te mira. Una frase dicha en broma. Una aprobación irreflexiva. He aquí que llamaban a la puerta. He aquí que le entregaban las rosas. He aquí que ella no las rechazaba, sino que se reía y elegía un florero de cristal azul, y las extendía en el recipiente colmado de agua. En la época en que periódicamente habían llegado aquellos regalos misteriosos, aquellos homenajes anónimos (pero todos sabíamos que eran de Caserta: Amalia lo sabía), ella era joven y parecía jugar consigo misma, sin malicia. Se dejaba un rizo sobre la frente, agitaba los párpados, daba propinas a los dependientes, permitía que esos regalos permaneciesen un poco en nuestra casa como si su permanencia fuera lícita. Luego mi padre se daba cuenta y lo destruía todo. También trataba de destruirla a ella, aunque lograba detenerse siempre a un paso de la ruina. Pero la sangre testimoniaba la intención. Mientras la señora De Riso me hablaba, yo recordaba la sangre. En el fregadero. Goteaba de la nariz de Amalia con un goteo tupido, y primero era rojo, luego se desteñía en contacto con el agua del grifo. También la tenía a lo largo del brazo hasta el codo. Trataba de taponarla con una mano, pero también corría desde la palma y dejaba estelas rojas como arañazos. No era sangre inocente. A mi padre todo lo de Amalia nunca le pareció inocente. Él, tan furibundo, tan rencoroso y a la vez tan deseoso de gustar, tan pendenciero y tan narcisista, no podía aceptar que ella mantuviera con el mundo una relación amistosa, a veces tan alegre. En esto reconocía enseguida la huella de la traición. No solo la traición sexual; entonces ya no creía que debiera temer solo ser traicionado en el sexo. Yo creía, en cambio, que sobre todo temía el abandono, el paso al campo enemigo, la aceptación de las razones, del léxico, del gusto de gente como Caserta: traficantes infieles, carentes de reglas, seductores obscenos a los que debía plegarse por necesidad. Trataba entonces de imponerle una urbanidad adecuada para manifestar distancia, cuando no aversión. Pero pronto explotaba en insultos. Según él, Amalia tenía el timbre de voz fácilmente persuasivo; el gesto de la mano demasiado blandamente lánguido; la mirada viva hasta el desparpajo. Sobre todo, lograba gustar sin esfuerzo y sin la intención de gustar. Le sucedía, aunque no lo quisiese. ¡Oh, sí!: por ser agradable él la castigaba con bofetadas y golpes. Interpretaba los gestos de ella, sus miradas, como señales de tratos oscuros, de citas secretas, de entendimientos insinuados solo para marginarlo. Me resultaba difícil quitármelo de la cabeza, tan doliente, tan violento. La fuerza. Me petrificaba. La imagen de mi padre que destrozaba rosas, deshojando pétalos, gritaba y gritaba desde hacía décadas dentro de mi cabeza. En aquel momento le quemaba el vestido nuevo que ella no había rechazado, que se había puesto en secreto. No podía soportar el olor de la tela quemada. Aunque había abierto de par en par la ventana.

—¿Volvió y le pegó? —pregunté.

La mujer admitió de mala gana:

—Apareció aquí una mañana temprano, no más tarde de las seis, y amenazó con matarla. Le dijo cosas verdaderamente feas.

—¿Cuándo sucedió?

—A mediados de mayo, una semana antes de que tu madre se fuese.

—¿Y Amalia ya había recibido los vestidos y la lencería nueva?

—Sí.

—¿Y estaba contenta?

—Sí.

—¿Cómo reaccionó?

—Como reaccionaba siempre. Se olvidó en cuanto él se fue. Lo vi salir: blanco como un pescado enharinado. Ella, en cambio, nada. Dijo: es así; ni la vejez lo ha cambiado. Pero yo comprendí que no todo estaba claro. Hasta que se fue, incluso en el tren, le repetí: Amalia, ten cuidado. Nada. Parecía tranquila. Pero por la calle le costaba mantener el paso normal. Iba lentamente a propósito. En el compartimiento se puso a reír sin motivo y comenzó a abanicarse con la falda.

—¿Qué tenía de extraño? —le pregunté.

—No se hace —respondió la viuda.

Tomé dos cerezas con los rabillos unidos y me las colgué en el índice extendido, haciéndolas oscilar de derecha a izquierda. Probablemente en el curso de su existencia Amalia había renunciado a hacer muchas cosas que, como todo ser humano, habría podido hacer, legítima e ilegítimamente. Pero tal vez solo había fingido no hacerlas. O tal vez había aparentado que fingía para que mi padre pudiese pensar en todo momento que no podía confiar en ella y sufriera por eso. Tal vez aquel había sido su modo de reaccionar. Pero no había tenido en cuenta lo que pensaríamos nosotras, sus hijas, para siempre, sobre todo yo. No lograba reinventármela ingenua. Ni siquiera en aquel momento. Era posible que Caserta, al buscar su compañía, persiguiese solo un retazo de su juventud. Pero estaba segura de que Amalia jugaba todavía consigo misma a abrirle la puerta con malicia de jovencita, dejando caer un rizo sobre la ceja y agitando los párpados. Era posible que con aquella historia de hombre de negocios rico en ideas el viejo solo le hubiese querido expresar de manera discreta su fetichismo. Pero ella no se echó atrás. Se había reído conscientemente de aquel trueque y había secundado las pulsiones seniles de ambos utilizándome a mí y a mi cumpleaños. No, sí. Me di cuenta de que estaba exhumando una mujer sin prudencia y sin la virtud del espanto. Tenía su recuerdo. Aunque mi padre levantaba los puños y la golpeaba para modelarla como una piedra o un leño, a ella no se le dilataban las pupilas por el miedo, sino por el estupor. Debía de haber abierto los ojos del mismo modo cuando Caserta le había propuesto el cambio. Con divertido estupor. Me asombré también yo, como delante de una escenificación de la violencia, un juego de dos hecho de convenciones: el espantapájaros que no espanta, la víctima que no es aniquilada. Me vino a la mente que Amalia debía de haber pensado desde niña en las manos como en guantes, primero formas de papel y luego de piel. Los había cosido y cosido. Luego pasó a reducir viudas de generales, mujeres de dentistas, hermanas de magistrados a las medidas del busto y de las caderas. Esas medidas, tomadas abrazando discretamente con la cinta amarilla de modista cuerpos femeninos de todas las edades, se convertían en patrones de papel que, aplicados a la tela con alfileres, dibujaban en el tejido sombras de senos y de caderas. Cortaba la tela atenta, en tensión, siguiendo el recorrido impuesto por los modelos. Durante todos los días de su vida había reducido la incomodidad de los cuerpos a papel y tejidos, y tal vez eso se había convertido en una costumbre en ella, desde la cual repensaba la desmesura según la mesura. Nunca se me había ocurrido y ahora que se me ocurría no podía preguntarle si de veras había sido así. Todo se había perdido. Pero delante de la señora De Riso, que comía cerezas, me parecía que era una especie de conclusión irónica aquel juego final hecho de telas entre ella y Caserta, aquella reducción de su historia subterránea a un intercambio convencional de indumentaria vieja por indumentaria nueva. Cambié bruscamente de humor. De pronto me sentí contenta de creer que la suya había sido una ligereza meditada. Me gustó inesperadamente, con sorpresa, aquella mujer que de alguna manera se había inventado hasta el final su historia jugando por su cuenta con telas vacías. Me imaginé que no había muerto insatisfecha, y suspiré con una satisfacción inesperada. Me puse en una oreja las cerezas con las que había jugueteado hasta aquel momento, y reí.

—¿Cómo estoy? —le pregunté a la vieja, que mientras tanto había amontonado en la palma de la mano por lo menos diez huesos.

Hizo una mueca imprecisa.

—Bien —dijo poco convencida de aquella rareza mía.

—Lo sé —afirmé complacida. Y elegí otras dos cerezas con los rabillos unidos. Me las coloqué en la otra oreja; luego cambié de idea y se las alargué a la viuda De Riso.

—No —se defendió echándose hacia atrás.

Me alcé, me puse detrás de ella y, mientras negaba con la cabeza riendo congestionada, le liberé la oreja derecha de los cabellos grises y le apoyé las cerezas en el pabellón. Luego retrocedí para contemplar el espectáculo.

—Bellísima —exclamé.

—¡Qué va! —murmuró la viuda, turbada.

Elegí otro par de cerezas y volví detrás de ella para adornarle la otra oreja. Después la abracé, cruzándole los brazos sobre el pecho grande y apretando con fuerza.

—Mamita —le dije—, fuiste tú la que se lo contó todo a mi padre, ¿verdad?

Luego le besé el cuello arrugado, que se le congestionaba rápidamente. Se agitó entre mis brazos, no sé si por incomodidad o para liberarse. Lo negaba, decía que nunca habría hecho algo así, ¿cómo se me ocurría?

Lo ha hecho, pensé; ha hecho de espía para oírlo gritar, golpear puertas, romper platos, gozando temerosa dentro de la madriguera de su piso.

Sonó el teléfono. La volví a besar, con fuerza, en la cabeza gris, antes de ir a contestar; era ya la tercera llamada.

—¿Diga? —dije.

Silencio.

—¿Diga? —repetí con calma mientras observaba a la señora De Riso, que me miraba con incertidumbre mientras se levantaba trabajosamente de la silla.

Colgué.

—Quédese un poco más —la invité, volviendo al «usted»—. ¿Quiere darme los huesos? Coma más cerezas. Solo una más. O lléveselas.

Sentí que no lograba adoptar un tono tranquilizador. La anciana estaba de pie y se encaminaba hacia la puerta, con las cerezas colgando de las orejas.

—¿Está enfadada conmigo? —le pregunté conciliadora.

Me miró estupefacta. De pronto debió de pensar en algo que la detuvo a mitad de camino.

—Ese vestido —me dijo perpleja—, ¿cómo es que lo tienes? No deberías. Estaba en la maleta junto con la otra ropa. Y la maleta no se ha encontrado. ¿De dónde lo has sacado? ¿Quién te lo ha dado?

Mientras hablaba, me di cuenta de que las pupilas pasaban rápidamente del estupor al miedo. Aquello no me satisfizo; no tenía intención de espantarla, no me gustaba dar miedo. Me estiré el vestido con la palma de las manos como para alargármelo y sentí disgusto al notarme ceñida por aquel vestido corto, entallado, demasiado elegante, inadecuado para mi edad.

—Es solo tela sin memoria —murmuré.

Quería decir que no podía hacernos daño ni a mí ni a ella. Pero la viuda De Riso dijo sibilante:

—Es un asunto sucio.

Le abrí la puerta y la cerré presurosa a sus espaldas. En aquel momento volvió a sonar el teléfono.

20

Dejé que el aparato sonase dos o tres veces. Luego levanté el auricular: zumbidos, voces lejanas, ruidos indescifrables. Repetí «¿Diga?» sin esperanza, solo para que Caserta oyera que estaba, que no estaba asustada. Finalmente colgué. Me senté a la mesa de la cocina, me quité las cerezas de la oreja y me las comí. Ya sabía que todas las llamadas que siguieran tendrían una pura función de reclamo, una especie de silbido como el que los hombres usaban en otra época para avisar desde la calle que estaban volviendo a casa y que las mujeres podían echar la pasta.

Controlé el reloj: eran las seis y diez. Para evitar que Caserta me obligase de nuevo a escuchar su silencio, descolgué el auricular y marqué el número del tío Filippo. Lo hice dispuesta a oír el largo sonido de la línea libre. En cambio Filippo me contestó sin pasión, casi fastidiado por el hecho de que fuese yo. Dijo que acababa de llegar, que estaba cansado y resfriado, que quería meterse en la cama. Tosió artificialmente. Aludió a Caserta solo por mi pregunta, molesto. Dijo que habían hablado largamente, pero sin discutir. De pronto se habían dado cuenta de que ya no había motivo. Amalia estaba muerta, la vida había pasado.

Calló un momento para dejarme hablar; esperaba una reacción de mi parte. No la hubo. Entonces empezó a farfullar sobre la vejez, sobre la soledad. Me dijo que su hijo había echado de casa a Caserta y que lo había abandonado a sus propios medios, así, sin un techo, peor que un perro. El muchacho primero le había robado todo el dinero que había guardado, y luego lo había echado. Su única suerte había sido la amabilidad de Amalia. Caserta le había confiado que se habían vuelto a ver después de tantos años; ella lo había ayudado, se habían hecho un poco de compañía, pero con discreción, con recíproca cortesía. En aquel momento vivía como un vagabundo, un poco aquí, un poco allá. Eran cosas que no se merecía ni siquiera alguien como él.

—Un buen hombre —comenté.

Filippo se volvió aún más frío.

—Hay un momento en el que es necesario hacer las paces con el prójimo.

—¿Y la muchacha del funicular? —pregunté.

Mi tío quedó confundido.

—A veces sucede —dijo. Yo todavía no lo sabía, pero también experimentaría que la vejez es un animal horrendo y feroz. Luego agregó—: Hay porquerías peores que esa. —Finalmente continuó con un rencor que ya no dominaba—: Entre él y Amalia nunca hubo nada.

—Tal vez sea verdad —admití.

—Entonces, ¿por qué contaste todo aquello? —dijo alzando la voz.

—¿Por qué me creíste? —rebatí.

—Tenías cinco años.

—Es verdad.

Mi tío Filippo sorbió.

—Vete. Olvídalo —murmuró.

—Cuídate —le aconsejé, y colgué.

Miré el teléfono durante unos segundos. Sabía que sonaría: desde alguna parte Caserta estaba esperando que la línea quedara libre. El primer sonido no tardó en hacerse oír. Me decidí y salí deprisa, sin cerrar con llave la puerta de casa.

Ya no había nubes ni viento. Una luz blancuzca quitaba espesor a la archicofradía de Santa María de las Gracias, minúscula entre las fachadas transparentes de los edificios vulgares, cargados de leyendas publicitarias. Me dirigí hacia los taxis; luego cambié de idea y entré en el edificio amarillento del metro. La multitud crujía a mi lado como si fuese papel recortado a propósito para divertir a los niños. Las obscenidades en dialecto —las únicas obscenidades que lograban hacer encajar en mi mente sonidos y sentido de manera que materializaran un sexo molesto por su realismo agresivo, vividor y viscoso: cualquier otra fórmula fuera de ese dialecto me parecía insignificante, a menudo agradable, y que podía decirse sin repulsión— suavizaron sus sonidos de manera inesperada, y se convirtieron en una especie de frufrú de papel extrafuerte contra el rodillo de una vieja máquina de escribir. Mientras me abismaba en el metro de la plaza Cavour, traspasada por un viento caliente que ondulaba los tabiques metálicos y mezclaba el rojo y el azul de la escalera mecánica, me imaginé que era una figura de los naipes napolitanos: el ocho de espadas, la mujer tranquila y armada que avanza de pie, lista para entrar en juego en una partida de brisca. Apreté los labios entre los dientes hasta que no sentí dolor.

A lo largo de todo el recorrido miré continuamente a mi espalda. No logré ver a Caserta. Para controlar mejor las áreas semivacías del camino entre los dos agujeros negros del túnel, me confundí con el grupo más numeroso de los pasajeros que esperaban. El tren llegó abarrotado, pero se vació poco después, en la penumbra del neón de la estación de la plaza Garibaldi. Bajé al final del recorrido y, después de unos pocos escalones, me encontré al lado de la vieja Manufactura de Tabacos, en los límites del barrio en el que había crecido.

El aire campesino que había tenido, con aquellos edificios blancuzcos de cuatro plantas construidos en medio de la campiña polvorienta, se había transformado a través de los años en el de una periferia ictérica hundida por los rascacielos, estrangulada por el tráfico y por las serpientes de trenes que bordeaban las casas disminuyendo la marcha. Doblé de inmediato a la izquierda, hacia un paso subterráneo de tres túneles, de los que el central estaba bloqueado por las obras de reestructuración. Recordaba un único e interminable pasaje, desierto y continuamente sacudido por los trenes en maniobras que pasaban por encima de mi cabeza. En cambio no di más de cien pasos en una penumbra hedionda de orina, lentamente, apretada entre una pared de la que chorreaban anchas babas de humedad y un pretil polvoriento que me protegía de la densa fila de automóviles.

El pasaje estaba allí desde que Amalia tenía dieciséis años. Ella debía de recorrer aquellos túneles frescos y umbríos cuando iba a entregar los guantes. Siempre me había imaginado que los llevaba al lugar que estaba dejando a mi espalda, a una vieja fábrica con tejado de tejas que ahora tenía el cartel de Peugeot. Pero seguramente no era así. Por otra parte, ¿qué era así? Ya no existía ni un gesto ni un paso que, habiendo permanecido entre las piedras y la sombra, las mismas de entonces, pudiese ayudarme. En el pasaje, a Amalia la habían seguido holgazanes, vendedores ambulantes, ferroviarios, albañiles que comían hogazas rellenas de brécoles y salchichas o bebían vino de garrafas. Contaba, cuando le apetecía contarlo, que la perseguían pegados a ella, a menudo respirándole en la oreja. Trataban de rozarle el pelo, un hombro, un brazo. Alguno trataba de agarrarle una mano mientras le decía obscenidades en dialecto. Ella mantenía la mirada baja y apresuraba el paso. A veces estallaba en carcajadas porque ya no podía contenerse. Después empezaba a correr más deprisa que el perseguidor. ¡Cómo corría!: parecía que jugaba. Corría en mi cabeza. ¿Era posible que yo estuviese pasando por allí llevándola dentro de mi cuerpo envejecido tan inadecuadamente vestido? ¿Era posible que su cuerpo de dieciséis años, con un vestido de flores hecho en casa, pasase por la penumbra sirviéndose del mío, atento a esquivar ágilmente los charcos, corriendo hacia el arco de luz amarilla que contenía el anacronismo de un surtidor de gasolina Mobil?

Tal vez, finalmente, de aquellos dos días sin tregua solo importaba el trasplante del relato de una cabeza a la otra, como un órgano sano que mi madre me hubiese cedido por afecto. También mi padre la había husmeado por aquel trecho de la calle, con poco más de veinte años. Amalia contaba que, al notar que la seguía, se había espantado. No era como los otros, que le hablaban de ella tratando de halagarla. Le habló de sí mismo; se jactó de las cosas extraordinarias de las que era capaz; dijo que quería hacerle un retrato, tal vez para demostrarle lo bella que era ella y lo hábil que era él. Aludió a los colores con los que la veía. ¡Cuántas palabras que se fueron quién sabe dónde! Mi madre, que nunca miraba a la cara a ninguno de los que la molestaban y mientras le hablaban no dejaba de reír, nos decía que lo había mirado de soslayo una sola vez, y enseguida había comprendido. Nosotras, las hijas, no lo comprendíamos. No comprendíamos por qué le había gustado. En efecto, nuestro padre no parecía excepcional, arruinado como estaba, gordo, calvo, mal lavado, con los pantalones caídos embadurnados de colores, siempre rabioso por las miserias de cada día, por el dinero que ganaba y Amalia —gritaba— tiraba por la ventana. Sin embargo, precisamente a aquel hombre sin oficio nuestra madre le había dicho que fuera a su casa si quería hablarle; ella no hacía el amor a escondidas; no lo había hecho con nadie. Y mientras pronunciaba «hacer el amor», yo escuchaba con la boca abierta; tanto me gustaba la historia de aquel momento, sin continuidad, bloqueada en aquel punto antes de que continuase ajándose. Conservaba de ella sonidos e imágenes. Tal vez entonces estaba en aquel pasadizo para que los sonidos y las imágenes cuajaran de nuevo entre las piedras y la sombra, y de nuevo mi madre, antes de que se convirtiese en mi madre, fuese acosada por el hombre con el que habría hecho el amor, que la habría cubierto con su apellido, que la habría borrado con su alfabeto.

Caminé más rápido, después de asegurarme una vez más de que Caserta no me seguía. El barrio, a pesar de la desaparición de una serie de detalles (en el estanque verde podrido cerca del que iba a jugar había aparecido un edificio de ocho plantas), todavía me pareció reconocible. Los niños chillaban por las calles rotas como en otra época cada vez que empezaba el verano. Se oían los mismos gritos dialectales en las casas de ventanas abiertas de par en par. La disposición de los edificios respetaba la misma geometría sin imaginación. Hasta alguna pobre empresa comercial de hacía décadas había sobrevivido en el tiempo; por ejemplo, la tienda hundida en la tierra donde había ido a comprar jabón y lejía para mi madre, todavía abría su puertecita en el mismo edificio desconchado de hacía tantos años. Ahora exponía en el umbral escobas de todo tipo, recipientes de plástico y envases de detergente. Me asomé un momento solamente creyendo reencontrar en aquel lugar la amplia cavidad de mi memoria. En cambio, se me cerró encima como un paraguas roto.

La casa en la que vivía mi padre distaba pocos metros. Yo había nacido en aquella casa. Crucé la verja y me moví con seguridad entre los edificios bajos y pobres. Entré en un portal polvoriento, con las baldosas del vestíbulo destartaladas, sin ascensor, los escalones con el mármol resquebrajado y amarillento. El piso estaba en la segunda planta, y no entraba en él desde hacía por lo menos diez años. Mientras subía traté de volver a dibujar el plano de manera que el impacto con aquel espacio no me perturbase demasiado. La casa tenía dos habitaciones y una cocina. La puerta se abría a un pasillo sin ventanas. En el fondo a la izquierda estaba el comedor, irregular, con un aparador para una plata que nunca habíamos tenido, una mesa gastada para alguna comida festiva y una cama de matrimonio donde dormíamos mis hermanas y yo después de las peleas de cada noche para establecer cuál de las tres tenía que sacrificarse y acomodarse en el centro. Junto a la habitación estaba el retrete, largo, con una ventana estrecha, con una sola taza y un bidet movible de metal esmaltado. Después venía la cocina; el fregadero donde por la mañana nos lavábamos por turnos, una cocina de mayólica blanca rápidamente caída en desuso, una alacena llena de ollas de cobre que Amalia pulía con cuidado. Finalmente estaba el dormitorio de mis padres y, al lado, un trastero sin luz, sofocante, atestado de objetos inútiles.

En el cuarto de mis padres estaba prohibido entrar; el espacio era reducidísimo. Frente a la cama de matrimonio se encontraba un armario con espejo en la puerta del centro. En la pared de la derecha había un tocador con espejo rectangular. En la parte opuesta, entre la cama y la ventana, mi padre había colocado el caballete, un objeto macizo, alto, con patas gruesas, agujereado por la carcoma, del que colgaban trapos sucios para limpiar los pinceles. A pocos centímetros del borde de la cama había una caja donde se amontonaban en desorden los tubos de colores: el del blanco era el más grande y el más identificable, aunque estaba estrujado y enroscado hasta el borde; pero también destacaban otros tubos, ya fuera por el nombre de príncipe de fábula, como el azul de Prusia, o por el aura de incendio devastador, como la tierra de Siena quemada. La tapa de la caja era una hoja de madera terciada, movible, sobre la que había una jarra con los pinceles, otra con aguarrás, y un golfo de colores que los pinceles mezclaban en un mar variopinto. En aquel lugar las baldosas octogonales del suelo habían desaparecido bajo una costra gris goteada durante años por los pinceles. Alrededor había rollos de tela ya preparados que le proporcionaban a mi padre quienes le daban trabajo; los mismos que luego, después de haberle pagado algunas liras, pensaban traspasar el producto terminado a los revendedores ambulantes, los que ofrecían sus mercancías en las aceras de la ciudad, en los mercadillos de barrio, en las ferias de pueblo. La casa estaba impregnada del olor de los colores al óleo y de la trementina, pero ninguno de nosotros estaba ya en condiciones de darse cuenta. Amalia había dormido con mi padre durante casi dos décadas sin quejarse.

En cambio, se quejó cuando él dejó de hacer retratos de mujeres para los marineros norteamericanos o vistas del golfo, y empezó a trabajar en la gitana semidesnuda que bailaba. Yo conservaba un recuerdo confuso de aquel período, inducido más por los relatos de Amalia que por experiencias directas; no tenía más de cuatro años. Las paredes del dormitorio se abarrotaron de mujeres exóticas de colores vivos, que se alternaban con bocetos de desnudos trabajados con pastel sanguino. A menudo las posturas de la gitana estaban mal copiadas de algunas fotos de mujeres que mi padre escondía en una caja dentro del armario y que yo ojeaba a escondidas. Otras veces ciertos bosquejos al óleo tomaban la forma de desnudos en sanguina.

No dudaba de que los esbozos al pastel reproducían el cuerpo de mi madre. Me imaginaba que por la noche, cuando cerraban la puerta de su dormitorio, Amalia se quitaba la ropa y asumía las posturas de las mujeres que estaban desnudas en las fotografías del armario y decía: «Dibuja». Él agarraba un rollo de papel amarillento, cortaba un pedazo y dibujaba. Lo que se le daba mejor eran los cabellos. Dejaba a aquellas mujeres sin rostro, pero alrededor del óvalo vacío delineaba con eficacia una construcción majestuosa, inequívocamente similar al hermoso peinado que Amalia sabía realizar con sus largos cabellos. Me agitaba en la cama sin lograr dormir.

Cuando nuestro padre terminó la gitana, yo estuve segura y Amalia también: la gitana era ella. Menos bella, desproporcionada, con colores chapuceros, pero ella. Caserta la vio y dijo que no estaba bien, que nunca se vendería. Parecía contrariado. Intervino Amalia, dijo que estaba de acuerdo. Empezó una discusión. Ella y Caserta se aliaron contra mi padre. Oía sus voces que corrían por la escalera. Cuando Caserta se fue, mi padre, sin previo aviso, golpeó a Amalia dos veces en el rostro con la mano derecha, primero con la palma y luego con el dorso. Recordaba aquel gesto con precisión, con su movimiento y su onda que primero va y luego viene; era la primera vez que se lo veía hacer. Ella escapó al final del pasillo, a la despensa, y trató de encerrarse allí. La sacó a patadas. Una la alcanzó en el costado y la lanzó contra el armario del dormitorio. Amalia se volvió a poner en pie y arrancó todos los dibujos de las paredes. Él la alcanzó, la agarró por el pelo y le golpeó la cabeza contra el espejo del armario, que se hizo pedazos.

La gitana gustó mucho, sobre todo en las ferias de provincia. Habían pasado cuarenta años y mi padre seguía haciéndola. Con el tiempo se había vuelto muy rápido. Fijaba la tela blanca en el caballete y esbozaba los contornos con mano experta. Luego el cuerpo se volvía de bronce con destellos rojizos. El vientre se arqueaba, los pechos se hinchaban, los pezones se alzaban. Mientras tanto aparecían ojos brillantes, labios rojos, cabellos azabache en gran cantidad y peinados a la manera de Amalia, que con el tiempo se había vuelto anticuado pero sugestivo. En pocas horas la tela estaba terminada, él sacaba las chinchetas que la sostenían, la colocaba en una pared para que se secara y ponía en el caballete una nueva, blanca. Luego volvía a empezar.

Durante la adolescencia veía aquellas figuras de mujer salir de casa en manos de extraños que a menudo no ahorraban duros comentarios en dialecto. No lo comprendía y tal vez no había nada que comprender. ¿Cómo era posible que mi padre entregase, con formas audaces y seductoras, a hombres vulgares, aquel cuerpo que si era necesario defendía con rabia asesina? ¿Cómo le imponía posturas desvergonzadas cuando por una sonrisa o una mirada inmodesta estaba dispuesto a golpear brutalmente, sin piedad? ¿Por qué lo abandonaba por las calles o en casas extrañas en decenas y centenares de copias, cuando era tan celoso del original? Yo miraba a Amalia inclinada sobre su máquina de coser hasta muy tarde por la noche. Creía que, mientras trabajaba así, muda y afanosa, también ella se hacía aquellas preguntas.

21

La puerta del piso estaba entornada. Me sentí vacilar y por eso entré con tal decisión que la hoja chocó contra la pared con estrépito. No hubo reacción. Solo me invadió un olor intenso a pintura y humo. Entré en el dormitorio con la sensación de que el resto del piso había sido destruido por los años. En cambio, estaba segura de que en aquella habitación todo seguía sin modificaciones: la cama de matrimonio, el armario, el tocador con el espejo rectangular, el caballete al lado de la ventana, las telas enrolladas por todos los rincones, las marejadas, las gitanas y los idilios campestres. Mi padre estaba de espaldas, gordo e inclinado, en camiseta. El cráneo puntiagudo y calvo, salpicado de manchas oscuras. La nuca cubierta por la melena blanca.

Me desplacé levemente hacia la derecha para ver con la luz justa la tela en que estaba trabajando. Pintaba con la boca abierta, las gafas de la presbicia en la punta de la nariz. En la mano derecha sostenía el pincel que, después de leves toques en los colores, se movía seguro sobre la tela; entre el índice y el corazón de la izquierda sostenía un cigarrillo encendido, la mitad ya ceniza próxima a caer al suelo. Después de algunas pinceladas retrocedía y se quedaba inmóvil durante largos segundos; luego emitía una especie de «¡ah!», un leve sobresalto sonoro, y volvía a empastar colores aspirando el cigarrillo. El cuadro no estaba adelantado: el golfo languidecía en una mancha azul; el Vesubio, bajo un cielo rojo fuego, estaba más trabajado.

—El mar no puede ser azul si el cielo es rojo fuego —dije.

Mi padre se volvió y me miró por encima de las gafas.

—¿Quién eres? —preguntó en dialecto, con expresión y tono hostiles.

Tenía grandes bolsas lívidas bajo los ojos. Era difícil unir el recuerdo más reciente que tenía de él con aquel rostro amarillento, hinchado por humores no digeridos.

—Delia —dije.

Apoyó el pincel en una de las jarras. Se levantó de la silla con un largo lamento gutural y se volvió hacia mí con las piernas abiertas, el busto inclinado, frotándose las manos sucias de pintura en los pantalones caídos. Me miró con creciente perplejidad. Luego dijo, sinceramente asombrado:

—Te has vuelto vieja.

Me di cuenta de que no sabía si abrazarme, besarme, invitarme a que me sentara o ponerse a chillar y echarme de su casa. Estaba sorprendido, pero no agradablemente; me sentía una presencia fuera de lugar, tal vez ni siquiera era cierto que fuese su hija mayor. Las pocas veces que nos habíamos visto, después de la separación de Amalia, habíamos discutido. En su cabeza su hija debía de estar envuelta en una adolescencia petrificada, muda y ordenada.

—Me voy enseguida —lo tranquilicé—. He venido solo para saber de mi madre.

—Está muerta —dijo—. Estaba pensando que murió antes que yo.

—Se mató —hablé con claridad, pero sin énfasis.

Mi padre hizo una mueca, y me di cuenta de que le faltaban los incisivos superiores. Los de abajo se habían vuelto largos y amarillos.

146

—Fue a nadar a Spaccavento —susurró—, de noche, como una muchachita.

—¿Por qué no fuiste al entierro?

—Cuando uno está muerto, está muerto.

—Debiste ir.

—¿Irás al mío?

Lo pensé un momento y contesté:

—No.

Las grandes bolsas bajo los ojos se pusieron moradas.

—No lo verás, porque moriré después de ti —farfulló. Y luego, sin que pudiese preverlo, me golpeó con un puño.

Recibí el golpe en el hombro derecho y me costó controlar la parte de mí humillada por aquel gesto. En cambio, el dolor físico me pareció poca cosa.

—Eres una miserable como tu madre —dijo con la respiración entrecortada, y se agarró a la silla para no caerse—. Me dejasteis aquí como a un animal.

Busqué la voz en mi garganta y solo cuando estuve segura de tenerla le pregunté:

—¿Por qué fuiste a su casa? La atormentaste hasta el final.

De nuevo trató de golpearme, pero esta vez estaba preparada; falló y se puso más rabioso.

—¿Qué pensaba de mí? —empezó a gritar—. Nunca sabía qué pensaba. Era mentirosa. Todas erais mentirosas.

—¿Por qué fuiste a su casa? —repetí con calma.

—Para matarla —dijo—. Porque pensaba disfrutar de su vejez dejándome pudrir en esta habitación. Mira lo que tengo aquí abajo. Mira.

Levantó el brazo derecho y me mostró la axila. Tenía pústulas violáceas entre los pelos rizados por el sudor.

—No morirás de eso —dije.

Bajó el brazo, agotado por la tensión. Trató de enderezar el busto, pero la columna vertebral solo quería erguirse unos centímetros. Permaneció con las piernas abiertas, con una mano asida a la silla, y un silbido acatarrado que le salía del pecho. Tal vez también él pensaba que en el mundo, en aquel momento, solo le quedaba ese suelo, solo la silla en la que se sostenía.

—Los seguí durante semanas —murmuró—. Él iba todas las tardes a las seis, bien vestido, con chaqueta y corbata; parecía un figurín. Media hora después salían. Ella llevaba siempre sus cuatro trapos de costumbre, pero le caían de manera que parecía joven. Tu madre era una mujer mentirosa, sin sensibilidad. Caminaba a su lado y hablaban. Luego entraban en un restaurante o en el cine. Salían del brazo, y ella hacía los gestos que le afloraban en cuanto había un hombre: la voz así, la mano así, la cabeza así, las caderas así.

Mientras hablaba agitaba una mano lánguida a la altura del pecho, sacudía la cabeza y parpadeaba, adelantaba los labios, movía las caderas con desprecio. Estaba cambiando de estrategia. Primero había querido asustarme; ahora quería divertirme ridiculizando a Amalia. Pero nada tenía de ella, de ninguna de las Amalias que nos habíamos inventado, ni siquiera de las peores. Y nada tenía de divertido. Era solo un hombre viejo privado de cualquier humanidad por la insatisfacción y la crueldad. Tal vez esperaba un poco de complicidad, un atisbo de sonrisa. Me negué. En cambio, concentré toda la energía en reprimir mi repugnancia. Él se percató y se turbó. Estaba contra la tela en la que trabajaba y de pronto me di cuenta de que trataba de pintar, con aquel cielo rojo fuego, una erupción.

—La has humillado como siempre —le dije.

Mi padre negó confuso con la cabeza, y se volvió a sentar con un largo gemido.

—Fui a decirle que no quería vivir más solo —farfulló y miró con desprecio la cama que tenía al lado.

—¿Querías que volviera a vivir contigo?

No contestó. Desde la ventana llegaba una luz anaranjada que golpeaba contra el vidrio, terminaba en el espejo del armario y se extendía por la habitación haciendo nítido el desorden y la desolación.

—Tengo mucho dinero ahorrado —dijo—. Se lo dije: tengo mucho dinero.

Agregó otras cosas que no escuché. Mientras hablaba, vi de soslayo, debajo de la ventana, la tabla que había admirado de joven en el escaparate de las hermanas Vossi. Las dos mujeres aullando de perfil que casi se correspondían —extendidas de derecha a izquierda en un movimiento mutilado de manos, de pies, de parte de las cabezas, como si la tabla no hubiese logrado contenerlo o hubiese sido obtusamente aserrada— habían terminado allí, en aquella habitación, entre las marejadas, las gitanas y las pastorcillas. Di un largo suspiro de agotamiento.

—Te lo dio Caserta —dije indicando la pintura.

Y me di cuenta de que me había equivocado: no había sido la viuda De Riso la que le había hablado de Caserta y Amalia. Había sido el propio Caserta. Había ido allí, le había hecho aquel regalo al que aspiraba desde hacía décadas, le había hablado de sí mismo, le había dicho que la vejez es fea, que su hijo lo había arrojado a la calle, que entre él y Amalia había existido siempre una amistad devota y respetuosa. Y él le había creído. Y tal vez le había hablado de sí mismo. Y seguramente se habían descubierto desolados y solidarios en la miseria. Me sentí un objeto en el centro de la habitación en misterioso equilibrio.

Mi padre se agitó en la silla.

—Amalia era una mentirosa —estalló—, nunca me dijo que tú no habías visto ni oído nada.

—Te morías de ganas de matar a Caserta a golpes. Te querías liberar de él porque creías que con las gitanas finalmente habría hecho dinero. Sospechabas que le gustaba a Amalia. Cuando fui a decirte que los había visto juntos en el sótano de la pastelería, te imaginaste más cosas de las que yo estaba diciendo. Lo que te dije te sirvió solo para justificarte.

Me miró sorprendido.

—¿Lo recuerdas? Yo ya no me acuerdo de nada.

—Me acuerdo de todo o de casi todo. Solo me faltan las palabras de entonces. Pero conservo su horror, y vuelvo a sentirlo cada vez que en esta ciudad alguien abre la boca.

—Creía que no lo recordabas —murmuró.

—Lo recordaba, pero no lograba contármelo.

—Eras pequeña. ¿Cómo podía imaginar…?

—Podías imaginar. Siempre has sabido imaginar cuando se trataba de hacer daño. Fuiste a casa de Amalia para verla sufrir. Le dijiste que había sido Caserta el que había venido a propósito a verte para hablarte de ellos dos. Le dijiste que te había hablado de mí, de cómo había mentido, hace cuarenta años. Le echaste a ella toda la culpa. Y la acusaste de haberme hecho mala y mentirosa.

Mi padre intentó volver a levantarse de la silla.

—Eras ruin ya de pequeña —gritó—. Fuiste tú la que empujó a tu madre a dejarme. Me utilizasteis y luego me echasteis.

—Le arruinaste la existencia —rebatí—. Nunca la ayudaste a ser feliz.

—¿Feliz? Tampoco yo fui feliz.

—Lo sé.

—Caserta le parecía mejor que yo. ¿Recuerdas los regalos que recibía? Sabía bien que Caserta se los mandaba por cálculo, para vengarse: hoy la fruta; mañana un libro; luego un vestido; después las flores. Sabía que lo hacía para que yo sospechase de ella y le pegase. Hubiera bastado con que rechazase aquellos regalos. Pero no lo hacía. Agarraba las flores y las ponía en un florero. Leía el libro sin esconderse siquiera. Se ponía el vestido y salía. Luego se dejaba golpear a muerte. No me podía fiar. No comprendía qué escondía en la cabeza. No comprendía qué pensaba.

Murmuré, señalando la tabla detrás de él:

—Ni siquiera tú sabes resistirte a los regalos de Caserta.

Se volvió para mirar el dibujo, incómodo.

—Lo hice yo —dijo—. No es un regalo. Es mío.

—Nunca has sido capaz —murmuré.

—Lo hice yo de joven —insistió, y tuve la impresión de que me suplicaba que le creyese—. Se lo vendí a las hermanas Vossi en 1948.

Me senté en la cama sin que me lo pidiese, junto a su silla. Le dije con dulzura:

—Me voy.

Se sobresaltó.

—Espera.

—No —dije.

—No te molestaré. Podemos vivir bien juntos. ¿En qué trabajas?

—Tebeos.

—¿Rinde?

—No tengo muchas exigencias.

—Yo tengo dinero ahorrado —repitió.

—Estoy acostumbrada a vivir con poco —dije.

Y pensé expulsarlo del área infantil de la memoria abrazándolo allí, en aquel momento, para hacerlo humano como, a pesar de todo, tal vez era en realidad. No me dio tiempo. Me golpeó de nuevo, en el pecho. Fingí no haber sentido dolor. Lo rechacé, me puse en pie y salí sin ni siquiera echar una mirada al otro lado del pasillo.

—Tú también eres vieja —chilló detrás—. Quítate ese vestido. Das asco.

Mientras iba hacia la puerta, me sentí en precario equilibrio sobre un pedazo del suelo de la casa de hacía cuarenta años; todavía lograba sostener a mi padre, su caballete, el dormitorio, pero temía que mi peso lo hiciese hundirse. Salí deprisa al rellano y me acerqué a la puerta con cuidado. Una vez al aire libre, observé el vestido. Solo entonces descubrí, con disgusto, que a la altura del pubis tenía una gran mancha con una aureola blancuzca. En aquel lugar la tela era más oscura y, al tocarla, parecía almidonada.

22

Crucé la calle. Después de la esquina reconocí fácilmente el «Ultramarinos» que había sido del padre de Caserta. Estaba cerrado por dos tablones de madera cruzados sobre una persiana metálica doblada en un lado como la punta de la página de un libro. Arriba había un cartel sucio de barro en el que se leía con dificultad: «Sala de juegos». Del triángulo negro abierto en la persiana metálica desvencijada salió un gato de ojos amarillos con la cola de un ratón colgando entre los labios; me miró inquieto y luego se deslizó cautamente entre los tablones y la persiana, y se alejó.

Me moví a lo largo de la pared del edificio. Encontré los respiraderos de los sótanos de la casa. Eran exactamente como los recordaba: aberturas rectangulares a medio metro del suelo, cruzadas por nueve barras y cubiertas por un espeso retículo. Salía por ellas un vaho fresco y un olor a humedad y polvo. Miré dentro protegiéndome los ojos y tratando de habituarme a la oscuridad. No vi nada.

Volví a la entrada de la tienda y examiné la calle. Había un vocerío infantil sin inquietud en una calle que desolada no resultaba tranquilizadora en el crepúsculo. El aire caliente estaba impregnado de un fuerte olor a gas, proveniente de las refinerías. El agua de los charcos estaba coronada por nubes de insectos. En la acera de enfrente niños entre cuatro y cinco años competían corriendo con triciclos de plástico. Parecía vigilarlos cansinamente un hombre de unos cincuenta años, con los pantalones agarrados al vientre bajo una camiseta amarilla muy amplia. Tenía brazos macizos, tórax largo y peludo, piernas cortas. Estaba apoyado contra la pared, junto a una barra de hierro que parecía no pertenecerle: tenía unos setenta centímetros de longitud, afilada en la punta; el resto de una vieja reja abandonada allí por algún niño que la había recuperado entre la suciedad para jugar peligrosamente. El hombre fumaba un cigarro y me miraba.

Crucé la calle y le pregunté en dialecto si me daba cerillas. Extrajo cansadamente del bolsillo una caja de cerillas de cocina y me la tendió, mirando sin disimulo la mancha del vestido. Tomé cinco, cogiéndolas de una en una, como si su mirada no me turbase. Me preguntó sin energía si también quería un cigarro. Se lo agradecí: no fumaba cigarros ni cigarrillos. Entonces me dijo que hacía mal en andar sola. El lugar no era seguro; había mala gente que molestaba incluso a los chicos. Me los señaló agarrando la barra y dándole un rápido giro en dirección a ellos. Se estaban insultando recíprocamente en dialecto.

—¿Hijos o nietos?

—Hijos y nietos —me contestó tranquilamente—. Al primero que intente tocarlos lo mato.

Volví a darle las gracias y crucé otra vez la calle. Solté uno de los tablones, me agaché y entré en el triángulo oscuro detrás de la persiana metálica.

23

Traté de orientarme como si tuviese delante el mostrador con las escenas exóticas pintadas por mi padre tantos años antes. Lo sentí sólido, tan alto como para superar por lo menos cinco centímetros mi cabeza. Luego me di cuenta de que, desde la época en que me había detenido de veras frente a aquel objeto cargado de regaliz y confites, había crecido por lo menos setenta centímetros. Enseguida la pared de madera y metal, que en un momento había tenido casi dos metros de altura, se deslizó hacia abajo y se detuvo a mi costado. Me volví con cautela. Hasta levanté el pie para subir al banco de madera detrás del mostrador, pero fue inútil: naturalmente ya no había mostrador ni banco. Arrastraba los pies por el suelo avanzando a tientas y no encontraba nada; solo basura y algún clavo.

Me decidí a encender una cerilla. El lugar estaba vacío y no existía memoria capaz de colmarlo, solo una silla volcada me separaba de la abertura que llevaba al lugar donde el padre de Caserta había cuidado sus máquinas para elaborar dulces y helados. Dejé caer la cerilla para evitar quemarme y entré en la antigua pastelería. Aunque la pared de la derecha estaba cegada, la de la izquierda tenía tres aberturas rectangulares en lo alto, barradas y tapiadas con el retículo. El lugar estaba lo suficientemente iluminado para que pudiera distinguirse con claridad un catre y sobre él un cuerpo oscuro, tendido como si durmiera. Me aclaré la garganta para sentir que nada sucedía. Encendí otra cerilla, me acerqué y alargué una mano hacia la sombra tendida en el catre. Al hacerlo choqué de costado contra una caja de fruta. Algo cayó al suelo, pero la figura no se movió. Me arrodillé mientras la llama me lamía las yemas. A tientas encontré en el suelo el objeto que había oído caer. Era una linterna de metal. La cerilla se apagó. Con la luz de la linterna iluminé enseguida una bolsa de plástico negro, abandonada sobre la cama como un durmiente. En el colchón sin sábana estaban esparcidas algunas enaguas y algunas viejas bragas de Amalia.

—¿Estás aquí? —pregunté con voz ronca, mal dominada.

No hubo respuesta. Entonces hice girar la luz de la linterna. En un rincón habían extendido una cuerda de una pared a otra. De la cuerda colgaban perchas de plástico con dos camisas, una chaqueta gris, los correspondientes pantalones cuidadosamente doblados y una gabardina. Examiné las camisas: eran de la misma marca de las que había encontrado en casa de mi madre. Entonces hurgué en los bolsillos de la chaqueta y di con unas monedas, siete fichas para el teléfono, un billete de segunda clase Nápoles-Roma vía Formia fechado el 21 de mayo, tres billetes de transporte urbano usados, dos caramelos de fruta, el recibo de un hotel de Formia, cuenta única para dos habitaciones individuales, tres tíquets de tres bares diferentes y la cuenta de un restaurante de Minturno. El billete de tren había sido expedido el mismo día que mi madre salió de Nápoles. La factura del hotel, en cambio, y la del restaurante tenían fecha del día 22. La cena de Caserta y Amalia había sido espléndida: dos cubiertos, seis mil liras; dos ensaladas de marisco, treinta mil liras; dos ñoquis con gambas, veinte mil liras; dos parrilladas mixtas de pescado, cuarenta mil liras; dos guarniciones, ocho mil liras; dos helados, doce mil liras; dos vinos, treinta mil liras.

Mucha comida, vinos… Mi madre comía poquísimo y un sorbo de vino enseguida la mareaba. Volví a pensar en las llamadas que me había hecho, en las obscenidades que me había dicho: tal vez no estaba aterrorizada, sino solo alegre; tal vez estaba alegre y aterrorizada. Amalia tenía la imprevisibilidad de una chispa, no podía imponerle la trampa de un único adjetivo. Había viajado con un hombre que la había aterrorizado al menos tanto como su marido y que sutilmente seguía atormentándola. Junto a él había bajado del tren que la llevaba de Nápoles a Roma para deslizarse a escondidas hacia una habitación de hotel, hacia una playa de noche. No debió de sentirse excesivamente turbada cuando el fetichismo de Caserta surgió con mayor decisión. La sentía, allí en la penumbra, como si estuviese en aquella bolsa sobre la cama, contraída y curiosa, pero no sufriente. Seguramente le había causado más dolor el descubrimiento de que aquel hombre seguía persiguiéndola con perversa constancia, como lo había hecho años antes cuando le había enviado sus regalos sabiendo que la exponía a la brutalidad del marido. Me la imaginaba desorientada cuando supo que Caserta había ido a ver a mi padre para hablarle de ella, del tiempo que pasaban juntos. La veía sorprendida de que mi padre no hubiese matado a su presunto rival, como siempre había amenazado con hacer, sino que lo había escuchado serenamente para luego empezar a espiarla, para maltratarla, para amenazarla, para intentar volver a imponerle su proximidad. Había partido deprisa y furiosa, posiblemente convencida de que su ex marido la seguía. Por la calle, junto con la viuda De Riso, debía de haberse convencido. Una vez en el tren había suspirado de alivio y tal vez había esperado que apareciese Caserta para explicarse, para comprender. La imaginaba confusa y decidida, aferrada solo a la maleta en la que llevaba los regalos para mí. Me recuperé y volví a poner en los bolsillos de la chaqueta de Caserta todas las señales de su recorrido. En el fondo, entre las costuras, había arena.

Cuando continué mi reconocimiento, me quedé sin aliento. La luz de la linterna, al girar, enfocó una silueta femenina de pie contra la pared frente a la cama. Llevé el haz de luz a la silueta que había entrevisto. En una percha colgada con un clavo de la pared estaba, en excelente orden, el traje de chaqueta azul que mi madre llevaba cuando se fue: chaqueta y falda, de una tela tan resistente que Amalia, durante décadas, había logrado adaptarlo con leves modificaciones a todas las circunstancias que consideraba importantes. Ambas prendas habían sido dispuestas en la percha como si la persona que se las había puesto hubiese salido de la ropa solo por un momento prometiendo volver enseguida. Debajo de la chaqueta había una vieja blusa azul pálido que yo conocía bien. Introduje dudando una mano en el escote y encontré uno de los sujetadores de Amalia sostenido con un imperdible a la blusa. Hurgué debajo de la falda: estaba su braga remendada. En el suelo vi los zapatos gastados y pasados de moda que le habían pertenecido, con el tacón bajo varias veces recompuesto, y el panti que yacía encima como un velo.

Me senté en el borde de la cama. Debía tratar de impedir que el traje chaqueta se separase de la pared. Quería que cada una de aquellas prendas permaneciese allí, inmóvil, y consumiese el resto de energía que Amalia había dejado en ellas. Dejé que cada punto se descosiese, que la tela azul volviera a ser tela sin corte, oliendo a nuevo, ni siquiera rozada por Amalia que, joven, con un vestido americano con flores rojas y azules, todavía estaba eligiendo entre las piezas enrolladas, en una tienda densamente perfumada por los tejidos. Discutía con alegría. Todavía estaba pensando en cosérsela, todavía estaba rozando su orillo, todavía estaba levantando una punta para evaluarla al bies. Pero no fui capaz de mantenerla mucho tiempo. Amalia ya trabajaba activamente. Extendía sobre la tela el papel que reproducía las partes de su cuerpo. La sostenía con alfileres, trozo tras trozo. Cortaba tensando el tejido con el pulgar y el corazón de la mano izquierda. Hilvanaba. Cosía con puntos flojos. Medía, descosía, volvía a coser. Veía crecer el vestido como otro cuerpo, un cuerpo más accesible. ¿Cuántas veces había entrado a hurtadillas en el armario del dormitorio, había vuelto a cerrar la puerta, había permanecido en la oscuridad entre sus vestidos, debajo de la falda olorosa de aquel traje chaqueta, respirando el cuerpo de ella, volviendo a vestirme con ellos? Me encantaba que de la urdimbre y la trama del tejido ella supiera sacar una persona, una máscara que se nutría de tibieza y olor, que parecía imagen, teatro, relato. Si ella no me había concedido ni el rozarla, aquella silueta suya fue realmente, hasta los umbrales de mi adolescencia, generosa en sugerencias, imágenes, placeres. El traje chaqueta estaba vivo.

También Caserta debía de pensarlo. Sobre aquel traje su cuerpo se había recostado, cuando en el curso del último año había nacido entre ellos aquella armonía senil, que no lograba evaluar en toda su intensidad y en todas sus implicaciones. Con aquel traje había partido deprisa, agitada después de las revelaciones de mi padre, recelosa, temerosa de que siguieran espiándola. Con aquel traje el cuerpo de Amalia había rozado a Caserta, cuando se había sentado a su lado de improviso, en el tren. ¿Tenían una cita? En aquel momento los veía juntos, mientras se encontraban en el compartimiento apenas estuvieron fuera de la mirada de la viuda De Riso. Amalia todavía esbelta, delgada, con el peinado antiguo; él, alto, seco, cuidado: una hermosa pareja de ancianos. Pero tal vez entre ellos no había acuerdo alguno: Caserta la había seguido al tren por iniciativa propia, se había sentado a su lado, había empezado a hablarle de manera cautivadora como parecía capaz de hacerlo. Además, de cualquier manera que hubieran sucedido las cosas, dudaba de que Amalia pensara presentarse en mi casa con él; tal vez Caserta solo se había ofrecido a hacerle compañía durante el viaje, tal vez en el camino le había empezado a hablar de nuestros veraneos, tal vez, como le sucedía en los últimos meses, ella había empezado a perder el sentido de las cosas, a olvidarse de mi padre, a olvidar que el hombre que estaba sentado a su lado estaba obsesionado por ella, por su persona, por su cuerpo, por su modo de ser, pero también por una venganza cada vez más abstracta, cada vez más imprecisa, puro fantasma entre los muchos fantasmas de la vejez.

O no; ella seguía teniéndolo bien presente y ya proyectaba, como hacía con los vestidos, el pliegue que debía dar a los últimos acontecimientos de su existencia. De todas maneras, de improviso la meta había cambiado, y no por voluntad de Caserta. Había sido seguramente Amalia la que lo empujó a bajar en Formia. Él no podía tener el menor interés en volver a los lugares donde nos habíamos bañado en el mar (mi padre, ella, mis hermanas, yo) en los años cincuenta. En cambio, era posible que Amalia, convencida de que mi padre insistía en espiarlos a escondidas en algún lugar, había decidido pasear aquella mirada por recorridos capaces de petrificarlo. Habían comido en cualquier bar, habían bebido, con seguridad había empezado entre ellos un juego nuevo, que Amalia no había previsto, pero que la seducía. La primera llamada que me había hecho testimoniaba un desorden que la excitaba y desorientaba. Y si bien en el hotel habían tomado habitaciones separadas, la segunda llamada me hacía dudar de que Amalia se hubiese encerrado en su cuarto. Sentía en aquel viejo traje para las grandes ocasiones la fuerza que la empujaba fuera de casa, lejos de mí, y que era el riesgo de que nunca volviese. Veía, en la tela azul, la noche del trastero al lado de su dormitorio, donde me encerraba para luchar contra el terror, el terror de perderla para siempre. No, Amalia no se había quedado en su habitación.

Al día siguiente habían ido juntos a Minturno, probablemente en tren, tal vez en autobús. Por la noche habían cenado sin reparar en gastos, alegremente, hasta el punto de pedir dos botellas de vino. Luego fueron a pasear por la playa. Sabía que, en la playa, mi madre se había puesto la ropa que en un primer momento pensaba regalarme. Tal vez había sido Caserta el que la había inducido a desnudarse y ponerse los vestidos, la ropa interior, la bata que había sustraído para ella de la tienda Vossi. Tal vez Amalia lo había hecho espontáneamente, desinhibida por el vino, obsesionada por la vigilancia neurótica del ex marido. Había que descartar que hubiese habido violencia; la violencia que la autopsia podía descubrir no se había descubierto.

La veía quitarse su viejo traje chaqueta y tenía la impresión de que el vestido había quedado rígido y desolado, colgado en la arena fría como en aquel momento estaba colgado contra la pared. La veía mientras se esforzaba por caber en aquella ropa interior de lujo, en aquellos vestidos demasiado juveniles, vacilando de ebriedad. La veía incluso cuando, exhausta, no se había cubierto con la bata de raso. Debía de haber percibido que algo se había desgarrado para siempre: con mi padre, con Caserta, tal vez también conmigo, cuando decidió cambiar de itinerario. Ella misma se había desgarrado: las llamadas que me había hecho, con toda probabilidad en compañía de Caserta, con su alegre desesperación, solo querían señalarme lo confuso de la situación en la que se encontraba, la desorientación que estaba viviendo. Seguramente, cuando había entrado en el agua desnuda, había sido por decisión propia. La sentía imaginándose apretada entre cuatro pupilas, expropiada por dos miradas. Y la sentía descubriendo agotada que mi padre no estaba, que Caserta seguía sus fantasías de viejo con el cerebro perdido, que los espectadores de aquella puesta en escena estaban ausentes. Había abandonado la bata de raso, solo se había dejado el sujetador Vossi. Probablemente Caserta estaba allí y miraba sin ver. Pero no estaba segura. Tal vez ya se había ido con la ropa de Amalia. O tal vez ella misma lo había obligado a irse. Dudaba de que él hubiese decidido llevarse los vestidos y la ropa interior. En cambio, estaba segura de que Amalia lo había obligado a entregarme los regalos que él le había prometido: último trato para obtener aquella ropa interior vieja que le interesaba. Debían de haber hablado de mí, de lo que había hecho de pequeña. O tal vez hacía ya tiempo que habían entrado en el juego de sadismo de poca monta dirigido por Caserta. Seguramente yo era parte preponderante de sus fantasías seniles y quería vengarse de mí como si fuese la niña de hacía cuarenta años. Me imaginaba a Caserta en la arena, aturdido por el rumor de la resaca y por la humedad, tan desorientado como Amalia, borracho como ella, incapaz de comprender adónde había llegado el juego. Temí que ni se hubiese dado cuenta de que el ratón con el que se había divertido buena parte de su vida se le estaba escapando para ir a ahogarse.

24

Me levanté de la cama sobre todo para no ver más la silueta azul colgada de la pared de enfrente. Vi los escalones que llevaban a la puerta que daba al patio del edificio. Eran cinco, me acordaba muy bien; jugaba con Antonio a saltarlos mientras su abuelo elabora dulces. Los conté al subir. Al llegar arriba, me di cuenta con sorpresa de que la puerta no estaba cerrada, sino entornada; la cerradura se había roto. La abrí y me asomé al zaguán: en un lado estaba el portal que daba al patio, en el otro los tramos de la escalera a cuyo extremo había estado en una época el piso de Caserta. Hacia arriba por aquellos escalones Filippo y mi padre lo habían seguido para matarlo. Él trató primero de defenderse; luego dejó de hacerlo.

Miré hacia arriba, desde el fondo de la escalera, y me dolió la nuca. Tenía una mirada con una vejez de décadas que quería mostrarme más de lo que entonces podía ver. Al relato, quebrado en mil imágenes incoherentes, le era difícil adaptarse a las piedras y al hierro. En cambio, la violencia se cumplía en aquel momento, enroscada en la barandilla de la escalera, y me parecía que había permanecido aquí —aquí y no allí— gritando durante cuarenta años. Caserta había renunciado a defenderse, no por falta de fuerzas o admisión de culpa o cobardía, sino porque el tío Filippo, en el cuarto piso, había

163

agarrado a Antonio y lo sostenía por los tobillos maldiciendo en un dialecto hostil, la lengua de mi madre. El tío era joven, tenía los dos brazos, y amenazaba con dejar caer al niño solo con que Caserta intentara moverse. La tarea de mi padre era fácil.

Dejé la puerta abierta y entré en el sótano. Con la linterna busqué la puertecita que llevaba al nivel más bajo. Pero la recordaba de hierro barnizado, tal vez marrón. Encontré una de madera, de no más de cincuenta centímetros de altura; más bien un postigo, semicerrado, con una argolla en la puerta y otra en el marco; en este último estaba colgado un candado abierto.

Al verla debía admitir de inmediato que la imagen de Caserta y Amalia saliendo o entrando allí bien erguidos y radiantes, a veces del brazo, a veces de la mano, ella con el traje chaqueta, él con el abrigo de pelo de camello, era una mentira de la memoria. También Antonio y yo, cuando pasábamos por allí, debíamos inclinarnos. La infancia es una fábrica de mentiras que perduran imperfectamente; la mía al menos había sido así. Pero sentía las voces de los niños en la calle y me parecía que no eran diferentes de como yo había sido; chillaban en el mismo dialecto; cada uno de ellos se creía otra cosa; eran invenciones, mientras pasaban las tardes en las aceras desoladas bajo la mirada del hombre de la camiseta. Corrían con los triciclos e intercambiaban insultos alternándolos con gritos penetrantes de alegría. Insultos con fondo sexual; en su jerga obscena se insertaba a veces, con obscenidad aún más sangrienta, la voz del hombre de la barra.

Emití un leve gemido. Me oí repetir a Antonio, detrás de aquella puerta, en el espacio negro del sótano, palabras no diferentes de las que estaba oyendo; y él me las repetía a mí. Pero yo mentía mientras las decía. Fingía no ser yo. No quería ser «yo», si no era el yo de Amalia. Hacía lo que me imaginaba que Amalia hacía en secreto. Y le imponía, a falta de recorridos suyos de los cuales pudiera ser parte, mis recorridos de casa a los ultramarinos de Caserta el viejo. Salía de casa, doblaba la esquina, empujaba la puerta de cristal, probaba cremas, esperaba a su compañero de juegos. Era yo y era ella. Yo-ella nos encontrábamos con Caserta. En realidad, cuando Antonio aparecía en la puerta del patio no veía la cara de Antonio, sino que en aquella cara estaba la cara adulta de su padre.

Amaba a Caserta con la intensidad con que me había imaginado que lo amaba mi madre. Y lo detestaba, porque la fantasía de aquel amor secreto era tan vívida y concreta, que sentía que nunca podría ser amada del mismo modo; no por él, sino por ella, Amalia. Caserta había tomado todo lo que me correspondía a mí. Mientras daba la vuelta al mostrador pintado, me movía como ella, hablaba sola remedando su voz, sacudía los párpados, reía como mi padre no quería que riese. Luego subía al escalón de madera y entraba con gestos de mujer en la pastelería. El abuelo de Antonio rociaba la crema ondulada de la manga de tela y me miraba con ojos profundos, velados por el calor de los hornos.

Empujé la puerta e introduje la luz de la linterna. Me agaché, las rodillas contra el pecho y la cabeza inclinada. Encorvada de aquella manera, me arrastré hacia arriba por tres escalones resbaladizos. Después de aquel recorrido acepté recordarlo todo; todo lo que de verdadero custodiaban las mentiras.

Era seguramente Amalia, cuando un día encontré la pastelería vacía y aquella puerta abierta. Era Amalia que, desnuda como la gitana pintada por mi padre, alrededor de la cual volaban desde hacía semanas los insultos, los juramentos, las amenazas, iba a restregarse en el sótano oscuro con Caserta. Era, en imperfecto. Me sentía ella con sus pensamientos, libre y feliz, escapada de la máquina de coser, de los guantes, de la aguja y del hilo, de mi padre, de sus telas, del papel amarillento sobre el que había terminado en borrones sanguinos. Era idéntica a ella y, sin embargo, sufría por lo incompleto de esa identidad. Lográbamos ser «yo» solo en el juego, y ahora lo sabía.

Pero inclinado, en el fondo de los tres escalones después de la puerta, Caserta me miró de soslayo y me dijo: «Ven». Mientras me inventaba que su voz, junto con aquel verbo, daba sonido también a «Amalia», subió levemente un dedo nudoso y sucio de crema por mi pierna, debajo del vestidito que me había hecho mi madre. Sentí placer con aquel contacto. Y me di cuenta de que se sucedían tercamente en mi cabeza las obscenidades que entretanto el hombre balbuceaba ronco, tocándome. Las memorizaba y me parecía que las decía con una lengua roja que hablaba, no desde la boca, sino desde los calzoncillos. Estaba sin aliento. Sentía a la vez terror y placer. Trataba de contenerlos a ambos, pero me daba cuenta con ansiedad de que el juego no resultaba. Era Amalia la que sentía todo el placer y a mí me quedaba solo el terror. Cuanto más sucedían las cosas más despechada me sentía, porque no lograba ser «yo» en el placer de ella, y solo temblaba.

Además Caserta no me resultaba convincente. A veces lograba ser Caserta, a veces confundía sus rasgos. Aquello me alarmaba cada vez más. Estaba sucediendo como con Antonio: durante nuestros juegos, yo era Amalia con convicción, pero él era su padre débilmente, tal vez por defecto de la imaginación. Entonces lo odiaba. Sentirle Antonio me hacía ser mezquinamente Delia allí abajo, en el sótano, con una mano en su sexo; y mientras tanto Amalia jugaba a ser realmente Amalia quién sabe dónde, excluyéndome de su juego como a veces las niñas del patio.

Así en un momento dado hube de ceder y admitir que el hombre que me decía «Ven» en el fondo de los tres escalones del sótano era el vendedor de ultramarinos, el viejo lóbrego que elaboraba helados y dulces, el abuelo del pequeño Antonio, el padre de Caserta. Pero Caserta no; Caserta seguramente estaba en otra parte, con mi madre. Entonces lo rechacé y me escapé llorando. Salté sobre el pedazo de suelo donde estaba mi padre, el caballete, el dormitorio. Le conté, en el dialecto desvergonzado del patio, las cosas obscenas que el hombre me había hecho y dicho. Lloraba. Tenía en la mente con claridad el viejo rostro deformado por la inflamación de la piel y por el miedo.

Caserta, le dije a mi padre. Le dije que Caserta le había hecho a Amalia, con su consentimiento, en el sótano de la pastelería, todo lo que en realidad el abuelo de Antonio me había dicho y tal vez hecho a mí. Él dejó de trabajar y esperó a que mi madre volviese a casa.

Decir es encadenar tiempos y espacios perdidos. Me senté en el último escalón, creyendo que era el de entonces. Me repetí en un murmullo, una por una, las fórmulas obscenas que el padre de Caserta me había desgranado con creciente agitación cuarenta años antes. Y me di cuenta de que, en esencia, eran las mismas que mi madre burlonamente me había gritado por teléfono, antes de ir a ahogarse. Palabras para perderse o para encontrarse. Tal vez quería comunicarme que también ella me detestaba por lo que le había hecho hacía cuarenta años. Tal vez de aquella manera quería hacerme comprender quién era el hombre que se encontraba allí con ella. Tal vez quería decirme que me cuidara, que estuviese atenta a las furias seniles de Caserta. O tal vez quería simplemente demostrarme que también aquellas palabras podían decirse y que, al contrario de lo que había creído durante toda la vida, podían no hacerme daño.

Me aferré a esta última hipótesis. Estaba allí, agazapada en el umbral de atormentadas fantasías, para encontrar a Caserta y decirle que nunca había querido perjudicarlos. Ya no me interesaba la histo-

ria entre él y mi madre; solo deseaba confesar en voz alta que, entonces y después, no le había odiado a él y tal vez ni siquiera a mi padre;
solo a Amalia. A ella quería hacerle daño. Porque me había dejado en
el mundo jugando sola con las palabras de la mentira, sin medida, sin
verdad.

25

Pero Caserta no apareció. En el sótano no había más que cajas de cartón vacías y viejas botellas de gaseosa o de cerveza. Me arrastré fuera, llena de polvo, molesta por el leve roce de las telarañas, y volví al catre. En el suelo vi mi braga manchada de sangre y la empujé con la punta del pie debajo del catre. Me molestaba más descubrirla en aquel lugar como una parte huida de mí que imaginar el uso que Caserta habría hecho de ella.

Volví a la pared donde estaba colgado el traje azul de Amalia. Descolgué la percha, estiré con delicadeza el vestido sobre el catre, me puse la chaqueta; dentro tenía una costura descosida; los bolsillos estaban vacíos. Me la puse encima como si quisiese ver cómo me quedaba. Luego me decidí; apoyé la linterna en el catre, me quité el vestido y lo dejé en el suelo; luego volví a vestirme con cuidado, sin prisa. Usé el imperdible con el que Caserta había colgado el sujetador a la blusa para apretarme la falda a la cintura, ya que era demasiado ancha. También la chaqueta era amplia, pero me la acomodé con satisfacción. Sentí aquella ropa vieja como la narración extrema que mi madre me había dejado y que ahora, con todos los artificios necesarios, me quedaba perfecta.

La historia podía ser más débil o más seductora que la que me había contado. Bastaba con sacar un hilo y seguirlo en su linealidad simplificadora. Por ejemplo, Amalia se había ido junto con su viejo amante y con él había pasado unas últimas vacaciones secretas, riendo ruidosamente, comiendo y bebiendo, desnudándose en la arena, poniéndose y quitándose la ropa que pensaba regalarme. Un juego de anciana que se finge joven, para complacer a otro anciano. Finalmente decidió bañarse desnuda. Pero, mareada como estaba, se alejó demasiado de la orilla y se ahogó. Caserta había tenido miedo, lo había recogido todo y se había ido. O bien corría desnuda por la orilla y él la seguía, ambos jadeantes, ambos aterrorizados, ella por el descubrimiento de los deseos de él, él por el descubrimiento del rechazo de ella. Hasta que Amalia creyó poder huir de él en el agua.

Sí, bastaba con tirar de un hilo para seguir jugando con la figura misteriosa de mi madre, enriqueciéndola, humillándola. Pero me di cuenta de que ya no sentía la necesidad y me moví en el haz de luz justo como me parecía que se movía ella. Después de haber apagado la linterna, me incliné hacia el triángulo azulado de la persiana metálica y saqué la cabeza al aire libre. Las luces estaban encendidas, pero todavía había claridad. Los niños ya no corrían ni gritaban. Estaban alrededor de un hombre encorvado, con el rostro a la altura de sus caras y las manos en las rodillas. El hombre era Caserta. Tenía la cabeza poblada de cabellos blancos y una expresión cautivadora. Todos, los pequeños y el mayor, tenían los zapatos en un charco brillante. Los niños habían empezado a desenvolver los caramelos que les había dado.

Miré a aquel viejo flaco, bien afeitado, bien vestido, el rostro pálido y tenso, y ya no sentí la menor necesidad de hablarle, de saber, de hacerle saber. Decidí deslizarme por la acera, doblar la esquina, pero él se volvió y me vio. Su estupor fue tal que no se dio cuenta de lo que sucedía a su espalda. El hombre en camiseta había apoyado con cuidado la barra contra la pared, acababa de tirar el cigarro y se le acercaba mirando derecho delante de él, con el tórax erguido, las piernas cortas que daban pasos sensatamente tranquilos. Los niños retrocedieron y salieron del charco. Caserta se quedó solo en el espejo de agua violeta, con la boca abierta, los ojos sin ansiedad fijos en mí. Su calma me ayudó a respirar. Volví a los ultramarinos de hacía cuarenta años, tuve cuidado de no chocar contra el mostrador con palmeras y camellos, subí el escalón de madera, crucé la pastelería esquivando con habilidad el horno, las máquinas, los mostradores, las fuentes, y salí por la puerta que daba al patio. Una vez al aire libre busqué el paso justo para una persona adulta que no tiene prisa.

26

El gas ardía en la noche sobre los pináculos de las refinerías. Viajé en un tren directo lento como una agonía, después de haber buscado y encontrado un compartimiento iluminado, sin pasajeros sumergidos en el sueño. Quería que, si no todo el tren, al menos mi asiento mantuviese su consistencia. Encontré un lugar al lado de unos muchachos de unos veinte años, reclutas de regreso de un breve permiso. En un dialecto casi incomprensible exhibían en cada frase una agresividad aterrorizada. Habían perdido el tren que les habría permitido llegar puntuales al cuartel. Sabían que serían castigados y tenían miedo. Pero no lo confesaban. En cambio, entre risas y escarnios, proyectaban someter a los oficiales que los castigarían a humillaciones sexuales de todo tipo. Las colocaban en un futuro indeterminado y, mientras tanto, las describían con todo detalle. Sostenían, dirigiéndose a mí, pero de reojo, que de nadie tenían miedo. Cada vez me lanzaban miradas más descaradas. Uno de ellos empezó a dirigirme la palabra directamente y a ofrecerme cerveza de la lata de la que había bebido. No bebí. Los otros se reían burlonamente sin lograr contenerse, empujándose unos a otros con los cuerpos contraídos por la risa y luego rechazándose con fuerza, morados.

Bajé en Minturno. Llegué a la Appia a pie, por calles desiertas, entre torres vulgares y vacías. Todavía estaba oscuro cuando encontré la casa de nuestros veraneos, una construcción de dos pisos con el tejado a dos aguas, cerrada y muda bajo el rocío. Con las primeras luces, tomé un sendero arenoso. Solo había escarabajos y lagartos inmóviles, en espera de las primeras tibiezas. Las hojas de las cañas con las que había fabricado para mis hermanas y para mí estructuras de cometas me mojaban el traje chaqueta en cuanto lo rozaban.

Me quité los zapatos y hundí los pies doloridos en una arena fina, fresca y sucia, entre desechos de todo tipo. Fui a sentarme en un tronco de árbol cerca de la orilla, en espera de que el sol me calentase, pero también para aferrar mi presencia a un despojo bien arraigado en la arena. El mar estaba en calma y azul bajo el sol, pero los rayos llegaban con dificultad a la orilla y dejaban en la arena una sombra gris. Una neblina próxima a desvanecerse lograba aún borrar la vegetación, las colinas, las montañas. Ya había vuelto a aquel lugar después de la muerte de mi madre. No había visto el mar ni la playa. Solo había visto detalles: la valva blanca de una conchilla, rayada con exactitud; un cangrejo con los segmentos del abdomen vueltos hacia el sol; el plástico verde de un envase de detergente; ese tronco en el que estaba sentada. Me había preguntado por qué mi madre había decidido morir en aquel lugar. Nunca lo sabría. Yo era la única fuente posible del relato; no podía ni quería buscar fuera de mí.

Cuando el sol empezó a lamerme, sentí a Amalia joven y llena de asombro por la aparición del primer biquini. Decía: «Las dos piezas me cabrían en una sola mano». Ella, en cambio, llevaba un bañador verde hecho por ella misma, cerrado, fuerte, adecuado para sofocar las formas, siempre el mismo a través de los años. Por prudencia controlaba a menudo que la tela no se le subiese por los muslos o las nalgas. El domingo, aparentemente porque así lo había decidido, se quedaba envuelta en una toalla como si tuviese frío, en la tumbona debajo de la sombrilla, al lado de mi padre. Pero no tenía frío. En los

173

días festivos llegaban a la playa, desde el interior, grupos de muchachos con el pelo ensortijado, con bañadores indecentes, con la cara, el cuello y los brazos quemados por el sol, y con el resto blanco, vocingleros, pendencieros, dedicados durante horas, ya fuera en serio o a modo de juego, a luchas furibundas en la arena o en el agua. Mi padre, que en general pasaba el tiempo en la orilla comiendo almejas sacadas de la arena, al verlos cambiaba de humor y de actitud. Obligaba a Amalia a no alejarse de la sombrilla. La espiaba para saber si los miraba de reojo. Cuando los muchachos, en sus exhibiciones, sucios de arena hasta los cabellos, se acercaban demasiado a la sombrilla riendo, nos reunía deprisa y nos obligaba a las cuatro a quedarnos a su lado. Mientras, les declaraba la guerra a los jóvenes con miradas feroces. Nosotras, como siempre, teníamos miedo.

Pero lo que recuerdo con mayor fastidio de aquellas vacaciones era el cine al aire libre adónde íbamos a menudo. Mi padre, para protegernos de eventuales inoportunos, hacía sentar a la más joven de mis hermanas en el primer asiento de la fila, el que estaba junto al pasillo central. Luego ordenaba a la otra que se sentara a su lado. Seguía yo, mi madre y finalmente él. Amalia asumía un aire entre divertida y asombrada. Yo, en cambio, interpretaba aquella disposición de los lugares como una señal de peligro y me inquietaba cada vez más. Cuando mi padre se acomodaba en su lugar y pasaba un brazo por los hombros de su mujer, aquel gesto me parecía la última fortificación contra una amenaza oscura que pronto se revelaría.

Empezaba la película, pero yo sentía que no estaba tranquilo. Asistía al espectáculo nervioso. Si por casualidad Amalia se volvía para mirar hacia atrás, enseguida lo hacía también él. A intervalos fijos le preguntaba: «¿Qué pasa?». Ella lo tranquilizaba, pero mi padre no confiaba. Yo estaba sugestionada por su ansiedad. Pensaba que, si me hubiese sucedido algo —lo más terrible, no sabía qué—, se lo habría ocultado. Llegaba a la conclusión, no sé por qué, de que también Amalia se habría comportado del mismo modo. Pero esta certidumbre me daba aún más miedo. Porque, si mi padre hubiese descubierto que ella le había ocultado la tentativa de acercamiento de algún extraño, habría tenido enseguida la prueba de todas las otras innumerables complicidades de Amalia.

Yo ya tenía aquellas pruebas. Cuando íbamos al cine sin él, mi madre no respetaba ninguna de las reglas que le había impuesto: miraba a su alrededor libremente, reía como no se debía reír y charlaba con desconocidos, por ejemplo con el vendedor de caramelos, que cuando se apagaban las luces y aparecía el cielo estrellado se sentaba a su lado. Por eso, cuando estaba mi padre, no lograba seguir la historia de la película. Lanzaba miradas furtivas en la oscuridad para ejercer a mi vez un control sobre Amalia, anticipar el descubrimiento de sus secretos, evitar que también él descubriese su culpabilidad. Entre el humo de los cigarrillos y el destello del haz de luz lanzado por el proyector, fantaseaba aterrada con cuerpos de hombres en forma de engendros que saltaban ágiles por debajo de las hileras de asientos, y estiraban, no garras, sino manos y lenguas viscosas. Así, me cubría de un sudor helado a pesar del calor.

Entretanto Amalia, después de una mirada furtiva de reojo, curiosa y a la vez aprensiva, abandonaba la cabeza sobre el hombro de mi padre y parecía feliz. Aquel doble movimiento me laceraba. No sabía adónde seguir a mi madre en fuga, si a lo largo del eje de aquella mirada o por la parábola que su peinado dibujaba en el hombro de su marido. Estaba allí al lado de ella y temblaba. Hasta las estrellas, tan abundantes en verano, me parecían resplandores de mi desamparo. Estaba tan decidida a llegar a ser diferente de ella, que perdía una a una las razones para parecerme.

El sol empezó a calentarme. Busqué en el bolso y saqué mi documento de identidad. Miré largamente la foto, estudiándome para reconocer a Amalia en aquella imagen. Era una foto reciente, hecha especialmente para renovar el documento caducado. Con un rotulador, mientras el sol me quemaba el cuello, dibujé alrededor de mis rasgos el peinado de mi madre. Alargué los cabellos cortos partiendo de las orejas y trazando dos amplias bandas que se cerraban en una onda negrísima levantada sobre la frente. Hice el esbozo de un rizo rebelde sobre el ojo derecho, mantenido con dificultad entre el nacimiento de los cabellos y las cejas. Me miré, me sonreí. Aquel peinado anticuado, que se usaba en los años cuarenta pero ya era raro a fines de los cincuenta, me quedaba bien. Amalia había sido. Yo era Amalia.

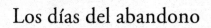

Los días del abandono

1

Un mediodía de abril, justo después de comer, mi marido me anunció que quería dejarme. Lo dijo mientras quitábamos la mesa, los niños se peleaban como de costumbre en la habitación de al lado y el perro gruñía en sueños junto al radiador. Me dijo que estaba confuso, que estaba atravesando una mala época, que se sentía cansado, insatisfecho, quizá también ruin. Habló largo y tendido de nuestros quince años de matrimonio, de nuestros hijos, y admitió que no tenía nada que reprocharnos, ni a ellos ni a mí. Mantuvo la compostura, como siempre, aparte de un movimiento exagerado de la mano derecha cuando me explicó, con una mueca infantil, que unas voces sutiles, una especie de susurro, lo empujaban hacia otro lado. Luego asumió la culpa de todo lo que estaba pasando y se fue, cerró con cuidado la puerta de casa y me dejó petrificada junto al fregadero.

Pasé la noche reflexionando, desolada en el gran lecho conyugal. Por más que analizaba la última etapa de nuestra relación, no conseguía encontrar signos reales de crisis. Lo conocía bien, sabía que era un hombre de sentimientos tranquilos: la casa y los ritos familiares eran indispensables para él. Hablábamos de todo, seguíamos abrazándonos y besándonos; a veces era tan divertido que me hacía reír hasta que se me saltaban las lágrimas. Me parecía imposible que quisiera irse de verdad. Luego caí en la cuenta de que no había cogido ni una sola de las cosas que le importaban, que incluso había olvidado despedirse de los niños, y entonces tuve la certeza de que no se trataba de algo grave. Estaba atravesando uno de esos momentos que se cuentan en los libros, cuando un personaje reacciona de modo ocasionalmente exagerado al normal descontento de vivir.

Por otro lado, no era la primera vez; a fuerza de dar vueltas en la cama, recordé el momento y los hechos. Muchos años antes, cuando solo llevábamos juntos seis meses, me había dicho, después de besarme, que prefería no verme más. Yo estaba enamorada de él, y al oírlo se me heló la sangre en las venas. Sentí frío, él se había ido y yo me había quedado en el parapeto de piedra que hay debajo de Sant' Elmo, mirando la ciudad pálida y el mar. Cinco días después me llamó por teléfono. Estaba abochornado, se justificó, me dijo que había experimentado un súbito vacío de sentido. Aquella expresión se me quedó grabada, estuvo rondándome la cabeza durante mucho tiempo.

Volvió a usarla mucho después, hacía unos cinco años. En aquella época nos veíamos a menudo con una compañera suya del Politécnico, Gina, una mujer inteligente y culta, de familia adinerada, que se había quedado viuda poco antes, con una hija de quince años. Llevábamos solo unos meses viviendo en Turín, y ella nos consiguió una bonita casa junto al río. La ciudad, a primera vista, no me gustó, me pareció de metal; pero pronto descubrí que desde el balcón de casa era hermoso contemplar el paso de las estaciones: en otoño se veía el verde del parque Valentino amarillear o arrebolarse, deshojado por el viento, y las hojas revoloteaban por el aire brumoso y se alejaban sobre la lámina gris del Po; en primavera llegaba del río una brisa fresca y reluciente que animaba los brotes nuevos en las ramas de los árboles.

Me adapté rápidamente, sobre todo porque madre e hija se desvivieron por hacerme la vida fácil, me ayudaron a familiarizarme con las calles y me acompañaron a los comercios de confianza. Pero se trataba de amabilidades con un trasfondo ambiguo. En mi opinión, no había duda de que Gina se había enamorado de Mario. Demasiadas zalamerías. A veces, yo le gastaba bromas muy explícitas. Le decía: «Te ha llamado por teléfono tu novia». Él se defendía con cierta complacencia y nos reíamos, pero con el tiempo las relaciones con aquella mujer se hicieron más estrechas y no pasaba un día sin que llamase por teléfono. Unas veces le pedía que la acompañase a alguna parte; otras ponía como excusa a Carla, su hija, diciendo que no le salía un ejercicio de química; otras buscaba un libro que ya no estaba a la venta.

No obstante, Gina sabía corresponder con generosidad equilibrada; aparecía siempre con regalitos para mí y para los niños, me prestaba su coche, nos dejaba a menudo las llaves de su casa, cerca de Cherasco, para que pasáramos en ella el fin de semana. Nosotros aceptábamos encantados, se estaba bien allí, aunque siempre había que contar con la posibilidad de que madre e hija apareciesen de improviso, desbaratando nuestras costumbres familiares. Además, a un favor había que responder con otro favor, y las amabilidades terminaron por convertirse en una cadena que nos ataba. Poco a poco, Mario fue asumiendo el papel de tutor de la hija, habló con todos sus profesores, haciendo las veces del padre muerto y, aunque estaba agobiado de trabajo, en cierto momento se sintió obligado a darle clases de química. ¿Qué podía hacer yo? Durante un tiempo intenté vigilar a la viuda; cada vez me gustaba menos cómo cogía a mi marido del brazo o le susurraba al oído entre risas. Hasta que un día lo comprendí todo. Desde la puerta de la cocina vi a la pequeña Carla, que, al despedirse de Mario en el pasillo tras una de aquellas clases, en lugar de besarlo en la mejilla, lo besaba en la boca. Comprendí de golpe que no era de la madre de quien tenía que preocuparme, sino de la hija. Quizá sin darse cuenta siquiera, aquella chica llevaba quién sabe cuánto tiempo evaluando el poder que su cuerpo ondulado y sus ojos inquietos ejercían sobre mi marido; y él la miraba como se mira desde la sombra una pared blanca bañada por el sol.

Estuvimos discutiéndolo, pero con calma. Yo odiaba los tonos de voz altos, los movimientos demasiado bruscos. Mi familia era de sentimientos ruidosos, extrovertidos, y yo, sobre todo en la adolescencia —incluso cuando me quedaba callada, tapándome los oídos en un rincón de la casa de Nápoles, agobiada por el tráfico de la via Salvator Rosa—, sentía dentro de mí una vida desbordante y tenía la impresión de que en cualquier momento se desencajaría todo por culpa de una frase demasiado hiriente o de un gesto poco sereno del cuerpo. Por eso había aprendido a hablar poco y de forma meditada, a no tener nunca prisa, a no correr siquiera para coger el autobús, a alargar lo más posible mis tiempos de reacción, llenándolos de miradas perplejas, de sonrisas inciertas. Más tarde, el trabajo me había proporcionado disciplina. Había dejado la ciudad con la intención de no volver nunca y había estado dos años en la oficina de reclamaciones de una compañía aérea en Roma. Hasta que, después de la boda, me despedí y seguí a Mario por el mundo, allí donde su trabajo de ingeniero lo reclamaba. Lugares nuevos, vida nueva. Del mismo modo, para mantener bajo control la angustia de los cambios, me había acostumbrado definitivamente a esperar con paciencia que la emoción cediera y tomara por fin el camino de la voz serena, contenida en la garganta para no dar el espectáculo.

Aquella autodisciplina resultó indispensable durante nuestra pequeña crisis conyugal. Pasamos largas noches de insomnio enfrentándonos con serenidad y en voz baja, para que los niños no nos oyeran, para evitar los ataques cargados de palabras que abriesen heridas incurables. Mario se expresaba con vaguedad, como un paciente que no sabe distinguir con precisión sus síntomas; en ningún momento conseguí que me dijera lo que sentía, lo que quería, lo que yo debía esperar. Unos días más tarde, volvió a casa después del trabajo con expresión de espanto, o quizá no era espanto de verdad, sino solo el reflejo del espanto que había leído en mi cara. El hecho es que abrió la boca para decirme algo y luego, en una fracción de segundo, decidió decirme otra cosa. Yo lo advertí tan claramente que casi me pareció ver cómo las palabras le cambiaban en la boca, pero dejé a un lado la curiosidad de saber a qué frases había renunciado. Me bastó con tomar buena nota de que aquella mala época había terminado, se había tratado solo de un vértigo momentáneo.

Un vacío de sentido, me explicó con un énfasis inusual, repitiendo la expresión que había usado años antes. Se le había metido en la cabeza de un modo que le impedía ver y oír de la forma habitual; pero ya había pasado, ya no sentía ninguna turbación. A partir del día siguiente, dejó de ver tanto a Gina como a Carla, interrumpió las clases de química y volvió a ser el hombre de siempre.

Esos eran los pocos e irrelevantes incidentes de nuestra historia sentimental; aquella noche los examiné detalladamente. Luego me levanté, desesperada por el sueño que no llegaba, y me preparé una manzanilla. Mario es así, me dije: tranquilo durante años, sin un solo instante de desorientación, y de repente lo trastorna una tontería. También esa vez lo había perturbado algo, pero no debía preocuparme, solo había que darle tiempo para que se recuperase. Permanecí levantada hasta muy tarde, delante de la ventana que daba a la oscuridad del parque, intentando mitigar el dolor de cabeza apoyando la frente contra el frío cristal. Me despabilé cuando oí el ruido de un coche que aparcaba. Miré hacia abajo, no era mi marido.

Vi al músico del cuarto piso, un tal Carrano, que subía por el paseo con la cabeza gacha, llevando en bandolera un voluminoso instrumento en su funda. Cuando desapareció bajo los árboles de la plazoleta, apagué la luz y volví a la cama. Era solo cuestión de días, luego todo se arreglaría.

2

Pasó una semana y mi marido no solo mantuvo su decisión, sino que se reafirmó en ella con una especie de cautela despiadada.

Al principio venía a casa una vez al día, siempre a la misma hora, hacia las cuatro de la tarde. Se ocupaba de los niños, charlaba con Gianni, jugaba con Ilaria, y a veces salían los tres juntos con Otto, nuestro pastor alemán, que era más bueno que el pan, para llevarlo al parque a que corriera detrás de los palos y las pelotas de tenis.

Yo fingía que tenía trabajo en la cocina, pero esperaba con ansiedad que Mario entrase a verme para que me aclarara sus intenciones o para que me dijera si ya había desenredado el lío que había descubierto en su cabeza. Tarde o temprano él llegaba, aunque de mala gana, con una expresión de disgusto cada vez más visible, a la que yo oponía, siguiendo una estrategia que se me había ocurrido durante las noches en vela, la puesta en escena de las comodidades de la vida doméstica, tonos comprensivos y una demostración de afabilidad, acompañada incluso de ocurrencias divertidas. Mario negaba con la cabeza, decía que era demasiado buena. Me conmovía, lo abrazaba, intentaba besarlo. Pero él se escabullía, subrayaba que únicamente había venido para hablar conmigo. Quería que comprendiese con qué clase de hombre había vivido durante quince años, y para ello me contaba crueles recuerdos de la infancia, alguna canallada de adolescente, trastornos molestos de la primera juventud. Solo quería decirme lo malo de sí mismo, y por más que yo intentaba rebatir su manía de autodenigración no conseguía convencerlo. Él quería a toda costa que lo viese como decía ser: un inútil, una persona incapaz de experimentar sentimientos auténticos, mediocre, a la deriva, incluso en su profesión.

Yo lo escuchaba atentamente, replicaba con calma, no le hacía preguntas de ningún tipo ni le daba ultimátums; solo intentaba convencerlo de que siempre podía contar conmigo. Pero debo admitir que, bajo esa apariencia, en mi interior iba creciendo a toda prisa una ola de angustia y de rabia que me espantaba. Una noche me volvió a la mente una figura negra de mi infancia napolitana, una mujer gorda, enérgica, que vivía en nuestro edificio, a espaldas de la plaza Mazzini. Siempre arrastraba con ella a sus hijos por los callejones atestados cuando iba a hacer la compra. Volvía cargada de verduras, fruta y pan, y llevaba, pegados al vestido y a las bolsas llenas, a sus tres pequeños, a los que gobernaba chasqueando unas pocas palabras alegres. Si me veía jugando en la escalera del edificio, se paraba, dejaba su carga en un peldaño, se hurgaba en los bolsillos y repartía caramelos, para mí, para mis compañeras de juegos y para sus hijos. Tenía el aspecto y los modales de una mujer satisfecha de su vida; además, olía muy bien, como a tela nueva. Estaba casada con un hombre natural de los Abruzos, un pelirrojo de ojos verdes que trabajaba de representante comercial, actividad que lo mantenía continuamente de viaje en su coche entre Nápoles y L'Aquila. De él yo solo recordaba que sudaba mucho, que tenía la cara enrojecida, como si tuviese una enfermedad en la piel, y que a veces jugaba con sus hijos en el balcón, haciendo banderines de colores con papel de seda hasta que la mujer gritaba con alegría: «A comer». Luego, algo se estropeó entre ellos. Después de muchos gritos, que a menudo me despertaban en plena noche y que parecía que fueran a resquebrajar las piedras del edificio y del callejón —gritos largos y llantos que llegaban hasta la plaza, hasta las palmeras, con sus arcos formados por las ramas y las hojas, que vibraban de espanto—, el hombre se marchó de casa porque amaba a una mujer de Pescara y nadie volvió a verlo. A partir de entonces, nuestra vecina empezó a llorar todas las noches. Yo oía desde mi cama su llanto ruidoso, una especie de estertor que atravesaba las paredes como un ariete y que me aterrorizaba. Mi madre hablaba de ella con sus trabajadoras mientras cortaban, cosían y hablaban, hablaban, cosían y cortaban; entretanto, yo jugaba debajo de la mesa con los alfileres, el jaboncillo, y me repetía a mí misma lo que escuchaba, palabras que estaban entre la tristeza y la amenaza: cuando no sabes retener a un hombre lo pierdes todo, historias femeninas de sentimientos acabados, qué pasa cuando una mujer muy amada se queda sin amor, sin nada. La mujer lo perdió todo, hasta el nombre (creo que se llamaba Emilia), y se convirtió para todos en «la pobrecilla»; desde entonces la llamábamos así cuando hablábamos de ella. «La pobrecilla» lloraba, «la pobrecilla» gritaba, «la pobrecilla» sufría, destrozada por la ausencia del hombre sudado de cara roja y ojos verdes de perfidia. Estrujaba entre las manos un pañuelo húmedo, y le decía a todo el mundo que su marido la había abandonado, la había borrado de la memoria y los sentimientos; luego retorcía el pañuelo con los nudillos blancos y maldecía al hombre que se le había escapado como un animal glotón por la colina del Vomero. Aquel dolor tan escandaloso empezó a molestarme. Yo solo tenía ocho años, pero me daba vergüenza ajena; dejé de ir con sus hijos, ya no olía bien. Subía por las escaleras rígida, consumida. Perdió la gordura de los pechos, de los costados, de los muslos, la cara ancha y jovial, la sonrisa clara. Su piel se tornó transparente sobre los huesos; los ojos, anegados en charcos violáceos, y las manos, de telaraña húmeda. Mi madre exclamó una vez: «Pobrecilla, se ha quedado seca como un arenque salado». A partir de aquel momento, yo la seguía todos los días con la mirada y la vigilaba mientras salía por el portón sin la bolsa de la compra, con los ojos desorbitados y el paso torcido. Quería descubrir su nueva naturaleza de pescado gris azulado, los granos de sal que debían de brillarle en los brazos y las piernas.

Aquel recuerdo también me ayudó a seguir demostrando ante Mario una afectuosa capacidad de reflexión. Pero al poco tiempo no supe ya con qué rebatir sus historias exageradas de neurosis y tormentos de infancia o adolescencia. Al cabo de diez días, puesto que también las visitas a los niños empezaban a espaciarse, noté cómo crecía dentro de mí un rencor ácido, sentimiento al que se unió en cierto momento la sospecha de que estaba mintiéndome. Pensé que, como yo le mostraba calculadamente todas mis virtudes de mujer enamorada y, por lo tanto, dispuesta a apoyarlo en aquella crisis opaca, él estaba intentando calculadamente molestarme hasta el punto de obligarme a decirle: «Vete, me das asco, ya no te aguanto».

La sospecha se convirtió pronto en certeza. Quería ayudarme a aceptar la necesidad de nuestra separación; quería que fuese yo misma la que le dijera: «Tienes razón, se ha terminado». Pero ni siquiera entonces perdí la compostura. Continué actuando con prudencia, como hacía siempre frente a los problemas de la vida. La única señal externa de mi agitación fue una tendencia al desorden y cierta debilidad en los dedos, los cuales, cuanto más crecía la angustia, con menos fuerza se cerraban en torno a las cosas.

Durante casi dos semanas me callé una pregunta que me había venido de repente a la punta de la lengua. Cuando ya no soporté sus mentiras decidí ponerlo entre la espada y la pared. Preparé una salsa con albóndigas de carne que le gustaba mucho y corté patatas para cocinarlas al horno con romero. Pero no lo hice con placer. Estaba desganada, me corté con el abrelatas, se me escurrió de la mano la botella de vino, los cristales se esparcieron por la cocina y todo quedó salpicado de vino, incluso las paredes blancas. Inmediatamente después, hice un gesto demasiado brusco para coger la bayeta y tiré también el azucarero. Durante una larga fracción de segundo me explotó en los oídos el zumbido de la lluvia de azúcar, primero sobre el mármol y luego sobre el suelo, manchado de vino. Aquello me produjo tal sensación de agotamiento que lo dejé todo tal como estaba y me fui a dormir, olvidándome de los niños y de todo lo demás, aunque fuesen las once de la mañana. Al despertarme, mientras mi nueva condición de mujer abandonada me volvía poco a poco a la cabeza, decidí que no podía más. Me levanté atontada, limpié la cocina, corrí a recoger a los niños a la escuela y esperé a que él apareciera por amor a los hijos.

Llegó por la tarde. Me dio la impresión de que estaba de buen humor. Después de las consabidas formalidades, desapareció en el cuarto de los niños y se quedó con ellos hasta que se durmieron. Cuando reapareció quería largarse, pero lo obligué a cenar conmigo, le puse en las narices la olla con la salsa que había preparado, las albóndigas, las patatas, y le bañé los macarrones humeantes con una capa abundante de la salsa roja oscura. Quería que viese en aquel plato de pasta todo aquello que, al irse, no podría volver a alcanzar con la mirada, ni rozar, acariciar, escuchar, oler nunca más. Pero no supe tener paciencia. Acababa de ponerse a comer cuando le pregunté:

—¿Te has enamorado de otra mujer?

Sonrió y luego negó sin violentarse, fingiendo sincero asombro por aquella pregunta fuera de lugar. Pero no me convenció. Lo conocía bien, siempre hacía eso cuando mentía; en general se sentía incómodo ante cualquier pregunta directa. Insistí:

—Hay otra, ¿verdad? Hay otra mujer. ¿Quién es? ¿La conozco?

Luego, por primera vez desde que había comenzado esa historia, levanté la voz, grité que tenía derecho a saber, y dije:

—No puedes dejarme aquí esperando, cuando en realidad ya lo has decidido todo.

Él entornó los párpados, nervioso, y me hizo una señal con la mano para que bajase la voz. Estaba visiblemente preocupado, tal vez no quería que los niños se despertasen. A mí, en cambio, me retumbaban en la cabeza todas las quejas que tenía guardadas; muchas palabras habían rebasado ya la línea tras la cual no eres capaz de preguntarte lo que es oportuno decir y lo que no.

—No quiero bajar la voz —masculle—, quiero saberlo todo.

Fijó la vista en el plato; luego me miró a la cara y dijo:

—Sí, hay otra mujer.

Entonces, con un ímpetu excesivo, ensartó con el tenedor un buen montón de macarrones y se los metió en la boca como para impedirse hablar, para no arriesgarse a decir más de lo debido. Pero lo importante ya lo había dicho, se había decidido a decirlo, y sentí en el pecho un dolor hondo que me privó de todo sentimiento. Me di cuenta cuando advertí que yo no reaccionaba frente a lo que le estaba pasando.

Él había empezado a comer con su habitual masticación metódica, pero de repente algo le crujió en la boca. Dejó de masticar, se le cayó el tenedor sobre el plato y soltó un gemido. Luego escupió el bocado en la palma de la mano: pasta, salsa y sangre; era sangre, sangre roja.

Le miré la boca manchada sin inmutarme, como se mira una proyección de diapositivas. De pronto, con los ojos desorbitados, se limpió la mano con la servilleta, se metió los dedos en la boca y se sacó del paladar una esquirla de vidrio.

La miró horrorizado, luego me la enseñó chillando, fuera de sí, con un odio del que nunca lo hubiera creído capaz:

—¿Qué? ¿Esto quieres hacerme? ¿Esto?

Se puso en pie de un salto, volcó la silla, la levantó y la golpeó varias veces contra el suelo como si pretendiese fijarla definitivamente a las baldosas. Dijo que era una mujer poco razonable, incapaz de comprenderlo. Nunca, nunca lo había comprendido realmente, y solo su paciencia, o quizá su debilidad, nos había mantenido unidos tanto tiempo, pero ya estaba harto. Me gritó que yo le daba miedo. Meterle un cristal en la pasta…, ¿cómo había podido? ¡Estaba loca! Salió dando un portazo, sin importarle que los niños estuviesen durmiendo.

3

Me quedé sentada un rato. Solo podía pensar que tenía a otra; se había enamorado de otra mujer, él mismo lo había admitido. Luego me levanté y empecé a quitar la mesa. Sobre el mantel vi la esquirla de vidrio rodeada de una aureola de sangre. Rebusqué en la salsa con los dedos y encontré otros dos trozos de la botella que se me había escurrido de las manos por la mañana. No pude contenerme más y rompí a llorar. Cuando me calmé, tiré la salsa a la basura; luego se me acercó Otto aullando, cogí la correa y salimos.

La plazoleta se encontraba desierta a esas horas. La luz de las farolas estaba prisionera entre el follaje de los árboles y había sombras negras que me devolvían miedos infantiles. Normalmente era Mario quien sacaba al perro; lo hacía entre las once y las doce de la noche, pero, desde que se había ido, también aquella tarea me tocaba a mí. Los niños, el perro, la compra, la comida, la cena, el dinero, todo me indicaba las consecuencias prácticas del abandono. Mi marido había apartado de mí sus pensamientos y deseos para llevárselos a otro sitio. Desde ese momento sería así, yo sola afrontaría las responsabilidades que antes eran de los dos.

Tenía que reaccionar, tenía que organizarme.

No cedas, me dije, no te precipites en una huida hacia delante.

Si él quiere a otra mujer, lo que hagas no servirá de nada, le resbalará por la piel sin dejarle huella. Comprime el dolor, contén el gesto, la voz chillona. Ten en cuenta que ha cambiado de pensamientos, se ha mudado de casa, ha corrido a encerrarse en otra carne. No hagas como «la pobrecilla», no te consumas en lágrimas. Evita parecerte a las mujeres rotas de aquel famoso libro de tu adolescencia.

Recordé la cubierta con todo detalle. Fue una lectura obligada que me impuso mi profesora de francés cuando le dije con demasiada vehemencia, con pasión ingenua, que quería ser escritora. Aquello fue en 1978, hacía más de veinte años. «Lee esto», me había dicho, y yo, diligentemente, lo leí. Pero al devolvérselo se me ocurrió una frase soberbia: «Estas mujeres son estúpidas». Señoras cultas, de situación acomodada, se rompían como juguetes en manos de hombres que no les prestaban atención. Me habían parecido sentimentalmente tontas. Yo quería ser distinta, quería escribir historias de mujeres con recursos, mujeres de palabras invencibles, no un manual de la mujer abandonada con el amor perdido dominando sus pensamientos. Era joven y tenía ambiciones. No me gustaban las páginas demasiado apretadas, como persianas bajadas del todo. Me gustaba la luz, el aire entre las tablillas. Quería escribir historias llenas de corrientes de aire, de rayos filtrados en los que bailase el polvo. Además me gustaban los autores que te obligan a asomarte por cada renglón para mirar abajo y sentir el vértigo de la profundidad, de la negrura del infierno. Lo dije con ansiedad, de un tirón, como no hacía nunca, y mi profesora esbozó una sonrisa irónica, un tanto rencorosa. Ella también debía de haber perdido a alguien o algo. Y sin embargo, más de veinte años después, a mí me estaba pasando lo mismo. Estaba perdiendo a Mario, tal vez lo había perdido ya. Caminaba estirada hacia atrás para contener la impaciencia de Otto, sintiendo el hálito húmedo del río, el asfalto frío a través de la suela de los zapatos.

No conseguía calmarme. ¿Era posible que Mario me dejara así, sin previo aviso? Me parecía inverosímil que de golpe y porrazo se desinteresara de mi vida, como quien ha regado una planta durante años y de improviso deja que se seque. No podía concebir que hubiese decidido por su cuenta que ya no me debía atención. Solo hacía dos años le había dicho que quería volver a disponer de mi tiempo, tener un trabajo que me obligase a salir de casa durante unas horas. Encontré un empleo que me interesaba en una pequeña editorial, pero él me presionó para que lo dejara. Pese a que insistí en que necesitaba ganar mi propio dinero, aunque fuese poco, aunque fuese poquísimo, él me aconsejó que no lo hiciera. Me dijo: «¿Por qué ahora, si lo peor ya ha pasado? No necesitamos dinero y tú quieres volver a escribir, pues hazlo». Me dejé convencer, me despedí a los pocos meses y contraté por primera vez a una mujer para que me ayudase en las tareas domésticas. Pero era incapaz de escribir. Desperdiciaba el tiempo en intentos tan pretenciosos como confusos. Miraba deprimida a la mujer que limpiaba el piso, una rusa orgullosa, poco dispuesta a aceptar críticas y quejas. Por lo tanto, nada de trabajo, nada de escribir, pocas amistades; las ambiciones de la juventud se deshacían como una tela demasiado vieja. Despedí a la asistenta, no toleraba que se cansase ella en mi lugar, mientras yo me dedicaba a mí misma, incapaz de llevar una vida creativa que me satisficiera. Así que volví a ocuparme de la casa, de los hijos, de Mario, intentando convencerme a mí misma de que no merecía otra cosa.

Sin embargo, era esto lo que me merecía, que mi marido me dejara y se buscara otra mujer. Se me saltaron las lágrimas, pero las contuve. Debía mostrarme fuerte, serlo, dar una buena imagen de mí. Solo me salvaría si me imponía esa obligación.

Dejé libre a Otto y me senté en un banco temblando de frío. De aquel libro de la adolescencia me vinieron a la mente las pocas frases que había guardado en la memoria: «Yo soy limpia yo soy pura pongo las cartas boca arriba». No, me dije, esas eran afirmaciones de alguien que desvaría. Para empezar, tenía que poner las comas, no debía olvidarlo. Quien pronuncia frases así, ya ha traspasado la línea; siente la necesidad de la autoexaltación y por eso se acerca al desvarío. Y también: «Las mujeres están todas calientes, quién sabe qué sienten cuando él tiene el garrote tieso». De jovencita me gustaba el lenguaje obsceno, me producía una sensación de libertad masculina. Ahora sabía que la obscenidad podía hacer saltar chispas de locura si salía de una boca controlada como la mía. Así que cerré los ojos, me llevé las manos a la cara y apreté los párpados con los dedos. La mujer de Mario. Me la imaginaba arreglada, con la falda levantada, en un urinario con el suelo resbaladizo por el semen, mientras él le sobaba el culo y le metía los dedos en el agujero. «No, basta.» Me levanté de un salto y silbé a Otto de una manera que me había enseñado Mario. ¡Fuera esas imágenes, fuera ese lenguaje! ¡Fuera las mujeres rotas! Mientras Otto corría de aquí para allá eligiendo con cuidado los lugares donde orinar, sentí en cada poro de mi cuerpo los arañazos del abandono sexual, el peligro de ahogarme en el autodesprecio y en la nostalgia de él. Me levanté, recorrí de nuevo el paseo, silbé otra vez y esperé que Otto volviese.

Me olvidé del perro, de dónde estaba. No sé cuánto tiempo pasó. Me deslicé sin darme cuenta por los recuerdos de amor que compartía con Mario; lo hice con dulzura, con una ligera excitación, con rencor. Me devolvió a la realidad el sonido de mi propia voz. Estaba recitándome a mí misma una especie de cantinela: «Soy muy guapa, soy muy guapa». Luego vi a Carrano, nuestro vecino músico, atravesar el paseo y dirigirse hacia la plazoleta, hacia el portón.

Encorvado, de piernas largas, la figura negra cargada con el instrumento. Pasó a cien metros de mí. Yo esperaba que no me viera.

Era uno de esos hombres tímidos que no controlan sus relaciones con los demás. Si pierden la calma, la pierden por completo; si son amables, lo son hasta volverse empalagosos como la miel. Con Mario había discutido a menudo, por una pérdida de agua en nuestro baño que había calado hasta su techo, o porque Otto lo molestaba con sus ladridos. Su relación conmigo tampoco era excelente, aunque por motivos más oscuros. Las veces que me había cruzado con él, había leído en sus ojos un interés que violentaba. No es que hubiera sido grosero conmigo —era incapaz de una grosería—, pero creo que las mujeres, todas las mujeres, lo ponían nervioso, y se equivocaba en las miradas, en los gestos, en las palabras, dejando involuntariamente al descubierto su deseo. Él lo sabía y se avergonzaba de ello y, quizá sin querer, me contagiaba su vergüenza. Por eso yo procuraba no acercarme a él; me alteraba incluso decirle buenos días o buenas tardes.

Lo observé mientras cruzaba la plaza, alto, más alto aún por la silueta de la funda del instrumento, delgado y no obstante de caminar pesado, con el pelo gris. De pronto, su paso tranquilo sufrió una sacudida, un amago de resbalón. Se detuvo, se miró la suela del zapato izquierdo y soltó una maldición. Luego se acercó a mí y me dijo en tono de protesta:

—¿Ha visto cómo me he puesto los zapatos?

No había nada que probase mi culpabilidad, pero enseguida le pedí perdón con disgusto y me puse a llamar, enfurecida «¡Otto! ¡Otto!», como si el perro tuviese que disculparse directamente con nuestro vecino y eximirme de la culpa. Pero Otto pasó a toda velocidad con su pelo amarillento por las manchas de luz de las farolas y desapareció en la oscuridad.

El músico restregó nervioso la suela del zapato en la hierba del borde del paseo y después la examinó con meticulosa atención.

—No tiene por qué excusarse, solo tiene que llevar a su perro a otra parte. No soy el primero en quejarse…

—Lo siento, mi marido suele tener cuidado…

—Disculpe, pero su marido es un maleducado…

—El maleducado lo está siendo usted —repliqué con ímpetu—. Además, no somos los únicos que tienen perro.

Él negó con la cabeza, hizo un amplio gesto como indicando que no quería discutir y refunfuñó:

—Dígale a su marido que no se pase. Conozco personas que no dudarían en llenar esto de albóndigas envenenadas.

—¡A mi marido no pienso decirle nada! —exclamé con rabia. Y añadí de forma incongruente, solo para recordármelo a mí misma—: Ya no tengo marido.

Lo dejé plantado en medio del paseo y eché a correr por la hierba, en la zona negra de árboles y arbustos, llamando a Otto a pleno pulmón como si aquel hombre me siguiera y necesitara que el perro me defendiera. Cuando me volví jadeando, vi que el músico se miraba por última vez la suela de los zapatos y desaparecía en el portal con su paso indolente.

4

En los días que siguieron Mario no dio señales de vida. Aunque me había impuesto un código de comportamiento y al principio me obligué a no llamar por teléfono a nuestros amigos comunes, al poco no aguantaba más y llamé de todos modos.

Descubrí que nadie sabía nada de mi marido. No lo veían desde hacía días. Entonces anuncié a todos con rencor que me había dejado por otra mujer. Pensaba que se quedarían boquiabiertos, pero tuve la impresión de que no se sorprendían en absoluto. Cuando pregunté, fingiendo indiferencia, si sabían quién era su amante, cuántos años tenía, a qué se dedicaba y si él ya vivía en su casa, solo obtuve respuestas evasivas. Uno de sus compañeros del Politécnico, un tal Farraco, intentó consolarme diciendo:

—Es la edad, Mario tiene cuarenta años. Son cosas que pasan.

No pude resistirlo y masculló con perversidad:

—¿Sí? ¿Entonces te ha pasado a ti también? ¿Les ocurre a todos los de vuestra edad, sin excepción? ¿Y cómo es que tú vives todavía con tu mujer? ¡Ponme con Lea un momento, quiero decirle que a ti también te ha sucedido!

No debí reaccionar así. Otra regla era no hacerse odiosa. Pero no podía contenerme. De pronto, sentía un ruido en la sangre que me ensordecía y me quemaba los ojos. La sensatez de los demás y mis propios deseos de mantener la serenidad me sacaban de quicio. La respiración se me acumulaba en la garganta, preparándose para escupir palabras rabiosas. Sentía la necesidad de armar bronca; de hecho, me peleé primero con nuestros amigos de sexo masculino y luego con sus esposas o compañeras, y terminé por discutir con cualquiera, fuese hombre o mujer, que intentase ayudarme a aceptar lo que le estaba pasando a mi vida.

La que más paciencia tuvo fue Lea, la esposa de Farraco, una mujer siempre dispuesta a mediar y a buscar vías de salida, tan juiciosa, tan comprensiva que tomarla con ella era como una ofensa al exiguo grupo de gente con buen corazón. Pero no pude evitarlo, y pronto empecé a desconfiar de ella también. Estaba segura de que justo después de hablar conmigo correría a ver a mi marido y a su amante para contarles con pelos y señales cómo estaba reaccionando yo, cómo me las arreglaba con los niños y el perro y cuánto tiempo necesitaba todavía para aceptar la situación. Así que dejé de verla de golpe, y me quedé sin una sola amiga a quien dirigirme.

Empecé a cambiar. Al cabo de un mes había perdido la costumbre de arreglarme, pasé de un lenguaje elegante y cuidadoso a una forma de expresarme sarcástica, interrumpida por risotadas soeces. Poco a poco, a pesar de mi resistencia, cedí también al lenguaje obsceno.

La obscenidad afloraba a mis labios de manera natural. Yo pensaba que servía para comunicar a los pocos conocidos que todavía intentaban fríamente consolarme que no era una de esas que se dejan embaucar con frases bonitas. En cuanto abría la boca sentía ganas de burlarme, de manchar, de ensuciar a Mario y a su ramera. Detestaba la idea de que él lo supiese todo de mí, mientras que yo sabía poco o nada de él. Me sentía como un ciego que se sabe observado precisamente por aquellos a quienes él querría escrutar con todo detalle.

¿Cómo era posible, me preguntaba con creciente rencor, que personas tan cotillas como Lea pudiesen contárselo todo sobre mí a mi marido y que yo en cambio no pudiese saber ni siquiera con qué clase de mujer había decidido irse a follar? ¿Por quién me había dejado? ¿Qué tenía ella que no tuviese yo? Toda la culpa es de los espías, pensaba, de los falsos amigos, de aquellos que siempre se alían con los que disfrutan de libertad y felicidad, nunca con los infelices. Lo sabía muy bien. Son mucho más agradables las parejas nuevas, siempre alegres, bromeando de la mañana a la noche, con la cara satisfecha de quien no hace más que follar. Se besan, se muerden, se lamen y chupan para saborear el gusto de la polla, del coño. De Mario y de su nueva mujer ya solo me imaginaba eso: cómo y cuándo follaban. Pensaba en ellos día y noche, y mientras tanto me olvidaba de cuidarme, no me peinaba, no me lavaba. Con insoportable dolor me preguntaba cuánto follarían, cómo, dónde. De esa forma, los poquísimos que aún intentaban ayudarme también se echaron atrás. Era difícil soportarme. Así, me encontré sola y asustada de mi propia desesperación.

5

Al mismo tiempo empezó a crecer dentro de mí una continua sensación de peligro. El peso de los dos niños —la responsabilidad, pero también las exigencias materiales de sus vidas— se convirtió en una obsesión permanente. Tenía miedo de no ser capaz de cuidar de ellos, temía incluso hacerles daño en un momento de cansancio o distracción. No es que antes Mario hiciese mucho por ayudarme, pues siempre estaba agobiado de trabajo, pero su presencia, o mejor dicho su ausencia, que no obstante podía transformarse en presencia siempre que fuese preciso, me proporcionaba seguridad. Sin embargo, el hecho de no saber dónde estaba, de no tener un número de teléfono al que avisarle, de llamarlo con frecuencia a su móvil para descubrir que lo tenía siempre apagado —ese modo suyo de estar tan ilocalizable que hasta en el trabajo sus compañeros, quizá sus cómplices, me respondían que estaba ausente por enfermedad o que se había tomado unos días de descanso o incluso que estaba en el extranjero haciendo inspecciones técnicas—, todo eso hacía que me sintiera como un boxeador que ya no recuerda los golpes que debe dar y deambula por el ring con las piernas flojas y la guardia baja.

Vivía con el pánico de que podía olvidarme de recoger a Ilaria en el colegio; si mandaba a Gianni a comprar a las tiendas del barrio, sentía un miedo terrible de que le ocurriese algo, o peor aún, de que a causa de mis preocupaciones me olvidase de su existencia y no me diera cuenta de si volvía o no.

En definitiva, estaba inmersa en una sensación de labilidad a la que reaccionaba con un violento y trabajoso autocontrol. Tenía la cabeza llena de Mario, de las fantasías sobre él y aquella mujer, del examen continuo de nuestro pasado, de la obsesión por comprender en qué había fallado; y, por otra parte, vigilaba con desesperación las obligaciones que la responsabilidad me imponía: cuidado con la pasta, hay que echar sal, cuidado con no poner demasiada, cuidado con el horario de comidas, cuidado con no dejar encendido el gas.

Una noche oí ruidos en la casa, como de una hoja de papel que se arrastrara por el suelo impulsada por una corriente de aire.

El perro aullaba de miedo. Aunque era un perro pastor, Otto no era muy valiente.

Me levanté, miré debajo de la cama y bajo el armario. Entre la pelusa acumulada, vi una forma negra que se escabullía por debajo de la cómoda, salía de mi habitación y se metía en el cuarto de los niños, entre los ladridos del perro. Corrí hasta allí, encendí la luz, los saqué adormilados de la habitación y cerré la puerta. Mi terror los asustó, y yo misma tuve que encontrar poco a poco la fuerza para calmarme. Le dije a Gianni que fuese a coger la escoba, y él, que era un niño de silenciosa diligencia, volvió enseguida trayendo también el recogedor. En cambio, Ilaria empezó de repente a gritar:

—¡Quiero que venga papá, llama a papá!

Recalcando las sílabas, respondí con rabia:

—Vuestro padre nos ha dejado. Se ha ido a vivir a otro lugar con otra mujer, ya no nos necesita.

A pesar del horror que me producía cualquier ser vivo que tuviese forma de reptil, abrí con cautela la puerta del cuarto de los niños, aparté a Otto, que quería entrar, y cerré la puerta detrás de mí.

Debía comenzar por ahí, me dije. Se acabó la debilidad, estaba sola. Pasé la escoba con furia y repugnancia debajo de las camas; luego, debajo del armario. Un lagarto amarillo verdoso, que de algún modo había conseguido llegar hasta el quinto piso, corrió con rapidez por la pared buscando un agujero, una grieta en la que esconderse. Lo acorralé en un rincón y lo aplasté cargando sobre el mango de la escoba todo el peso del cuerpo. Luego, con expresión de asco, salí con el lagarto muerto en el recogedor y dije:

—Todo está en orden. No necesitamos a papá.

Ilaria protestó con dureza:

—Papá no lo habría matado, lo habría agarrado por la cola y lo habría llevado al parque.

Gianni negó con la cabeza, se me acercó, examinó el lagarto y me abrazó con fuerza.

—La próxima vez quiero machacarlo yo —dijo.

En aquella palabra excesiva, «machacarlo», quedaba encerrado todo su malestar. Eran mis hijos, los conocía a fondo. Estaban asimilando, sin demostrarlo, la noticia que acababa de darles: su padre se había ido, nos había cambiado, a ellos y a mí, por una extraña.

No me preguntaron nada, no me pidieron ninguna explicación. Volvieron los dos a la cama, espantados por la idea de que en el piso pudieran haber entrado más bichos del parque. Les costó conciliar el sueño y cuando se levantaron por la mañana los vi distintos, como si hubiesen descubierto que ya no quedaba ningún lugar seguro en el mundo. Lo mismo pensaba yo.

6

Tras el episodio del lagarto, las noches, que ya eran de poco sueño, se convirtieron en un tormento. De dónde venía, en qué me estaba convirtiendo. A los dieciocho años me consideraba una chica original, con grandes esperanzas. A los veinte ya trabajaba. A los veintidós me había casado con Mario, habíamos dejado Italia para vivir primero en Canadá, luego en España y después en Grecia. A los veintiocho había tenido a Gianni, y durante los nueve meses de embarazo había escrito un largo relato de ambiente napolitano que al año siguiente había publicado con facilidad. A los treinta y uno había nacido Ilaria. Y a los treinta y ocho años, de repente, me había quedado en nada, ni siquiera era capaz de comportarme correctamente. Sin trabajo, sin marido, entumecida, embotada.

Cuando los niños estaban en la escuela me echaba en el sofá, me levantaba, volvía a sentarme, veía la televisión. Pero no había programa capaz de hacer que me olvidara de mí. De noche daba vueltas por la casa hasta que terminaba viendo esos canales donde las mujeres, casi siempre las mujeres, se agitaban en sus camas como los aguzanieves en las ramas de los árboles. Gesticulaban de manera indecente detrás del número de teléfono que aparecía sobreimpresionado y de los subtítulos que prometían grandes placeres. O hacían ñiñiñí con voces acarameladas mientras se retorcían. Yo las miraba pensando que tal vez la puta de Mario era así, el sueño o la pesadilla de un pornógrafo, y que eso era lo que él había deseado en secreto durante los quince años que habíamos pasado juntos, y yo no lo había comprendido. Por eso me enfadaba, primero conmigo y luego con él, hasta ponerme a llorar, como si el espectáculo que daban las señoras de la noche televisiva —en aquel continuo y exasperante tocarse los enormes senos o lamerse sus propios pezones retorciéndose de placer fingido— fuese tan triste como para provocar el llanto.

Para calmarme adquirí la costumbre de escribir hasta el amanecer. Al principio probé a trabajar en el libro que intentaba escribir desde hacía años, pero luego lo abandoné, desilusionada, y comencé a escribir noche tras noche cartas para Mario, aunque no sabía adónde enviárselas. Esperaba que tarde o temprano encontraría una forma de hacérselas llegar. Me gustaba pensar que las leería. Escribía en la casa silenciosa, cuando solo se oía la respiración de los niños en su cuarto y a Otto, que vagaba por las habitaciones gruñendo de preocupación. En aquellas cartas larguísimas me esforzaba por emplear un tono sensato y coloquial. Le decía que estaba analizando nuestra relación con detenimiento y que necesitaba su ayuda para comprender en qué me había equivocado. Las contradicciones de la vida en pareja son muchas, lo admitía, y yo estaba precisamente trabajando en el análisis de las nuestras para solucionarlas y acabar con aquella situación. Lo esencial, lo único que de verdad pretendía de él era que me escuchase y me dijese si estaba dispuesto a colaborar conmigo en mi trabajo de autoanálisis. No soportaba que hubiese dejado de dar señales de vida, no podía privarme de una discusión que para mí era imprescindible; por lo menos me debía atención. ¿Cómo era capaz de dejarme sola, derrotada, mirando con lupa año tras año nuestra vida en común? Le mentía al escribirle que lo importante no era que volviese a vivir conmigo y con nuestros hijos. ¿Por qué se había deshecho con tanta desenvoltura de quince años de sentimientos, de emociones, de amor? Tiempo, tiempo. Se había quedado con todo el tiempo de mi vida, para luego desembarazarse de él con la ligereza con la que se desecha un capricho. ¡Qué decisión más injusta, más egoísta! De un soplo se había librado del pasado como de un feo insecto que se posa en la mano. Mi pasado, no solo el suyo, arruinado de esa forma. Le pedía, le suplicaba que me ayudase a comprender si al menos había quedado algo sólido de todo aquel tiempo, y a partir de qué momento había empezado a disolverse, y si en definitiva había sido de verdad un desperdicio de horas, meses, años, o en cambio tenía un significado secreto que lo redimiese y convirtiese en una experiencia capaz de dar nuevos frutos. Era preciso, urgente que lo supiera, concluía. Solo si lo sabía podría reponerme y sobrevivir, aunque fuese sin él. En cambio así, en la confusión de mi vida actual, estaba consumiéndome, agotándome, quedándome seca como una concha vacía de una playa en verano.

Cuando los dedos hinchados se me habían incrustado en la pluma hasta dolerme y los ojos ya no veían de tanto llorar, me acercaba a la ventana y sentía las ráfagas de viento que chocaban contra los árboles del parque y la oscuridad muda de la noche, apenas iluminada por la luz de las farolas, con sus estrellas luminosas eclipsadas por el follaje. Durante aquellas largas horas fui la centinela del dolor, velé junto a un montón de palabras muertas.

7

Sin embargo, durante el día, me volvía cada vez más frenética y descuidada. Me imponía cosas que hacer, corría de una punta a otra de la ciudad con tareas en absoluto urgentes que no obstante afrontaba con la energía de una emergencia. Quería parecer impulsada por quién sabe qué determinación, pero tenía un escaso dominio del cuerpo, iba y venía como una sonámbula detrás de esa actividad.

Turín me parecía una gran fortaleza con muros de hierro, paredes de un gris helado que el sol de primavera no llegaba a calentar. En aquellos hermosos días inundaba las calles una luz fría que me provocaba un malestar sudoroso. Si iba paseando, tropezaba con personas y cosas, y me sentaba a menudo donde podía para tranquilizarme. Si iba en coche, la armaba, me olvidaba de que estaba al volante. La calle quedaba sustituida enseguida por recuerdos vivísimos del pasado o por fantasías de resentimiento; abollaba guardabarros o frenaba en el último instante, pero con rabia, como si la realidad fuese inoportuna o interviniese para deshacer un mundo imaginario que era el único que contaba en ese momento.

En esas ocasiones me ponía como una fiera, discutía con el conductor del coche contra el que había chocado y profería insultos; si era de sexo masculino, le decía que en qué estaba pensando, seguro que en porquerías, en una amante menor de edad.

Solo me asusté de verdad una vez que, descuidadamente, había permitido a Ilaria sentarse a mi lado. Conducía por el paseo Massimo D'Azeglio, a la altura del Galileo Ferraris. Lloviznaba, a pesar del sol, y yo iba absorta en mis pensamientos; quizá había vuelto la cabeza hacia la niña para ver si se había puesto el cinturón, o quizá no. Lo cierto es que solo en el último momento vi el semáforo en rojo y la sombra de un hombre muy flaco cruzando por el paso de peatones. El hombre miraba hacia delante. Me pareció que se trataba de Carrano, el vecino. Puede que fuese él, pero sin su instrumento a la espalda, con la cabeza gacha y el cabello gris. Pisé el freno, y el coche se detuvo con un chirrido largo, como un lamento, a pocos centímetros de él. Ilaria rompió el parabrisas con la frente; una corona de grietas luminosas se extendió por el cristal y la piel se le amorató en un momento.

Gritos, llantos, el estrépito del tranvía a mi derecha. Su masa amarilla grisácea pasó adelantándome del otro lado de la acera y de la valla. Me quedé muda, con las manos al volante, mientras Ilaria me daba golpes furiosos con los puños y chillaba:

—¡Me has hecho daño, tonta, me has hecho mucho daño!

Alguien me dirigió frases incomprensibles, tal vez mi vecino, suponiendo que fuese él. Yo me sobresalté y le respondí algo ofensivo. Luego abracé a Ilaria, comprobé que no tenía sangre, grité algún improperio contra los que tocaban el claxon con insistencia y rechacé a los pesados que se acercaron solícitos, una nebulosa de sombras y sonidos. Salí del coche, cogí a Ilaria en brazos y busqué agua. Luego crucé el carril del tranvía y me dirigí hacia un urinario gris a cuya entrada había un viejo rótulo en el que podía leerse «Casa del Fascio». Cambié de idea, ¿qué estaba haciendo?, di media vuelta. Me senté en el banco de la parada del tranvía con Ilaria en brazos, rechazando con gestos cortantes las sombras y las voces que se agolpaban a nuestro alrededor. Cuando calmé a la niña decidí llevarla al hospital. Recuerdo que solo podía pensar con claridad en una cosa: alguien le diría a Mario que su hija se había hecho daño y entonces aparecería.

Pero Ilaria resultó ilesa. Únicamente paseó con cierto orgullo durante muchos días un chichón violáceo en el centro de la frente, nada preocupante para nadie, menos aún para el padre, si es que alguien se lo había dicho. El único recuerdo molesto que retuve de aquel día fue ese pensamiento, la prueba de una mezquindad desesperada, el deseo inconsciente de usar a la niña para atraer a Mario a casa y decirle: «¿Ves lo que puede ocurrir si no estás aquí? ¿Te das cuenta de lo que estás haciendo conmigo?».

Me sentía avergonzada. Pero no podía hacer nada, no pensaba más que en el modo de volver a verlo. Muy pronto se consolidó aquella idea fija: tenía que encontrarlo, decirle que no podía más, enseñarle cómo me estaba consumiendo sin él. Estaba segura de que, a causa de algún tipo de ofuscación sentimental, él había perdido la capacidad de vernos a los niños y a mí en nuestra situación real y de que pensaba que seguíamos viviendo tranquilamente, como siempre. Tal vez nos imaginaba incluso aliviados porque por fin yo ya no tenía que cuidar de él, y los niños ya no tenían que temer su autoridad, ya nadie regañaba a Gianni si pegaba a Ilaria, y nadie regañaba a Ilaria si molestaba a su hermano, y todos vivíamos felices, nosotros por un lado y él por otro. Debía abrirle los ojos, me decía. Creía que si hubiera podido vernos, si hubiera podido conocer el estado actual de la casa, si hubiera podido seguir durante un solo día cómo se había vuelto nuestra vida —desordenada, angustiada, tensa como un alambre que hiere la carne—, si hubiese podido leer mis cartas y comprender el serio esfuerzo que yo estaba haciendo para detectar los fallos de nuestra relación, habría decidido volver enseguida al hogar.

En resumen, nunca nos habría abandonado si hubiese sabido la situación en que nos encontrábamos. Incluso la primavera —que estaba ya avanzada y que a él, en cualquier lugar que estuviese, debía de parecerle una espléndida estación— era para nosotros solo una fuente de molestias y abatimientos. Día y noche el parque parecía extenderse hacia nuestra casa como si pretendiese devorarla con sus ramas y sus hojas. El polen cubría el edificio y volvía loco de vitalidad a Otto. A Ilaria se le habían hinchado los párpados, Gianni tenía calenturas alrededor de la nariz y detrás de las orejas. Yo misma, por cansancio, por embotamiento, me quedaba dormida cada vez más a menudo a las diez de la mañana y me despertaba casi sin tiempo para correr a recoger a los niños a la escuela. Al cabo de poco, el miedo de no saber salir a la hora justa de aquellos sueños imprevistos me hizo acostumbrarlos a que volvieran a casa solos.

Poco a poco, ese sueño matinal, que al principio me alarmó como un síntoma de enfermedad, me fue gustando, lo esperaba. A veces me despertaba el sonido lejano del timbre. Eran los niños que llamaban a la puerta desde quién sabía cuándo. Una vez que tardé mucho en abrir, Gianni me dijo:

—Pensaba que te habías muerto.

8

Durante una de esas mañanas que me pasaba durmiendo me desperté sobresaltada, como si me hubieran pinchado con una aguja. En ese momento creí que serían los niños, pero miré el reloj y vi que era temprano. Un segundo después, la melodía del teléfono móvil me sacó de dudas. Respondí, rabiosa, con el tono arisco que usaba con todos en aquel tiempo. Pero era Mario, y cambié de tono inmediatamente. Decía que me llamaba al móvil porque le pasaba algo al teléfono de casa, había probado muchas veces y solo había oído silbidos y lejanas conversaciones de extraños. Me conmovió su voz, su tono amable, su presencia en algún lugar del mundo. Lo primero que le dije fue:

—No creas que lo del cristal en la pasta fue a propósito. Fue una casualidad, se me rompió una botella.

—No, fui yo el que reaccionó de una forma exagerada —replicó.

Me contó que había tenido que viajar al extranjero deprisa y corriendo por cuestiones de trabajo, había estado en Dinamarca, un viaje bonito pero cansado. Me preguntó si podía pasar por la tarde a saludar a los niños, a coger algunos libros que le hacían falta y, sobre todo, sus notas.

—Desde luego —contesté—, esta es tu casa.

Colgué el teléfono y en un instante decidí que no estaba dispuesta a que viera el piso en aquel estado de precariedad, por no hablar de los niños y de mí misma. Limpié la casa de arriba abajo, la puse en orden. Me duché, me sequé el pelo y me lo lavé de nuevo porque no había quedado como yo quería. Me maquillé con esmero y me puse un vestido de verano que me había regalado él y que le gustaba. Me arreglé las manos y los pies, sobre todo los pies, me daban vergüenza, me los veía muy bastos. Cuidé hasta el mínimo detalle. Incluso cogí la agenda y conté los días, para descubrir que estaba a punto de venirme la regla. Confiaba en que se retrasara.

Cuando los niños volvieron de la escuela se quedaron con la boca abierta.

—¡Todo limpio! ¡Hasta tú, qué guapa estás! —dijo Ilaria.

Pero ahí acabaron las muestras de alegría. Se habían acostumbrado a vivir en el desorden, y el súbito retorno del antiguo orden los alarmó. Tuve que discutir un buen rato para convencerlos de que se ducharan y se arreglaran también ellos como para una fiesta.

—Esta tarde viene vuestro padre, tenemos que conseguir que no se vaya más —les dije.

Ilaria me anunció como si se tratase de una amenaza:

—Le contaré lo del chichón.

—Cuéntale lo que quieras.

—Yo le diré que, desde que se fue, no hago bien los deberes y voy mal en la escuela —dijo Gianni, nervioso.

—Sí —aprobé—, decídselo todo. Decidle que lo necesitáis, decidle que debe escoger entre vosotros y esa mujer nueva que tiene.

Por la tarde volví a lavarme, a maquillarme; pero estaba nerviosa y no hacía más que gritar desde el cuarto de baño a los niños para que dejaran de revolver entre sus cosas y desordenarlo todo. Me sentía cada vez peor. Pensaba: Ya está, me han salido granos en la barbilla y en las sienes… Debe de ser para compensar mi exceso de suerte en la vida…

Luego se me ocurrió la idea de ponerme los pendientes que habían pertenecido a la abuela de Mario. Eran joyas que él apreciaba mucho. Su madre los había llevado toda la vida. Objetos de valor. En quince años solo había dejado que me los pusiera una vez, para la boda de su hermano, e incluso entonces había puesto mil reparos. Y no era por miedo a que los perdiese o me los robasen, ni porque los considerase un bien de su exclusiva propiedad, sino más bien, creo yo, porque, al vérmelos puestos, temía estropear algún recuerdo o alguna fantasía de la infancia o la adolescencia.

Decidí demostrarle de una vez por todas que yo era la única encarnación posible de aquellas fantasías. Me miré en el espejo y, a pesar de mi aspecto desmejorado, las ojeras azules y el tono amarillento que ni el colorete conseguía disimular, me pareció que estaba guapa o, mejor dicho, quise verme guapa a toda costa. Necesitaba confianza. Mi piel todavía era tersa, no aparentaba treinta y ocho años. Si conseguía esconderme a mí misma la impresión de que la vida me había sido extraída como sangre, saliva y moco durante una operación quirúrgica, quizá consiguiera también engañar a Mario.

De repente me deprimí. Sentía los párpados pesados, me dolía la espalda y tenía ganas de llorar. Me revisé las bragas, estaban manchadas de sangre. Pronuncié una fea obscenidad en mi dialecto, en un arranque tan rabioso que temí que los niños lo hubiesen oído. Me lavé una vez más, me cambié. Por fin llamaron a la puerta.

Aquello me enfureció: el señor se hacía el extraño, no utilizaba su llave, quería dejar claro que solo estaba de visita. El primero en abalanzarse por el pasillo fue Otto, a saltos enloquecidos, husmeando inquieto y ladrando con entusiasmo al reconocer el olor. Luego llegó

Gianni, que abrió la puerta y se quedó parado, en posición de firmes. A su espalda, casi escondida detrás de su hermano, pero riéndose con los ojos brillantes, se alineó Ilaria. Yo permanecí al final del pasillo, junto a la puerta de la cocina.

Mario entró cargado de paquetes. No lo veía desde hacía exactamente treinta y cuatro días. Lo encontré más joven, de aspecto más cuidado, incluso más reposado. El estómago se me contrajo en un dolor tan intenso que sentí un desvanecimiento. En su cuerpo, en su cara, no había indicios de nuestra ausencia. Yo llevaba encima todas las marcas del sufrimiento —lo advertí en cuanto vi su expresión alarmada— y él, en cambio, no podía disimular las señales de bienestar, puede que de felicidad.

—Niños, dejad en paz a vuestro padre —dije con voz falsamente alegre cuando Ilaria y Gianni terminaron de abrir los regalos, de lanzársele al cuello, besarlo y pelearse para acaparar su atención. Pero no me hicieron caso.

Me quedé enojada en un rincón mientras Ilaria se probaba con muchos remilgos el vestidito que su padre le había traído y Gianni lanzaba por el pasillo un coche teledirigido tras el que Otto corría ladrando. Me pareció que el tiempo hervía, como si se desbordase de una olla a borbotones sobre el gas. Tuve que soportar que la niña le contase con dramatismo lo del moratón y la culpa que yo había tenido en ello, y que Mario le besara la frente y le asegurase que no era nada, que Gianni exagerase sus desventuras escolares y que le leyese en voz alta un ejercicio que no le había gustado a la maestra, y que el padre se lo alabara y lo tranquilizara. ¡Qué cuadro más patético! Al final no aguanté más, empujé a los niños de malos modos hasta su cuarto, cerré la puerta con la amenaza de castigarlos si salían de allí y, tras un notable esfuerzo para volver a dar a mi voz un tono atractivo, en lo cual fallé miserablemente, exclamé:

—Bueno, ¿te lo has pasado bien en Dinamarca? ¿Ha ido también tu amante?

Él negó con la cabeza, arrugó los labios y replicó en voz baja:

—Si te pones así, cojo mis cosas y me voy inmediatamente.

—Solo te estoy preguntando cómo ha ido el viaje. ¿No puedo preguntar?

—No en ese tono.

—¿No? ¿Y qué tono estoy usando? ¿Qué tono debo usar?

—El de una persona civilizada.

—¿Has sido tú acaso civilizado conmigo?

—Yo me he enamorado.

—Y yo lo estaba. De ti. Pero me has humillado y sigues humillándome.

Bajó la mirada, me pareció sinceramente afligido, y entonces me conmoví; de pronto empecé a hablarle con afecto, no pude evitarlo. Le dije que lo comprendía, que imaginaba su gran confusión, pero que yo —murmuré entre largas y sufridas pausas—, por más que intentaba encontrar un orden, comprender, esperar con paciencia que pasara la tormenta, a veces me desmoronaba, no lo conseguía. A continuación, como prueba de mi buena voluntad, extraje del cajón de la mesa de la cocina el fajo de cartas que le había escrito y se lo puse delante con expresión solícita.

—Aquí está mi trabajo —le expliqué—, aquí dentro están mis razones y el esfuerzo que estoy haciendo para comprender las tuyas. Lee.

—¿Ahora?

—¿Cuándo si no?

Desplegó con aire abatido el primer folio, leyó unas líneas y me miró.

—Las leeré en casa.

—¿En casa de quién?

—Déjalo ya, Olga. Dame tiempo, te lo ruego, no creas que esto es fácil para mí.

—Seguramente es más difícil para mí.

—No es cierto. Es… como si me estuviera cayendo. Tengo miedo de las horas, de los minutos…

No sé lo que dijo exactamente. Para ser sincera, creo que solo aludió al hecho de que, al vivir juntos, al dormir en la misma cama, el cuerpo del otro se convierte en una especie de reloj, en un «contador», dijo —usó exactamente esa palabra—, «un contador de la vida que se va, dejando un rastro de angustia». Pero yo tuve la impresión de que quería decir otra cosa. Desde luego, entendí más de lo que en realidad había dicho, y con una creciente y calculada vulgaridad que primero intentó repeler y luego lo enmudeció, barboté:

—¿Quieres decir que te angustiaba? ¿Quieres decir que cuando dormías conmigo te sentías viejo? ¿Medías la muerte por mi culo, por lo firme que estaba antes y cómo está ahora? ¿Eso es lo que quieres decir?

—Los niños están ahí…

—Ahí, aquí… ¿Y yo qué, dónde estoy? ¿A mí dónde me pones? ¡Eso es lo que quiero saber! Tú estarás angustiado, pero ¿sabes la angustia que paso yo? ¡Lee, lee las cartas! ¡No puedo entenderlo! ¡No comprendo lo que nos ha pasado!

Echó a las cartas una mirada cargada de repulsión.

—Si te obsesionas no lo entenderás nunca.

—¿Sí? ¿Y qué debería hacer para no obsesionarme?

—Deberías distraerte.

Noté un repentino retortijón interior y la curiosidad de saber si por lo menos sentiría celos, si todavía consideraba suyo mi cuerpo, si podía aceptar la intrusión de otro.

—Claro que me distraigo —dije adoptando un todo fatuo—, no creas que estoy aquí esperándote. Escribo, intento comprender, me burlo. Pero lo hago por mí, por los niños, desde luego no para darte gusto a ti. Solo faltaba. ¿Has echado un vistazo? ¿Has visto lo bien que vivimos los tres? ¿Me has visto a mí?

—Estás bien —dijo sin convicción.

—¡Bien!… Y una mierda. Estoy estupenda. Pregúntale al vecino, pregúntale a Carrano cómo estoy.

—¿El músico?

—Sí, el músico.

—¿Te ves con él? —me preguntó con apatía.

Solté una carcajada que más bien era una especie de sollozo.

—Podemos decir que me veo con él, igual que tú te ves con tu amante.

—¿Por qué él precisamente? No me gusta ese tipo.

—Tengo que follármelo yo, no tú.

Se llevó las manos a la cara, se la restregó con fuerza y murmuró:

—¿Lo haces también cuando están los niños?

Sonreí.

—¿Follar?

—No hables así.

En ese punto perdí el control por completo. Empecé a gritar:

—¿Que no hable cómo? Estoy hasta el coño de cursilerías. ¡Me has hecho daño, me estás destruyendo! ¿Y yo tengo que hablar como una buena mujer educada? ¡Vete a tomar por el culo! ¿Qué palabras debo usar para lo que me has hecho, para lo que me estás haciendo? ¿Qué palabras debo usar para lo que haces con esa? ¡Dímelo! ¿Le chupas el coño? ¿Se la metes por el culo? ¿Hacéis todo lo que no has hecho nunca conmigo? ¡Dímelo! ¡Porque yo lo veo muy claro! ¡Lo veo con estos ojos, todo lo que hacéis, lo veo cien mil veces, lo veo de no-

217

che y de día, con los ojos abiertos y con los ojos cerrados! Y sin embargo, para no molestar al señor, para no molestar a sus hijos, tengo que usar un lenguaje limpio, tengo que ser educada, tengo que ser elegante. ¡Fuera de aquí! ¡Fuera, cabrón!

Se levantó de inmediato, entró hecho una furia en su estudio, metió unos libros y unos cuadernos en una bolsa, se quedó un momento como encantado por la visión de su ordenador y luego cogió una caja con disquetes y otras cosas de los cajones.

Solté un suspiro de alivio y me lancé hacia él. Tenía en la cabeza un montón de reproches. Quería gritarle: «¡No toques nada, son cosas en las que has trabajado mientras yo estaba aquí cuidando de ti, haciendo la compra, cocinando. Ese tiempo también me pertenece a mí, déjalo todo ahí!». Pero al mismo tiempo me espantaban las consecuencias de cada una de las palabras que había pronunciado, de las que habría debido pronunciar, temía haberlo disgustado y que se fuese de veras.

—Mario, perdona, ven, vamos a hablar… ¡Mario! ¡Es que estoy un poco nerviosa!

Me apartó a un lado y se dirigió hacia la puerta.

—Tengo que irme. Pero volveré, no te preocupes. Volveré por los niños.

Después de abrirla, se volvió y dijo:

—No te pongas más esos pendientes. No te van.

Y desapareció sin cerrar la puerta.

La cerré yo de un portazo, pero estaba tan vieja, tan desvencijada, que golpeó en el quicio y rebotó hacia atrás. Estuve dándole patadas furiosas hasta que se cerró. Luego corrí al balcón, seguida por el perro, que gruñía, preocupado, y esperé a que Mario apareciese en la calle para gritarle desesperada:

—¡Dime dónde vives, déjame al menos un número de teléfono! ¿Qué hago si te necesito, si los niños están mal…?

Ni siquiera levantó la cabeza, así que grité, fuera de mí:

—Quiero saber cómo se llama esa puta, tienes que decírmelo... Quiero saber si es guapa, quiero saber su edad...

Mario subió al coche y lo puso en marcha. El automóvil desapareció un momento tras los árboles de la plazoleta, volvió a aparecer y desapareció definitivamente.

—Mamá —me llamó Gianni.

9

Me volví. Los niños habían abierto la puerta de su habitación, pero no se atrevían a traspasar el umbral. Mi aspecto no debía de ser muy tranquilizador, pues se quedaron allí, mirándome aterrorizados.

Me miraban de tal modo que pensé que estaban viendo, como ciertos personajes de los cuentos de fantasmas, más de lo que en realidad era posible ver. Quizá tenía a mi lado, rígida como una estatua sepulcral, a la mujer abandonada de mis recuerdos infantiles, a «la pobrecilla». Había venido de Nápoles a Turín para sujetarme por el bajo de la falda y evitar que cayese desde el quinto piso. «La pobrecilla» sabía que deseaba llorar junto a mi marido lágrimas de sudor frío y sangre, sabía que deseaba gritarle: «¡Quédate!». Yo recordaba que ella lo había hecho. Llegado un punto, una noche se había envenenado. Mi madre decía en voz baja a sus dos trabajadoras, una morena, la otra rubia: «"La pobrecilla" creía que el marido se arrepentiría y correría enseguida a la cabecera de la cama para pedir perdón». En cambio, él se había mantenido alejado, prudentemente, junto a su nuevo amor. Y mi madre se reía con profunda amargura de aquella historia y de otras iguales que conocía. Las mujeres sin amor perdían la luz de los ojos, las mujeres sin amor morían en vida. Lo decía mientras cosía durante horas y cortaba las telas sobre las clientas a las que seguía haciendo ropa a medida a finales de los años sesenta. Historias, chismes y costura; yo escuchaba. La necesidad de escribir relatos la descubrí allí, bajo la mesa, mientras jugaba. El hombre infiel que había huido a Pescara no había acudido siquiera cuando la mujer se había puesto a propósito entre la vida y la muerte, y había sido preciso llamar a una ambulancia y llevarla al hospital. Frases que se me quedaron grabadas para siempre. Ponerse a propósito entre la vida y la muerte, en vilo, como un funámbulo. Escuchaba las palabras de mi madre y, no sé por qué, me imaginaba que «la pobrecilla» se había tendido sobre el filo de una espada, y el filo le había rasgado el vestido y la piel. Cuando volvió del hospital me pareció más pobrecilla que antes, seguro que tenía un corte rojo oscuro bajo el vestido. Los vecinos la rehuíamos, pero solo porque no sabíamos cómo hablarle, qué decirle.

Salí de mi ensueño y volvió el rencor. Quería abalanzarme sobre Mario con todo mi peso, acosarlo. Al día siguiente decidí volver a llamar a los viejos amigos para retomar los contactos. Pero el teléfono no funcionaba, en eso Mario no había mentido. En cuanto se levantaba el auricular se oía un silbido insoportable y sonidos de voces lejanas.

Recurrí al móvil. Llamé a todos mis conocidos de forma metódica, con un artificial tono apacible, dando a entender que me estaba calmando, que estaba aprendiendo a aceptar la nueva realidad. A los que me parecieron más comprensivos les pregunté con cautela sobre Mario y la mujer con la que estaba, como si ya lo supiera todo y solo quisiera charlar un poco para desahogarme. La mayoría me respondía con monosílabos, intuyendo que intentaba llevar a cabo una investigación encubierta. Pero algunos no pudieron resistirse y me revelaron cautamente pequeños detalles: la amante de mi marido tenía un Volkswagen metalizado; llevaba siempre unos botines rojos muy vulgares; era una rubita más bien sosa, de edad indefinible. Lea Farraco resultó la más dispuesta a hablar. La verdad es que no chismorreó, se limitó a decirme lo que sabía. Verlos no los había visto nunca. De la mujer no podía decirme nada. Lo que sí sabía es que vivían juntos. La dirección no la conocía, pero corría la voz de que vivían por la plaza Brescia, sí, exactamente en la plaza Brescia. Se habían refugiado lejos, en un lugar no muy encantador, porque Mario no quería ver a nadie, ni que lo vieran, en especial los viejos amigos del Politécnico.

Estaba presionándola para averiguar algo más, cuando el teléfono móvil dejó de dar señales de vida. No sé cuánto tiempo llevaba sin recargar la batería. Busqué frenéticamente por la casa el cargador, pero no lo encontré. El día anterior había ordenado hasta el último rincón porque venía Mario, y lo había guardado en un lugar del que no conseguía acordarme, por más que rebusqué nerviosa en todas partes. Tuve uno de mis ataques de ira y Otto empezó a ladrar de un modo insoportable; al final, estrellé el móvil contra una pared por no estamparlo contra el perro.

El aparato se rompió en dos, los pedazos cayeron al suelo con dos golpes secos y el perro los atacó ladrando como si estuviesen vivos. Cuando me calmé fui al teléfono fijo, descolgué el auricular, escuché otra vez aquel silbido largo y las voces lejanas. Pero en vez de colgar, casi de forma inconsciente, mis dedos marcaron mecánicamente el número de Lea. El silbido se interrumpió de golpe y volvió la línea. Misterios telefónicos.

Sin embargo, aquella segunda llamada resultó inútil. Había pasado un rato y, cuando mi amiga respondió, advertí en ella una sufrida reticencia. Era probable que el marido la hubiera reprendido o ella misma se hubiese arrepentido de ayudar a complicar una situación ya de por sí bastante compleja. Me dijo en tono afectuoso pero incómodo que no sabía más. No veía a Mario desde hacía mucho y de la mujer en realidad lo ignoraba todo, si era joven o vieja, si trabajaba o no. En cuanto al lugar donde vivían, la plaza Brescia era solo una indicación aproximada; podía tratarse del paseo Palermo, la vía Teramo o la vía Lodi, era difícil de decir, aquella zona estaba llena de nombres de ciudades. Y de todas formas le parecía bastante raro que Mario se hubiese ido a vivir allí. Me aconsejó que me olvidara del asunto. El tiempo lo arreglaría todo.

Esa última información no impidió que esa misma noche esperase a que los niños se durmieran para salir y dar vueltas con el coche hasta la una o las dos de la madrugada por la plaza Brescia, el paseo Brescia, el paseo Palermo. Avanzaba despacio. En aquella zona, la ciudad me pareció herida en su solidez, lacerada por el amplio desgarrón de los raíles brillantes del tranvía. El cielo negro, marcado solo por una grúa alta y elegante, comprimía los edificios bajos y la luz enferma de las farolas como un implacable pistón en movimiento. Los toldos blancos y azules extendidos sobre los balcones restallaban, impulsados por la brisa, contra la superficie gris de las antenas parabólicas. Salí del coche y anduve por las calles, llena de rabia. Esperaba encontrarme a Mario y a su amante. Confiaba en ello. Tenía la esperanza de sorprenderlos cuando salieran del Volkswagen de ella, al volver del cine o de un restaurante, felices como habíamos sido él y yo, por lo menos hasta que nacieron los niños. Pero nada: coches y más coches vacíos, tiendas cerradas, un borracho acurrucado en un rincón. Junto a edificios recién restaurados había construcciones deterioradas, animadas por voces extranjeras. Sobre el tejado de una casa baja se leía, en amarillo: «Libertad para Silvano». Libertad para él, libertad para nosotros, libertad para todos. Dolor por los tormentos que encadenan, por los vínculos de la dura vida. Me apoyé, sin fuerzas, en la pared de un edificio de la vía Alessandria. Estaba pintada de azul y había unas palabras grabadas en la piedra: «Asilo Príncipe de Nápoles». Era curioso que me encontrase en aquel lugar. Acentos del sur me gritaban en la cabeza, ciudades distantes se convertían en una sola mordaza entre la plancha azul del mar y la blanca de los Alpes. Treinta años antes, «la pobrecilla» de la plaza Mazzini se apoyaba en los muros, como yo en ese momento, cuando le faltaba el aliento por la desesperación. Yo no podía, como ella, darme el gusto de protestar, de vengarme. Si Mario y su nueva mujer se escondían de verdad en uno de aquellos edificios —en aquel bloque grande que daba a un amplio patio en cuya entrada había un letrero que rezaba «Aluminio», con las paredes llenas de balcones entoldados—, sin duda estarían tras una de aquellas lonas ocultando a las miradas indiscretas de los vecinos su felicidad, y yo no podía hacer nada, nada, con todo mi sufrimiento, con toda mi rabia, para rasgar la pantalla tras la que se escondían, presentarme ante ellos y hacerlos desgraciados con mi infelicidad.

Vagué largo rato por calles de un negro violáceo, con la certeza insensata (esas certezas sin fundamento que llamamos premoniciones y que no son sino la proyección de nuestros deseos) de que estaban allí, en alguna parte, en un portal, a la vuelta de una esquina, detrás de una ventana; quizá incluso me estaban viendo y se ocultaban como criminales contentos de sus crímenes.

No tuve éxito. Volví a casa sobre las dos, exhausta de tanto despecho. Aparqué en el paseo y, cuando subía hacia la plazoleta, vi la silueta de Carrano, que se dirigía al portal. La funda del instrumento le asomaba como un aguijón por la espalda encorvada.

Sentí el impulso de llamarlo. Ya no soportaba la soledad. Necesitaba hablar con alguien, pelearme, gritar. Apreté el paso para alcanzarlo, pero él ya había desaparecido por el portón. Aunque hubiese echado a correr (y no tenía valor, pues pensaba que podía romper el asfalto, el parque, los troncos de los árboles, incluso la negra superficie del río) no habría podido alcanzarlo antes de que entrase en el ascensor. De todas formas, estaba a punto de hacerlo, cuando vi que había algo en el suelo, al pie de una farola con dos focos.

Me incliné. Era la funda plastificada de un permiso de conducir. La abrí y vi la cara del músico, pero mucho más joven: Aldo Carrano; había nacido en un pueblecito del sur; según la fecha de nacimiento tenía casi cincuenta y tres años, los cumpliría en agosto. Ya tenía una excusa plausible para llamar a su puerta.

Guardé el documento en el bolsillo, entré en el ascensor y pulsé el botón con el número cuatro.

Tuve la impresión de que el ascensor subía más lentamente de lo habitual. Su zumbido en el silencio absoluto me aceleró el corazón. Sin embargo, cuando se detuvo en el cuarto piso, me entró pánico y sin dudarlo un momento pulsé el botón con el número cinco.

A casa, a casa enseguida. ¿Y si los niños se habían despertado y me habían estado buscando por las habitaciones vacías? A Carrano le devolvería el documento al día siguiente. ¿Por qué llamar a la puerta de un extraño a las dos de la madrugada?

Una maraña de rencores, el deseo de revancha, la necesidad de poner a prueba el poder ofendido de mi cuerpo estaban quemando el resto de cordura que me quedaba.

Sí, a casa.

10

Al día siguiente, Carrano y su documento cayeron en el olvido. Los niños acababan de irse a la escuela cuando me di cuenta de que la casa había sido invadida por las hormigas. Sucedía todos los años por esa época, en cuanto llegaba el calor del verano. Avanzaban en filas cerradas desde las ventanas y el balcón, salían de debajo del parquet, corrían a esconderse de nuevo, marchaban hacia la cocina, hacia el azúcar, el pan, la mermelada. Otto las olfateaba, ladraba y sin querer se las llevaba a todos los rincones de la casa camufladas entre el pelo.

Fui por la fregona y limpié a fondo todas las habitaciones. Froté con cáscara de limón los sitios que me parecieron más peligrosos. Esperé un poco, nerviosa. En cuanto reaparecieron, localicé con precisión los puntos por donde entraban las hormigas y los cubrí con talco. Cuando me di cuenta de que ni el talco ni el limón eran suficientes, me decidí a usar un insecticida, aunque temía por la salud de Otto, que lamía todo y a todos sin distinguir lo sano de lo nocivo.

Me dirigí al trastero y lo revolví hasta encontrar el aerosol. Leí con atención las instrucciones, encerré a Otto en el cuarto de los niños y rocié toda la casa con aquel producto nocivo. Lo hice a disgusto, sintiendo que aquella botella bien podía ser una prolongación de mi organismo, un aspersor del odio que llevaba en el cuerpo. Luego esperé un poco, sin hacer caso a los ladridos de Otto, que arañaba la puerta, hasta que me decidí a salir al balcón para no respirar el aire envenenado de la casa.

El balcón se asomaba al vacío como un trampolín sobre una piscina. El bochorno pesaba sobre los árboles inmóviles del parque y comprimía la lámina azul del Po, las piraguas con sus remeros y la arcada del puente Principessa Isabella. Abajo vi a Carrano vagando encorvado por el paseo, seguramente en busca de su permiso de conducir.

—¡Señor Carrano! —le grité.

Pero siempre he tenido una voz baja, no sé gritar, mis palabras caen a poca distancia, como la piedra que lanza un niño pequeño. Quería decirle que yo tenía su carnet, pero él ni siquiera se volvió. Entonces guardé silencio y lo observé desde el quinto piso, delgado pero ancho de espaldas, con el cabello gris y abundante. Noté cómo crecía en mi interior una hostilidad hacia él que iba encarnizándose conforme advertía que era irracional. Quién sabe qué secretos de hombre solo guardaba, la obsesión masculina por el sexo tal vez, el culto al falo hasta edad avanzada. Seguramente él tampoco veía más allá de su cada vez más miserable chorro de esperma, solo estaba contento cuando comprobaba que todavía se le levantaba, como las hojas moribundas de una planta que está a punto de secarse cuando alguien la riega. Zafio con los cuerpos de las mujeres, apresurado y obsceno, sin duda su único objetivo era marcarse tantos, hundirse en un coño rojo como en una idea fija rodeada de círculos concéntricos. Mejor si se trataba de un pubis joven y terso, nada como un culo duro. Así pensaba. Esos pensamientos le atribuía yo mientras me iban atravesando furiosas oleadas de rabia. Solo me repuse cuando advertí que la figura sutil de Carrano ya no cortaba el paseo con su hoja oscura.

Volví adentro. El olor del insecticida había disminuido. Barrí los

227

rastros negros de las hormigas muertas, fregué de nuevo el suelo con furia y luego fui a liberar a Otto, que lloriqueaba desesperado. Pero al abrir la puerta descubrí con repulsión que el cuarto de los niños había sido invadido. De las tablas mal encajadas del viejo parquet salían en procesión, con incombustible energía, patrullas negras que huían desesperadas.

Me puse a trabajar de nuevo, no podía hacer otra cosa; pero ahora lo hacía de mala gana, abatida por una impresión de ineluctabilidad, tanto más desagradable para mí cuanto que aquella invasión de hormigas me parecía un impulso de vida activa e intensa que no conoce obstáculos y que manifiesta, ante cada traba, una tenaz y cruel voluntad de seguir su camino.

Después de fumigar también aquella habitación, le puse la correa a Otto y dejé que tirase de mí escaleras abajo, de tramo en tramo, jadeando.

11

El perro avanzaba por el paseo incomodado por el freno que le imponía la correa. Pasé por delante del trozo de submarino verde que tanto le gustaba a Gianni, atravesé el túnel lleno de pintadas obscenas y subí hacia el bosquecillo de pinos. A aquella hora, las madres —grupos compactos de madres charlatanas— hablaban a la sombra de los árboles, encerradas en el círculo de los cochecitos como colonos de una película del Oeste durante un alto en el camino, o vigilaban a los niños que gritaban jugando a la pelota. A la mayoría no les gustaban los perros sueltos. Proyectaban su miedo sobre los animales, temían que mordiesen a los niños o que ensuciasen las zonas de juego.

El perro sufría, quería correr y jugar, pero yo no sabía qué hacer. Tenía los nervios a flor de piel y quería evitar ocasiones de conflicto. Mejor contener a Otto con fuertes tirones que pelear.

Me adentré en el bosquecillo de pinos esperando que allí no hubiese nadie con ganas de gresca. El perro olfateaba el suelo entre bufidos. Nunca me había ocupado mucho de él, pero le había tomado cariño. Él también me quería, aunque sin esperar gran cosa de mí. Era de Mario de quien había venido siempre el sustento, el juego y las carreras al aire libre. Y ahora que mi marido no estaba, Otto, con su buen carácter, se adaptaba a su ausencia con algo de melancolía y la-

229

dridos de fastidio cuando yo no respetaba las costumbres consolidadas. Por ejemplo, Mario seguramente le habría quitado la correa mucho antes, en cuanto hubiesen salido del túnel, y además les habría dado la paliza a las señoras de los bancos para tranquilizarlas, remachando que el perro era muy noble y le gustaban los niños. Yo, en cambio, incluso una vez dentro del bosquecillo, me aseguré de que no hubiese nadie a quien pudiese molestar y solo entonces lo liberé. Se volvió loco de alegría y marchó a la carrera en todas las direcciones.

Entonces cogí del suelo un largo palo flexible y lo blandí en el aire, primero apáticamente, luego con decisión. Me gustaba el silbido, era un juego que practicaba mucho de niña. Una vez, en el patio de casa, había encontrado una rama delgada de ese tipo y cortaba el aire con ella, haciéndola ulular. Fue entonces cuando oí que nuestra vecina, tras sobrevivir al veneno, se había suicidado ahogándose cerca del cabo Miseno. La voz corría de una ventana a otra, de un piso a otro. De pronto mi madre me llamó a casa, estaba nerviosa; a menudo se enfadaba conmigo por cualquier insignificancia, pero yo no había hecho nada malo. A veces me daba la impresión de que yo no le gustaba. Era como si reconociese en mi cara algo de ella que detestaba, alguna secreta enfermedad. En aquella ocasión me prohibió bajar al patio; ni siquiera me dejó salir a la escalera. Me quedé en un rincón oscuro de la casa soñando con el cuerpo lleno de agua y sin aliento de «la pobrecilla», un arenque plateado en salmuera. Y a partir de entonces, cada vez que jugaba a azotar el aire para sacarle lamentos, me venía a la cabeza ella, la mujer en salmuera. Escuchaba su voz mientras la corriente la arrastraba durante toda la noche hasta el cabo Miseno. Y allí, en el bosquecillo, solo de pensarlo me daban ganas de fustigar el aire cada vez más fuerte, como de niña, para convocar a los espíritus, tal vez para conjurarlos, y cuanta más energía ponía en ello, más cortante se tornaba el silbido. Me eché a reír al verme así, una mujer de treinta y ocho años en dificultades que vuelve de golpe a uno de sus juegos infantiles. Sí, me dije, también de adultos fantaseamos e imaginamos un montón de insensateces, por alegría o por agotamiento. Y seguí riéndome y agitando aquel palo largo y fino. Cada vez tenía más ganas de reír.

Paré al oír un grito. Un grito prolongado de mujer joven. Una muchacha apareció de improviso al final del sendero, grande, aunque no gorda, de una corpulencia robusta bajo la piel blanca. Tenía las facciones bastante pronunciadas y el pelo muy negro. Chillaba agarrando con fuerza la barra de un cochecito, desde el cual le hacían eco los gemidos de un bebé. Entretanto, Otto le ladraba amenazador, asustado a su vez por los gritos y los gemidos. Eché a correr hacia él, gritándole yo también al perro algo como «¡Túmbate!, ¡túmbate!», pero él seguía ladrando y la mujer voceó:

—¿Es que no sabe que tiene que ir atado, que debe llevar bozal?

¡Qué gilipollas! Era ella la que debía llevar bozal. Se lo grité sin poder contenerme.

—¿Es que no tienes dos dedos de frente? ¡Si gritas así, asustas al niño; entonces el niño llora y los dos asustáis al perro, que por eso ladra! ¡Acción y reacción, coño, acción y reacción! ¡El bozal tendrías que ponértelo tú!

Ella reaccionó con la misma agresividad. La tomó conmigo y con Otto, que seguía ladrando. Sacó a colación a su marido, dijo en tono de amenaza que sabía muy bien qué hacer, que resolvería definitivamente aquella porquería de los perros sueltos por el parque, que los espacios verdes eran para los niños y no para los animales. Luego cogió al niño, que gemía en el cochecito, lo levantó y lo apretó contra su pecho musitando palabras tranquilizadoras, no sé si para ella misma o para él. Al final bisbiseó con los ojos desorbitados, mirando a Otto:

—¿Lo ve? ¿Lo oye? ¡Si se me va la leche, me la pagará usted!

Tal vez fuese aquella alusión a la leche, no lo sé, pero sentí como una especie de sacudida en el pecho, un despertar brusco del oído y de la vista. De golpe vi a Otto en toda su realidad: colmillos afilados, orejas tiesas, pelo erizado, mirada feroz, todos los músculos dispuestos para saltar, ladridos amenazadores. Era un espectáculo verdaderamente espeluznante, pensé que estaba fuera de control, que se había convertido en otro perro de monstruosa e imprevisible maldad. ¡El estúpido lobo malo de los cuentos! Me convencí de que era un acto intolerable de desobediencia que no se hubiese tumbado en silencio como le había ordenado y continuase ladrando, complicando aún más la situación.

—¡Otto, basta ya! —vociferé.

Como no obedecía, levanté el palo que llevaba entre las manos para amenazarlo, pero tampoco así se calló. Entonces perdí los estribos. Lo azoté con fuerza, escuché el silbido en el aire y vi su mirada atónita cuando el golpe le llegó a la oreja. Era un perro estúpido, un perro estúpido que Mario había regalado de cachorro a Ilaria y Gianni, que había crecido en nuestra casa y se había convertido en un animalote cariñoso, un regalo que en realidad mi marido se había hecho a sí mismo, pues soñaba con un perro así desde pequeño, más que los niños. Un perro viciado, una bestia que siempre se salía con la suya. Se lo gritaba, «¡bestia, bestia!», y me oía la voz con claridad mientras azotaba, azotaba, azotaba, y él aullaba encogido, con el cuerpo cada vez más pegado al suelo y las orejas bajas, inmóvil y triste ante aquella incomprensible lluvia de golpes.

—Pero ¿qué hace? —susurró la mujer.

No le contesté. Seguí dando golpes a Otto, de modo que se alejó deprisa empujando el cochecito con una mano, horrorizada no ya del perro sino de mí.

12

Cuando observé aquella reacción me detuve. Miré a la mujer, que prácticamente iba corriendo por el sendero, levantando un poco de polvo, y luego escuché a Otto, que gruñía infeliz con el hocico entre las patas.

Tiré lejos el palo, me agaché junto a él y lo acaricié un rato. ¿Qué le había hecho? Me había descompuesto, como por la acción de un ácido, dentro de sus sentimientos de pobre animal desorientado. Le había dado una tunda sin que viniese a cuento, y con ello le había desmontado la composición estratificada de la experiencia; para él todo se estaría convirtiendo en un flujo caprichoso. «Sí, pobre Otto, pobre Otto», musité no sé durante cuánto tiempo.

Volvimos a casa. Abrí la puerta y entré. Pero noté que la casa no estaba vacía, había alguien.

Otto recorrió a saltos el pasillo, recuperando la vitalidad y la alegría. Corrió hacia el cuarto de los niños, que estaban allí, sentados en sus camas, con las mochilas apoyadas en el suelo y una expresión perpleja. Miré la hora, me había olvidado de ellos por completo.

—¿Qué es ese mal olor? —preguntó Gianni rechazando las fiestas que le hacía Otto.

—Insecticida. Tenemos hormigas en casa.

—¿Cuándo comemos? —se lamentó Ilaria.

233

Negué con la cabeza. Tenía en la mente una pregunta confusa, y entretanto les expliqué en voz alta a los niños que no había hecho la compra, que no había cocinado, que no sabía qué darles de comer por culpa de las hormigas.

Entonces me estremecí. La pregunta era:

—¿Cómo habéis entrado en casa?

Sí, ¿cómo habían entrado? No tenían llaves, no se las había dado porque dudaba de que supiesen arreglárselas con una cerradura. Con todo, estaban allí, en su cuarto, como si fuesen una aparición. Los abracé con demasiada fuerza, los apreté contra mí para estar segura de que eran ellos de verdad, en carne y hueso, y que no me estaba dirigiendo a figuras de aire.

—La puerta estaba entornada —contestó Gionni.

Me acerqué a la puerta y la examiné. No presentaba signos de haber sido forzada, pero no era de extrañar: la cerradura era vieja, no hacía falta mucho para abrirla.

—¿No había nadie en casa? —pregunté a los niños agitadísima, al tiempo que pensaba: ¿y si los ladrones se han visto sorprendidos por los niños y ahora están escondidos en alguna parte?

Avancé por la casa cogiendo con fuerza a mis hijos y consolada únicamente por el hecho de que Otto seguía saltando a nuestro alrededor sin dar señales de alarma. Miré por todos lados, nadie. Todo estaba en perfecto orden, limpio, ni siquiera quedaban rastros del trasiego de las hormigas.

—¿Qué vamos a comer? —insistió Ilaria.

Preparé una tortilla. Gianni e Ilaria la devoraron y yo picoteé solo un poco de pan con queso. Lo hice sin interés, mientras escuchaba también sin interés la charla de los niños, lo que habían hecho en la escuela, lo que había dicho tal compañero, las villanías que habían sufrido.

Y mientras tanto, yo pensaba: los ladrones buscan por todas partes, revuelven los cajones y, si no encuentran nada que robar, se vengan cagándose en las camas y meando por todas partes. Nada de todo eso había ocurrido en el piso. Y por otro lado, no era una regla. Me perdí en el recuerdo de un episodio de veinte años atrás, cuando todavía vivía en la casa de mis padres. Aquello contradecía todo lo que se comentaba sobre el comportamiento de los ladrones. Al volver habíamos encontrado la puerta forzada, pero la casa estaba en perfecto orden. Ni siquiera había huellas de venganzas sucias. Hasta unas horas más tarde no descubrimos que faltaba la única cosa de valor que teníamos: un reloj de oro que mi padre había regalado a mi madre hacía unos años.

Dejé a los niños en la cocina y fui a ver si el dinero estaba donde siempre lo ponía. Estaba. Lo que no encontré fueron los pendientes de la abuela de Mario. No estaban en su sitio, en el cajón de la cómoda, ni en ningún otro lugar de la casa.

13

Pasé la noche y los días siguientes reflexionando. Me sentía comprometida en dos frentes: mantener con firmeza la realidad de los hechos, atajando el flujo de imágenes mentales y pensamientos, e intentar darme fuerzas, imaginándome como la salamandra, que es capaz de atravesar el fuego sin quemarse.

No sucumbas, me animaba. Lucha. Sobre todo me preocupaba mi creciente incapacidad para retener los pensamientos, para concentrarme en las cosas necesarias. Me asustaban los giros bruscos, incontrolados. Mario —escribía para darme ánimos— no se ha llevado el mundo con él, solo se ha llevado a sí mismo. Y tú no eres una mujer de hace treinta años. Tú eres de hoy, agárrate al presente, no vuelvas atrás, no te pierdas, mantente firme. Sobre todo no te abandones a los monólogos de rabia, divagación o crítica. Acaba con los signos exclamativos. Él se ha ido, quedas tú. Ya no disfrutarás de la luz de sus ojos, de sus palabras, pero ¿qué importa? Organiza las defensas, conserva tu entereza, no te rompas como un bibelot, no seas un juguete, ninguna mujer es un juguete. La *femme rompue*, claro, *rompue*, rota, y una mierda. Mi obligación, pensaba, es demostrar que las mujeres podemos seguir enteras. Demostrármelo a mí, a nadie más. Si me veo expuesta a los lagartos, combatiré contra los lagartos. Si me veo expuesta a las hormigas, combatiré contra las hormigas. Si me veo expuesta a los ladrones, combatiré contra los ladrones. Si me veo expuesta a mí misma, lucharé contra mí.

Al mismo tiempo me preguntaba: ¿quién ha podido entrar en esta casa a coger precisamente los pendientes y nada más? Solo había una respuesta: él. Se había llevado los pendientes de la familia. Quería darme a entender que ya no era de su sangre; me consideraba una extraña, me había apartado definitivamente de él.

Sin embargo, después cambiaba de idea porque aquella me parecía demasiado insoportable. Me decía: Cuidado. No te olvides de los ladrones. Toxicómanos, tal vez. Llevados por la necesidad urgente de una dosis. Es posible, es probable. Y por miedo a llevar demasiado lejos la fantasía, dejaba de escribir, iba a la puerta de casa, la abría, la cerraba suavemente. Luego cogía el pomo, tiraba hacia mí con fuerza, y sí, la puerta se abría, la cerradura no aguantaba; el resorte estaba gastado y el pestillo entraba solo un milímetro. Parecía cerrado y en cambio bastaba tirar un poco y ya estaba abierto. El piso, mi vida y la de mis hijos, todo estaba abierto, expuesto día y noche a cualquiera.

Pronto llegué a la conclusión de que debía cambiar la cerradura. Si en casa habían entrado los ladrones, podían volver. Y si había sido Mario el que había entrado así, de modo furtivo, ¿qué lo diferenciaba de un ladrón? Era casi peor. Entrar a escondidas en su propia casa. Registrar los lugares conocidos, leer por si acaso mis desahogos, mis cartas. El corazón me golpeaba el pecho por la rabia. No, nunca debería haber traspasado de nuevo ese umbral, nunca. Los niños mismos habrían estado de acuerdo conmigo. No se habla con un padre que se introduce en casa a traición y no deja ni una huella de su paso, ni un hola, ni un adiós, ni siquiera un cómo estáis.

Así, llevada unas veces por el resentimiento y otras por la preocupación, me convencí de que debía poner una nueva cerradura en la puerta. Pero en los establecimientos a los que me dirigí me explicaron que, aunque las cerraduras servían para cerrar las entradas a la casa con sus planchas, picoletes, fiadores, pestillos y pasadores, en cualquier caso todas, si se quería, se podían descerrajar, se podían forzar. De modo que, para mi tranquilidad, me aconsejaron blindar la puerta.

Tardé en decidirme, no podía malgastar el dinero. Con la deserción de Mario era fácil predecir que también mi futuro económico empeoraría. No obstante, al final me convencí y empecé a visitar los comercios especializados comparando precios y prestaciones, ventajas e inconvenientes, hasta que al cabo de semanas de obsesivos sondeos y contrataciones me decidí por fin y una mañana llegaron a casa dos operarios, uno de unos treinta años, el otro sobre los cincuenta. Ambos apestaban a tabaco.

Los niños estaban en la escuela, Otto holgazaneaba en un rincón, completamente indiferente a los dos extraños, y yo empecé enseguida a sentirme incómoda. Eso me molestó, cualquier cambio en mi comportamiento me incomodaba, por sutil que fuese. En el pasado siempre había sido amable con cualquiera que llamase a la puerta: empleados del gas, de la luz, el administrador de la finca, un fontanero, el tapicero, incluso los vendedores a domicilio y los agentes inmobiliarios que buscaban pisos en venta. Me tenía a mí misma por una mujer confiada. A veces hasta intercambiaba comentarios con extraños; me gustaba mostrar una serena curiosidad por sus existencias. Estaba tan segura de mí misma que los dejaba entrar en casa, cerraba la puerta y les preguntaba a veces si les apetecía beber algo. Por otra parte, mis modales debían de ser en general tan cordiales y a la vez tan distantes que a ninguno de los visitantes se le había ocurrido nunca pronunciar una frase irrespetuosa o intentar un doble sentido para ver cómo reaccionaba y calcular mi disponibilidad sexual. Aquellos dos, en cambio, empezaron de pronto a intercambiar frases alusivas y risas sardónicas y a canturrear entre dientes canciones vulgares mientras trabajaban con desgana. Entonces me invadió la duda de si en mi cuerpo, en mis gestos o en mi mirada había algo que no controlaba. Me puse nerviosa. ¿Qué se me leía en la cara, que llevaba casi tres meses sin dormir con un hombre? ¿Que no chupaba pollas, que nadie me lamía el coño? ¿Que no follaba? ¿Por eso aquellos dos no dejaban de reírse hablándome de llaves, de ojos y de cerraduras? Debería haberme blindado, vuelto inescrutable. Cada vez estaba más alterada. No sabía qué hacer mientras ellos daban martillazos enérgicos, fumaban sin pedirme permiso y llenaban la casa de un desagradable olor a sudor.

Primero me retiré a la cocina llevándome conmigo a Otto, cerré la puerta, me senté a la mesa e intenté leer el periódico. Pero me distraía, hacían demasiado ruido. De modo que dejé el periódico y me puse a cocinar. Pero luego me pregunté por qué me comportaba así, por qué me escondía en mi propia casa, qué sentido tenía. ¡Ya estaba bien! Volví a la entrada, donde los dos se movían entre la casa y el rellano, colocando los blindajes sobre los batientes viejos.

Les llevé unas cervezas, que recibieron con entusiasmo mal contenido, en especial el mayor, con su lenguaje vulgarmente alusivo; puede que solo quisiera ser gracioso y que aquella fuese la única forma de humor de la que era capaz. Sin que lo hubiese decidido yo —era la garganta la que insuflaba aire contra las cuerdas vocales—, le contesté riéndome, con expresiones aún más insinuantes y, como advertí que los había sorprendido a ambos, sin darles tiempo a que replicasen, continué hablando de modo tan deslenguado que se miraron perplejos, pusieron una media sonrisa, dejaron las cervezas a la mitad y se pusieron a trabajar con mucha más diligencia.

Al poco solo se oían martillazos persistentes. Volví a sentir ese repentino disgusto, pero esta vez me resultó insoportable. Experimenté toda la vergüenza de estar allí, como a la espera de otras vulgaridades que no llegaban. Pasó un largo intervalo de tensión. Como mucho me pidieron que les pasara algunos objetos, una herramienta, pero sin la menor risita, con exagerada cortesía. Poco después recogí las botellas y los vasos Y volví a la cocina. ¿Qué me estaba ocurriendo? ¿Seguía servilmente el procedimiento usual de la autodegradación?, ¿había claudicado?, ¿había abandonado la búsqueda de nuevas bases para mí?

Después de un rato me llamaron. Habían terminado. Me enseñaron el funcionamiento y me entregaron las llaves. El mayor me ofreció con sus dedos grandes y sucios una tarjeta de visita mientras decía que si tenía problemas y necesitaba que él interviniese, no tenía más que telefonearle.

En ese momento me pareció que volvía a mirarme con insistencia, pero no reaccioné. En realidad no le presté atención de verdad hasta que introdujo las llaves en los ojos enmarcados por sendos escudos, que brillaban como dos soles sobre la lámina oscura de la puerta, e insistió varias veces en la posición.

—Esta se introduce en vertical —dijo— y esta, en horizontal.

Lo miré perpleja.

—Cuidado, porque puede estropearse el mecanismo —añadió y luego filosofó con renovada insolencia chistosa—: Las cerraduras se van acostumbrando. Tienen que reconocer la mano de su amo.

Probó primero una llave, luego la otra. Tuve la impresión de que él mismo debía forzar un poco para girarlas, de modo que le pedí que me dejara probar a mí. Cerré y abrí ambas cerraduras con gesto seguro, sin dificultad. El más joven dijo con languidez exagerada:

—Desde luego, la señora tiene una mano bonita y segura.

Les pagué y se marcharon. Cerré la puerta a mi espalda y me apoyé en ella sintiendo las vibraciones largas, vivas, del tablero hasta que se extinguieron y retornó la calma.

14

Al principio las llaves no dieron problemas. Se deslizaban en las cerraduras y giraban en su interior con chasquidos limpios. Adquirí el hábito de encerrarme con llave al volver a casa, de día, de noche, no quería más sorpresas. Pero muy pronto la puerta se convirtió en mi última preocupación, debía ocuparme de muchas cosas. Iba dejando notas por todas partes y haciendo memoria continuamente: acuérdate, debes hacer esto; acuérdate, debes hacer aquello. Me distraje y empecé a confundirme: la llave de arriba la metía en la cerradura de abajo y viceversa. Forzaba, insistía, me enfadaba. Llegaba cargada con las bolsas de la compra, sacaba las llaves y me equivocaba, me equivocaba, me equivocaba. Entonces me imponía concentración. Me quedaba quieta y respiraba profundamente.

Ahora presta atención, me decía. Y con gestos lentos, meditados, elegía llave y cerradura, me concentraba en una y en otra hasta que los chasquidos del resorte me anunciaban que lo había conseguido, la operación había sido correcta.

Pero notaba que las cosas se estaban poniendo feas, y eso me asustaba cada vez más. Aquel continuo estado de alerta para evitar errores o afrontar peligros terminó por cansarme tanto que, a veces, solo con pensar en algo que debía hacer con urgencia ya creía que de verdad lo había hecho. El gas, por ejemplo, una vieja angustia mía.

Me convencía de que había apagado el fuego que ardía bajo la olla —¡acuérdate, acuérdate, tienes que apagar el gas!—, pero no. Había cocinado, había puesto la mesa, la había quitado, había metido los platos en el lavavajillas y la llama azul había permanecido encendida con discreción, brillando toda la noche como una corona de fuego en torno al metal del fogón, remarcando mi descontrol hasta que la encontraba por la mañana al entrar en la cocina para preparar el desayuno.

¡Ay, qué cabeza! Ya no podía fiarme. Mario enterraba, anulaba todo lo que no fuese su imagen de adolescente, de hombre, la forma en que había crecido ante mis ojos con el transcurso de los años, entre los brazos, en la tibieza de los besos. Solo pensaba en él, en cómo era posible que hubiese dejado de amarme, en la necesidad de que me devolviese el amor. No podía abandonarme así. Mentalmente hacía la lista de todo lo que me debía. Lo había ayudado a preparar los exámenes de la universidad, lo había acompañado cuando no encontraba el valor para presentarse, lo había animado por las calles ruidosas de Fuorigrotta, entre el gentío de estudiantes de la ciudad y de los pueblos, sabiendo que el corazón se le salía del pecho, oía sus latidos, veía la palidez que le devoraba el rostro cuando lo empujaba por los pasillos de la universidad. Me había quedado despierta noches y noches con él para hacerle repetir las materias incomprensibles de sus estudios, me había restado todo mi tiempo para sumarlo al suyo y hacerlo así más poderoso. Había dejado de lado mis aspiraciones para que él alcanzase las suyas. Cada vez que sufría crisis de desaliento yo me olvidaba de las mías para reconfortarlo. Me había dispersado en sus minutos, en sus horas, para que él pudiese concentrarse. Me había encargado de la casa, de la comida, de los niños, de todos los avatares de la supervivencia diaria, mientras él remontaba tercamente la pendiente de nuestro origen sin privilegios. Y un día, sin previo aviso, me había abandonado llevándose con él todo el tiempo, toda la energía, todos los esfuerzos que yo le había regalado para gozar de los frutos con otra, con una extraña que no había movido un dedo para parirlo y criarlo y convertirlo en lo que se había convertido. Era una acción tan injusta, un comportamiento tan ofensivo que no podía creerlo, y a veces lo imaginaba inmerso en la oscuridad, sin recordar ya nuestras cosas, perdido y en peligro, y me parecía que lo amaba como no lo había amado nunca, con más ansiedad que pasión, y pensaba que tenía una necesidad urgente de mí.

Pero no sabía dónde buscarlo. Lea Farraco negó que ella me hubiera dicho que Mario vivía en la plaza Brescia, me dijo que yo había entendido mal, que no era posible, que Mario jamás habría ido a vivir a aquella zona. Me enfadé muchísimo, sentía que me estaba tomando el pelo, y volví a pelearme con ella. Otros me decían que estaba de nuevo en el extranjero. Claro, de viaje con su puta. No podía creerlo, me parecía imposible que pudiese olvidarse tan fácilmente de su mujer y de sus hijos, desaparecer durante meses, desentenderse de las vacaciones de los niños, anteponer su bienestar al de ellos. ¿Qué clase de hombre era? ¿Con qué individuo había vivido quince años?

Llegó el verano y las clases terminaron. Con las escuelas cerradas, no sabía qué hacer con los niños. Les daba vueltas por la ciudad, en la canícula, y ellos estaban pesados, caprichosos, propensos a atribuirme la culpa de todo, de que hiciese tanto calor, de que nos hubiésemos quedado en la ciudad, de que no fuésemos a la playa, de que no fuésemos al campo. Ilaria repetía con un exagerado aire de sufrimiento:

—No sé qué hacer.

—¡Basta! —gritaba yo con frecuencia, en casa o en la calle—, ¡he dicho basta! —Y hacía el gesto de darles un bofetón, levantaba la mano. Tenía ganas de hacerlo de verdad, me contenía a duras penas.

Pero no se calmaban. Ilaria quería probar los ciento diez sabores que prometía una heladería situada en los soportales de la vía Cernaia. Yo tiraba de ella, y ella clavaba los pies en el suelo y tiraba de mí hacia la entrada del local. Gianni, de repente, se soltaba de mi mano y cruzaba la calle, entre los toques de claxon y mis gritos de aprensión, porque quería ver por enésima vez el monumento a Pietro Micca, cuya historia le había contado Mario con lujo de detalles. No conseguía controlarlos en la ciudad, que se iba quedando vacía y que levantaba de las colinas, del río, del empedrado, un aire caliente y bochornoso o una calima insoportable.

Una vez nos peleamos precisamente allí, en los jardines que había frente al Museo de Artillería, bajo la estatua verdosa de Pietro Micca, el del sable, el de la mecha. Sabía poco de aquellas historias de héroes abatidos y muertos, de fuego y sangre.

—No sabes contar historias —me dijo Gianni—, no te acuerdas de nada.

—Entonces que te las cuente tu padre —repliqué.

Y empecé a gritarles que si a su entender yo no servía para nada, entonces que se fueran con su padre. Tenían una nueva madre, guapa y dispuesta, y seguramente turinesa; seguro que ella lo sabía todo sobre Pietro Micca y sobre aquella ciudad de reyes y princesas, de gente engreída, personas frías, autómatas de metal. Grité y grité sin control. A Gianni y a Ilaria les gustaba mucho la ciudad. Mi hijo conocía las calles y sus historias. Su padre los dejaba jugar a menudo bajo el monumento que había al final de la vía Meucci, allí había un bronce que les encantaba al niño y a él. ¡Qué estupidez, los recuerdos de reyes y generales por las calles! Gianni fantaseaba con ser como Fernando de Saboya en la batalla de Novara, cuando salta del caballo moribundo, sable en mano, listo para la lucha. Sí, tenía ganas de hacerles daño a mis hijos, sobre todo al niño, que ya tenía acento piamontés; también Mario hablaba como si fuese de Turín, borrando a propósito la cadencia napolitana. Odiaba que Gianni se sintiese un chulito. Crecía estúpido, presuntuoso y agresivo, con ganas de derramar su sangre o la de los demás en cualquier conflicto bárbaro. Ya no lo soportaba. Los dejé plantados en el jardín, junto a la fuente, y me alejé rápidamente a pasos largos por la vía Galileo Ferraris en dirección a la estatua de Víctor Manuel II, una larga sombra al final de las líneas paralelas de los edificios, alta contra el pedazo de cielo encapotado y caliente que se veía desde la calle. Tal vez quería abandonarlos de verdad para siempre, olvidarme de ellos y, cuando por fin Mario apareciese, golpearme la frente y exclamar: ¿Tus hijos? ¡Pues no lo sé! Me parece que los he perdido, porque la última vez que los vi fue hace un mes, en los jardines de la Ciudadela.

Luego ralenticé el paso y volví atrás. ¿Qué me estaba pasando? Perdía el contacto con aquellas criaturas inocentes, se alejaban como si estuviesen en equilibrio sobre un tronco llevado por la corriente. Tenía que volver por ellos, sujetarlos, mantenerlos estrechados contra mí, eran míos. Los llamé:

—¡Gianni! ¡Ilaria!

No los veía, ya no estaban junto a la fuente.

Miré alrededor con la angustia secándome la garganta. Corrí por los jardines como si quisiera abarcar los árboles y los parterres con desplazamientos rápidos e incoherentes. Temía que se rompiesen en mil pedazos. Me detuve frente a una gran boca de fuego perteneciente a la artillería turca del siglo XV, un potente cilindro de bronce en mitad de un arriate. Grité una vez más los nombres de los niños y me respondieron desde el interior del cañón. Se habían tumbado allí dentro, sobre un cartón que había servido de lecho a algún inmigrante. Volví a oír el fragor de la sangre en mis venas, los agarré por los pies y tiré de ellos con fuerza.

—Ha sido él —dijo Ilaria denunciando al hermano—. Ha dicho: «Escondámonos aquí».

Sujeté a Gianni por un brazo, lo sacudí con fuerza y lo amenacé, llena de rabia:

—¿No sabes que ahí dentro puedes pillar una enfermedad? ¿No sabes que puedes ponerte enfermo y morir? ¡Mira, imbécil, lo haces otra vez y te mato!

El niño me miró incrédulo. Con la misma incredulidad lo miré yo. Vi a una mujer junto a un arriate, a pocos pasos de un viejo instrumento de destrucción que ahora hospedaba por las noches a seres humanos de mundos lejanos y sin esperanza. En ese momento no la reconocí. Me asusté únicamente porque se había quedado con mi corazón, que ahora latía en su pecho.

15

Con las facturas también tuve problemas en aquella época. Me enviaban avisos donde me notificaban que en tal fecha me cortarían el agua, la luz o el gas por falta de pago. Yo me empeñaba en que había pagado, buscaba durante horas los recibos, perdía un montón de tiempo protestando, peleando, escribiendo, para luego rendirme humillada ante la evidencia de que no había pagado.

Fue lo que ocurrió con el teléfono. No solo continuaban las interferencias de las que Mario me había advertido, sino que además, de repente, no pude llamar más: una voz me decía que la línea no estaba habilitada para ese tipo de uso o algo por el estilo.

Como había roto el móvil, fui a una cabina y llamé a la compañía telefónica para resolver el problema. Me aseguraron que intentarían solucionarlo lo antes posible. Pero pasaban los días y el teléfono seguía sin funcionar. Volví a llamar, hecha una fiera; me temblaba la voz de la rabia. Expuse el caso en un tono tan agresivo que el empleado permaneció en absoluto silencio, luego consultó su ordenador y me comunicó que habían cortado la línea por falta de pago.

Estaba indignada, juré por mis hijos que había pagado, los insulté a todos, del más miserable empleado a los directores generales, hablé de indolencia «levantina», sí, eso dije, destaqué la desorganización crónica, las pequeñas y grandes corrupciones de Italia, y vociferé: «Me dais asco». Subí a casa y estuve buscando y revisando todos los recibos hasta descubrir que era cierto, me había olvidado de pagar.

En efecto, al día siguiente pagué la factura, pero la situación no mejoró. Con la línea volvió también el ruido permanente, como un viento de tormenta en el micrófono. La señal era casi imperceptible. Corrí de nuevo al bar de abajo a llamar por teléfono. Me dijeron que tal vez habría que cambiar el aparato, tal vez. Miré el reloj, todavía faltaba un rato para que cerrasen las oficinas. Salí de allí furiosa, no podía contenerme.

Conduje por la ciudad vacía de agosto, el calor era sofocante. Aparqué entre dos coches, golpeando los guardabarros de ambos, y busqué a pie la vía Meucci. Lancé una mirada hosca a la gran fachada de mármol jaspeado donde estaban las oficinas de la compañía telefónica y subí los escasos escalones de dos en dos. En la garita encontré a un hombre afable, poco dispuesto a discutir. Le dije que quería ir a la oficina de reclamaciones, deprisa, tenía que protestar por el mal servicio.

—No tenemos oficinas abiertas al público desde hace por lo menos diez años —me respondió.

—¿Y si quiero reclamar?

—Debe hacerlo por teléfono.

—¿Y si quiero escupírselo a alguien en la cara?

Me aconsejó serenamente que probase con la sede de la vía Confienza, cien metros más allá. Eché a correr como si llegar a la vía Confienza fuese cuestión de vida o muerte. No corría así desde que tenía la edad de Gianni. Pero allí tampoco tuve ocasión de desahogarme. Encontré la puerta de vidrio cerrada. La sacudí con fuerza, a pesar de la indicación «puerta con alarma». Con alarma, qué ridiculez, pues que saltase la alarma, que se alarmase la ciudad y el mundo entero. Por una ventanilla de la pared que estaba a mi izquierda se asomó un tipo sin ganas de charlar que me despachó en pocas palabras y desapareció de nuevo: aquello no eran oficinas, y menos abiertas al público. Todo había quedado reducido a voces asépticas, pantallas de ordenador, mensajes de correo electrónico, operaciones bancarias.

—Si alguien tiene ganas de soltar la mala leche —me dijo con voz gélida—, lo siento mucho, pero aquí no hay nadie con quien desahogarse.

El disgusto me produjo dolor de estómago. Volví a la acera, me sentía como si estuviese a punto de perder el aliento y desplomarme en el suelo. Fijé la vista en las letras de una placa que había en el edificio de enfrente como si así pudiese mantenerme en pie. Palabras para no caerme. Desde esta casa entró en la vida como sombra de un sueño un poeta que desde la tristeza de la nada —¿y por qué la nada es triste, qué tiene de triste la nada?—, con el nombre de Guido Gozzano, llegó a Dios. Palabras pretendidamente artísticas para el arte de encadenar palabras. Me alejé con la cabeza gacha, tenía miedo de hablar sola. Un tipo me miró con insistencia y apreté el paso. Ya no recordaba dónde había dejado el coche, pero me daba igual.

Vagué sin rumbo fijo, rodeé el Teatro Alfieri y acabé en la vía Pietro Micca. Miré alrededor, desorientada. Allí seguro que no estaba el coche, pero delante de uno de los escaparates de una joyería vi a Mario con su nueva mujer.

No sé si la reconocí enseguida. Solo sentí como un puñetazo en medio del pecho. Puede que lo primero que viese fuera que era muy joven, tan joven que Mario a su lado parecía un viejo. O puede que me fijase antes que nada en su vestido azul de tela fina, un vestido viejo, pasado de moda, de esos que se pueden comprar en las tiendas de segunda mano de lujo, viejo, pero suave, sobre un cuerpo de curvas ligeras, las curvas del cuello largo, de los pechos, de las caderas, de los tobillos. O en el pelo rubio y abundante, recogido en la nuca con un pasador que era como una mancha hipnótica.

No lo sé.

Seguramente debí de pasar a toda prisa la goma de borrar por su suave cara de veinteañera, antes de que surgiera ante mí el rostro inmaduro, anguloso, todavía infantil, de Carla, la adolescente que había sido el centro de nuestra crisis conyugal unos años antes. Desde luego fue después de reconocerla cuando me fulminó el brillo de los pendientes, los pendientes de la abuela de Mario, mis pendientes.

Le colgaban de los lóbulos, le marcaban con elegancia el cuello, resaltaban su sonrisa, volviéndola aún más brillante. Estaban mirando el escaparate. Mi marido le ceñía la cintura con gesto alegre de propietario, mientras ella apoyaba un brazo desnudo sobre su hombro.

El tiempo se dilató. Crucé la calzada a pasos largos y decididos. No tenía en absoluto ganas de llorar o gritar o pedir explicaciones, solo una negra fijación de destrucción.

Me había engañado durante casi cinco años.

Había estado casi cinco años gozando en secreto de aquel cuerpo, cultivando aquella pasión, transformándola en amor. Había dormido pacientemente a mi lado abandonándose al recuerdo de ella. Había esperado a que fuese mayor de edad, más que mayor de edad, para decirme que se quedaba con ella definitivamente, que me dejaba. Miserable, cobarde. Tan cobarde que no había sido capaz de decirme la verdad. Había unido la impostura conyugal a la impostura sexual para darle tiempo a su cobardía, para controlarla y encontrar poco a poco la fuerza de dejarme.

Le caí encima por la espalda. Lo golpeé con todo el peso de mi cuerpo, y su cara se estrelló contra el cristal del escaparate. Creo que

Carla gritó, pero yo solo le vi la boca abierta, un agujero negro encerrado en la cerca blanca y regularísima de los dientes. Miré a Mario. Se estaba volviendo con ojos espantados; le sangraba la nariz, y me miraba asustado y desconcertado a la vez. No saltarme las comas, no saltarme los puntos. Pobre hombre, pobre hombre. No es fácil pasar de la tranquila felicidad del paseo romántico a la confusión, a la desconexión del mundo. Lo agarré por la camisa y tiré con tanta fuerza que se le desgarró por el hombro derecho, quedándose con el torso desnudo. Ya no llevaba camiseta, no tenía miedo a los resfriados, a las bronquitis. Conmigo lo devoraba la hipocondría. Evidentemente le había vuelto la salud. Qué moreno estaba, y más delgado, aunque ahora se le veía un poco ridículo porque tenía un brazo cubierto por la manga, íntegra y bien planchada; de la otra manga le había quedado un poco del hombro y también el cuello, aunque torcido; sin embargo, el tórax estaba desnudo. De los pantalones le colgaban tiras de tela y la sangre le corría por los pelos rizados del pecho.

Lo golpeé una y otra vez, cayó en la acera y empecé a darle patadas, una dos tres cuatro patadas. Pero, no sé por qué, no se protegía, sus movimientos eran descoordinados; en lugar de las costillas se cubría el rostro con los brazos, a lo mejor por vergüenza, quién sabe.

Cuando me cansé de patearlo me volví hacia Carla, que todavía tenía la boca abierta. Ella retrocedía y yo avanzaba. Intentaba agarrarla, pero se me escapaba. No tenía intención de pegarle. Era una extraña. Con respecto a ella me sentía casi en calma. Aquello solo iba con Mario, que era quien le había dado los pendientes; por eso yo aferraba el aire a manotazos intentando quitárselos. Quería arrancárselos de las orejas, rasgarle la carne, negarle la condición de heredera de los antepasados de mi marido. ¿Qué pintaba ella, sucia puta, en aquella línea de sucesión? Se las daba de chocho bonito con mis cosas, cosas que más tarde deberían ser de mi hija. Abría las piernas, le mojaba un poco el pijo y se imaginaba que así lo había bautizado, yo te bautizo con el agua santa del coño, sumerjo tu polla en mi carne mojada y le doy nuevo nombre. A partir de ahora se llamará mío y nace a una nueva vida. La muy imbécil. Creía que por eso tenía derecho sobre todo y a todo, a ocupar mi lugar, a hacer mi papel, puta de mierda. ¡Dame esos pendientes, dame esos pendientes! Quería arrancárselos con toda la oreja, quería quitarle su hermosa cara con los ojos la nariz los labios el cuero cabelludo la melena rubia, quería llevármelos como si fuese un garfio que despegase su traje de carne, la bolsa de los pechos, el vientre que le cubría las tripas y las ensuciaba hasta el ojo del culo, hasta el coño profundo coronado de oro. Y dejarle solamente lo que en realidad era, una fea calavera manchada de sangre fresca, un esqueleto recién desollado. Porque la cara y la piel sobre la carne no son en definitiva sino una cobertura, un disfraz, un maquillaje para el horror insoportable de nuestra naturaleza viva. Y él había caído en la trampa, se había dejado enredar. Por esa cara, por ese traje suave, había entrado en mi casa y me había robado mis pendientes, por amor a esa máscara de carnaval. Quería arrancársela entera, sí, descuajársela junto con los pendientes. Entretanto le gritaba a Mario:

—¡Mira, vas a ver cómo es en realidad!

Pero él me contuvo. No intervino ni uno solo de los peatones que pasaban. Creo que algunos curiosos relajaron el paso para observar y divertirse. Lo recuerdo porque les dediqué a ellos, a los curiosos, trozos de frases a modo de información, deseaba que entendiesen qué estaba haciendo, cuáles eran los motivos de mi furia. Y me pareció que ellos se quedaban a escuchar, querían ver si de verdad cumplía mis amenazas. Una mujer puede matar en la calle con facilidad, en medio del gentío, puede hacerlo más fácilmente que un hombre. Su violencia parece un juego, una parodia, un uso impropio y un poco ridículo de la determinación masculina de hacer daño. Si Mario no me lo hubiese impedido, le habría arrancado los pendientes de los lóbulos.

Me sujetó y me echó a un lado como si fuese un objeto. Nunca me había tratado con tanto odio. Me amenazó, estaba cubierto de sangre, desencajado. Pero yo lo veía como a alguien que te habla desde el televisor de un escaparate.

Más que peligroso, me parecía desolado. Desde allí, desde una distancia incierta, tal vez la distancia que separa lo falso de lo verdadero, me apuntó con un índice maligno que salía de la única manga de camisa que le quedaba. No entendí lo que dijo, pero me dio risa el artificial tono imperioso de su voz. La carcajada me dejó vacía, me quitó las ganas de agredirlo. Dejé que se llevase a su mujer y los pendientes que le colgaban de las orejas. Qué más daba, lo había perdido todo, todo lo mío, todo, sin remedio.

16

Cuando los niños volvieron de la escuela les dije que no tenía ganas de cocinar, que no había preparado nada, que se las apañasen. Tal vez por mi aspecto, o por lo que comunicaba mi tono apagado, se fueron a la cocina sin protestar. Cuando reaparecieron, se quedaron en un rincón del salón, en silencio, un poco molestos. En un momento dado, Ilaria se acercó a mí, me puso las manos en las sienes y preguntó:

—¿Te duele la cabeza?

Respondí que no, que solo quería que no me incordiasen. Fueron a su cuarto a hacer los deberes, ofendidos por mi comportamiento y frustrados porque había rechazado su afecto. Cuando me di cuenta de que se había hecho de noche, me acordé de ellos y fui a ver lo que hacían. Se habían dormido vestidos, en la misma cama, los dos juntos. Los dejé como estaban y cerré la puerta.

Reaccionar. Me puse a recoger. Cuando hube terminado empecé de nuevo, haciendo una especie de ronda, a la caza de todo lo que no diese apariencia de orden. Lucidez, determinación, agarrarme a la vida. En el cuarto de baño encontré el habitual caos en el cajón de las medicinas. Me senté en el suelo y empecé a separar los medicamentos caducados de los que aún servían. Cuando todos los fármacos inutilizables estaban en el cubo de la basura y el cajón en perfecto orden, cogí dos cajas de somníferos y las llevé al salón, las puse en la mesa y me serví un vaso bien lleno de coñac. Con el vaso en una mano y un puñado de pastillas en la palma de la otra, me acerqué a la ventana, por la que entraba la brisa húmeda y caliente del río, de los árboles.

¡Era todo tan casual! De jovencita me había enamorado de Mario, pero habría podido enamorarme de cualquier otro; solo se trata de un cuerpo al que terminamos por atribuir algún significado. Cuando llevas con él un largo período de vida, acabas pensando que es el único hombre con el que puedes sentirte bien, le atribuyes quién sabe qué virtudes decisivas, y sin embargo es solo un gaznate que emite sonidos engañosos; no sabes quién es realmente, no lo sabe ni él. Somos ocasiones. Consumimos y perdemos nuestra vida solo porque hace mucho tiempo un tipo con ganas de descargarnos dentro su pene fue amable y nos eligió entre todas las mujeres. Tomamos por cortesías dirigidas solo a nosotras el banal deseo de follar. Nos gustan sus ganas de follar, estamos tan obcecadas con él que creemos que son ganas de follar precisamente con nosotras, solo con nosotras. Oh, sí, él, que es tan especial y que nos ha reconocido como especiales. Les damos un nombre a esas ganas de coño, las personalizamos, las llamamos «mi amor». ¡Al diablo con todo, menudo engaño, menudo estímulo infundado! Igual que una vez folló conmigo, ahora folla con otra, ¿qué pretendo? El tiempo pasa, una se va, otra viene. Hice el amago de ingerir unas pocas pastillas. Quería dormir arrellanada en el fondo más oscuro de mí misma, pero en aquel preciso momento surgió de la masa de árboles de la plazoleta la sombra violácea de Carrano con su instrumento a la espalda. Con paso incierto y sin prisa, el músico recorrió todo el espacio vacío de coches —la canícula había dejado la ciudad definitivamente deshabitada— y desapareció bajo la mole del edificio. Después de un momento oí el crujido del engranaje del ascensor, su zumbido. De repente me acordé de que aún tenía el carnet de aquel hombre. Otto gruñó entre sueños.

Fui a la cocina a tirar las pastillas y el coñac por el fregadero y me puse a buscar el documento de Carrano. Lo encontré sobre la mesita del teléfono, casi oculto por el aparato. Lo manoseé un poco y miré la foto del músico. En ella tenía el pelo negro, aún no habían aparecido las arrugas profundas que le marcaban la cara entre la nariz y las comisuras de la boca. Miré la fecha de nacimiento, intenté recordar qué día era, y entonces advertí que su cumpleaños estaba a punto de empezar: cincuenta y tres años.

Me sentía indecisa. Me apetecía bajar el tramo de escaleras, llamar a su puerta y usar el documento para entrar en su casa a medianoche; pero al mismo tiempo estaba asustada, asustada del extraño, de la noche, del silencio del edificio, de los aromas húmedos y sofocantes que llegaban del parque, del canto de los pájaros nocturnos.

Pensé en llamarlo por teléfono, no quería cambiar de idea; al contrario, deseaba llevarla a cabo. Busqué el número en la guía, lo encontré. Compuse en mi mente una conversación cordial: «Justo esta mañana he encontrado su permiso de conducir en el paseo; he bajado a traérselo, si no es demasiado tarde; y además debo confesarle que por casualidad he visto su fecha de nacimiento; me gustaría felicitarlo, le deseo de todo corazón un feliz cumpleaños, señor Carrano, de verdad, feliz cumpleaños, acaban de dar las doce, apuesto a que soy la primera en felicitarlo».

Ridícula. Nunca había sabido usar tonos cautivadores con los hombres. Amable, cordial, pero siempre sin el calor y sin los gestos de la disponibilidad sexual. Era algo que me había atormentado durante toda la adolescencia. Pero ahora tengo casi cuarenta años, me dije, algo habré aprendido. Levanté el auricular con el corazón golpeándome el pecho y colgué furiosa. Otra vez ese ruido de ventisca, sin línea. Lo volví a descolgar, probé a marcar el número. El ruido no se iba.

Sentí un peso que me cerraba los párpados. No había esperanza, el bochorno de la noche en soledad me iba a destrozar el corazón. Entonces vi a mi marido. Ya no estrechaba entre los brazos a una mujer desconocida. Le reconocía la cara bonita, los pendientes en los lóbulos, el nombre de Carla, el cuerpo de impudor juvenil. En aquel momento los dos estaban desnudos, follaban sin prisas, pensaban follar toda la noche, como sin duda habían hecho sin que yo lo supiera en los últimos años. Cada uno de mis espasmos de dolor coincidía con uno de sus espasmos de placer.

Me decidí, ya bastaba con aquel sufrimiento. A las palabras de su felicidad nocturna debía añadir yo las de mi venganza. Yo no era una mujer que se hacía pedazos con los golpes del abandono y de la ausencia, hasta enloquecer, hasta morir. Estaba entera y entera seguiría. A quien me hace daño, le pago con la misma moneda. Soy el ocho de espadas, soy la avispa que pica, soy la serpiente oscura, soy el animal invulnerable que atraviesa el fuego y no se quema.

17

Cogí una botella de vino, metí en el bolsillo las llaves de casa y, sin arreglarme siquiera un poco el pelo, bajé al cuarto piso.

Llamé con decisión, dos veces, dos largas descargas eléctricas, a la puerta de Carrano. Volvió el silencio, la angustia me latía en la garganta. Luego oí pasos indolentes, y de nuevo todo quedó en silencio, Carrano me estaba observando por la mirilla. La llave giró en la cerradura: era un hombre que temía la noche, cerraba con llave, como una mujer sola. Pensé en volver a casa corriendo antes de que la puerta se abriese.

Pero ya era tarde. Estaba delante de mí en albornoz, con sus grandes tobillos al descubierto. Calzaba unas zapatillas con la marca de un hotel en el empeine. Debía de haberlas robado junto con las pastillas de jabón durante alguno de sus viajes con la orquesta.

—Felicidades —dije deprisa, sin sonreír—, felicidades por su cumpleaños.

Le extendí con una mano la botella de vino y con la otra el permiso.

—Lo he encontrado esta mañana al final del paseo.

Me miró desorientado.

—La botella no —aclaré—, el permiso.

Solo entonces pareció comprender y dijo perplejo:

—Gracias, ya no esperaba encontrarlo. ¿Quiere entrar?

—Tal vez sea muy tarde... —murmuré, presa del pánico otra vez.

—Es tarde, sí, pero... pase, haga el favor... y gracias..., la casa está un poco desordenada... Pase.

Su tono me agradó. Era el tono de un tímido que intenta parecer un hombre de mundo, pero sin convicción. Entré y cerré la puerta.

Desde ese momento, de forma milagrosa, empecé a sentirme a gusto. En la sala vi la gran funda apoyada en un rincón. Era una presencia destacada, como la de una sirvienta de hace medio siglo, una de esas maritornes de pueblo que en las ciudades criaban a los hijos de la gente acomodada. La casa, desde luego, estaba en desorden (vi un periódico en el suelo, viejas colillas de algún visitante en el cenicero, un vaso con restos de leche sobre la mesa), pero era el desorden acogedor de un hombre solo, y además el aire olía a jabón; se sentía aún el vapor limpio de la ducha.

—Perdone la vestimenta, pero acababa de...

—En absoluto.

—Voy por unos vasos. ¿Quiere aceitunas, algo de picar...?

—En realidad yo solo quería brindar por usted.

Y por mí. Y por la amargura, la pronta amargura del amor y del sexo que les deseaba a Mario y Carla. Así tenía que acostumbrarme a llamarlos, eran los nombres permanentemente unidos de una nueva pareja. Antes se decía Mario y Olga, ahora se dice Mario y Carla. Tenía que darle un mal dolor en la polla, una atrofia infecciosa, una podredumbre por todo el cuerpo que desprendiera el hedor de la traición.

Carrano volvió con los vasos. Descorchó la botella y esperó un poco; sirvió el vino, y mientras tanto dijo cosas amables con voz serena: tenía unos hijos muy guapos, me había visto a menudo por la ventana cuando estaba con ellos, sabía tratarlos. No mencionó al perro, ni a mi marido. Noté que no podía soportar ni a uno ni a otro, pero, en aquella circunstancia, por gentileza, no le parecía correcto decírmelo.

Después del primer vaso se lo dije. Otto era un buen perro, pero, francamente, yo no lo habría acogido nunca en casa; un pastor alemán sufre en un piso. Había sido mi marido, que insistió. Había asumido la responsabilidad del animal, como, por otra parte, tantas otras responsabilidades. Pero al final se había portado como un cobarde, un individuo incapaz de ser fiel a los compromisos adquiridos. No sabemos nada de las personas, y menos aún de aquellas con las que lo compartimos todo.

—Yo sé de mi marido tanto como de usted, no hay diferencia —le aseguré.

El alma es solo viento inconstante, señor Carrano, una vibración de las cuerdas vocales suficiente para fingir que se es alguien, algo. Mario se había ido, le dije, con una joven de veinte años. Me había traicionado con ella durante cinco años, en secreto, un hombre doble, dos caras, dos flujos independientes de palabras. Y ahora había desaparecido cargando sobre mí todas las responsabilidades: cuidar a sus hijos, sacar adelante la casa, ocuparme incluso del perro, del estúpido Otto. Estaba derrotada. Por las responsabilidades, exclusivamente, no por otra cosa. ¡Qué me importaba él! Las responsabilidades, que antes repartíamos, ahora eran todas mías, incluso la de no haber sabido mantener viva nuestra relación —viva, mantener viva: un tópico; ¿por qué tenía que ser yo precisamente la que me ocupara de mantenerla viva?; estaba cansada de tanto tópico—, cargaba incluso con la responsabilidad de comprender dónde habíamos fallado. Porque aquel desgarrador trabajo de análisis estaba obligada a hacerlo también por Mario; él no quería escarbar hondo, no quería corregirse o renovarse. Estaba como cegado por la rubita, pero yo me había impuesto la tarea de analizar punto por punto nuestros quince años de convivencia, y lo estaba haciendo, trabajaba en ello todas las noches. Quería estar preparada para reconstruirlo todo en cuanto él empezase a razonar. Si es que eso ocurría.

Carrano se sentó a mi lado en el sofá, se cubrió las pantorrillas con el albornoz todo lo que pudo y paladeó su vino mientras escuchaba atentamente lo que le decía. No intervino en ningún momento, pero consiguió trasmitirme una certeza tan absoluta de atención que yo sentí que no se perdía ni una sola palabra, ni una sola emoción, y no me avergoncé cuando me puse a llorar. Rompí a llorar sin problemas, segura de que me comprendía, y sentí un arrebato interno, una sacudida tan intensa de dolor, que las lágrimas me parecieron fragmentos de un objeto de cristal guardado largo tiempo en algún lugar secreto que ahora, a causa de la sacudida, se rompía en mil pedazos cortantes. Notaba los ojos heridos, también la nariz; sin embargo, no podía contenerme. Y me conmoví aún más cuando advertí que Carrano tampoco podía contenerse. Le temblaba el labio inferior y tenía los ojos brillantes. Susurró:

—Señora, no haga eso…

Me enterneció su sensibilidad. Entre las lágrimas, dejé el vaso en el suelo y, como para consolarlo, yo, que tenía necesidad de consuelo, me arrimé a él.

No dijo nada, pero me ofreció enseguida un pañuelo de papel. Susurré algunas excusas, me sentía humillada. Él replicó que debía calmarme, no podía soportar la visión del dolor. Me sequé los ojos, la nariz, la boca, me acurruqué a su lado, por fin un poco de paz. Apoyé despacio la cabeza en su pecho y abandoné un brazo sobre sus piernas. Nunca habría imaginado que podría hacer una cosa así con un extraño. Rompí de nuevo a llorar. Carrano me puso con cautela, tímidamente, un brazo alrededor de los hombros. En la casa había un silencio tibio, me calmé de nuevo. Cerré los ojos, estaba cansada y quería dormir.

—¿Puedo estar un poco así? —Al preguntar me salió un hilo de voz imperceptible, casi un suspiro.

—Sí —respondió. Fue una afirmación casi afónica.

Puede que me quedase dormida. Por un instante tuve la impresión de que estaba en la habitación de Mario y Carla. Me molestó sobre todo el fuerte olor a sexo. A aquella hora seguro que todavía estaban despiertos, empapaban de sudor las sábanas, hundían con avidez la lengua uno en la boca del otro. Me estremecí. Algo me había rozado la nuca, tal vez los labios de Carrano. Levanté la vista perpleja y me besó en la boca.

Hoy sé lo que sentí, pero entonces no lo comprendí. En aquel momento solo tuve una impresión desagradable, como si me hubiese lanzado una señal a partir de la cual no me quedaba otra cosa que ir bajando de uno en uno los peldaños de la repugnancia. En realidad, sentí sobre todo una llamarada de odio hacia mí misma por estar allí, por no tener excusa, por haber decidido ir, por la sensación de que no podía echarme atrás.

—¿Tenemos que empezar? —dije en tono falsamente alegre.

Carrano esbozó una sonrisa incierta.

—Nadie nos obliga.

—¿Quieres que lo dejemos?

—No…

Acercó de nuevo sus labios a los míos, pero el olor de su saliva me molestó. Ni siquiera sé si realmente era desagradable; me pareció solo distinto del de Mario. Intentó meterme la lengua en la boca, abrí un poco los labios y le rocé la lengua con la mía. Era un poco áspera, viva, la sentí animal, una lengua enorme que alguna vez había visto con disgusto en las carnicerías, nada que fuera seductoramente humano. ¿Tendría Carla mi sabor, mi olor? ¿O el mío habría sido siempre repelente para Mario, como ahora me lo parecía el de Carrano, y solo en ella había encontrado después de muchos años la esencia que se adaptaba a la suya?

Hundí la lengua en la boca de aquel hombre con evidente avidez un largo rato, como si persiguiera alguna cosa hasta el final de su garganta y quisiera engancharla antes de que se escabullera hacia el esófago. Le pasé los brazos por detrás de la nuca, lo empujé con mi cuerpo a la esquina del sofá y le di un largo beso, con los ojos muy abiertos para fijar la vista en los objetos, de manera que pudiese definirlos y asirme a ellos, pues, si cerraba los ojos, temía ver la boca desvergonzada de Carla. Ese descaro lo había tenido siempre, desde los quince años, y quién sabe cuánto le gustaba a Mario, cómo había soñado con esa boca mientras dormía a mi lado, hasta despertarse y besarme como si estuviese besándola a ella y apartarse luego y volverse a dormir en cuanto reconocía mi boca, la boca de siempre, la boca sin nuevos sabores, la boca del tiempo pasado.

Carrano reconoció en mi beso la señal de que el juego había terminado. Me sujetó la nuca con la mano y me apretó aún más contra sus labios. Luego dejó mi boca y fue dándome besos húmedos en las mejillas, en los ojos. Pensé que estaba siguiendo un esquema exploratorio preciso. Me besó incluso en las orejas, el sonido de los besos me atronó los tímpanos fastidiosamente. Luego pasó al cuello, me mojó con la lengua el inicio del cabello en la nuca, y al mismo tiempo me palpó el pecho con su gran mano.

—Tengo los pechos pequeños —dije en un suspiro, pero al momento me odié porque la frase sonaba como si pidiese perdón: perdona que no te ofrezca tetas grandes, espero que disfrutes a pesar de todo. ¡Qué idiota era! ¡Si las tetas minúsculas le gustaban, bien; si no, peor para él! ¡Era todo gratis, había tenido buena suerte el muy capullo, el mejor regalo de cumpleaños al que podía aspirar a su edad!

—Me gustan —dijo en un susurro mientras me desabrochaba la camisa. Me bajó el borde del sujetador e intentó mordisquearme y chuparme los pezones. Pero también tenía los pezones pequeños, y los pechos se le escapaban y entraban de nuevo en el sostén.

—Espera —dije. Lo aparté, me levanté, me quité la camiseta y me desabroché el sujetador. Pregunté estúpidamente—: ¿Te gustan? —Era la angustia, que iba en aumento. Quería que me repitiese su aprobación.

Observándome, suspiró.

—Eres hermosa.

Respiró hondo, como si quisiera controlar una fuerte emoción o una nostalgia, y me empujó muy suavemente con la punta de los dedos para que me dejase caer en el sofá con el pecho desnudo y poder así contemplarme mejor.

Al echarme hacia atrás lo vi desde abajo. Noté en los pliegues de su cuello que estaba empezando a envejecer, la barba, que esperaba un nuevo afeitado y entretanto brillaba blanca, y las profundas arrugas entre las cejas. Tal vez lo decía en serio y estaba encantado de verdad con mi belleza, tal vez no eran solo palabras para adornar los deseos del sexo. Quizá seguía siendo bella, aunque mi marido hubiese hecho una bola con la sensación de mi belleza y la hubiese tirado al cubo de la basura como si fuese el papel que ha envuelto un regalo. Sí, todavía podía excitar a un hombre, era una mujer excitante. La fuga de Mario a otra cama, a otra carne, no me había estropeado.

Carrano se inclinó sobre mí, me lamió los pezones, los succionó. Intenté abandonarme, quería arrancarme del pecho el sinsabor y la desesperación. Cerré los ojos con cautela, sentí la vehemencia de su respiración, los labios sobre la piel. Emití un gemido de ánimo para él y para mí. Quería ser consciente de cualquier placer que surgiera, aunque aquel hombre fuese un extraño, quizá un músico con poco talento y ninguna cualidad, sin ningún poder de seducción, un hombre anodino y por eso solo.

Noté que me besaba las costillas, el vientre, incluso hizo una parada en el ombligo; lo que encontró allí no lo sé, pero me hizo cosquillas al pasarme la lengua por dentro. Luego se incorporó. Cuando abrí los ojos, lo vi desenfrenado, con la mirada brillante. Me pareció distinguir en su cara una expresión de niño que se siente culpable.

—Dime otra vez que te gusto —insistí con el aliento entrecortado.

—Sí —contestó, pero ya no parecía tan entusiasmado. Me puso las manos en las rodillas, me abrió las piernas, deslizó los dedos bajo la falda y me acarició el interior de las nalgas suavemente, como si enviase una sonda al fondo oscuro de un pozo.

Parecía no tener prisa; en cambio, yo habría preferido que todo fuese más rápido. De pronto me encontré pensando en la posibilidad de que los niños se despertasen, o incluso de que Mario, después de nuestro encuentro escandaloso, estuviese asustado, arrepentido, y hubiese decidido volver a casa justo aquella noche. Me pareció incluso oír los ladridos festivos de Otto, y estuve a punto de decir «El perro está ladrando», pero me pareció fuera de lugar. Carrano me había levantado un poco la falda y me acariciaba la entrepierna de las bragas con la palma de la mano; luego pasó los dedos sobre la tela haciendo presión y empujándola profundamente en el foso del sexo.

Gemí de nuevo, quería ayudarlo a quitarme las bragas, pero me detuvo.

—No, espera.

Echó a un lado la tela, me acarició el sexo desnudo con los dedos, entró con el índice y repitió:

—Sí, eres muy hermosa.

Hermosa por dentro y por fuera, fantasías de hombres. Quizá Mario hacía lo mismo, conmigo nunca se había entretenido de aquel modo. Pero quizá ahora, en medio de la larga noche, en otro lugar, él también separaba las piernas delgadas de Carla, dejaba caer la vista en el coño medio cubierto por las bragas, se demoraba, con el corazón latiéndole con fuerza, por la obscenidad de la postura y la hacía más obscena con los dedos. O, quién sabe, tal vez la obscena era solo yo, abandonada a aquel hombre que me tocaba en lugares secretos, que se mojaba los dedos dentro de mí sin prisas, con la curiosidad desganada de quien no tiene amor. Carla, sin embargo —eso creía Mario, yo estaba segura de que lo creía—, era una joven enamorada que se entrega a su amante. Ni un gesto, ni un suspiro era vulgar o sórdido, ni las palabras más groseras podían ensuciar el auténtico sentido de su acto de amor. Podía decir coño y polla y ojo del culo, y no quedaban marcados. En cambio, quedaba marcada, desfigurada, solo mi imagen sobre el sofá, lo que era en aquel momento, descompuesta, con los gruesos dedos de Carrano removiendo en mi interior un fondo turbio de placer.

Me volvieron las ganas de llorar. Apreté los dientes. No sabía qué hacer, no quería romper a llorar de nuevo. Reaccioné agitando la pelvis, sacudiendo la cabeza, gimiendo, murmurando:

—¿Me deseas? ¿De verdad me deseas? Dímelo…

Carrano asintió con la cabeza, me levantó de un lado y me quitó las bragas. Tengo que irme, pensé. Lo que quería saber ya lo sé. Todavía gusto a los hombres. Mario se lo ha llevado todo, pero no a mí, no a mi persona, no a mi bella máscara atractiva. Ya basta con el culo. Me muerde las nalgas, me lame.

—El culo no —dije mientras le retiraba los dedos. Él volvió a acariciarme el ano, yo lo aparté de nuevo. Basta. Me separé de él y alargué la mano hacia su albornoz.

—Ya es suficiente —exclamé—. ¿Tienes un preservativo?

Carrano hizo un gesto afirmativo, pero no se movió. Apartó las manos de mi cuerpo mostrando un imprevisto abatimiento, apoyó la cabeza en el respaldo del sofá y alzó la vista hacia el techo.

—No siento nada —murmuró.

—¿Qué es lo que no sientes?

—No llego a la erección.

—¿Nunca?

—No, ahora.

—¿Desde que hemos empezado?

—Sí.

Sentí que la cara me ardía de vergüenza. Me había besado, abrazado, tocado, pero no se le había levantado. Yo no había sabido hacer que le hirviera la sangre. El muy cabrón me había excitado sin excitarse él.

Le abrí el albornoz, ya no podía irme. Entre el cuarto y el quinto piso ya no había escaleras; si me hubiese ido habría caído en un abismo.

Le miré el sexo pálido, pequeño, perdido en la mata negra del vello, entre los testículos pesados.

—No te preocupes —dije—, estás nervioso.

Me levanté de un salto, me quité la falda, que todavía llevaba puesta, y me quedé desnuda, pero él ni se dio cuenta. Siguió mirando el techo.

—Ahora recuéstate —le ordené con falsa calma—, relájate.

Lo empujé sobre el sofá, de espaldas, en la misma posición en que había estado yo un momento antes.

—¿Dónde están los preservativos?

Sonrió melancólicamente.

—Ahora mismo es inútil. —Y sin embargo me señaló un mueble con gesto de desaliento.

Me acerqué al mueble y abrí un cajón tras otro hasta dar con ellos.

—Pero ¿te gustaba…? —volví a insistir.

Se tocó suavemente la frente con el dorso de la mano.

—Sí, en la cabeza.

Reí con rabia y dije:

—Tengo que gustarte en todas partes. —Y me senté sobre su tórax, dándole la espalda.

Empecé a acariciarle el vientre bajando poco a poco por la tira negra de pelo que llega hasta la tupida mata que rodea el sexo. Carla se estaba follando a mi marido y yo no conseguía follarme a aquel hombre solitario, sin oportunidades, un músico deprimido para el que debía ser la feliz sorpresa del día en que cumplía cincuenta y tres años. Ella manejaba la polla de Mario como si le perteneciera, se la metía en el coño, y en el culo, donde a mí nunca me la había metido, y yo lo único que conseguía era que se enfriara aquella carne gris. Le cogí el pene, le bajé la piel para ver si tenía alguna herida y me lo metí en la boca. Después de un momento Carrano empezó a emitir unos gemidos que me parecieron pequeños rebuznos. Luego su carne se hinchó contra mi paladar, esto es lo que quería, el muy imbécil, esto es lo que esperaba. La polla le asomaba por fin con fuerza del vientre, una polla para follarme, hasta provocarme un dolor de barriga de varios días, como Mario no me había follado nunca. Mi marido, con las mujeres de verdad, no sabía hacérselo, solo se atrevía con las putitas de veinte años sin inteligencia, sin experiencia, sin palabras cachondas.

Carrano estaba excitadísimo, me decía que esperase: espera, espera. Retrocedí hasta ponerle mi sexo en la boca, le dejé el pene y me volví con la mirada más despectiva que supe poner. «Bésamelo», dije, y él me besó, literalmente, con devoción. Sentí el chasquido del beso en el coño. ¡Será capullo, el viejo! El lenguaje metafórico que usaba con Mario evidentemente no era el suyo. Me interpretaba mal, no entendía lo que realmente le estaba ordenando. Quién sabe si Carla sabía descifrar las sugerencias de mi marido. Rompí con los dientes la funda del preservativo y le encapuché la polla.

—¡Venga, arriba! —le dije—. Te gustaba el ojo del culo… Desvírgame, con mi marido no lo hice nunca, se lo quiero contar luego con todo detalle, métemela en el culo.

El músico se me escurrió por debajo con esfuerzo, yo permanecí a gatas. Reía para mis adentros. No podía contenerme pensando en la cara que pondría Mario cuando se lo dijera. Dejé de reír cuando sentí que Carrano empujaba con fuerza contra mí. De repente tuve miedo y aguanté la respiración. Posición animal, líquidos animales y una perversidad completamente humana. Me volví para mirarlo, quizá para suplicarle que no me obedeciera, que lo dejara pasar. Nuestras miradas se cruzaron. No sé lo que vio él, yo vi a un hombre que ya no era joven con el albornoz blanco abierto, la cara brillante por el sudor, los labios apretados por la concentración. Le susurré algo, no sé qué. Él separó los labios, abrió la boca y cerró los ojos. Luego se desinfló a mi espalda. Al ponerme de lado vi la mancha blanquecina del semen que se extendía por las paredes del preservativo.

—¡Qué le vamos a hacer! —dije con una explosión seca de risa en la garganta. Le quité el condón del pene ya flojo y lo arrojé al suelo, que quedó manchado con una raya viscosa y amarillenta—. Has fallado el tiro.

Me vestí y caminé hasta la puerta. Él me siguió, cerrándose el albornoz. Estaba enfadada conmigo misma. Antes de irme murmuré:

—Es culpa mía, perdona.

—No, soy yo el que…

Negué la cabeza y le ofrecí una sonrisa forzada, falsamente conciliadora.

—¡Ponerte el culo en la cara de ese modo! La amante de Mario seguro que no lo hace.

Subí la escalera despacio. En un rincón, junto al pasamanos, vi encogida a «la pobrecilla» de tantos años atrás, que me dijo con voz apagada, muy seria: «Yo soy limpia, yo soy pura, pongo las cartas boca arriba».

Delante de la puerta blindada me equivoqué muchas veces en el orden de las llaves. Casi no conseguí abrir. Cuando por fin entré, tardé también un rato en echar la llave. Otto corrió hasta mí haciendo fiestas. Lo ignoré y fui a darme una ducha. Me merecía todo lo que me había pasado, incluidas las duras palabras con que me insulté interiormente, en tensión bajo el chorro de agua. Solo pude calmarme diciendo en voz alta: «Amo a mi marido, por eso todo esto tiene sentido». Miré la hora, eran las dos y diez. Me metí en la cama y apagué la luz. Me quedé dormida al momento, de golpe, con aquella frase en la cabeza.

18

Cuando volví a abrir los ojos cinco horas después, a las siete de la mañana del sábado 4 de agosto, me costó ubicarme. Estaba a punto de comenzar el día más duro de aquella historia mía de abandono, pero aún no lo sabía.

Alargué la mano hacia Mario, segura de que estaba durmiendo a mi lado, pero a mi lado no había nada, ni siquiera la almohada, que tampoco estaba debajo de mi cabeza. Me pareció que la cama era más ancha y más corta. Quizá me he vuelto más larga, me dije, o más delgada.

Me sentía entorpecida como por una molestia circulatoria, tenía los dedos hinchados. Advertí que no me había quitado los anillos antes de dormirme, no los había puesto en la mesita con el gesto habitual. Los sentí en la carne del anular, un estrangulamiento que me pareció el origen del malestar de todo mi cuerpo. Con gestos precavidos intenté sacármelos, humedecí el dedo con saliva, nada. Me pareció notar el sabor del oro en la boca.

Me fijé en una parte extraña del techo. Enfrente tenía una pared blanca, ya no estaba el gran armario empotrado que veía allí todas las mañanas. Sentí que los pies asomaban al vacío, que la cabecera no estaba junto a mi cabeza. Mis sentidos estaban embotados. Entre los oídos y el mundo, entre los párpados y las sábanas parecía que había algodón, fieltro, terciopelo.

Intenté reunir fuerzas y me impulsé prudentemente con los codos para incorporarme sin destrozar la cama y la habitación con aquel movimiento, o destrozarme yo, como una etiqueta arrancada de una botella. Con esfuerzo comprendí que debía de haberme agitado en sueños, que había abandonado mi posición habitual, que con el cuerpo ausente me había restregado y revuelto en las sábanas empapadas de sudor.

No me había ocurrido nunca. Normalmente dormía encogida en mi lado de la cama sin cambiar de posición. Pero no había otra explicación, tenía las dos almohadas a mi derecha y el armario a la izquierda. Agotada, me dejé caer de nuevo sobre las sábanas.

En ese preciso instante llamaron a la puerta. Era Ilaria, que entró con el vestidito arrugado y cara de sueño.

—Gianni ha vomitado en mi cama —dijo.

La miré de reojo, con indolencia, sin levantar la cabeza. Me la imaginé de vieja, con los rasgos deformados, cercana a la muerte o ya muerta, y sin embargo un pedazo de mí, la aparición de la niña que yo había sido, que habría sido. ¿A qué viene ese «habría sido»? Me vinieron a la mente imágenes rápidas y pálidas, frases completas, pero pronunciadas deprisa y en voz muy baja. Me di cuenta de que no me salían correctamente los tiempos verbales por culpa de aquel despertar desordenado. El tiempo es un suspiro, pensé, hoy me toca a mí y dentro de poco a mi hija. Le había ocurrido a mi madre, a todas mis antepasadas, quizá todavía les estuviera ocurriendo a ellas, y a mí al mismo tiempo, y seguiría ocurriendo.

Me obligué a levantarme, pero la orden quedó como en suspenso: el «levántate» no pasó de una intención que flotaba en mis oídos. Ser niña, luego muchacha, esperaba a un hombre, ahora había perdido el marido, seré infeliz hasta el momento de la muerte, esta noche le he chupado la polla a Carrano por desesperación, para borrar la ofensa del coño, cuánto orgullo perdido.

—Voy —dije sin moverme.

—¿Por qué has dormido en esa posición?

—No lo sé.

—Gianni lo ha soltado todo en mi almohada.

—¿Qué le duele?

—Me ha ensuciado la cama y también la almohada. Tienes que darle un bofetón.

Salí de la cama con un gran esfuerzo de voluntad. Soportaba un peso que no podía soportar. No podía creer que fuese yo misma la que me pesaba de aquel modo. Pesaba más que el plomo, y no tenía ganas de soportarme durante todo el día. Bostecé, giré la cabeza primero a la derecha y luego a la izquierda. Volví a intentar quitarme los anillos, pero sin resultado.

—Si no lo castigas, te daré un pellizco —me amenazó Ilaria.

Fui hasta el cuarto de los niños con movimientos estudiados y lentos, precedida por mi hija, cada vez más impaciente. Otto ladró y lloriqueó, lo escuché raspar la puerta que separaba los dormitorios del salón. Gianni estaba en la cama de Ilaria vestido tal como lo había visto la tarde anterior, pero sudado, pálido, con los ojos cerrados, aunque evidentemente despierto. La colcha estaba manchada y el rastro amarillento se extendía hasta el suelo.

No le dije nada al niño, no encontré la necesidad ni la fuerza. Fui al baño, escupí en el lavabo y me enjuagué la boca. Luego cogí un trapo, despacio, pensándome bien el gesto, pero aun así el movimiento fue demasiado rápido. Tuve la impresión de que, contra mi voluntad, retorcía los ojos, los empujaba hacia los lados de forma descoordinada, una especie de torsión obligada de la mirada que amenazaba con poner en movimiento las paredes, el espejo, los muebles, todo.

Solté un suspiro largo, fijando las pupilas sobre el trapo para calmar mi pánico. Volví al cuarto de los niños y me agaché para limpiar. El olor ácido del vómito me recordó la época en que les daba de mamar, la época de las papillas, de las regurgitaciones inesperadas. Mientras eliminaba del suelo con movimientos lentos las señales de la indisposición de mi hijo, pensé en la mujer de Nápoles con sus hijos fastidiosos, silenciados a base de caramelos. A partir de un momento determinado, la mujer abandonada empezó a tomarla con ellos. Decía que la habían dejado impregnada de olor a madre, y que eso la había echado a perder; por su culpa el marido se había ido. «Primero te hinchan la tripa, sí, primero te engordan los pechos, y luego no te soportan.» Recordaba frases de ese tipo. Mi madre las repetía en voz baja para que yo no la oyera, en tono grave, asintiendo. Pero yo la oía de todas formas, incluso ahora, con una especie de doble oído. Yo era la niña de entonces que jugaba debajo de la mesa y robaba lentejuelas que me metía en la boca para chuparlas, y era la adulta de aquella mañana junto a la cama de Ilaria, mecánicamente ocupada en una tarea miserable y no obstante sensible al sonido del trapo pegajoso que restregaba contra el suelo. ¿Cómo se había portado Mario? Tierno, me parecía, sin auténticos signos de impaciencia o fastidio por mis embarazos. Es más, cuando estaba embarazada quería que hiciésemos el amor mucho más a menudo, y yo misma lo hacía con más ganas. Mientras limpiaba el suelo contaba mentalmente los años sin emoción. Ilaria tenía un año y medio cuando Carla apareció en nuestras vidas, y Gianni, poco menos de cinco. Yo no tenía trabajo, ningún trabajo, ni siquiera la escritura, desde hacía por lo menos cinco años. Vivía en una ciudad nueva, todavía una ciudad nueva, en la que no tenía parientes a los que pedir ayuda, y aunque los hubiese tenido no se la habría pedido. No era una persona que pedía ayuda. Hacía la compra, cocinaba, ordenaba, arrastraba conmigo a los dos niños de calle en calle, de habitación en habitación, extenuada, exasperada. Me encargaba de obligaciones de todo tipo, me ocupaba de la declaración de la renta, iba a los bancos, iba a correos. Por las noches escribía en mis cuadernos las entradas y salidas, hasta el último detalle de lo que gastaba, como si fuese un contable que debía dar cuentas al dueño de la empresa. También anotaba a trechos, entre las cifras, cómo me sentía: como una bola de comida que después mis hijos masticaban; un grumo de materia viva que amalgamaba y reblandecía continuamente su sustancia para permitir que dos sanguijuelas voraces se alimentasen, dejándole encima el olor y el sabor de sus jugos gástricos. Amamantar, qué desagradable, una función animal. Y además, el hálito tibio y dulzón de las papillas. Por más que me lavase, aquel olor a madre no se iba. A veces Mario se me echaba encima, me tomaba, apretándome, cansado también él por el trabajo, sin emociones. Lo hacía ensañándose con mi carne casi ausente que sabía a leche, a galletas y a sémola, con una desesperación personal que rozaba la mía sin darse cuenta. Mi cuerpo era el de un incesto, pensaba mareada por el olor del vómito de Gianni, era la madre violada, no una amante. Él buscaba ahora en otro lugar formas que se adaptasen mejor al amor, huía de los sentimientos de culpa y se entristecía, suspiraba. Carla entró en casa en el momento justo, como un engaño del deseo insatisfecho. Entonces tenía trece años más que Ilaria, diez más que Gianni, siete más que yo cuando escuchaba a mi madre hablando de la pobre mujer de la plaza Mazzini. Seguramente Mario la confundió con el futuro, y sin embargo deseaba el pasado, el tiempo de muchacha que ya le había regalado yo y por el que ahora él sentía nostalgia. Tal vez ella misma creyese que le daba futuro y lo animó a creerlo. Pero todos estábamos equivocados, yo la primera. Esperaba, mientras cuidaba a los niños y a Mario, un tiempo que no llegaba nunca, el tiempo en que comenzaría a ser otra vez como había sido antes de los embarazos, joven, delgada, enérgica, descaradamente convencida de poder hacer de mí quién sabe qué persona memorable. No, pensé sujetando el trapo y levantándome con esfuerzo: el futuro, a partir de cierto punto, es solo una necesidad de vivir en el pasado. Debo rehacer inmediatamente los tiempos verbales.

19

—Qué asco —dijo Ilaria, y se echó atrás con repugnancia exagerada cuando pasé con el trapo para enjuagarlo en el baño.

Me dije que si me hubiese ocupado enseguida de las tareas domésticas habituales, todo habría ido mucho mejor. Hacer la comida. Separar la ropa blanca de la de color. Poner la lavadora. Solo tenía que calmar la mirada interior, los pensamientos. Se confundían, se agolpaban. Jirones de palabras y de imágenes zumbaban y se agitaban como un grupo de avispas, dando a mis gestos una terrible capacidad de hacer daño. Aclaré el trapo con cuidado, luego pasé el jabón alrededor de los anillos, la alianza y un aguamarina que había sido de mi madre. Poco a poco conseguí sacármelos, pero no sirvió de nada; mi cuerpo siguió hinchado y los nudos de las venas no se deshicieron. Dejé los anillos con gesto mecánico en el borde del lavabo.

Cuando regresé al cuarto de los niños, me incliné distraídamente sobre Gianni para tocarle la frente con los labios. Él emitió un gemido y dijo:

—Me duele mucho la cabeza.

—Levántate —le ordené sin mostrar compasión; él me miró fijamente, asombrado por la escasa atención que prestaba a su dolor, y se levantó con esfuerzo.

Deshice la cama con falsa calma, la rehíce y puse las sábanas y la funda de la almohada en el cesto de la ropa sucia. Solo entonces caí en la cuenta de decirle:

—Acuéstate en tu cama, que te traigo el termómetro.

—Tienes que darle una bofetada —insistió Ilaria.

Me puse a buscar el termómetro sin satisfacer su demanda, y ella me castigó a traición con un pellizco observándome para ver si sufría.

No reaccioné. ¡Qué me importaba, no sentía nada! Entonces continuó, con la cara roja por el esfuerzo y la concentración. Cuando encontré el termómetro, la aparté con un leve gesto del codo. Y volví junto a Gianni. Le puse el termómetro en la axila.

—Aprieta —dije, y le indiqué el reloj de la pared—. Tienes que quitártelo dentro de diez minutos.

—Se lo has puesto al revés —dijo Ilaria con aire provocador.

No le hice caso, pero Gianni lo comprobó y con una mirada de reproche me mostró que le había puesto en la axila el extremo sin mercurio. Atención. Solo la atención puede ayudarme. Se lo coloqué correctamente e Ilaria, satisfecha, dijo:

—Me he dado cuenta yo.

Hice un gesto afirmativo. Sí, está bien, me he equivocado. Porque tengo que hacer mil cosas a la vez, pensé. Hace casi diez años que me obligáis a vivir así, y además todavía no estoy despierta del todo, no me he tomado el café, ni siquiera he desayunado.

Quería preparar la cafetera y ponerla al fuego, quería calentar la leche para Ilaria, quería ocuparme de la lavadora. Pero de pronto volví a escuchar los ladridos de Otto, que no había dejado de ladrar y de rascar la puerta. Me lo había sacado de los tímpanos para poder concentrarme en el estado de mi hijo, pero ahora el perro parecía producir, en vez de sonidos, descargas eléctricas.

—Ya voy —grité.

Caí en la cuenta de que la noche anterior no lo había sacado. Me había olvidado de él, y el pobre perro debía de haber aullado toda la noche. Se estaba volviendo loco, tenía que hacer sus necesidades. Y yo también. Me sentía un saco de carne viva atestado de desechos, tenía dolor de vejiga, de barriga. Lo pensé sin el menor rastro de autoconmiseración, como una fría evidencia. Los sonidos caóticos de mi cabeza daban golpes decididos al saco que yo era: ha vomitado, me duele la cabeza, dónde está el termómetro, guau guau guau. Reaccioné.

—Voy a sacar al perro —me dije en voz alta.

Le puse a Otto la correa, giré la llave y la saqué de la cerradura con cierta dificultad. Cuando ya estaba en la escalera me di cuenta de que iba en camisón y zapatillas; lo advertí justo al pasar por la puerta de Carrano. Me dio un amago de risa incómoda: seguramente estaba durmiendo para recuperarse de la noche de excesos. ¡Qué me importaba! Me había visto con mi ropa verdadera, un cuerpo de casi cuarenta años. ¡Teníamos una gran intimidad! En cuanto a los demás vecinos, la mayoría llevaba tiempo fuera, de vacaciones, y los demás se habrían ido el viernes a mediodía a pasar el fin de semana en el campo o en la playa. También nosotros tres llevaríamos ya un mes en algún pueblecito de la costa como todos los años si Mario no se hubiese largado, el muy putero. El edificio estaba vacío, agosto es así. Me dieron ganas de hacer burla delante de todas las puertas, de sacarles la lengua, ¡a la mierda con ellos! Familias felices, profesionales liberales con buenos sueldos, con comodidades conseguidas gracias a la venta a precios elevados de prestaciones que deberían ser gratuitas. Como Mario, que hacía que viviésemos bien vendiendo ideas, vendiendo su inteligencia, sus tonos de voz persuasivos cuando daba clases.

—No quiero quedarme aquí con esta peste a vómito —me gritó Ilaria desde el rellano.

Como no contesté, volvió a entrar en casa y dio un portazo furioso. Pero ¡por Dios santo, si uno me tira de un lado no pueden tirarme también del otro, no tengo el don de la ubicuidad! De hecho, Otto me estaba arrastrando a toda velocidad escaleras abajo mientras yo intentaba frenarlo. No quería correr; si corría me rompía. Los escalones que dejaba atrás se deshacían justo después, incluso en la memoria; el pasamanos y la pared amarilla corrían a mi lado con fluidez, en cascada. Solo veía los tramos con sus escalones limpios. A mi espalda, sentía una estela gaseosa, era un cometa. ¡Qué día más feo, demasiado calor ya a las siete de la mañana, ni un solo coche aparcado entre el de Carrano y el mío! Quizá estaba demasiado cansada para mantener el mundo dentro de su orden habitual. No debería haber salido. Además, ¿qué había hecho? ¿Había puesto la cafetera al fuego? ¿La había llenado de café, le había puesto el agua? ¿La había apretado bien para que no explotase? ¿Y la leche de la niña? ¿Eran acciones que había realizado o solo me había propuesto realizarlas? Abrir el frigorífico, sacar el cartón de la leche, cerrar el frigorífico, llenar el cazo, no dejar el cartón en la mesa, meterlo de nuevo en el frigorífico, encender el gas, poner el cazo al fuego. ¿Había realizado correctamente todas aquellas operaciones?

Otto tiró de mí por el paseo, bajo el túnel atiborrado de pintadas obscenas. El parque estaba desierto, el río parecía de plástico azul y las colinas de la otra orilla eran de un verde pálido. No había ruido de tráfico, solo se oía el canto de los pájaros. Si había dejado el café en el fuego, o la leche, se estaría quemando todo. La leche, al hervir, se saldría del cazo, apagaría la llama y el gas se extendería por la casa. Otra vez la obsesión por el gas. No había abierto las ventanas. ¿O lo había hecho de forma mecánica, sin pensarlo? Hay gestos habituales que se efectúan en la cabeza aun cuando no los efectúas. O los efectúas en realidad aunque tu mente haya olvidado hacerlo. Pensaba en las probabilidades sin mucho interés. Habría sido mejor que me hubiese encerrado en el baño. Sentía la barriga tensa y unos pinchazos acuciantes. El sol dibujaba con detalle las hojas de los árboles, incluso las agujas de los pinos, un trabajo maniático de la luz, podía contarlas de una en una. No, no había puesto ni el café ni la leche al fuego. Ahora estaba segura. Tenía que conservar esa certeza. Tranquilo, Otto.

Empujado por sus necesidades, el perro me obligó a correr tras él con el vientre agobiado por las mías. La correa me estaba escoriando la palma de la mano, así que le di un tirón brutal y me agaché para soltarlo. Echó a correr como un loco, una masa oscura cargada de urgencias. Regó árboles, cagó en la hierba, persiguió mariposas, se perdió en el bosquecillo de pinos.

En algún momento, no sé cuándo, yo había perdido aquella carga tozuda de energía animal. Tal vez fue en la adolescencia. Ahora me estaba asilvestrando de nuevo. Me miré las pantorrillas, las axilas. ¿Desde cuándo no me hacía la cera, desde cuando no me depilaba? ¡Yo, que hasta hacía cuatro meses era pura ambrosía y néctar! Desde el momento en que me había enamorado de Mario, había empezado a temer que le dejase de gustar. Lavar el cuerpo, desodorarlo, borrar todas las señales desagradables de la fisiología. Levitar. Quería despegarme del suelo, quería que me viese flotando en el aire como ocurre con las cosas íntegramente buenas. No salía del baño si no había desaparecido el mal olor, abría los grifos para evitar que oyese el chorro de la orina. Me frotaba, me restregaba, me lavaba el pelo cada dos días. Pensaba en la belleza como en un esfuerzo constante de eliminación de la corporalidad. Quería que amase mi cuerpo, pero olvidándose de lo que se sabe de los cuerpos. La belleza, pensaba angustiada, es ese olvido. O quizá no. Era yo la que creía que su amor necesitaba aquella obsesión mía. Estaba fuera de lugar, atrasada por culpa de mi madre, que me había educado en los cuidados obsesivos de la feminidad. Una vez me había sentido no sé si disgustada o asombrada, o incluso divertida, cuando la chica que había sido durante mucho tiempo mi compañera de habitación mientras trabajaba para una compañía aérea, una joven de veinticinco años como mucho, se había tirado un pedo sin pudor una mañana, y hasta me había mirado con ojos alegres y una media sonrisa de complicidad. Resultaba que las jóvenes eructaban en público, se tiraban pedos; lo hacía también una compañera del colegio, de diecisiete años, tres menos que Carla. Quería ser bailarina y se pasaba las horas haciendo poses de escuela de danza. Era buena. A veces hacía ligeras piruetas por la clase sorteando los bancos con precisión. Luego, para escandalizarnos, o para ensuciar la imagen de elegancia que había quedado en los ojos alelados de los chicos, hacía ruidos con el cuerpo según le venía en gana, con la garganta, con el culo. Bestialidad femenina, la sentía dentro de mí desde que había despertado, en la carne. De improviso experimenté la angustia de licuarme, el agobio del vientre. Tuve que sentarme en un banco y aguantar la respiración. Otto había desaparecido, a lo mejor ya no volvía. Silbé mal. Debía de estar entre los árboles sin nombre. Me parecían una acuarela más que una realidad. Los tenía a un lado, a la espalda. ¿Chopos? ¿Cedros? ¿Acacias? ¿Robinias? Nombres al azar, ¡qué sabía yo! Lo ignoraba todo, incluso el nombre de los árboles de al lado de mi casa. Si hubiese tenido que escribirlos no habría sido capaz. Veía los troncos como bajo una gran lente de aumento. No había espacio entre ellos y yo, pero la regla dice que, para narrar, antes de nada hay que coger un metro, un calendario, y calcular cuánto tiempo ha pasado, cuanto espacio se ha interpuesto entre nosotros y los hechos, las emociones que queremos describir. Yo en cambio lo sentía siempre encima de mí, pegado a las narices. También en aquella ocasión me pareció por un instante que no llevaba un camisón corto, sino un largo manto sobre el que estaba pintada la vegetación del parque Valentino, los paseos, el puente Principessa Isabella, el río, el bloque donde vivía, hasta el perro. Por eso estaba tan hinchada y tan pesada. Me levanté gimiendo de agobio y dolor de barriga, tenía la vejiga llena, no aguantaba más. Caminé en zigzag, apretando en la mano las llaves de casa, golpeando la tierra con la correa. No, no sabía nada de árboles. ¿Un chopo? ¿Un cedro del Líbano? ¿Un pino carrasco? ¿Cuál es la diferencia entre una acacia y una robinia? Los engaños de las palabras, todo un embrollo. Tal vez en la tierra prometida ya no haya palabras para adornar los hechos. Con una sonrisa de mofa —me despreciaba a mí misma— levanté el camisón, me agaché, meé y cagué detrás de un tronco. Estaba cansada, cansada, cansada.

Lo dije con fuerza, pero las voces mueren enseguida; parece que viven en el fondo de la garganta, y sin embargo, al articularlas, son ya sonidos extintos. Oí la voz de Ilaria, que me llamaba desde muy lejos. Sus palabras me llegaron débilmente.

—Mamá, vuelve, mamá.

Eran las palabras de una personita alterada. No la veía, pero imaginé que las habría pronunciado con las manos aferradas a la barandilla del balcón. Sabía que la larga plataforma que se extendía sobre el vacío le daba miedo. Debía de necesitarme de verdad si se había atrevido a salir. Quizá la leche se estaba quemando realmente en el fuego, quizá había explotado la cafetera, quizá el gas estaba extendiéndose por la casa. Pero ¿por qué tenía que acudir? Descubrí con pesar que la niña me necesitaba pero yo no sentía ninguna necesidad de ella. Mario tampoco, por otra parte. Por eso se había ido a vivir con Carla, no tenía necesidad ni de Ilaria ni de Gianni. El deseo es de discurso breve. Su deseo ha sido alejarse de nosotros patinando sobre una superficie infinita; el mío, ahora, es llegar al fondo, abandonarme, hundirme sorda y muda en mis propias venas, en mi intestino, en mi vejiga. Advertí que me cubría un sudor frío, una pátina helada, aunque la mañana era calurosa. ¿Qué me estaba pasando? No iba a poder encontrar el camino a casa.

Pero en ese momento algo me rozó el tobillo, dejándomelo húmedo. Otto estaba a mi lado con las orejas tiesas, la lengua colgando, la mirada de lobo bueno. Me levanté, intenté varias veces enganchar la correa al collar sin conseguirlo, aunque él estaba quieto, jadeando apenas, mirándome de forma extraña, tal vez triste. Al final, con un esfuerzo de concentración, lo logré. Vamos, vamos, le dije. Creía que si me mantenía pegada a él, con la correa bien sujeta, sentiría el aire caliente en la cara, la piel seca, la tierra bajo los pies.

20

Llegué al ascensor, después de recorrer el camino entre el bosquecillo de pinos y el portal del edificio como si lo hubiese hecho a lo largo de un alambre. Me apoyé en la pared de metal mientras ascendía con lentitud. Miré a Otto para darle las gracias. Estaba con las patas ligeramente abiertas, jadeaba y un hilo finísimo de baba le colgaba del hocico dibujando un garabato en el suelo. El ascensor se detuvo dando un brinco.

Ilaria estaba en el rellano. Me pareció muy enfadada, como si fuese mi madre que regresaba del reino de los muertos para recordarme mis deberes.

—Ha vomitado otra vez.

Me precedió por la casa y Otto la siguió en cuanto lo liberé de la correa. No olía a leche quemada ni a café. Tardé un rato en cerrar la puerta. Introduje mecánicamente la llave en la cerradura y di dos vueltas. La mano se me había acostumbrado a aquel movimiento que debía impedir que entrase cualquiera en mi casa para hurgar en mis cosas. Tenía que protegerme de quien hacía todo lo posible para cargarme de obligaciones, de faltas, de quien me impedía volver a vivir. Me cruzó por la mente la sospecha de que también mis hijos querían convencerme de que sus carnes se marchitaban por mi culpa, solo con respirar el mismo aire que yo. Para eso servía la indisposición de

Gianni: mientras él montaba el número, Ilaria me lo restregaba por las narices. Otra vez el vómito, sí, ¿y qué? No era la primera vez ni sería la última. Gianni era débil de estómago, como su padre. Los dos se mareaban en el mar, en el coche. Bastaba un trago de agua fría o un trozo de pastel demasiado pesado para que se sintiesen mal. ¡Qué habría comido a escondidas para complicarme la vida, para hacerme más duro el día!

Encontré el dormitorio revuelto de nuevo. Ahora las sábanas sucias estaban en un rincón, como una nube, y Gianni había vuelto a meterse en la cama de Ilaria. La niña me había sustituido. Se había comportado como me comportaba yo de pequeña con mi madre: había intentado hacer lo que me había visto hacer a mí, estaba jugando a sustituirme para deshacerse de mi autoridad, quería ocupar mi lugar. Yo en general era tolerante, mi madre no lo había sido nunca. Cada vez que intentaba hacer lo que ella, me regañaba, decía que lo había hecho mal. Quizá fuera ella en persona la que estaba actuando a través de la niña para abrumarme con la demostración de mi ineptitud. Como si quisiera invitarme a entrar en un juego del que se sentía la reina, me explicó:

—He puesto allí las sábanas sucias y le he dicho que se tumbe en mi cama. No ha vomitado mucho, solo ha hecho así…

Representó unas arcadas y luego escupió varias veces en el suelo.

Me acerqué a Gianni. Estaba sudando y me miraba con hostilidad.

—¿Dónde está el termómetro? —pregunté.

Ilaria lo cogió enseguida de la mesita y me lo tendió fingiendo una información que no tenía. No sabía leer la temperatura.

—Tiene fiebre, pero no quiere ponerse el supositorio.

Observé el termómetro. No podía ver los grados que indicaba la barrita de mercurio. No sé cuánto tiempo estuve con aquel objeto en

286

las manos intentando ansiosamente enfocar la vista en él. Tengo que ocuparme del niño, me decía, tengo que saber cuánta fiebre tiene, pero no conseguía concentrarme. Seguro que me había pasado algo durante la noche. O tal vez había llegado, después de meses de tensión, al borde de algún precipicio y estaba cayendo como en los sueños, lentamente, aunque estuviese aferrando con las manos el termómetro, aunque estuviese apoyando las zapatillas en el suelo, aunque me sintiese firmemente retenida por las miradas impacientes de mis hijos. La culpa era de los tormentos que me había infligido mi marido. Ya basta, tengo que arrancarme el dolor de la memoria, tengo que limarme las garras que me están destrozando el cerebro. Sacar de aquí también las otras sábanas sucias. Meterlas en la lavadora. Ponerla en marcha. Quedarme mirando la puerta, la ropa que gira, el agua y el jabón.

—Tengo treinta y ocho con dos —dijo Gianni de un soplido—, y me duele muchísimo la cabeza.

—Hay que ponerle un supositorio —insistió Ilaria.

—No me lo pondré.

—Entonces te daré una bofetada —lo amenazó la niña.

—Tú no le darás una bofetada a nadie —intervine.

—¿Y por qué tú sí las das?

Yo no daba bofetadas, no lo había hecho nunca, como mucho había amenazado con darlas. Pero tal vez para los niños no hay ninguna diferencia entre lo que se dice y lo que realmente se hace. A mí al menos —ahora me acordaba— de pequeña me ocurría eso, quizá incluso de mayor. Lo que habría podido ocurrirme si hubiese violado una prohibición de mi madre me ocurría de todas formas. Las palabras realizaban de inmediato el futuro y todavía me dolía la herida del castigo cuando ni siquiera me acordaba ya de la falta que había podido o querido cometer. Me vino a la mente una frase habitual de

287

mi madre. «Para, o te corto las manos», decía cuando tocaba sus utensilios de coser. Y aquellas palabras eran para mí auténticas tijeras, largas y de metal pulido, que le salían de la boca, colmillos afilados que se cerraban sobre las muñecas y dejaban muñones recosidos con la aguja y el hilo de los carretes.

—Yo nunca he dado bofetadas —dije.

—No es verdad.

—Como mucho he dicho que las daría. Hay una gran diferencia.

No hay ninguna diferencia, pensé, y me asusté al sentir en mi cabeza aquel pensamiento. Porque si perdía la capacidad de diferenciar, si la perdía definitivamente, si terminaba en un aluvión que borrase los límites de la realidad, ¿qué podría ocurrir en aquel día de calor?

—Cuando te digo «bofetada» no te estoy dando una bofetada —le expliqué con toda tranquilidad, como si estuviera frente a un examinador y quisiera quedar bien mostrándome sosegada y racional—, la palabra «bofetada» no es una bofetada.

Y no tanto para convencerlos a ellos como para convencerme a mí misma, me abofeteé con energía. Luego sonreí, en parte porque aquel bofetón me pareció de repente objetivamente cómico, y en parte para dejar claro que mi demostración era alegre, que no contenía amenazas. Fue inútil. Gianni se cubrió la cara con la sábana e Ilaria me miró estupefacta con los ojos súbitamente anegados en lágrimas.

—Te has hecho daño, mamá —dijo apenada—, te está saliendo sangre de la nariz.

En efecto, la sangre me goteó en el camisón, lo que me causó un intenso sentimiento de vergüenza.

Eché la cabeza hacia atrás, fui al baño y me encerré con llave para impedir que la niña me siguiera. Basta, debes concentrarte, Gianni tiene fiebre, haz algo. Me taponé la nariz con una bola de algodón y me puse a rebuscar, alterada, entre los medicamentos que había ordenado la tarde anterior. Buscaba un antipirético, pero al mismo tiempo pensaba: necesito un tranquilizante, me está pasando algo malo, debo calmarme, y simultáneamente sentía que Gianni, el recuerdo de Gianni con fiebre en la otra habitación, se me estaba escapando, no conseguía mantener la llama de la preocupación por su salud, el niño me resultaba indiferente; era como si lo viese solo con el rabillo del ojo, una figura de aire, una nube deshilachada.

Estuve buscando las pastillas para mí, pero no estaban. ¿Dónde las había puesto? En el fregadero, la tarde anterior, me acordé de golpe. Qué estupidez. Entonces pensé en darme un baño caliente para relajarme, y a lo mejor me depilaba luego; los baños tranquilizan, necesito el peso del agua sobre la piel. Me estoy perdiendo, y si no consigo mantenerme en mi sitio, ¿qué les pasará a los niños?

No quería que Carla los tocara. Sentí escalofríos solo de pensarlo. Una chiquilla ocupándose de mis hijos, aún no ha salido del todo de la adolescencia, tiene las manos sucias del esperma de su amante, el mismo esperma que hay en la sangre de los niños. Mantenerlos alejados, a ella y a Mario. Ser autosuficiente, no aceptar nada de ellos. Empecé a llenar la bañera. El ruido de las primeras gotas sobre el fondo, la hipnosis del chorro del grifo.

Poco después ya no escuchaba el rumor del agua. Me estaba perdiendo en el espejo que tenía a un lado. Me veía, me veía con insoportable nitidez, el cabello desgreñado, los ojos sin maquillar, la nariz hinchada por el algodón negro de sangre, la cara entera cruzada por una mueca de concentración, el camisón corto manchado.

Quise remediarlo. Empecé a limpiarme la cara con un disco de algodón. Deseaba volver a ser hermosa, se trataba de una urgencia. La belleza tranquiliza, a los niños les sentaría bien. Gianni obtendría una satisfacción que lo curaría, yo misma me encontraría mejor. Desmaquillador suave para los ojos, crema limpiadora para pieles sensibles, *demake up*, tónico hidratante sin alcohol, maquillaje, colorete, *make up*. ¿Qué es una cara sin color? Dar color es ocultar. No hay nada como el color para esconder la superficie. ¡Fuera, fuera, fuera! De la profundidad ascendía un murmullo de voces, entre ellas la de Mario. Resbalé tras las frases de amor de mi marido, construidas con palabras de años atrás. Pajarillo de vida alegre y feliz, me lisonjeaba, porque era buen lector de los clásicos y tenía una memoria envidiable. Y decía, divertido, que quería ser mi sostén para ceñirme el pecho, y mis bragas y mi falda y el zapato que pisaba mi pie, y el agua que me lavaba y la crema que me ungía y el espejo que me reflejaba, irónico con la buena literatura, un ingeniero burlándose de mi afán por las palabras bonitas y al mismo tiempo encantado por el regalo de tantas imágenes ya listas para dar forma al deseo que experimentaba hacia mí, por mí, la mujer del espejo. Una máscara de polvos compactos, colorete, la nariz hinchada por el algodón, el sabor a sangre en la garganta.

Me volví con un movimiento de repulsión, a tiempo para darme cuenta de que el agua empezaba a desbordarse de la bañera. Cerré el grifo. Metí la mano, agua helada; ni siquiera me había fijado en si salía caliente. Mi cara se escurrió del espejo y dejó de interesarme. La impresión de frío me devolvió a la fiebre de Gianni, a los vómitos, al dolor de cabeza. ¿Qué estaba buscando encerrada en el baño? El antipirético. Empecé de nuevo a hurgar entre los medicamentos. Lo encontré y grité, como pidiendo ayuda:

—¿Ilaria? ¿Gianni?

21

Cuando sentía la necesidad de oír sus voces no me contestaban. Me acerqué a la puerta e intenté abrirla, pero no pude. Recordé que había echado la llave, y la giré hacia la derecha, como para cerrar, en lugar de a la izquierda. Solté un largo suspiro. Recordar el gesto. Giré la llave del modo correcto y salí al pasillo.

Justo delante de la puerta encontré a Otto. Estaba echado sobre un costado, con la lengua apoyada en el suelo. No se movió cuando me vio, ni siquiera levantó las orejas ni meneó el rabo. Yo conocía esa postura. La adoptaba cuando sufría por algo o pedía caricias. Era la posición de la melancolía y el dolor, significaba que deseaba comprensión. Estúpido perro, él también quería convencerme de que yo repartía angustias. ¿Estaba esparciendo las esporas del malestar por casa? ¿Era posible? ¿Desde cuándo, desde hacía cuatro, cinco años? ¿Por eso Mario había recurrido a la pequeña Carla? Apoyé un pie desnudo en la panza del pastor y el calor me devoró la planta y me subió hasta la ingle. Entonces vi que un encaje de baba le decoraba los belfos.

—Gianni está durmiendo, ven —musitó Ilaria desde el fondo del pasillo. Pasé por encima del perro y fui al cuarto de los niños—. ¡Qué guapa estás! —exclamó Ilaria con sincera admiración, y tiró de mí hacia Gianni para enseñarme cómo dormía. El niño tenía sobre la frente tres monedas y dormía de verdad. Respiraba pesadamente—. Las monedas están frías —me explicó Ilaria—, quitan el dolor de cabeza y la fiebre.

De vez en cuando le quitaba una moneda y la echaba en un vaso con agua, luego la secaba y la colocaba de nuevo en la frente de su hermano.

—Cuando se despierte debe tomarse el antipirético —dije.

Puse la caja en la mesita y volví al pasillo para ocuparme de algo, lo que fuese. Preparar el desayuno, sí. Gianni tendría que quedarse en ayunas. O la lavadora. O simplemente acariciar a Otto. Pero el perro ya no estaba frente a la puerta del baño; había optado por dejar de manifestar su tristeza babosa. Mejor así. Si mi desgracia no se transmitía a los demás, tanto criaturas humanas como animales, entonces era el malestar de los demás el que me invadía y me enfermaba. Por eso —pensé como si se tratase de un acto decisivo— era preciso un médico. Debía llamar por teléfono.

Me impuse mantener firme ese pensamiento, lo arrastré detrás de mí como una cinta al viento y así recorrí el pasillo con pasos cautos. Al llegar al salón me alarmó el desorden de mi escritorio. Los cajones estaban abiertos, había libros esparcidos aquí y allá. El cuaderno en el que tomaba notas para mi libro también estaba abierto. Hojeé las últimas páginas. En ellas aparecían transcritos con mi letra menuda algunos fragmentos de *La mujer rota* y unas líneas de *Ana Karenina*. No recordaba haber escrito aquello. Desde luego, tenía por costumbre transcribir fragmentos de libros, pero no en aquel cuaderno, disponía de uno especial para eso. ¿Era posible que mi memoria estuviese degenerando? Ni siquiera recordaba haber trazado aquellas líneas decididas de tinta roja bajo las preguntas que Ana se hace a sí misma poco antes de que el tren la golpee y la arrolle: «¿Dónde estoy? ¿Qué estoy haciendo? ¿Por qué?». Eran citas que no me sorprendían porque las conocía muy bien. Sin embargo, no comprendía qué hacían en aquellas páginas. Las conocía tan bien precisamente porque las había escrito hacía muy poco. ¿Ayer? ¿Anteayer? Pero entonces, ¿por qué no recordaba haberlo hecho?, ¿por qué estaban en ese cuaderno y no en el otro?

Me senté frente al escritorio. Debía mantener firme algo, pero no recordaba qué. De firme no veía nada, todo se me escurría. Fijé la vista en mi cuaderno, en los trazos rojos que subrayaban las preguntas de Ana como si fuesen anclajes. Leí y volví a leer, pero los ojos pasaron sobre aquellas preguntas sin entender. Había algo que no funcionaba en mis sentidos. Una intermitencia de las sensaciones, de los sentimientos. Unas veces me abandonaban y otras me alarmaban. Aquellas frases, por ejemplo: no sabía encontrar respuestas al signo de interrogación; todas las respuestas posibles me parecían absurdas. Me había extraviado en el dónde estoy, en el qué estoy haciendo. Estaba muda ante el porqué. En esto me había convertido en el transcurso de una noche. Tal vez, no sabía cuándo, después de haber aguantado, después de haber resistido durante meses, me había visto en aquellos libros y me había confundido, me había estropeado definitivamente. Un reloj estropeado cuyo corazón de metal seguía latiendo y por eso estropeaba el tiempo.

22

En aquel momento sentí un golpe en la nariz y pensé que me estaba sangrando de nuevo. Pero enseguida comprendí que había confundido con una impresión táctil lo que era una herida del olfato. Se estaba difundiendo por la casa un espeso aire mefítico. Pensé que Gianni estaría mal de verdad, me levanté y volví a su cuarto. Pero el niño aún dormía, a pesar del asiduo cambio de monedas en la frente a cargo de su hermana. Entonces avancé por el pasillo despacio, con prudencia, hacia el estudio de Mario. La puerta estaba entornada.

Entré. El hedor provenía de allí, el aire era irrespirable. Otto yacía de costado bajo el escritorio de su amo. Cuando me acerqué, una especie de largo escalofrío le recorrió el cuerpo. La baba le chorreaba por el hocico, pero los ojos seguían siendo los de un lobo bueno, aunque me parecieron descoloridos, como tapados por un corrector de escritura. Un cuajarón negruzco se extendía a su lado, un limo oscuro veteado de sangre.

En un primer momento pensé en retroceder, salir de la habitación y cerrar la puerta. Estuve dudando un rato, debía tener en cuenta aquella nueva y desproporcionada difusión de la enfermedad por mi casa. ¿Qué estaba ocurriendo? Al final decidí quedarme. El perro permanecía en silencio. Ya no se apreciaban espasmos, tenía los ojos cerrados. Parecía inmovilizado en una última contracción, como si tuviera un resorte, igual que los viejos juguetes de metal, listos para animarse de repente en cuanto se bajase una palanquita con el dedo.

Me acostumbré enseguida al tufo hediondo de la habitación. Lo acepté de tal modo que en unos segundos su pátina se resquebrajó y comenzó a llegarme otro olor más irrespirable aún, el que Mario no se había llevado, que seguía alojado allí, en su estudio. ¿Desde cuándo no entraba en aquella habitación? Pensé, llena de rabia, que debía obligarlo cuanto antes a abandonar del todo el piso, a despegarse de cada rincón. No podía irse y dejarme en casa la transpiración de sus poros, el halo de su cuerpo, tan intenso que destruía incluso el sello apestoso de Otto. No obstante, había sido aquel olor lo que le había dado al perro, decepcionado él también conmigo, las energías necesarias para bajar el picaporte de un zarpazo y meterse debajo del escritorio en aquella habitación donde el rastro de su amo era más fuerte y prometía servirle de lenitivo.

Fue la humillación más terrible de todos aquellos meses. ¡Perro desagradecido! Yo lo cuidaba, me había quedado con él, no lo había abandonado, lo sacaba a hacer sus necesidades, y él, ahora que estaba transformándose en terreno de llagas y sudor, se iba a buscar consuelo entre los rastros olfativos de mi marido, el informal, el traidor, el fugitivo. Quédate aquí solo, pensé, te lo mereces. No sabía lo que le pasaba, pero tampoco me importaba. Él también era un defecto de ese día, un acontecimiento incongruente de una jornada que no conseguía ordenar. Retrocedí con rabia hacia la salida, justo a tiempo para oír a Ilaria a mi espalda que preguntaba:

—¿Qué es esa peste?

Luego vio a Otto tumbado bajo el escritorio y preguntó:

—¿El también está malo? ¿Se ha comido el veneno?

—¿Qué veneno? —pregunté mientras cerraba la puerta.

—La albóndiga envenenada. Papá lo dice siempre, hay que estar atentos. Las pone en el parque el señor del piso de abajo, que odia los perros.

Quiso abrir la puerta de nuevo, le preocupaba Otto. Se lo impedí.

—Se encuentra estupendamente —dije—, solo le duele un poco la barriga.

Me miró con mucha atención, tanta que pensé que estaba haciendo un esfuerzo por convencerse de que decía la verdad. En cambio, me preguntó:

—¿Yo también puedo maquillarme como te has maquillado tú?

—No. Cuida de tu hermano.

—Cuídalo tú —contestó secamente, y se fue derecha al baño.

—Ilaria, no toques mis pinturas.

No respondió, pero lo dejé correr, o sea, dejé que Ilaria saliera de mi ángulo de visión. Ni siquiera me volví. Caminé arrastrando los pies hasta donde estaba Gianni. Me sentía derrotada; incluso la voz me parecía más un sonido de la mente que una realidad. Le quité las monedas de Ilaria de la frente y le pasé la mano por la piel seca. Estaba ardiendo.

—Gianni —lo llamé, pero él siguió durmiendo, o fingiendo que dormía.

Tenía la boca entreabierta, los labios hinchados como una herida color fuego, con los dientes brillando al fondo. No sabía si tocarlo, si besarle la frente, si probar a despertarlo con una leve sacudida. Rechacé incluso la pregunta sobre la gravedad de su enfermedad: una intoxicación, un resfriado de verano, el efecto de una bebida demasiado fría, una meningitis. Todo me parecía posible, o imposible, y de todas formas me costaba formular hipótesis, no sabía establecer prioridades; sobre todo, no conseguía alarmarme. Lo que sí me estaba alarmando eran mis propios pensamientos, habría preferido no tener más, me parecían corruptos. Después de ver el estado de Otto, temía aún más ser la vía de transmisión de todo mal. Mejor evitar los contactos, a Ilaria no debía tocarla. Lo más prudente era avisar al pediatra, un médico muy mayor, y también al veterinario. ¿Lo había hecho ya? ¿Había pensado en hacerlo y luego lo había olvidado? Avisarles enseguida, la norma era esa, respetarla. Pero me molestaba actuar como lo hacía siempre Mario. ¡Hipocondríaco! Se preocupaba y llamaba al médico por nimiedades. Papá sabe —me habían remarcado los niños— que el señor del piso de abajo pone albóndigas envenenadas en el parque; sabe lo que hay que hacer cuando se tiene fiebre, con el dolor de cabeza, con los síntomas de envenenamiento; sabe que hace falta un médico, que hace falta un veterinario. Si estuviese aquí, susurré, llamaría a un médico para mí, la primera. Pero luego rechacé de golpe aquella idea de petición atribuida a un hombre al que ya no pedía nada. Era una mujer obsoleta, un cuerpo en desuso. Mi enfermedad era solo vida femenina que había quedado inservible. Me dirigí con decisión al teléfono. Llamar al veterinario, llamar al médico. Levanté el auricular.

Lo colgué de un golpe, mosqueada.

¿Dónde tenía la cabeza?

Reponerme, reafirmarme.

En el auricular solo se oían las habituales ráfagas de viento, no había línea. Lo sabía, pero hacía como si no lo supiera. O tal vez no lo sabía, ya no tenía memoria prensil, ya no era capaz de aprender, de retener lo aprendido, y sin embargo fingía ser capaz aún; fingía y huía de la responsabilidad de mis hijos, del perro, con la fría pantomima de quien sabe lo que hace.

Volví a descolgar y marqué el número del pediatra. Nada, el soplido continuaba. Me arrodillé, busqué la clavija bajo la mesa, la desconecté, la conecté otra vez. Probé de nuevo el teléfono: viento. Marqué el número: viento. Entonces comencé a soplar en el micrófono, con obstinación, como si con mi soplido pudiese expulsar aquel viento que anulaba la línea. No dio resultado. Colgué el auricular y regresé apáticamente al pasillo. Tal vez no hubiera comprendido, debía hacer un esfuerzo de concentración, debía tomar conciencia de que Gianni estaba mal, y también Otto estaba mal, debía encontrar la forma de alarmarme ante su estado y darme cuenta de lo que aquello significaba. Me apliqué en contar con los dedos: uno, había un teléfono en el salón que no funcionaba; dos, había un niño con fiebre alta y vómitos en su cuarto; tres, había un pastor alemán en muy malas condiciones en el estudio de Mario. Pero sin alterarte, Olga, sin correr. Cuidado, porque en la fuga podrías olvidarte de un brazo, de la voz, de un pensamiento. O romper el suelo, separar sin remedio el salón del cuarto de los niños. Llamé a Gianni, quizá lo sacudí demasiado fuerte.

—¿Cómo estás?

El niño abrió los ojos y respondió:

—Llama a papá.

Papá no estaba; papá, que era quien mejor sabía qué hacer, se había ido. Definitivamente había que apañarse sin él. Pero el teléfono no funcionaba, era un canal obstruido. Y quizá me estuviera yendo yo también, por un momento lo advertí con claridad. Me estaba yendo no sé por qué caminos, caminos perdidos que no llevaban a ninguna parte. El niño lo había comprendido y por eso estaba preocupado, no tanto por su dolor de cabeza o por la fiebre como por mí. Por mí.

Aquello me dolió. Remediarlo, detenerme antes de llegar al borde. Vi sobre la mesa una pinza de metal para sujetar folios. La cogí y me la colgué de la piel del brazo derecho, a lo mejor eso servía. Algo que me sujetase.

—Vuelvo enseguida —le dije a mi hijo, y él se incorporó un poco para verme mejor.

—¿Qué te has hecho en la nariz? —me preguntó—. No es bueno llevar todo ese algodón, quítatelo. ¿Y por qué te has puesto eso en el brazo? Quédate a mi lado.

Me había observado con atención, pero ¿qué había visto? El algodón y la pinza. Ni una sola palabra sobre mi maquillaje, no me había visto guapa. Los hombres, pequeños o grandes, no saben apreciar la belleza auténtica, solo piensan en sus necesidades. Seguro que más adelante desearía a la amante de su padre. Probablemente. Salí de la habitación y fui al estudio de Mario. Me ajusté mejor la pinza de metal. ¿Era posible que Otto hubiese sido envenenado realmente y que Carrano fuese quien había puesto el veneno?

El perro seguía allí, bajo el escritorio de su amo. El hedor era insoportable, había tenido más descargas de diarrea. Pero ahora no estaba él solo en la habitación. Detrás del escritorio, en el sillón giratorio de mi marido, en la penumbra gris azulada, había una mujer.

23

Apoyaba los pies descalzos en el cuerpo de Otto y tenía un color verdoso. Era la mujer abandonada de la plaza Mazzini, «la pobrecilla», como la llamaba mi madre. Se alisó con cuidado el cabello, como si quisiera peinarse con los dedos, y se ajustó al pecho el vestido escotado, desteñido. Su aparición duró el tiempo suficiente para cortarme el aliento, y luego se desvaneció.

Mala señal. Aquello me impresionó. Sentía que las horas de ese día caluroso me estaban empujando hacia donde no debía ir en absoluto. Si la mujer estaba de verdad en la habitación, pensé, yo en consecuencia no podía ser otra que una niña de ocho años. O peor aún: si aquella mujer estaba allí, eso significaba que una niña de ocho años, que ahora me era extraña, se estaba adueñando de mí, que tenía treinta y ocho, y me estaba imponiendo su tiempo, su mundo. La niña se entretenía en quitarme el suelo en el que me apoyaba y sustituirlo por el suyo. Y eso era solo el principio: si le hacía caso, si me abandonaba a su voluntad, sabía que aquel día y aquel espacio del piso se abrirían a muchos tiempos diferentes, a un montón de lugares, y a personas y a cosas y a Olgas distintas que mostrarían, todas a la vez, los hechos reales, los sueños y las pesadillas, hasta crear un laberinto tan intrincado que nunca podría salir de él.

No era una incauta, no debía permitírselo. Era imprescindible no olvidar que la mujer de detrás del escritorio, aunque fuese una mala señal, seguía siendo simplemente una señal. Despierta, Olga. Ninguna mujer de carne y hueso se había metido literalmente en mi cabeza de niña tres décadas atrás y, por lo tanto, ninguna mujer de carne y hueso podía salir de mí ahora, así, entera. La persona que había creído ver tras el escritorio de Mario era solo un efecto de la palabra «mujer», «mujer de la plaza Mazzini», «la pobrecilla». Atenerme a estos datos: el perro está vivo, por ahora; la mujer, en cambio, está muerta, ahogada hace tres décadas; yo dejé de ser una niña de ocho años hace treinta. Para recordármelo me mordí los nudillos hasta que no aguanté el dolor. Luego me adentré en el miasma infecto del perro, quería sentir únicamente aquello.

Me arrodillé junto a Otto. Era víctima de espasmos incontrolables. Se había convertido en un monigote en manos del sufrimiento. ¿Qué tenía frente a mí? Sus dientes apretados, la baba densa. Las contracciones de sus extremidades me parecieron un asidero más sólido que el mordisco en los nudillos o la pinza colgada del brazo.

Debo hacer algo, pensé. Ilaria tiene razón. Otto ha sido envenenado por mi culpa. No lo he vigilado bastante.

Pero el pensamiento no supo adaptarse a la envoltura habitual de mi voz. Me lo noté en la garganta, como si estuviera hablándome hacia dentro, con una vibración pueril del aliento. Una adulta que hablaba como en la edad del pavo. Era un tono que siempre había detestado. Carla modulaba las palabras de aquel modo, lo recordaba: quince años y parecía que tuviera seis. A lo mejor hablaba todavía así. Cuántas mujeres hay que no consiguen renunciar a la representación de la voz infantil. Yo había renunciado muy pronto. A los diez años ya buscaba tonos adultos. Ni siquiera en los momentos del amor había hecho nunca de niña. Una mujer es una mujer.

—Ve a casa de Carrano, que te ayude él —me aconsejó con un

fuerte acento napolitano «la pobrecilla» de la plaza Mazzini, que había reaparecido, esta vez en un rincón junto a la ventana.

No pude resistirlo, me pareció que me lamentaba con una voz débil de niña expuesta al peligro, inocente aunque todo la comprometa.

—Carrano ha envenenado a Otto. Se lo había jurado a Mario. La gente más inofensiva es capaz de hacer cosas muy feas.

—Pero también cosas buenas, hija mía. Venga, en el edificio solo está él, es el único que puede ayudarte.

¡Qué boba, no tendría que haberle hablado! Lo que me faltaba, un diálogo. Como si estuviese escribiendo mi libro y tuviese en la cabeza fantasmas de personas, personajes. Pero no lo estaba escribiendo, ni estaba debajo de la mesa de mi madre contándome a mí misma la historia de «la pobrecilla». Estaba hablando sola. Se empieza por ahí, hablando con tus palabras como si fuesen de otra. ¡Qué error más grave! Debía anclarme a las cosas, aceptar su solidez, creer en su permanencia. La mujer estaba presente solo en mis recuerdos de niña. No debía asustarme de ella, pero tampoco debía darle confianza. Llevamos en la cabeza hasta la muerte a los vivos y a los muertos. Lo esencial es imponerse unos límites, por ejemplo, no contestar nunca a las propias frases. Para saber dónde estaba, quién era, hundí las manos en el pelo de Otto, que emanaba un calor insoportable. Al momento de empezar a acariciarlo, tuvo un estremecimiento, levantó la cabeza, abrió los ojos blancos desmesuradamente y explotó contra mí en un gruñido que me salpicó de baba. Retrocedí aterrada. El perro no me quería en su sufrimiento; me expulsaba hasta el mío como si no mereciese aliviarle la agonía.

—Te queda poco tiempo. Otto se está muriendo —dijo la mujer.

24

Me levanté, salí a toda prisa de la habitación y cerré la puerta detrás de mí. Me habría gustado poder dar grandes zancadas para que nada me detuviera. Olga corre por el pasillo, por el salón. Ahora está decidida, lo solucionará todo, aunque la niña que lleva en la cabeza le habla con afectación y le dice: «Ilaria te ha cogido las pinturas, quién sabe lo que estará haciendo en el baño, ya no tienes nada que sea realmente tuyo, ella te lo toca todo, ve y dale unos bofetones».

Reduje el paso de inmediato, no soportaba que me instigaran; si el mundo aceleraba a mi alrededor, yo frenaba. A Olga le da pánico el frenesí de la acción. Teme que la necesidad de reaccionar deprisa —pasos rápidos, gestos rápidos— le emigre al interior del cerebro, no puede soportar el zumbido interior que en tal caso empieza a acosarla, las sienes bombeando, las náuseas en el estómago, los sudores fríos, la obsesión de ser cada vez más rápida, cada vez más rápida. Por eso, nada de prisas, calma, paso lento, que parezca descuidado. Volví a colocarme la pinza en el brazo para animarme a dejar la tercera persona —la Olga que quería correr— y volver al yo, yo que voy a la puerta blindada, yo que sé quién soy y controlo lo que hago.

Tengo memoria, pensé. No soy de esos que se olvidan hasta de su nombre. Yo recuerdo. En efecto, recordé a los dos cerrajeros que habían trabajado en la puerta, el joven y el viejo. ¿Cuál de los dos me había dicho?: «Cuidado, señora, no fuerce, cuidado con cómo usa las llaves. Los resortes, ja, ja, son delicados». Ambos tenían una sonrisa burlona. Todas aquellas alusiones, la llave en vertical, la llave en horizontal… Menos mal que conocía el paño. Que después de lo que me había hecho mi marido, de aquel ultraje del abandono precedido del largo engaño, siguiera siendo yo y soportara el desasosiego de aquellos meses, allí, en el calor, a primeros de agosto, y todavía aguantara y aguantara tantas adversidades distintas, quería decir que lo que temía desde niña —crecer y convertirme en una pobrecilla, ese era el miedo que había incubado durante tres décadas— no había ocurrido. Estaba reaccionando bien, muy bien. Mantenía bien sujetas a mi alrededor las partes de mi vida. Felicidades, Olga. A pesar de todo no me apartaba de mí misma.

Delante de la puerta blindada hice un alto, como si hubiese corrido de verdad. Está bien, pediré ayuda a Carrano, aunque haya sido él quien ha envenenado a Otto. No me queda otra opción, le preguntaré si puedo utilizar su teléfono. Y si quiere intentar cogerme otra vez el coño, metérmela por el culo, le diré que no, que ha pasado el momento, estoy aquí solo porque en mi casa hay una emergencia, no te hagas ilusiones. Se lo diré enseguida, de modo que no piense ni por un momento que he vuelto a su casa por eso. Has perdido la ocasión, ya no hay más. Dicen que no hay dos sin tres, pero yo te digo que hay una sin dos. Sobre todo porque esa única vez te lo montaste tú solo dentro del preservativo, imbécil.

Sin embargo, incluso antes de probarlo supe que la puerta no se abriría. Y cuando metí la llave e intenté girarla, lo que un momento antes me había imaginado sucedió. La llave no giraba.

Me entró un ataque de pánico, justo la reacción que no habría debido tener. Ejercí una presión más fuerte, caóticamente. Intenté girar la llave, primero a la izquierda y luego a la derecha, sin resultado. Entonces intenté sacarla de la cerradura, pero no salió, se quedó incrustada como si los metales se hubiesen soldado. Golpeé la puerta con los puños, le di patadas, volví a probar con la llave. De repente mi cuerpo se había despertado, era presa de la desesperación. Cuando me rendí, descubrí que estaba empapada de sudor, el camisón se me había pegado al cuerpo, pero me castañeteaban los dientes. Tenía frío a pesar del calor.

Me acurruqué en el suelo, tenía que razonar. Los cerrajeros, sí, los cerrajeros me habían dicho que debía tener cuidado, que la cerradura podía estropearse. Pero me lo habían dicho en ese tono que utilizan los hombres cuando exageran solo por exagerar su indispensabilidad. Indispensabilidad sexual, sobre todo. Recordé el guiño con que el mayor me había dado la tarjeta de visita por si necesitaba que interviniese. Ya sabía yo en qué cerradura quería intervenir; desde luego, no en la de la puerta blindada. Por lo tanto, me dije, debía eliminar de sus palabras cualquier información de tipo técnico. Había utilizado la jerga de su oficio solo para sugerirme obscenidades. Lo cual significaba, en la práctica, que debía eliminar de mi cabeza también el alarmante significado de aquellas palabras: no debía temer que la cerradura de la puerta se hubiese atascado. ¡Así que fuera las frases de aquellos dos hombres vulgares! Hacer limpieza. Aflojar la tensión, restaurar el orden, tapar las grietas del sentido. Y lo mismo con el perro, por ejemplo: ¿por qué debía haber ingerido veneno por fuerza? Eliminar «veneno». A Carrano lo había observado de cerca —me dio risa la ocurrencia— y no me parecía alguien que se dedicase a preparar albóndigas a la estricnina. Quizá Otto solo hubiera comido algo en mal estado. Conservar, por lo tanto, «algo en mal estado» y asegurar bien la palabra. Reinterpretar cada hecho de aquel día desde el momento de despertar. Reponer los espasmos de Otto dentro de los límites de lo verosímil, devolver la dimensión justa a los hechos, devolvérmela a mí misma. ¿Qué era yo? Una mujer molida por cuatro meses de tensión y dolor; desde luego, no era una hechicera que por desesperación exuda un veneno capaz de provocar fiebre en su hijo varón, asesinar al perro, dejar sin línea el teléfono y corroer la cerradura de una puerta blindada. Y, además, tenía que darme prisa. Los niños no habían comido nada. Yo misma no me había lavado, no había desayunado. Las horas volaban. Debía separar la ropa blanca de la de color. No me quedaba ropa interior limpia. Las sábanas llenas de vómito. Pasar la aspiradora. Limpiar.

25

Me levanté intentando no hacer gestos bruscos. Observé la llave un buen rato, como si fuese un mosquito al que hay que aplastar. Luego, con decisión, alargué la mano derecha y ordené de nuevo a los dedos un movimiento giratorio hacia la izquierda. La llave no se movió. Tiré hacia mí, con la esperanza de que saliera solo un poco, lo justo para encontrar la posición correcta, pero no gané ni un milímetro. No parecía una llave, parecía una excrecencia del escudo de latón.

Examiné el tablero: liso, sin asideros aparte del picaporte brillante, macizo sobre unos goznes macizos. Era inútil, no había modo de abrir la puerta si no era girando la llave. Estudié los escudos redondos de las dos cerraduras; la llave sobresalía del inferior. Ambos estaban fijados con cuatro tornillos de pequeñas dimensiones. Sabía que desatornillarlos no me llevaría muy lejos, pero pensé que eso me animaría a no rendirme.

Fui al trastero a coger la caja de las herramientas y la arrastré hasta la entrada. La registré a fondo, pero no encontré un destornillador adecuado para aquellos tornillos. Todos eran demasiado grandes. Entonces fui a la cocina y cogí un cuchillo. Elegí un tornillo al azar e introduje la punta del cuchillo en la minúscula muesca en forma de cruz, pero el cuchillo se escurría enseguida, se escapaba. Volví a los destornilladores, cogí el más pequeño e intenté introducir la punta achatada bajo el escudo de latón de la cerradura de abajo, otro gesto inútil. Renuncié tras algunos intentos y volví al trastero con las herramientas. Busqué con lentitud, atenta a no perder la concentración, un objeto que pudiese meter por debajo de la puerta, algo sólido con lo que hacer palanca para levantarla e intentar sacar los pernos de sus goznes. Razonaba, debo admitirlo, como si me contase una fábula a mí misma, sin creer mínimamente que encontraría el instrumento adecuado o que, en caso de encontrarlo, tendría la fuerza física necesaria para llevar a cabo lo que había pensado. Pero tuve suerte, descubrí una barra corta de hierro que terminaba en punta. De nuevo en la entrada, probé a deslizar el extremo puntiagudo de la barra por debajo de la puerta. No había espacio, el tablero se ajustaba perfectamente al suelo, y además me di cuenta de que, aunque hubiese podido introducir la barra, el espacio superior habría resultado insuficiente para que los pernos saliesen de las bisagras. Dejé que la barra se me escurriera de los dedos, y cayó al suelo haciendo mucho ruido. No sabía qué más intentar. Era una inepta, estaba prisionera en mi propia casa. Por primera vez en ese día sentí cómo las lágrimas me brotaban de los ojos, y no me molestó.

26

Estaba a punto de echarme a llorar cuando Ilaria, que se había acercado por detrás, evidentemente de puntillas, me preguntó:

—¿Qué estás haciendo?

Por supuesto, se trataba de una pregunta retórica. En realidad lo que quería era simplemente que me volviese a mirarla. Y al hacerlo di un respingo de repulsión. Se había puesto mi ropa, se había maquillado y llevaba en la cabeza una vieja peluca rubia que le había regalado su padre. Se había calzado mis zapatos de tacón alto y llevaba encima un vestido azul que le dificultaba los movimientos y que le caía por detrás en una larga cola. La cara era una máscara pintada: sombra de ojos, colorete y carmín. Me recordó a una de las viejas enanas que mi madre me contaba que había visto de joven en el funicular del Vomero. Eran dos gemelas, idénticas, de cien años, decía ella, que entraban en los vagones y sin decir palabra empezaban a tocar sus mandolinas. Tenían el pelo de estropajo, ojos cargados de sombra, las caras arrugadas, con las sienes rojas y los labios pintados. Cuando terminaban su concierto, en lugar de dar las gracias, sacaban la lengua. Yo nunca las había visto, pero las historias de los adultos son veneros de imágenes; las dos viejas enanas estaban grabadas en mi mente, vivas. Era Ilaria quien estaba delante de mí, pero me parecía salida de aquella historia infantil.

Cuando la niña se dio cuenta de la repugnancia que debía de reflejar mi cara, sonrió abochornada, con los ojos brillantes, y me dijo como para justificarse:

—Somos idénticas.

La frase me alteró. Sentí un escalofrío y perdí en un segundo el poco terreno que creía haber ganado. ¿Qué significaba eso de somos idénticas? En aquel momento necesitaba ser idéntica únicamente a mí misma. No podía, no debía imaginarme como una de aquellas viejas del funicular. Solo de pensarlo me mareé, me dieron náuseas. Todo empezó de nuevo a desintegrarse. Quizá, pensé, la propia Ilaria no fuera Ilaria. Quizá fuera de verdad una de las enanitas del Vomero, que aparecía a traición, como antes había ocurrido con «la pobrecilla» que se ahogó en el cabo Miseno. O quizá no. Quizá hiciera tiempo que era yo, precisamente yo, una de aquellas viejas que tocaban la mandolina, y Mario lo había descubierto y me había dejado. Me había transformado sin notarlo en una de ellas, en un personaje de mis fantasías de niña, e Ilaria lo único que hacía era reflejar mi propia imagen, intentar parecerse a mí pintándose como yo. Esa era la realidad que estaba a punto de descubrir tras las apariencias de muchos años. Yo ya no era yo, era otra, como temía desde que me había despertado, como había temido desde hacía mucho. A partir de ese momento toda resistencia era inútil. Me había perdido justo cuando me empeñaba con todas mis fuerzas en no perderme. Ni siquiera estaba allí, en la entrada de mi casa, ante la puerta blindada, enfrascada en la desobediencia de aquella llave. Solo estaba fingiendo que estaba allí, como en un juego infantil.

Reuní fuerzas, cogí a Ilaria de la mano y la arrastré por el pasillo. Ella protestó, pero débilmente; perdió un zapato, se debatió y perdió también la peluca.

—Eres mala, no te soporto —me dijo.

Abrí la puerta del baño y, evitando el espejo, empujé a Ilaria hacia la bañera, que estaba de agua hasta el borde. Le puse una mano en la nuca, le hundí la cabeza en el agua y con la otra mano le restregué la cara enérgicamente. Realidad, realidad sin maquillaje. Por el momento era lo que necesitaba si quería salvarme, salvar a mis hijos, al perro. Insistir en asignarme la tarea de salvadora. Ya está, lavada. Levanté la cabeza de Ilaria y ella me espurreó agua en la cara agitándose y respirando con avidez y gritando:

—¡Me has hecho tragar agua, me estabas ahogando!

Se me despertó una repentina ternura. Otra vez tenía ganas de llorar.

—Quería ver lo guapa que es mi Ilaria, me había olvidado de lo guapa que es.

Cogí agua con el cuenco de la mano y, mientras ella se revolvía intentando eludirme, volví a frotarle el rostro, los labios, los ojos, mezclándole los colores que quedaban, diluyéndolos y empastándole la piel hasta que se convirtió en una muñeca de cara morada.

—¡Ya estás aquí! —dije, y quise abrazarla—. Así me gustas más. Ella me rechazó gritando:

—¡Quita! ¿Por qué tú puedes pintarte y yo no?

—Tienes razón, yo tampoco.

La solté y sumergí la cara y el pelo en el agua fría de la bañera. Me sentí mejor. Cuando saqué la cabeza y me froté la piel del rostro con ambas manos, los dedos encontraron el algodón empapado que me taponaba la nariz. Lo extraje con cuidado y lo arrojé a la bañera. La bola negra de sangre se quedó flotando.

—¿Mejor ahora?

—Estábamos más guapas antes.

—Si nosotras nos queremos, siempre estamos guapas.

—Tú no me quieres, me has hecho daño en la muñeca.

—Yo te quiero mucho.

—Yo no.

—¿De verdad?

—No.

—Entonces, si me quieres, tienes que ayudarme.

—¿Qué tengo que hacer?

Un destello, un latido en las sienes, el bandazo de las cosas, me volví dudando hacia el espejo. No estaba en buen estado: el pelo mojado y pegado a la frente, sangre incrustada en la nariz, el maquillaje corrido o reducido a grumitos negros, el carmín alrededor de los labios, desbordado hacia la nariz y la barbilla. Alargué la mano para coger un disco de algodón.

—¿Qué? —me apremió Ilaria, impaciente.

La voz me llegó de lejos. Un momento, por favor. Primero, desmaquillarme bien. En las hojas laterales del espejo vi separadas, distantes, las dos mitades de mi rostro. Me atrajo primero el perfil derecho, luego el izquierdo. Ambos me resultaban igual de extraños. Nunca usaba los espejos laterales, me reconocía solamente en la imagen que me devolvía el espejo grande. Probé a regularlos para poder verme a la vez de lado y de frente. No hay reproducción técnica que hasta ahora haya podido superar el espejo y los sueños. Mírame, le susurré al cristal. El espejo me puso las cosas en su sitio. Si bien la imagen frontal me tranquilizaba diciéndome que era Olga y que seguramente conseguiría llegar bien al final del día, mis dos perfiles me advertían que no era cierto. Me mostraban la nuca, las feas orejas rojas, la nariz levemente arqueada que nunca me había gustado, la barbilla, los pómulos altos y la piel tersa de las sienes, como un folio blanco. Sentía que sobre aquellas dos mitades Olga tenía escaso control, era poco resistente, poco persistente. ¿Qué podía hacer con aquellas imágenes? El lado bueno, el lado malo, geometría de lo oculto. Yo había vivido creyendo ser aquella Olga frontal, y sin embargo los demás me habían atribuido siempre la conexión móvil, incierta, de los dos perfiles, una imagen de conjunto de la que yo no sabía nada. A Mario, a Mario sobre todo, a quien creía haber entregado a Olga, la Olga del espejo central, de repente ni siquiera sabía con certeza qué cara, qué cuerpo le había entregado en realidad. Él me había ensamblado sirviéndose de aquellos dos lados móviles, descoordinados, escurridizos, y quién sabe qué semblante me había atribuido, quién sabe qué montaje de mí había hecho que se enamorase y qué otro, en cambio, le había resultado repugnante y lo había desenamorado. Para Mario —me estremecí— yo nunca había sido Olga. Los sentidos, el sentido de la vida de Olga —lo comprendí de repente—, habían sido solo un error del final de la adolescencia, una ilusión mía de estabilidad. Entonces supe que para no terminar mal tenía que empezar por fiarme de aquellos dos perfiles, de su extrañeza más que de su familiaridad, y desde ahí devolverme poco a poco la confianza, hacerme adulta.

Aquella conclusión me pareció tan cargada de verdad que, al mirarme bien en mi media cara de la izquierda y estudiar la fisonomía cambiante de los lados secretos, reconocí los rasgos de «la pobrecilla». Jamás habría imaginado que tuviésemos tantos elementos en común. Su perfil, cuando subía la escalera e interrumpía mis juegos y los de mis compañeras para seguir adelante con la mirada ausente del sufrimiento, se había agazapado en mi interior no sabía cuándo y era el que le estaba ofreciendo al espejo. La mujer me murmuró desde un reflejo lateral:

—Acuérdate de que el perro se está muriendo y de que Gianni tiene fiebre muy alta y algún trastorno intestinal.

—Gracias —le dije sin asustarme, casi con gratitud.

—¿Gracias por qué? —dijo Ilaria, enfadada.

Volví a sentir un escalofrío.

—Gracias por haberme prometido que me ayudarías.

—Pero ¡si no me dices lo que debo hacer!

Sonreí y le contesté:

—Vamos al trastero y te lo enseñaré.

27

Al moverme me pareció ser puro aliento comprimido entre las mitades mal conectadas de una misma figura. ¡Qué inútil era recorrer la casa conocida! Todos los espacios se habían transformado en plataformas distantes, alejadas unas de otras. En una ocasión, cinco años antes, había sabido exactamente sus dimensiones, había medido cada rincón, la había decorado con mimo. Ahora no sabía a qué distancia estaban el baño del salón, el salón del trastero, el trastero de la entrada. Tiraban de mí a un lado y a otro como si fuese un juguete, tuve una sensación de vértigo.

—¡Mamá, cuidado! —me dijo Ilaria, y me cogió de la mano.

Iba tambaleándome, creo que estaba a punto de caerme. Abrí la puerta del trastero y le indiqué la caja de herramientas.

—Coge el martillo y sígueme —le dije.

Volvimos atrás. Ahora ella sujetaba altivamente el martillo con las dos manos; por fin parecía contenta de que fuese su madre. Yo también estaba contenta. Una vez en el salón le dije:

—Ahora te pones aquí y golpeas el suelo sin parar.

Ilaria adoptó una expresión muy divertida.

—Así haremos que se enfade el señor Carrano.

—Exactamente.

—¿Y si sube a protestar?

—Me llamas y yo hablo con él.

La niña fue al centro de la habitación y empezó a dar golpes en el suelo manejando el martillo con las dos manos. Ahora, pensé, tengo que ver cómo está Gianni, me estoy olvidando de él. ¡Qué madre más descuidada!

Intercambié una última mirada de complicidad con Ilaria. Estaba a punto de irme cuando mi vista recayó en un objeto que estaba fuera de su sitio, a los pies de la librería. Era el bote del insecticida. Debía estar en el trastero, pero estaba allí, en el suelo, lleno de marcas de los dientes de Otto. Incluso había saltado el pulsador blanco del aerosol.

Lo recogí, lo examiné, miré alrededor desorientada, vi las hormigas. Corrían en fila a lo largo de la base de la librería, habían vuelto a asediar la casa, quizá fueran el único hilo negro que todavía la mantenía unida, que impedía su completa desintegración. Sin su terquedad, pensé, Ilaria estaría ahora sobre una baldosa de la solería, mucho más lejos de lo que la veo, y el cuarto donde está Gianni sería más inalcanzable que un castillo con el puente levadizo alzado, y la cámara de dolor donde agoniza Otto sería un lazareto de apestados impenetrable, y hasta mis emociones y pensamientos y recuerdos de la vida pasada, los lugares del extranjero, la ciudad de origen y la mesa bajo la cual escuchaba las historias de mi madre serían motas de polvo en la luz tórrida de agosto. Dejar en paz a las hormigas. A lo mejor no eran un enemigo, había hecho mal empeñándome en eliminarlas. La solidez de las cosas a veces está en manos de elementos molestos que parecen alterar la cohesión.

Aquel último pensamiento sonó en voz alta y retumbó. Me sobresalté, no era mío. Escuché con claridad su sonido, había superado incluso la barrera de los aplicados golpes de Ilaria. Deslicé la vista del aerosol que tenía en las manos hacia mi escritorio. El cuerpo de car-

316

tón piedra de «la pobrecilla» estaba allí sentado, la soldadura artesanal de mis dos perfiles. Se mantenía con vida gracias a mis venas. Las veía rojas, húmedas, al descubierto, latiendo. También la garganta, las cuerdas vocales, la respiración para hacerlas vibrar, me pertenecían. Después de pronunciar aquellas palabras incongruentes, había vuelto a escribir en mi cuaderno.

Aunque no me moví de donde estaba, pude ver claramente lo que escribía. Apuntes suyos en mis páginas. Esta habitación es demasiado amplia, anotaba con mi letra, no consigo concentrarme, no soy capaz de comprender del todo dónde estoy, qué estoy haciendo, por qué. La noche es larga, no pasa, por eso mi marido me ha dejado, quería noches que corriesen, antes de envejecer y morir. Para escribir bien, para ir al fondo de cada pregunta, necesito un lugar más pequeño, más seguro. Eliminar lo superfluo. Limitar el campo. En realidad, escribir es hablar desde el fondo del claustro materno. Pasar la página, Olga, empezar desde el principio.

Esta noche no me he acostado, me dijo la mujer del escritorio. Pero yo recordaba haberme metido en la cama. He dormido un poco, me he levantado y luego he vuelto a acostarme. Seguro que era muy tarde cuando me desplomé sobre la cama, a lo ancho. Esa es la razón de que me haya despertado en una posición tan extraña.

Así que mucho cuidado, me dije, tengo que reordenar los hechos. Durante la noche, algo dentro de mí ha cedido y se ha roto. Se me han caído a pedazos la razón y la memoria. El dolor que se prolonga demasiado puede hacer eso. Anoche pensé en meterme en la cama y no lo hice. O me acosté y luego me levanté. Seguro que fue así. ¡Cuerpo desobediente! Ha escrito en mis cuadernos, ha escrito páginas y páginas. Ha escrito con la mano izquierda, para vencer el miedo, para soportar la humillación.

Sopesé el aerosol en la mano. Tal vez hubiera luchado toda la noche con las hormigas sin conseguir nada. Había echado insecticida en todas las habitaciones de la casa y por eso Gianni había vomitado tanto. O tal vez no. Mis lados oscuros estaban inventando culpas que Olga no tenía. Pretendían que pareciera descuidada, irresponsable, incapaz, inducirme a una autodenigración que me haría confundir la realidad y me impediría delimitar sus márgenes, establecer lo que era y lo que no.

Apoyé el aerosol en un estante, retrocedí hacia la puerta de puntillas como si no quisiera molestar a la silueta de mujer del escritorio, que había vuelto a escribir, y a Ilaria, que seguía martilleando rítmicamente. Me dirigí otra vez al baño luchando contra los sentimientos de culpa. Mi pobre niño, mi tierno hijo varón. Busqué el bote de paracetamol en el compartimiento desordenado de los medicamentos y cuando lo encontré vertí doce gotas, doce exactamente, en un vaso de agua. ¿Cómo era posible que hubiese sido tan imprudente, que hubiese echado insecticida de noche, con las ventanas cerradas, hasta acabar el bote?

Cuando salí al pasillo escuché las arcadas de Gianni. Lo encontré asomado al borde de la cama con la cara congestionada, la boca y los ojos muy abiertos, mientras una fuerza interna lo sacudía sin resultado. Menos mal que ya no podía mantener nada, ni un sentimiento, ni una emoción, ni una sospecha. De nuevo el cuadro estaba cambiando, aparecían otros datos, otras variables. Me vino a la cabeza la boca de fuego frente a la Ciudadela. ¿Y si al meterse allí, dentro del viejo cañón, Gianni había respirado un aire cargado de miserias y climas lejanos, una señal de un mundo en ebullición, en continuo cambio, confines dilatados, lo distante hecho cercano, ruidos de subversión, odios antiguos y nuevos, guerras lejanas o inmediatas? Estaba entregada a todos los fantasmas, a todos los terrores. El universo de buenas razones del que me había rodeado tras la adolescencia se estaba reduciendo. Aunque había intentado ir despacio, tener gestos meditados, aquel mundo se había movido a mi alrededor demasiado deprisa y su figura esférica había quedado reducida a una tabla fina y redonda, tan fina que a fuerza de perder astillas ya aparecía perforada en el centro. Pronto se asemejaría a un anillo de boda, y al final se disolvería.

Me senté junto a Gianni, le sujeté la frente y lo animé a vomitar. Escupió una saliva verdosa. Estaba exhausto y se dejó caer de espaldas, llorando.

—Te he llamado y no has venido —me regañó entre sollozos.

Le sequé la boca y los ojos. Había tenido algunos problemas, tenía que solucionarlos con urgencia, no lo había oído, me justifiqué.

—¿Es verdad que Otto ha comido veneno?

—No, no es verdad.

—Me lo ha dicho Ilaria.

—Ilaria miente.

—Me duele aquí —dijo con un suspiro mientras me enseñaba la nuca—, me duele mucho, pero no quiero ponerme un supositorio.

—No te preocupes, solo tienes que tomarte estas gotas.

—Me harán vomitar otra vez.

—Con las gotas no vomitarás.

Bebió el agua con esfuerzo, dio una arcada y se echó en la almohada. Le toqué la frente, quemaba. Me pareció insoportable su piel seca, que ardía como el hojaldre de una empanada recién horneada. Y me pareció insoportable el martilleo de Ilaria, a pesar de la distancia. Eran golpes enérgicos que retumbaban en toda la casa.

—¿Qué es ese ruido? —preguntó Gianni, inquieto.

—El vecino está de obras.

—Me molesta, ve a decirle que pare.

—Está bien —lo tranquilicé, y luego lo obligué a que aguantara con el termómetro, aunque solo consintió porque lo abracé fuerte con los dos brazos y lo mantuve apretado contra mí—. Mi niño —lo acuné con esa cantinela—, mi niño malito ya se pone bueno.

En unos minutos, pese a los golpes insistentes de Ilaria, Gianni se quedó dormido, pero los párpados no le cerraban del todo; entre los bordes rosa le asomaba un hilo blanco detrás de las pestañas. Esperé un poco más, angustiada por su respiración demasiado acelerada y la movilidad de las pupilas que se intuía bajo los párpados; luego le quité el termómetro. El mercurio había llegado hasta arriba. Casi cuarenta.

Dejé el termómetro en la mesita con repugnancia, como si estuviese vivo. Apoyé la cabeza de Gianni sobre la almohada y me quedé mirándole el agujero rojo de la boca, abierta como la de un muerto. Los martillazos de Ilaria me golpeaban el cerebro. Volver en mí, remediar el mal hecho durante la noche, durante el día. Son mis hijos, me decía para convencerme, son mis criaturas. Aunque Mario los hubiese tenido con quién sabe qué mujer que se había imaginado; aunque yo me hubiese creído Olga al tenerlos con él; aunque mi marido ahora atribuyese sentido y valor solo a una muchachita llamada Carla, otro error suyo, y no reconociese en mí ni siquiera el cuerpo, la fisiología que me había atribuido para poder amarme, inseminarme; aunque yo misma nunca hubiese sido aquella mujer y tampoco —ahora lo sabía— la Olga que había creído ser; Dios mío, aunque solo fuese un conjunto inconexo de lados, una selva de figuras cubistas ignota hasta para mí misma, aquellas criaturas eran mías, mis criaturas verdaderas nacidas de mi cuerpo, de este cuerpo. Eran responsabilidad mía.

Por eso, con un esfuerzo que me llevó al límite de mis fuerzas, me puse en pie. Es necesario que me recupere, que comprenda. Reactivar enseguida los contactos.

28

¿Dónde había metido el teléfono móvil? El día que lo rompí, ¿dónde puse las piezas? Fui a mi dormitorio, rebusqué en el cajón de la mesilla. Estaban allí, dos mitades separadas de color violeta.

Yo no sabía nada de la mecánica de un móvil, y tal vez fuera esa la razón por la que quise convencerme de que no estaba roto en absoluto. Examiné la mitad donde estaban la pantalla y el teclado y pulsé el botón del encendido, pero no ocurrió nada. Tal vez, me dije, bastara con encajar las dos mitades para que funcionase. Trasteé un poco, desordenadamente. Coloqué en su sitio la pila, que se había salido, e intenté acoplar las piezas. Descubrí que las dos partes se habían desarmado porque el cuerpo central se había mellado, se había partido la pestaña donde encajaban. Fabricamos objetos a semejanza de nuestro cuerpo, un lado encaja con el otro. O los concebimos pensando en ellos unidos como nosotros nos unimos a los cuerpos deseados. Criaturas nacidas de una fantasía banal. De repente me pareció que Mario, a pesar de su éxito profesional, a pesar de sus aptitudes y su inteligencia, era un hombre de fantasía banal. Quizá precisamente por eso él habría sabido devolver al móvil su funcionalidad. Y así habría salvado al perro y al niño. El éxito depende de la capacidad de manipular lo obvio con precisión. Yo no había sabido adaptarme, no había sabido plegarme completamente a la mirada de Mario. De lo obtusa que era, me había fingido en ángulo recto, había llegado incluso a estrangular mi vocación de pasar de fantasía en fantasía. Pero no había sido suficiente, él había renunciado de todas formas; se había ido a unirse más sólidamente a otra parte.

No, tengo que parar. Pensar en el móvil. Encontré en la caja de herramientas una cinta adhesiva verde, pegué las dos mitades bien apretadas y pulsé el botón del encendido. Nada. Confiando en una especie de magia, me lo acerqué al oído por si había línea. Nada, nada, nada.

Dejé el aparato en la cama, agotada por el martilleo de Ilaria. De repente me acordé del ordenador. ¿Cómo era posible que no hubiese caído antes? ¡Qué colgada! Era la última prueba que me quedaba por hacer. Fui hasta el salón andando como si los martillazos fuesen una cortina gris, un telón a través del cual tenía que abrirme paso con los brazos extendidos y tanteando con las manos.

Encontré a Ilaria agachada, descargando golpes sobre una baldosa, siempre la misma. Ya no lo soportaba, me laceraba los oídos. Esperaba que fuese igual de insoportable para Carrano.

—¿Puedo parar? —preguntó empapada de sudor, con la cara roja y los ojos brillantes.

—No, es importante, continúa.

—Hazlo tú, yo estoy cansada.

—Yo tengo otra cosa urgente que hacer.

En mi escritorio ya no había nadie. Me senté. La silla no conservaba el calor humano. Encendí el ordenador, pulsé el icono del correo y luego hice clic en «enviar y recibir mensajes». Confiaba en poder conectarme, a pesar de las interferencias que me impedían hablar por teléfono. Esperaba que el problema estuviese de verdad limitado al aparato, como me había dicho el empleado de la compañía de telecomunicaciones. Pensaba mandar llamadas de auxilio a todos los amigos y conocidos de Mario y míos. Pero el ordenador intentó conectarse varias veces sin conseguirlo. Buscaba la línea con sonidos largos de desconsuelo, bufaba, paraba.

Yo apretaba los bordes del teclado, desviaba la mirada a un lado y a otro para no sentir la ansiedad. A veces los ojos se me iban al cuaderno aún abierto, a las frases subrayadas en rojo: «¿Dónde estoy? ¿Qué estoy haciendo? ¿Por qué?». Palabras de Ana motivadas por la estúpida sospecha de que el amante iba a traicionarla, a dejarla. Hay tensiones carentes de sentido que nos empujan a formular preguntas existenciales. El martilleo de Ilaria interrumpió durante un momento el hilo ansioso de los sonidos emitidos por el ordenador como si una anguila se hubiese deslizado por la habitación y la niña la estuviese haciendo pedazos. Resistí todo lo que pude, hasta que no aguanté más.

—¡Basta! —grité—, ¡deja de dar esos golpes!

Ilaria se quedó parada y con la boca abierta por la sorpresa.

—Ya te había dicho que quería parar.

Desconsolada, asentí con la cabeza. Carrano no había cedido, yo sí. No se había oído el menor signo de vida en todo el edificio. Actuaba sin criterio, no conseguía confiar en una estrategia. La única aliada que tenía en el mundo era aquella niña de siete años y me arriesgaba continuamente a estropear mi relación con ella.

Miré la pantalla del ordenador, no había conexión. Me levanté y me acerqué a la pequeña para abrazarla. Emití un largo gemido.

—¿Te duele la cabeza? —me preguntó.

—Ahora pasará todo.

—¿Te doy un masaje en las sienes?

—Sí.

Me quedé sentada en el suelo mientras Ilaria me frotaba las sienes con los dedos. Otra vez me estaba dejando llevar. ¿De cuánto tiempo pensaba que disponía? Gianni, Otto.

—Yo haré que se te pase —dijo—. ¿Estás mejor?

Hice un gesto afirmativo.

—¿Por qué te has puesto esa pinza en el brazo?

Volví en mí y vi la pinza. Me había olvidado de ella. El pequeño dolor que me causaba se había convertido en parte constitutiva de la carne. No servía de nada. Me la quité y la dejé en el suelo.

—Para recordar. Hoy todo se me va de la cabeza, no sé qué hacer.

—Yo te ayudo.

—¿En serio?

Me levanté y cogí del escritorio un abrecartas de metal.

—Ten esto —le dije—, y si ves que me distraigo, me pinchas.

La niña cogió el abrecartas y me observó con atención.

—¿Cómo puedo saber que te distraes?

—Te darás cuenta. Una persona distraída es una persona que no siente los olores, no siente las palabras, no siente nada.

Me enseñó el abrecartas.

—¿Y si tampoco sientes esto?

—Me pinchas hasta que lo sienta. Ven.

29

La llevé conmigo hasta el trastero y lo registré todo buscando una cuerda fuerte. Estaba segura de que tenía una, pero solo encontré un trozo enrollado de bramante para embalajes. Fui al vestíbulo, até a un extremo del bramante la corta barra de hierro que había dejado en el suelo delante de la puerta blindada, volví a la sala seguida de Ilaria y salí al balcón.

Me envistió una ráfaga de viento caliente que acababa de inclinar los árboles dejando atrás un murmullo de hojas enfadadas. Casi me faltó el aliento, el camisón se me pegó al cuerpo. Ilaria se agarró a mí como si tuviese miedo de salir volando. Había en el aire un denso olor a menta, a polvo, a corteza quemada por el sol.

Me asomé a la barandilla intentando ver el balcón de abajo, el de Carrano.

—¡Cuidado, que te caes! —dijo Ilaria, alarmada, tirándome del camisón.

La ventana estaba cerrada, no se oía más que el canto de algunos pájaros y un zumbido lejano de autobús. El río era una pista gris y vacía. Ni una sola voz humana. En las cinco plantas del edificio, abajo, a la derecha, a la izquierda, no advertí signos de vida. Afiné el oído para escuchar algo, música de radio, una canción, el parloteo de un programa de televisión. Nada, nada en los alrededores; por lo menos, nada que no fuese indistinguible de la crepitación periódica de las hojas que movía aquel extraño viento ardiente. Grité varias veces con voz débil; desde luego nunca había tenido una voz potente.

—¡Carrano! ¡Aldo! ¿No hay nadie? ¡Ayuda! ¡Ayúdenme!

No ocurrió nada. El viento me cortó de los labios las palabras como si las hubiese pronunciado con la boca llena de un líquido caliente.

Ilaria, visiblemente tensa, preguntó:

—¿Por qué tenemos que pedir ayuda?

No le contesté, no sabía qué decirle, solo farfullé:

—No te preocupes, nos ayudamos solas.

Saqué la barra de hierro fuera de la barandilla, la deslicé hacia abajo colgada de la cuerda y entonces comencé a transmitirle un movimiento oscilatorio con impulsos rápidos y decididos. Vi cómo la barra empezaba a balancearse a la altura del balcón de Carrano. En mi intento por darle el movimiento que quería me fui asomando cada vez más, mirando la barra como si quisiera hipnotizarme; veía aquel segmento oscuro, puntiagudo, que a un impulso volaba sobre el empedrado y al siguiente se escondía rozando la barandilla del vecino. Perdí enseguida el miedo a caerme, tenía la impresión de que la distancia entre mi balcón y la calle no era más grande que el largo de la cuerda. Quería romper los cristales de Carrano. Quería que la barra los destrozase y entrase en la casa, en el salón donde había estado yo la noche antes. Me entraron ganas de reír. Sin duda dormitaba pesadamente, un hombre a las puertas de la decadencia física, de erección incierta, un compañero ocasional e inepto para escalar el precipicio de las humillaciones. Al imaginarme cómo pasaba los días, sentí un arranque de desprecio hacia él. Sobre todo en las horas más calientes, el día debía de ser para él una larga siesta en penumbra, sudado, con la respiración pesada, haciendo tiempo para ir a tocar con alguna insignificante orquestilla, sin más esperanzas. Recordé su lengua áspera, el sabor salado de su boca. No volví en mí hasta que sentí la punta del abrecartas de Ilaria en el muslo derecho. Buena chica, atenta, sensible. Aquella era la señal táctil que necesitaba. Dejé que la cuerda se deslizara entre mis dedos y la barra se perdió a gran velocidad bajo el suelo de mi balcón. Oí un ruido de cristales rotos, la cuerda se rompió, vi cómo el hierro rodaba por las baldosas del balcón de abajo, chocaba con la barandilla, rebotaba de lado y se precipitaba en el vacío. Estuvo un buen rato cayendo, seguido de trozos brillantes de cristal, golpeando de piso en piso contra las barandillas de otros balcones iguales, un segmento negro cada vez más pequeño. Cuando aterrizó sobre el empedrado rebotó varias veces con un tintineo lejano.

Me eché hacia atrás, asustada. El abismo del quinto piso había recuperado de pronto su profundidad. Ilaria estaba bien sujeta a mi pierna. Esperé la voz ronca del músico, su cólera por el destrozo que le había provocado. Pero no hubo reacciones. Solo volví a oír los pájaros y las ráfagas de viento ardiente que nos embestían. La niña, mi hija, una auténtica invención de mi carne, me empujaba a la realidad.

—Lo has hecho muy bien —le dije.

—Si no te sujeto, te caes.

—¿No oyes nada?

—No.

—Entonces vamos a llamarlo. ¡Carrano, Carrano, ayuda!

Estuvimos gritando un rato las dos, pero Carrano seguía sin dar señales de vida. En cambio, nos respondió un largo y débil aullido. Podía tratarse de un perro de esos que la gente abandona en verano en la cuneta de una carretera, o quizá fuera Otto, quizá fuera precisamente Otto, el pastor alemán.

327

30

Volver a ponerme en movimiento, rápido, pensar soluciones. No rendirme ante la insensatez del día, mantener unidos los pedazos de mi vida como si fuesen partes de un dibujo. Hice un gesto a Ilaria para que me siguiera y le sonreí. Ahora era la reina de espadas, apretaba en su mano el abrecartas, se había tomado tan en serio su tarea que tenía los nudillos blancos.

Tal vez donde yo había fallado, ella podría conseguirlo, pensé. Volvimos a la entrada, frente a la puerta blindada.

—Intenta girar la llave —le pedí.

Ilaria se pasó el abrecartas de la mano derecha a la izquierda y alargó el brazo, pero no llegaba a la llave. Entonces la tomé en brazos.

—¿Giro hacia aquí? —preguntó.

—No, hacia el otro lado.

Manecita tierna, dedos de aire. Lo intentó una y otra vez, pero no tenía fuerza suficiente. No habría podido aunque la llave no estuviese atascada.

La dejé en el suelo. Ilaria estaba decepcionada porque no había podido cumplir el encargo que yo le había dado. En un arrebato imprevisto, la tomó conmigo.

—¿Por qué tengo que hacer cosas que deberías hacer tú? —me reprochó con rabia.

—Porque tú eres mejor que yo.

—¿Ya no sabes abrir la puerta? —se alarmó.

—No.

—¿Como aquella vez?

—¿Qué vez?

—La vez que fuimos al campo.

Sentí una larga punzada en el pecho. ¿Cómo podía acordarse? Entonces debía de tener como mucho tres años.

—A veces con las llaves eres muy tonta, y quedas fatal —añadió para aclararme que se acordaba muy bien.

Negué con la cabeza. No, en general con las llaves tenía buena relación. Solía abrir las puertas con gestos naturales, no sentía la angustia del obstáculo. No obstante, algunas veces, en especial con cerraduras desconocidas, como la de una habitación de hotel, por ejemplo, me perdía enseguida y, aunque me daba vergüenza, iba y venía de la recepción a la puerta, sobre todo cuando la llave era electrónica. ¡Qué ansiedad me provocaban las bandas magnéticas! Bastaba un pensamiento esquivo, el sentimiento de una posible dificultad, para que el gesto perdiera naturalidad de tal modo que a veces no conseguía abrir.

Las manos olvidaban, los dedos no tenían recuerdos de la posición justa, de la presión correcta. Como aquella vez. ¡Qué humillación sentí! Gina, la madre de la pequeña traidora Carla, nos había dejado las llaves de su casa de campo para que fuésemos con los niños. Gianni, Ilaria y yo salimos antes. Mario tenía trabajo y se reuniría con nosotros al día siguiente. Por la tarde, tras un par de horas al volante, nerviosa por el tráfico salvaje del fin de semana, por los niños, que no dejaban de pelearse, y por Otto, que todavía era un cachorro y aullaba sin parar, llegué al lugar en cuestión. Durante todo el camino había ido pensando en cómo estaba desperdiciando mi tiempo tontamente. Ya no podía leer, no escribía, no tenía un papel social que me permitiese disfrutar de mis propias relaciones, conflictos, simpatías. ¿Dónde estaba la mujer en que esperaba convertirme desde la adolescencia? Envidiaba a Gina, que entonces trabajaba con Mario. Siempre tenían temas de conversación. Mi marido hablaba con ella más que conmigo. Y ya empezaba a molestarme un poco Carla, que parecía tan segura de su destino que a veces incluso aventuraba críticas. Decía que me dedicaba demasiado a los niños, a la casa, elogiaba mi primer libro y exclamaba: «Yo, en tu lugar, pensaría ante todo en mi vocación». No solo era bellísima, sino que además su madre la había criado en la seguridad de un futuro brillante. Le parecía natural meter el hocico en todo, aunque solo tuviese quince años. A menudo quería darme lecciones y escupía sentencias sobre cosas de las que no tenía ni idea. Solo con oír su voz ya me ponía nerviosa.

Aparqué en el porche, muy agitada por mis pensamientos. ¿Qué hacía allí con los dos niños y el cachorro? Fui hasta la puerta e intenté abrir, pero no lo conseguí, por más que volví a intentarlo una y otra vez. Mientras tanto se hacía de noche. Gianni e Ilaria tiritaban de cansancio y de hambre, y yo no podía abrir la puerta. Pero no quería llamar a Mario, por orgullo, por soberbia, para evitarle tener que venir en mi ayuda después de un duro día de trabajo. Los niños y el perrito comieron unas galletas y se quedaron dormidos dentro del coche. Yo seguí intentándolo hasta que tuve los dedos doloridos, entumecidos. Cuando por fin desistí, me senté en un escalón y dejé que se me echase encima todo el peso de la noche.

A las diez de la mañana llegó Mario, pero no solo. Con él venían, para mi sorpresa, las dueñas de la casa. ¿Qué había pasado? ¿Cómo era posible? ¿Por qué no había llamado? Me expliqué con balbuceos, furibunda, porque mi marido, en aquella situación embarazosa, hacía bromas sobre mi incompetencia, me pintaba como una mujer de mucha fantasía que no sabe desenvolverse con las cosas prácticas, una idiota, en resumen. Entre Carla y yo hubo un prolongado intercambio de miradas; la suya me había parecido una mirada de complicidad, de entendimiento, como si quisiera decirme: rebélate, pon las cosas en su sitio, dile que eres tú la que se enfrenta cada día a la vida práctica, a las obligaciones, a la carga de los niños. Aquella mirada me sorprendió, pero evidentemente no entendí su verdadero significado. O puede que sí lo entendiese. Era la mirada de una chiquilla que se preguntaba cómo habría tratado ella a aquel hombre tan atractivo si hubiese estado en mi lugar. Gina, entretanto, fue a la puerta, metió la llave en la cerradura y abrió sin ningún problema.

La punta del abrecartas sobre la piel del brazo izquierdo me hizo volver a la realidad.

—Te has distraído —me dijo Ilaria.

—No, solo pensaba que tienes razón.

—¿Razón en qué?

—En eso. ¿Por qué no pude abrir la puerta aquella vez?

—Ya te lo he dicho, porque a veces eres tonta.

—Sí.

31

Sí, era tonta. Los canales de los sentidos se habían cerrado. Por
ellos no corría ya el flujo de la vida, quién sabe desde cuándo.
¡Qué error había sido encerrar el significado de mi existencia en los
ritos que Mario me ofrecía con prudente emoción conyugal! ¡Qué
error había sido confiar el sentido de mi vida a sus gratificaciones, a
sus arrebatos de entusiasmo, al recorrido cada vez más fructífero de
su vida! ¡Qué error había sido, sobre todo, creer que no podía vivir
sin él, cuando desde hacía tiempo tenía serias dudas de que con él estuviese viva! ¿Dónde estaba su piel bajo los dedos, por ejemplo?,
¿dónde el calor de mi boca? Si me hubiese analizado a fondo a mí
misma —y siempre lo había evitado— habría tenido que admitir que
mi cuerpo, en los últimos años, solo había estado realmente receptivo, realmente acogedor, en ciertas ocasiones oscuras, puras casuali-
dades: el placer de volver a ver a un conocido ocasional que me había
prestado atención, que había alabado mi inteligencia, mi talento, que
me había rozado una mano con admiración; la alegre sorpresa de un
encuentro inesperado por la calle, un antiguo compañero de trabajo;
las guerrillas verbales, o los silencios, con un amigo de Mario que me
había dado a entender que habría preferido ser, sobre todo, amigo
mío; la complacencia por las atenciones de sentido ambiguo que había recibido en tantas ocasiones… Quizá sí o quizá no, más sí que

no, por poco que hubiese querido; si hubiese marcado un número de teléfono con una buena excusa en el momento justo, ¿qué habría podido pasar?; la excitación de los acontecimientos de desenlace imprevisible.

Tal vez debería haber empezado por ahí cuando Mario me dijo que quería dejarme. Debería haber actuado a partir del hecho de que la figura atractiva de un hombre casi extraño, de un hombre casual, un «quizá» completamente embrollado pero gratificante, tenía la capacidad de, pongamos, dar sentido a un olor fugaz de gasolina o al tronco gris de un plátano en la ciudad, y dejar para siempre en aquel lugar fortuito de encuentro un sentimiento de intensa alegría, de expectativa; porque nada, absolutamente nada de Mario me provocaba ya la misma conmoción de terremoto, y a sus gestos solo les quedaba la capacidad de colocarse siempre en el sitio justo, en la misma red segura, sin desvíos, sin excesos. Si hubiese empezado por ahí, por aquellas emociones secretas, tal vez habría entendido mejor por qué él se había ido y por qué yo, que a la alteración ocasional de la sangre oponía siempre la estabilidad de nuestro orden de afectos, estaba experimentando tan violentamente la tristeza de la pérdida, un dolor insufrible, la angustia de precipitarme fuera de la trama de las certezas y tener que volver a aprender a vivir sin la seguridad de saber hacerlo.

Volver a aprender a girar la llave, por ejemplo. ¿Era posible que Mario, al marcharse, me hubiese arrancado de las manos también aquella habilidad? ¿Era posible que hubiese empezado a hacerlo ya entonces, aquella vez en el campo, cuando su entrega feliz a dos extrañas había empezado a herirme por dentro, a arrancarme la capacidad prensil de los dedos? ¿Era posible que la insatisfacción y el dolor hubiesen empezado entonces, mientras él me restregaba por las narices la felicidad de la seducción y yo le reconocía en la cara un placer que había rozado a menudo, pero que siempre había suspendido por miedo a destruir la seguridad de nuestra relación?

Ilaria, puntual, me dio varios pinchazos, creo, tan dolorosos que reaccioné con un brinco y ella se echó hacia atrás exclamando:

—¡Tú me lo has pedido!

Hice un gesto afirmativo. La tranquilicé con una mano y con la otra me froté la pantorrilla donde me había pinchado. Intenté abrir una vez más. No pude. Entonces me agaché y examiné de cerca la llave. Seguir buscando la impronta de los viejos gestos era un error. Tenía que desarticularla. Bajo la mirada estupefacta de Ilaria, acerqué la boca a la llave, la rocé con los labios, olfateé su olor a plástico y metal. Luego la mordí con fuerza e intenté hacer que girase. Lo hice con un golpe repentino, como si quisiera sorprenderla, imponerle reglas nuevas, una subordinación distinta. Ahora, a ver quién gana, pensé mientras me invadía la boca un sabor pastoso, salado. Pero no conseguí nada, solo la impresión de que el movimiento rotatorio que intentaba aplicar a la llave con los dientes, al no poder actuar sobre ella, estaba desahogándose en mi cara, desgarrándola como hace un abrelatas, y de que era mi dentadura la que se movía, la que estaba despegándose de la cara, arrastrando consigo el tabique nasal, una ceja, un ojo, y mostrando el interior viscoso de la cabeza, de la garganta.

Aparté inmediatamente la boca de la llave. Me pareció que la cara me colgaba toda a un lado como la cáscara de una naranja después de que el cuchillo la haya pelado en parte. ¿Qué me quedaba por probar? Tumbarme de espaldas, sentir el suelo frío contra la piel. Alargar las piernas desnudas contra el tablero de la puerta blindada, cerrar las plantas de los pies en torno a la llave y ajustar su espolón hostil entre los talones para intentar una vez más el movimiento preciso. Sí, no, sí. Por un momento me dejé llevar por la desesperación, que quería trabajarme a fondo, hacerme metal, madera, engranaje, como un artista que trabaja directamente en su cuerpo. Pero un instante después sentí en el muslo derecho, encima de la rodilla, el dolor agudo de una herida. Se me escapó un grito al comprender que Ilaria me había hecho un corte profundo.

32

La vi retroceder aterrada con el abrecartas en la mano derecha.

—¿Te has vuelto loca? —le dije, volviéndome de repente con un gesto feroz.

—¡Es que no me oyes! —gritó—. ¡Te llamo y no me oyes, haces cosas feas, tuerces los ojos, se lo voy a decir a papá!

Me miré la raja profunda sobre la rodilla, el hilo de sangre. Le arranqué de los dedos el abrecartas y lo arrojé lejos, hacia la puerta abierta del trastero.

—Se acabó este juego —le dije—, no sabes jugar. Ahora quédate aquí y sé buena, no te muevas. Estamos encerradas en casa, estamos prisioneras, y tu padre jamás vendrá a salvarnos. Mira lo que me has hecho.

—Te mereces más todavía —protestó con los ojos llenos de lágrimas.

Intenté calmarme y respiré hondo.

—Ahora no te pongas a llorar, no te atrevas a ponerte a llorar…

Ya no sabía qué decir, no sabía qué más hacer. Creía haberlo intentado todo. Solo podía volver a delimitar los contornos de la situación y aceptarla.

Haciendo gala de una falsa capacidad para dar órdenes, dije:

—Tenemos en casa dos enfermos, Gianni y Otto. Tú ahora, sin

llorar, irás a ver cómo está tu hermano, y yo iré a ver cómo está Otto.

—Tengo que quedarme contigo y pincharte, me lo has dicho tú.

—Me he equivocado. Gianni está solo y necesita a alguien que le toque la frente, que le ponga otra vez las monedas refrescantes. Yo no puedo hacerlo todo.

La empujé por el pasillo y ella se rebeló:

—Y si te distraes, ¿quién te pincha?

Me miré el gran corte en la pierna, del que seguía brotando un hilo espeso de sangre.

—Tú llámame de vez en cuando, por favor. Eso será suficiente para que no me distraiga.

Lo pensó un segundo antes de decir:

—Pero hazlo rápido, que con Gianni me aburro, no sabe jugar.

Aquella última frase me dolió. Fue ese explícito reclamo al juego lo que me hizo comprender que Ilaria ya no quería jugar; empezaba a estar seriamente preocupada por mí. Yo tenía la responsabilidad de dos enfermos, pero ella estaba empezando a percibir que los enfermos que tenía a su cargo éramos tres. Pobre, pobre pequeña. Se sentía sola, esperaba en secreto a un padre que no llegaba, ya no conseguía mantenerse dentro de los límites del juego en aquel desastre de día. De repente me había dado cuenta de su angustia y la estaba sumando a la mía. ¡Qué mutable es todo, qué poco firme! A cada paso que daba hacia el cuarto de Gianni, hacia el de Otto, temía sentirme mal y ofrecerle un espectáculo de derrota. Debía mantener la cordura y la claridad de la memoria. Van siempre juntas, son el binomio de la salud.

Empujé a la niña dentro de la habitación y eché un vistazo a Gianni, que seguía durmiendo. Salí y cerré con llave la puerta mediante un gesto nítido, de gran naturalidad. A pesar de que Ilaria protestó, me llamó y golpeó la puerta con las manos, la ignoré y fui a la habitación donde yacía Otto. No sabía qué le pasaba al perro. Ilaria lo amaba con locura, y no quería que asistiese a escenas horribles. Protegerla, sí. La certeza de esta preocupación me sentó bien. Me pareció un buen síntoma que la fría responsabilidad de tutelar a mis hijos se hubiese convertido poco a poco en una necesidad imprescindible para mí, en mi principal obligación.

En el cuarto del perro, bajo el escritorio de Mario, se había instalado el olor de la muerte. Entré con precaución. Otto estaba inmóvil, no se había movido ni un milímetro. Me acurruqué a su lado y luego me senté en el suelo.

Lo primero que vi fueron las hormigas. Habían llegado hasta allí y estaban explorando el territorio fangoso que se extendía junto al lomo del perro. Pero Otto no se inmutaba. Estaba como encanecido. Era una isla desteñida con la respiración de la agonía. El hocico parecía corroído por la saliva verdosa de las fauces, por la materia que lo rodeaba; daba la impresión de estar hundiéndose en ella. Tenía los ojos cerrados.

—Perdóname —le dije.

Le pasé la palma de la mano por el pelo del cuello y se estremeció. Luego abrió la boca y emitió un gruñido amenazador. Quería que me perdonase por lo que tal vez le había hecho, por lo que no había sido capaz de hacer. Tiré de él hacia mí y apoyé su cabeza en mis piernas. Emanaba un calor enfermizo que se me metía en la sangre. Movió solo un poco las orejas, la cola. Pensé que podía ser un buen indicio, pues la respiración también me pareció menos afanosa. Las grandes manchas de baba reluciente que parecían esmalte extendido en torno al borde negro de la boca parecieron cuajarse, como si el pobre animal ya no necesitase producir aquellos humores de sufrimiento.

Qué insoportable es el cuerpo de un ser vivo que lucha con la muerte, y en un momento parece que gana, y al siguiente que pierde.

No sé cuánto tiempo estuvimos así. Su respiración se aceleraba de repente como cuando estaba sano y se agitaba por las ganas de jugar, de correr al aire libre, de recibir comprensión y caricias, y luego de improviso se hacía imperceptible. El cuerpo también alternaba momentos de temblor y espasmos con momentos de inmovilidad absoluta. Noté cómo sus últimas fuerzas se le escapaban poco a poco. Me vino a la mente un goteo de imágenes pasadas: sus carreras entre las minúsculas gotas brillantes del agua pulverizada por los aspersores del parque, su curiosidad al escarbar entre las matas, su manera de seguirme por la casa cuando esperaba que le diese comida. Aquella proximidad con la muerte real, aquella herida sangrante de su sufrimiento hizo que de golpe, inesperadamente, me avergonzase de mi dolor de los últimos meses, sobre todo de aquel día irreal. Sentí que la habitación recuperaba el orden, que la casa volvía a unir sus pedazos, que el suelo era otra vez firme, que el día caluroso se echaba sobre todas las cosas como cola transparente.

¿Cómo había podido dejarme llevar de aquel modo, desintegrar así mis sentidos, el sentido de estar viva? Acaricié a Otto entre las orejas y él abrió los ojos descoloridos y me miró. Le vi la mirada del perro amigo que, en lugar de acusarme, pedía perdón por su estado. Luego un dolor intenso le oscureció las pupilas, los dientes le rechinaron y me ladró sin ferocidad. Poco después se murió en mi regazo, y rompí a llorar con un llanto incontenible, como no había llorado en todos aquellos días, en aquellos meses.

Cuando los ojos se me secaron y el último de los sollozos agonizó en mi pecho, me di cuenta de que Mario había vuelto a ser el buen hombre que tal vez había sido siempre. Ya no lo amaba.

33

Apoyé la cabeza del perro en el suelo y me levanté. Volvió, poco a poco, la voz de Ilaria, que me llamaba, y luego se le sumó la de Gianni. Miré a mi alrededor. Vi las heces negras de sangre, las hormigas, el cuerpo muerto. Dejé el estudio y fui por el cubo y la fregona. Abrí de par en par las ventanas y limpié la habitación deprisa y con eficiencia. Grité a los niños varias veces:

—Un momento, voy enseguida.

No me pareció bien dejar a Otto allí. No quería que los niños lo viesen. Intenté levantarlo, pero no encontré las fuerzas necesarias, así que lo agarré por las patas de atrás y lo arrastré hasta la sala, y luego hasta el balcón. ¡Cuánto pesa un cuerpo que ha sido atravesado por la muerte! La vida es ligera, y nadie pretende hacérsela pesada. Me quedé mirando el pelo del perro movido por el viento, luego entré y, a pesar del calor, cerré la ventana.

La casa estaba en silencio. Ahora me parecía pequeña, recogida, sin rincones oscuros, sin sombras, casi alegre por las voces de los niños, que habían empezado a llamarme jugando entre ellos con risas socarronas. Ilaria decía «mamá» con voz de soprano y Gianni repetía la palabra con voz de tenor.

Fui a pasos rápidos hasta su cuarto, abrí la puerta con gesto seguro y dije alegremente:

—Ya está aquí mamá.

Ilaria se me echó encima y empezó a darme pellizcos y manotazos en las piernas.

—¡No tenías por qué encerrarme aquí dentro!

—Es verdad, perdóname. Bueno, ya te he abierto.

Me senté en la cama de Gianni. Seguramente le estaba bajando la fiebre. Se le veía en la cara que estaba deseando ponerse a jugar de nuevo con su hermana: gritos, risas, peleas furiosas. Le toqué la frente, las gotas habían hecho efecto, la piel estaba tibia, casi no sudaba.

—¿Todavía te duele la cabeza?

—No. Tengo hambre.

—Te preparé un poco de arroz.

—No me gusta el arroz.

—A mí tampoco —precisó Ilaria.

—El arroz que yo hago está muy bueno.

—¿Y Otto dónde está? —preguntó Gianni.

Dudé.

—Está durmiendo, dejadlo en paz.

Y estaba a punto de añadir algo más, algo sobre la grave enfermedad del perro, algo que los preparase para la noticia de que había desaparecido de sus vidas, cuando, de forma totalmente inesperada, escuché la descarga eléctrica del timbre.

Nos quedamos los tres como en suspenso, sin movernos.

—Papá —murmuró Ilaria, llena de esperanza.

—No creo, no es papá —dije—. Quedaos aquí, os prohíbo que os mováis. Pobre del que salga de este cuarto. Voy a abrir.

Reconocieron mi tono habitual, firme pero también irónico, palabras intencionadamente excesivas para situaciones sin importancia. También lo reconocí yo. Lo acepté, lo aceptaron.

Recorrí el pasillo hasta la puerta de entrada. ¿Era posible que de verdad Mario se hubiese acordado de nosotros?

La pregunta no me produjo ninguna emoción. Solo pensé que me gustaría tener a alguien con quien hablar.

Miré por la mirilla. Era Carrano.

—¿Qué quieres? —pregunté.

—Nada. Solo quería saber cómo estabas. He salido esta mañana temprano para ir a ver a mi madre y no he querido molestarte. Pero ahora, al volver, he encontrado un cristal roto. ¿Ha pasado algo?

—Sí.

—¿Necesitas ayuda?

—Sí.

—¿Y no puedes abrirme, por favor?

No sabía si podía, pero no se lo dije. Alargué la mano hacia la llave, la sujeté con decisión entre los dedos y la moví un poco, la sentí dócil. La llave giró con facilidad.

—Bueno —murmuró Carrano al verme. Parecía incómodo. Luego sacó de detrás de la espalda una rosa, una única rosa de tallo largo, una ridícula rosa ofrecida con gesto ridículo por un hombre nervioso.

La acepté, le di las gracias sin sonreír y añadí:

—Tengo un trabajo sucio para ti.

34

Carrano fue muy amable. Envolvió a Otto en un plástico grande que tenía en el sótano, lo cargó en su coche y se fue a enterrarlo fuera de la ciudad, después de dejarme su móvil.

Llamé enseguida al pediatra y tuve suerte; lo encontré, a pesar de que estábamos en agosto. Mientras le contaba con detalle los síntomas del niño, sentí que el pulso se me aceleraba. Los latidos eran tan fuertes que temí que el doctor los oyese a través del teléfono. Mi corazón empezaba a hincharse de nuevo en el pecho, ya no estaba vacío.

Hablé con el médico un buen rato, esforzándome por ser precisa. Mientras tanto, paseé por la casa comprobando las distancias, rozando los objetos; y a cada leve contacto con un adorno, un cajón, el ordenador, los libros, los cuadernos, el pomo de una puerta, me repetía: «Lo peor ya ha pasado».

El pediatra me escuchó en silencio. Aseguró que no tenía de qué preocuparme respecto a Gianni y dijo que pasaría a verlo por la noche. Entonces fui al baño y me di una larga ducha fría. Las agujas de agua me pincharon la piel. Sentí toda la oscuridad de los últimos meses, de las últimas horas. Al salir de la ducha vi los anillos que había dejado por la mañana en el borde del lavabo, me puse en el dedo el del aguamarina y, sin dudar ni un momento, tiré la alianza al inodoro. Examiné la herida que Ilaria me había hecho con el abrecartas. La

343

desinfecté y la cubrí con una gasa. Luego me dediqué a separar con calma la ropa blanca de la de color y puse la lavadora. Deseaba la certeza plana de los días normales, aunque era consciente, casi demasiado, de que seguía tendiendo a un frenético movimiento ascendente, a un salto, como si hubiese visto en el fondo de un agujero un horrible insecto venenoso y no pudiese dejar de sacudir todo mi cuerpo, de agitar los brazos, las manos, de patalear. Tengo que aprender, me dije, el paso tranquilo de quien cree saber hacia dónde va y por qué.

De modo que me concentré en los niños. Tenía que decirles que el perro había muerto. Elegí con cuidado las palabras y utilicé el tono de los cuentos, pero aun así Ilaria lloró mucho y Gianni, aunque se limitó en un primer momento a poner una expresión torva y a decir con un leve eco de amenaza en el tono que había que informar a Mario, poco después empezó a quejarse de nuevo del dolor de cabeza, de las ganas de vomitar.

Estaba todavía intentando consolarlos a ambos cuando regresó Carrano. Lo dejé entrar, pero lo traté con frialdad, pese a su actitud servicial. Los niños no hacían más que llamarme desde su cuarto. Estaban tan convencidos de que había sido él quien había envenenado al perro que no querían de ninguna manera que pusiera los pies en casa ni que yo le dirigiese la palabra.

Por mi parte, sentí repulsión al percibir el olor a tierra removida que desprendía su cuerpo, y a sus frases tímidamente confidenciales respondí con monosílabos que parecían las gotas lentas de un grifo que cierra mal.

Quiso informarme sobre la sepultura del perro, pero al ver que no estaba interesada ni en la ubicación de la fosa ni en los detalles del triste encargo, como él lo llamó, y además lo interrumpía continuamente gritando a los niños «¡Silencio, ahora voy!», se puso nervioso y dejó el tema. Para tapar las voces ruidosas de Ilaria y Gianni empezó a hablarme de su madre, de los problemas que le daba ocuparse de ella. Era muy mayor. Continuó así hasta que le dije que los hijos de madres longevas tienen la desgracia de no saber realmente lo que es la muerte y, en consecuencia, de no emanciparse nunca. Le sentó mal y se despidió con evidente disgusto.

En lo que quedó de día no intentó volver a verme. Dejé que su rosa se marchitase en un pequeño jarrón que había sobre el escritorio, el cual había carecido de flores desde la lejana época en que Mario, por mi cumpleaños, me regalaba una orquídea imitando a Swann, el personaje de Proust. Por la noche la corola ya estaba negruzca y reclinada sobre el tallo. La tiré a la basura.

El pediatra llegó después de la cena. Era un anciano delgadísimo que a los niños les resultaba muy simpático porque cuando los visitaba siempre les hacía reverencias y los llamaba señor Giovanni, señorita Illi.

—Señor Giovanni —dijo—, muéstreme inmediatamente la lengua.

Lo examinó a conciencia y atribuyó la causa de su indisposición a un virus de verano que causaba trastornos intestinales, aunque no excluyó la posibilidad de que Gianni hubiese comido algo en mal estado, por ejemplo un huevo, o, como me dijo luego en el salón, en voz baja, que hubiese reaccionado así a un gran disgusto.

Cuando se sentó ante mi escritorio y se disponía a escribir la receta, le hablé con serenidad, como si estuviésemos acostumbrados a semejantes confidencias, de la ruptura con Mario, del horrible día que había pasado, de la muerte de Otto. Me escuchó con atención y paciencia, negó con la cabeza en señal de desaprobación y prescribió fermentos lácticos y mimos para ambos niños, tisana de la normalidad y reposo para mí. Prometió que volvería al cabo de unos días.

35

Fue una noche de sueño largo y profundo.

A partir del día siguiente me dediqué con ahínco a cuidar de los niños. Tenía la impresión de que me vigilaban atentamente para descubrir si había vuelto a ser la madre de siempre o si debían esperar nuevas transformaciones repentinas, así que puse todo mi empeño en tranquilizarlos. Les leí libros de cuentos, jugué con ellos durante horas a juegos aburridos, exagerando el punto de felicidad con el que mantenía a raya los coletazos de desesperación. Ninguno de los dos, quizá de común acuerdo, volvió a mencionar a su padre, ni siquiera para repetir que había que contarle la muerte de Otto. Me daba angustia pensar que lo evitaban porque tenían miedo de herirme y hacer que perdiera otra vez la cabeza. Por eso empecé a sacar a colación a Mario, contando viejas historias en las que había estado muy gracioso o había demostrado gran inventiva y agudeza, o se había hecho el valiente en situaciones peligrosas. No sé qué impresión les causaron esas historias; desde luego las escuchaban absortos, y a veces sonreían complacidos. A mí me provocaban una sensación de fastidio. Mientras las contaba, sentía que me molestaba seguir guardando a Mario entre mis recuerdos.

Cuando el pediatra volvió a los pocos días, encontró a Gianni en plena forma, restablecido por completo.

—Señor Giovanni —le dijo—, tiene usted un color muy rosado. ¿Está seguro de no haberse convertido en un cerdito?

En el salón, cuando me hube asegurado de que los niños no podían oírnos, le pregunté si Gianni podía haberse intoxicado con el insecticida para las hormigas que la noche anterior había echado por la casa. Quería aclararme a mí misma hasta qué punto debía sentirme culpable. El pediatra lo negó, aduciendo que Ilaria no había tenido molestias de ningún tipo.

—¿Y el perro? —le pregunté, enseñándole el aerosol mordisqueado y sin el pulsador que permite nebulizar el veneno.

Lo examinó, con aire perplejo, y concluyó que no podía avanzar un diagnóstico definitivo. Al final, volvió al cuarto de los niños y se despidió de ellos con una reverencia.

—Señorita Illi, señor Giovanni, me retiro con auténtico pesar. Espero que vuelvan a enfermar pronto para poder verlos de nuevo.

Los niños se sintieron seguros con aquella frase. Durante días estuvieron intercambiando continuas reverencias, diciendo señor Giovanni, señora mamá, señorita Illi. Mientras tanto, para consolidar a su alrededor el clima de bienestar, intenté volver a los gestos habituales, como un enfermo después de una larga estancia en el hospital, que para vencer el miedo a la recaída quiere unirse a toda prisa a la vida de los sanos. Volví a cocinar, me esforcé en estimularles el apetito con nuevas recetas, incluso me dediqué a hacer pasteles, pero para la repostería no tenía vocación, no tenía habilidad.

36

No siempre estuve a la altura del aspecto amable y eficiente que quería mostrar. Ciertos indicios me mantenían alarmada. Todavía me olvidaba la olla en el fuego y ni siquiera advertía el olor a quemado. Sentía unas náuseas que nunca había experimentado cuando los trozos de perejil se mezclaban con las pieles rojas de los tomates, flotando en el agua grasienta del fregadero atascado. No era capaz de recuperar la antigua desenvoltura respecto a los restos pegajosos de comida que los niños dejaban en el mantel o en el suelo. A veces rallaba queso, y el gesto se volvía tan mecánico, tan distante e independiente, que el metal me cortaba las uñas y la piel de las yemas de los dedos. Además, me encerraba en el baño —cosa que nunca había hecho— y exponía mi cuerpo a análisis largos, puntillosos, obsesivos. Me palpaba los senos, recorría con los dedos los pliegues de carne que me arrugaban la barriga, me examinaba en un espejo el sexo para ver lo ajado que estaba, comprobaba si empezaba a tener papada, si el labio superior presentaba arrugas. Temía que el esfuerzo que había realizado para no perder la razón me hubiera envejecido. Tenía la impresión de que había perdido pelo, las canas habían aumentado, tendría que teñírmelo, lo notaba grasiento, me lo lavaba continuamente y luego lo secaba con mil trucos.

Pero eran sobre todo las imágenes imperceptibles de la mente, las sílabas débiles lo que me daba miedo. Bastaba un pensamiento que se me escapaba, un pequeño salto violáceo de significados, un jeroglífico verde del cerebro, para que reapareciese el malestar y me generase pánico. Me asustaba que en determinados rincones de la casa volviesen de repente las sombras demasiado densas y húmedas con sus propios ruidos, los movimientos rápidos de masas oscuras. En esas ocasiones me sorprendía encendiendo y apagando el televisor de forma mecánica, solo para tener compañía, o canturreaba una nana en mi dialecto de la infancia, o sentía una pena insoportable al ver el cuenco vacío de Otto junto al frigorífico, o me atacaba un amodorramiento injustificado y al salir de él me encontraba tumbada en el sofá acariciándome los brazos, arañándomelos levemente con el filo de las uñas.

Por otra parte, en aquella fase me ayudó mucho descubrir que había recuperado los buenos modales. El lenguaje obsceno desapareció de golpe. No volví a sentir el impulso de usarlo, me avergonzaba haberlo usado. Retrocedí hasta una lengua libresca, estudiada, un tanto farragosa, que no obstante me proporcionaba seguridad y distancia. De nuevo controlaba el tono de voz, la rabia se posó en el fondo y dejó de cargar las palabras. En consecuencia, mis relaciones con el mundo exterior mejoraron. Conseguí, con la tozudez de la amabilidad, que el teléfono funcionase de nuevo, e incluso descubrí que el viejo móvil tenía arreglo. Un joven empleado de una tienda que encontré milagrosamente abierta me enseñó lo fácil que era encajarlo bien. Hasta yo habría podido hacerlo.

Para evitar el aislamiento, pasé a realizar una serie de llamadas. Quería recobrar el contacto con conocidos que tuviesen hijos de edades parecidas a las de Ilaria y Gianni, y organizar excursiones de un día o dos para que se resarcieran de aquellos meses negros. De llamada en llamada me di cuenta de la gran necesidad que tenía de liberar mi carne encallecida por medio de sonrisas, palabras y gestos cordiales. Reanudé mi relación con Lea Farraco y reaccioné con mucha desenvoltura cuando un día vino a verme con la expresión contenida de quien tiene algo urgente y delicado que decir. Estuvo dando largas a la conversación, según su costumbre, y no la apremié, no manifesté ansiedad. Después de asegurarse de que yo no iba a empezar a despotricar, me aconsejó que fuese razonable, me dijo que una relación puede acabar, pero nada puede privar a un padre de sus hijos ni a unos hijos de su padre, y cosas por el estilo. Hasta que concluyó:

—Deberías fijar unos días para que Mario pueda ver a los niños.

—¿Es él quien te manda? —pregunté sin agresividad. A disgusto admitió que sí—. Dile que cuando quiera verlos no tiene más que llamar.

Sabía que tendría que encontrar con Mario el tono justo de nuestra relación futura, aunque solo fuese por Ilaria y Gianni, pero no me apetecía. Hubiese preferido no volver a verlo más. Esa noche, antes de dormirme, sentí que de los armarios seguía saliendo su olor, brotaba del cajón de su mesilla, de las paredes, del zapatero. En los meses anteriores, aquella señal olfativa me había causado nostalgia, deseo, rabia. Ahora lo asociaba a la agonía de Otto y ya no me conmovía. Descubrí que era como el recuerdo del olor de un viejo que te restriega en el autobús las ganas de su carne moribunda. Aquello me fastidió, me deprimió. Esperé a que aquel hombre que había sido mi marido reaccionase al mensaje que le había enviado, pero sin tensiones, solo con resignación.

37

Mi obsesión más persistente fue Otto. Me enfadé muchísimo cuando un mediodía pesqué a Gianni poniéndole a su hermana en el cuello el collar del perro y, mientras ella ladraba, él le gritaba tirando de la correa: «Quieta, túmbate, si no te estás quieta te daré una patada». Requisé el collar, la correa y el bozal, y me encerré en el baño muy alterada. Sin embargo, una vez allí, con un movimiento imprevisto, como si fuera a probarme en el espejo un ornamento tardopunk, intenté ponerme el collar al cuello. Cuando me di cuenta de lo que estaba haciendo, me eché a llorar y corrí a tirar todo aquello a la basura.

Una mañana de septiembre, mientras los niños jugaban en el jardín de rocalla del parque y a ratos se peleaban con otros niños, creí ver a nuestro perro, exactamente él, que pasaba corriendo. Yo estaba sentada en un banco a la sombra de una gran encina, cerca de una fuente bajo cuyo chorro permanente saciaban la sed las palomas, entre las gotas que rebotaban en su plumaje. Trataba de escribir, con mucha dificultad, y tenía una percepción inestable de lo que me rodeaba. Solo escuchaba el murmullo de la fuente, de la pequeña cascada entre las rocas, del agua entre las plantas acuáticas. De repente, con el rabillo del ojo vi la sombra larga y fluida de un pastor alemán que corría por la hierba. Durante unos segundos estuve segura de que se trataba de Otto, que volvía del reino de los muertos. Pensé que otra vez se estaba descomponiendo algo dentro de mí y me entró pánico. Pero me di cuenta enseguida de que en realidad aquel pastor, un animal extraño, no tenía nada que ver con nuestro pobre perro. Solo quería hacer lo que Otto hacía a menudo después de una larga carrera por la hierba: beber agua. Efectivamente, fue hasta la fuente, provocando la desbandada de las palomas, ladró a las avispas que zumbaban en el borde del pilón y rompió con su ávida lengua violácea el chorro luminoso del caño. Yo cerré mi cuaderno y me quedé mirándolo. Me conmovió. Era más voluminoso, más gordo que Otto. Me pareció incluso de índole menos noble, pero me enterneció igualmente. A un silbido del amo acudió sin dudar y las palomas volvieron a jugar con el chorro de agua.

Al mediodía busqué el número del veterinario, un tal Morelli, al que Mario llevaba a Otto cuando era necesario. No había tenido ocasión de conocerlo, pero mi marido siempre me había hablado de él con entusiasmo. Era hermano de un profesor del Politécnico amigo suyo. Lo llamé, fue muy amable. Tenía una voz profunda, casi recitativa, como la de los actores en las películas. Me dijo que pasara por su consulta al día siguiente. Dejé a los niños con unos conocidos y fui.

El veterinario dirigía también la clínica, anunciada con un neón azul que estaba encendido día y noche. Descendí por una larga escalera y me encontré en un pequeño recibidor con un olor muy fuerte y bien iluminado. Me recibió una chica morena que me indicó que esperase en la salita lateral; el doctor estaba operando.

En la salita había varias personas esperando, unas con perros, otras con gatos. Una mujer de unos treinta años tenía en el regazo un conejo negro al que acariciaba sin parar con un movimiento mecánico de la mano. Pasé el rato estudiando un tablón de anuncios en el que las propuestas de apareamiento entre animales con pedigrí alternaban con descripciones detalladas de perros o gatos perdidos. De vez en cuando llegaba gente que quería noticias del animal querido: uno preguntaba por su gato, ingresado para unas pruebas, otro por un perro sometido a quimioterapia; una señora sufría por su caniche que agonizaba. En aquel lugar el dolor cruzaba la frágil frontera de lo humano y se extendía sobre el vasto mundo de los animales domésticos. Sentí un leve mareo y me empapé de un sudor frío cuando reconocí en el aire estancado de la habitación el olor del sufrimiento de Otto y el conjunto de sensaciones desagradables que me sugería desde su muerte. De pronto, la responsabilidad que me atenazaba por la muerte del perro adquirió dimensiones gigantescas. Pensé que había sido una imprudente. Mi malestar iba en aumento. Ni siquiera la tele encendida en un rincón, que transmitía las últimas noticias sobre las acciones crueles de los hombres, pudo atenuar mi sentimiento de culpa.

Pasó más de una hora antes de que me atendiera. No sé por qué, pero me había imaginado que me encontraría frente a un energúmeno gordo con la bata llena de sangre, las manos peludas y una cara ancha y cínica. En cambio, me recibió un hombre alto, de unos cuarenta años, delgado, de cara agradable, ojos azules y pelo rubio sobre la frente amplia, limpio en cada palmo del cuerpo y de la mente, como saben parecer los médicos, y además con los modales del caballero que cultiva su espíritu melancólico mientras el viejo mundo se derrumba a su alrededor.

El veterinario escuchó atentamente mi descripción de la agonía y la muerte de Otto. Solo me interrumpía de vez en cuando para sugerirme el término científico que a su juicio daba más crédito a mi léxico abundante e impresionista. Tialismo. Disnea. Fasciculación muscular. Incontinencia fecal y urinaria. Convulsiones y ataques epilectoides. Su conclusión fue que lo que había matado al perro había sido casi con toda seguridad la estricnina. No excluyó por completo el insecticida, sobre el que insistí muchas veces, pero se mostró escéptico. Pronunció términos oscuros del tipo diacodión y fenal; finalmente negó con la cabeza y diagnosticó:

—No, yo diría que fue estricnina.

Como me había ocurrido con el pediatra, también con él se apoderó de mí el impulso de contarle la situación extrema que había vivido. Tenía una fuerte tendencia a describir con precisión lo que había ocurrido aquel día, me daba seguridad. Estuvo escuchándome sin dar muestras de impaciencia y mirándome a los ojos con expresión atenta. Al final me dijo en un tono muy sosegado:

—Su única culpa es la de ser una mujer muy sensible.

—También el exceso de sensibilidad puede ser malo —repliqué.

—Aquí lo único malo es la insensibilidad de Mario —respondió, señalándome con la mirada que comprendía mis razones y consideraba insustanciales las de su amigo. Incluso me contó algún que otro chisme sobre ciertas maniobras oportunistas que mi marido estaba haciendo para obtener no sé qué trabajo y que él había sabido por su hermano. Me sorprendió mucho, no conocía aquella faceta de Mario. El veterinario sonrió con dientes regularísimos y añadió—: Aunque, por otro lado, es un hombre con muchas cualidades.

Aquella última frase fue un salto elegante de la acusación al cumplido. Me pareció tan lograda que pensé que la normalidad adulta era un arte exactamente de esa clase. Tenía que aprender.

38

Aquella tarde, cuando regresé a casa con los niños, por primera vez desde el abandono sentí su calidez cerrada, confortable, y bromeé con mis hijos hasta que los convencí de que se lavaran y se metieran en la cama. Ya me había desmaquillado y estaba a punto de irme a dormir cuando oí que llamaban a la puerta con los nudillos. Miré por la mirilla y vi a Carrano.

Desde la noche en que había enterrado a Otto me había cruzado con él pocas veces, y siempre con los niños, siempre para decirnos solo buenos días. Tenía su habitual aspecto de hombre descuidado, con la espalda encorvada como si se avergonzase de su altura. Mi primer impulso fue no abrirle, pues me pareció que podía empujarme de nuevo a la angustia. Pero luego noté que se había peinado de otra forma, sin raya, y tenía el cabello gris recién lavado. Pensé en el tiempo que habría empleado en mejorar su aspecto antes de decidirse a subir la escalera y ponerse delante de mi puerta. Además, había llamado con los nudillos para no despertar a los niños con el ruido del timbre. Giré la llave y abrí.

Me enseñó enseguida, con gesto incierto, una botella de pinot blanco frío. Destacó, un tanto alterado, que se trataba del mismo pinot de Buttrio, de la cosecha de 1998, que le había llevado yo cuando había ido a su casa. Le dije que en aquella ocasión yo había cogido una botella cualquiera, que no había pretendido indicar mis preferencias. Además, los vinos blancos no me gustaban, me daban dolor de cabeza.

Se encogió de hombros y se quedó allí, en la entrada, con la botella en la mano, cubierta de una escarcha que empezaba a condensarse en gotas. La cogí mientras se lo agradecía débilmente, le indiqué el salón y fui a la cocina a buscar el sacacorchos. Cuando regresé, lo encontré sentado en el sofá, jugueteando con el bote mordisqueado del insecticida.

—El perro lo hizo polvo —comentó—. ¿Por qué no lo tiras?

Eran palabras inofensivas para romper el silencio, pero me molestó que nombrase a Otto. Le serví un vaso y dije:

—Bebe y te vas. Es tarde, estoy cansada. —Se limitó a hacer un gesto afirmativo con actitud de bochorno, pero seguramente pensó que no lo decía en serio; esperaba que poco a poco me volviese más hospitalaria, más condescendiente. Solté un largo suspiro de descontento y añadí—: Hoy he consultado a un veterinario y me ha dicho que Otto murió envenenado por estricnina.

Negó con la cabeza con aire de franca desolación.

—La gente a veces es muy mala —murmuró. Por un instante pensé que aludía incoherentemente al veterinario, pero enseguida comprendí que se refería a la gente que visitaba el parque. Lo miré con atención.

—¿Y tú? Amenazaste a mi marido, le dijiste que envenenarías al perro. Los niños me lo han contado.

Le vi en la cara estupor y luego un verdadero disgusto. Dibujó en el aire un gesto de angustia, como si quisiera apartar mis palabras, y farfulló deprimido:

—No quería decir eso, me malinterpretó. La amenaza de envenenar al perro la había escuchado en el parque. A ti también te lo dije… —Al llegar a ese punto, el enfado dio a su voz un tono áspero—: Por otra parte, sabes muy bien que tu marido se cree el amo del mundo.

Me pareció inútil decirle que no lo sabía en absoluto. De mi marido me había hecho otra idea; además, al irse me había dejado vacía, se había llevado el sentido que le había dado a mi vida durante mucho tiempo. Había ocurrido de repente, como cuando en las películas se abre una fuga en un avión que vuela a gran altura. Ni siquiera me había dado tiempo a retener un mínimo sentimiento de simpatía.

—Tiene los mismos defectos que todo el mundo —murmuré—, es uno de tantos. A veces somos buenos y a veces, abominables. ¿Cuando fui a tu casa no hice cosas vergonzosas que jamás habría imaginado? Fueron acciones sin amor, sin deseo siquiera, pura rabia. Y, sin embargo, no soy una mujer particularmente mala.

Tuve la impresión de que le había hecho mucho daño con aquellas palabras.

—¿Yo no te importaba nada? —dijo espantado.

—No.

—¿Y ahora tampoco te importo?

Negué con la cabeza e intenté esbozar una sonrisa que lo indujese a tomar la situación como un accidente cualquiera de la vida, como si hubiese perdido en un juego de cartas.

Dejó el vaso y se levantó.

—Para mí aquella noche fue muy importante —dijo—, y ahora lo es más aún.

—Lo siento.

Torció la boca en una sonrisa cínica y negó con la cabeza. Yo no lo sentía en absoluto, era solo una manera de hablar para cortar por lo sano.

—Eres igual que tu marido. Claro, habéis estado tanto tiempo juntos… —murmuró.

Se dirigió a la puerta y yo lo seguí con apatía. En el umbral me dio el aerosol, que todavía llevaba en las manos. Creí que daría un portazo al salir, pero cerró la puerta con suavidad.

39

La manera en que había terminado aquel encuentro me atormentó. Dormí mal. Decidí reducir al mínimo los contactos con él. Había conseguido herirme con unas pocas palabras. Cuando me cruzaba con él en la escalera, respondía a duras penas a su saludo y seguía adelante. Sentía su mirada ofendida y deprimida en la nuca y me preguntaba cuánto duraría aquel fastidio de tener que esquivar las expresiones de pena, las súplicas mudas del vecino. De todas formas lo tenía merecido, había sido muy desconsiderada con él.

No obstante, las cosas tomaron muy pronto otro cariz. Día a día, Carrano ponía mucho cuidado en eludir cualquier encuentro, aunque manifestaba su presencia con señales de devoción a distancia. Un día encontraba delante de mi puerta una bolsa de la compra que con las prisas había olvidado en el portal, otro día era un periódico o un bolígrafo que me había dejado en un banco del parque. No quise agradecérselo. Sin embargo, empezaron a rondarme por la cabeza algunas frases de nuestra última conversación, y a fuerza de pensar en ellas descubrí que lo que me había molestado en concreto era la acusación directa de parecerme a Mario. No pude deshacerme de la impresión de que me había arrojado a la cara una verdad desagradable, mucho más desagradable de lo que él mismo podía llegar a pensar. Aquella idea me rondó en la mente durante semanas, sobre todo porque, con el comienzo de las clases, sin la presencia de los niños, me vi de nuevo con tiempo libre para devanarme los sesos.

Pasé las cálidas mañanas del principio del otoño sentada en el banco del jardín de rocalla, escribiendo. En principio eran apuntes para un posible libro, al menos así lo llamaba yo. Quería arrancarme la piel —me decía— para observarme a mí misma con precisión y malicia, analizar el mal de aquellos meses horribles hasta el fondo. En realidad todo giraba en torno a la pregunta que me había sugerido Carrano: ¿era igual que Mario? ¿Y qué significaba eso, que nos habíamos elegido por nuestras afinidades y que aquellas afinidades, con los años, se habían ramificado? ¿En qué me había sentido igual a él cuando me enamoré? ¿Qué había reconocido en mí de él al comienzo de nuestra relación? ¿Cuántos pensamientos, gestos, tonos, gustos, costumbres sexuales me había transmitido a lo largo de los años?

En aquel tiempo llené páginas y páginas de preguntas de ese tipo. Si Mario me había dejado, si ya no me amaba, si yo misma ya no lo amaba, ¿por qué tenía que seguir llevando en la carne tantas cosas suyas? Lo que yo había puesto en él seguramente Carla lo había ido eliminando durante los años secretos de su relación. Pero yo, que había creído adorable todo lo que había asimilado de él, ¿qué podía hacer para quitármelo de encima de una vez, ahora que ya no me parecía en absoluto adorable? ¿Cómo podía arrancármelo definitivamente del cuerpo y de la mente sin tener que descubrir que así me arrancaba a mí misma?

Solo entonces, durante aquellas mañanas en que las manchas de sol se dibujaban sobre la hierba entre las sombras de los árboles para luego desplazarse lentamente como verdes nubes luminosas sobre un cielo oscuro, volví con cierta vergüenza a analizar la voz hostil de Carrano. ¿Era de verdad Mario un hombre agresivo, convencido de poder mandar en todo y en todos, e incluso un oportunista, como me había asegurado el veterinario? El hecho de que yo nunca lo hubiese visto como un individuo de esa calaña, ¿no podía significar que consideraba natural su comportamiento porque en el fondo era igual que el mío?

Pasé varias tardes mirando las fotografías familiares. Buscaba en el cuerpo que había tenido antes de conocer al que sería mi marido las señales de mi independencia. Comparé mis imágenes de jovencita con las de los años siguientes. Quise descubrir cuánto se había modificado mi mirada desde que había empezado a salir con él, quise ver si en el transcurso de los años había terminado por parecerse a la suya. El germen de su carne había entrado en la mía, me había deformado, ensanchado, engordado, me había dejado embarazada dos veces. La fórmula era: había llevado en mi seno hijos suyos; le había dado hijos. Aunque me decía que no le había dado nada, que los hijos eran sobre todo míos, que siempre habían estado bajo el radio de mi cuerpo, a mi cuidado, sin embargo no podía quitarme de la cabeza lo que de su naturaleza albergaban los niños de forma inevitable. Mario saltaría desde el interior de sus huesos de repente, ya, en unos días, en unos años, de forma cada vez más visible. ¿Cuánto de él estaría obligada a amar para siempre sin darme cuenta siquiera, solo por el hecho de amarlos a ellos? Qué complicada y espumosa mezcla es una pareja. Aunque la relación se deshaga hasta desaparecer, continúa actuando por vías secretas, no muere, se niega a morir.

Pasé una larga y silenciosa noche recortando con las tijeras ojos, orejas, piernas, narices, manos mías, de los niños, de Mario, y pegándolos en un papel de dibujo. Obtuve un único cuerpo futurista monstruosamente indescifrable que tiré enseguida a la basura.

40

Cuando Lea Farraco reapareció unos días después, comprendí de inmediato que Mario no tenía intención de enfrentarse a mí en persona, ni siquiera por teléfono. El mensajero no tiene la culpa, me dijo mi amiga; después de aquella agresión en la calle, mi marido consideraba que era mejor que nos viésemos lo menos posible. Pero a los niños quería verlos, los echaba de menos; me preguntaba si podía mandárselos el fin de semana. Le dije a Lea que lo consultaría con mis hijos y dejaría que ellos decidieran. Ella negó con la cabeza y me regañó.

—No hagas eso, Olga. ¿Qué quieres que decidan los niños?

No la escuché. Pensaba que podría manejar aquella cuestión como si fuésemos un trío capaz de discutir, enfrentarnos y tomar decisiones por unanimidad o por mayoría. Por esa razón hablé con Ilaria y Gianni en cuanto volvieron de la escuela. Les dije que su padre quería que pasaran con él el fin de semana, les expliqué que la decisión de ir o no ir les correspondía a ellos, les avisé de que probablemente conocerían a la nueva esposa (dije exactamente «esposa») de su padre.

Ilaria me preguntó enseguida, sin medias tintas:

—¿Tú qué quieres que hagamos?

Fue Gianni quien le contestó:

—Idiota, ha dicho que tenemos que decidirlo nosotros.

Estaban visiblemente angustiados. Me preguntaron si podían hablarlo entre ellos, se encerraron en su cuarto y los oí discutir un buen rato. Cuando salieron, Ilaria me preguntó:

—¿A ti te molesta que vayamos?

Gianni le dio un fuerte empujón y dijo:

—Hemos decidido quedarnos contigo.

Me dio vergüenza la prueba de afecto a la que los había sometido. El viernes a mediodía los obligué a lavarse bien, los vestí con su mejor ropa, preparé dos mochilas con sus cosas y los acompañé a casa de Lea.

Por la calle siguieron insistiendo en que no tenían ganas de separarse de mí, me preguntaron cien veces cómo iba a pasar el sábado y el domingo, al final subieron al coche de Lea y desaparecieron con todas sus emocionadas esperanzas.

Di un paseo, fui al cine, volví a casa, cené de pie sin poner la mesa, me senté a ver la tele. Lea me llamó ya entrada la noche, dijo que el encuentro entre padre e hijos había sido hermoso y conmovedor. Después me reveló con cierto desagrado la verdadera dirección de Mario. Vivía con Carla en la Crocetta, en una bonita casa que pertenecía a la familia de ella. Al final, Lea me invitó a cenar al día siguiente y, aunque no me apetecía, acepté: es terrible el cerco del día vacío, cuando la noche te aprieta el cuello como una soga.

El sábado por la noche fui a la casa de los Farraco, pero llegué demasiado temprano. Intentaron entretenerme y yo me esforcé por ser cordial. En un momento determinado eché una ojeada a la mesa puesta y conté mecánicamente los cubiertos, las sillas: seis. Me puse tensa: dos parejas, yo y una sexta persona. Pensé que Lea había querido preocuparse por mí y me había organizado un encuentro que favoreciese una aventura, una relación provisional, o quién sabe, un arreglo definitivo. Mis sospechas se confirmaron cuando llegaron los Torreri, a quienes ya había conocido el año anterior en una cena, en el papel de mujer de Mario, y Morelli, el veterinario al que había consultado para saber algo más de la muerte de Otto. Morelli, un buen amigo del marido de Lea, agradable y enterado de todos los cotilleos sobre la gente guapa del Politécnico, había sido invitado para alegrarme la cena.

Aquello me deprimió. Esto es lo que te espera, pensé. Este tipo de veladas. Comparecer en la casa de unos extraños, marcada por la condición de mujer a la espera de rehacer su vida. Estar en las manos de otras mujeres, infelizmente casadas, que se afanan por ofrecerte hombres que ellas consideran fascinantes. Tener que aceptar el juego, no saber admitir que a ti esos hombres solo te producen desaliento por su misión explícita, sabida por todos los presentes, de intentar un acercamiento a tu persona fría, de calentarse para calentarte y luego echársete encima en su papel de seductores a prueba, hombres tan solos como tú, como tú aterrados por la extrañeza, consumidos por los fracasos y por los años vacíos, separados, divorciados, viudos, abandonados, traicionados.

Guardé silencio durante toda la cena. Extendí a mi alrededor un anillo invisible y cortante. A cada frase con que el veterinario buscaba las risas o las sonrisas yo ni reí ni sonreí, retiré un par de veces mi rodilla de la suya y me puse rígida cuando me tocó un brazo e intentó hablarme al oído con una intimidad inexplicable.

Nunca más, pensé, nunca más. Ir de casa en casa visitando a alcahuetes que preparan bondadosamente citas ocasionales y te vigilan para ver si la cosa va bien, si él hace lo que tiene que hacer, si tú reaccionas como debes. Un espectáculo para parejas, un tema cómico cuando se van los invitados y en la mesa quedan las sobras. Di las gracias a Lea y a su marido y me fui muy pronto, de forma repentina, cuando los comensales iban a pasar al salón para tomar unas copas y charlar.

41

El domingo por la noche, cuando Lea trajo a los niños de vuelta a casa, me sentí aliviada. Parecían cansados, pero se los veía bien.

—¿Qué habéis hecho? —pregunté.

—Nada —respondió Gianni.

Luego me soltó que se habían montado en los caballitos, que habían ido a Varigotti para ver el mar, que habían comido en restaurantes, al mediodía y por la noche. Ilaria separó los brazos y me dijo:

—Me he comido un helado así de grande.

—¿Lo habéis pasado bien?

—No —dijo Gianni.

—Sí —dijo Ilaria.

—¿Estaba Carla?

—Sí —dijo Ilaria.

—No —dijo Gianni.

Antes de dormirse, la niña me preguntó en un tono ligeramente ansioso:

—¿Nos mandarás con papá otra vez la semana que viene?

Gianni me miró desde su cama con cara de preocupación. Contesté que sí.

Más tarde, ya con la casa en silencio, mientras intentaba escribir, se me ocurrió pensar que semana tras semana se iría reforzando en los niños la presencia del padre. Asimilarían mejor sus gestos, sus tonos, y los mezclarían con los míos. La pareja se había disuelto, pero en ellos dos se curvaría con el tiempo, se enlazaría, se embrollaría y seguiría existiendo aunque ya no tuviese fundamento ni motivo. Poco a poco le harían sitio a Carla, escribí. Ilaria la estudiaría con disimulo para aprender sus gestos al maquillarse, sus andares, su forma de reír, sus preferencias en cuanto a los colores, y entre tanto ir y venir terminaría por confundirlos con mis movimientos, con mis gustos, con mis ademanes controlados o distraídos. Gianni empezaría a desearla en secreto, a soñar con ella desde el líquido amniótico en el que había nadado. En mis hijos se introducirían los padres de Carla; el clan de sus antepasados se instalaría entre mis abuelos y los de Mario. Un vocerío mestizo crecería dentro de ellos. Al pensarlo caí en lo absurdo del adjetivo «mis», «mis hijos». No dejé de escribir hasta que escuché un lamido, la pala viva de la lengua de Otto contra el plástico de su cuenco. Me levanté, fui a comprobar que estuviese vacía, seca. El pastor era de espíritu fiel y vigilante. Me metí en la cama y me dormí.

Al día siguiente empecé a buscar trabajo. No sabía hacer gran cosa, pero gracias a los frecuentes traslados de Mario había estado en el extranjero mucho tiempo y dominaba al menos tres lenguas. Con la ayuda de ciertos amigos del marido de Lea, pronto me contrataron en una agencia de alquiler de coches para que me ocupase de la correspondencia internacional.

Mis días se hicieron más frenéticos de lo normal: trabajar, hacer la compra, cocinar, limpiar, los niños, las ganas de ponerme a escribir, las listas de tareas urgentes que elaboraba por las noches: comprar ollas nuevas, llamar al fontanero porque el lavabo perdía agua, hacer que arreglasen la persiana del salón, comprar un chándal para Gianni, comprarle zapatos nuevos a Ilaria, a quien le había crecido el pie.

Así comencé una continua y enérgica carrera que duraba de lunes a viernes, pero sin las obsesiones de los meses anteriores. Un alambre que horadaba los días se extendía ante mí y me deslizaba por él con rapidez, sin pensarlo, en un equilibrio cada vez mejor simulado, hasta que le entregaba los niños a Lea, que a su vez se los entregaba a Mario. Entonces se estancaba el tiempo vacío del fin de semana y me sentía como si estuviese de pie al borde de un pozo sin poder guardar el equilibrio.

Por otro lado, el regreso de los niños el domingo por la noche se convirtió en un cúmulo interminable de disgustos. Los dos se acostumbraron a aquel balanceo entre mi casa y la de Mario, y pronto dejaron de prestar atención a lo que podía herirme. Gianni empezó a alabar la cocina de Carla y a odiar la mía. Ilaria me contó que se duchaba con la nueva mujer de su padre. Me reveló que tenía los pechos más bonitos que yo, le asombraba que tuviese pelos rubios en el pubis y me describió con todo detalle su ropa interior. Me hizo jurarle que en cuanto le saliera el pecho le compraría sujetadores del mismo color y de la misma tela. Ambos niños adoptaron nuevas muletillas, que sin duda no eran mías; decían «prácticamente» a todas horas. Ilaria me reprendió por no querer comprar un lujosísimo estuche de maquillaje del que Carla hacía ostentación. Un día, durante una pelea por un abriguito que le había comprado y no le gustaba, me gritó:

—¡Eres mala! ¡Carla es más buena que tú!

Llegó un momento en que ya no sabía si me sentía mejor cuando ellos estaban o cuando no. Me di cuenta, por ejemplo, de que aunque ya no daban importancia al daño que me hacían hablándome de Carla, vigilaban celosamente que me dedicase a ellos y a nadie más. Una vez que no tenían clase los llevé conmigo al trabajo. Me sorprendió lo bien que se portaron. Un compañero nos invitó a los tres a comer, y ellos se sentaron a la mesa serios, en silencio, sin pelearse, sin intercambiar sonrisitas cómplices, sin lanzarse palabras en clave, sin ensuciar el mantel con la comida. Comprendí demasiado tarde que se habían dedicado a estudiar el modo en que aquel hombre me trataba, las atenciones que me dirigía y el tono en que yo le respondía, captando, como solo saben hacerlo los niños, la tensión sexual, que por otra parte era mínima, un puro juego del descanso para comer que él practicaba conmigo.

—¿Has notado cómo chasqueaba los labios al final de cada frase? —me preguntó Gianni con inquina burlesca.

Negué la cabeza, no lo había notado. Para demostrármelo, empezó a chasquear los labios cómicamente, avanzándolos para mostrarlos hinchados y rojos, y produciendo un «plop» cada dos palabras. Ilaria lloraba de la risa; después de cada exhibición, pedía sin aliento: «¡Otra vez, otra vez!». Al poco rato estaba riéndome yo también, aunque la agudeza maliciosa de mis hijos me había dejado un tanto desorientada.

Aquella noche, cuando Gianni vino a mi dormitorio para que le diese el habitual beso de buenas noches, me abrazó de repente y me besó en una mejilla haciendo «plop» y empapándomela de saliva; luego él e Ilaria se fueron a su cuarto muertos de risa. Desde entonces, ambos se empeñaron en criticar todo lo que hacía, al tiempo que empezaron a alabar abiertamente a Carla. Me sometían a las adivinanzas que ella les enseñaba para demostrarme que no sabía responder, alababan lo bien que se estaba en la nueva casa de Mario y lo fea y desordenada que era la nuestra. Gianni sobre todo se volvió insoportable en poco tiempo. Gritaba sin motivo, destrozaba las cosas, se zurraba con los compañeros de clase, maltrataba a su hermana y a veces se enfadaba consigo mismo y se mordía en el brazo o en la mano.

Un día de noviembre volvían los dos de la escuela con unos helados enormes que se habían comprado. No sé bien cómo ocurrió. Se guramente, Gianni acabó su cucurucho y pretendió que Ilaria le diera el suyo. Era un tragón, siempre tenía hambre. El caso es que le dio tal empujón que la pequeña fue a chocar contra un chico de unos dieciséis años y le manchó la camisa de chocolate y nata.

Al principio el muchacho se ocupó solamente de la mancha, pero luego se enfureció de improviso y la tomó con Ilaria. Entonces Gianni lo golpeó con su mochila en toda la cara, le mordió una mano y no soltó su presa hasta que el otro empezó a darle puñetazos con la mano libre.

Al volver del trabajo, abrí la puerta y oí la voz de Carrano dentro de casa. Estaba charlando con los niños en el salón. Al verlo fui bastante fría, no entendía qué hacía él en mi casa, nadie le había dado permiso. Luego, cuando me di cuenta del estado en que Gianni se encontraba, un ojo negro y el labio inferior partido, me olvidé de él y me lancé sobre el niño llena de angustia.

Poco a poco fui comprendiendo que Carrano, de camino a su casa, había encontrado a los niños en aquel apuro, había apartado a Gianni del chico furioso, había calmado a Ilaria, que estaba muy alterada, y los había acompañado a casa. Es más: los había puesto de buen humor contándoles los golpes que había dado y recibido él cuando era un niño; de hecho, me interrumpían para pedirle que siguiera con sus historias.

Le di las gracias por aquello y por las demás veces que me había ayudado. Pareció contento. Solo metió la pata al pronunciar una vez más la frase equivocada en el momento de despedirse. Dijo:

—Quizá son demasiado pequeños para volver solos de la escuela.

—Quizá, pero yo no puedo hacer otra cosa —repliqué.

—Yo podría encargarme algunos días —aventuró.

Le di las gracias de nuevo, aún más fría. Dije que podía apañármelas sola y cerré la puerta.

42

El comportamiento de Ilaria y de Gianni no mejoró después de
esa aventura; al contrario, continuaron haciéndome expiar faltas
que no había cometido: eran solo sueños negros de la infancia. Mientras tanto, con un giro imprevisto y de difícil explicación, dejaron de
considerar a Carrano un enemigo —el asesino de Otto, lo llamaban—, y cuando nos lo encontrábamos en la escalera lo saludaban
siempre con una especie de camaradería, como si fuese un compañero de juegos. Él respondía haciendo guiños un tanto patéticos o señas contenidas. Me daba la sensación de que temía excederse. Evidentemente no pretendía ofenderme, pero los niños querían más, no
tenían suficiente.

Gianni le gritaba sin parar: «Hola, Aldo», hasta que Carrano barbotaba con la cabeza gacha: «Hola, Gianni».

Yo, después, zarandeaba a mi hijo mientras le decía:

—¿Qué son esas confianzas? Debes ser más educado.

Pero él me ignoraba, y contraatacaba con respuestas como «Voy
a hacerme un agujero en la oreja, quiero ponerme un pendiente, mañana me teñiré el pelo de verde».

Las veces que Mario no podía quedarse con ellos, que no eran
pocas, pasábamos las horas del domingo en casa entre tensiones, reproches y escenas, hasta que los llevaba al parque, y allí daban vuel-

tas y vueltas subidos al tiovivo mientras el otoño se llevaba en ban-
dadas las hojas amarillas o rojas y las lanzaba a los paseos empedrados
o las arrojaba al agua del Po. Pero a veces, en especial cuando el domingo estaba nublado y húmedo, íbamos al centro. Ellos se perseguían alrededor de las fuentes de las que manaban chorros blancos
por reflejo de la pavimentación, mientras yo caminaba con desgana
controlando el zumbido de las imágenes borrosas y las voces entre-
cruzadas que en los momentos de abatimiento aún me rondaban por
la cabeza. Cuando esos momentos se hacían particularmente alarmantes, me esforzaba por captar voces meridionales bajo el acento
turinés, lo que me producía un tierno engaño de infancia, una impresión de pasado, de años acumulados, de distancia justa para los recuerdos. A menudo iba a sentarme aparte, en los escalones del monumento a Manuel Filiberto, mientras Gianni, siempre armado con
una llamativa metralleta de ciencia ficción que le había regalado su
padre, daba a su hermana clases crueles sobre la Primera Guerra
Mundial y se entusiasmaba refiriendo el número de soldados muertos, describiendo las caras negras de los combatientes de bronce, de
sus fusiles en posición de descanso. Entonces yo miraba el arriate y
observaba los tres cañones arrogantes y misteriosos que se erguían sobre la hierba y que parecían vigilar el castillo gris como periscopios.
Sentía que nada, nada conseguía consolarme, aunque —pensaba—
ahora estoy aquí, mis hijos están vivos y juegan entre ellos, el dolor se
ha destilado; me ha amargado, pero no me ha destrozado. A ratos,
me rozaba con los dedos, a través de las medias, la cicatriz de la herida que me había hecho Ilaria.

Luego sucedió algo que me dejó sorprendida y turbada. Un día a
mediados de semana, cuando salía del trabajo, encontré en el buzón
del teléfono móvil un mensaje de Lea. Me invitaba a un concierto esa
misma noche. Decía que tenía mucho interés en asistir a él. Le noté

la voz ligeramente subida de tono, con la verborrea que solía usar cuando hablaba de música antigua, que le apasionaba. No me apetecía salir, pero, igual que ocurría con tantas cosas de mi vida en aquel período, me obligué a ir. Sin embargo, luego empecé a sospechar que Lea me había organizado en secreto otra cita con el veterinario y estuve dudando un buen rato. No tenía ganas de estar en tensión toda la velada. Al final decidí que, con veterinario o sin él, el concierto me relajaría. La música siempre hace bien, desata los nudos con que los nervios se aferran a las emociones. Así que me puse a hacer llamadas hasta encontrar a alguien con quien dejar a Ilaria y Gianni. Después tuve que convencerlos de que los amigos con los que había decidido dejarlos no eran tan odiosos como ellos decían. Al final se resignaron, aunque Ilaria declaró a quemarropa:

—Como no estás nunca con nosotros, llévanos a vivir para siempre con papá.

No contesté. Cada tentación de ponerme a gritar se veía compensada con el pánico de volver a entrar en algún camino oscuro y perderme, por eso me contuve.

Cuando recogí a Lea solté un suspiro de alivio. Estaba sola. Fuimos en taxi hasta un pequeño teatro de las afueras, una cáscara de nuez pulida, sin rincones. En aquel ambiente, Lea conocía y era conocida por todos. Me sentí muy a gusto disfrutando del reflejo de su notoriedad.

Durante un rato la pequeña sala estuvo cargada de murmullos, llamadas discretas, gestos de saludo, una nube de perfumes y de alientos. Luego nos sentamos, se hizo el silencio, las luces se apagaron y entraron los músicos y la cantante.

—Son buenísimos —me aseguró Lea al oído.

No dije nada. Me había quedado de una pieza: entre los músicos acababa de reconocer a Carrano. Bajo los focos parecía otra persona, aún más alta. Se le veía delgado y elegante, todos sus gestos dejaban una estela de color, el cabello le brillaba como si fuese de un metal precioso.

Cuando empezó a tocar el violonchelo se esfumó lo que quedaba del hombre que vivía en mi edificio y se convirtió en una alucinación excitante de mi mente, en un cuerpo lleno de seductoras anomalías que parecía extraer sonidos imposibles de su interior, pues el instrumento era una parte de él, viva, nacida de su pecho, de sus piernas, de sus brazos, de sus manos, del éxtasis de sus ojos, de su boca.

Mientras la música me mecía, examiné sin angustia mis recuerdos del piso de Carrano, la botella de vino en la mesa, los vasos ya vacíos, ya llenos, la capa oscura de aquel viernes por la noche, el cuerpo masculino desnudo, la lengua, el sexo. Busqué entre aquellas imágenes de la memoria, en el hombre en albornoz, en el hombre de aquella noche, a este otro hombre que interpretaba música y no lo encontré. ¡Qué absurdo!, pensé. He llegado al fondo de la intimidad con este señor hábil y atractivo, y no lo he visto. Ahora que lo veo, es como si aquella intimidad no le perteneciese, como si fuese de otro que lo ha sustituido, quizá el recuerdo de una pesadilla de mi adolescencia, quizá la fantasía de una mujer deshecha. ¿Dónde estoy? ¿En qué mundo me perdí, a qué mundo he vuelto? ¿A qué vida he llegado? ¿Y con qué fin?

—¿Qué te pasa? —me preguntó Lea, preocupada tal vez por algún gesto mío de agitación.

—El violonchelista es mi vecino —le susurré.

—Es bueno. ¿Lo conoces bien?

—No, no lo conozco en absoluto.

Al final del concierto el público aplaudió y aplaudió. Los músicos abandonaron el escenario, volvieron. El saludo de Carrano fue profundo y sutil como la llama de una vela que se inclina con un golpe de viento. Su cabello de metal se derramó primero sobre el entarimado y luego, de golpe, cuando él se irguió y levantó enérgicamente la cabeza, volvió a quedar en orden. Los músicos interpretaron otro fragmento. La hermosa cantante nos conmovió con su voz enamorada y volvimos a aplaudir. La gente no quería dejarlos marchar. Daba la impresión de que la sombra de los bastidores atraía y repelía a los músicos al ritmo de los aplausos, como si estos fueran órdenes severas. Yo estaba aturdida, tenía la sensación de que la piel me apretaba demasiado los músculos, los huesos. Esa era la verdadera vida de Carrano. O la falsa, pero a mí me parecía ya más propia de él que la otra.

Aunque me esforcé por soltar la tensión eufórica que sentía, no conseguí nada. Era como si la pequeña sala del teatro se hubiese puesto en vertical, y el escenario hubiera quedado abajo y yo estuviese arriba, asomada al borde de un saliente. Pero no me asusté hasta que oí el ladrido irónico de un espectador, que evidentemente quería irse a dormir, y muchos se rieron, y los aplausos poco a poco se apagaron, y el escenario quedó vacío y teñido de un verde pálido, y me pareció que la sombra de Otto atravesaba con alegría el entarimado como una vena oscura entre la carne viva y luminosa. El futuro será siempre así, pensé. La vida de los vivos junto al olor húmedo de la tierra de los muertos, la atención junto a la desatención, los latidos de entusiasmo del corazón junto a las bruscas pérdidas de significado. Pero no será peor que el pasado.

En el taxi, Lea me interrogó sobre Carrano. Le respondí con circunspección. Entonces ella, incoherentemente, como si estuviera celosa porque yo me reservaba a aquel hombre genial, empezó a quejarse de la calidad de la ejecución.

—Estaba como ofuscado —dijo.

Luego añadió frases del tipo: «Se ha quedado a mitad de camino;

no ha sabido dar el salto de calidad; un gran talento desaprovechado por sus inseguridades; un artista desperdiciado por su exceso de prudencia». Antes de despedirse, cuando yo estaba a punto de bajar del taxi, empezó de repente a hablarme de Morelli. Le había llevado el gato y él le había preguntado insistentemente por mí, si estaba bien, si había superado el trauma de la separación.

—Me ha dicho que te comente —me gritó desde el taxi— que ha cambiado de opinión, que no está seguro de que Otto muriera por estricnina. Los datos que le diste son insuficientes, necesita que se lo cuentes todo con más detalles. —Soltó una risa maliciosa desde la ventanilla del taxi que arrancaba de nuevo—. Creo que es una excusa, Olga. Quiere volver a verte.

Por descontado, no volví a ver al veterinario, aunque era un hombre agradable, que inspiraba confianza. Me daba miedo pensar en relaciones sexuales irreflexivas, me sentía incómoda. Pero sobre todo no quería saber si a Otto lo había matado la estricnina u otra cosa. El perro se había escurrido por un roto en la red de los acontecimientos. ¡Dejamos tantos agujeros, tantas heridas de desidia cuando mezclamos causa y efecto! Lo esencial era que la cuerda, la maraña que me sujetaba, se mantuviese.

43

Después de aquella noche, estuve varios días luchando contra el descontento exacerbado de los niños. Me echaron en cara que los hubiese dejado con otras personas y me reprocharon que pasaban todo el tiempo con extraños. Me acusaron con voces duras, sin afecto, sin ternura.

—No me pusiste en la bolsa el cepillo de dientes —decía Ilaria.

—Me he resfriado porque allí tenían los radiadores apagados —continuaba Gianni.

—Me han obligado a comer atún y he vomitado —me recriminaba la pequeña.

Hasta que llegó el fin de semana fui la culpable de todas sus desgracias. Gianni me lanzaba miradas irónicas —¿eran mías aquellas miradas?, ¿por eso me molestaban? ¿Eran de Mario, o las había copiado de Carla?— practicando turbios silencios, mientras Ilaria se ponía a chillar por cualquier cosa, se tiraba al suelo, me mordía, pataleaba aprovechando cualquier insignificante contrariedad: un lápiz que no encontraba, la hoja de un tebeo con una rajita minúscula, los rizos de su pelo, que lo quería liso; era por mi culpa, yo lo tenía rizado; su padre tenía un pelo bonito.

Yo lo dejaba pasar, había vivido cosas peores. Además, de repente me pareció que las ironías, los silencios y los gritos formaban parte de un acuerdo implícito de mis hijos para controlar el miedo e inventar razones que lo atenuasen. Lo único que me preocupaba era que los vecinos llamasen a la policía.

Una mañana salíamos a toda prisa de casa, ellos a la escuela y yo al trabajo; Ilaria estaba nerviosa, molesta con todo. No aguantaba los zapatos, unos zapatos que llevaba un mes poniéndose y que de repente le hacían daño. Se tiró llorando al suelo del rellano y empezó a darle patadas a la puerta, que yo acababa de cerrar. Entre lágrimas y gritos decía que le dolían los pies, que así no podía ir a la escuela. Yo le pregunté dónde le dolía, sin darle importancia pero con paciencia; Gianni se reía y repetía continuamente: «Córtate el pie, háztelo más pequeño, así el zapato te quedará bien»; yo mascullaba: «¡Ya está bien, cállate! Vamos, que se hace tarde».

En un momento determinado se oyó el crujido de una cerradura en el piso de abajo y la voz sucia de sueño de Carrano que decía:

—¿Alguien necesita ayuda?

De la vergüenza, me ruboricé como si me hubiesen sorprendido haciendo algo asqueroso. Puse una mano en la boca de Ilaria y apreté con fuerza. Con la otra, la obligué enérgicamente a levantarse. La niña se calló de golpe, sorprendida por mi súbita actitud intransigente. Gianni me lanzó una mirada inquisitiva y yo me busqué la voz en la garganta, una voz que sonase normal.

—No —dije—, gracias, discúlpanos.

—Si puedo hacer algo…

—Todo va bien, no te preocupes, gracias de nuevo por todo.

Gianni iba a gritar «Hola, Aldo», cuando lo agarré por la cabeza, le pegué la cara a mi abrigo y lo mantuve así con firmeza.

La puerta volvió a cerrarse discretamente y advertí con tristeza que Carrano hacía que me sintiera avergonzada. Sabía lo que podía esperar de él, pero ya no me creía lo que sabía. Aquel hombre del piso de abajo se había convertido ante mis ojos en poseedor de una fuerza misteriosa que mantenía escondida por modestia, por amabilidad, por buena educación.

44

En la oficina trabajé sin poder concentrarme en toda la mañana. La mujer de la limpieza debía de haberse pasado con algún detergente perfumado, porque había un intenso olor a jabón y cerezas que el calor de los radiadores había vuelto ácido. Despaché correspondencia en alemán durante horas, pero sin mucho empeño. Tenía que consultar continuamente el diccionario. De improviso oí una voz masculina que venía de la sala donde se atendía al público. La voz me llegó clarísima, cargada de una rabia fría por ciertos servicios pagados generosamente que habían resultado de muy poca calidad una vez en el extranjero. No obstante, aquella voz me parecía lejana, como si me llegase no de la habitación de al lado, sino de algún lugar de mi propio cerebro. Era la voz de Mario.

Entreabrí la puerta de mi despacho y miré afuera. Lo vi sentado delante de un escritorio, con un póster muy vistoso de Barcelona como fondo. Sentada a su lado estaba Carla, que no me pareció guapa pero sí atractiva, más adulta, algo más metida en carnes. Me parecía estar viéndolos en una pantalla de televisión, como si fuesen actores famosos que interpretaban un fragmento de mi vida en un culebrón cualquiera. Mario en especial me pareció un extraño que casualmente tenía los rasgos fugaces de una persona que había sido muy familiar para mí. Iba peinado de forma que mostraba su amplia frente, bien delimitada por las cejas y la densa cabellera. Tenía la cara más delgada, y las líneas que salían de la nariz, de la boca y de los pómulos trazaban un dibujo más agradable de lo que recordaba. Aparentaba diez años menos. Le había desaparecido la pesada turgencia de los costados, del pecho, del vientre; incluso parecía más alto.

Sentí una especie de golpe suave pero decidido en mitad de la frente y noté las manos sudadas. Sin embargo, para mi sorpresa, la emoción fue agradable, como cuando es un libro o una película lo que te hace sufrir, no la vida. Le dije en tono tranquilo a la empleada, que era amiga mía:

—¿Alguna dificultad con los señores?

Tanto Mario como Carla se volvieron de golpe, pero Carla, además, se levantó de un salto, visiblemente asustada. Mario, en cambio, se quedó sentado, apretándose el tabique nasal con el pulgar y el índice durante unos segundos, como hacía siempre que algo lo perturbaba.

—Me alegro mucho de veros —dije con alegría casi exagerada.

Me acerqué a él, y Carla, de forma instintiva, alargó una mano para arrimarlo a ella y protegerlo. Mi marido se levantó con indecisión. Estaba claro que no sabía qué podía esperar. Le tendí la mano y nos besamos en las mejillas.

—Os veo muy bien —añadí, y estreché la mano de Carla, que no apretó la mía, sino que me dio unos dedos y una palma que parecían de carne húmeda, recién descongelada.

—Tú también estás bien —dijo Mario en un tono perplejo.

—Sí —respondí con orgullo—, ya no siento dolor.

—Quería llamarte para hablar de los niños.

—El número de teléfono no ha cambiado.

—Tendríamos que discutir también la separación.

—Cuando quieras.

Como no sabía qué más decirme, se metió las manos en los bolsillos del abrigo, muy nervioso, y me preguntó sin curiosidad si había novedades.

—Pocas. Los niños te lo habrán dicho. He estado mal, y Otto ha muerto —contesté.

—¿Muerto? —repitió con un sobresalto.

¡Qué misteriosos resultan los niños! No le habían dicho nada, quizá para no disgustarlo, quizá porque creían que ya no podía interesarle nada de lo que pertenecía a su antigua vida.

—Envenenado —le dije, y él preguntó con rabia:

—¿Quién ha sido?

—Tú —respondí tranquilamente.

—¿Yo?

—Sí. He descubierto que eres un hombre insolente, y la gente responde a las insolencias con maldad. —Me observó para averiguar si mi actitud amigable empezaba a modificarse, si tenía intención de montarle otro número. Intenté tranquilizarlo con un tono más indiferente—: O quizá simplemente hacía falta un chivo expiatorio, y como yo me he salvado, le ha tocado a Otto.

En aquel preciso momento se me escapó un gesto inconsciente: le quité una escama de caspa de la chaqueta, una costumbre de los tiempos pasados. Él retrocedió casi de un salto, yo dije «Perdona» y aparté la mano de inmediato. Carla intervino para completar con más cuidado la obra que yo había comenzado.

Antes de despedirnos, Mario me aseguró que llamaría para fijar una cita.

—Si quieres venir tú también… —le propuse a Carla.

Mario dijo un no tajante sin consultarla siquiera con la mirada.

45

Dos días después vino a casa cargado de regalos. Ilaria y Gianni, al contrario de lo que yo esperaba, lo saludaron de una forma bastante ritual, sin entusiasmo. Evidentemente, la costumbre del fin de semana les había devuelto la normalidad de un padre. Se lanzaron a abrir los regalos, que les gustaron, y Mario intentó participar, jugar con ellos, pero no le hicieron caso. Al final paseó un poco por la habitación, tocó algunos objetos con la punta de los dedos, miró por la ventana.

—¿Quieres un café? —le pregunté.

Aceptó de inmediato y me siguió a la cocina. Charlamos de los niños. Le dije que estaban atravesando una mala racha y él se quedó muy sorprendido, me aseguró que con él eran buenos, que se portaban muy bien. Luego sacó una pluma y un papel y redactó un programa engañoso de los días que él dedicaría a los niños y de los que me tocaría ocuparme a mí. Dijo que verlos de modo sistemático todos los fines de semana era un error.

—Espero que sea suficiente la mensualidad que te estoy pasando —subrayó luego.

—Está bien —dije—, eres generoso.

—De la separación me encargo yo.

—Si descubro que le sueltas los niños a Carla y te dedicas a tus asuntos de trabajo sin cuidar de ellos, no los verás más —repliqué, poniéndole las cosas claras.

Se quedó mirando el papel con expresión de bochorno e inseguridad.

—No tienes de qué preocuparte. Carla tiene muchas cualidades —dijo.

—No lo dudo, pero prefiero que Ilaria no aprenda a hablar con el pavo de ella. Y no quiero que a Gianni le entren ganas de meterle mano como haces tú.

Dejó la pluma en la mesa, desolado, y dijo:

—Lo sabía, no se te ha pasado.

Hice una mueca con los labios apretados y repuse:

—Se me ha pasado todo.

Miró al techo y luego al suelo; se notaba que estaba molesto. Me dejé caer en el respaldo de la silla. Daba la impresión de que la silla que ocupaba Mario no tenía espacio detrás, que estaba pegada a la pared amarilla de la cocina. Percibí en sus labios una risa muda que nunca le había visto. Le sentaba bien, parecía el gesto de un hombre simpático que quiere demostrar que se las sabe todas.

—¿Qué piensas de mí? —preguntó.

—Nada. Pero me sorprende lo que he oído por ahí.

—¿Y qué has oído?

—Que eres un oportunista y un chaquetero.

Dejó de sonreír y dijo en tono gélido:

—Los que dicen eso no son más virtuosos que yo.

—No me interesa cómo son ellos. Solo quiero saber cómo eres tú y si siempre has sido así.

No le conté que quería quitármelo del todo del cuerpo, arrancarme las partes suyas que, por una especie de prejuicio positivo o por complicidad, nunca había podido ver. No le dije que quería zafarme del torbellino de su voz, de sus fórmulas verbales, de sus actitudes, de su visión del mundo. Deseaba ser yo misma, si es que eso seguía teniendo sentido. O por lo menos deseaba ver lo que quedaba de mí después de eliminarlo a él.

Me respondió con fingida melancolía.

—Cómo soy, cómo no soy…, yo qué sé.

Luego señaló apáticamente el cuenco de Otto, que seguía abandonado en un rincón, junto al frigorífico.

—Me gustaría regalarles otro perro a los niños.

Negué con la cabeza. Otto se movió de pronto por la casa, escuché el sonido leve de sus garras en el suelo, un repiqueteo. Junté las manos y me las froté, una contra otra, lentamente, para borrar el vapor de malestar que sentía en las palmas.

—No puedo con sustituciones.

Aquella noche, cuando Mario se fue, volví a leer las páginas en las que Ana Karenina va hacia la muerte, hojeé las que hablaban de mujeres rotas. Leía y, mientras tanto, me sentía segura. Ya no era como las señoras de aquellas páginas, no me parecían una vorágine que me aspiraba. Me di cuenta de que incluso había sepultado en alguna parte a la mujer abandonada de mi infancia napolitana. Mi corazón ya no latía en su pecho, nuestras venas se habían dividido. «La pobrecilla» había vuelto a ser como una vieja foto, pasado fosilizado, sin sangre.

46

Desde entonces los niños también empezaron a cambiar. Aunque seguían con su hostilidad recíproca, siempre dispuestos a desgreñarse, dejaron poco a poco de tomarla conmigo.

—Papá quería comprarnos otro perro, pero Carla no ha querido —me dijo Gianni una noche.

—Ya tendrás uno cuando vivas en tu propia casa —lo consolé.

—¿Tú querías a Otto? —me preguntó.

—No —contesté—, mientras estuvo vivo no.

Me maravillaba la tranquila franqueza con que podía responder a todas las preguntas que me hacían. ¿Papá y Carla tendrán otro niño? ¿Carla dejará a papá y se irá con uno más joven? ¿Sabes que cuando ella está usando el bidet él entra y hace pipí? Yo argumentaba, explicaba. A veces incluso conseguía reírme.

En poco tiempo me acostumbré a ver a Mario, a llamarlo por pequeños apuros cotidianos o para protestar porque no había ingresado puntualmente el dinero en mi cuenta. Un día me percaté de que su cuerpo estaba cambiando otra vez. Tenía más canas y los pómulos más hinchados; los costados, el vientre y el pecho volvían a coger peso. Unas veces probaba a dejarse bigote, otras se dejaba crecer la barba, otras se afeitaba del todo con esmero.

Una noche apareció en casa sin avisar. Parecía deprimido. Tenía ganas de hablar.

—Tengo que contarte algo malo.

—Dilo.

—Gianni me resulta antipático e Ilaria me pone de los nervios.

—También me pasó a mí.

—Solo me siento bien cuando estoy sin ellos.

—Sí, a veces pasa.

—Mi relación con Carla se arruinará si seguimos viéndolos tan a menudo.

—Puede ser.

—¿Tú estás bien?

—Yo sí.

—¿Es verdad que ya no me quieres?

—Sí.

—¿Por qué? ¿Porque te mentí? ¿Porque te dejé? ¿Porque te ofendí?

—No. Incluso cuando me sentí engañada, abandonada y humillada te quise muchísimo, te deseé más que en cualquier otro momento de nuestra vida juntos.

—¿Entonces?

—Ya no te quiero porque para justificarte dijiste que habías caído en el vacío, en un vacío de sentido, y no era cierto.

—Lo era.

—No. Ahora sé lo que es un vacío de sentido y lo que ocurre si consigues salir de él. Tú no, tú no lo sabes. Tú, como mucho, has echado un vistazo abajo, te has asustado y has taponado la grieta con el cuerpo de Carla.

Hizo una mueca de fastidio y me dijo:

—Tienes que quedarte más con los niños. Carla está de exámenes y no se puede encargar. La madre eres tú.

Lo observé con atención. Él era exactamente así. No quedaba nada que pudiese interesarme de él. No era siquiera un fragmento del pasado, era solo una mancha, como la huella que una mano dejó años atrás en una pared.

47

Tres días más tarde, cuando volví a casa después del trabajo, encontré en el felpudo de la puerta un objeto minúsculo, sobre un trozo de papel higiénico, que me costó identificar. Era un nuevo regalo de Carrano. Ya estaba acostumbrada a aquellas gentilezas silenciosas; hacía poco me había dejado un botón que había perdido y también un pasador de pelo que me gustaba mucho. Comprendí que esta vez se trataba de un regalo definitivo. Era el pulsador blanco del aerosol.

Entré y fui a sentarme al salón. La casa me pareció vacía, como si nunca hubiese estado habitada más que por marionetas de cartón piedra o por ropas que jamás habían ceñido cuerpos vivos. Me levanté y fui al trastero a buscar el bote de insecticida con el que había jugado Otto la víspera de aquel horrible día de agosto. Busqué las marcas de los dientes y pasé los dedos para sentir las huellas. Conseguí ajustar el pulsador y apreté con el índice, pero el líquido nebulizado no salió; solo se difundió un leve olor a insecticida.

Los niños estaban con Mario y Carla. No volverían hasta dentro de dos días. Me di una ducha, me maquillé, me puse un vestido que me favorecía y bajé a llamar a la puerta de Carrano.

Me sentí observada desde la mirilla un buen rato: imaginé que estaría intentando calmar los latidos de su corazón, que querría borrar de su cara la emoción por la visita inesperada. Vivir es esto, pensé, un sobresalto de alegría, una punzada de dolor, un placer intenso, las venas que laten bajo la piel; en realidad, no hay nada más que contar. Para proporcionarle una emoción aún más fuerte me mostré impaciente y toqué de nuevo el timbre.

Carrano abrió la puerta. Estaba despeinado. Tenía la ropa mal colocada y el pantalón desabrochado. Se estiró la sudadera oscura con las dos manos intentando cubrirse la cintura. Al verlo me costaba creer que supiese modular notas dulces y cálidas para transmitir el placer de la armonía.

Le pregunté por su último regalo y le di las gracias por los demás. Él le quitó importancia lacónicamente. Solo dijo que había encontrado el pulsador en el maletero de su coche y había pensado que me ayudaría a poner en orden mis sentimientos.

—Estaría entre las garras de Otto, o en el pelo, o incluso en la boca —dijo.

Pensé con gratitud que en aquellos meses se había dedicado con toda discreción a tejer un mundo seguro a mi alrededor. Ahora había realizado su acto más generoso. Quería darme a entender que ya no tenía de qué preocuparme, que cada acción se podía explicar con todos sus motivos, buenos y malos, que en resumen había llegado el momento de volver a la solidez de los lazos que unen espacios y tiempos. Con aquel regalo estaba intentando justificarse a sí mismo y me justificaba a mí atribuyendo la muerte de Otto a la casualidad del juego del perro durante la noche.

Decidí seguirle la corriente. Debido a su intrínseca oscilación entre la figura del hombre triste y sin color, y la del virtuoso intérprete de sonidos luminosos, capaces de hincharme el pecho y proporcionarme una impresión de vida plena, me pareció la persona que necesitaba. Naturalmente, dudaba de que aquel pulsador fuese de verdad el de mi aerosol, que fuese cierto que lo había encontrado en el maletero de su coche. Sin embargo, la intención con que me lo había ofrecido hacía que me sintiese ligera, como una sombra atractiva tras un cristal esmerilado.

Le sonreí, acerqué mis labios a los suyos y lo besé.

—¿Estuve mal? —preguntó con apuro.

—Sí.

—¿Qué te pasó aquella noche?

—Tuve una reacción exagerada que rompió la superficie de las cosas.

—¿Y luego?

—Me precipité.

—¿Y dónde caíste?

—En ninguna parte. No había fondo, no había precipicio. No había nada.

Me abrazó, me mantuvo apretada contra él un rato sin decir una palabra. Estaba intentando comunicarme en silencio que, gracias a un don misterioso, él podía fortalecer el sentido e inventar un sentimiento de plenitud y felicidad. Fingí que lo creía, y por eso hicimos el amor largamente, en los días y en los meses por venir, sin prisa.

La hija oscura

1

No hacía una hora que conducía cuando empecé a encontrarme mal. Reapareció el ardor en el costado, aunque al principio decidí no darle importancia. Solo me preocupé al advertir que no tenía fuerzas ni siquiera para agarrar el volante. Al cabo de pocos minutos la cabeza empezó a pesarme, las luces de los coches me parecían cada vez más pálidas y terminé por olvidarme incluso de que estaba conduciendo. Tuve en cambio la impresión de encontrarme en el mar, en pleno día. La playa estaba vacía, el agua en calma, pero en un asta a pocos metros de la costa flameaba la bandera roja. Mi madre, cuando era pequeña, me había metido mucho miedo, me decía: Leda, no entres nunca en el agua cuando hay bandera roja, significa que el mar está agitado y que te puedes ahogar. El miedo se había mantenido a lo largo de los años e incluso ahora, aunque el agua fuera una hoja de papel translúcida y tersa hasta el horizonte, no me atrevía a meterme, me angustiaba. Me decía: anda, báñate, se habrán olvidado de arriar la bandera, y mientras tanto me quedaba en la orilla probando cautamente el agua con la punta del pie. Por momentos mi madre aparecía en la cima de las dunas y me gritaba como si todavía fuera una niña: Leda, qué haces, ¿no has visto la bandera roja?

En el hospital, cuando abrí los ojos, me vi por una fracción de segundo dentro del mar liso. Quizá por eso me persuadí enseguida de que no se había tratado de un sueño, sino de una fantasía de terror que había durado hasta que desperté en el hospital. Supe por los médicos que mi coche había chocado contra el guardarraíl aunque sin consecuencias graves. La única herida importante la tenía en el costado izquierdo, una lesión inexplicable.

Vinieron a verme mis amigos de Florencia, vinieron también Bianca y Marta, incluso Gianni. Les dije que me había salido de la carretera por culpa del sueño. Pero sabía de sobra que el sueño no tenía nada que ver. En el origen estaba un gesto mío carente de sentido del que, justamente por su insensatez, decidí enseguida no hablar con nadie. Las cosas más difíciles de contar son las que nosotros mismos no llegamos a comprender.

2

Cuando mis hijas se mudaron a Toronto, donde su padre vivía y trabajaba desde hacía años, descubrí con inquieta sorpresa que no sufría ningún dolor, sino que me sentía ligera como si solo entonces las hubiera dado a luz definitivamente. Por primera vez en casi veinticinco años no sentía el apremio de tener que cuidar de ellas. La casa permaneció en orden como si nadie la habitase, me despreocupé de la compra y de la colada, la mujer que desde hacía años me ayudaba en las tareas domésticas encontró un trabajo mejor remunerado y no sentí la necesidad de reemplazarla.

La única obligación en lo que respectaba a las niñas era llamarlas una vez al día para saber cómo estaban, qué hacían. Por teléfono se expresaban como si se hubieran independizado ya; en realidad vivían con el padre, pero, acostumbradas a tenernos separados incluso de palabra, me hablaban como si él no existiese. A las preguntas sobre el curso de sus vidas respondían o bien de manera alegremente huidiza o con un mal humor pausado por el fastidio, o bien en el tono artificial que adoptaban cuando estaban en compañía de amigos. Ellas también me llamaban con frecuencia, en particular Bianca, que tenía conmigo una relación más imperativamente exigente, pero solo para saber si los zapatos azules combinaban bien con una falda anaranjada, si podía buscarle ciertas hojas con apuntes dejadas en un libro y enviárselas con urgencia, si seguía dispuesta a dejar que descargara en mí sus iras, sus infelicidades, a pesar de los continentes distintos y el gran cielo que nos separaba. Las llamadas telefónicas eran casi siempre apresuradas, y a veces parecían tan ficticias como las del cine.

Hacía lo que me pedían, actuaba según sus expectativas. Pero como la distancia me imponía la imposibilidad física de intervenir directamente en sus existencias, el satisfacer deseos o caprichos se convirtió en un conjunto de gestos enrarecidos e irresponsables, y cada exigencia me parecía leve; todo lo que les incumbiera no era más que una costumbre afectuosa. Me sentí milagrosamente desvinculada, como si una obra difícil, llevada al fin a su término, hubiera dejado de ser una carga.

Empecé a trabajar sin las interrupciones que imponían sus horarios y sus necesidades. Corregía de noche las tesis de los alumnos oyendo música, dormía mucho por las tardes con tapones de cera en los oídos, comía una vez al día y siempre en el restaurante que había debajo de casa. Cambié rápidamente de costumbres, de humor, incluso de aspecto físico. En la universidad los jóvenes demasiado estúpidos y los demasiado inteligentes dejaron de cabrearme. Un colega al que trataba desde hacía años y con el que a veces, muy de vez en cuando, me acostaba, me dijo perplejo una noche que me había vuelto menos distraída, más generosa. En pocos meses volví a tener el cuerpo delgado que había tenido de joven y experimenté una sensación de fuerza serena; me pareció que había vuelto a la velocidad justa de los pensamientos. Una tarde me miré en el espejo. Tenía cuarenta y siete años, me faltaban cuatro meses para cumplir cuarenta y ocho, pero vi que algo mágico me había quitado varios años de encima. No sé si me alegré, pero sin duda me sorprendí.

En este estado de inusual felicidad, al llegar junio sentí el deseo de unas vacaciones y decidí que me iría a la playa en cuanto hubiese terminado con los exámenes y las obligaciones burocráticas. Busqué en internet, examiné las fotos y los precios. Al final alquilé desde mediados de julio a finales de agosto un minúsculo apartamento bastante económico en la costa del mar Jónico. Finalmente no pude marcharme antes del 24 de julio e hice un viaje tranquilo en el coche cargado con los libros que utilizaría para preparar el curso del año siguiente. El tiempo era bueno, por las ventanillas abiertas entraba un aire lleno de aromas secos, me sentía libre y sin la culpa de serlo.

Pero a mitad de camino, mientras ponía gasolina, sentí una repentina agitación. La playa me había gustado mucho en el pasado, pero desde hacía al menos quince años tomar el sol me ponía nerviosa, enseguida me cansaba. Seguramente el apartamento sería feo, la vista una astilla de azul lejano entre lúgubres edificios baratos. No pegaría ojo por culpa del calor y de algún bar nocturno con la música a todo volumen. El resto del trayecto lo hice con cierto mal humor y con la idea de que en mi casa hubiera podido trabajar cómodamente todo el verano respirando aire acondicionado en el silencio del edificio.

Llegué con el sol bajo, al atardecer. El pueblecito me pareció hermoso, las voces tenían una cadencia agradable, olía bien. Me recibió un hombre mayor con densos cabellos blancos que se mostró respetuosamente cordial. Antes de nada quiso ofrecerme un café en el bar, después me impidió con sonrisas y gestos claros llevar un solo bolso hasta la casa. Cargado con mis maletas, jadeando, subió hasta el tercer y último piso y me dejó el equipaje en el umbral de un pequeño ático: dormitorio, una cocina minúscula sin ventanas que daba directamente al baño, una sala con grandes ventanales y una terraza desde la que en el crepúsculo se veía una costa hecha de lenguas de roca y un mar ilimitado.

El hombre se llamaba Giovanni, no era el propietario del apartamento sino una especie de vigilante o portero; sin embargo, no solo no aceptó la propina, sino que casi se ofendió como si yo no hubiera comprendido que lo que él hacía era cumplir con las reglas del buen anfitrión. Cuando se retiró, después de haberse asegurado varias veces de que todo era de mi agrado, encontré sobre la mesa de la sala un gran cuenco lleno de melocotones, ciruelas, peras, uvas e higos. El cuenco brillaba como una naturaleza muerta.

Llevé una butaquita de mimbre a la terraza y me senté un rato a mirar cómo la noche descendía sobre el mar. Durante años las dos niñas habían sido la razón de todas las vacaciones, y cuando crecieron y empezaron a recorrer el mundo con sus amigos, yo siempre me quedaba a esperar que volvieran. Me preocupaba no solo por las catástrofes de todo tipo (los peligros de los viajes aéreos o marítimos, las guerras, los terremotos, los maremotos), sino por su fragilidad nerviosa, por las posibles tensiones con los compañeros de viaje, por los dramas sentimentales que acarreaban unos amores demasiado fácilmente correspondidos o no correspondidos en absoluto. Quería estar dispuesta a afrontar demandas repentinas de ayuda, tenía miedo de que me acusaran de ser como era de hecho, distraída y ausente, concentrada en mí misma. Basta. Me levanté, me metí en la ducha.

Después me entró hambre y volví al cuenco de la fruta. Descubrí que pese a su bella apariencia los higos, las peras, las ciruelas, los melocotones y las uvas estaban pasados o podridos. Cogí un cuchillo, quité grandes partes negras, pero me disgustó el olor, el sabor, y tiré casi todo a la basura. Podía salir, buscar un restaurante, pero renuncié a comer por cansancio, tenía sueño.

En la habitación había dos grandes ventanas, las abrí de par en par, apagué las luces. Vi que fuera, de vez en cuando, explotaba en la oscuridad el brillo del faro e iluminaba durante unos segundos el dormitorio. Nunca habría que llegar de noche a un lugar desconocido; todo es indefinido, todo nos parece una señal. Me eché en la cama con el albornoz y el cabello húmedo, miré el techo esperando el momento en que se volviera blanco de luz, oí el rumor lejano de una lancha y una canción débil que parecía un maullido. No tenía contornos. Me giré adormecida y rocé algo que había en la almohada, me pareció un objeto frío de papel de estraza.

Encendí la luz. Sobre la tela blanca de la funda había un insecto de tres o cuatro centímetros de largo, como una gran mosca. Tenía alas membranosas, era marrón oscuro, estaba inmóvil. Me dije: es una cigarra, quizá se le ha reventado el abdomen sobre mi almohada. Lo rocé con la manga del albornoz, se movió, enseguida volvió a quedarse quieto. Macho, hembra. El vientre de las hembras no tiene membranas elásticas, no canta, es mudo. Sentí repugnancia. La cigarra pincha los olivos y hace gotear el maná de la corteza del fresno silvestre. Cogí con cuidado la almohada, fui hasta una de las ventanas y arrojé fuera el insecto. Así empezaron mis vacaciones.

3

Al día siguiente puse en el bolso ropa, una estera, libros, fotoco-
pias, cuadernos, cogí el coche y viajé en busca de playa y mar a
lo largo de la carretera comarcal que recorría la costa. Al cabo de
unos veinte minutos vi a mi derecha un pinar y una señal de aparca-
miento, me paré. Cargada con mis cosas, atravesé el guardarraíl y me
adentré por un sendero cubierto de agujas de pino.

Me gusta mucho el olor de la resina, de niña pasé veranos en playas aún no del todo engullidas por el cemento de la camorra, que co-
menzaban donde terminaba el pinar. Ese olor es el olor de las vacaciones, de los juegos infantiles de verano. Cada crujido de piña seca
o caída, el color oscuro de los piñones, me recuerdan la boca de mi
madre que ríe mientras rompe las cáscaras para sacar los frutos amarillentos, le da algunos a mis hermanas, que los piden a voz en grito,
a mí, que callo a la espera, o se los come ella misma ensuciándose de
polvo oscuro los labios y diciendo, para enseñarme a ser menos tímida: mira, eso es lo que te pierdes, eres peor que una piña verde.

El pinar era muy denso, con un sotobosque intrincado, y los
troncos crecidos bajo el empuje del viento parecían a punto de caer
hacia atrás por miedo a algo que venía del mar. Me cuidaba de no
tropezar en las raíces lustrosas que atravesaban el camino y contuve
la repulsión por las salamandras polvorientas que a mi paso abando-

naban las manchas de sol y huían en busca de refugio. Caminé no más de cinco minutos hasta que aparecieron las dunas y el mar. Pasé junto a troncos torcidos de eucaliptos que nacían de la arena, enfilé una pasarela de madera entre cañas verdes y adelfas y llegué a un chiringuito pulcro.

El lugar me gustó a primera vista. Me sentí acogida por la amabilidad del hombre moreno de la caja, la dulzura del joven socorrista sin músculos en bella vista, alto y muy delgado en camiseta y bañador rojo, que me acompañó hasta la sombrilla. La arena era un polvo blanco, me di un largo baño en un agua transparente, tomé un poco el sol. Después me acomodé a la sombra con mis libros y trabajé tranquilamente hasta el atardecer disfrutando de la brisa y de los bruscos cambios del mar. La jornada transcurrió con tal mezcla serena de trabajo, fantasías y ocio que desde ese día decidí volver allí siempre.

En menos de una semana todo se transformó en una tranquila costumbre. Atravesaba el pinar y me gustaban el crujido de la piñas que se abrían al sol, el sabor de unas pequeñas hojas verdes que parecían de mirto, los pedazos de corteza que se desgajaban de los eucaliptos. A lo largo del camino imaginaba el invierno, el pinar helado entre la niebla, el arbusto que daba bayas rojas. A mi llegada, el hombre de la caja me acogía todos los días con un saludo cortés. Tomaba el café en el bar, un agua mineral. El socorrista, que se llamaba Gino y a buen seguro era estudiante, me abría solícitamente la sombrilla y la tumbona, después se retiraba a la sombra —los labios grandes entreabiertos, los ojos atentos— a subrayar con el lápiz las páginas de un grueso volumen para quién sabe qué examen.

El muchacho me inspiraba ternura cuando lo miraba. Con frecuencia me adormecía secándome al sol, pero a veces no dormía, entrecerraba apenas los ojos y lo observaba con simpatía, cuidando de que no se percatara. No parecía tranquilo; torcía con frecuencia el cuerpo bello y nervioso, con una mano se despeinaba los cabellos negros, se atormentaba el mentón. A mis hijas les hubiera gustado mucho, sobre todo a Marta, que se enamoraba fácilmente de los chicos flacos y nerviosos. Quizá a mí también. Hace tiempo me di cuenta de que conservo poco de mí y todo de ellas. Incluso a Gino lo miraba con el filtro de las experiencias de Bianca, de Marta, según los gustos y las pasiones que imagino eran suyas.

El joven estudiaba, pero parecía tener sensores independientes de la vista. Solo con que me moviera para correr la tumbona del sol a la sombra, saltaba de su silla, me preguntaba si necesitaba ayuda. Yo sonreía, le hacía señas de que no, no era difícil mover una tumbona. Me bastaba con sentirme protegida, sin horarios que cumplir, sin ninguna obligación urgente. Nadie dependía ya de mi cuidado y yo misma había dejado por fin de ser una carga para mí misma.

4

En la joven madre y su hija reparé más tarde. No sé si estaban allí desde mi primer día en la playa o si aparecieron después. En los tres o cuatro días posteriores a mi llegada apenas presté atención a un grupo algo ruidoso de napolitanos, niños, adultos, un hombre de unos sesenta años de expresión malvada, cuatro o cinco críos que se peleaban ferozmente en el agua y fuera de ella, una mujer alta de piernas cortas y pechos grandes, menor de cuarenta quizá, que iba con frecuencia de la playa al bar y viceversa arrastrando trabajosamente una barriga preñada, el arco grande y desnudo tensado entre las dos piezas del biquini. Todos estaban emparentados, padres, abuelos, hijos, nietos, sobrinos, cuñados, y reían con carcajadas sonoras. Se llamaban por el nombre con gritos arrastrados, se lanzaban frases exclamativas o cómplices, a veces discutían; un grupo familiar grande, parecido a aquel del que yo había formado parte cuando era niña, las mismas bromas, los mismos melindres, las mismas broncas.

Un día levanté la mirada del libro y vi por primera vez a la mujer jovencísima con la niña. Volvían del mar hacia la sombrilla, ella no tendría más de veinte años, la cabeza gacha, y la pequeña, de tres o cuatro años, con la nariz respingona, la miraba encantada, estrechando una muñeca al modo en que una madre lleva un bebé en brazos. Se hablaban con calma, como si no existiera nadie más que ellas dos.

Desde la sombrilla la mujer embarazada gritaba algo con rabia en dirección a ellas, y una gruesa señora canosa completamente vestida, de unos cincuenta años, acaso la madre, hacía gestos de desagrado censurando no sé qué. Pero la muchacha parecía sorda y ciega, seguía volviéndose hacia la niña y se acercaba desde el mar con paso sereno dejando en la arena la sombra oscura de las huellas.

También ellas formaban parte de la gran familia ruidosa, pero la madre joven, vista de lejos con su cuerpo delgado, el bañador escogido con buen gusto, el cuello fino, la bella forma de la cabeza con los cabellos largos y revueltos, de un moreno brillante, el rostro de india con pómulos altos, las cejas marcadas y los ojos oblicuos, me parecía una anomalía en el grupo, un organismo que había escapado misteriosamente a la regla, la víctima ya naturalizada de un secuestro o un cambio en la cuna.

A partir de entonces tomé la costumbre de mirar de vez en cuando hacia donde estaban.

La pequeña tenía algo peculiar, no sé exactamente qué, una tristeza infantil tal vez o una dolencia quieta. Todo su rostro dirigía permanentemente a la madre la petición de estar juntas, una súplica sin llantos ni caprichos, y la madre no la rehuía. En una ocasión me fijé en la atención delicada con que la untaba de crema. Otra vez me sorprendió el tiempo lento que madre e hija pasaban juntas en el agua, una estrechando a la otra contra sí, la otra rodeándole el cuello con los brazos. Reían disfrutando del placer de sentirse cuerpo contra cuerpo, tocarse la nariz con la nariz, escupirse chorros de agua, besarse. En cierta ocasión las vi jugar juntas con la muñeca. Se divertían mucho, la vestían y desvestían, fingían aplicarle crema protectora, la bañaban en un pequeño cubo verde, la secaban frotándola para que no pasara frío, se la apretaban contra el pecho como para darle de mamar o la atiborraban de papilla de arena, la tenían al sol junto a ellas, tendida en su misma toalla. Si la muchacha era de por sí bella, en esa manera suya de ser madre había algo que la distinguía; parecía no tener deseo de otra cosa que la niña.

No es que no estuviera bien integrada en ese gran grupo familiar. Conversaba largamente con la mujer embarazada, jugaba a las cartas con ciertos jóvenes negros por el sol de su misma edad, supongo que primos, paseaba a lo largo de la orilla del mar con el anciano de aire cruel (¿su padre?) o con muchachas ruidosas, hermanas, primas, cuñadas. No me parecía que tuviera marido o alguien que fuese visiblemente el padre de la niña. En cambio observé que todos los miembros de la familia cuidaban con afecto de ella y de la pequeña. La señora gruesa y canosa de unos cincuenta años la acompañaba al bar para comprar un helado a la cría. A una llamada seca de la joven, los niños interrumpían sus risas y, aunque de mala gana, iban a buscar agua, comida, lo que necesitara. Bastaba con que madre e hija se alejaran unos metros de la playa en una pequeña canoa roja y azul para que la mujer embarazada gritara Nina, Lenù, Ninetta, Lena, y se precipitara hacia la orilla jadeando y alarmando incluso al socorrista, que saltaba de su silla y se ponía en pie para observar mejor la situación. En una ocasión en que dos hombres se acercaron a la muchacha con intención de entablar conversación, intervinieron enseguida los primos y la emprendieron a empujones y malas palabras; por poco se arma una trifulca.

Durante un tiempo no supe si era la madre o la hija quien se llamaba Nina, Ninù, Ninè, los nombres eran tantos que me resultaba difícil, dada la trama densa de llamadas, tener alguna certidumbre. Después, a fuerza de oír voces y gritos, comprendí que Nina era la madre. Más complicado fue con la niña, al principio me confundí. Pensé que tenía un apelativo como Nani o Nena o Nennella, pero luego comprendí que esos eran los nombres de la muñeca, de la que nunca se separaba la pequeña y a la que Nina prestaba tanta atención como si estuviese viva, casi como a una segunda hija. La niña en realidad se llamaba Elena, Lenù. La madre la llamaba siempre Elena; la familia, Lenù.

No sé por qué apunté esos nombres en mi cuaderno, Elena, Nani, Nena, Leni; quizá me gustaba la forma en que Nina los pronunciaba. Hablaba a la niña y a su muñeca con una entonación dialectal agradable, el napolitano que amo, ese acento tierno del juego y de los mimos. Estaba fascinada. Las lenguas tienen para mí un veneno secreto que cada cierto tiempo se activa y contra el cual no hay antídoto. Recuerdo el dialecto en boca de mi madre cuando abandonaba el deje dulce y nos gritaba, emponzoñada por el enfado: no puedo más con vosotros, no puedo más. Órdenes, chillidos, insultos, una tensión de la vida en sus palabras, como un nervio tenso que, apenas rozado, arrasa con dolor toda posibilidad de compostura. Una, dos, tres veces nos amenazó a nosotras, sus hijas, con irse, os despertaréis una mañana y no me encontraréis. Todos los días me despertaba temblando de miedo. En la realidad estaba siempre, en las palabras huía de casa un día sí y otro también. Esa mujer, Nina, parecía tranquila y sentí envidia.

5

Una semana de vacaciones se había deslizado ya casi entera: buen tiempo, una brisa ligera, muchas sombrillas vacías, entonaciones dialectales de toda Italia mezcladas con el dialecto local y alguna lengua de extranjeros que disfrutaban del sol.

Llegó el sábado y la playa se abarrotó. Mi zona de sombra y de sol fue asediada por neveras portátiles, cubos, palas, manguitos y almohadas hinchables, raquetas. Renuncié a leer y busqué entre la multitud a Nina y Elena como si fueran un espectáculo para pasar el rato.

No me resultó fácil encontrarlas, hasta que me di cuenta de que habían arrastrado su tumbona a pocos metros del mar. Nina estaba tendida boca abajo, al sol, y a su lado, en la misma posición, estaba, según me pareció, la muñeca. La niña en cambio iba hasta la orilla con una regadera de plástico amarillo, la llenaba de agua y, cogiéndola con las manos por el peso, resoplando y riendo, regresaba a donde estaba la madre para mojarle el cuerpo y aliviar el calor del sol. Cuando la regadera se vaciaba, volvía a llenarla, hacía el mismo recorrido, el mismo trabajo, el mismo juego.

Quizá no había dormido bien, quizá me había pasado por la cabeza algún mal pensamiento en el que no había reparado; la verdad es que aquella mañana me molestó verlas. Elena, por ejemplo, me pa-

reció obtusamente metódica: regaba los tobillos de la madre primero, los de la muñeca después, y preguntaba a ambas si era suficiente,
ambas respondían que no y ella volvía a empezar. Nina en cambio me
resultó afectada: maullaba de placer, repetía el maullido con tonos diferentes, como si saliesen de la boca de la muñeca, y musitaba entre
suspiros: más, más. Sospeché que estaba representando su papel de
madre joven y bella no por amor a la hija sino para nosotros, la gente de la playa, todos, mujeres y hombres, jóvenes y ancianos.

Su cuerpo y el de la muñeca fueron rociados largo rato. Ella quedó brillante de agua, los haces luminosos disparados por la regadera
le empaparon hasta el pelo, que se le pegó a la cabeza y a la frente.
Nani o Nile o Nena, la muñeca, fue mojada con la misma perseve-
rancia, pero absorbía menos agua, que por tanto goteaba desde el
plástico azul de la tumbona a la arena, oscureciéndola.

Miraba a la niña en su ir y venir y algo no terminaba de gustarme, el juego con el agua quizá, el placer ostentoso de Nina al sol.
O las voces, sí, sobre todo las voces que madre e hija atribuían a la
muñeca. Unas veces le daban la palabra por turnos, otras veces las
dos juntas, encabalgando el tono infantil impostado de la adulta y el
falsamente adulto de la niña. Se imaginaban que era la misma voz
que hablaba desde la misma garganta de algo que en realidad era
mudo. Pero evidentemente yo no conseguía entrar en su ilusión, experimentaba por esa doble voz una repulsión creciente. Es verdad, yo
estaba al margen, qué me importaba, podía observar el juego o de-
sinteresarme, era solo un pasatiempo. Sin embargo no era así, me
sentía incómoda como ante algo deforme, como si una parte de mí
pretendiese absurdamente que se decidieran y dieran a la muñeca una
voz estable, constante, o bien la de la madre o la de la hija, pero basta ya de fingir que eran iguales.

Fue como cuando una punzada leve, a fuerza de pensar en ella, se convierte en un dolor insoportable. Empecé a exasperarme. En un momento dado tuve ganas de levantarme, caminar en diagonal hacia la tumbona de sus juegos y pararme a decir basta, no sabéis jugar, dejadlo ya. Salí de la sombrilla con ese propósito, no podía resistirlo más. Naturalmente no dije nada, seguí adelante mirando al frente. Pensé: hace demasiado calor, siempre he odiado estar en lugares atestados, todos hablan con la misma modulación, se mueven con los mismos objetivos, hacen las mismas cosas. Atribuí a la playa tal y como estaba el fin de semana mi repentina neurastenia y fui a meter los pies en el agua.

6

Cerca del mediodía sucedió algo nuevo. Dormitaba a la sombra, a pesar de que la música que venía del chiringuito era demasiado alta, cuando oí que la mujer embarazada llamaba a Nina como para anunciarle algo extraordinario.

Abrí los ojos, observé que la muchacha tomaba en brazos a la hija y le indicaba algo o a alguien a mi espalda con notable alegría. Me di la vuelta, vi un hombre achaparrado, macizo, entre los treinta y los cuarenta, que bajaba por la pasarela de madera, el pelo rapado al cero, la camiseta negra ceñida, trazando una barriga abultada sobre el bañador verde. La pequeña lo reconoció, le lanzó un saludo nervioso, riendo y escondiendo con una mueca la cara entre el cuello y el hombro de la madre. Él permaneció serio, apenas esbozó un saludo con la mano, el rostro era bello, los ojos agudos. Se detuvo sin prisa a saludar al hombre del chiringuito, dio una palmada afectuosa al joven socorrista, que había acudido a saludarlo, y entretanto se iba formando a su alrededor un séquito de hombres joviales, todos en bañador, uno con una mochila a la espalda, otro con una nevera portátil, otro más con dos o tres paquetes que, por los lazos y cintas, debían de ser regalos. Cuando por fin el hombre se dirigió a la playa, Nina lo recibió con la niña, deteniendo de nuevo al pequeño cortejo. Él, siempre serio, con gestos lentos, en primer lugar le quitó de los brazos a Elena, que se echó a su cuello dándole muchos pequeños besos ansiosos en la cara; después, sin dejar de ofrecer una mejilla a la pequeña, agarró a Nina por la nuca casi obligándola a pegarse a él —era por lo menos diez centímetros más bajo que ella— y le rozó los labios fugazmente, con estudiada actitud de propietario.

Intuí que había llegado el padre de Elena, el marido de Nina. Entre los napolitanos se organizó enseguida una fiesta, se reunieron todos hasta casi invadir mi sombrilla. Vi que la niña abría regalos, que Nina se probaba un feo sombrero de paja. Después el recién llegado indicó algo en el mar, una lancha. El anciano de aire maligno, los niños, la mujer canosa y gruesa, los primos y las primas se agolparon en la orilla gritando y agitando los brazos en señal de saludo. La lancha superó la línea de las boyas rojas, zigzagueó entre los nadadores, atravesó la línea de las boyas blancas y llegó con el motor encendido entre niños y ancianos que se bañaban en un metro de agua. Enseguida bajaron hombres corpulentos de rostro descolorido, mujeres groseramente ostentosas, niños obesos. Abrazos, besos en las mejillas, Nina perdió el sombrero, el viento se lo llevó. Su marido, como un animal inmóvil que a la primera señal de peligro salta con una fuerza y una decisión inesperadas, a pesar de tener en brazos a la niña lo cogió al vuelo y se lo devolvió antes de que tocara el agua. Ella se lo calzó mejor, el sombrero de pronto me pareció bonito y sentí una punzada irracional de incomodidad.

La confusión creció. A todas luces los recién llegados desaprobaban la disposición de las sombrillas; el marido llamó a Gino, acudió también el encargado del chiringuito. Me pareció entender que querían estar todos juntos, el grupo familiar residente y el de visita, formando una trinchera compacta de tumbonas, sillas de playa, provisiones, niños y adultos en pleno jolgorio. Señalaban hacia la zona en que estaba yo, donde había dos sombrillas vacías, gesticulaban mucho, especialmente la mujer embarazada, que en un determinado momento empezó a pedir a los vecinos que se cambiaran de lugar, deslizándose de una sombrilla a otra como sucede en el cine cuando uno te pide por favor si puedes desplazarte un asiento más allá.

Se creó un clima festivo. Los bañistas vacilaban, no querían tener que transportar todas sus cosas, pero los niños y adultos de la familia napolitana lo hacían por ellos con jovialidad y al final la mayoría cambiaba de sitio casi con entusiasmo.

Abrí un libro, pero sentía una maraña de sentimientos agrios que con cada acometida de sonido, color, olor se agriaba aún más. Esa gente me irritaba. Había nacido en un ambiente bastante parecido, mis tíos, mis primos, mi padre eran así, de una cordialidad prepotente. Ceremoniosos, con frecuencia muy sociables, cada petición sonaba en su boca como una orden apenas moderada por una bonhomía falsa y, llegada la ocasión, sabían ser vulgarmente ofensivos y violentos. Mi madre se avergonzaba de la naturaleza plebeya de mi padre y sus parientes, quería ser distinta, jugaba dentro de aquel mundo a ser la señora bien vestida y de buenos sentimientos. Pero al primer conflicto la máscara se le caía y también ella adoptaba el comportamiento, la lengua de los demás, con una violencia equivalente. Yo la observaba maravillada y decepcionada, y me proponía no parecerme, llegar a ser en efecto distinta y demostrarle así que era inútil y malo asustarnos con esos no me volveréis a ver nunca, nunca, nunca más, había que cambiar de verdad, o bien de verdad largarse de casa, dejarnos, desaparecer. Cómo sufría por ella y por mí, cómo me avergonzaba haber salido de su vientre de persona desgraciada. En el desorden de la playa, ese pensamiento me crispó aún más e hizo crecer mi desprecio por los modales de aquella gente, junto con un hilo de angustia.

Mientras tanto, algo se había complicado en las mudanzas. Había una familia con la que la mujer embarazada no conseguía hacerse entender; otra lengua, extranjeros, querían quedarse bajo su sombrilla. Intentaron convencerlos los niños, los primos tenebrosos, el viejo severo, pero nada. A continuación observé que hablaban con Gino y miraban hacia donde me encontraba yo. El socorrista y la mujer embarazada vinieron hacia mí como en delegación.

El joven, azorado, me señaló a los extranjeros: padre, madre, dos hijos varones de pocos años. Alemanes los llamó, me preguntó si sabía su idioma, si quería hacer de intérprete, y la mujer, con una mano en la espalda y echando hacia delante el vientre desnudo, agregó en dialecto que esos no entendían, debía decirles que se trataba solo de cambiar de sombrilla, nada más, para que ellos pudieran estar todos juntos, amigos y parientes, era una fiesta.

Hice a Gino una fría señal de asentimiento, fui a hablar con los alemanes, que resultaron ser holandeses. Sentía la mirada de Nina sobre mí, hablé en voz alta y segura. Desde las primeras palabras, no sé por qué, tuve ganas de mostrar mi competencia, conversé con gusto. El padre de familia se convenció, recuperó el aire amistoso, holandeses y napolitanos confraternizaron. Cuando volvía a mi sombrilla pasé junto a Nina a propósito y por primera vez la vi de cerca. Me pareció menos guapa, menos joven, tenía las ingles mal depiladas, la niña que llevaba en brazos tenía un ojo húmedo y muy enrojecido y la frente llena de granitos de sudor, y la muñeca era fea y estaba sucia. Regresé a mi lugar; aparentaba tranquilidad pero estaba muy nerviosa.

Intenté seguir leyendo, pero no lo conseguí. Pensé no en lo que les había dicho a los holandeses, sino en el tono que había usado. Me asaltó la duda de si había sido, sin proponérmelo, la mensajera de aquel marasmo prepotente, de si había traducido a otra lengua la sustancia de una villanía. Ahora estaba furiosa, con los napolitanos, conmigo misma. Por eso cuando la mujer embarazada me señaló con una mueca de impaciencia y se volvió hacia los niños, hacia los hombres, hacia Gino, y gritó: vamos, que la señora también se cambia, ¿verdad, señora, que se cambia de lugar?, respondí bruscamente, con beligerante mal humor: no, aquí estoy bien, lo siento pero no tengo ninguna intención de moverme.

7

Me fui al atardecer, como de costumbre, pero tensa, con amargura. Después de mi negativa, la mujer embarazada había insistido con un tono cada vez más agresivo, había venido el anciano a decirme frases del estilo de qué más le da, hoy usted nos hace un favor a nosotros, mañana nosotros se lo hacemos a usted; todo duró unos pocos minutos, quizá no tuve siquiera tiempo de decir otro no con claridad, me limité a hacer alguna señal con la cabeza. La cuestión quedó zanjada por una frase brusca del marido de Nina, palabras pronunciadas a distancia pero en voz alta, dijo basta, estamos bien así, dejad tranquila a la señora, y todos se retiraron, el joven socorrista murmuró una frase de disculpa y volvió a su puesto.

Mientras estuve en la playa fingí leer. En realidad oía como amplificados el dialecto del clan, sus gritos, las carcajadas, y eso me impedía concentrarme. Estaban festejando algo, comían, bebían, cantaban, parecían creer que en la playa estaban solamente ellos o bien que los demás solo estábamos allí para ser espectadores de su felicidad. De los trastos que habían bajado de la lancha fue surgiendo, durante horas, una comida suntuosa, vino, dulces, licores. Nadie volvió a mirar hacia el lugar donde me encontraba, nadie dijo una palabra siquiera vagamente irónica sobre mí. Solo cuando me vestí y empecé a recoger mis cosas la mujer con la gran panza dejó el grupo y vino hacia mí. Me trajo un plato con una ración de helado color frambuesa.

—Es mi cumpleaños —dijo, seria.

Acepté el dulce, a pesar de que no me apetecía.

—Felicidades, ¿cuántos años cumple?

—Cuarenta y dos.

Miré su vientre, el ombligo saltón como un ojo.

—Tiene una buena panza.

Hizo un gesto de gran satisfacción.

—Es una niña. Los hijos no venían y ahora mire.

—¿Cuánto le falta?

—Dos meses. Mi cuñada tuvo a la suya enseguida, yo he tenido que esperar ocho años.

—Son cosas que pasan cuando deben pasar. Gracias y felicidades de nuevo.

Quise devolverle el plato después de dos bocados, pero ella no hizo ademán de cogerlo.

—¿Usted tiene hijos?

—Dos hijas.

—¿Las tuvo joven?

—Cuando nació la mayor tenía veintitrés años.

—Son mayores.

—Una tiene veinticuatro años, la otra veintidós.

—Parece más joven. Mi cuñada decía que no tendría usted más de cuarenta años.

—Tengo casi cuarenta y ocho.

—Qué suerte tiene de conservarse tan guapa. ¿Cómo se llama?

—Leda.

—¿Neda?

—Leda.

—Yo me llamo Rosaria.

Le tendí el plato con mayor decisión, lo cogió.

—Estaba un poco nerviosa antes —me justifiqué de mala gana.

—El mar a veces no sienta bien. ¿O es que sus hijas le dan preocupaciones?

—Los hijos siempre dan preocupaciones.

Nos despedimos y me di cuenta de que Nina me miraba. Crucé malhumorada el pinar, ahora me sentía en falta. No me hubiera costado nada cambiar de sombrilla, los otros lo habían hecho, incluso los holandeses, por qué yo no. Sentimiento de superioridad, presunción. Autodefensa del ocio pensativo, tendencia culta a dar lecciones de civismo. Estupideces. Había prestado tanta atención a Nina solo porque la sentía físicamente más cercana, mientras que a Rosaria, que era fea y sin pretensiones, no le había dirigido una sola mirada. Cuántas veces debían de haberla llamado por su nombre y yo ni me había fijado. La había mantenido fuera de mi radio, sin curiosidad, imagen anónima de mujer que lleva su embarazo de forma grosera. Así de superficial era yo. Y luego aquella frase: los hijos siempre dan preocupaciones. Dicha a una mujer que está a punto de traer uno al mundo: qué tontería. Siempre palabras de desprecio, escépticas o irónicas. Bianca me había gritado una vez entre lágrimas: siempre te crees mejor que nadie; y Marta: ¿por qué nos has tenido si no haces más que quejarte de nosotras? Bombas de palabras, hechas solo de sílabas. Siempre llega el momento en que los hijos te dicen con rabia infeliz por qué me has dado la vida, caminaba absorta. El pinar tenía tintes violáceos, había viento. Oí chasquidos a mi espalda, quizá de pasos, me volví, silencio.

Seguí andando. Algo me golpeó la espalda, violento, como si me hubieran tirado una bola de billar. Grité de dolor y de sorpresa al mismo tiempo, me volví sin aliento, vi la piña que rodaba por el matorral, grande como un puño, cerrada. Ahora me palpitaba el corazón, me froté con fuerza la espalda para aliviar el dolor. La respiración no me volvía, miré las zarzas alrededor, los pinos movidos por el viento.

8

De vuelta en casa me desnudé, me examiné en el espejo. Tenía entre los omóplatos una mancha morada parecida a una boca, de bordes oscuros y rosada en el centro. Traté de tocarla con los dedos, dolía. Cuando examiné la camisa, encontré trazas pegajosas de resina.

Para tranquilizarme decidí ir al pueblo, pasear, cenar fuera. Cómo se había producido el golpe. Rebusqué en la memoria, pero sin grandes resultados. No supe determinar si me habían lanzado la piña a propósito desde detrás de algún arbusto o había caído de un árbol. Un golpe inesperado es solo estupefacción y sufrimiento. Cuando imaginaba el cielo y los pinos, la piña se precipitaba desde lo alto; cuando pensaba en el sotobosque, en los arbustos, veía una línea horizontal trazada por el proyectil, la piña que cortaba el aire hacia mi espalda.

En la calle había el gentío propio de un sábado por la noche, personas bronceadas por el sol, familias enteras, mujeres que empujaban cochecitos, padres aburridos o furiosos, parejas de jóvenes abrazados o de viejos tomados de la mano. El olor de los bronceadores se mezclaba con el del algodón de azúcar y las almendras tostadas. El dolor, como un tizón ardiente apretado entre los omóplatos, no me dejaba pensar en otra cosa que en lo que me había sucedido.

Sentí la necesidad de llamar a mis hijas y contarles el incidente. Contestó Marta, empezó a hablar como hacía ella, muy rápido y en falsete. Tuve la impresión de que temía más de lo habitual una interrupción mía, alguna pregunta insidiosa, un reproche o simplemente el cambio por mi parte de su tono excesivo-alegre-escéptico por un tono serio que le habría impuesto preguntas verdaderas y respuestas verdaderas. Me habló largo rato acerca de una fiesta a la que ella y su hermana debían ir, no entendí bien cuándo, si esa noche o la siguiente. El padre estaba entusiasmado, eran amigos suyos, no solo colegas de la universidad, gente que trabajaba en televisión, personas importantes con las que quería quedar bien, mostrar que a pesar de no haber cumplido todavía los cincuenta tenía dos hijas mayores, bien educadas, guapas. Habló y habló, en cierto momento la emprendió con el clima. Canadá, exclamó, es un país inhabitable, tanto en invierno como en verano. No me preguntó siquiera cómo estaba, o quizá me lo preguntó pero no me dejó responder. Es probable también que no mencionara al padre, que lo oyera yo entre una palabra y otra. En las conversaciones con mis hijas oigo palabras o frases no pronunciadas. Ellas a veces se enojan, me dicen mamá, yo no lo he dicho, lo estás diciendo tú, te lo has inventado. Pero no invento nada, me basta con escuchar, lo no dicho es más elocuente que lo dicho. Esa noche, mientras Marta divagaba con ráfagas de palabras, por un instante pensé que aún no había nacido, que nunca había salido de mi vientre, que estaba en el vientre de otra, de Rosaria por ejemplo, y que nacería con otro aspecto, otro carácter. Acaso era eso lo que ella había deseado en secreto desde siempre, no ser mi hija. Hablaba neuróticamente de sí misma desde un continente lejano. Me comentaba sus problemas con el pelo, que debía lavarse continuamente porque nunca le quedaba bien, de peluquerías que se lo habían estropeado, y por eso no iría a la fiesta, no pensaba salir de casa con ese aspecto, solo iría Bianca, que tenía el cabello precioso, y me hablaba como si la culpa fuera mía, no la había hecho de modo que pudiera ser feliz. Reproches antiguos. Me resultó frívola, sí, frívola y fastidiosa, ubicada en un espacio demasiado lejano de este otro espacio en el paseo marítimo, de noche, y la perdí. Mientras continuaba lamentándose, abrí los ojos por el dolor en la espalda y vi a Rosaria, gorda, cansada, que me seguía por el pinar acompañada por la banda de niños y parientes y se acuclillaba, el gran vientre desnudo apoyado como una cúpula sobre los muslos grandes, y me señalaba como blanco. Cuando corté la comunicación ya me había arrepentido de haber llamado, me sentía más nerviosa que antes, me latía deprisa el corazón.

Tenía que cenar, pero los restaurantes estaban demasiado llenos, detesto ser una mujer sola en un restaurante un sábado por la noche. Decidí tomar algo en el bar debajo de casa. Llegué con paso cansino y miré la barra al otro lado del cristal: revoloteo de moscas. Pedí dos croquetas de patata, una de arroz, una cerveza. Mientras consumía con desgana mi comida oí a mi espalda una cháchara de ancianos en un dialecto cerrado, jugaban a las cartas, se reían; apenas los había visto de reojo al entrar. Me volví. En la mesa de los jugadores estaba Giovanni, el hombre que me había acogido a mi llegada y al que no había vuelto a ver.

Dejó las cartas sobre la mesa y vino hacia la barra. Preguntó vaguedades, cómo estaba, si me había ambientado, cómo me encontraba en el apartamento, cosas por el estilo. Durante todo el rato me habló con una sonrisa cómplice, aunque no tenía ninguna razón para sonreír de aquel modo, nos habíamos visto una sola vez durante unos pocos minutos y no entendía en qué sentido podíamos ser cómplices. Hablaba en voz muy baja, a cada palabra se acercaba unos centímetros a mí, dos veces me tocó un brazo con la punta de los dedos, en una ocasión me puso una mano llena de manchas oscuras en el hombro. Cuando me preguntó si había algo en lo que pudiera ayudarme, lo hizo hablándome casi al oído. Me di cuenta de que sus compañeros de juego nos miraban en silencio y me sentí incómoda. Eran de su edad, todos en torno a los setenta años, parecían espectadores en un teatro que asistieran incrédulos a una escena sorprendente. Cuando terminé la cena, Giovanni hizo una señal al camarero, algo que significaba yo me hago cargo, y no conseguí de ninguna manera pagar. Le di las gracias, salí rápidamente y solo cuando atravesé el umbral y oí las risotadas roncas de los jugadores comprendí que aquel hombre debía de haberse vanagloriado de cierta intimidad conmigo, una forastera, y que había intentado demostrarlo comportándose como un macho patrón para uso y consumo de los presentes.

Tendría que haberme puesto furiosa y en cambio me sentí repentinamente mejor. Pensé en regresar al bar, sentarme junto a Giovanni y secundarlo decididamente en la partida de cartas, tal como habría hecho una muñeca rubia en una película de gánsteres. Quién era, después de todo: un viejo flaco que conservaba todo el cabello, solo piel manchada y estriada por arrugas profundas, el iris amarillento y un velo leve sobre las pupilas. Él había actuado, ahora actuaría yo. Le hablaría al oído, apretaría los senos contra su brazo, apoyaría el mentón sobre su hombro para verle las cartas. Me estaría agradecido durante el resto de su vida.

Pero volví a casa y esperé en la terraza, mientras la luz del faro me atravesaba como un sable, a que llegase el sueño.

9

No pegué ojo en toda la noche. La espalda me latía inflamada, desde todo el pueblo llegó hasta el amanecer música a alto volumen, ruidos de coches, gritos de llamada o de saludo.

Permanecí estirada aunque descompuesta, con una impresión creciente de dispersión: Bianca y Marta, la dificultad de mi trabajo, Nina, Elena, Rosaria, mis padres, el marido de Nina, los libros que estaba leyendo, Gianni, mi ex marido. Al amanecer cayó un silencio inesperado y dormí durante unas horas.

Me desperté a las once, cogí rápidamente mis cosas, subí al coche. Pero era domingo, un domingo tórrido: encontré mucho tráfico, me costó aparcar y acabé dentro de un barullo de gente peor que el del día anterior: un flujo de jóvenes, viejos y niños cargados de trastos que atestaban el sendero del pinar y se aprestaban a conquistar lo antes posible un retal de arena cerca del mar.

Gino, atrapado por el flujo continuo de bañistas, apenas se ocupó de mí, solo me dirigió un gesto a modo de saludo. Una vez en bañador me tumbé rápidamente a la sombra, boca arriba, para ocultar el morado de la espalda, y me puse las gafas de sol, me dolía la cabeza.

La playa estaba abarrotada. Busqué con la mirada a Rosaria, no la vi, el clan parecía haberse dispersado, disuelto en la multitud. Solo al mirar con atención conseguí localizar a Nina y su marido paseando por la orilla.

Ella llevaba un biquini azul y volvió a parecerme muy bella, se movía con su habitual elegancia natural, a pesar de que en ese momento hablaba con vehemencia; él, sin camiseta, era más rechoncho que su hermana Rosaria, blanco, sin siquiera el enrojecimiento del sol, los movimientos medidos, sobre el pecho peludo una cadena de oro con un crucifijo y, rasgo que me resultó repulsivo, una panza grande, dividida en dos mitades hinchadas de carne por una cicatriz profunda que iba del borde del bañador hasta el arco de las costillas.

Me sorprendió la ausencia de Elena; era la primera vez que no veía a madre e hija juntas. Después me di cuenta de que la niña estaba a dos pasos de mí, sola, sentada en la arena al sol, el sombrero nuevo de la madre en la cabeza, jugando con la muñeca. Me fijé en que tenía el ojo todavía más enrojecido y de vez en cuando se lamía con la punta de la lengua el moco que le caía de la nariz.

A quién se parecía. Ahora que había visto también al padre, creí reconocer en ella los rasgos de ambos. Se mira a un niño y de inmediato comienza el juego de las semejanzas, hay prisa por encerrarlo dentro del perímetro conocido de los padres. De hecho es solo materia viva, enésima carne casual procedente de largas cadenas de organismos. Ingeniería —la naturaleza es ingeniería, también la cultura lo es, después viene la ciencia, solo el caos no es ingeniero— junto a necesidad perentoria de reproducción. A Bianca la quise, se desea un hijo con una opacidad animal reforzada por las convicciones corrientes. Llegó pronto, yo tenía veintitrés años, su padre y yo estábamos en medio de una dura lucha por conservar nuestros puestos de trabajo en la universidad. Él lo consiguió, yo no. Un cuerpo de mujer hace mil cosas distintas, trabaja, corre, estudia, fantasea, inventa, se agota, y mientras tanto los pechos se agrandan, los labios del sexo se hinchan, la carne palpita con una vida redonda que es tuya, tu vida, y sin embargo empuja hacia otra parte, se separa de ti a pesar de habitar en tus entrañas, feliz y pesada, gozada como un impulso voraz y aun así repulsivo como el injerto de un insecto venenoso en una vena.

Tu vida quiere ser de otro. Bianca fue expulsada, se expulsó, pero —todas las personas de nuestro entorno lo creían, incluso nosotros mismos lo creíamos— no podía crecer sola, demasiado triste, necesitaba un hermano, una hermana, para que le hiciera compañía. Por eso enseguida programé obediente, sí, como se suele decir, «programé» que creciera en mi vientre Marta.

Así pues, a los veinticinco años los otros juegos habían terminado para mí. El padre corría por el mundo, una y otra vez. Ni siquiera tenía tiempo de fijarse bien en cómo había sido copiado su cuerpo, cómo había sucedido la reproducción. Apenas miraba a sus dos hijas, pero decía con ternura sincera: son clavadas a ti. Gianni es un hombre atento, nuestras hijas lo quieren. Se ocupó poco o nada de ellas, pero cuando fue necesario hizo todo lo que pudo, incluso ahora hace todo lo que puede. En general a los niños les cae bien. Si estuviera aquí no se quedaría como yo en la tumbona, sino que iría a jugar con Elena, sentiría el deber de hacerlo.

Yo no. Miraba a la niña, pero al verla así, sola y a la vez con todos sus antepasados apretujados en su carne, experimentaba un sentimiento similar a la repulsión, aun cuando no sabía bien qué me repugnaba. La pequeña jugaba con su muñeca. Le hablaba, pero no como a una muñeca pelada, con el cráneo medio rubio y medio calvo. Quién sabe qué identidad le atribuía. Nani, le decía, Nanuccia, Nanicchia, Nennella. Era un juego cariñoso. La besaba con fuerza en el rostro, tan fuerte que casi parecía hinchar el plástico con un soplo de la boca de su cariño gaseoso, vibrante, con todo el amor del que era capaz. La besaba en el pecho desnudo, en la espalda, en el vientre, por todos lados, con la boca abierta como si fuera a comérsela.

Aparté la vista, no hay que mirar los juegos de los niños. Después volví a mirar. Nani era una muñeca sucia, vieja, tenía marcas de bolígrafo en la cara y el cuerpo. Sin embargo, en aquellos momentos desprendía una fuerza viva. Ahora era ella quien besaba a Elena con creciente frenesí. Le daba golpes decididos en las mejillas, apoyaba los labios de plástico sobre los de ella, le besaba el pecho delicado, el vientre un poco hinchado, le estrechaba la cabeza contra el vestidito verde. La niña se percató de que yo la observaba. Me sonrió con una mirada esmerilada y apretó fuerte, como si fuera un desafío, la cabeza de la muñeca entre las piernas, con las dos manos. Los niños hacen cosas así, ya se sabe, después se olvidan. Me levanté. El sol abrasaba, estaba muy sudada. No corría ni un soplo de brisa, en el horizonte empezaba a formarse una calina gris. Fui a bañarme.

En el agua, flotando perezosamente entre la multitud del domingo, vi a Nina y su marido, que no paraban de discutir. Ella se quejaba de algo, él escuchaba. Después el hombre pareció hartarse de la conversación, le dijo algo con claridad pero sin descomponerse, con serenidad. Debía de quererla mucho, pensé. La dejó en la orilla y fue a hablar con las personas que habían llegado el día anterior en la lancha. Sin duda eran el objeto de la disputa. Siempre pasaba lo mismo, lo sabía por experiencia: primero la fiesta, los amigos, los parientes, todos aquellos a los que queremos; luego las discusiones por el exceso de gente, viejos resentimientos que explotan. Nina no toleraba más a los huéspedes y su marido iba a despacharlos. Al cabo de un rato los hombres, las mujeres de ostentación grosera y los niños obesos abandonaron en desorden las sombrillas del clan, cargaron sus cosas en la lancha y el marido de Nina quiso ayudarlos personalmente, quizá para apresurar la partida. Se marcharon entre besos y abrazos como habían llegado, pero nadie fue a despedirse de Nina. Ella, por su parte, se alejó por la orilla con la cabeza gacha como si no soportara verlos ni un minuto más.

Nadé un trecho largo para dejar atrás la multitud del domingo. El agua del mar me tonificó la espalda, el dolor desapareció o me pareció que desaparecía. Me quedé en el agua un buen rato, hasta que vi que tenía las yemas arrugadas y comencé a temblar de frío. Mi madre, cuando me veía en ese estado, me sacaba del agua a gritos. Me veía castañetear los dientes y se enfurecía aún más, me empujaba, me cubría de la cabeza a los pies con una toalla y me frotaba con una energía, una violencia tales que yo no sabía si se debía a la preocupación por mi salud o a la rabia largamente incubada, una ferocidad que me laceraba la piel.

Extendí la toalla directamente sobre la arena ardiente y me tumbé. Cómo me gusta la arena caliente después de que el mar me haya helado el cuerpo. Miré hacia donde ante estaba Elena. Solo quedaba la muñeca, pero en una posición penosa, con los brazos abiertos, las piernas separadas, tendida sobre la espalda pero con la cabeza medio hundida en la arena. Se veían la nariz, un ojo, medio cráneo. Me adormilé por la tibieza, por la noche en vela.

10

Dormí un minuto, tal vez diez. Cuando desperté, me levanté aturdida. Vi que el cielo se había vuelto blanco, albayalde caliente. El aire estaba quieto, la gente había aumentado, había un barullo de música y de seres humanos. En esa masa dominical, como por una suerte de secreta llamada, la primera persona que vi fue Nina.

Algo le pasaba. Caminaba lentamente entre las sombrillas, insegura, gesticulaba con la boca. Volvió la cabeza hacia un lado, luego hacia el otro, casi de golpe, como un pájaro asustado. Se dijo algo a sí misma, desde donde me hallaba no podía oírla, después corrió hacia su marido, que estaba en una tumbona, bajo la sombrilla.

El hombre se puso en pie, miró alrededor. El viejo severo le tiró de un brazo, él se zafó, se acercó a Rosaria. Todos los familiares, grandes y pequeños, comenzaron a mirar alrededor como si fueran un único cuerpo, después se movieron, se dispersaron.

Empezaron los gritos: Elena, Lenuccia, Lena. Rosaria se encaminó a pasos cortos pero rápidos hacia el mar como si le urgiera darse un baño. Miré a Nina. Hacía movimientos insensatos, se tocaba la frente, echaba a andar hacia la derecha y bruscamente volvía sobre sus pasos en dirección a la izquierda. Era como si desde el fondo de las vísceras algo le estuviese sorbiendo la vida del rostro. La piel se le puso amarilla; los ojos, muy agitados, estaban enloquecidos de ansiedad. No encontraba a la niña, la había perdido.

Aparecerá, pensé, tengo experiencia en eso. Mi madre decía que de pequeña yo no hacía otra cosa que perderme. Un instante y desaparecía, había que correr al chiringuito y pedir que dijeran por los altavoces cómo era yo, que me llamaba tal y tal, y ella mientras tanto permanecía atenta junto a la caja. Yo no recordaba nada de esas desapariciones, guardaba otras cosas en la memoria. Temía que fuera mi madre la que se extraviara, vivía con la angustia de no volver a encontrarla. En cambio recordaba claramente la vez que perdí a Bianca. Corrí por la playa como Nina ahora, con Marta berreando en mis brazos. No sabía qué hacer, estaba sola con las dos niñas, mi marido se hallaba en el extranjero y no conocía a nadie. Un hijo es un torbellino de aflicciones. Me quedó grabado el recuerdo de que buscaba con la vista por todas partes excepto en el mar, no me atrevía ni siquiera a mirar el agua.

Advertí que Nina hacía lo mismo. Buscaba por todas partes pero daba la espalda al mar de un modo desesperado, y entonces sentí una repentina conmoción, me entraron ganas de llorar. A partir de ese momento no conseguí mantenerme al margen, me resultaba intolerable que la multitud de la playa no prestara la menor atención a la búsqueda frenética de los napolitanos. Hay vibraciones que ningún gráfico puede reproducir, un movimiento es luminoso, el otro negro. Ellos, que parecían tan autónomos, tan prepotentes, se me antojaron frágiles. Miré a Rosaria, la única que escrutaba el mar. Caminaba con su enorme barriga, a pasos veloces y breves, por la orilla. Me levanté, alcancé a Nina y le rocé el brazo. Ella se volvió de golpe con un movimiento de serpiente, gritó la has encontrado, me habló de tú como si nos conociéramos aunque jamás nos habíamos dirigido la palabra.

—Lleva puesto tu sombrero —le dije—, la encontraremos, la veremos fácilmente.

Me miró dubitativa, después hizo un gesto de asentimiento y corrió en dirección a su marido. Corría como una joven atleta en una competición, con buena o mala suerte.

Yo me encaminé en la dirección opuesta, a lo largo de la primera fila de sombrillas, a paso lento. Tenía la impresión de ser Elena, o Bianca cuando se perdió, pero quizá era solo yo misma de pequeña que estaba aflorando del olvido. La niña que se pierde entre la multitud de la playa no aprecia ningún cambio en las cosas y sin embargo ya no reconoce nada. Le falta orientación, algo que antes hacía reconocibles a los bañistas y las sombrillas. La niña cree estar exactamente donde estaba antes y sin embargo no sabe dónde está ahora. La niña mira alrededor con ojos asustados y ve que el mar es el mar, la playa es la playa, la gente es la gente, el vendedor de coco fresco sigue siendo el vendedor de coco fresco. No obstante, cada cosa o persona le resulta extraña y entonces llora. Al adulto desconocido que le pregunta qué pasa, por qué lloras, no le dice que se ha perdido, le dice que no encuentra a su mamá. Bianca lloraba cuando la encontraron, cuando me la trajeron. Yo también lloraba de felicidad, de alivio, pero al mismo tiempo gritaba de rabia —igual que mi madre— por el peso aplastante de la responsabilidad, por el vínculo que estrangula, y sacudía a mi primogénita con el brazo libre, exclamaba: me las pagarás, Bianca, verás cuando lleguemos a casa, no te alejes nunca más, nunca más.

Caminé un rato buscando entre los niños solos, en grupo, de la mano de adultos. Estaba nerviosa, sentía unas leves náuseas, pero no dejaba de prestar atención. Vi por fin el sombrero de paja, sentí que el corazón me daba un vuelco. Desde lejos parecía abandonado en la arena, pero debajo estaba Elena. Se hallaba sentada a un metro del agua, la gente pasaba a su lado sin hacerle el menor caso; lloraba, un flujo lento de lágrimas silenciosas. No me dijo que había perdido a su madre, me dijo que había perdido a la muñeca. Estaba desesperada.

La tomé en brazos, volví a paso rápido hacia el chiringuito. Me crucé con Rosaria, que me la arrancó con un furor entusiasta, gritó de alegría e hizo señas a su cuñada. Nina nos vio, vio a su hija, vino hacia nosotras. También acudió su marido, todos, algunos desde las dunas, otros desde el chiringuito, unos cuantos desde la orilla. Cada miembro de la familia quería besar, abrazar, tocar a Elena, aunque ella seguía desesperada, y saborear la satisfacción por el peligro ahuyentado.

Yo me retiré, volví a mi sombrilla, comencé a recoger mis cosas aunque no eran ni siquiera las dos de la tarde. No quería seguir oyendo el llanto de Elena. Vi que el grupo la festejaba, las mujeres se la quitaron a la madre y se la pasaban de mano en mano para tratar de calmarla, pero sin conseguirlo; la niña era inconsolable.

Nina vino hacia mí. Enseguida llegó también Rosaria, parecía orgullosa de haber sido la primera en establecer contacto conmigo, que había resultado tan decisiva.

—Quería darle las gracias —dijo Nina.

—Ha sido un buen susto.

—Creí que me moría.

—Mi hija se perdió también un domingo de agosto, hace casi veinte años, yo no veía nada, la angustia te ciega. En estos casos son casi más útiles los extraños.

—Menos mal que estaba usted —dijo Rosaria—, suceden tantas cosas feas.

Después su mirada debió de posarse en mi espalda, porque exclamó con un gesto de horror:

—Madre mía, qué le ha pasado ahí detrás, cómo ha sido.

—Una piña, en el pinar.

—Tiene mal aspecto; ¿no se ha puesto nada?

Quiso ir a buscar una pomada, dijo que era milagrosa. Nina y yo nos quedamos a solas, nos llegaban los gritos insistentes de la niña.

—No se calma —dije.

Nina sonrió.

—Es un mal día: la hemos encontrado a ella y hemos perdido la muñeca.

—La encontrarán.

—Claro, si no la encontramos se me pondrá enferma.

Noté una repentina sensación de frío en la espalda, Rosaria había vuelto silenciosamente y me estaba untando su crema.

—¿Qué tal?

—Bien, gracias.

Continuó con solícita dedicación. Cuando terminó me puse el vestido sobre el bañador y cogí la bolsa.

—Hasta mañana —dije. Quería irme cuanto antes.

—Verá como esta noche se le habrá pasado.

—Sí.

Miré por un instante a Elena, que se agitaba y retorcía en brazos de su padre, llamando alternativamente a la madre y a la muñeca.

—Vamos —dijo Rosario a su cuñada—, a ver si encontramos la muñeca, que no aguanto más esos gritos.

Nina me dirigió un gesto de despedida y corrió hacia su hija. Rosaria, por su parte, empezó a preguntar a niños y padres, rebuscando mientras tanto sin pedir permiso entre los juguetes amontonados bajo las sombrillas.

Remonté las dunas, me adentré en el pinar, pero me parecía oír todavía los gritos de la niña. Estaba confusa, me llevé una mano al pecho para calmar el corazón, que corría demasiado. La muñeca la tenía yo, estaba en mi bolso.

11

Me serené mientras conducía de vuelta a casa. Me di cuenta de que no conseguía recordar el momento preciso de una acción que ahora juzgaba ridícula, ridícula por su falta de sentido. Me sentía en la situación de quien se dice, entre asustada y divertida: mira tú lo que me ha pasado.

Debí de tener una de esas oleadas de pena que me daban desde pequeña, sin una razón evidente, por personas, animales, plantas, cosas. La explicación me complació, me pareció que aludía a algo intrínsecamente noble. Había sido un impulso de socorro, pensé. Nena, Nani, Nennella o como se llamara. La vi abandonada en la arena, desaliñada, con la cara medio cubierta como si estuviese a punto de asfixiarse, y la saqué. Una reacción infantil, nada especial, una nunca termina de hacerse mayor. Decidí que al día siguiente la devolvería. Iría a la playa muy temprano, la dejaría en la arena justo en el sitio en el que Elena la había abandonado, lo haría de modo que la encontrase ella misma. Jugaré un poco con la niña y después le diré: mira, aquí, excavemos. Me sentí casi contenta.

En casa saqué del bolso el traje de baño, las toallas y cremas, pero dejé la muñeca en el fondo para asegurarme de que al día siguiente no la olvidaría. Me duché, enjuagué el bañador, lo puse a secar. Me preparé una ensalada y comí en la terraza mirando al mar, la espuma alrededor de las lenguas de roca volcánica, las formaciones de nubes negras que empezaban a elevarse en el horizonte. Después tuve de golpe la sensación de haber hecho algo malo, sin intención, pero malo. Un gesto como los del sueño, cuando te das la vuelta en la cama y vuelcas la lámpara de la mesilla de noche. La pena no tiene nada que ver, pensé, no se ha tratado de un sentimiento generoso. Me sentí como una gota que resbala a lo largo de una hoja después de la lluvia, arrastrada por un movimiento límpidamente inevitable. Ahora intento encontrar justificaciones, pero no hay ninguna. Me siento confusa, los meses livianos quizá hayan terminado y temo que vuelvan pensamientos demasiado rápidos, imágenes vertiginosas. El mar se está convirtiendo en una franja violácea, se ha levantado viento. Qué cambiante es el tiempo, la temperatura ha descendido bruscamente. En la playa Elena estará llorando todavía, Nina está desesperada, Rosaria ha revuelto la arena milímetro a milímetro, el clan estará en guerra con todos los bañistas. Voló una servilleta de papel, recogí la mesa, por primera vez en muchos meses me sentí sola. Vi a lo lejos, en el mar, cortinas de lluvia oscura caer desde las nubes.

En cuestión de minutos el viento arreció, daba largos gemidos frotándose contra el edificio y metía en casa polvo, hojas secas, insectos muertos. Cerré la puerta de la terraza, cogí el bolso y me senté en el pequeño sofá frente a la vidriera. No conseguía mantener firmes ni siquiera las intenciones. Saqué la muñeca, la hice girar entre las manos con perplejidad. No tenía vestido, quién sabía dónde lo habría dejado Elena. Pesaba más de lo que había supuesto, debía de tener agua dentro. Los pocos cabellos rubios le salían del cráneo en pequeños mechones dispersos. Tenía las mejillas demasiado hinchadas, estúpidos ojos azules y labios pequeños con un círculo oscuro en el centro. El torso era largo, el vientre prominente, entre las piernas gordas y cortas se veía apenas una línea vertical que seguía sin solución de continuidad entre las grandes nalgas.

Me habría gustado vestirla. Tuve la idea de comprarle ropa, una sorpresa para Elena, casi una forma de resarcirla. Qué es una muñeca para una niña. Tuve una con hermoso cabello rizado, me ocupaba mucho de ella, nunca la perdí. Se llamaba Mina, *mammina. Mammuccia*, me vino a la cabeza, una palabra para decir muñeca que no se usa desde hace tiempo. Mi madre se prestaba muy poco a los juegos que yo quería hacer con su cuerpo. Enseguida se ponía nerviosa, no le gustaba hacer de muñeca. Reía, se apartaba, se enfadaba. Le molestaba que la peinase, le pusiera cintas, le lavase la cara o las orejas, la desvistiese y volviera a vestir.

A mí no. De mayor intenté tener presente el sufrimiento de no poder manipular el cabello, la cara, el cuerpo de mi madre. Por eso fui una paciente muñeca para Bianca en sus primeros años de vida. Mi hija me arrastraba debajo de la mesa de la cocina, era nuestra cabaña, me hacía acostarme. Recuerdo que yo estaba agotada: Marta no pegaba ojo de noche, solo dormía un poco durante el día, y Bianca iba siempre detrás de mí llena de demandas, no quería irse a la cama, y las veces que conseguía dejarla con alguien enfermaba complicándome aún más la existencia. Sin embargo, trataba de tener nervios de acero, quería ser una buena madre. Me tumbaba en el suelo, me dejaba cuidar como si estuviera enferma. Bianca me daba medicamentos, me lavaba los dientes, me peinaba. A veces me adormecía, pero ella era pequeña, no sabía usar el peine, cuando me tiraba del cabello me despertaba sobresaltada. Los ojos me lagrimeaban de dolor.

Estaba tan desolada en aquellos años. No conseguía estudiar, jugaba sin alegría, sentía mi cuerpo inanimado, sin deseos. Cuando Marta comenzaba a gritar en la otra habitación, para mí era casi como una liberación. Me levantaba interrumpiendo de mala manera los juegos de Blanca, pero me sentía inocente, no era yo quien me apartaba de mi hija, era mi niña pequeña la que me arrancaba del lado de la mayor. Tengo que ir a ver a Marta, enseguida vuelvo, espera. Ella empezaba a llorar.

En una época de sentimiento generalizado de inadecuación decidí darle Mina a Bianca; me pareció un buen gesto, una forma de calmar su envidia por la hermana pequeña. Por eso saqué la vieja muñeca de una caja de cartón que había encima del armario y le dije a Bianca: mira, se llama Mina, esta es la muñeca de mamá cuando era pequeña, te la regalo. Creía que iba a quererla, estaba segura de que le dedicaría la misma atención que me dedicaba a mí en sus juegos. Pero enseguida la dejó abandonada; Mina no le gustaba. Prefería una horrible muñeca de tela, con cabellos de lana amarilla, que le había regalado su padre al regresar de algún viaje. Aquello me afectó mucho.

Un día Bianca jugaba en el balcón, era un lugar que le gustaba mucho. Yo la dejaba ahí en cuanto empezaba la primavera, no tenía tiempo de llevarla de paseo, pero quería que tomara el aire y el sol, aunque desde la calle llegaran los ruidos del tráfico y un fuerte olor a humo de los tubos de escape. Hacía meses que no conseguía abrir un libro, estaba agotada y furiosa, el dinero no alcanzaba nunca, dormía muy poco. Encontré a Bianca sentada sobre Mina como si fuera una silla mientras jugaba con su muñeca. Le dije que se levantara, que no tenía que maltratar algo que pertenecía a mi infancia, era muy mala y desagradecida. Tal cual se lo dije: desagradecida, y grité, creo que grité que me había equivocado al regalársela, que era mi muñeca y me la quedaba.

Cuántas cosas se hacen y se dicen a los niños en el secreto de las casas. Bianca tenía un carácter gélido, siempre ha sido así, se tragaba la ansiedad y los sentimientos. Continuó sentada sobre Mina, solo dijo, recalcando las palabras como hace aún hoy cuando declara su voluntad como si fuese la última: no, es mía. Entonces le di un empujón, era una niña de tres años, pero en ese momento me pareció mayor, más fuerte que yo. Le arranqué a Mina y ella al fin mostró miedo en la mirada. Observé que le había quitado el vestido, incluso los zapatitos y calcetines, y la había ensuciado de la cabeza a los pies con sus rotuladores. Una injuria remediable, pero a mí me pareció sin remedio. Todo en aquellos años me parecía sin remedio, yo misma no tenía remedio. Lancé la muñeca por encima de la barandilla del balcón.

La vi volar hacia el asfalto y me embargó una alegría cruel. Mientras se precipitaba, me pareció un ser obsceno. Permanecí apoyada en la barandilla no sé durante cuánto tiempo, mirando los coches que le pasaban por encima y la destrozaban. Después me di cuenta de que también Bianca miraba, de rodillas, con la frente contra los barrotes del balcón. Entonces la tomé en brazos, ella se dejó coger con docilidad. La besé muchas veces, la apreté contra mí como si quisiera que volviese a formar parte de mi cuerpo. Me haces daño, mamá, me estás haciendo daño. Dejé la muñeca de Elena en el sofá, tumbada de espaldas, con la barriga al aire.

La tormenta se había trasladado rápidamente hacia tierra firme, violenta, con muchos rayos cegadores y truenos que parecían explosiones de coches cargados de dinamita. Corrí a cerrar las ventanas de la habitación antes de que se inundara todo, encendí la lámpara de la mesilla de noche. Me tumbé en la cama, arreglé los cojines contra el cabecero y me puse a trabajar de buena gana, llenando páginas de apuntes.

Leer y escribir ha sido siempre mi modo de apaciguarme.

12

Me rescató del trabajo una luz rosada, había parado de llover. Pasé un rato maquillándome y vistiéndome con esmero. Quería tener un aspecto de señora digna, perfectamente normal. Salí.

El paseo dominical era menos denso y ruidoso que el del sábado, la afluencia extraordinaria del fin de semana se iba dispersando. Caminé un rato por el paseo marítimo, después me dirigí hacia un restaurante junto al mercado cubierto. Me crucé con Gino, iba vestido de la misma forma que lo veía siempre en la playa, quizá volvía de allí. Me saludó con un gesto respetuoso, quería seguir adelante, pero yo me detuve y se vio obligado a pararse él también.

Necesitaba oír el sonido de mi voz, ponerla bajo control gracias a la voz de otro. Le pregunté por el temporal, qué había sucedido en la playa. Dijo que había habido un viento fuerte, una tormenta de lluvia y viento, que muchas sombrillas se habían volcado. La gente había corrido a refugiarse en la plataforma del chiringuito, en el bar, pero el barullo era excesivo, la mayoría se había resignado y la playa quedó vacía.

—Menos mal que usted se fue temprano.

—Me gustan las tormentas.

—Se le habrían estropeado los libros y cuadernos.

—¿Tu libro se mojó?

—Un poco.

—¿Qué estudias?

—Derecho.

—¿Cuánto te falta?

—Voy atrasado, he perdido el tiempo. ¿Usted da clases en la universidad?

—Sí.

—¿De qué?

—Literatura inglesa.

—Ya vi que sabe muchos idiomas.

Reí.

—No sé ninguno bien, yo también he perdido el tiempo. En la universidad trabajo doce horas al día y soy la criada de todos.

Paseamos un rato, me relajé. Hablé de esto y de aquello para hacer que se sintiera cómodo y mientras tanto me veía a mí misma como desde fuera, vestida de señora bien, él sucio de arena, en bañador, camiseta de tirantes y chancletas de playa. Me divertía, me sentía satisfecha, si Bianca y Marta me hubieran visto me habrían tomado el pelo durante años.

Tenía seguramente la misma edad que ellas: un hijo varón, cuerpo delgado y nervudo que cuidar. Así eran los jóvenes cuerpos masculinos que me gustaban cuando era adolescente, altos, delgados, muy morenos como los amigos de Marta, no bajitos, rubios, algo achaparrados y regordetes como los novios de Bianca, siempre un poco mayores que ella, con las venas azules como los ojos. Aun así quise a todos los primeros novios de mis hijas, los premiaba con un afecto exagerado. Quizá deseaba recompensarlos porque habían sabido reconocer su belleza, sus cualidades, y de ese modo les habían arrancado la angustia de ser feas, la certeza de carecer de fuerza para seducir. O bien los quería premiar porque me habían salvado providencialmente de sus arranques de malhumor, sus conflictos y sus quejas, y de mis intentos de aquietarlos: soy fea, estoy gorda; yo también me sentía fea y gorda a vuestra edad; no, tú no eras fea ni gorda, tú eras guapa; vosotras también sois guapas, no os dais cuenta de la forma en que os miran; no nos miran a nosotras, te miran a ti.

A quién iban dirigidas las miradas de deseo. Cuando Bianca tenía quince años y Marta trece, yo aún no había cumplido los cuarenta. Sus cuerpos de niña se formaron casi a la vez. Durante un tiempo seguí pensando que las miradas de los hombres en la calle se dirigían a mí, como sucedía desde hacía veinticinco años, era casi una costumbre recibirlas, sufrirlas. Después me di cuenta de que resbalaban obscenamente sobre mí para detenerse en ellas, y me alarmaba, me sentía complacida, me decía, en fin, con irónica melancolía: una etapa está a punto de concluir.

Sin embargo, empecé a dedicarme más atención a mí misma, como si quisiera retener el cuerpo al que estaba habituada, evitar que desapareciera. Cuando venían a casa los amigos de las chicas, me arreglaba para recibirlos. Apenas los veía cuando entraban, cuando se marchaban despidiéndose de mí azorados, pero yo estaba muy atenta a mi aspecto, a mis gestos. Bianca los metía en su habitación, Marta en la suya, me quedaba sola. Quería que mis hijas fueran amadas, no soportaba que no lo fueran, me aterrorizaba su posible infelicidad. Pero las ráfagas de sensualidad que ellas desprendían eran violentas, voraces, y me parecía que esa fuerza de atracción de sus cuerpos la hubieran sustraído del mío. Por eso estaba contenta cuando me decían entre risas que los muchachos opinaban que era una madre joven y atractiva. Me parecía que durante unos minutos nuestros tres organismos habían encontrado una armonía placentera.

Cierta vez traté a un amigo de Bianca con excesiva frivolidad quizá, un quinceañero algo torvo, casi mudo, de aspecto sucio y sufrido. Cuando se fue llamé a mi hija, se asomó a mi habitación, primero ella y después, por curiosidad, Marta.

—¿Le ha gustado la tarta a tu amigo?

—Sí.

—Debería haberle puesto chocolate, pero no me dio tiempo, la próxima vez será.

—Ha dicho que la próxima vez le harás una mamada.

—Bianca, ¿qué forma de hablar es esa?

—Eso ha dicho él.

—No ha dicho eso.

—Sí lo ha dicho.

Poco a poco cedí. Aprendí a estar presente solo si me lo pedían y a tener voz solo si me preguntaban algo. Era lo que me exigían y eso es lo que les di. En cambio, qué quería yo de ellas nunca lo supe, ni siquiera ahora lo sé.

Miré a Gino, pensé: le preguntaré si me acompaña a cenar. Pensé también: inventará una excusa, me dirá que no, qué le vamos a hacer. Pero al final solo dijo, tímidamente:

—Debería ducharme, ponerme algo.

—Estás bien así.

—Ni siquiera llevo encima la cartera.

—Invito yo.

Gino se esforzó en darme conversación durante toda la cena, intentó incluso hacerme reír, pero teníamos poco o nada en común. Sabía que debía entretenerme entre un bocado y el siguiente, sabía que debía evitar los silencios demasiado largos y lo hizo lo mejor que pudo, se lanzó por las sendas más diversas como un animal extraviado.

Tenía poco que decir acerca de sí mismo, así que trató de que hablara yo. Pero hacía preguntas secas y yo leía en su mirada que en verdad no le interesaban las respuestas. Aunque intentaba ayudarlo, no podía evitar que los temas de conversación se agotaran rápidamente.

Primero me preguntó en qué estaba trabajando, le dije que preparaba el curso del año siguiente.

—Sobre qué.

—«Olivia».

—¿Qué es?

—Un cuento.

—¿Es largo?

Le gustaban los exámenes breves, le desagradaban los profesores que te cargan de libros para estudiar con tal de aparentar que su examen es importante. Tenía los dientes muy blancos y grandes, la boca ancha. Los ojos pequeños, como incisiones. Gesticulaba mucho, se reía. No sabía nada de Olivia, nada de lo que a mí me apasionaba. Igual que mis hijas, que al crecer se habían mantenido cautelosamente lejos de mis intereses y habían cursado estudios científicos, física, como su padre.

Hablé un poco de ellas, las elogié mucho aunque con un tono irónico. Al final nos limitamos a las pocas cosas que teníamos en común: la playa, el chiringuito, su jefe, los bañistas. Me habló de los extranjeros, casi siempre amables, de los italianos, pretenciosos y arrogantes. Me habló con simpatía de los africanos, de las muchachas orientales que iban de sombrilla en sombrilla. Pero solo cuando empezó a hablar de Nina y su familia comprendí que yo estaba ahí, en ese restaurante, con él, sobre todo por eso.

Me contó lo de la muñeca, lo de la desaparición de la niña.

—Después de la tormenta miré por todas partes, estuve rastrillando la arena hasta hace apenas una hora, pero no la encontré.

—Aparecerá.

—Espero que sí, sobre todo por la madre. La niña la ha tomado con ella, como si fuera culpa suya.

442

Habló de Nina con admiración.

—Viene aquí de vacaciones desde que nació su hija. El marido alquila una casa sobre las dunas. Desde la playa no se ve. Está en el pinar, es un lugar bonito.

Dijo que era una chica preparada, que había acabado el bachillerato e incluso empezado una carrera universitaria.

—Es muy mona —dije.

—Sí, es guapa.

Habían conversado en alguna ocasión —comprendí— y ella le había dicho que quería retomar los estudios.

—Tiene solo un año más que yo.

—¿Veinticinco?

—Veintitrés, yo tengo veintidós.

—Igual que mi hija Marta.

Permaneció callado un momento, luego dijo de pronto, con una mirada sombría que lo afeó:

—¿Ha visto a su marido? ¿Usted hubiera dejado a su hija casarse con un hombre así?

—¿Qué es lo que no te gusta? —pregunté, irónica.

Meneó la cabeza, respondió muy serio:

—Nada. Ni él ni sus amigos, ni su familia. La hermana es insoportable.

—¿Rosaria, la señora embarazada?

—¿Señora, esa? Será mejor que lo dejemos estar. La admiré mucho ayer, cuando se negó a cambiarse de sombrilla. Pero no vuelva a hacer algo así.

—¿Por qué?

El chico se encogió de hombros, meneó la cabeza con un gesto de disgusto.

—Son mala gente.

13

Volví a casa cerca de la medianoche. Por fin habíamos descubierto un tema que nos interesaba a los dos y el tiempo pasó rápidamente. Supe por Gino que la mujer gorda y canosa era la madre de Nina. También me enteré de que el viejo ceñudo se llamaba Corrado y no era el padre de la muchacha, sino el marido de Rosaria. Fue como conversar acerca de una película que uno ha visto sin entender bien las relaciones entre los personajes, a veces ni siquiera los nombres, y cuando nos despedimos creía tener las ideas un poco más claras. En cambio poco pude averiguar acerca del marido de Nina; Gino dijo que se llamaba Toni, que llegaba los sábados y se iba los lunes por la mañana. Comprendí que lo detestaba, que no quería ni hablar de él. De todas formas yo tampoco sentía una gran curiosidad por ese hombre.

El muchacho esperó educadamente a que se cerrara la puerta a mi espalda y subí al tercer piso por la escalera poco iluminada. Mala gente, había dicho. Qué podían hacerme. Entré en el apartamento, encendí la luz y vi la muñeca tendida de espaldas en el sofá, los brazos hacia el techo, las piernas abiertas, la cara vuelta hacia mí. Los napolitanos habían registrado toda la playa para encontrarla, Gino había rastrillado la arena con tenacidad. Di vueltas por la casa, solo se oía el rumor de la nevera en la cocina, todo el pueblo parecía dormido. Al mirarme en el espejo del baño descubrí que tenía el rostro cansado, los ojos hinchados. Cogí una camiseta limpia y me dispuse a dormir, a pesar de que no tenía sueño.

La velada con Gino había sido agradable, pero sentí que algo me había dejado cierta sensación de incomodidad. Abrí la puerta de la terraza, entró un aire fresco, el cielo no tenía estrellas. Le gusta Nina, pensé, está claro. La idea, en lugar de conmoverme o divertirme, me provocó una punzada de enfado hacia la muchacha, como si ella, mostrándose cada día en la playa y atrayéndolo, me quitase algo.

Aparté a un lado la muñeca y me tumbé en el sofá. Si Gino hubiera conocido a Bianca y a Marta, me pregunté como de costumbre, a cuál de las dos habría preferido. Desde la primera adolescencia de mis hijas tenía la manía de compararlas con las chicas de su edad, sus amigas íntimas, las compañeras de escuela que eran consideradas guapas y tenían éxito. Las veía vagamente como rivales de las dos muchachas, como si al brillar con su desenvoltura, seducción, gracia o inteligencia les quitaran algo a ellas, y de alguna oscura manera también a mí. Me controlaba, usaba tonos amables, pero tendía a demostrarme para mis adentros que todas eran menos guapas que ellas o, si no, antipáticas, huecas, y enumeraba sus caprichos, sus estupideces, los defectos temporales de sus cuerpos en crecimiento. A veces, cuando veía a Bianca o a Marta sufrir porque se sentían opacas, no lo resistía e intervenía contra sus amigas demasiado extrovertidas, demasiado cautivadoras, demasiado zalameras.

Marta había tenido a los catorce años una compañera de escuela llamada Florinda. Aunque tenía la misma edad que mi hija, Florinda no era una niña, sino una mujer ya, y muy guapa. Con cada gesto suyo, cada sonrisa, veía cómo se ensombrecía mi hija y sufría al pensar que iban juntas al colegio, a las fiestas, de vacaciones; me parecía que mientras mi hija permaneciera en su compañía la vida siempre se le escaparía de las manos.

Por otra parte, Marta tenía en gran estima la amistad de Florinda, se sentía fuertemente atraída por ella, y separarlas me parecía una empresa difícil y arriesgada. Durante un tiempo traté de consolarla de esa humillación permanente hablando en términos generales, sin pronunciar nunca el nombre de Florinda. Le decía sin cesar: qué guapa eres, Marta, qué dulce, qué ojos más inteligentes tienes, te pareces a tu abuela, que era hermosísima. Palabras inútiles. Ella se creía no solo menos atractiva que su amiga, sino también que su hermana, que todas, y al oírme se deprimía aún más; decía que hablaba de esa forma porque era su madre, a veces murmuraba: no quiero oírte, mamá, tú no me ves como soy, déjame tranquila, dedícate a tus asuntos.

Sucedió entonces que, por consolarlas, empecé a sentirme yo misma cada vez más desconsolada. Pensaba: quién sabe cómo se reproduce la belleza. Recordaba muy bien que a la edad de Marta yo me había convencido de que mi madre, al concebirme, se había apartado de mí como cuando uno tiene un acceso de repulsión y aleja el plato con un gesto. Sospechaba que había comenzado a alejarse cuando aún me llevaba en su vientre, a pesar de que a medida que crecía todos me decían que me parecía a ella. Las semejanzas existían, pero malogradas. No me tranquilicé ni siquiera al descubrir que los hombres se interesaban por mí. Ella emanaba un calor muy vivo, yo en cambio me sentía fría como si tuviese las venas de metal. Quería ser como ella no solo en la imagen del espejo o en la inmovilidad de las fotos. Quería ser como ella por su capacidad de expandirse y evaporarse en la calle, en el metro y en el funicular, en las tiendas, bajo la mirada de los desconocidos. Ningún aparato de reproducción sabe captar ese vapor mágico. Ni siquiera el vientre embarazado sabe reproducirlo con precisión.

La cuestión es que Florinda tenía ese vapor. Cuando una tarde de lluvia ella y Marta volvieron de la escuela, las vi pasar por el pasillo, por el salón, con pesados zapatones en los pies, sin que les preocupara manchar el suelo de agua y barro, y después fueron a la cocina, cogieron una buena cantidad de galletas y se divirtieron rompiéndolas, tras lo cual fueron por toda la casa mordisqueándolas y dejando migas por todos lados, y sentí por esa espléndida adolescente tan desenvuelta una aversión irreprimible. Le dije: Florinda, ¿en tu casa también te comportas así? ¿Quién te crees que eres? Ahora, querida mía, te vas a poner a barrer y fregar toda la casa, y no saldrás de aquí hasta que hayas terminado. La chica pensó que lo decía en broma, pero cogí la escoba, el cubo, la fregona, y debía de tener una expresión horrible, porque se limitó a murmurar: también Marta ha ensuciado. Y Marta dijo: es verdad, mamá. Pero yo debí de pronunciar esas palabras duras con tan inequívoca firmeza que ambas callaron enseguida. Florinda fregó el suelo con un cuidado temeroso.

Mi hija se quedó mirando. Después se encerró en su habitación y no me habló durante el resto del día. Ella no es como Bianca: es frágil, se doblega al primer cambio de tono, se retira sin combatir. Florinda desapareció poco a poco de su vida; de vez en cuando yo le preguntaba cómo te va con tu amiga, y ella mascullaba algo vago o se encogía de hombros.

Aun así no desaparecieron mis preocupaciones. Observaba a mis hijas cuando estaban distraídas, sentía por ellas una compleja alternancia de simpatía y antipatía. Bianca, pensaba a veces, es antipática, y sufría por ello. Después me daba cuenta de que era muy apreciada, tenía amigas y amigos, y sentía que solo yo, su madre, la encontraba antipática, y tenía remordimientos. No me gustaba su risita despectiva. No me gustaba su manía de querer siempre más que los demás: en la mesa, por ejemplo, se servía más que el resto, no para comérselo, sino para asegurarse de que no se perdía nada, de que no la descuidaban o engañaban. No me gustaba su terco mutismo cuando sabía que se había equivocado pero se negaba a admitir el error.

Es igual que tú, me decía mi marido. Quizá fuera cierto que lo que me resultaba antipático de Bianca era solo el reflejo de la antipatía que sentía por mí misma. O tal vez no, no era tan fácil. Aunque reconocía en ambas chicas las que consideraba mis cualidades, percibía que algo no funcionaba. Tenía la impresión de que no sabían hacer un buen uso de ellas, que la mejor parte de mí resultaba en sus cuerpos un injerto equivocado, una parodia, y me enfurecía, me avergonzaba.

En realidad, pensándolo bien, quería mucho en mis hijas aquello que me resultaba extraño. De ellas —creía— me gustaban sobre todo los rasgos que derivaban del padre, incluso después de que el matrimonio hubiera terminado tempestuosamente. O los que se remontaban a los abuelos paternos, de los que nada sabía. O los que me parecían, en las combinaciones de los organismos, una invención caprichosa del azar. En definitiva, me sentía más cerca de ellas cuanto más ajena me resultaba la responsabilidad de sus cuerpos.

Pero esa extraña cercanía era infrecuente. Sus decepciones, dolores y conflictos volvían a imponerse continuamente, y me amargaba, me sentía culpable. Yo era siempre, de alguna manera, el origen y el desahogo de su sufrimiento. Me acusaban en silencio o a gritos. Se quejaban no solo de la mala distribución de los parecidos evidentes, sino también de los secretos, de aquellos de los que nos damos cuenta tarde, el vapor de los cuerpos precisamente, el vapor que aturde como un licor fuerte. Tonalidades apenas perceptibles de la voz. Un pequeño gesto, un modo de parpadear, una sonrisa-mueca. Los andares, un hombro que se inclina un poco hacia la izquierda, un movimiento gracioso de los brazos. La impalpable suma de movimientos mínimos que, combinados de una determinada manera, hacen que Bianca resulte seductora y Marta no, o al revés, y entonces causan orgullo o dolor. Incluso odio, porque la potencia de la madre parece que siempre se da de un modo injusto, incluso desde el nicho vivo del vientre.

Ya entonces, según mis hijas, me comporté mal. Traté a una como hija, a la otra como hijastra. A Bianca le hice un busto grande, Marta parece un muchacho, y no se da cuenta de que es muy guapa así, usa sujetadores con relleno, una artimaña que la humilla. Yo sufría viéndola sufrir. De joven tenía mucho pecho, después de su nacimiento ya no tengo. Has dado lo mejor de ti a Bianca, repite continuamente, y a mí lo peor. Marta es así, se defiende al considerarse defraudada.

Bianca, en cambio, ha luchado contra mí desde pequeña. Intentó sacarme el secreto de manifestaciones que a sus ojos resultaban maravillosas y mostrarme que a su vez era capaz de reproducirlas. Fue ella quien me reveló que pelo la fruta cuidando atentamente que el cuchillo corte sin romper la piel. Antes de que su admiración me lo hiciera descubrir no era consciente, no sé de quién lo aprendí, acaso es solo mi gusto por el trabajo ambicioso y tercamente preciso. Haz la serpiente, mamá, me decía, e insistía: pela la manzana haciendo la serpiente, por favor. Haciendo serpentinas, leí hace poco en un poema de Marìa Guerra que me gusta mucho. Bianca quedaba hipnotizada por las serpentinas de piel, era una de las tantas magias que me atribuía, ahora me conmuevo al pensarlo.

Una mañana se hizo una fea herida en un dedo por querer demostrar que ella también podía hacer la serpiente. Tenía cinco años y se desesperó, le salió sangre, muchas lágrimas de desilusión. Me asusté, grité, no la podía dejar ni un momento sola, nunca tenía tiempo para mí. En aquella época me sentía asfixiada, me parecía que me estaba traicionado a mí misma. Durante un buen rato me negué a besarle la herida, el beso que cura el dolor. Quería enseñarle que eso no se hace, es peligroso, solo lo sabe hacer mamá, que es mayor. Mamá.

Pobres seres salidos de mi vientre, solas ahora en la otra punta del mundo. Me puse la muñeca sobre las rodillas como para que me hiciera compañía. Por qué la había cogido. Custodiaba el amor de Nina y de Elena, su vínculo, la pasión recíproca. Era el testimonio resplandeciente de una maternidad serena. Me la llevé al pecho. Cuántas cosas desperdiciadas, perdidas, tenía a mi espalda, y sin embargo presentes, ahora, en un vértigo de imágenes. Sentí nítidamente el deseo de no devolver a Nani, aunque advertía el remordimiento, el miedo de tenerla conmigo. La besé en la cara, en la boca, la abracé fuerte, como había visto hacer a Elena. Emitió un gorgoteo que me pareció una frase hostil y lanzó un chorro de saliva oscura que me ensució los labios y la camiseta.

14

Dormí en el sofá, con la puerta de la terraza abierta, y me desperté tarde, con la cabeza pesada y los huesos doloridos. Eran más de las diez, llovía, un viento fuerte agitaba el mar. Busqué la muñeca pero no la vi. Sentí angustia, como si fuera posible que durante la noche la hubiera arrojado por la terraza. Miré alrededor, hurgué debajo del sofá, temí que alguien hubiera entrado en casa y la hubiera cogido. La encontré en la cocina, sentada sobre la mesa, en penumbra. Debía de haberla llevado allí cuando fui a aclararme la boca y la camiseta.

Nada de playa, hacía mal tiempo. El propósito de devolver ese día Nani a Elena me pareció no solo difícil, sino impracticable. Salí a desayunar, a comprar los diarios y algo para almorzar y cenar.

En el pueblo reinaba la animación típica de los días sin sol, los veraneantes hacían compras o paseaban perdiendo el tiempo. Encontré una juguetería en el paseo marítimo y me volvió a la cabeza la idea de comprar vestidos para la muñeca, al menos para el día que la tendría conmigo.

Entré con despreocupación, hablé con la dependienta, muy joven y servicial. Me mostró bragas, calcetines, zapatitos y un vestidito azul que me pareció de la medida adecuada. Estaba a punto de salir, apenas había metido el paquete en el bolso, cuando casi me llevé por delante a Corrado, el anciano de aire maligno, el que yo estaba convencida de que era el padre de Nina y en cambio era el marido de Rosaria. Iba vestido de punta en blanco, un traje azul, camisa muy blanca, corbata amarilla. No pareció reconocerme, pero detrás de él venía Rosaria con un pantalón de peto premamá de un verde desteñido; ella me reconoció de inmediato y exclamó:

—Señora Leda, ¿cómo está, todo bien, le ha hecho efecto la pomada?

Le di las gracias una vez más, dije que ya me había curado del todo, y entonces me di cuenta con placer, incluso con emoción, de que se acercaba también Nina.

La gente que acostumbramos a ver solamente en la playa nos causa un efecto sorprendente cuando nos la encontramos vestida de calle. Corrado y Rosaria me parecieron contraídos, rígidos, como si fueran de cartón. Nina me causó la impresión de una concha tiernamente coloreada que guardaba en el interior su humedad incolora y vigilante. La única con aspecto desaliñado era Elena, iba en brazos de la madre y se chupaba el pulgar. Aunque ella también llevaba un hermoso vestidito blanco, transmitía una sensación de desorden; debía de haberlo manchado hacía poco de helado de chocolate, el pulgar entre los labios tenía una aureola de saliva pegajosa, también marrón.

Miré a la niña con incomodidad. Tenía la cabeza apoyada sobre el hombro de Nina, la nariz le goteaba. Sentí los vestidos de muñeca en el bolso como si hubieran aumentado de peso y pensé: esta es la mejor ocasión, diré que Nani está en mi casa. Sin embargo, algo se retorció bruscamente dentro de mí y pregunté con fingida complicidad:

—¿Qué tal, pequeña? ¿Has encontrado la muñeca?

Ella tuvo una especie de estremecimiento de rabia, se sacó el pulgar de la boca y trató de golpearme con el puño. Lo esquivé y la niña escondió la cara en el cuello de su madre.

—Elena, eso no se hace, contesta a la señora —la riñó Nina nerviosamente—, dile que a Nani la encontraremos mañana, hoy vamos a comprar una más guapa.

Pero la niña negó con la cabeza y Rosaria masculló: que se pudra quien se la ha robado. Lo dijo como si hasta el ser que llevaba en su vientre estuviese furioso por semejante afrenta y por eso ella tuviera derecho a sentir resentimiento, un resentimiento incluso más fuerte que el de la propia Nina. Corrado hizo un gesto de desaprobación. Son cosas de niños, murmuró, les gusta un juguete, lo cogen y después les dicen a los padres que lo han encontrado por casualidad. De cerca no me pareció en absoluto un hombre viejo, y ciertamente no tan malvado como había creído al verlo de lejos.

—Los hijos de Carruno no son niños —dijo Rosaria.

—Lo hicieron a propósito, la madre los mandó para hacerme daño a mí —espetó Nina con un deje dialectal más fuerte que de costumbre.

—Tonino ha llamado, los niños no cogieron nada.

—Carruno miente.

—Aunque así fuera, haces mal en decirlo —la reprendió Corrado—; ¿qué haría tu marido si te oyera?

Nina miró el suelo con rabia. Rosaria negó con la cabeza y se dirigió a mí en busca de comprensión.

—Mi marido es demasiado bueno, usted no sabe las lágrimas que ha llorado esta pobre hija, le ha subido la fiebre, estamos furiosas.

Deduje confusamente que habían atribuido a los Carruno, la familia de la lancha probablemente, la desaparición de la muñeca. Les resultaba natural pensar que habían decidido hacerlos sufrir haciendo sufrir a la niña.

—La cría no respira bien, suénale la nariz, preciosa —dijo Rosaria a Elena, y al mismo tiempo pidió un kleenex pero sin palabras, con un gesto imperativo de la mano. Tiré de la cremallera de mi bolso, pero me detuve de golpe en medio de la acción, temí que pudieran ver mi compra, hacer preguntas. El marido le alcanzó enseguida uno de sus pañuelos, ella limpió la nariz de la pequeña, que se zafó y pataleó. Cerré la cremallera, comprobé que el bolso estuviera bien cerrado, miré con inquietud a la dependienta. Miedos estúpidos, me enfadé conmigo misma.

—¿Tiene mucha fiebre? —pregunté a Nina.

—Unas décimas —contestó—, no es nada. —Y, como para demostrarme que Elena estaba en buena forma, intentó con una sonrisa forzada ponerla en el suelo.

La niña se resistió con gran energía. Permaneció agarrada al cuello de la madre como si estuviera suspendida en el vacío, gritando, rechazando el suelo a cada leve contacto, pataleando. Nina quedó por un instante en una posición incómoda, doblada hacia delante, con las manos alrededor de la cintura de la niña, tirando para quitársela de encima, pero tratando al mismo tiempo de esquivar las patadas. Percibí que oscilaba entre la paciencia y el hartazgo, entre la comprensión y las ganas de llorar. Poco quedaba del idilio al que había asistido en la playa. Reconocí el desagrado de encontrarse bajo la mirada de desconocidos en tal situación. Era evidente que hacía rato que intentaba calmar a la niña sin conseguirlo, y estaba agotada. Al salir de casa había querido ocultar el enfado de la niña con un vestido precioso y bonitos zapatos. Ella misma llevaba un vestido elegante de color borra de vino, se había recogido el pelo y puesto pendientes que le rozaban las mandíbulas pronunciadas y oscilaban sobre el largo cuello. Quería ahuyentar la fealdad, darse tono. Había intentado verse en el espejo como era antes de traer al mundo ese organismo, antes de condenarse para siempre a agregarlo al suyo. Y con qué resultado.

En cualquier momento se pondrá a gritar, pensé, en cualquier momento le dará una bofetada, tratará de romper el vínculo de esa forma. Sin embargo el vínculo se volverá más fuerte, se robustecerá con el remordimiento, con la humillación de revelarse en público como una madre insensible, ni demasiado severa ni suficientemente cariñosa. Elena chilla, llora y tiene las piernas neuróticamente encogidas como si la entrada de la juguetería estuviera llena de serpientes. Una miniatura hecha de una materia irracionalmente animada. La niña no quería estar de pie, quería seguir en los brazos de su madre. Estaba asustada, presentía que Nina se había hartado, lo percibía por la forma en que se había arreglado para ir al pueblo, por el olor rebelde de la juventud, por la belleza ávida. Por eso se aferraba con fuerza a ella. La pérdida de la muñeca es una excusa, me dije. Elena temía ante todo que su madre la abandonara.

Quizá también Nina se dio cuenta, o simplemente no aguantó más. Masculló en un dialecto repentinamente vulgar: basta, y volvió a colocarse a la niña en los brazos con un tirón brutal, basta, no quiero oírte más, lo entiendes, no quiero oírte más, basta de caprichos, y le estiró con fuerza el vestido hacia delante, sobre las rodillas, un golpe limpio que hubiera querido ir al cuerpo, no al vestido. Después se turbó, volvió al italiano con una mueca de autodesaprobación, me dijo con tono forzado:

—Perdone, es que no sé qué hacer, me está atormentando. El padre se ha ido y ella la toma conmigo.

Rosaria le quitó a la niña de los brazos con un suspiro; ven con la tía, murmuró conmovida. Esta vez Elena, inesperadamente, no opuso resistencia, cedió enseguida, incluso le echó los brazos al cuello. Un desaire hacia la madre, o bien la certeza de que ese otro cuerpo —sin hijos pero a la espera de tenerlos; los niños quieren mucho a los no nacidos todavía y muy poco a los recién nacidos— era de pronto acogedor, la tendría entre las tetas grandes, apoyada sobre la barriga como en una silla, protegiéndola de los eventuales enfados de la madre mala, esa que no había sabido cuidar de su muñeca, esa que se la había perdido. Se aferró a Rosaria con un impulso de afecto exagerado, como diciendo pérfidamente: la tía es mejor que tú, mamá, la tía es más buena; si me tratas como me tratas, me refugiaré para siempre en ella y no te querré más.

—Eso, ve, así descanso un poco —dijo Nina con una mueca de contrariedad; tenía un velo de sudor sobre el labio superior. Después se volvió hacia mí—. Hay veces que no puedo más.

—Lo sé —dije para indicar que estaba de su parte.

Pero Rosaria se entrometió, murmuró apretando a la niña contra sí: lo que nos hacen sufrir esos, y le dio una serie de besos ruidosos al tiempo que murmuraba a Elena con voz llena de ternura: guapa, guapa, guapa. Quería entrar ya en el círculo de las madres. Creía haber esperado demasiado y haber aprendido todo de ese papel. Diría incluso que deseaba demostrar de repente, sobre todo a mí, que sabía tranquilizar a Elena mejor que su cuñada. Por eso precisamente la dejó en el suelo, sé buena, enséñales a mamá y a la señora Leda lo buena que eres. La niña no dijo nada, se quedó de pie a su lado chupándose el pulgar con expresión desesperada, mientras ella me preguntaba, satisfecha: ¿cómo eran sus hijas de pequeñas, como este tesoro? Entonces sentí un fuerte impulso de desconcertarla, de castigarla poniéndola en un aprieto.

—No me acuerdo —dije.

—No puede ser, de los hijos no se olvida nada.

Callé por un instante, después dije con toda tranquilidad:

—Me fui. Las abandoné cuando la mayor tenía seis años y la pequeña cuatro.

—Qué dice. ¿Y con quién se criaron?

—Con el padre.

—¿Y no ha vuelto a verlas?

—Las recuperé tres años más tarde.

—Vaya. ¿Y por qué se fue?

Sacudí la cabeza, no sabía el porqué.

—Estaba muy cansada —dije.

Después me volví hacia Nina, que me miraba como si me viera por primera vez.

—En ocasiones hay que huir para no morir. —Le sonreí, señalé a Elena—. No le compre nada, déjelo, no sirve. La muñeca aparecerá. Buenos días.

Hice un gesto al marido de Rosaria, que me pareció que había recuperado su máscara malvada, y salí de la tienda.

15

Me cabreé conmigo misma. Nunca hablaba de ese período de mi vida, no lo hacía con mis hijas, ni siquiera conmigo misma. Las veces que lo había intentado con Bianca y Marta, juntas o por separado, me habían escuchado con un silencio distraído, habían dicho que no recordaban nada, enseguida se ponían a hablar de otra cosa. Solo mi ex marido, antes de irse a trabajar a Canadá, había atribuido a ese episodio el origen de sus reproches y resentimientos; pero era un hombre inteligente y sensible, se avergonzaba él mismo de esa bajeza y enseguida dejaba el tema sin insistir. Con mayor motivo, pues, no entendía por qué había confesado algo tan íntimo a unos desconocidos, personas muy distintas de mí, que por lo tanto jamás comprenderían mis razones y que seguramente en ese mismo momento estaban criticándome. No lo soportaba, no conseguía perdonármelo, me sentía al descubierto.

Di vueltas por la plaza tratando de calmarme, pero el eco de las frases que había pronunciado, las expresiones y las palabras de reprobación de Rosaria, el brillo en las pupilas de Nina me lo impidieron e incluso aumentaron mi cólera contenida. Inútil decirse que no tenía importancia, quiénes eran esas dos, no volvería a verlas después de aquellas vacaciones. Me di cuenta de que ese argumento podía serme de ayuda para dar a Rosaria su justa dimensión, pero no me servía para Nina. Su mirada se había retirado de mí con un sobresalto, aunque sin soltarme: solo había retrocedido velozmente, como si buscase en el fondo de las pupilas un punto lejano desde el que mirarme sin peligro. Esa necesidad urgente de distancia me había herido.

Caminé distraída entre vendedores de todo tipo de artículos y entretanto la veía como a veces la había visto en aquellos días, de pie, de espaldas, mientras con movimientos lentos y precisos se ponía crema en las piernas jóvenes, en los brazos, en los hombros, y al final, con una torsión tensa, en la espalda, hasta donde le costaba llegar, tanto que en ocasiones había deseado decirle deja, lo hago yo, te ayudo, como recordaba haberlo hecho de pequeña con mi madre, o como había hecho a menudo con mis hijas. De pronto me di cuenta de que día tras día, sin quererlo, la hacía participar desde lejos, con sentimientos cambiantes y en ocasiones contrapuestos, en algo que no sabía descifrar pero que era intensamente mío. Quizá también por eso estaba furiosa. De manera instintiva había usado contra Rosaria un momento oscuro de mi vida y lo había hecho para sorprenderla, también en cierto sentido para asustarla, era una mujer que me parecía desagradable, pérfida. Pero en realidad hubiera querido hablar de esas mismas cosas solo con Nina, en otra ocasión, con calma, para ser comprendida.

Poco después volvió a llover y tuve que refugiarme en el edificio del mercado cubierto, entre olores intensos de pescado, albahaca, orégano y pimentón. Empujada por adultos y niños que llegaban corriendo, riendo, mojados por la lluvia, empecé a encontrarme mal. Los olores del mercado me daban náuseas, el ambiente me resultaba cada vez más sofocante, tenía mucho calor, sudaba, el fresco que llegaba a ráfagas del exterior, de la lluvia, me helaba el sudor sobre la piel, me notaba mareada. Logré hacerme un hueco en la entrada, rodeada de la gente que contemplaba cómo caía el agua en cascada y los niños que gritaban, alegremente aterrorizados por los rayos primero y los truenos después. Me situé prácticamente en el umbral para que solo el aire frío me embistiera y traté de controlar la tensión.

No había hecho nada tan terrible, después de todo. Años atrás era una muchacha que se sentía perdida, eso sí. Las esperanzas de la juventud parecían haberse esfumado, tenía la sensación de que me precipitaba hacia atrás, hacia mi madre, mi abuela, la cadena de las mujeres mudas o coléricas de las que descendía. Ocasiones fallidas. Las ambiciones todavía ardían, alimentadas por un cuerpo joven, por una fantasía que sumaba un proyecto al siguiente, sentía que mis inquietudes creativas se veían siempre frustradas por el realismo de los trapicheos de la universidad y de los oportunismos de una posible carrera. Me parecía que era prisionera dentro de mi propia cabeza, sin posibilidades de ponerme a prueba, y eso me exasperaba.

Había habido pequeños episodios alarmantes, gestos poco normales de desasosiego, no una revuelta destructiva contra los símbolos, sino algo más. Ahora son hechos que no tienen un antes y un después, llegan a mi mente en un orden que cambia cada vez. Una tarde de invierno, por ejemplo, estaba estudiando en la cocina y trabajaba desde hacía meses en un ensayo que, aunque breve, no conseguía terminar. Nada cuadraba, mi cabeza era una multiplicación de hipótesis, temía que el mismo profesor que me había animado a escribirlo no me ayudara a publicarlo, que me lo rechazara.

Marta jugaba debajo de la mesa, a mis pies, Bianca estaba sentada a mi lado, hacía como que leía y escribía imitando mis gestos, mis muecas. No sé qué pasó. Quizá me dijo algo y no respondí; quizá solo quería empezar uno de sus juegos siempre un poco violentos; lo cierto es que de pronto, mientras estaba distraída buscando palabras que nunca me parecían suficientemente coherentes y apropiadas, sentí una bofetada en la oreja.

No fue un golpe fuerte, Bianca tenía apenas cinco años, no podía hacerme mucho daño. Pero me sobresalté, noté un dolor agudo, fue como si una línea negra y cortante hubiese interrumpido con un golpe seco pensamientos mal encaminados y sin embargo muy alejados de la cocina donde estábamos, de la salsa para la cena que hervía en el fogón, del reloj que avanzaba consumiendo el exiguo lapso que podía dedicar a mi deseo de investigación, invención, reconocimiento, carrera profesional, dinero propio para gastar. Pegué a la niña sin pensarlo, en un abrir y cerrar de ojos, no fuerte, apenas con la punta de los dedos sobre la mejilla.

No vuelvas a hacerlo, le dije con un tono falsamente didáctico, y ella sonrió, intentó golpearme de nuevo, convencida de que se trataba de un juego. Pero yo me adelanté y le di otro cachete, un poco más fuerte, no te atrevas, Bianca, y ella lanzó una risa ronca esta vez, con una leve perplejidad en los ojos, y yo volví a golpearla, siempre con la punta de los dedos extendidos, una vez y otra, a mamá no se le pega, eso no se hace, y por fin comprendió que yo no estaba jugando y empezó a llorar desesperadamente.

Noto las lágrimas de la pequeña bajo los dedos, sigo pegándole. Lo hago despacio, controlando el gesto, pero a intervalos cada vez más breves, con decisión, no en un supuesto acto educativo, sino con verdadera violencia, contenida pero verdadera. Vete, le digo sin alzar la voz, vete, mamá tiene que trabajar, y la agarro del brazo con fuerza, la arrastro hacia el pasillo, ella llora, grita, pero todavía intenta golpearme, la dejo allí y cierro la puerta a mi espalda con un golpe decidido de la mano, no te quiero volver a ver.

La puerta tenía un gran vidrio esmerilado. No sé qué sucedió, quizá la empujé con demasiada energía, lo cierto es que se cerró con un ruido fuerte y el vidrio se hizo añicos. Bianca apareció con los ojos desorbitados, pequeña, al otro lado del rectángulo vacío; había dejado de gritar. La miré aterrorizada, adónde podía llegar, estaba espantada de mí misma. Ella permanecía inmóvil, indemne, las lágrimas rodaban por sus mejillas pero estaba muda. Procuro no pensar nunca en ese momento, en Marta tirándome de la falda, en la niña en el pasillo mirándome entre los vidrios rotos, pensar en eso me produce un sudor frío, me quita el aliento. Sudo incluso aquí, en la entrada del mercado, sofocada, y no consigo apaciguar las palpitaciones del corazón.

16

En cuanto amainó la lluvia, salí a la calle cubriéndome la cabeza con el bolso. No sabía adónde ir, sin duda no deseaba volver a casa. Qué son unas vacaciones en la playa cuando llueve: calles con charcos, ropa demasiado ligera, pies mojados y un calzado inadecuado. Al final la lluvia se volvió fina. Iba a cruzar la calle pero me detuve. En la acera de enfrente vi a Rosaria, Corrado y Nina con la niña en brazos, cubierta con una bufanda fina. Caminaban a buen paso, acababan de salir de la juguetería. Rosaria llevaba cogida por la cintura, como si fuera un fardo, una muñeca nueva que parecía una niña de verdad. No me vieron o fingieron no verme. Seguí a Nina con la mirada, esperando que se volviese.

El sol comenzó a filtrarse de nuevo por los pequeños desgarrones azules de las nubes. Subí a mi coche, lo puse en marcha, conduje en dirección al mar. Tenía en la mente relámpagos de rostros, de gestos, no de palabras. Aparecían, desaparecían, no tenían tiempo de fijarse en un pensamiento. Me toqué el pecho con dos dedos para apaciguar la taquicardia, lo hice como si de ese modo pudiera ralentizar también el coche. Me parecía que iba demasiado deprisa, aunque en realidad no superaba los sesenta. Nunca se sabe de dónde viene, cómo avanza, la velocidad del malestar. Estábamos en la playa, estaba Gianni, mi marido, un colega suyo llamado Matteo y Lucilla, su esposa, una mujer muy culta. No recuerdo a qué se dedicaba, solo sé que con frecuencia me ponía en aprietos con mis hijas. Por lo general se mostraba amable, comprensiva, no me criticaba, no era maligna. Pero no se resistía al deseo de seducir a mis hijas, de hacerse querer por ellas de manera exclusiva, de demostrarse a sí misma que tenía un corazón ingenuo y puro —eso decía— que palpitaba al unísono con el de ellas.

Igual que Rosaria. En estas cosas cuentan poco las diferencias de cultura o de clase. Las veces que Matteo y Lucilla venían a casa, o cuando hacíamos alguna escapada fuera de la ciudad o —como sucedió en ese caso— íbamos de vacaciones juntos, yo vivía nerviosa, mi infelicidad crecía. Mientras los hombres conversaban acerca de su trabajo o de fútbol o de lo que fuera, Lucilla nunca hablaba conmigo, yo no le interesaba. En cambio jugaba con las niñas, monopolizaba su atención, inventaba juegos a propósito para ellas y participaba en ellos fingiendo tener la misma edad que las crías.

La veía siempre en completa tensión hacia el objetivo que se había propuesto conquistar. Solo dejaba de dedicarse a las niñas cuando se habían rendido totalmente a ella, deseosas de pasar no una hora o dos sino el resto de su vida a su lado. Se hacía la niña de un modo que me resultaba insoportable. Había educado a mis hijas para que no pusieran voz de falsete ni hicieran muecas y Lucilla hacía un montón de muecas, era de esas mujeres que hablan adrede con la voz que los adultos atribuyen a los niños. Se expresaba con afectación y las inducía a hacer lo mismo, arrastrándolas a una especie de regresión que empezaba por lo verbal y poco a poco se extendía a todo el comportamiento. Los hábitos de autonomía, inculcados trabajosamente por mí a fin de conseguir un poco de tiempo para mis cosas, se desbarataban a los pocos minutos de su llegada. Aparecía y de inmediato representaba su papel de madre sensible, imaginativa, siempre alegre, siempre disponible: la buena madre. Maldita sea. Conducía sin evitar los charcos, incluso me metía en ellos a propósito haciendo saltar el agua.

Toda la rabia de entonces me estaba volviendo al corazón. Fácil, pensaba. Durante una hora o dos —un paseo, de vacaciones, de visita— era sencillo y placentero divertir a las niñas. Lucilla nunca se preocupaba por el después. Destruía mi disciplina y luego, una vez devastado el territorio que me pertenecía, se retiraba al suyo, se dedicaba a su marido, corría a su trabajo, a sus éxitos, de los que por otra parte no paraba de presumir con un tono de fingida modestia. Al final yo me quedaba sola, en servicio permanente, la mala madre. Me quedaba arreglando la casa desordenada, volviendo a imponer a las niñas la disciplina que ahora encontraban intolerable. La tía Lucilla ha dicho, la tía Lucilla nos ha dejado hacer. Maldita, maldita sea.

En algunas ocasiones, aunque infrecuentes y fugaces, saboreaba una pequeña y evanescente venganza. Sucedía, por ejemplo, que Lucilla llegaba en mal momento, cuando las dos hermanitas estaban concentradas en sus juegos, tan concentradas que los juegos de la tía Lucilla eran abiertamente rechazados o, si se imponían, las aburrían. Ella ponía al mal tiempo buena cara, pero por dentro se disgustaba. Yo advertía que le dolía como si en verdad fuese una amiguita excluida y, debo admitirlo, me alegraba, aunque no sabía cómo aprovecharme de eso, pues nunca he sabido cómo aprovechar una ventaja. Enseguida me ablandaba, quizá en el fondo temía que su afecto por las niñas pudiera atenuarse y eso me desagradaba. Así pues, tarde o temprano terminaba por decir, a modo de justificación: es que están acostumbradas a jugar solas, tienen sus manías, quizá son demasiado autosuficientes. Entonces se animaba, decía sí, comenzaba poco a poco a hablarme mal de mis hijas, a señalar defectos y problemas. Bianca era muy egoísta, Marta demasiado frágil, una tenía poca imaginación, la otra más de la cuenta, la mayor estaba peligrosamente encerrada en sí misma, la me-

465

nor era caprichosa y malcriada. Yo la escuchaba, mientras mi pequeño desquite empezaba a cambiar de sentido. Notaba que Lucilla estaba recuperándose del rechazo de las niñas y buscando la manera de envilecerme, como si fuese su cómplice. Volvía a sufrir.

El daño que me causó en aquel período fue enorme. Ya fuera felicitándose a sí misma en los juegos, ya fuera amargándose cuando se sentía excluida, me hizo creer que me había equivocado en todo, que estaba demasiado pendiente de mí misma, que no estaba hecha para ser madre. Maldita, maldita, maldita sea. Seguramente debía de sentirme así aquella vez en la playa. Era una mañana de julio. Lucilla se había enseñoreado de Bianca y había apartado a Marta. Quizá la había excluido de los juegos porque era más pequeña, quizá porque la consideraba más tonta, quizá porque le daba menos satisfacciones, no lo sé. Seguramente le había dicho algo que la había hecho llorar y me había herido. Dejé a la pequeña sollozando bajo la sombrilla junto a Gianni y Matteo, enfrascados en su conversación, y cogí mi toalla, la extendí a pocos pasos del mar y me tumbé al sol, exasperada. Pero Marta se acercó, tenía dos años y medio, tres, llegó trotando para jugar y se tiró encima de mí, con la barriga sucia de arena. Detesto ensuciarme de arena, detesto que ensucien mis cosas. Grité a mi marido, ven enseguida a coger a la niña. Él acudió, percibió que tenía los nervios a flor de piel, temía mis malos humores porque sabía que eran incontrolables. Desde hacía un tiempo yo no distinguía entre zonas públicas y privadas, no me importaba que la gente me oyera y juzgara, advertía un fuerte deseo de representar mi rabia como si estuviera sobre un escenario. Cógela, le grité, no la soporto, y no sé por qué la tomé con Marta, pobre criatura, si Lucilla se había portado mal con ella debería haberla protegido, pero era como si diera crédito a las críticas de aquella mujer, me ponían furiosa y al mismo tiempo las creía, pensaba que la niña era de verdad tonta, que no paraba de quejarse, no la aguantaba más.

Gianni la cogió en brazos, me lanzó una mirada que me pedía calma. Yo le di la espalda furiosa, fui a zambullirme en el agua para quitarme de encima la arena y el calor. Cuando volví del mar vi que Gianni jugaba con Bianca y Marta junto a Lucilla. Reía, se acercó a ellos Matteo, Lucilla había cambiado de opinión, había decidido que ahora se podía jugar también con Marta, había decidido mostrarme que era posible.

Vi que la niña sonreía: sorbía por la nariz, pero estaba muy contenta. Un segundo, dos. Sentí que incubaba en el estómago una energía destructiva, me toqué una oreja por casualidad y descubrí que había perdido un pendiente. No eran de valor, me gustaban pero no tanto. Sin embargo comencé a agitarme, grité a mi marido he perdido un pendiente, miré en la toalla, no estaba, repetí la frase más fuerte, irrumpí como una furia en sus juegos, le dije a Marta: has visto, por tu culpa he perdido un pendiente, se lo dije con odio, como si fuese responsable de algo muy grave para mí, para mi vida, y después volví sobre mis pasos, removí la arena con el pie, con las manos, vino mi marido, vino Matteo, se pusieron a buscar. Solo Lucilla continuó jugando con las niñas, se mantuvo alejada y las mantuvo a ellas alejadas de mi descompostura.

Ya en casa, grité a mi marido, delante de Bianca y de Marta, que no quería volver a ver a esa cretina nunca más, y mi marido decía está bien, para que lo dejara tranquilo. Cuando lo abandoné, tuvo una relación con Lucilla. Tal vez esperaba que ella dejara a su marido, que se ocupara de las niñas. Pero Lucilla no hizo ni lo uno ni lo otro. Seguramente se enamoró de él, pero no rompió su matrimonio ni dedicó ninguna atención a Bianca y Marta. No sé cómo siguió su vida, si continúa con su marido, si se separó y se ha vuelto a casar, si ha tenido hijos. No sé nada de ella. Entonces éramos jóvenes, quién sabe cómo será ahora, qué piensa, qué hace.

17

Aparqué, atravesé el pinar, goteaba lluvia. Alcancé las dunas. El chiringuito estaba desierto, no vi a Gino, tampoco el encargado. Con la lluvia la playa se había vuelto una oscura costra ondulada contra la que golpeaba levemente la plancha blanquecina del mar. Fui hasta las sombrillas de los napolitanos, me detuve ante la de Nina y Elena, donde estaban, en parte amontonados bajo tumbonas y sillas, en parte metidos en una enorme bolsa de plástico, los muchos juguetes de la niña. La casualidad, pensé, o una llamada silenciosa debería empujar a Nina hasta aquí, sola. Sin la niña, sin nadie más. Saludarnos sin sorpresa. Abrir dos tumbonas, mirar el mar juntas, contarle con calma mi experiencia rozándonos de vez en cuando las manos.

Mis hijas se esfuerzan en todo momento por ser mi negativo. Son buenas, competentes, el padre las está dirigiendo por su mismo camino. Con determinación y miedo avanzan por el mundo como un torbellino, y seguro que lo harán mucho mejor que sus padres. Hace dos años, cuando presentí que se marcharían quizá para mucho tiempo, les escribí una larga carta en la que les contaba con detalle cómo había sido que las había abandonado. No quería explicar mis razones —¿cuáles?—, sino los impulsos que más de quince años antes me habían llevado lejos de ellas. Hice dos copias de la carta, una para cada una, y las dejé en sus habitaciones. No sucedió nada, nunca me contestaron, nunca me dijeron: hablemos. Solo una vez, ante una alusión mía con tintes algo amargos, Bianca soltó encaminándose hacia la puerta de casa: bendita tú, que tienes tiempo de escribir cartas.

Qué estupidez pensar que una pueda confesarse ante los hijos antes de que cumplan al menos cincuenta años. Pretender ser vista por ellos como una persona y no como una función. Decir: yo soy vuestra historia, vosotros salisteis de mí, escuchadme, podría serviros. En cambio yo no soy la historia de Nina, Nina podría verme incluso como un futuro. Elegir la compañía de la hija de otros. Buscarla, acercarse a ella.

Permanecí un rato allí plantada excavando con el pie hasta que encontré arena seca. Si hubiera traído la muñeca, pensé sin pena, habría podido sepultarla aquí, bajo la capa de arena húmeda. Habría sido perfecto, alguien la habría hallado al día siguiente. Elena no, me hubiera gustado que la encontrase Nina; me habría acercado, le habría dicho: ¿estás contenta? Pero no llevé la muñeca, no lo hice, ni siquiera lo pensé. Sin embargo le compré a Nani un vestido nuevo, zapatitos, otra acción sin sentido. O al menos yo no sé encontrarle un sentido, como a otras tantas pequeñas cosas de la vida. Llegué a la orilla, quería caminar un buen rato, cansarme.

Paseé largo rato, el bolso al hombro, las sandalias en la mano, los pies en el agua. Solo me crucé con alguna que otra pareja de enamorados. En el curso del primer año de vida de Marta descubrí que ya no amaba a mi marido. Un año duro, la pequeña no dormía nunca ni me dejaba dormir. El cansancio físico es una lente de aumento. Estaba demasiado cansada para estudiar, para pensar, para reír, para llorar, para amar a ese hombre demasiado inteligente, demasiado empecinadamente ocupado en su desafío con la vida, demasiado ausente. El amor requiere energías y a mí no me quedaban. Cuando él comenzaba con caricias y besos me ponía nerviosa, me sentía como un estímulo del que abusaba para su propio placer, que era un placer solitario.

En una ocasión vi muy de cerca qué significa el amor, la irresponsabilidad poderosa y feliz que exhala. Gianni es calabrés, nació en un pequeño pueblo de montaña donde conserva todavía una vieja casa de la familia. Nada del otro mundo, pero el aire es bueno y el paisaje hermoso. Hace años íbamos con las niñas allí por Navidad y Semana Santa. Hacíamos un agotador viaje en coche durante el cual él conducía en un silencio reconcentrado y yo debía reprimir los caprichos de Bianca y Marta (continuamente querían comer de todo, pedían juguetes que estaban en el maletero, les entraban ganas de hacer pipí cuando acababan de hacerlo) o intentaba distraerlas con canciones. Era primavera, pero el invierno se resistía. Caía aguanieve, estaba anocheciendo. De pronto vimos en el arcén a una pareja de autoestopistas muertos de frío.

Gianni se detuvo casi instintivamente, es un hombre generoso. Yo dije no hay sitio, están las niñas, dónde los metemos. Ellos se acercaron, eran ingleses, él un hombre de cabello entrecano, de unos cuarenta años, ella seguramente menor de treinta. Al principio me mostré hostil, taciturna, se me complicaba el viaje, tendría que esforzarme aún más para que las niñas se portaran bien. Habló sobre todo mi marido, le gustaba entablar relaciones, sobre todo con extranjeros. Era cordial, hacía preguntas sin caer en lugares comunes. Nos enteramos de que ambos habían dejado repentinamente sus trabajos (no recuerdo a qué se dedicaban), y también a sus familias: ella a un joven marido, él a su mujer y tres hijos. Desde hacía meses viajaban por Europa con muy poco dinero. El hombre dijo, serio: lo importante es estar juntos. Ella asintió, y en cierto momento se dirigió a mí con palabras de este tenor: desde pequeños nos vemos obligados a hacer tantas tonterías pensando que son fundamentales; lo que nos ha sucedido es lo único sensato que me ha ocurrido desde que nací.

A partir de ese momento me cayeron bien. Cuando íbamos a dejarlos, ya de noche, al borde de la autopista o en una estación de servicio semidesierta, puesto que nosotros debíamos dirigirnos hacia el interior, dije a mi marido: que vengan con nosotros, es de noche, hace frío, mañana los llevamos al peaje más cercano. Cenaron bajo la mirada intimidada de las niñas, abrí para ellos un viejo sofá cama. Tenía la impresión de que juntos, pero también por separado, irradiaban una energía que se expandía a ojos vista y me arrollaba entrándome en las venas, encendiéndome el cerebro. Empecé a hablar con excitación, me pareció que tenía montones de cosas que contar. Elogiaron mi dominio de la lengua, mi marido me presentó irónicamente como una extraordinaria estudiosa de la literatura inglesa contemporánea. Me defendí, aclaré a qué me dedicaba en particular, ambos se interesaron mucho por mi trabajo, ella en especial, cosa que nunca me sucedía.

Quedé cautivada por la mujer, se llamaba Brenda. Hablé con ella durante toda la noche, me imaginaba en su lugar, libre, de viaje, con un hombre desconocido al que deseaba en todo momento y por el que era deseada en todo momento. Todo suspendido. Ninguna rutina, ninguna sensación enojosa de lo previsible. Yo era yo, producía pensamientos no desviados por ninguna otra preocupación que el hilo embrollado de los deseos y de los sueños. Nadie me tenía atada a pesar del corte del cordón umbilical. Esa mañana, cuando se despidieron, Brenda, que sabía algo de italiano, me preguntó si tenía algo mío que pudiera dejarle para leer. Algo mío, saboreé las palabras: «algo mío». Le di una miserable separata de pocas hojas, un artículo publicado hacía dos años. Por fin se fueron, mi marido los llevó hasta la autopista.

Ordené la casa, deshice su cama con melancólica delicadeza mientras imaginaba a Brenda desnuda, percibiendo entre sus piernas una excitación líquida que era la mía. Soñé, por primera vez desde que me había casado —por primera vez desde el nacimiento de Bianca, de Marta—, que decía al hombre al que había amado, a mis hijas: debo irme. Me imaginé que me acompañaban a la autopista, los tres, y me despedía de ellos con la mano mientras se alejaban dejándome allí.

Una imagen que perduró. Durante mucho tiempo permanecí sentada en el guardarraíl como Brenda, cambiándome con ella. Uno o dos años, creo, antes de irme de verdad. Un tiempo opresivo. No creo que pensara nunca en dejar a mis hijas. Me parecía terrible, estúpidamente egoísta. Pensaba en cambio en abandonar a mi marido, buscaba el momento oportuno. Esperas, te cansas, vuelves a esperar. Algo pasará y entretanto te vuelves cada vez más intolerante, acaso peligrosa. No conseguía tranquilizarme, ni siquiera el cansancio me calmaba.

No sé cuánto rato estuve caminando. Miré el reloj, di media vuelta en dirección al chiringuito, me dolían los tobillos. El cielo estaba raso, el sol calentaba, la gente regresaba perezosamente a la playa, algunos vestidos, otros en bañador. Las sombrillas volvían a abrirse, el paseo a lo largo de la playa era una procesión interminable que festejaba el regreso de las vacaciones.

En cierto momento vi un grupo de niños que repartían algo entre los bañistas. Cuando llegué a su altura los reconocí, eran los groseros parientes de Nina. Entregaban octavillas como si fuera un juego, cada uno llevaba una buena cantidad en la mano. Uno me reconoció, dijo: a esta para qué vamos a darle una. Yo cogí la hoja de todas formas, seguí caminando, después le eché una ojeada. Nina y Rosaria habían hecho lo mismo que cuando se pierde un gato o un perro. En el centro del papel había una foto mala de Elena con su muñeca. Aparecía, grande, un número de móvil. En pocas líneas se explicaba, en un tono que pretendía ser conmovedor, que la niña estaba muy triste por la desaparición de su muñeca. Prometían una recompensa generosa a quien la encontrara. Doblé la octavilla con cuidado y la metí en el bolso junto al vestido nuevo de Nani.

18

Volví a casa después de cenar, aturdida por un vino de mala calidad. Pasé por delante del bar donde Giovanni tomaba el fresco con sus amigos. Al verme se puso en pie, me saludó con un gesto, levantó el vaso de vino a modo de invitación. No le respondí y no me pesó la descortesía.

Me sentía muy triste. Era una sensación de disolución, como si el viento hubiera soplado sobre mí, pequeño montón de polvo, durante todo el día, y ahora me encontrara suspendida en el aire sin una forma propia. Tiré el bolso sobre el sofá, no abrí la puerta de la terraza, no abrí la ventana del dormitorio. Entré en la cocina para tomar un poco de agua con unas gotas del somnífero que solo tomaba en las contadas ocasiones de malestar. Mientras bebía vi la muñeca sentada en la mesa y me acordé del vestido que tenía en el bolso. Sentí vergüenza. Agarré la muñeca por la cabeza, la llevé al salón y me dejé caer en el sofá colocándomela en el regazo panza abajo.

Resultaba graciosa con sus nalgas gruesas, la espalda recta. Veamos si la ropa te queda bien, dije en voz alta, con rabia. Saqué el vestidito, las bragas, los calcetines, los zapatos. Le probé el vestido apoyándolo sobre el cuerpo colocado boca abajo, era de su talla. Mañana irás directamente hasta Nina y le dirás: mira, la encontré anoche en el pinar y esta mañana le he comprado un vestido para que podáis jugar tú y tu hija. Suspiré con amargura, dejé todo en el sofá y me iba a levantar cuando me di cuenta de que a la muñeca le había salido más líquido oscuro por la boca y me había manchado la falda.

Le examiné los labios fruncidos en torno a un pequeño orificio. Los sentí blandos bajo los dedos, de un plástico menos rígido que el resto del cuerpo. Se los abrí con delicadeza. El agujero de la boca se agrandó y la muñeca sonrió, me mostró encías y dientecillos de leche. Le cerré rápidamente la boca con asco, la sacudí con fuerza. Oí el agua que tenía en la barriga, imaginé una podredumbre en el vientre, líquido encerrado, estancado, mezclado con arena. Son cosas vuestras, de madre e hija, pensé, no sé por qué me entrometo.

Dormí profundamente. Por la mañana metí en el bolso las cosas de la playa, libros, cuadernos, el vestidito, la muñeca y recorrí una vez más el camino hasta el mar. En el coche escuché un viejo recopilatorio de David Bowie, oí durante todo el trayecto la misma canción, «The man who sold the world», formaba parte de mi juventud. Atravesé el pinar, fresco y húmedo por la lluvia de la víspera. De vez en cuando, sobre los troncos, aparecía una hoja con la foto de Elena. Me entró la risa. Quizá el severo Corrado me daría una recompensa generosa.

Gino estuvo muy amable, me alegré de verlo. Ya había puesto la tumbona a secar al sol, me acompañó hasta la sombrilla insistiendo en llevarme el bolso, pero en ningún momento empleó un tono demasiado familiar. Un chico inteligente y discreto, había que ayudarlo, alentarlo para que terminara sus estudios. Me puse a leer, aunque distraídamente. También Gino, en su silla, sacó el manual y me dedicó una media sonrisa como para subrayar la afinidad.

Nina no había llegado aún, tampoco Elena. Estaban los niños que el día anterior repartían las octavillas, y poco a poco fueron llegando, con retraso y perezosamente, primos, hermanos, cuñados, la familia al completo. Por último —era casi mediodía— aparecieron Rosaria y Corrado, ella delante, en bañador, luciendo la barriga enorme de mujer embarazada que no se somete a ninguna dieta pero lleva de todos modos la panza con desenvoltura, sin alharacas, y él detrás, en camiseta, bañador, chancletas, el paso indolente.

Volví a sentirme agitada, con una leve taquicardia. Nina, estaba claro, no vendría a la playa, quizá la niña no se encontraba bien. Miré fijamente a Rosaria. Tenía un aire sombrío, no miró en ningún momento hacia donde yo estaba. Busqué entonces la mirada de Gino, tal vez él supiera algo, pero me di cuenta de que su silla de socorrista estaba vacía, el libro abandonado al lado.

Apenas observé que Rosaria dejaba la sombrilla y se encaminaba sola, a grandes pasos, hacia la orilla, me apresuré a alcanzarla. No se alegró de verme y no trató de disimularlo. A mis preguntas respondió con monosílabos, sin cordialidad.

—¿Cómo está Elena?

—Resfriada.

—¿Tiene fiebre?

—Un poco.

—¿Y Nina?

—Nina está con su hija, como debe ser.

—He visto la octavilla.

Hizo una mueca de disgusto.

—Le dije a mi hermano que era inútil, solo ganas de dar el coñazo.

Hablaba y traducía directamente del dialecto. Estuve a punto de decirle sí, es inútil, son ganas de dar el coñazo, la muñeca la tengo yo, ahora se la llevo a Elena. Pero su tono distante me disuadió, no quería decírselo a ella, no quería decírselo a nadie del clan. Aquel día no los veía como un espectáculo que contemplaba comparándolo melancólicamente con lo que recordaba de mi infancia en Nápoles; los veía como mi propio tiempo, mi vida pantanosa en la que por momentos resbalaba todavía. Eran clavados a la familia de la que me había apartado desde niña. No los aguantaba y sin embargo me tenían atrapada, los llevaba a todos dentro.

La existencia tiene a veces una geometría irónica. A partir de los trece o catorce años había aspirado al decoro burgués, a un buen italiano, a una vida culta y reflexiva. Veía Nápoles como una ola que me habría ahogado. No creía que la ciudad pudiera contener formas de vida distintas de las que había conocido de niña, violenta o sensualmente indolentes o de almibarada vulgaridad o enrocadas obtusamente en defensa de su propia degradación miserable. No buscaba siquiera esas posibles formas, ni en el pasado ni en un posible futuro. Me había ido como quien acaba de quemarse y gritando se arranca la piel chamuscada creyendo arrancarse aquello que le está quemando.

Cuando abandoné a mis hijas, mi mayor temor era que Gianni, por pereza, por venganza, por necesidad, terminara llevando a Bianca y Marta a Nápoles para dejarlas con mi madre y mi familia. Consumida por la angustia, pensaba: qué he hecho, yo huí, pero dejo que ellas vuelvan allí. Las niñas hubieran caído poco a poco en el pozo negro del que yo provenía, absorbiendo sus costumbres, la lengua, todos los rasgos que me había quitado de encima cuando me fui de la ciudad a los dieciocho años para estudiar en Florencia, un lugar lejano para mí, como si fuera otro país. Le dije a Gianni: haz lo que te parezca, pero te ruego que no las dejes con mi familia en Nápoles. Gianni me gritó que con sus hijas hacía lo que quería, que si me iba no tenía derecho a opinar. Cuidó bien de ellas, en efecto, pero cuando se vio superado por el trabajo u obligado a viajar al extranjero, las llevó sin dudarlo a casa de mi madre, al piso donde yo había nacido, donde había discutido ferozmente para poder emanciparme, y las dejó allí durante meses.

Me enteré, lo lamenté, pero no por eso volví atrás. Estaba lejos, tenía la impresión de ser otra persona, por fin la que en verdad era, y permití que las niñas se expusieran a las heridas de mi ciudad natal, las mismas que consideraba incurables para mí. Mi madre se portó bien, se ocupó de ellas hasta la extenuación, pero yo no le mostré gratitud, ni por eso ni por ninguna otra cosa. La rabia secreta que incubaba contra mí misma la alcanzó también a ella. Más tarde, en cuanto recuperé a mis hijas y me las llevé a Florencia, la acusé de haberlas marcado de mala manera, igual que me había marcado a mí. Acusaciones calumniosas. Ella se defendió, reaccionó con maldad, se disgustó mucho, quizá su muerte, poco después, se debió al veneno de su propio disgusto. Lo último que me dijo, poco antes de morir, fue, en un dialecto atropellado: tengo un poco 'e frío, Leda, y m'estoy cagando encima.

Cuántas cosas le solté que no debería siquiera haber pensado. Quería —ahora que había vuelto— que mis hijas dependieran solo de mí. A veces me parecía incluso que las había engendrado yo sola, de Gianni ya no recordaba nada, ningún rasgo físico íntimo, las piernas, el tórax, el sexo, el sabor, como si nunca nos hubiéramos rozado siquiera. Cuando más tarde se marchó a Canadá, esa impresión se consolidó; me parecía haber criado a las niñas yo sola, únicamente percibía en ellas la línea femenina de su ascendencia, para bien y para mal. Por eso creció la inquietud. Durante algún tiempo Bianca y Marta no iban bien en la escuela, era evidente que estaban desorientadas. Las perseguía, les insistía, las atormentaba. Decía: qué queréis hacer con vuestra vida, cómo vais a acabar, vais a volver atrás, degradaros, dar al traste con todos los esfuerzos que hemos hecho vuestro padre y yo, ser como vuestra abuela, que solo tiene el certificado de estudios primarios. A Bianca le murmuraba deprimida: he hablado con todos tus profesores, qué mal me has hecho quedar. Las veía descarrilar juntas, me parecían cada vez más pretenciosas e ignorantes.

Estaba convencida de que encallarían en los estudios, en todo, y hubo una época en que solo me sentía bien cuando sabía que estudiaban con cierta disciplina, empezaban a ir bien en la escuela, las sombras de las mujeres de mi familia se disipaban.

Pobre mamá. Bien mirado, ¿qué mal les había hecho a las niñas? Ninguno, un poco de dialecto. Gracias a ella hoy Bianca y Marta saben reproducir la entonación napolitana y algunas expresiones. Cuando están de buen humor se ríen de mí. Exageran mi acento, incluso por teléfono, desde Canadá. Imitan cruelmente el deje dialectal que surge en mi manera de pronunciar los idiomas, o ciertas formas napolitanas que uso italianizándolas. Dar el coñazo. Sonrío a Rosaria, busco algo que decir, finjo buenas maneras aunque ella no las tenga. Sí, mis hijas me humillan, sobre todo con el inglés, se avergüenzan de cómo lo hablo, lo he notado en las ocasiones en que viajamos juntas al extranjero. Sin embargo es la lengua de mi trabajo, creía hacer de ella un uso irreprochable. No obstante insisten en que no lo hablo bien, y tienen razón. De hecho, a pesar de mi empeño, no he llegado muy lejos. Si lo quisiera, en un instante podría volver a ser como esta mujer, Rosaria. Me costaría cierto esfuerzo, es verdad, mi madre sabía pasar sin solución de continuidad de la ficción de la bella señora pequeñoburguesa al borbotón amargado de su infelicidad. Yo tardaría algo más, pero lo haría. Mis hijas, en cambio, sí se han alejado. Pertenecen a otro tiempo, las he perdido en el futuro.

Sonrío de nuevo, azorada, pero Rosaria no me sonríe, la conversación se apaga. Oscilo entonces entre la aversión alarmada hacia esta mujer y una simpatía triste. Imagino que parirá sin abrir la boca, en dos horas se expulsará a sí misma y, al mismo tiempo, a otra como ella. Al día siguiente estará de pie, tendrá mucha leche, un río de leche sustanciosa, estará lista para volver a dar guerra, siempre vigilante y violenta. Me queda claro que no quiere que vea a su cuñada, la considera —imagino— una payasa que se cree fina, una melindrosa que cuando estaba embarazada no paraba de quejarse y vomitar. Nina es para ella blanda, líquida, expuesta a todo tipo de malas influencias, y a mí, después de las cosas desagradables que he confesado, ya no se me considera una buena compañera de playa. Por eso quiere protegerla de mí, tiene miedo de que le meta cosas raras en la cabeza. Vigila en nombre de su hermano, el hombre con el vientre cortado. Mala gente, me había dicho Gino. Permanecí un rato más con los pies en el agua; no sabía qué decir. Lo de ayer, lo de hoy, estaba imantando todas las épocas de mi vida. Volví a la sombrilla.

Pensé qué debía hacer, al final me decidí. Cogí el bolso, los zapatos, me até un pareo alrededor de la cintura y me alejé en dirección al pinar dejando sobre la tumbona mis libros y, colgado de los rayos de la sombrilla, el vestido.

Gino había dicho que los napolitanos vivían en una casa en las dunas, junto al pinar. Seguí la línea limítrofe entre agujas y arena, a la sombra, al sol. Al cabo de un rato vi la casa, una construcción pretenciosa de dos plantas entre cañas, adelfas y eucaliptos. Las cigarras eran ensordecedoras a esa hora.

Me adentré en el matorral, buscaba un sendero que llevara a la casa. Mientras tanto extraje la octavilla del bolso y marqué el número que estaba indicado. Deseaba que respondiera Nina, esperé. Mientras el teléfono llamaba en vano, oí el timbre quejumbroso de un móvil en el denso sotobosque, a mi derecha, y después la voz de Nina, que decía riendo: ah, basta, para ya, déjame contestar.

Interrumpí la llamada bruscamente, busqué con la mirada en la dirección en que me había llegado la voz. Vi a Nina con un vestido ligero de color claro, apoyada en un tronco. Gino la besaba. Ella parecía aceptar el beso, pero con los ojos abiertos, divertidos, alarmados, mientras le apartaba con suavidad la mano que buscaba el seno.

19

Me di un baño y me tumbé con la espalda al sol, la cara hundida entre los brazos. Desde el lugar en que me encontraba vi al chico volver, bajar de las dunas a zancadas, la cabeza gacha. Una vez en su sitio intentó leer, pero no pudo y se quedó mirando el mar. Sentí que el leve disgusto de la noche anterior se había transformado en hostilidad. Parecía tan correcto, me había acompañado durante horas, se había mostrado atento y sensible. Había dicho que temía las reacciones feroces de los parientes, del marido de Nina, me había puesto en guardia. Sin embargo él no se reprimía, se exponía a sí mismo, y la exponía a ella, a riesgos desconocidos. La tentaba, la atraía hacia él cuando era más frágil, aplastada por el peso de la hija. Del mismo modo que yo los había descubierto, podrían haber sido descubiertos por cualquiera. Me cabreé con los dos.

El hecho de sorprenderlos me había turbado, por así decirlo. Era una emoción confusa, sumaba lo visto a lo no visto, me causaba calor y un sudor frío. Su beso quemaba todavía, me calentaba el estómago, tenía en la boca un sabor de saliva tibia. No era una sensación adulta, sino infantil, me sentía como una niña temblorosa. Volvían fantasías muy lejanas, imágenes falsas, inventadas, como cuando de pequeña fantaseaba que mi madre salía de casa en secreto, de día y de noche, para encontrarse con sus amantes y sentía en mi cuerpo la alegría que ella experimentaba. Ahora me parecía que comenzaba a despertar una sustancia grumosa, que reposaba desde hacía años en el fondo de mi vientre.

Me levanté de la tumbona nerviosamente, recogí mis cosas a toda prisa. Estaba equivocada, me dije, la partida de Bianca y Marta no me ha sentado bien. Me había parecido que sí, pero no es así. Cuánto hace que no llamo, tengo que oírlas. Aislarse, encerrarse en la lectura no es bueno, es cruel hacia uno mismo y hacia los demás. Tengo que encontrar la manera de decírselo a Nina. Qué sentido tiene un coqueteo veraniego, como una adolescente, mientras su hija está enferma. Me había parecido tan extraordinaria cuando estaba junto a Elena, con la muñeca, bajo la sombrilla, al sol o en la orilla del mar. Me vino a la mente la idea de que había más potencia erótica en su relación con la muñeca, allí junto a Nina, que en todo el eros que experimentaría al crecer y al envejecer. Dejé la playa sin mirar ni una vez en dirección a Gino, a Rosaria.

Conduje hacia casa por la carretera comarcal desierta, la cabeza llena de imágenes y voces. Cuando regresé con mis hijas —hace ya mucho tiempo—, los días se volvieron pesados, el sexo una práctica esporádica y por eso serena, sin pretensiones. Los hombres, antes incluso del primer beso, me aclaraban con educada determinación que no tenían intención de dejar a la esposa, o que tenían costumbres de solteros y no querían abandonarlas, o que se eximían de asumir responsabilidades sobre mi vida y la de mis hijas. Nunca me quejé, me parecía previsible y por eso razonable. Había decidido que la época del frenesí estaba cerrada, tres años me habían bastado.

Pero la mañana que deshice la cama de Brenda y de su amante, cuando había abierto las ventanas para borrar su olor, me había parecido descubrir en mi organismo una necesidad de placer que no tenía nada que ver con el de las primeras relaciones sexuales a los dieciséis años, con el sexo incómodo e insatisfactorio junto a mi futuro marido, con las prácticas conyugales antes y sobre todo después del nacimiento de las niñas. Surgieron, a partir del encuentro con Brenda y su amante, esperanzas nuevas. Sentí por primera vez, como un empellón en el pecho, la necesidad de otra cosa, aunque no me gustó decírmelo; me parecía que eran pensamientos inadecuados a mi condición, a las ambiciones de una mujer culta y sensata.

Pasaron los días, las semanas, las huellas de aquellos enamorados se desvanecieron por completo. Aun así no me tranquilicé, creció en cambio una especie de desorden de las fantasías. Con mi marido callé, no intenté nunca modificar nuestros hábitos sexuales, ni siquiera la jerga erótica que habíamos elaborado a lo largo de los años. Pero estudiaba, hacía la compra, estaba en la cola para pagar un recibo, y me perdía de golpe en deseos que me inquietaban y a la vez me excitaban. Me avergonzaba, sobre todo cuando eso sucedía mientras me ocupaba de las niñas. Cantaba canciones con ellas, les leía cuentos antes de que se durmieran, ayudaba a Marta a comer, las bañaba, las vestía, y mientras tanto me sentía indigna, no sabía cómo apaciguarme.

Una mañana mi profesor me llamó desde la universidad, dijo que lo habían invitado a un congreso internacional sobre Forster. Me aconsejaba que yo también fuera, era la materia de la que me ocupaba, consideraba que sería muy útil para mi trabajo. Qué trabajo, si no estaba avanzando nada y, por otra parte, tampoco él había hecho demasiado por allanarme el camino. Le di las gracias. No tenía dinero, no tenía nada que ponerme, mi marido pasaba por un momento complicado, estaba muy atareado. Tras días y días de neurosis y depresión decidí no ir. El profesor pareció disgustado. Me dijo que estaba descuidando mi trabajo, me enfadé, durante un tiempo no volví a hablar con él. De repente un día me comunicó que había en-

contrado la manera de que no tuviera que pagar el viaje ni el aloja-
miento.

No podía negarme. Organicé cada minuto de los cuatro días que
estaría ausente: comida ya preparada en la nevera, solidaridad de
amigas felices de poder ayudar a un investigador un poco loco, una
estudiante triste dispuesta a cuidar de las niñas en el caso de que el
padre tuviera reuniones imprevistas. Partí dejando todo puntillosamente en orden, solo Marta estaba un poco resfriada.

El avión a Londres estaba lleno de académicos muy conocidos y
jóvenes rivales míos por lo general más presentes y activos que yo en
la carrera por conseguir un puesto. El profesor que me había invitado se mantenía aparte, pensativo. Era un hombre huraño, con dos
hijos mayores, una mujer elegante y amable, mucha experiencia en la
enseñanza, una vasta cultura; sin embargo, sufría ataques de pánico
cada vez que debía hablar en público. Durante el vuelo no hizo otra
cosa que revisar su ponencia y apenas llegamos al hotel me pidió que
la leyera para saber qué me parecía. La leí, lo tranquilicé, le dije
que era magnífica, esa era mi función; él se marchó rápidamente y no
volví a verlo durante toda la primera mañana de trabajo. Solo apareció por la tarde, justo cuando le tocaba hablar. Recitó su texto con
elegancia, en inglés, pero, como recibió alguna crítica, se disgustó,
respondió con sequedad, se fue a su habitación y no salió ni siquiera
para la cena. Me senté a una mesa con otros gregarios como yo, en silencio casi todo el rato.

No volví a verlo hasta el día siguiente; había una ponencia muy
esperada, la del profesor Hardy, un estudioso muy apreciado de una
universidad prestigiosa. Mi profesor ni siquiera me saludó, estaba
con otros. Encontré sitio al fondo de la sala y abrí con diligencia mi
cuaderno de notas. Apareció Hardy, un hombre de unos cincuenta
años, bajo, delgado, con un rostro agradable y unos ojos extraordi-

nariamente azules. Habló en un tono bajo y envolvente, al poco me sorprendí pensando si me gustaría dejarme tocar, acariciar, besar por él. Habló durante diez minutos e inesperadamente, como si la voz viniera del interior de mi propia alucinación erótica y no del micrófono a través del cual hablaba, le oí pronunciar mi nombre, mi apellido.

No daba crédito, pero el rubor me quemó. Él prosiguió, era un orador hábil, usaba el texto escrito como mera apoyatura, ahora estaba improvisando. Repitió mi apellido una, dos, tres veces. Vi que mis colegas de la universidad me buscaban por la sala con la mirada; temblaba, tenía las manos sudadas. También mi profesor se volvió hacia mí con aire estupefacto, intercambiamos miradas. El académico inglés estaba citando textualmente un pasaje de mi artículo, el único que había publicado hasta ese momento, el que le había dado a Brenda. Lo citaba con admiración, comentaba de manera concienzuda un pasaje, lo usaba para articular mejor su discurso. Salí de la sala en cuanto terminó su ponencia y comenzaron los aplausos.

Corrí a mi habitación, me sentía como si todos mis líquidos hirvieran bajo la piel, estaba henchida de orgullo. Llamé a Florencia, a mi marido. Le expliqué casi a gritos por teléfono eso increíble que acababa de pasarme. Él dijo sí, muy bien, estoy contento, y me anunció que Marta tenía varicela, estaba confirmado, el médico había dicho que no había duda. Colgué. La varicela de Marta buscó un espacio dentro de mí con la acostumbrada oleada de agitación, pero en lugar del vacío de los últimos años encontró un furor alegre, una impresión de poder, la confusión gozosa de triunfo intelectual y placer físico. Una varicela no es nada, pensé, Bianca también la había tenido, se pondría bien. Estaba abrumada por mí misma. Yo, yo, yo: esto soy, esto sé hacer, esto debo hacer.

Mi profesor me llamó a la habitación. No había ninguna confianza entre nosotros, era un hombre distante. Siempre hablaba con una voz ronca un poco irritada, nunca me había tenido mucha consideración. Se había resignado a mis presiones de licenciada ambiciosa, pero sin hacer ninguna promesa, por lo general descargando sobre mí los asuntos menos interesantes. Sin embargo, en esa ocasión me habló con dulzura, de una manera confusa, farfulló felicitaciones. Dijo atolondradamente: a partir de ahora tendrá que trabajar más, intente terminar enseguida su nuevo ensayo, una nueva publicación sería importante, informaré a Hardy de cómo estamos trabajando, seguro que querrá conocerla. Lo descarté, quién era yo. Insistió: claro que sí.

Durante la comida quiso que me sentara a su lado y enseguida me di cuenta, con una nueva oleada de placer, de que todo a mi alrededor había cambiado. De anónima ayudante, sin siquiera derecho a una breve comunicación científica al final de alguna jornada, me había convertido, en el curso de una hora, en una joven investigadora con una pequeña fama internacional. Los italianos vinieron uno a uno a felicitarme, jóvenes y ancianos. Después se acercó algún extranjero. Al fin entró en la sala Hardy, alguien le habló al oído, señaló la mesa en la que yo estaba. Él me miró por un instante, fue hacia su mesa, se detuvo, volvió atrás y vino a presentarse. A presentarse a mí, amablemente.

Luego mi profesor me dijo al oído: es un estudioso serio, pero trabaja mucho, está envejeciendo, se aburre. Y agregó: si usted fuera hombre, o poco atractiva, habría esperado en su mesa el debido homenaje y después la habría despedido con alguna frase fríamente cortés. Me pareció una maldad. Cuando hizo insinuaciones maliciosas en el sentido de que Hardy volvería a la carga por la noche, murmuré: quizá le interese sobre todo porque he hecho una aportación importante. No respondió nada, murmuró un sí, y no hizo comentario alguno cuando le anuncié, fuera de mí de alegría, que el profesor Hardy me había invitado a sentarme a su mesa para la cena.

Cené con Hardy, me mostré animada y desenvuelta, bebí bastante. Después dimos un largo paseo y a la vuelta, eran las dos, me pidió que subiera a su habitación. Lo hizo con amabilidad jocosa, en voz baja, acepté. Siempre había visto las relaciones sexuales como algo en verdad muy viscoso, el contacto menos mediato posible con otro cuerpo. Sin embargo, a partir de esa experiencia me convencí de que son un producto extremo de la fantasía. Cuanto mayor es el placer, en mayor medida el otro no es más que un sueño, la reacción nocturna del vientre, los senos, la boca, el ano, cada centímetro de piel, a caricias y choques de una entidad indefinida pero definible según la necesidad del momento. Puse no sé qué en ese encuentro y me pareció que siempre había amado a aquel hombre —a pesar de que acababa de conocerlo— y que no deseaba a nadie más que a él.

A mi regreso Gianni me reprochó que en cuatro días solo hubiera llamado dos veces, sabiendo que Marta estaba enferma. Dije: he estado muy ocupada. Dije también que, después de lo que me había pasado, tendría que trabajar muchísimo para estar a la altura de la situación. Comencé a pasar en la universidad, provocadoramente, diez horas al día. Mi profesor se prodigaba con inesperada disponibilidad desde nuestro regreso a Florencia para que concretara pronto una nueva publicación y colaboraba activamente con Hardy para que fuese a trabajar por algún tiempo a su universidad. Entré en una fase de actividad sobreexcitada y afligida. Trabajaba mucho y sufría porque me parecía que no podía vivir sin Hardy. Le escribía largas cartas, lo llamaba. Si Gianni, en especial los fines de semana, estaba en casa, corría a un teléfono público arrastrando a Bianca y Marta para no levantar sospechas. Bianca escuchaba las llamadas y, aunque hablábamos en inglés, lo comprendía todo sin comprender, y yo lo sabía, pero no tenía donde agarrarme. Las niñas estaban allí conmigo, mudas y ausentes, no lo olvidaba, no lo olvidaba nunca. Sin embargo, irradiaba placer contra mi propia voluntad, susurraba frases afectuosas, respondía a las alusiones obscenas y hacía a mi vez alusiones obscenas. Solo tenía cuidado —cuando me tiraban de la falda, cuando decían que tenían hambre o que querían un helado o un globo del vendedor de globos que pasaba por ahí— de no gritar basta, me voy, no volveréis a verme más, exactamente como hacía mi madre cuando estaba desesperada. Ella nunca nos dejó, aunque lo anunciara a gritos; yo en cambio dejé a mis hijas casi sin anunciarlo.

Conducía como si no estuviera al volante, ni siquiera me fijé en la calle. Por las ventanillas entraba un viento tórrido. Aparqué debajo de casa, tenía a Bianca y Marta delante de los ojos, atemorizadas, pequeñas como eran dieciocho años atrás. Estaba ardiendo, me metí en la ducha. Agua fría. La dejo correr largo rato encima de mí, mirando la arena que resbala negra por las piernas, los pies, sobre el esmalte blanco del plato de ducha. El calor pasa casi enseguida. Me cae por el cuerpo el frío del ala torcida, *the chill of the crooked wing*. Secarse, vestirse. Había enseñado esa expresión de Auden a mis hijas, la usábamos como frase cómplice para indicar que un lugar no nos gustaba, que estábamos de mal humor o que simplemente era un feo día de invierno. Pobres hijas, obligadas a ser cultas incluso en el léxico familiar desde pequeñas. Cogí el bolso, lo llevé a la terraza al sol, volqué el contenido sobre la mesa. La muñeca cayó de costado, le dije algo como se hace con un gato o un perro, pero al oír mi voz me callé de inmediato. Decidí ocuparme de Nani para sentirme acompañada, para calmarme. Busqué alcohol, quería borrar las marcas de bolígrafo de la cara y el cuerpo. La froté con cuidado, pero no salieron del todo. Nani, ven aquí, guapa. Vamos a ponerte las braguitas, los calcetines, los zapatos. Vamos a ponerte el vestido. Qué elegante estás. Me sorprendió el sobrenombre que estaba usando. ¿Por qué, entre los muchos que Elena y Nina empleaban, había elegido precisamente ese? Miré mi cuaderno, los había apuntado todos: Neni, Nile, Nilotta, Nanicchia, Nanuccia, Nennella. Nani. Tienes agua en la barriga, amor mío. Guardas tu negrura líquida en el vientre. Estaba sentada al sol, junto a la mesa, secándome el pelo, que movía cada tanto con los dedos. El mar estaba verde.

Yo también escondía muchas cosas oscuras, en silencio. El remordimiento de la ingratitud, por ejemplo, Brenda. Fue ella quien le dio mi texto a Hardy, me lo contó él mismo. No sé cómo se conocían, no quise saber qué deudas tenía el uno con el otro. Hoy solo sé que mis páginas jamás hubieran obtenido atención sin Brenda. Pero entonces no se lo dije a nadie, ni siquiera a Gianni, ni siquiera a mi profesor, y sobre todo nunca intenté ponerme en contacto con ella. Es algo que solo admití en la carta a las niñas dos años antes y que ellas ni siquiera leyeron. Escribí: necesitaba creer que lo había hecho todo sola. Quería sentirme de manera cada vez más intensa yo misma, mis méritos, la autonomía de mis cualidades.

Entretanto me pasaban cosas sin parar, parecían la confirmación de lo que siempre había esperado. Era buena; no necesitaba fingir superioridad como hacía mi madre; era de verdad una criatura fuera de lo común. Por fin se había persuadido de ello mi profesor de Florencia. Se había persuadido el prestigioso y elegante profesor Hardy, que parecía el más convencido de todos. Viajé a Inglaterra, regresé, volví a irme. Mi marido estaba preocupado, qué estaba pasando. Dijo que no podía cumplir con su trabajo y hacerse cargo de las niñas. Le dije que lo abandonaba. No lo entendió, pensó en una depresión, buscó soluciones, llamó a mi madre, gritó que tenía que pensar en las niñas. Le dije que no podía vivir más con él, necesitaba averiguar quién era yo, cuáles eran mis posibilidades reales y otras frases por el estilo. No podía decirle que ya sabía todo de mí, tenía miles de ideas nuevas, estudiaba, amaba a otros hombres, me enamoraba de cualquiera que me dijese que era buena, inteligente, y me ayudara a ponerme a prueba. Se calmó. Por un momento intentó ser comprensivo, después intuyó que le mentía, se enojó, pasó a los insultos. En cierto momento gritó haz lo que te parezca, vete.

Nunca había creído de verdad que pudiese irme sin las niñas. Pero las dejé con él, estuve fuera dos meses, no llamé ni una vez. Él me acosaba desde lejos, me atormentaba. Cuando volví, lo hice solo para embalar definitivamente mis libros y apuntes.

En esa ocasión compré vestiditos para Bianca y Marta, se los llevé de regalo. Quisieron que las ayudara a ponérselos, se mostraban tiernas y dulces. Mi marido me llevó aparte con amabilidad, me dijo que volviéramos a intentarlo, se puso a llorar, dijo que me amaba. Dije que no. Discutimos, me encerré en la cocina. Después oí que llamaban delicadamente a la puerta. Entró Bianca, seria, seguida de la hermana, algo reacia. Bianca tomó una naranja del frutero, abrió un cajón, me dio un cuchillo. No comprendí, estaba demasiado absorbida por mi furia, no veía la hora de huir de allí, olvidarme de la casa y de todo. Nos haces la serpiente, dijo entonces ella, también en nombre de Marta, y Marta me dedicó una sonrisa de aliento. Se sentaron frente a mí a la espera, adoptaron posturas de mujercitas comedidas y elegantes, con sus vestiditos nuevos. De acuerdo, les dije, cogí la naranja, comencé a pelarla. Las niñas me miraban fijamente. Sentía que sus miradas querían amansarme, pero sentía aún con más fuerza el fulgor de la vida fuera de ellas, nuevos colores, nuevos cuerpos, nueva inteligencia, una lengua que por fin podía poseer como si fuese mi verdadera lengua, y nada, nada que me pareciese conciliable con aquel espacio doméstico desde el que ambas me miraban a la espera. Ah, volverlas invisibles, no sentir ya las exigencias de su carne como demandas más presentes, más poderosas que las mías. Terminé de pelar la naranja y me fui. En los tres años siguientes no volví a verlas ni a hablar con ellas.

20

Sonó el interfono, una violenta descarga eléctrica que llegó hasta la terraza.

Miré mecánicamente el reloj. Eran las dos de la tarde, no conocía a nadie en el pueblo que tuviera tanta confianza conmigo como para presentarse a esa hora. Gino, pensé. Sabía dónde vivía, quizá venía en busca de consejo.

El interfono sonó de nuevo, un sonido menos decidido, más breve. Dejé la terraza, fui a contestar.

—¿Quién es?

—Giovanni.

Suspiré, mejor él que esas palabras que me rondaban la cabeza sin desahogo, apreté el botón para abrir la puerta. Estaba descalza y busqué las sandalias, me abroché la camiseta, me alisé la falda, me arreglé el pelo todavía húmedo. Abrí apenas sonó el timbre. Lo vi ante mí atezado por el sol, el pelo muy blanco peinado con esmero, una camisa algo chillona, pantalones azules con una raya impecable, zapatos brillantes y un paquete en la mano.

—Solo le robaré un minuto.

—Entre.

—He visto el coche y me he dicho: la señora ya ha vuelto.

—Adelante.

—No quiero molestar, pero si le gusta el pescado, este está recién salido del mar.

Entró, me tendió el paquete. Cerré la puerta, cogí el regalo, esbocé una sonrisa forzada.

—Es muy amable —dije.

—¿Ya ha comido?

—No.

—Este se puede comer también crudo.

—Qué horror, yo no podría.

—Entonces frito, bien caliente.

—No sé limpiarlo.

Su timidez dio paso a una actitud bruscamente entrometida. Conocía la casa, fue directo a la cocina, se puso a eviscerar el pescado.

—No tardo nada —dijo—, dos minutos.

Lo miré con expresión irónica mientras con movimientos expertos extraía las entrañas de esas criaturas sin vida y después rascaba las escamas como para quitarles el brillo, los colores. Pensé que quizá sus amigos lo esperaban en el bar para saber si su empresa había tenido éxito. Pensé que había cometido el error de dejarlo entrar y que, si mi hipótesis era fundada, se entretendría de una manera u otra el tiempo necesario para dar verosimilitud a lo que después iba a contar. Los hombres tienen siempre algo patético, a cualquier edad. Una arrogancia frágil, una audacia temerosa. Ya no sé si me han inspirado amor alguna vez o solo han despertado en mí una afectuosa comprensión por su debilidad. Pasara lo que pasase, pensé, Giovanni iba a presumir de una erección prodigiosa con la forastera, sin fármaco alguno a pesar de la edad.

—¿Dónde está el aceite?

Se ocupó de la fritura con gran competencia, pronunciando palabras nerviosas como si el pensamiento fuera más veloz que la construcción de las frases. Elogió el pasado, cuando el mar ofrecía una pesca mucho más abundante y el pescado estaba realmente bueno. Habló de su mujer, muerta hacía tres años, y de los hijos. Dijo también:

—Mi primer hijo es bastante mayor que usted.

—No lo creo, soy vieja.

—De vieja, nada, tendrá cuarenta años como mucho.

—No.

—Cuarenta y dos, cuarenta y tres.

—Tengo cuarenta y ocho, Giovanni, y dos hijas mayores, una de veinticuatro y otra de veintidós.

—Mi hijo tiene cincuenta años, lo tuve a los diecinueve, y mi mujer tenía solo diecisiete.

—¿Tiene usted sesenta y nueve años?

—Sí, y tengo tres nietos.

—Los lleva bien.

—Todo es apariencia.

Abrí la única botella de vino que tenía, un tinto comprado en el supermercado, y comimos la fritura en la mesa baja del salón, sentados uno junto al otro en el sofá. El pescado resultó ser extraordinariamente bueno, empecé a hablar mucho, me sentí calmada por el sonido de mi voz. Hablé del trabajo, de mis hijas, sobre todo de ellas. Dije: nunca me han dado quebraderos de cabeza. Han sido buenas estudiantes, se licenciaron con las mejores notas, serán dos científicas excelentes, como el padre. Ahora viven en Canadá, una está allí para —digamos— perfeccionar sus estudios y la mayor por motivos de trabajo. Me siento satisfecha, he cumplido con mi deber de madre, las he mantenido alejadas de todos los peligros de hoy.

Hablaba y él escuchaba. Cada tanto contaba algo de su familia. El hijo mayor era aparejador, su mujer trabajaba en correos; la hija se había casado con un buen muchacho, era el dueño del quiosco de prensa de la plaza; el tercero era su cruz, no había querido estudiar, solo ganaba algo de dinero en verano, llevando a turistas de excursión en barca; la menor iba un poco atrasada con los estudios, había padecido una enfermedad grave, pero ya estaba a punto de licenciarse, sería la primera licenciada de la familia.

Me habló con gran dulzura de sus nietos, todos eran del hijo mayor, los demás no tenían hijos. Se creó un ambiente agradable, empecé a sentirme cómoda, una sensación de adhesión positiva a las cosas, el sabor del pescado —eran salmonetes—, el vaso de vino, la luz que irradiaba del mar y golpeaba contra las ventanas. Él hablaba de sus nietos, yo empecé a hablar de cuando mis hijas eran pequeñas. Una vez, hacía veinte años, en la nieve: cómo nos habíamos divertido Bianca y yo; ella tenía tres años, un mono rosa, el gorro ribeteado de piel blanca, las mejillas rojas; subíamos arrastrando un trineo hasta la cima de una pequeña colina, después Bianca se sentaba delante, yo detrás, la apretaba contra mí y nos tirábamos por la pendiente a toda velocidad, gritábamos ambas de alegría, y cuando llegábamos abajo el rosa del mono de la niña había desaparecido, y también el rojo de las mejillas, habían quedado por completo sepultados bajo una capa brillante de hielo, solo se veían sus ojos felices y la boca que decía: otra vez, mamá.

Mientras hablaba solo me venían a la mente momentos alegres, me embargaba una nostalgia nada triste, agradable, de sus pequeños cuerpos, de su querer sentirte, lamerte, besarte, abrazarte. Marta esperaba asomada a la ventana de casa, todos los días, a que regresara del trabajo y en cuanto me veía no había quien la retuviera, abría la puerta, corría escaleras abajo, un cuerpecito blando, ávido de mí, corría tanto que temía que se cayese, le hacía señas: despacio, no corras; tenía pocos años pero era ágil y segura, yo dejaba el bolso, me arrodillaba, le tendía los brazos y ella se precipitaba contra mi cuerpo como un proyectil, casi me hacía perder el equilibrio, la abrazaba, me abrazaba.

El tiempo pasa, dije, se lleva sus cuerpecillos, que solo permanecen en la memoria de los brazos. Crecen, te alcanzan en estatura, te superan. A los dieciséis años Marta ya era más alta que yo. Bianca es más baja, su cabeza me llega a la oreja. A veces se sientan en mi regazo como cuando eran pequeñas, me hablan a la vez, me acarician, me besan. Sospecho que Marta ha crecido preocupada por mí, tratando de protegerme como si ella fuera mayor y yo pequeña, ese esfuerzo debe de ser lo que la ha vuelto tan quejumbrosa, con un sentimiento tan fuerte de inadecuación. Pero son cosas de las que no estoy segura. Bianca, por ejemplo, es como su padre, poco expansiva, pero a veces me ha dado la impresión de que con sus frases secas, duras, órdenes más que peticiones, quiere reeducarme para mi bien. Ya se sabe cómo son los hijos, unas veces te aman colmándote de mimos, otras tratando de volver a construirte de la nada, reinventándote, como si pensaran que has crecido mal y hay que enseñarte cómo se está en el mundo, la música que tienes que oír, los libros que has de leer, las películas que debes ver, las palabras que debes usar y las que no porque están trasnochadas y ya nadie las usa.

—Creen saber más que nosotros —confirmó Giovanni.

—A veces es verdad —dije—, porque añaden a lo que les hemos enseñado lo que ellos aprenden por su cuenta, en su propio tiempo, que es distinto, ya no es el nuestro.

—Es peor.

—¿Usted cree?

—Los hemos malcriado, dicen.

—No sé.

—Cuando yo era niño, ¿qué tenía? Una pistola de madera. En la culata tenía clavada una pinza de las de tender ropa, en el cañón, una goma elástica. En la goma se ponía una piedrecilla como se hace con las hondas y se enganchaban en la pinza la piedra y la goma. Entonces la pistola estaba cargada. Cuando querías disparar, abrías la pinza y saltaba la piedra.

Lo miré con simpatía, estaba cambiando de opinión sobre él. Me parecía ahora un hombre sereno, ya no pensaba que hubiera subido para hacer creer a sus amigos que había algo entre nosotros. Solo buscaba un pequeño solaz para amortiguar el golpe de las desilusiones. Quería conversar con una mujer que venía de Florencia, tenía un buen coche, usaba ropa elegante como la que se veía en la televisión y estaba sola de vacaciones.

—Hoy tienen de todo, la gente se endeuda para comprar estupideces. Mi esposa no malgastaba un céntimo, en cambio las mujeres de ahora tiran el dinero por la ventana.

Ese modo de lamentarse del presente, del pasado cercano, e idealizar el pasado remoto no me molestaba, como suele suceder. Me parecía más bien una manera como tantas de convencerse de que existe siempre una delgada rama de nuestra vida a la que aferrarse para hacernos a la idea, suspendidos de ella, de la necesidad de precipitarse. Qué sentido tenía discutir con él, decirle: he formado parte de una oleada de mujeres nuevas, he intentado ser distinta de tu mujer, quizá también de tu hija, no me gusta tu pasado. Para qué ponerse a discutir, mejor esta monótona calma de los lugares comunes. En cierto momento dijo melancólicamente:

—Cuando los niños eran pequeños, mi mujer, para que se portaran bien, les daba un retal con un poco de azúcar dentro para que lo chuparan.

—La muñeca de tela.

—¿Usted la conoce?

—Mi abuela se la preparó una vez a mi hija pequeña, que lloraba sin parar y nunca sabíamos qué le pasaba.

—¿Lo ve? Ahora en cambio los llevan al médico, ponen en tratamiento a los padres y a los hijos, piensan que están enfermos los padres, las madres y los niños recién nacidos.

Mientras él seguía elogiando los tiempos pasados, me acordé de mi abuela. En aquella época debía de tener más o menos la edad de este hombre, creo, pero ella era menuda, encorvada, de la quinta de 1916. Yo había ido de visita a Nápoles con mis dos hijas, cansada como de costumbre, enfadada con mi marido, que tenía que acompañarme y en el último momento había decidido quedarse en Florencia. Marta berreaba, no había forma de encontrar su chupete, mi madre me reñía porque —decía— había acostumbrado a la niña a tener siempre ese chisme en la boca. Empezamos a discutir, estaba harta, me criticaba siempre. Entonces mi abuela cogió un trocito de esponja, lo cubrió de azúcar, lo puso dentro de una gasa, un velo de bombonera, creo, y ató una cinta alrededor. Creó así un ser minúsculo, un fantasma con un vestidito blanco que le ocultaba el cuerpo, los pies. Me tranquilicé como ante un hechizo. Marta, en brazos de su bisabuela, apretó entre los labios la cabecita blanca de ese duende y dejó de llorar. Incluso mi madre se calmó, se rió, dijo que su madre me hacía callar cuando de pequeña comenzaba a gritar y llorar al verla salir a ella de casa.

Sonreí aturdida por el vino, apoyé la cabeza sobre el hombro de Giovanni.

—¿Se encuentra mal? —me preguntó, turbado.

—No, estoy bien.

—Recuéstese un poco.

Me tumbé en el sofá, él permaneció sentado a mi lado.

—Enseguida se le pasará.

—No se me tiene que pasar nada, Giovanni, estoy muy bien —le dije con dulzura.

Miré más allá de los ventanales, en el cielo había una sola nube, blanca y sutil, y apenas despuntaban los ojos azules de Nani, que continuaba sentada en la mesa, la frente abombada, la cabeza medio calva. A Bianca le di el pecho, a Marta no, para nada, ella no se enganchaba, lloraba, y yo me desesperaba. Quería ser una buena madre, una madre irreprochable, pero el cuerpo se negaba. Pensaba a veces en las mujeres del pasado, derrotadas por los muchos hijos, en los ritos que las ayudaban a curar o matar a los pequeños más endemoniados: dejarlos una noche solos en el bosque, por ejemplo, o sumergirlos en una fuente de agua helada.

—¿Quiere que le prepare un café?

—No, gracias, quédese aquí, no se mueva.

Cerré los ojos. Recordé a Nina, con la espalda contra el tronco del árbol, pensé en su cuello largo, su pecho. Pensé en los pezones de los que había chupado Elena. Pensé en cómo abrazaba a la muñeca para mostrarle a la pequeña cómo se amamantaba un bebé. Pensé en la niña que imitaba la posición, el gesto. Sí, habían sido hermosos los primeros días de las vacaciones. Sentía la necesidad de esponjar ese placer para olvidar la angustia de los últimos días. A fin de cuentas, lo que más necesitamos es dulzura, aunque sea fingida. Abrí los ojos.

—Ha recuperado el color, antes estaba blanca como el papel.

—El mar a veces me cansa.

Giovanni se levantó, dijo con cautela señalando la terraza:

—Si me lo permite, voy a fumar un cigarrillo.

Salió a la terraza, encendió un cigarrillo, fui con él.

—¿Es suya? —me preguntó indicando la muñeca, pero como quien dice algo gracioso para ganar tiempo y darse tono.

Asentí con un gesto.

—Se llama Mina, es mi amuleto de la suerte.

Cogió la muñeca por el torso, pero enseguida la soltó.

—Tiene agua dentro.

No dije nada, no sabía qué decir.

Me miró con expresión circunspecta, como si por un instante lo hubiese alarmado algo de mí.

—¿Se ha enterado —me preguntó— de lo de esa pobre niña a la que le han robado la muñeca?

21

Me obligué a trabajar y lo hice durante gran parte de la noche. Desde la primera adolescencia he sido siempre muy disciplinada: expulso los pensamientos de la cabeza, adormezco los dolores y las humillaciones, dejo a un lado las preocupaciones.

Terminé a eso de las cuatro de la madrugada. Había vuelto el dolor en la espalda, ahí donde me había golpeado la piña. Dormí hasta las nueve, desayuné en la terraza, frente a un mar que temblaba con el viento. Nani se había quedado fuera, sentada en la mesa, tenía el vestido húmedo. Por una fracción de segundo tuve la impresión de que movía los labios y sacaba la punta rosa de la lengua como haciéndome burla.

No tenía ganas de ir a la playa, no quería salir de casa. Me agobiaba tener que pasar por delante del bar y ver a Giovanni charlando con sus coetáneos; sin embargo pensaba que era urgente resolver el problema de la muñeca. Miré a Nani con melancolía, le acaricié una mejilla. La pena de perderla no se había atenuado, incluso había aumentado. Estaba confusa, a ratos me parecía que Elena podía prescindir de ella, en cambio yo no. Por otra parte, había sido descuidada, había dejado entrar en casa a Giovanni sin esconderla antes. Pensé por primera vez en interrumpir las vacaciones, marcharme ese mismo día, al siguiente. Después me reí de mí, de los disparates a los que me estaba abandonando; planeaba huir como si hubiese secuestrado a una niña y no una muñeca. Quité la mesa, me lavé, me maquillé con esmero. Me puse un vestido bonito y salí.

En el pueblo había mercado. La plaza, el paseo, las calles y las callejuelas laterales eran un laberinto de puestos cerrado al tráfico, en tanto que en los límites del pueblo la circulación había aumentado como si fuese una metrópoli. Me perdí en medio de una multitud hecha sobre todo de mujeres que hurgaban entre las mercancías más variadas, ropa, chaquetas, abrigos, impermeables, gorros, zapatos, juguetes, utensilios domésticos de todo tipo, antigüedades verdaderas o falsas, plantas, quesos y embutidos, hortalizas, fruta, rústicas marinas, frascos milagrosos de herboristería. Me gustan los mercados, sobre todo los puestos de ropa usada y los que venden cosas y cosillas de moda. Compro de todo, vestidos viejos, camisolas, pantalones, pendientes, broches, adornos. Me detuve a hurgar entre las baratijas, un abrecartas de cristal, una vieja plancha, unos binóculos de teatro, un caballito de mar metálico, una cafetera napolitana. Estaba examinando un alfiler de sombrero con una aguja peligrosamente larga y puntiaguda y una preciosa cabeza de ámbar negro, cuando sonó el móvil. Mis hijas, pensé, aunque por la hora parecía improbable. Miré la pantalla, no aparecía el nombre de ninguna de las dos, el número sin embargo me resultó conocido. Respondí.

—¿La señora Leda?

—Sí.

—Soy la madre de la niña que perdió la muñeca, la que…

Me sorprendí, sentí angustia y placer, el corazón empezó a galoparme en el pecho.

—Hola, Nina.

—Quería saber si este era su número.

—Es el mío, sí.

—La vi ayer en el pinar.

—Yo también la vi.

—Quisiera hablar con usted.

—Está bien, dígame cuándo.

—Ahora.

—Ahora estoy en el pueblo, en el mercado.

—Lo sé, la estoy siguiendo desde hace diez minutos. Pero la pierdo, hay demasiada gente.

—Estoy junto a la fuente. Hay un puesto de cosas viejas, no me muevo de aquí.

Me apreté el pecho con dos dedos, quería calmar la taquicardia. Revolví objetos, examiné algunos, pero mecánicamente, sin interés. Nina apareció entre la multitud empujando a Elena en el cochecito. De vez en cuando se sujetaba con una mano el gran sombrero que le había regalado el marido para evitar que se lo llevara el viento de mar.

—Buenos días —dije a la niña, que tenía la mirada apagada y el chupete en la boca—, ¿se te ha pasado la fiebre?

Nina respondió por su hija:

—Está bien, pero no se resigna, quiere su muñeca.

Elena se sacó el chupete de la boca.

—Tiene que tomar su medicina —dijo.

—¿Nani está enferma?

—Tiene el niño en la barriga.

La miré confusa.

—¿Está enfermo su niño?

Intervino Nina un tanto turbada, riendo:

—Es un juego. Mi cuñada toma unas pastillas y ella hace como que se las da también a la muñeca.

—¿Nani también está embarazada?

—Ha decidido que las dos, la tía y la muñeca, esperan un hijo —dijo la muchacha—. ¿No es así, Elena?

Se le voló el sombrero, lo recogí. Llevaba el pelo peinado hacia atrás, de ese modo el rostro parecía más bello.

—Gracias, con el viento no se queda en su sitio.

—Espere —le dije.

Le puse el sombrero con cuidado y usé el largo alfiler con cabeza de ámbar para sujetárselo al cabello.

—Ya está, ahora no se le volará. Pero tenga cuidado con la niña, en casa desinféctelo bien, es fácil hacerse un buen rasguño con eso.

Pregunté al hombre del puesto cuánto costaba, Nina quería pagar, me opuse.

—Es una cosa de nada.

Después pasamos al tú, lo pedí yo, ella se resistió, dijo que le daba vergüenza, pero al final aceptó. Se lamentó del cansancio de aquellos días, la niña había estado intratable.

—Venga, pequeña, fuera ese chupete —dijo—, no demos una mala imagen a Leda.

Habló de la niña con cierta agitación. Dijo que Elena, desde que había perdido la muñeca, sufría una regresión, quería estar siempre en brazos o en el cochecito, y hasta había vuelto a usar chupete. Miró alrededor como si buscara un lugar más tranquilo, empujó el cochecito hacia los jardines. Resopló, estaba de verdad cansada, y recalcó el «cansada», quería que se entendiera que no se trataba solo de cansancio físico. De pronto rompió a reír, pero comprendí que no reía de alegría, que por dentro se sentía infeliz.

—Sé que me viste con Gino, pero no tienes que pensar mal.

—No pienso mal de nada ni de nadie.

—Sí, se nota enseguida. En cuanto te vi me dije: quisiera ser como esa señora.

—¿Qué tengo de especial?

—Eres guapa, fina, se ve que sabes muchas cosas.

—No sé nada.

Ella negó con energía.

—Tienes una manera de ser muy segura, no te da miedo nada. Me di cuenta cuando llegaste el primer día a la playa. Te miraba y esperaba que miraras en mi dirección, pero nunca lo hacías.

Paseamos un rato por los senderos del jardín, volvió a hablar del pinar, de Gino.

—Lo que viste no tiene ninguna importancia.

—No mientas.

—Es así, lo aparto de mí, y mantengo los labios cerrados. Solo quiero volver a ser un poco adolescente, pero jugando.

—¿Qué edad tenías cuando nació Elena?

—Diecinueve, Elena tiene casi tres años.

—Quizá fuiste madre demasiado pronto.

Negó con un gesto enérgico.

—Estoy contenta con Elena, estoy contenta con todo. Solo es culpa de estos días. Si encuentro a quien está haciendo sufrir a mi niña…

—¿Qué le harías? —solté con ironía.

—Solo yo lo sé.

Le acaricié levemente un brazo como para apaciguarla. Me pareció que adoptaba por obligación los tonos y las fórmulas de su familia, había acentuado incluso la entonación napolitana para ser más convincente, experimenté algo semejante a la ternura.

—Estoy bien —repitió varias veces, y me contó cómo se había enamorado de su marido, que había conocido en una discoteca a los dieciséis años. Él la quería, las adoraba a ella y su hija. De nuevo rió nerviosamente—. Dice que mis pechos son exactamente de la medida de su mano.

La frase me pareció vulgar.

—¿Y si te viera como te he visto yo? —pregunté.

Nina se puso seria.

—Me estrangula.

La miré, miré a la niña.

—¿Qué quieres de mí?

Negó con la cabeza, murmuró:

—No lo sé, hablar un poco. Cuando te veo en la playa pienso que quisiera estar todo el tiempo debajo de tu sombrilla, charlando. Pero te aburrirías enseguida, soy ignorante. Gino me ha dicho que eres profesora en la universidad. Me matriculé en filosofía y letras después del bachillerato, pero solo llegué a hacer dos exámenes.

—¿No trabajas?

Rió de nuevo.

—Trabaja mi marido.

—¿Qué hace?

Alejó la pregunta con un gesto huraño y un relámpago de hostilidad le atravesó la mirada.

—No quiero hablar de él —dijo—. Rosaria está haciendo las compras, de un momento a otro me llamará y entonces tendré que irme.

—¿No quiere que hables conmigo?

Hizo una mueca de rabia.

—Si fuera por ella, no haría nunca nada. —Calló un instante, después dijo, insegura—: ¿Te puedo hacer una pregunta íntima?

—Te escucho.

—¿Por qué dejaste a tus hijas?

Reflexioné, busqué una respuesta que pudiera ayudarla.

—Las quería demasiado y me parecía que el amor por ellas me impedía ser yo misma.

Observé que ya no se reía, ahora estaba atenta a cada una de mis palabras.

—¿No las viste ni una vez durante tres años?

Asentí con la cabeza.

—¿Y cómo te sentías sin ellas?

—Bien. Era como si todo en mí se derrumbara, y mis pedazos cayeran libremente desde todas partes con una sensación de alegría.

—¿No sentías dolor?

—No, estaba demasiado enfrascada en mi vida. Pero notaba un peso aquí, como un dolor de estómago. Y me daba la vuelta con el corazón en un puño cada vez que oía a un niño llamar a su mamá.

—Entonces estabas mal, no bien.

—Estaba como quien está conquistando su existencia y siente un montón de cosas a la vez, entre ellas una vacío insoportable.

Me miró con hostilidad.

—Si estabas bien, ¿por qué volviste?

Elegí las palabras con cuidado.

—Porque me di cuenta de que no era capaz de crear nada mío que pudiese equipararse a ellas.

Esbozó de pronto una sonrisa de alegría.

—Entonces volviste por amor a tus hijas.

—No, volví por el mismo motivo por el que me había ido: por amor a mí misma.

Se asombró de nuevo.

—¿Qué quieres decir?

—Que me sentía más inútil y desesperada sin ellas que con ellas.

Trató de escrutar mi interior con la mirada: en el pecho, detrás de la frente.

—Lo que buscabas… ¿lo encontraste y no te gustó?

Le sonreí.

—Nina, lo que buscaba era una maraña confusa de deseos y mucha presunción. Si hubiese tenido mala suerte habría tardado toda la vida en darme cuenta. En cambio fui afortunada y solo tardé tres años. Tres años y treinta y seis días.

Pareció insatisfecha.

—¿Cómo fue que decidiste volver?

—Una mañana descubrí que lo único que deseaba hacer de verdad era pelar una fruta haciendo serpentinas bajo la mirada de mis hijas, y entonces me puse a llorar.

—No lo entiendo.

—Si tenemos tiempo te lo explicaré.

Asintió con energía para darme a entender que no deseaba otra cosa que escucharme; en ese momento se percató de que Elena se había dormido y le quitó delicadamente el chupete, lo envolvió en un pañuelo de papel, lo metió en el bolso. Hizo una mueca graciosa para comunicarme la ternura que le inspiraba su hija. Reanudó la conversación.

—¿Y después de tu regreso?

—Me resigné a vivir poco para mí y mucho para las niñas; paso a paso fue dando resultado.

—Entonces se pasa —dijo.

—¿El qué?

Hizo un gesto para indicar mareo y también sensación de náusea.

—La confusión.

Me acordé de mi madre, dije:

—Mi madre usaba otra palabra, lo llamaba la trituración.

Reconoció el sentimiento en la palabra, su mirada era de niña asustada.

—Es verdad, se te hace añicos el corazón: no consigues soportarte a ti misma y tienes pensamientos que no puedes expresar.

Ella insistió, esta vez con la expresión dulce de quien busca una caricia:

—Entonces se pasa.

Pensé que ni Bianca ni Marta habían intentado nunca hacerme preguntas como las de Nina, con el tono apremiante que empleaba ella. Busqué las palabras justas para mentirle diciendo la verdad.

—Mi madre enfermó por eso. Pero eran otros tiempos. Hoy se puede vivir bien aunque no se pase.

La vi vacilante, estaba a punto de decir algo, se arrepintió. Percibí en su interior la necesidad de abrazarme, la misma que estaba sintiendo yo. Era una grata conmoción que se manifestaba como una urgencia de contacto.

—Tengo que irme —dijo, y me besó instintivamente en los labios con un beso ligero y cohibido.

Cuando se apartó vi, más allá de su hombro, en el fondo del jardín, entre los puestos y la multitud, a Rosaria y a su hermano, el marido de Nina.

22

Dije en voz baja:

—Están tu cuñada y tu marido.

Hubo un destello de sorpresa y enfado en sus ojos, pero no perdió la calma, no hizo siquiera ademán de darse la vuelta.

—¿Mi marido?

—Sí.

El dialecto se impuso, murmuró: qué carajo hace aquí el imbécil, tenía que llegar mañana por la noche, y giró el cochecito con cuidado de no despertar a la niña.

—¿Te puedo llamar? —me preguntó.

—Cuando quieras.

Agitó una mano alegremente en señal de saludo; el marido hizo lo mismo.

—Acompáñame —me dijo.

La acompañé. Los dos hermanos, parados en la entrada del paseo, por primera vez me sorprendieron por su parecido. La misma estatura, la misma cara ancha, el mismo cuello robusto, el mismo labio inferior pronunciado y grande. Pensé, asombrada de mí misma, que eran guapos: cuerpos sólidos, bien plantados en el asfalto de la calle como plantas acostumbradas a chupar hasta el más exiguo humor acuoso. Son buques robustos, me dije, nada puede detenerlos. Yo no, yo solo tengo rémoras. El miedo que me inspira esta gente desde la infancia, la repugnancia incluso, y también mi vanidad de tener un destino mejor, una sensibilidad mayor, me habían impedido admirar hasta ahora su determinación. Cuál es la ley que hace bella a Nina y a Rosaria no. Cuál es la ley que hace guapo a Gino y no a este marido amenazador. Miré a la mujer embarazada y me pareció verle, más allá del vientre fajado en un vestido amarillo, la hija que se estaba nutriendo de ella. Pensé en Elena, que dormía agotada en el cochecito, pensé en la muñeca. Quería irme a casa.

Nina besó al marido en la mejilla, dijo en dialecto: estoy muy contenta de que hayas venido antes, y cuando él ya se inclinaba a besar a la niña agregó: está dormida, no la despiertes, sabes que estos últimos días me ha martirizado, y después, señalándome con la mano: la señora, seguro que te acuerdas, es la que encontró a Lenuccia. El hombre besó con suavidad a la niña en la frente, está sudada, dijo, también en dialecto, ¿seguro que ya no tiene fiebre?, y mientras se levantaba —le vi la barriga abultando la camisa— se dirigió a mí con cordialidad, igualmente en dialecto: todavía está aquí, afortunada usted, que no tiene nada que hacer, y Rosaria enseguida añadió, seria pero manejando mejor las palabras: la señora trabaja, Tonì, la señora se aplica incluso cuando se baña, no como nosotros, que chapoteamos en el agua; que tenga un buen día, señora Leda. Y se fueron.

Vi que Nina metía un brazo por debajo del brazo del marido, se alejó sin volver la cabeza siquiera un instante. Hablaba, reía. Me pareció que la habían empujado de pronto —tan delgada como era, entre el marido y la cuñada— a una distancia mucho mayor que la que me separaba de mis hijas.

Fuera de la zona del mercado había un caos de coches, ríos deshilachados de adultos y niños que se alejaban de los puestos o afluían hacia ellos. Me metí por callejuelas desiertas. Subí por las escaleras hasta mi apartamento, recorriendo el último tramo con una sensación de apremio.

La muñeca estaba todavía sobre la mesa de la terraza, el sol le había secado el vestido. La desnudé con delicadeza, le quité todo. Recordé que Marta, de pequeña, tenía la costumbre de meter cosas en cualquier orificio que viese, como para esconderlas y asegurarse de volver a dar con ellas. Una vez encontré minúsculos trozos de espaguetis crudos en la radio. Llevé a Nani al baño, la sostuve por el pecho con una mano, cabeza abajo. La sacudí con fuerza, ella borbotó gotas oscuras de agua por la boca.

Qué habría metido Elena ahí dentro. Cuando me quedé embarazada por primera vez, me sentí muy feliz al saber que dentro de mí se estaba reproduciendo la vida. Quería hacerlo todo lo mejor posible. Las mujeres de mi familia se hinchaban, se dilataban. La criatura encerrada en su seno parecía una larga enfermedad que las cambiaba; ni siquiera después del parto volvían a ser las mismas. Yo en cambio quería un embarazo bien controlado. No era mi abuela (siete hijos), no era mi madre (cuatro hijos), no era mis tías, mis primas. Era distinta y rebelde. Quería llevar mi barriga hinchada con placer, gozando los nueve meses de espera, controlando y guiando y adaptando mi cuerpo a la gestación como había hecho tercamente con cada cosa de mi vida desde la primera adolescencia. Me imaginaba como una tesela fulgurante en el mosaico del futuro. Por eso me vigilaba y seguía a pie juntillas las indicaciones médicas. Conseguí mantenerme guapa durante todo el embarazo, elegante, activa y feliz. Le hablaba a la criatura que llevaba en el vientre, la hacía oír música, le leía en la lengua original los textos sobre los que estaba trabajando, se los traducía con un esfuerzo inventivo que me llenaba de orgullo. Lo que al cabo sería Bianca para mí era ya Bianca desde el principio, un ser perfecto, limpio de humores y sangre, humanizado, intelectualizado, sin nada que pudiese evocar la crueldad ciega de la materia viva en expansión. Incluso los largos y exacerbados dolores que tuve logré someterlos, planteándomelos como una prueba extrema a que debía afrontar con una buena preparación, conteniendo el terror, dejando de mí —ante todo a mí misma— un recuerdo digno.

Lo hice bien. Qué felicidad cuando Bianca salió de mí y la tuve unos segundos entre los brazos, y me di cuenta de que había sido el mayor placer de mi vida. Ahora miro a Nani vomitando cabeza abajo en el lavabo una lluvia marrón mezclada con arena y no consigo encontrar ningún parecido con mi primer embarazo, pues entonces hasta las náuseas fueron breves y contenidas. Pero después vino Marta. Ella agredió mi cuerpo obligándolo a revolverse sin control. Ella se manifestó desde el principio, no como Marta, sino como un pedazo de hierro al rojo vivo dentro del vientre. Mi organismo se transformó en un licor sanguíneo, con una borra fangosa en suspensión dentro de la cual crecía un pólipo violento, tan ajeno a toda humanidad que me reducía, mientras ella se nutría y crecía, a una sustancia sin vida. Nani escupiendo negro se parece a mí cuando me quedé embarazada por segunda vez.

Ya entonces era infeliz pero no lo sabía. Me parecía que la pequeña Bianca, después de su hermoso nacimiento, había cambiado bruscamente y tomado a traición todas mis energías, toda mi fuerza, toda mi capacidad de imaginación. Me parecía que mi marido, demasiado presa de su ansiedad productiva, no se daba cuenta siquiera de que su hija, al nacer, se había vuelto voraz, exigente, antipática como no me lo había parecido dentro de la barriga. Descubrí poco a poco que no tenía fuerza para hacer que la segunda experiencia resultara tan apasionante como la primera. Mi cabeza se precipitó dentro del resto de mi cuerpo: me parecía que no había prosa, verso, figura retórica, frase musical, secuencia de película o color capaz de domesticar a la bestia oscura que llevaba en mi seno. El verdadero fracaso fue para mí ese: la renuncia a cualquier sublimación del embarazo, la desestructuración del recuerdo feliz de la primera gestación y del primer parto.

Nani, Nani. La muñeca, impasible, seguía vomitando. Has echado en el lavabo todo tu limo, bien hecho. Le abrí los labios, agrandé con un dedo el orificio de la boca, le hice correr por dentro el agua del grifo y después la sacudí con fuerza para lavarle bien la cavidad hueca del tronco, del vientre, y hacer salir por fin el bebé que Elena le había metido. Juegos. Explicarles todo a las niñas desde la infancia: ellas se encargarán después de inventarse un mundo aceptable. Yo misma estaba jugando ahora, una madre no es más que una hija que juega, me ayudaba a reflexionar. Busqué las pinzas de las cejas, había algo en la boca de la muñeca que no quería salir. Volver a empezar desde aquí, pensé, desde esta cosa. Debería haber tenido en cuenta, desde niña, esta hinchazón rosácea, blanda, que ahora aprieto con el metal de las pinzas. Aceptarla por lo que es. Pobre criatura sin nada de humano. Aquí está el bebé que Lenuccia ha introducido en la barriga de la muñeca para jugar a que está embarazada como Rosaria. Lo sujeté delicadamente. Era una lombriz de mar, no sé cuál es el nombre científico; una de esas que los pescadores improvisados del crepúsculo buscan cavando un poco en la arena mojada, como hacían mis primos mayores hace ya cuarenta años en las playas de Garigliano y Gaeta. Los miraba entonces con una repugnancia encantada. Cogían las lombrices con los dedos y las clavaban en el anzuelo como cebo para los peces, que luego soltaban del metal con gesto experto y lanzaban a su espalda, dejándolos agonizar sobre la arena seca.

Con el pulgar mantenía abiertos los labios dóciles de Nani mientras maniobraba cuidadosamente con la pinza. Me produce terror todo lo que repta, pero por aquel grumo de humores experimenté una lástima desnuda.

514

23

Fui a la playa por la tarde. Observé a Nina a lo lejos, desde mi sombrilla, de nuevo con la curiosidad benévola de los primeros días de vacaciones. Estaba nerviosa, Elena no la dejaba un instante.

Al atardecer, cuando se preparaban para volver a casa y la niña aullaba que quería darse otro baño y Rosaria se entrometió ofreciéndose a llevarla al agua, Nina perdió los nervios y empezó a gritar a la cuñada en un dialecto duro, lleno de vulgaridad, que llamó la atención de toda la playa. Rosaria permaneció en silencio. Intervino Tonino, el marido de Nina, y la arrastró hacia la orilla agarrándola por un brazo. Era un hombre que parecía entrenado para no perder nunca la calma, ni siquiera cuando los gestos lo volvían violento. Habló a Nina con firmeza como en una película muda, de él no me llegó la voz. Ella mantenía la mirada fija en la arena, se tocaba los ojos con la punta de los dedos, de vez en cuando decía que no.

La situación se normalizó poco a poco y la familia desfiló por grupos hacia el pinar. Nina intercambiaba palabras frías con Rosaria, Rosaria llevaba en brazos a Elena y la besuqueaba de vez en cuando. Vi que Gino ordenaba las tumbonas, las sillas, los juguetes olvidados. Observé que recogía un pareo azul que había quedado colgado de una sombrilla y lo doblaba con un cuidado absorto. Un niño volvió atrás corriendo, le quitó bruscamente el pareo casi sin detenerse y desapareció hacia las dunas.

El tiempo se deslizó melancólicamente, llegó el fin de semana. La gran afluencia de bañistas comenzó el viernes, hacía calor. El gentío hizo aumentar la tensión de Nina. Vigilaba de manera obsesiva a la niña, saltaba con un impulso animal en cuanto la veía alejarse unos pasos. Intercambiamos en la orilla saludos rápidos, alguna palabra sobre la pequeña. Me arrodillé junto a Elena, le dije algo jugando, vi que tenía los ojos enrojecidos y picaduras de mosquito en una mejilla y en la frente. Rosaria acudió a poner los pies en el agua, pero ni siquiera me miró, yo la saludé y ella contestó con desgana.

En cierto momento de la mañana vi que Tonino, Elena y Nina tomaban un helado sentados en el chiringuito. Pasé a su lado para ir a la barra a pedir un café, pero me pareció que ni siquiera me veían, estaban demasiado absortos en la niña. Sin embargo, cuando iba a pagar, el encargado me dijo que no debía nada, Tonino le había indicado por señas que lo pusiera en su cuenta. Quise darle las gracias, pero ya habían salido del bar, estaban con Elena en la orilla aunque ahora le prestaban poca atención, discutían.

En cuanto a Gino, me bastaba con volver de vez en cuando la vista hacia él para sorprenderlo mirándolos a lo lejos mientras fingía estudiar. La playa estaba cada vez más llena, Nina se perdió entre los bañistas y el muchacho dejó a un lado el manual de su asignatura y comenzó a utilizar los prismáticos que tenía entre sus cosas, como si temiera que de un momento a otro fuera a producirse un maremoto. Yo pensaba no tanto en lo que veía con esos ojos potenciados por los lentes como en lo que imaginaba: la hora calurosa de la siesta, cuando la gran familia de los napolitanos se iría de la playa, como de costumbre; el lecho conyugal en la penumbra; Nina abrazada al cuerpo de su marido, los sudores.

La joven madre regresó a la playa hacia las cinco de la tarde, alegre, con su marido al lado y Elena en brazos, y Gino la miró desolado, después ocultó el rostro detrás de su libro. De vez en cuando se volvía hacia donde estaba yo, pero enseguida apartaba la vista. Los dos esperábamos lo mismo: que el fin de semana pasara rápido, la playa recuperara la tranquilidad, el marido de Nina se marchara y ella pudiera restablecer el contacto con nosotros.

Por la tarde fui al cine, una película cualquiera en una sala medio vacía. Ya con las luces apagadas, cuando la película estaba empezando, entró un grupo de muchachos. Comían palomitas ruidosamente, reían, se insultaban unos a otros, jugaban con los sonidos del móvil, gritaban obscenidades a las sombras de las actrices en la pantalla. No soporto que me molesten mientras veo una película, aunque sea mala. Por eso emití chistidos imperiosos y luego, dado que no paraban, me volví hacia ellos y les dije que si no se comportaban llamaría al acomodador. Eran los hijos de los napolitanos. Llama al acomodador, me espetaron, quizá era la primera vez que oían esa palabra. Uno me gritó en dialecto: llámale, zorra, llama a ese hijoputa. Me levanté y fui a la taquilla. Expliqué la situación a un hombre calvo de perezosa amabilidad. Me aseguró que él se haría cargo y volví a la sala entre las risillas de los chavales. El hombre llegó un instante después, apartó la cortina, se asomó. Silencio. Permaneció allí unos pocos minutos y se marchó. De inmediato se reanudó el bullicio, los otros espectadores callaban, me levanté y grité un poco histéricamente: salgo y llamo a la policía. Empezaron a cantar con voz de falsete: que viva, viva / la policía. Me fui.

Al día siguiente, sábado, la banda estaba en la playa, parecían esperar a que yo llegara. Reían, me señalaban, vi que algunos me miraban, murmuraban con Rosaria. Pensé en dirigirme al marido de Nina, pero la idea me avergonzó, me pareció que había entrado por

517

un momento en la lógica del grupo. Hacia las dos, exasperada por el barullo y la música a todo volumen que venía del chiringuito, recogí mis cosas y me fui.

El pinar estaba desierto, de inmediato me sentí perseguida. Me vino bruscamente a la memoria la piña que me había golpeado en la espalda, apreté el paso. Las pisadas detrás de mí continuaron, fui presa del pánico y eché a correr. Me pareció que se intensificaban los ruidos, las voces, las risas sofocadas. El estruendo de las cigarras, el olor de la resina caliente ya no me gustaban, se me antojaban un cúmulo de tormentos. Dejé de correr, no porque se me hubiera pasado el miedo, sino por dignidad.

Cuando llegué a casa no me encontraba bien, tenía un sudor frío, después calor y una sensación de sofoco. Me tumbé en el sofá, y poco a poco me calmé. Traté de animarme, barrí la casa. La muñeca continuaba desnuda, cabeza abajo, en el lavabo; la vestí. Ya no le salía agua de la barriga, imaginé su vientre como una acequia seca. Poner orden, comprender. Pensé en cómo un acto opaco genera otros de una opacidad cada vez mayor, y entonces el problema reside en romper la cadena. Elena se alegraría de volver a ver su muñeca, me dije. O no, un niño nunca quiere solo aquello que pide, incluso una petición satisfecha hace aún más insoportable la carencia no confesada.

Me duché, me miré en el espejo mientras me secaba. Bruscamente cambió la impresión que había tenido de mí en los últimos meses. No me vi rejuvenecida, sino avejentada, demasiado flaca, un cuerpo tan enjuto que parecía sin espesor, vellos blancos en la negrura del sexo.

Salí, fui a la farmacia a pesarme. La balanza imprimió en un papel el peso y la altura. Resultó que era seis centímetros más baja y había adelgazado. Volví a pesarme y me dio una estatura todavía menor, y también menos kilos. Caminé desorientada. Entre mis fantasías más temidas estaba la idea de que pudiera empequeñecer, volver a la adolescencia, a la infancia, ser condenada a vivir de nuevo esas fases de mi vida. Había empezado a gustarme después de los dieciocho años, cuando dejé a mi familia, la ciudad, para estudiar en Florencia.

Caminé por el paseo marítimo hasta la noche comiendo coco fresco, almendras tostadas, avellanas. Los comercios se iluminaron, los jóvenes negros desplegaron en las aceras su mercancía, un tragafuegos comenzó a escupir largas llamas, un payaso reproducía formas de animales anudando globos de colores y había reunido a su alrededor un nutrido público infantil; la multitud del sábado por la noche crecía. Vi que en la plaza estaban preparando una fiesta con baile y esperé a que empezara.

Me gusta bailar y me gusta mirar a la gente que baila. La orquesta empezó con un tango, se animaron sobre todo las parejas de ancianos, sabían bailarlo. Vi a Giovanni entre los que bailaban, ejecutando los pasos y las figuras con tensión reconcentrada. Los espectadores aumentaron hasta formar un denso anillo alrededor de la plaza. También las parejas de bailarines se multiplicaron, la competencia disminuyó. Ahora bailaban personas de todas las edades, nietos gallardos con sus abuelos, padres con sus hijas de diez años, mujeres ancianas con mujeres ancianas, niños con niños, turistas con lugareños. De pronto me encontré con Giovanni frente a mí, me invitó a bailar.

Dejé el bolso a una señora mayor, conocida suya, y bailamos, un vals según creo. A partir de ese momento no paramos. Habló del calor, del cielo estrellado, de la luna llena y de lo buenos que estaban los mejillones en esa época. Me sentí mejor. Estaba sudado, tenso, pero no dejaba de invitarme, se comportaba en verdad con gentileza, y yo aceptaba, me estaba divirtiendo. Solo me dejó, disculpándose, cuando apareció entre el gentío, en un extremo de la plaza, la familia de los napolitanos.

Fui a recuperar mi bolso y observé cómo saludaba educadamente a Nina, a Rosaria y, con particular deferencia, a Tonino. Vi que hacía unas torpes carantoñas a Elena, que, en brazos de su madre, comía una nube de algodón de azúcar dos veces más grande que su cara. Una vez terminados los saludos, permaneció junto a ellos, rígido, incómodo, sin decir nada, pero como si se sintiese orgulloso de dejarse ver en esa compañía. Comprendí que la velada había concluido para mí y me dispuse a marcharme, pero observé que Nina dejaba a la niña en brazos de Rosaria y obligaba al marido a bailar. Me quedé un rato para verla.

Sus movimientos poseían una natural armonía, a pesar de estar entre los brazos de aquel hombre torpe, o precisamente por eso. Noté que alguien me rozaba un brazo. Era Gino, que había saltado de golpe con agilidad animal desde el rincón donde estuviera agazapado. Me preguntó si quería bailar, dije que estaba cansada y acalorada, pero al mismo tiempo sentí en mi interior una alegría ligera y le cogí la mano, bailamos.

Enseguida me di cuenta de que tendía a guiarme hacia Nina y su marido, quería que ella nos viera. Lo seguí, tampoco a mí me disgustaba mostrarme entre los brazos de su amante. Pero entre la multitud de parejas resultaba difícil acercarse a ellos y ambos renunciamos sin decir nada. Llevaba el bolso colgado del hombro pero no me molestaba. Era agradable bailar con ese muchacho delgado, muy alto, moreno, con los ojos brillantes, el pelo desordenado y las palmas secas. Su cercanía era muy distinta de la de Giovanni. Sentía la diferencia de los cuerpos, de los olores. La percibía como una bifurcación del tiempo: me parecía como si la noche misma, allí en la plaza, se hubiera rasgado y me hubiera permitido bailar, como por arte de magia, en dos etapas distintas de mi vida. Cuando terminó la canción dije que estaba cansada. Gino quiso acompañarme. Hablamos de su examen, de la universidad. En la puerta de mi edificio noté que se resistía a despedirse.

—¿Quieres subir? —le pregunté.

Negó con la cabeza, estaba incómodo.

—Es bonito lo que le regaló a Nina —dijo.

Me molestó que hubieran encontrado la manera de verse y que ella incluso le hubiera mostrado el alfiler.

—Estaba muy contenta por su amabilidad —agregó.

Murmuré un sí, me alegro.

—Quiero pedirle una cosa —dijo él.

—¿Qué?

No me miró a la cara, clavó la vista en la pared a mi espalda.

—Nina quiere saber si estaría dispuesta a prestarnos su casa durante unas horas.

Me sentí incómoda, una punzada de mal humor me envenenó las venas. Miré fijamente al muchacho para averiguar si tras esa formulación escondía una petición que no venía de Nina, sino de su propio deseo.

—Dile a Nina que quiero hablar con ella —respondí con brusquedad.

—¿Cuándo?

—En cuanto pueda.

—El marido se va mañana por la noche, antes es imposible.

—El lunes por la mañana está bien.

Calló, ahora estaba nervioso, no podría irse.

—¿Está enfadada?

—No.

—Pero ha puesto mala cara.

—Gino, el hombre que se ocupa de mi apartamento conoce a Nina y tiene trato con su marido —le dije fríamente.

—¿Giovanni? Ese es un don nadie, bastan diez euros para cerrarle la boca.

Entonces le dije con una rabia que no acerté a disimular:

—¿Por qué habéis decidido pedirme esto precisamente a mí?

—Ha sido idea de Nina.

24

Me costó conciliar el sueño. Pensé en llamar a las chicas; estaban en algún rincón de mi cabeza, pero las perdía continuamente en la confusión de aquellos días. También esta vez renuncié. Enumerarán las cosas que necesitan, suspiré. Marta dirá que me he preocupado de mandar a Bianca los apuntes pero que me he olvidado de algo —no sé qué, siempre hay algo— que me había pedido ella. Es así desde que eran pequeñas, viven con la sospecha de que me ocupo más de una que de la otra. Primero fueron los juguetes, las golosinas, incluso la cantidad de besos que repartía. Después empezaron las peleas por la ropa, los zapatos, los ciclomotores, los coches, el dinero. Debía cuidar siempre de dar a una exactamente lo mismo que a la otra, porque las dos llevaban una secreta contabilidad fastidiosa. Han sentido desde pequeñas que mi cariño es huidizo y por eso lo valoran en función de los servicios concretos que presto, de los bienes que distribuyo. A veces pienso que me ven solamente como una herencia material por la que deberán disputar cuando muera. No quieren que con el dinero, con nuestros escasos bienes, suceda lo mismo que, según ellas, ha sucedido con la transmisión de los rasgos de mi cuerpo. No, no tenía ganas de oír sus quejas. Por qué no me llaman ellas. Si el teléfono no suena evidentemente es porque no tienen necesidades urgentes. Daba vueltas y más vueltas en la cama, el sueño no venía, estaba furiosa.

De todas formas, lo de satisfacer las necesidades de mis hijas, pase. Bianca y Marta, por turnos que habían establecido encarnizadamente, me habían pedido cien veces, en la adolescencia tardía, que les prestara el apartamento. Tenían sus asuntos sexuales y yo siempre había sido condescendiente. Pensaba: mejor en casa que en el coche, en una calle oscura o en un bosque, entre mil incomodidades, expuestas a tantos peligros. Así pues, me iba melancólicamente a la biblioteca o al cine o a dormir a casa de una amiga. Pero ¿Nina? Nina era una imagen en una playa en agosto, un intercambio de miradas y de algunas palabras, como mucho la víctima —ella y su hija— de un acto irreflexivo por mi parte. ¿Por qué iba a dejarle mi casa, cómo se le había ocurrido?

Me levanté, di vueltas por el apartamento, salí a la terraza. La noche estaba llena todavía de ecos festivos. Sentí de golpe, nítidamente, el hilo tendido entre esa muchacha y yo: casi no habíamos tenido trato y sin embargo el vínculo se intensificaba. Quizá quería que le negase las llaves a fin de poder negarse a sí misma un peligroso desahogo a su agobio. O bien quería que le diese las llaves a fin de sentir en ese gesto la autorización a tentar peligrosamente una fuga, una vía para un futuro distinto del que le había sido asignado. En todo caso deseaba que pusiera a su servicio la experiencia, la sabiduría, la fuerza rebelde que su imaginación me atribuía. Exigía que cuidara de ella, que la siguiese paso a paso apoyándola en las decisiones que, tanto si le daba las llaves como si se las negaba, de todas formas la habría empujado a tomar. Me pareció, cuando ya el mar y el pueblo estaban envueltos en el silencio, que el problema no era la petición de unas horas de amor con Gino en mi casa, sino su entregarse a mí para que me ocupara de su vida. El faro arrojaba sobre la terraza una luz insoportable; me levanté, entré.

Comí uvas en la cocina. Nani estaba sobre la mesa. Me pareció que tenía una aire limpio y nuevo, pero también una expresión indescifrable, *tohu-bohu*, sin la luz de un orden cierto, de una verdad. Cuándo me eligió Nina allí, en la playa. Cómo había entrado en su vida. A empujones, claro, caóticamente. Le había asignado un papel de madre perfecta, de hija ejemplar, pero le había complicado la existencia quitándole la muñeca a Elena. Yo le había parecido una mujer libre, autónoma, fina, valiente, sin zonas oscuras, pero había construido las respuestas a sus afanosas preguntas como ejercicios de reticencia. Con qué derecho, para qué. Nuestras afinidades eran superficiales, ella corría riesgos mucho mayores que los que yo había corrido veinte años antes. De joven poseía un recio sentido de mí misma, era ambiciosa, me había alejado de mi familia con la misma fuerza decidida con que se libera uno de quien lo está sacudiendo. Había abandonado a mi marido y mis hijas en un momento en que estaba segura de que tenía derecho a hacerlo, de que hacía lo correcto, sin contar que Gianni se había desesperado pero no me había perseguido, era un hombre respetuoso con las necesidades de los demás. Durante los tres años sin mis hijas no había estado nunca sola, tenía a Hardy, un hombre prestigioso, que me amaba. Me sentía sostenida por un pequeño mundo de amigos que, incluso cuando discutíamos, respiraban la misma cultura que yo, comprendían mis ambiciones y mi malestar. Cuando el peso en el fondo del estómago se volvió insoportable y regresé con Bianca y Marta, alguien se retiró en silencio de mi vida, alguna puerta se cerró para siempre, mi ex marido decidió que había llegado su turno y se marchó a Canadá, pero nadie me acosó tachándome de indigna. Nina en cambio carecía de las defensas que yo había erigido incluso antes de la ruptura. Por otra parte, en el ínterin, el mundo no había mejorado en absoluto, incluso se había vuelto más cruel con las mujeres. Ella —me lo había dicho— por mucho menos de lo que yo había hecho veinte años antes, corría el riesgo de acabar de la peor de las maneras.

Llevé la muñeca al dormitorio. Le di una almohada en la que apoyarse, la coloqué en la cama como se hacía antaño en algunas casas del sur, sentada, con los brazos abiertos, y me acosté a su lado. Me acordé de Brenda, la muchacha inglesa con la que había estado solo unas pocas horas en Calabria, y de golpe me di cuenta de que el papel al que me estaba empujando Nina era el mismo que yo le había atribuido a ella. Brenda había aparecido en la autopista hacia Reggio Calabria y yo le había asignado un poder que deseaba para mí. Ella quizá se había dado cuenta y, desde lejos, con un acto mínimo, me había ayudado, para luego entregarme la responsabilidad sobre mi vida. Apagué la luz.

25

Me desperté tarde, comí cualquier cosa, renuncié a ir a la playa. Era domingo y el domingo anterior me había dejado un pésimo recuerdo. Me acomodé en la terraza con mis libros y cuadernos.

Estaba bastante satisfecha con el trabajo que estaba realizando. Mi vida académica no había sido nunca fácil, pero en los últimos tiempos —sin duda por mi culpa: con los años el carácter había empeorado y me había vuelto puntillosa, a veces irascible— las cosas se habían complicado todavía más y era urgente que me pusiera a estudiar con rigor. Las horas pasaron sin distracciones. Trabajé hasta que oscureció, solo molestada por el calor húmedo, por alguna avispa.

Mientras veía una película en la televisión, ya era cerca de medianoche, sonó el móvil. Reconocí el número de Nina, respondí. Me pidió de un tirón si podía venir a mi casa al día siguiente, a las diez de la mañana. Le di la dirección, apagué el televisor y me fui a la cama.

Al día siguiente salí temprano, busqué quien me hiciera una copia de las llaves. Volví a casa cinco minutos antes de las diez, y mientras subía por la escalera sonó el móvil. Nina me dijo que a las diez era imposible, que esperaba poder venir a eso de las seis.

Ya ha tomado una decisión, pensé, no vendrá. Preparé el bolso para ir a la playa, pero después cambié de idea. No tenía ganas de ver a Gino y me molestaban los niños malcriados y violentos de los napolitanos. Me di una ducha, me puse un biquini y me eché al sol en la terraza.

El día se deslizó lentamente entre duchas, sol, fruta, lectura. De vez en cuando pensaba en Nina, miraba el reloj. Al convocarla se lo había puesto todo más difícil. Al principio ella debía de haber contado con que yo le daría la llave a Gino y acordaría con él el día, las horas en que dejaría libre el apartamento. Pero desde el momento en que solicité hablar directamente con ella había empezado a dudar. Imaginé que no se sentía con el valor necesario para pedirme personalmente tanta complicidad.

Sin embargo a las cinco, cuando aún estaba en traje de baño, al sol, con el pelo húmedo, sonó el interfono. Era ella. Le abrí, esperé en la puerta a que subiese. Apareció con su sombrero nuevo, jadeando. Le dije pasa, estaba en la terraza, me visto en un momento. Negó con la cabeza, enérgicamente. Había dejado a Elena y Rosaria con la excusa de que tenía que comprar unas gotas en la farmacia, las que usaba para limpiar la nariz de la niña. Respira mal, dijo, está siempre en el agua y se ha resfriado. La noté muy agitada.

—Siéntate un momento.

Quitó el alfiler del sombrero, dejó ambos objetos sobre la mesa del salón, y yo pensé, mirando el ámbar negro, la larga aguja brillante, que se había puesto el sombrero solo para que yo viera que usaba mi regalo.

—Se está bien aquí —dijo.

—¿De verdad quieres las llaves?

—Si te parece bien.

Nos sentamos en el sofá. Le dije que estaba sorprendida, le recordé con dulzura que me había dicho que estaba a gusto con su marido y que Gino era solo un juego. Lo confirmó todo, incómoda. Sonreí.

—¿Entonces?

—No puedo más.

Busqué su mirada, ella no la apartó, dije está bien. Saqué las llaves del bolso, las puse sobre la mesa junto al alfiler y el sombrero.

Miró las llaves, pero no me pareció contenta.

—¿Qué piensas de mí? —dijo.

Me salió el tono que suelo usar con mis alumnos.

—Pienso que de esta manera no vas bien. Tienes que volver a los estudios, Nina, licenciarte y encontrar un trabajo.

Hizo una mueca de contrariedad.

—No sé nada ni valgo nada. Me quedé embarazada, di a luz una niña y no sé ni cómo estoy hecha por dentro. Lo único que deseo es huir.

Suspiré.

—Haz lo que te parezca que debes hacer.

—¿Me ayudarás?

—Ya lo estoy haciendo.

—¿Dónde vives?

—En Florencia.

Rió como solía, nerviosamente.

—Iré a buscarte.

—Te dejaré mi dirección.

Tendió la mano para coger las llaves, pero me levanté y le dije:

—Espera, tengo que darte otra cosa.

Me miró con una sonrisa vacilante, debía de creer que se trataba de otro regalo. Fui a la habitación, cogí a Nani. Cuando volví estaba jugueteando con las llaves, tenía una media sonrisa en los labios. Dijo en un susurro estupefacto:

—La habías cogido tú.

Asentí con un gesto y ella se levantó de un salto, dejó las llaves en la mesa como si quemaran, murmuró:

—¿Por qué?

—No lo sé.

De pronto alzó la voz y dijo:

—Lees y escribes todo el día, ¿y no lo sabes?

—No.

Negó con la cabeza, incrédula, bajó la voz.

—La tenías tú. La tenías mientras yo no sabía qué hacer. Mi hija lloraba, me volvía loca, y tú callada, nos mirabas, pero no te conmoviste, no hiciste nada.

—Soy una madre desnaturalizada —dije.

Ella asintió, exclamó sí, eres una madre desnaturalizada, me arrancó la muñeca de las manos con un gesto feroz de reapropiación, dijo en dialecto me tengo que ir, me gritó en italiano: no quiero volver a verte, no quiero nada de ti, y se fue hacia la puerta.

Hice un gesto amplio.

—Llévate las llaves, Nina —dije—; me voy esta noche, la casa estará vacía hasta finales de mes. —Y me volví hacia el ventanal, no soportaba verla fuera de sí; murmuré—: Lo siento.

No oí cerrarse la puerta. Por un momento pensé que había decidido coger las llaves, después la oí a mi espalda, masculló insultos en dialecto, terribles como los que sabían decir mi abuela, mi madre. Quise volverme pero advertí una punzada en el costado izquierdo, veloz como una quemadura. Bajé la mirada y vi que la punta del alfiler me salía de la piel, por encima del vientre, justo debajo de las costillas. La punta apareció durante una fracción de segundo, el tiempo que duró la voz de Nina, su aliento cálido, y después desapareció. La muchacha arrojó el alfiler al suelo, no cogió el sombrero, no cogió las llaves. Huyó con la muñeca cerrando la puerta tras de sí.

Apoyé un brazo en el ventanal, me miré el costado, la pequeña gota de sangre inmóvil sobre la piel. Sentía un poco de frío y tenía miedo. Esperé a que me sucediera algo pero nada aconteció. La gota se volvió oscura, se coaguló, y la impresión de doloroso hilo de fuego que me había atravesado se desvaneció.

Me senté con cuidado en el sofá. Quizá el alfiler me había traspasado el costado como una espada traspasa el cuerpo de un asceta sufí, sin hacer daño. Miré el sombrero sobre la mesa, la costra de sangre en la piel. Se hizo de noche, me levanté y encendí las luces. Comencé a preparar las maletas, aunque moviéndome despacio, como si estuviera gravemente enferma. Cuando estuvieron listas me vestí, me puse las sandalias, me atusé el pelo. En ese momento sonó el teléfono móvil. Vi el nombre de Marta, experimenté una gran felicidad, contesté. Ella y Bianca, al unísono, como si hubieran preparado la frase y la recitaran acentuando de manera exagerada mi entonación napolitana, me gritaron alegremente al oído:

—Mamá, ¿qué haces?, ¿ya no nos llamas? ¿Nos dirás al menos si estás viva o muerta?

Murmuré, emocionada:

—Estoy muerta, pero me encuentro bien.

Índice

Crónicas del desamor de Elena Ferrante
se terminó de imprimir en mayo de 2022
en los talleres de
Impresora Tauro, S.A. de C.V.
Av. Año de Juárez 343, col. Granjas San Antonio,
Ciudad de México